Janet Fitch

Weisser Oleander

Janet Fitch

Weißer Oleander

Roman

Aus dem
amerikanischen Englisch
von Ute Leibmann

Gustav Lübbe
Verlag

*Alle Figuren und Ereignisse
in diesem Buch sind fiktiv.
Ähnlichkeiten mit lebenden oder
bereits verstorbenen Personen
sind rein zufälliger Natur
und keinesfalls von der Autorin
beabsichtigt.*

*Für den Mann
aus Council Bluffs*

1

Die heißen Santa-Ana-Winde wehten aus der Wüste herüber und dörrten die letzten Frühlingshalme zu bleichem Stroh. Nur die Oleanderbüsche gediehen, die zarten, giftigen Blüten, die Blätter scharf wie Dolche. In den heißen, trockenen Nächten konnten wir nicht schlafen, meine Mutter und ich. Ich erwachte um Mitternacht und sah, daß ihr Bett leer war. Ich fand sie auf dem Flachdach; ihr blondes Haar leuchtete weiß wie eine Flamme im Licht des Dreiviertelmondes.

»Oleanderzeit«, sagte sie. »Liebende, die sich jetzt gegenseitig umbringen, werden es auf den Wind schieben.« Sie hielt ihre schmale, lange Hand in die Höhe, spreizte die Finger und ließ den trockenen Wüstenwind hindurchwehen. In der Zeit der Santa Anas war meine Mutter nicht sie selbst. Ich war zwölf Jahre alt und hatte Angst um sie. Ich wünschte mir, daß es wieder so wäre wie früher, daß Barry hier wäre, daß der Wind aufhörte zu wehen.

»Du solltest ein bißchen schlafen«, schlug ich ihr vor.

»Ich schlafe nie«, sagte sie.

Ich setzte mich neben sie, und wir blickten auf die Stadt hinunter, die wie ein Computerchip in einer rätselhaften Maschine summte und glitzerte und ihr Geheimnis wie ein Pokerspieler vor uns verbarg. Der Saum ihres weißen Kimonos flatterte im Wind, und ich konnte ihre Brust sehen, tief und voll. Ihre Schönheit war wie die Schneide eines sehr scharfen Messers.

Ich legte den Kopf auf ihr Bein. Sie roch nach Veilchen. »Wir sind die Stäbe«, sagte sie. »Wir streben nach Schönheit und Harmonie. Wir suchen das Sinnliche, nicht das Sentimentale.«

»Die Stäbe«, wiederholte ich. Sie sollte wissen, daß ich ihr zuhörte.

Unsere Tarotfarbe, die Stäbe. Sie legte mir immer die Karten und erklärte ihre Farben – Stäbe und Münzen, Kelche und Schwerter –, doch sie hatte aufgehört, sie zu deuten. Sie wollte nichts mehr über die Zukunft wissen.

»Wir haben unsere Farbe von den Nordländern«, sagte sie. »Haarige Wilde, die ihre Götter in Stücke hackten und das Fleisch an den Bäumen aufhängten. Wir sind diejenigen, die Rom geplündert haben. Fürchte nur die Schwäche des Alters und den Tod im Bett. Vergiß nie, wer du bist.«

»Ich verspreche es«, sagte ich.

Unter uns in den Straßen Hollywoods heulten die Sirenen und sägten an meinen gespannten Nerven. Während der Santa-Ana-Winde brannten die Eukalyptusbäume wie riesige Kerzen, ölfette Chaparral-Hänge gingen plötzlich in Flammen auf und trieben halbverhungerte Kojoten und Hirsche bis hinunter zur Franklin Avenue.

Sie hob ihr Gesicht zum angesengten Mond empor und tauchte es in seinen finsteren Schein. »Rabenaugenmond.«

»Käsecräckermond«, erwiderte ich, den Kopf auf ihr Knie gelegt.

Sie strich mir sanft über das Haar. »Verrätermond.«

Diese Verletzung – dieser Wahnsinn – wäre im Frühjahr gar nicht vorstellbar gewesen, doch sie hatte vor uns gelegen wie eine verborgene Landmine. Damals hatten wir den Namen Barry Kolker noch nicht einmal gehört.

Barry. Als er auftauchte, war er so klein gewesen. Kleiner als ein Komma, unbedeutend wie ein Hüsteln. Irgend jemand, den sie mal auf einer ihrer Lesungen getroffen hatte. Es war im Garten eines Weinlokals in Venice gewesen. Wie bei all ihren Lesungen trug meine Mutter Weiß; ihr Haar hob sich wie Neuschnee von ihrer leicht gebräunten Haut ab. Sie stand im Schatten eines gewaltigen Feigenbaumes, der seine Blätter wie Hände über sie streckte. Ich saß an einem Tisch hinter den Bücherstapeln, die ich nach der Lesung verkaufen sollte, dünne Bände, die bei der Blue Shoe Press in Austin, Texas, erschienen waren. Ich zeichnete die Hände des Baumes und die Bienen, die das Fallobst umschwärmten, die gegorenen Früchte aussaugten und berauscht zu Boden taumelten, wenn sie versuchten, wieder wegzufliegen. Ihre Stimme machte mich betrunken, tief, sonnengewärmt, mit der Spur eines fremdartigen Akzents; schwedischer Singsang, der noch eine Generation später nachklang. Wer sie einmal gehört hatte, kannte die Macht dieser hypnotisierenden Stimme.

Nach der Lesung umdrängten die Leute uns und gaben mir Geld für die Zigarrenkiste, während meine Mutter einige Bücher signierte. »Ach – das Dichterleben!« sagte sie ironisch, als mir die Leute ihre zerknitterten Ein- und Fünf-Dollar-Scheine in die Hand drückten. Doch sie liebte Lesungen, genauso wie sie die langen Abende liebte, an denen sie mit ihren Schriftstellerfreunden bei einem Glas Wein und einem Joint bekanntere Dichter in der Luft zerriß. Gleichzeitig haßte sie sie aber auch, ebenso wie sie ihre geistlose Arbeit bei der Zeitschrift Cinema Scene haßte. Dort machte sie den Klebeumbruch und montierte Artikel, deren Verfasser fünfzig Cent pro Wort für das Auskotzen ihrer schamlosen Klischees, abgedroschenen Substantive und lustlosen Verben verdienten, während meine Mutter sich stundenlang mit der Frage quälen konnte, ob sie nun »ein« oder »der« schreiben sollte.

Beim Signieren ihrer Bücher hatte sie ihr übliches halbes Lächeln aufgesetzt, eher innerlich als äußerlich, so als mache sie sich im stillen über die Leute lustig, wenn sie ihnen für ihr Kommen dankte. Ich wußte, daß sie auf einen ganz bestimmten Mann wartete; ich hatte ihn schon entdeckt: ein scheuer Blonder, der ein ärmelloses T-Shirt und eine Holzperlenkette im Ethnolook trug. Er hielt sich im Hintergrund und betrachtete sie hilflos, völlig von ihr gefangen. Nicht umsonst war ich zwölf Jahre lang Ingrids Tochter gewesen; inzwischen konnte ich diese Typen im Schlaf ausmachen.

Ein stämmiger Mann, der sein dunkles Haar zu einem lockigen

Pferdeschwanz zurückgebunden hatte, drängte sich vor und schob ihr sein Buch hin, um es signieren zu lassen. »Barry Kolker. Mir gefällt deine Arbeit«, sagte er. Sie signierte sein Buch und gab es ihm zurück, ohne ihn eines Blickes zu würdigen. »Was hast du nach der Lesung vor?«

»Ich bin verabredet«, erwiderte sie und griff nach dem nächsten Buch.

»Dann danach«, sagte er. Mir gefiel sein Selbstvertrauen, aber er war nicht ihr Typ. Er war untersetzt, dunkel und trug einen Anzug, der aussah, als sei er aus einer Sammlung der Heilsarmee.

Sie wollte natürlich den schüchternen Blonden, der erheblich jünger war als sie und ebenfalls dichterische Ambitionen hatte. Er war es auch, der uns schließlich nach Hause begleitete.

Ich lag auf meiner Matratze auf dem überdachten Balkon hinter den Fliegengittern und wartete darauf, daß er ging. Ich sah, wie das Blau des Abends sich in ein samtenes Indigo verwandelte, das wie eine unausgesprochene Hoffnung verweilte, während meine Mutter und der blonde Mann auf der anderen Seite der Fliegengittertür murmelten. Es duftete nach Aromaöl, eine ganz besondere Sorte, die sie in Little Tokyo gekauft hatte, ein teures Öl ohne irgendwelche Süße; es roch nach Holz und grünem Tee. Eine Handvoll Sterne erschien am Himmel, doch in L.A. konnte man keines der Sternbilder richtig sehen, deshalb verband ich sie zu neuen Konstellationen: die Spinne, die Welle, die Gitarre.

Als er weg war, traute ich mich wieder in das große Zimmer. Sie saß im Schneidersitz auf dem Bett, in ihren weißen Kimono gehüllt, und schrieb mit einem Füllfederhalter, den sie immer wieder in ein Tintenfaß tauchte, in ein Notizheft. »Erlaube einem Mann niemals, über Nacht zu bleiben«, sagte sie zu mir. »Das Morgengrauen läßt die Magie der Nacht schal erscheinen.«

Die Magie der Nacht, das klang wunderbar. Eines Tages würde ich auch Liebhaber finden und hinterher ein Gedicht schreiben. Ich betrachtete den weißen Oleander, mit dem sie an diesem Morgen den Couchtisch dekoriert hatte: drei Blütenstände, die den Himmel, die Menschen und die Erde verkörpern sollten. Ich dachte an die Musik ihrer Stimmen in der Dunkelheit, an ihr leises Lachen, an den Geruch des Aromaöls. Ich berührte die Blumen. *Himmel, Mensch.* Ich hatte das Gefühl, kurz vor der Enthüllung eines wichtigen Geheimnisses zu stehen. Etwas hatte mich umgeben wie ein Mullverband, und ich begann ihn abzuwickeln.

Den ganzen Sommer lang ging ich mit ihr in die Redaktion. Sie plante nie weit genug voraus, um mich für eine Jugendfreizeit anzumelden, und von der Möglichkeit eines Sommerkurses erzählte ich ihr nichts. Die Schule selbst machte mir Spaß, doch es fiel mir schwer, mich als ein Mädchen zwischen vielen anderen einzufügen. Die Mädchen in meinem Alter schienen einer ganz anderen Spezies anzugehören; ihre Belange kamen mir so fremdartig vor wie die des Dogon-Stammes in Mali. Die siebte Klasse war besonders quälend gewesen, und ich erwartete sehnsüchtig den Moment, in dem ich wieder mit meiner Mutter zusammensein konnte. Die Layout-Abteilung von Cinema Scene mit ihren Filzschreibern, einem Drehkarussell von vielfarbigen Buntstiften, mit Papierbögen in Tischgröße, Zurichtebogen, Kleberastern und Klebestreifen, mit ausrangierten Überschriften und Fotos, die ich aufkleben und zu Collagen verarbeiten konnte, war ein Paradies für mich. Es gefiel mir, wie die Erwachsenen sich unterhielten; sie vergaßen immer, daß ich da war, und erzählten sich die merkwürdigsten Dinge. In diesem Sommer tratschten die Redakteure und Marlene, Art Director der Zeitschrift, über die Affäre zwischen dem Verleger und der Chefredakteurin des Magazins. »Ein ziemlich bizarrer Auswuchs von Santa-Ana-Fieber«, kommentierte meine Mutter vom Montagetisch. »Die spitzschnabelige Magersüchtige und der toupierte Chihuahua. Das ist mehr als grotesk! Ihre Kinder wüßten wahrscheinlich gar nicht, ob sie Körner picken oder bellen sollten.«

Sie lachten. Meine Mutter sprach immer aus, was die anderen nur dachten.

Ich saß an dem leeren Zeichentisch, der neben dem meiner

Mutter stand, und zeichnete die Jalousetten, die das hereinfallende Licht wie einen Käse in Scheiben schnitten. Ich wartete darauf, was meine Mutter als nächstes sagen würde, doch sie setzte sich wieder ihre Kopfhörer auf, so wie man einen Punkt ans Ende eines Satzes setzt. Das war ihre Art, den Umbruch zu machen: Sie hörte exotische Musik und gab vor, weit weg in einem duftenden Königreich aus Feuer und Schatten zu schweben, statt an einem Skizzentisch in einer Zeitschriftenredaktion zu sitzen und für acht Dollar die Stunde Interviews mit Schauspielern zu montieren. Sie konzentrierte sich auf die Bewegungen des stählernen Papiermessers, während sie die Spalten schnitt. Sie zog die langen Papierstreifen ab, die am Messer hängenblieben. »Ich ziehe ihnen die Haut ab«, sagte sie immer. »Die Haut dieser geistlosen Schreiberlinge, die ich dann auf die Seiten transplantiere, um Monster der Bedeutungslosigkeit zu schaffen.«

Die Redakteure lachten verlegen.

Niemand nahm Notiz davon, als Bob, der Verleger, den Raum betrat. Ich senkte den Kopf und legte eifrig den Kreuzwinkel an, so als ob ich irgend etwas Hochoffizielles erledigte. Bis jetzt hatte er noch kein Wort darüber verloren, daß ich meine Mutter immer zur Arbeit begleitete, doch Marlene hatte mir geraten, »tief zu fliegen und den Radar zu meiden«. Er schien mich nie zu bemerken. Bloß meine Mutter. An diesem Tag trat er dicht hinter ihren Schemel und spähte über ihre Schulter hinweg auf den Umbruch. Er wollte wohl nur nahe bei ihr stehen, ihr Haar berühren, das so weiß wie Gletschermilch war, und versuchen, ob er nicht einen Blick in ihren Ausschnitt erhaschen konnte. Ich sah die Verachtung auf ihrem Gesicht, als er sich über sie beugte und sich dann, so als habe er das Gleichgewicht verloren, mit der Hand auf ihrem Oberschenkel abstützte.

Sie tat so, als ob sie aufschreckte, und schnitt ihm in einer einzigen sparsamen Bewegung mit der scharfen Klinge des Papiermessers in den nackten Unterarm.

Er betrachtete seinen Arm, verwundert über den Blutfaden, der an die Oberfläche quoll.

»Oh, Bob!« sagte sie. »Es tut mir so leid, ich habe dich gar nicht gesehen. Alles in Ordnung?« Doch der Blick, den sie ihm aus ihren kornblumenblauen Augen zuwarf, zeigte ihm, daß sie ihm genausogut die Kehle hätte durchschneiden können.

»Kein Problem, nur ein kleines Mißgeschick.« Dort, wo der Ärmel seines Polohemdes endete, prangte ein fünf Zentimeter langer Schnitt. »Nur ein Mißgeschick«, wiederholte er etwas lauter, so als ob er alle beruhigen wollte, und zog sich hastig in sein Büro zurück.

Während der Mittagspause fuhren wir in die Berge und parkten im Halbschatten einer großen Platane, deren puderweiße Rinde sich wie ein weiblicher Körper vor dem unwirklich blauen Himmel abzeichnete. Wir aßen Joghurt aus Pappbechern und hörten eine Kassette, auf der Anne Sexton ihre Gedichte in ihrem schaurigen, ironisch gedehnten Tonfall vorlas. Sie las gerade, wie sie bei der Musiktherapie in einer psychiatrischen Klinik die Glöckchen klingen ließ. Meine Mutter hielt die Kassette an. »Sag mir die nächste Zeile auf.«

Ich mochte es, wenn meine Mutter versuchte, mir etwas beizubringen, wenn sie mir Beachtung schenkte. Oft genug erschien sie mir unerreichbar. Wenn sie dann aber ihre Aufmerksamkeit auf mich richtete, spürte ich eine Wärme, wie Blumen sie wohl fühlen, wenn sie durch den Schnee nach oben dringen und die ersten gebündelten Sonnenstrahlen erhaschen.

Ich mußte nicht lange nach der Antwort suchen. Sie kam wie ein Lied. Das Licht brach sich in den Blättern der Platane, während die verrückte Anne ihr Glöckchen in es-Moll läutete und meine Mutter nickte.

»Gedichte solltest du immer auswendig lernen«, sagte sie. »Sie müssen zu deinem Knochenmark werden. Wie Fluor im Wasser machen sie deine Seele unempfindlich gegen die schleichende Karies der Welt.«

Ich stellte mir vor, daß meine Seele Worte aufsog, ähnlich wie die Bäume im Petrified Forest Kieselerde aufgesogen hatten, und daß sich mein Holz in gemustertes Achat verwandelte. Ich mochte es, wenn meine Mutter mich formte. Ich glaubte, daß Ton sich in der Hand einer guten Töpferin wohl fühlen müsse.

Am Nachmittag fiel die Chefredakteurin in die Layout-Abteilung ein und zog eine Wolke orientalischen Duftes hinter sich her, die noch lange, nachdem sie gegangen war, in der Luft hing. Kit war eine dünne Frau mit sehr hellen Augen und den hektischen Bewegungen eines aufgeschreckten Vogels; sie lächelte etwas zu fröhlich mit ihren leuchtendroten Lippen, während sie hin und her flatterte, sich das Layout anschaute, den Seitenaufbau überprüfte, über die Schultern meiner Mutter hinweg die Schriften kontrollierte und Verbesserungen vorschlug. Meine Mutter warf ihr Haar zurück wie eine Katze, die noch einmal zuckt, ehe sie einen mit den Klauen packt.

»Ihre langen Haare!« sagte Kit. »Ist das nicht gefährlich bei Ihrer Arbeit? Mit dem Fixogum und dem ganzen Klebezeug?« Sie trug einen kurzen geometrischen Haarschnitt, tintenschwarz gefärbt und im Nacken ausrasiert.

Meine Mutter ignorierte sie, ließ jedoch das Papiermesser fallen, so daß es sich wie ein Wurfspeer in die Tischplatte bohrte.

Nachdem Kit wieder gegangen war, sagte meine Mutter zu Marlene: »Ich bin sicher, daß sie mich am liebsten mit einem Bürstenschnitt sehen würde. Genauso schwarz geteert wie ihrer.«

»Farbton ›Tanz der Vampire‹«, sagte Marlene.

Ich blickte nicht auf. Ich wußte, daß sie nur wegen mir hier war. Wenn ich nicht wäre, müßte sie keine solchen Arbeiten annehmen. Sie wäre irgendwo am anderen Ende der Welt, würde sich in einem türkisfarbenen Meer treiben lassen oder im Mondlicht zu Flamenco-Klängen tanzen. Ich fühlte meine Schuld wie ein Brandmal.

An diesem Abend ging sie allein aus. Ich zeichnete eine Stunde lang, aß ein Sandwich mit Erdnußbutter und Mayonnaise und klopfte dann gelangweilt bei Michael, unserem Nachbarn, an.

Auf der anderen Seite der Tür wurden drei Riegel zurückgeschoben. »Gerade läuft ›Königin Christina‹!« Er lächelte mich an, ein freundlicher, weicher Mann, ungefähr so alt wie meine Mutter, aber aufgedunsen und blaß, weil er trank und nie an die frische Luft ging. Er räumte einen Stapel dreckiger Klamotten und einige Variety-Hefte von der Couch, damit ich mich setzen konnte.

Sein Apartment sah ganz anders aus als unseres, vollgestopft mit Möbeln, Andenken, Kinoplakaten, Variety-Heften, Zeitungen und leeren Weinflaschen. Auf den Fensterbänken vegetierten einige Tomatenpflanzen vor sich hin und kämpften um die wenigen Lichtstrahlen. Selbst tagsüber war es dunkel, da die Fenster nach Norden gingen, doch man hatte einen sensationellen Blick auf den Hollywood-Schriftzug; aus diesem Grund hatte Michael das Apartment auch bezogen.

»Immer nur Schnee«, sprach er im Chor mit der Garbo und verzog das Gesicht genau wie sie. »Ewiger Schnee.« Er reichte mir eine Schüssel mit Sonnenblumenkernen. »Ich *bin* die Garbo.«

Ich knackte die Kerne zwischen den Zähnen und streifte die Plastiksandalen ab, die ich seit April trug. Ich konnte meiner Mutter unmöglich sagen, daß ich schon wieder herausgewachsen war. Ich wollte sie nicht daran erinnern, daß ich der Grund dafür war, daß sie zwischen Stromrechnungen und zu klein gewordenen Kinderschuhen gefangen war, der Grund dafür, daß sie sich wie Michaels welke Tomaten nach ein paar Lichtstrahlen recken mußte. Sie war eine schöne Frau, die einen Klumpfuß hinter sich herzog – und dieser Klumpfuß war ich. Ich war der Mühlstein, den sie mit sich herumschleppte, ich war ihr Stahlkorsett.

»Was liest du gerade?« fragte ich Michael. Er war Schauspieler, arbeitete allerdings nicht besonders viel – und für das Fernsehen wollte er nichts machen, so daß er sein Geld vor allem damit verdiente, Bücher für »Books on Tape« zu lesen. Er mußte das unter einem Pseudonym tun, Wolfram Malevich, weil er in der Schauspielergewerkschaft war, aber der Verlag die gewerkschaftlichen Tarifverträge umging. Wir hörten ihn jeden Morgen sehr früh durch die dünne Wand, wenn er seine Bücher las. Aus seiner

Zeit bei der Armee konnte er etwas Deutsch und Russisch. Er hatte für den Nachrichtendienst, die Army Intelligence, gearbeitet – ein Widerspruch in sich, wie er immer sagte –, deshalb hatte man ihm jetzt die deutschen und russischen Autoren zugeteilt.

»Kurzgeschichten von Tschechow.« Er beugte sich vor und reichte mir das Buch vom Couchtisch. Es war voll mit Anmerkungen, Klebezettelchen und Unterstreichungen.

Ich blätterte das Buch durch. »Meine Mutter haßt Tschechow. Sie sagt, daß jedem, der ihn einmal gelesen hat, klar sein muß, wieso es zur Revolution kam.«

»Deine Mutter!« Michael lächelte. »Dir würde er vielleicht sogar gefallen. Tschechow ist so herrlich melancholisch!« Wir drehten uns beide zum Fernseher, um die beste Stelle in »Königin Christina« nicht zu verpassen, und sprachen im Chor mit der Garbo: »Der Schnee ist wie ein weißes Meer. Man könnte hinausgehen und sich darin verlieren – und die ganze Welt vergessen.«

Ich stellte mir meine Mutter als Königin Christina vor, kühl und traurig, die Augen auf einen fernen Horizont gerichtet. Dort gehörte sie eigentlich hin, in Pelze gehüllt, Paläste mit seltenen Schätzen, mit Kaminen, die so groß waren, daß man ein ganzes Rentier davor rösten konnte, Schiffe aus schwedischem Ahorn. Meine größte Angst war, daß sie eines Tages dorthin zurückkehren und nie mehr wiederkommen würde. Deshalb blieb ich immer wach und wartete auf sie, wenn sie abends ausging, so wie jetzt, egal wie spät sie nach Hause kam. Ich mußte ihren Schlüssel im Schloß hören und ihr Veilchenparfum riechen.

Und ich versuchte, es nicht noch schlimmer zu machen, indem ich sie um Dinge bat oder sie mit meinen Problemen herunterzog. Ich hatte schon oft beobachtet, wie andere Mädchen nach neuen Kleidern jammerten oder sich darüber beschwerten, was ihre Mütter ihnen zum Abendessen gekocht hatten. Ich schämte mich dann immer. Wußten sie denn nicht, daß sie ihre Mütter an den Boden fesselten? Hatten Ketten kein schlechtes Gewissen gegenüber den Gefangenen?

Doch wie ich sie darum beneidete, daß ihre Mütter auf ihren

Bettkanten hockten und erfahren wollten, was sie dachten! Meine Mutter zeigte, was mich betraf, kein bißchen Neugier. Ich fragte mich oft, was ich eigentlich für sie war: ein Hund, den sie vor irgendeinem Geschäft anbinden konnte, ein Papagei auf ihrer Schulter?

Ich erzählte ihr nie, daß ich mir einen Vater wünschte, daß ich im Sommer gern ins Feriencamp fahren würde, daß sie mir manchmal Angst einjagte. Ich befürchtete, sie würde dann davonfliegen und mich allein zurücklassen. Daß ich dann an einem Ort leben müßte, wo es zu viele Kinder und zu viele Gerüche gab; an einem Ort, wo Schönheit und Stille und der Zauber ihrer Worte, die sich in die Luft erhoben, so weit weg wären wie Saturn.

Draußen vor dem Fenster verschwamm das Leuchten des Hollywood-Schriftzugs im Juninebel. Eine weiche Nässe auf den Hügeln ließ den Geruch nach Salbei und Chamisosträuchern aufsteigen. Feuchtigkeit, die das Fensterglas mit Träumen beschlug.

Sie kam um zwei nach Hause, als die Bars schlossen. Ihrer Ruhelosigkeit war für den Augenblick Genüge getan. Ich saß auf ihrem Bett, sah ihr dabei zu, wie sie sich umzog, und bewunderte jede ihrer Bewegungen. Eines Tages würde ich auch so die Arme kreuzen und mir ein enges Kleid über den Kopf ziehen, die hochhackigen Schuhe abstreifen. Ich probierte sie an und bewunderte sie an meinen Füßen. Sie hatten fast die richtige Größe. In etwa einem Jahr würden sie mir passen. Sie setzte sich neben mich, gab mir ihre Bürste, und ich bürstete ihr helles Haar, bis es weich war, und sprenkelte die Luft mit ihrem Veilchengeruch. »Ich hab' den Ziegenbock wieder gesehen«, sagte sie.

»Was für einen Ziegenbock?«

»Aus dem Weinlokal, erinnerst du dich? Den grinsenden Pan mit den Pferdefüßen?«

Ich konnte uns beide in dem runden Wandspiegel sehen, unser lang herabhängendes Haar, unsere blauen Augen. Nordische Frauen. Wenn ich uns so sah, erinnerte ich mich beinahe daran, wie es gewesen sein mußte, als wir in kalten, tiefen Wassern fischten. Ich roch Dorsch und Holzkohlefeuer, dachte an unsere Fellstiefel, unser seltsames Alphabet, dessen Runen wie Stöcke aussahen, an unsere Sprache, die wie das Pflügen des Feldes war.

»Er hat mich die ganze Zeit über angestarrt«, sagte sie. »Barry Kolker. Marlene hat erzählt, daß er Essays schreibt.« Ihre feingeschwungenen Lippen verzogen sich zu langen mißbilligenden Kommas. »Er war mit dieser Schauspielerin aus dem ›Kaktusgarten‹ da, Jill Lewis.«

Ihr Haar, hell wie ungebleichte Seide, glitt zwischen den Wildschweinborsten hindurch.

»Mit dem fetten Ziegenbock? Kannst du dir das vorstellen?« Sie konnte es offenbar nicht. Schönheit war meiner Mutter Gesetz, ihre Religion. Man konnte tun, wozu man Lust hatte, solange man schön war, solange man die Dinge schön gestaltete. War man es nicht, existierte man einfach nicht. Sie hatte es mir seit frühester Kindheit eingehämmert. Allerdings hatte ich inzwischen gemerkt, daß die Realität nicht immer den Vorstellungen meiner Mutter entsprach.

»Vielleicht mag sie ihn«, sagte ich.

»Sie muß vollkommen verrückt sein«, bemerkte meine Mutter, nahm mir die Bürste ab und bürstete dann mein Haar, wobei sie fest auf meine Kopfhaut drückte. »Sie könnte doch jeden Mann haben! Was findet sie bloß an ihm?«

Sie traf ihn völlig unverhofft in ihrer Lieblingsbar in der Stadt wieder. Sie sah ihn auf einer Party in Silverlake. Sie konnte hingehen, wo sie wollte – so beschwerte sie sich –, immer war der Ziegenbock schon da.

Ich vermutete, daß es sich bloß um Zufälle handelte, doch eines Abends während einer Performance in Santa Monica, bei der wir einem ihrer Freunde dabei zuschauten, wie er auf Mineralwasserflaschen schlug und pathetisch die Trockenheit beschwor, sah ich ihn ebenfalls, vier Reihen hinter uns. Er versuchte die ganze Zeit, ihren Blick zu erhaschen. Er winkte mir zu, und ich winkte unauffällig zurück, damit sie es nicht sah.

Nachdem die Performance vorbei war, wollte ich mit ihm sprechen, doch sie zog mich schnell aus dem Raum. »Ermutige ihn nicht noch!« zischte sie mir zu.

Als er auf der alljährlichen Verlegerparty von Cinema Scene auftauchte, mußte auch ich zugeben, daß er ihr nachstellte. Die Feier fand draußen im Hof eines alten Hotels auf dem Sunset Boulevard statt. Die Hitze des Tages ließ allmählich nach. Die Frauen trugen hauchdünne Kleider, meine Mutter hatte sich wie ein Falter ganz in weiße Seide gehüllt. Ich bahnte mir einen Weg durch die Menge zum Vorspeisenbuffet und füllte schnell meine Handtasche mit Dingen, von denen ich glaubte, daß sie ein paar Stunden ohne Kühlschrank überstehen könnten – Krebsscheren und Spargelröllchen, Leber in Schinken –, und da war plötzlich Barry, der seinen Teller mit Garnelen belud. Kaum hatte er mich erblickt, suchten seine Augen die Menge nach meiner Mutter ab. Sie stand hinter mir und schwatzte mit Miles, dem Bildredakteur, einem hageren, stoppelbärtigen Engländer mit gelbfleckigen Nikotinfingern. Sie hatte Barry noch nicht gesehen. Er schob sich durch die Partygäste in ihre Richtung. Ich folgte dicht hinter ihm.

»Ingrid«, sagte Barry und sprengte ihren Zweierzirkel. »Ich habe schon nach dir Ausschau gehalten!« Er lächelte. Ihr unbarmherziger Blick glitt über seine senffarbene, schiefhängende Krawatte, über das braune Hemd, das an den Knöpfen spannte, über seine unregelmäßigen Zähne, über die Garnele, die er in seiner plumpen Faust hielt. Ich konnte die eisigen Winde Schwedens hören, doch er schien die Kälte nicht zu spüren.

»Ich habe an dich gedacht«, sagte er und schob sich sogar noch näher.

»Mir wäre lieber, du würdest das lassen!« erwiderte sie.

»Du wirst deine Meinung über mich schon noch ändern«, sagte er. Er tippte sich mit dem Finger an die Nase, zwinkerte mir zu und ging dann zu einer anderen Gruppe von Leuten hinüber, legte seinen Arm um ein hübsches Mädchen und küßte sie auf den Nacken. Meine Mutter drehte sich weg. Dieser Kuß verstieß gegen alle ihre Grundsätze. In ihrem Universum passierte so etwas nicht.

»Kennst du Barry?« erkundigte sich Miles.

»Wen?« erwiderte meine Mutter.

In dieser Nacht konnte sie nicht schlafen. Wir gingen runter zum Pool des Apartmenthauses und schwammen langsam, leise plätschernd unter den örtlichen Sternen: der Krebsschere und der Riesengarnele.

Meine Mutter beugte sich über ihren Montagetisch und schnitt ohne Hilfe eines Lineals in langen, eleganten Strichen die Spalten aus. »Das ist Zen«, sagte sie. »Kein Makel, kein langes Zaudern. Ein Fenster zur Anmut.« Sie sah richtig glücklich aus. So ging es ihr manchmal, wenn sie etwas exakt montiert hatte. Sie vergaß dann völlig, wo sie war, warum sie da war; vergaß, wo sie hergekommen war und lieber wieder sein würde; vergaß alles bis auf die Gabe, eine perfekte, gerade Linie mit der freien Hand zu schneiden, eine Freude, die genauso rein war, als hätte sie gerade einen schönen Satz geschrieben.

Doch dann sah ich, was sie noch nicht gesehen hatte: Der Ziegenbock betrat die Layout-Abteilung. Ich wollte ihren Moment der Anmut nicht zerstören, deshalb klebte ich weiter an meinem chinesischen Baum aus Papierresten und aussortierten Standbildern von »Salaam Bombay«. Als ich hochschaute, fing er meinen Blick auf, legte den Finger an die Lippen, schlich sich hinter sie und tippte ihr auf die Schulter. Ihr Papiermesser schoß durch die Satzvorlage. Sie fuhr herum, und ich dachte schon, daß sie ihm den Bauch aufschlitzen wollte, doch er zeigte ihr etwas, was sie davon abhielt: einen kleinen Umschlag, den er auf den Tisch legte.

»Für dich und deine Tochter«, sagte er.

Sie öffnete ihn und zog zwei blau-weiße Eintrittskarten heraus. Ihr Schweigen, während sie sie untersuchte, erstaunte mich. Sie betrachtete zuerst die Karten, dann ihn, dann stieß sie die

Spitze ihres Papiermessers in die Gummiauflage des Tisches, ein Pfeil, der dort einen Moment lang steckenblieb, ehe sie ihn wieder herauszog.

»Nur das Konzert«, sagte sie dann. »Ich gehe weder abendessen noch tanzen!«

»Einverstanden«, antwortete er, doch ich konnte sehen, daß er ihre Worte nicht wirklich ernst nahm. Er kannte sie noch nicht.

Die Karten waren für ein Gamelan-Konzert im Kunstmuseum bestimmt. Nun war mir klar, weshalb sie so schnell eingewilligt hatte. Ich fragte mich bloß, woher er so genau wußte, was er ihr vorschlagen mußte – die einzige Einladung kannte, die sie niemals ausschlagen würde. Hatte er sich in den Oleanderbüschen vor unserem Haus versteckt? Ihre Freunde ausgefragt? Irgend jemanden bestochen?

Die Nacht knisterte, als meine Mutter und ich im Foyer des Museums auf ihn warteten. Die Hitze hatte alles statisch aufgeladen. Ich kämmte mir die Haare, weil ich sehen wollte, ob die Spitzen Funken schlugen.

Meine Mutter, gezwungen zu warten, machte kurze, ungeduldige Handbewegungen. »Zu spät! Wie verabscheuungswürdig! Ich hätte es gleich wissen müssen! Wahrscheinlich bespringt er gerade irgendwo in einem Feld ein paar Ziegen! Erinnere mich gelegentlich daran, nie wieder Verabredungen mit Vierbeinern zu treffen!«

Sie trug immer noch ihre Arbeitsklamotten, obwohl sie genug Zeit gehabt hätte, sich umzuziehen. Damit wollte sie ein Zeichen setzen, ihm zeigen, daß es sich gar nicht um eine richtige Verabredung handelte, daß ihr der Anlaß völlig unwichtig war. Die anderen Frauen, die sommerliche Seidenkleider trugen und teure Parfumdüfte hinter sich herzogen, beäugten sie kritisch. Die Männer blickten sie bewundernd an, lächelten und starrten ihr hinterher. Sie starrte unverblümt zurück, mit ihren stechend blauen Augen, so lange, bis es den Männern peinlich wurde und sie sich verlegen wegdrehten.

»Männer«, sagte sie. »Egal wie unattraktiv sie sind – jeder glaubt, er sei was ganz Besonderes!«

Ich sah Barry über den Platz kommen, eine massige Gestalt auf kurzen Beinen. Er grinste und enthüllte dabei seine Zahnlücke. »Tut mir leid, aber der Verkehr war die Hölle!«

Meine Mutter ignorierte die Entschuldigung. Nur Trampel hielten es für nötig, sich zu entschuldigen, hatte sie mir beigebracht. Entschuldige dich nie, erkläre nie etwas.

Das Gamelan-Orchester bestand aus zwanzig kleinen, dürren Männlein, die vor kunstvoll geschnitzten Glockenspielen, Gongs und Trommeln knieten. Die Trommel begann, begleitet von den tieferen Glockenspielen. Dann fielen immer mehr Instrumente in den anschwellenden Klang ein. Rhythmen entstanden und breiteten sich aus, verschlungen wie Lianen. Meine Mutter sagte, das Gamelan verursache beim Hörer eine Hirnwelle jenseits aller Alpha-, Beta- und Thetawellen. Eine Welle, die die normalen Gedankenkanäle lahmlegte und in bisher unberührten Gegenden des Geistes neue erzwang, ähnlich wie parallele Blutgefäße entstehen, um ein beschädigtes Herz zu versorgen.

Ich schloß die Augen und betrachtete die winzigen Tänzer, die wie juwelengeschmückte Vögel über die dunkle Leinwand meiner Augenlider hüpften. Sie zogen mich mit sich und redeten mit mir in Sprachen, die keine Worte hatten für seltsame Mütter mit eisblauen Augen, für Apartmenthäuser mit häßlichen Glitzersteinen auf der Eingangstür und verwelkten Blättern im Pool.

Nach der Vorstellung klappte das Publikum die plüschigen Samtsessel hoch und drängte zu den Ausgängen, doch meine Mutter rührte sich nicht. Sie blieb mit geschlossenen Augen auf ihrem Sessel sitzen. Sie verließ gern als letzte den Saal. Sie haßte Menschenaufläufe, und es widerstrebte ihr, den Leuten dabei zuzuhören, wie sie nach einer Vorstellung ihre Ansichten äußerten oder – noch schlimmer – sich darüber austauschten, ob und wie lange man wohl auf der Toilette warten müsse oder wo man im Anschluß essen solle. Es verdarb ihr die Stimmung. Sie befand sich immer noch in einer anderen Welt und wollte dort so lange wie möglich bleiben, während sich die parallelen Gedankenkanäle wie Korallen durch ihre Großhirnrinde bohrten.

»Es ist vorbei«, sagte Barry.

Sie hob die Hand und signalisierte ihm, still zu sein. Er blickte mich an, und ich zuckte mit den Schultern. Ich war daran gewöhnt. Wir warteten, bis auch das letzte Geräusch im Zuschauerraum verstummt war. Schließlich öffnete sie die Augen.

»Also, wollt ihr eine Kleinigkeit essen?« fragte er.

»Ich esse nie«, sagte sie.

Ich hatte Hunger, doch wenn meine Mutter einmal eine Position bezogen hatte, war sie unerschütterlich. Wir gingen nach Hause, wo ich Thunfisch aus der Dose aß, während meine Mutter in Anlehnung an die Rhythmen des Gamelans ein Gedicht über Schattenspielfiguren und Schicksalsgötter schrieb.

2

In dem Sommer, als ich zwölf war, streifte ich gern durch die Anlage, in der die Kinozeitschrift ihre Büros hatte. Der Komplex aus den zwanziger Jahren, ein ehemaliges Einkaufszentrum, hieß Crossroads of the World; in der Mitte des Hofes stand ein Gebäude im Art-déco-Stil, das einem Ozeandampfer nachempfunden war und heute von einer Werbeagentur genutzt wurde. Ich saß auf einer Steinbank und stellte mir vor, daß Fred Astaire, bekleidet mit einer Schiffermütze und einem blauen Blazer, an der Messingreling des Dampfers lehnte.

Die Häuser, die den gepflasterten Hof umgaben, waren in den verschiedensten Phantasiestilen – von den Gebrüdern Grimm bis zu Don Quijote – erbaut worden und beherbergten heute Fotostudios, Casting-Agenturen und Satzstudios. Ich zeichnete eine lachende Carmen, die sich unter dem herabhängenden Korb mit roten Geranien in der sevillanischen Eingangstür der Model-Agentur rekelte, und eine sittsam bezopfte Gretel, die die germanischen Stufen des Fotostudios mit einem Reisigbesen kehrte.

Während ich zeichnete, beobachtete ich die hochgewachsenen schönen Mädchen, die durch die Türen ein und aus gingen und zwischen Casting-Agentur und Fotostudio hin- und herliefen, wo sie das schwer verdiente Geld aus Teilzeitjobs ausgaben, um ihre Karriere voranzutreiben. Alles Geldschneiderei, pflegte meine Mutter zu sagen, und ich hätte den Mädchen gern diese Erkenntnis weitergegeben, doch sie schienen bereits durch ihre Schönheit gegen alles gefeit zu sein. Was konnte solchen Mädchen schon zustoßen, langbeinig in hautengen Hosen und durchsichtigen Sommerkleidchen, mit klaren Augen und ebenmäßigen Gesichtern? Selbst die Vormittagshitze ließ ihre Makellosigkeit unberührt; sie schienen in einem anderen Klima zu leben.

Gegen elf tauchte meine Mutter im gefliesten Eingangsbereich von Cinema Scene auf, und ich klappte mein Heft zusammen, weil ich dachte, daß sie eine frühe Mittagspause machen wollte. Doch wir gingen nicht zum Auto. Statt dessen folgte ich ihr um die nächste Straßenecke, wo Barry Kolker neben einem alten goldenen Lincoln auf uns wartete. Er trug ein grelles, großkariertes Jackett.

Meine Mutter blickte ihn einmal kurz an und schloß die Augen. »Dieses Jackett ist ja gräßlich! Ich kann gar nicht hinsehen! Hast du es einer Leiche geklaut?«

Barry grinste und hielt meiner Mutter und mir die Autotüren auf. »Wart ihr noch nie beim Pferderennen? Man muß sich schrill anziehen, das ist so üblich.«

»Du siehst aus wie ein Sofa in einem Altersheim«, sagte sie, während wir einstiegen. »Gott sei Dank wird mich wenigstens keiner meiner Bekannten mit dir sehen!«

Wir machten einen Ausflug mit Barry. Ich konnte es kaum fassen. Ich war davon überzeugt gewesen, daß wir ihn nach dem Gamelan-Konzert nie mehr wieder treffen würden. Und jetzt hielt er mir die hintere Tür des Lincoln auf. Ich war noch nie auf der Rennbahn gewesen. Es war nicht die Art Freizeitvergnügen, die meiner Mutter in den Sinn kam: draußen an der frischen Luft, Pferde, niemand, der ein Buch las oder über den Zusammenhang von Schönheit und Schicksal nachdachte.

»Normalerweise würden mich keine zehn Pferde dorthin bringen, wie es so passend heißt«, sagte meine Mutter, während sie den Sicherheitsgurt umlegte. »Aber der Gedanke, die Arbeit für ein paar Stündchen zu schwänzen, ist einfach herrlich.«

»Es wird dir gefallen.« Barry setzte sich hinter das Lenkrad. »Der Tag ist viel zu schön, um in der alten Tretmühle zu schwitzen.«

»Dazu ist eigentlich jeder Tag zu schade«, gab meine Mutter zurück.

Am Cahuenga Boulevard nahmen wir den Freeway, fuhren Richtung Norden an Hollywood vorbei ins Valley und dann ostwärts Richtung Pasadena. Die Hitze lag wie ein Deckel über der Stadt.

Santa Anita lag am Fuß der San-Gabriel-Berge, ein blauer Granitwall, der wie eine Flutwelle jäh über der Stadt aufragte. Bunte Blumenrabatten und makellos grüne Rasenflächen gaben ihren schweren Duft in die Smogluft ab. Meine Mutter lief ein paar Schritte vor Barry her und gab vor, ihn nicht zu kennen, bis ihr schließlich aufging, daß hier alle so gekleidet waren wie er: weiße Schuhe und grünes Polyester.

Die Pferde erinnerten an empfindliche Maschinen auf Stahlfedern, sie glänzten wie Metall, und die Satinhemden der Jockeys leuchteten in der Sonne, während sie ihre Reittiere um den Platz führten, jedes Jungpferd von einem älteren, ruhigeren Partner begleitet. Die Pferde, ganz Nerven und Hitze, scheuten vor Kindern hinter der Absperrung, vor Fahnen.

»Such dir ein Pferd aus«, forderte Barry meine Mutter auf.

Sie entschied sich für Nummer sieben, eine weiße Stute, wegen ihres Namens: Medeas Stolz.

Die Jockeys hatten Schwierigkeiten, die Pferde in die Startmaschine zu dirigieren, doch kaum hatten sich die Tore geöffnet, donnerten sie wie eine Einheit über die Rennbahn.

»Los, Sieben!« schrien wir. »Schneller, Sieben!«

Sie gewann. Meine Mutter lachte und umarmte mich, umarmte sogar Barry. So hatte ich sie noch nie erlebt, aufgeregt, lachend, sie schien plötzlich ganz jung zu sein. Barry hatte zwanzig Dollar für sie gesetzt und händigte ihr den Gewinn aus, hundert Dollar.

»Was haltet ihr von einem Abendessen?« fragte er sie.

Ja, bitte sag ja, betete ich. Wie konnte sie ihm jetzt noch etwas abschlagen?

Sie führte uns zum Essen in das nahe gelegene Restaurant namens Surf 'N' Turf. Barry und ich bestellten Salat und Steaks mit Folienkartoffeln und saurem Rahm. Meine Mutter trank nur ein Glas Weißwein. Das war Ingrid Magnussen. Sie stellte ihre eigenen Regeln auf, und plötzlich waren sie in den Stein von Rosette gemeißelt, waren aus einer Höhle unter dem Toten Meer geborgen worden, waren auf Schriftrollen aus der Tang-Dynastie verewigt.

Während des Essens erzählte Barry uns von seinen Reisen in den Orient, von Orten, an denen wir nie gewesen waren. Sein Erlebnis, als er sich in einer Strandhütte auf Bali Zauberpilze bestellt hatte und hinterher am türkisfarbenen Meer entlanggelaufen war und halluzinierte, er sei im Paradies. Sein Ausflug zu den Tempeln von Angkor Wat im Dschungel von Kambodscha, begleitet von thailändischen Opiumschmugglern. Die Woche, die er in den schwimmenden Bordellen Bangkoks verbracht hatte. Meine Anwesenheit hatte er völlig vergessen, er war zu sehr damit beschäftigt, meine Mutter zu hypnotisieren. Seine Stimme beschwor Gewürznelken und Nachtigallen herauf, sie trug uns auf Gewürzmärkte in Celebes, wir trieben mit ihm auf einem Hausboot über das Korallenmeer. Wir waren wie Kobras, die der Bambusflöte ihres Schlangenbeschwörers folgen.

Auf dem Nachhauseweg ließ sie ihn ihre Taille berühren, während sie ins Auto stieg.

Barry lud uns zum Abendessen zu sich nach Hause ein und sagte, er würde uns gern ein paar indonesische Gerichte kochen, die er dort gelernt hatte. Ich wartete bis zum Nachmittag, um ihr zu sagen, daß ich mich nicht wohl fühlte, daß sie ohne mich gehen sollte. Ich hungerte nach Barry, ich dachte, er könnte vielleicht der Richtige sein; jemand, der uns ernähren, uns festhalten und uns Wirklichkeit schenken konnte.

Sie verbrachte eine geschlagene Stunde damit, Kleider anzuprobieren, weiße indische Pajamas, das blaue Gazekleid, das Kleid mit dem Ananas- und Hulamädchen-Muster. Ich hatte sie noch nie zuvor so unschlüssig gesehen.

»Das blaue«, sagte ich. Es hatte einen tiefen Ausschnitt, und das Blau entsprach genau der Farbe ihrer Augen. Niemand konnte ihr widerstehen, wenn sie das blaue Kleid trug.

Sie entschied sich für die indischen Pajamas, die jeden Zentimeter ihrer goldenen Haut bedeckten. »Ich komme früh zurück«, sagte sie.

Nachdem sie gegangen war, lag ich auf ihrem Bett und stellte sie mir zusammen vor, das Duett ihrer tiefen Stimmen im Halbdunkel über der Reistafel. Ich hatte keine Reistafel mehr gegessen, seit wir aus Amsterdam weggezogen waren, wo wir gelebt hatten, als ich sieben war. Damals war der Geruch immer durch unsere Nachbarschaft gezogen. Meine Mutter sagte immer, daß wir eines Tages nach Bali reisen würden. Ich stellte mir dann vor, wie wir in einem Haus mit außergewöhnlich hohem, spitzem Dach wohnten, von wo aus wir über grüne Reisfelder und unglaublich klares Meer blickten und morgens zu Gongklängen und dem Meckern der Ziegen erwachten.

Nach einer Weile schmierte ich mir ein Käsebrot und ging nach nebenan zu Michael. Er hatte gerade eine halbe Flasche Rotwein von Trader Joe's ausgetrunken – »Luxus für Arme«, wie er sagte, da die Flasche einen Korken hatte – und weinte, weil er sich gerade einen Lana-Turner-Film ansah. Ich mochte Lana Turner nicht und hatte keine Lust, mir die sterbenden Tomatenpflanzen anzuschauen. Deshalb las ich Tschechow, bis Michael einpennte, dann ging ich nach unten und schwamm im tränenwarmen Pool. Ich ließ mich auf dem Rücken treiben und schaute zu den Sternen empor, betrachtete den Ziegenbock, den Schwan und hoffte, daß meine Mutter sich verliebte.

Das ganze Wochenende lang verlor sie kein Wort über ihr Rendezvous mit Barry, aber sie schrieb Gedichte, knüllte die Blätter zusammen und warf sie in den Papierkorb.

In der Layout-Abteilung las Kit über die Schulter meiner Mutter hinweg Korrektur, während ich an meinem Tisch in der Ecke saß, Figuren aus aussortierten Fotos schnitt und eine Tschechow-Collage klebte: die Dame mit dem Hündchen. Marlene ging ans Telefon und legte dann die Hand über die Muschel.

»Barry Kolker ist dran.«

Beim Klang dieses Namens hob Kit ruckartig den Kopf, wie eine Marionette in den Händen eines ungeschickten Puppenspielers. »Ich nehme das Gespräch in meinem Büro entgegen.«

»Er will Ingrid sprechen«, sagte Marlene.

Meine Mutter blickte nicht von ihrem Montagebogen auf. »Sag ihm, daß ich nicht mehr hier arbeite.«

Ohne mit der Wimper zu zucken, gab Marlene die Lüge weiter.

»Woher kennen Sie denn Barry Kolker?« fragte die Chefredakteurin und riß ihre schwarzen Olivenaugen auf.

»Bloß eine Zufallsbekanntschaft«, antwortete meine Mutter.

An diesem Abend lockte die lange Sommerdämmerung die Leute aus ihren Wohnungen; sie führten ihre Hunde spazieren, tranken Mixgetränke am Pool und ließen die Füße ins Wasser hängen. Der Mond ging auf und machte sich vor dem unnatürlichen Blau des Himmels breit. Meine Mutter kniete vor ihrem Tisch und schrieb, während ich auf ihrem Bett lag; eine leichte Brise streifte das Windspiel, das wir im alten Eukalyptusbaum aufgehängt hatten. Ich hätte diesen Moment gern für immer eingefroren: den Klang des Windspiels, das leise Plätschern des Wassers, das Klimpern der Hundeleinen, das Gelächter am Pool, das Kratzen des Federhalters auf dem Papier, den Baum, die Stille. Am liebsten hätte ich ihn in ein Medaillon gesperrt und mir um den Hals gehängt. Ich wünschte mir, daß jetzt, in dieser Sekunde, ein tausendjähriger Schlaf über uns hereinbrechen möge wie über Dornröschens Schloß.

Ein Klopfen an der Tür störte unseren Frieden. Niemand kam je an unsere Tür. Sie legte ihren Federhalter hin, stand auf und griff nach dem Klappmesser, das sie in dem Krug mit den Stiften aufbewahrte, mit einer Klinge, die scharf genug war, eine Katze zu rasieren. Sie klappte es an ihrem Oberschenkel auf und legte den Finger auf die Lippen. Sie raffte den weißen Kimono über ihrer nackten Haut zusammen.

Es war Barry, der von draußen rief: »Ingrid!«

»Wie kann er es wagen!« sagte sie. »Er kann doch nicht so

einfach vor meiner Tür aufkreuzen, ohne daß ich ihn eingeladen habe!«

Sie öffnete die Tür. Er trug ein zerknittertes Hawaiihemd und hatte eine Flasche Wein und eine Papiertüte dabei, aus der herrliche Gerüche stiegen. »Hi«, grüßte er. »Ich war grad' in der Gegend und dachte mir, ich schau' mal vorbei.«

Sie stand im Türrahmen und hielt immer noch das offene Messer in der Hand. »So – dachtest du das?«

Dann tat sie etwas, was ich ihr nie zugetraut hätte. Sie klappte das Messer zu und bat ihn herein.

Er blickte sich in unserem vornehm kahlen Zimmer um. »Gerade eingezogen?« Sie sagte nichts. Wir wohnten schon seit mehr als einem Jahr dort.

Als ich aufwachte, schien die Sonne heiß durch die Fliegengitterfenster des Balkons und erhellte die milchige abgestandene Luft, die wie ein feuchtes Handtuch über dem Morgen hing. Ich konnte einen Mann singen hören; die Wasserrohre klirrten, als er die Dusche abstellte. Er war über Nacht geblieben. Sie hatte ihre Grundsätze gebrochen. Sie waren doch nicht in Stein gemeißelt. Sie waren so klein und zerbrechlich wie Papierkraniche. Während sie sich für die Arbeit anzog, starrte ich sie verwundert an und wartete auf eine Erklärung, doch sie lächelte nur.

Die Veränderungen, die nach dieser Nacht eintraten, waren erstaunlich. Sonntag morgens gingen wir gemeinsam zum Farmers Market. Sie und Barry kauften Spinat und grüne Bohnen, gelbe Tomaten, blaue Weintrauben, die kaum größer waren als Reißzwecken, und einen papierartigen Knoblauchzopf, während ich hinter ihnen herzockelte, stumm vor Verblüffung über meine Mutter, die plötzlich Gemüseauslagen untersuchte, als handele es sich um einen Ausflug in einen Buchladen. Meine Mutter, für die eine Mahlzeit gewöhnlich aus einem Becher Joghurt oder einer Büchse Sardinen und Salzcracker bestand. Sie konnte wochenlang Erdnußbutterbrote essen, ohne es zu merken. Ich sah, wie sie achtlos an den Ständen mit ihren geliebten weißen Blumen, den Lilien und Chrysanthemen, vorbeiging und statt dessen einen Strauß riesiger roter Mohnblumen mit dicken schwarzen Blütenstempeln kaufte. Auf dem Heimweg hielten sie Händchen und sangen gemeinsam mit tiefen, schmachtenden Stimmen alte Hits aus den Sechzigern: »Wear your love like heaven« und »Waterloo Sunset«.

So vieles, das ich mir nie hätte träumen lassen. Sie schrieb kleine Gedichte, die sie ihm in die Jackentasche schob. Wann immer ich eine Gelegenheit fand, fischte ich sie heimlich heraus, um sie zu lesen. Was sie geschrieben hatte, ließ mich rot werden: *Mohnblüten bluten Blätter puren Übermaßes. Du und ich, auf unserem süßen Schlachtfeld.*

Eines Morgens in der Redaktion zeigte sie mir in einem der wöchentlichen Klatschblätter, Caligula's Mother, ein Foto, das bei einer Premierenfeier aufgenommen worden war. Sie sahen beide sturzbetrunken aus. In der Bildunterschrift wurde sie als Barrys neue Flamme bezeichnet. Über so etwas regte sie sich sonst ungeheuer auf: eine Frau als Anhängsel eines Mannes. Nun war sie so stolz, als ob sie einen Wettbewerb gewonnen hätte.

Leidenschaft. Nie hätte ich erwartet, daß ihr so etwas zustoßen könnte. In diesen Tagen konnte sie sich manchmal selbst im Spiegel nicht wiedererkennen, die Augen schwarz vor Leidenschaft, ihr Haar zerzaust und moschusduftend, nach Barrys Bockgeruch.

Sie gingen zusammen aus, und hinterher erzählte sie mir lachend davon. »Die Frauen machen ihn an und kreischen mit ihren Pfauenstimmen: ›Barry? Wo hast du bloß gesteckt?‹ Doch das stört mich gar nicht. Jetzt ist er mit mir zusammen. Ich bin die einzige, die er begehrt.«

Die Leidenschaft beherrschte sie. Vergessen waren die Anspielungen auf seine Ähnlichkeit mit einem Ziegenbock, auf die dringend nötige Zahnbehandlung, seinen schlaffen Körper, seinen erbärmlichen Kleidergeschmack, sein miserables Englisch, seine schamlosen Klischees, die geradezu kriminelle Trivialität seines Werkes, ein Mann, der »einzigste« schrieb. Ich hätte nie gedacht, daß ich meine Mutter eines Tages dabei beobachten würde, wie sie im Flur vor unserem Apartment an einem untersetzten Mann mit Pferdeschwanz hing, oder daß sie ihm gestatten würde, während des Abendessens in einem dunklen Hunan-Restaurant in Chinatown die Hand unter ihren Rock zu schieben. Ich sah, wie sie ihre Augen schloß, und konnte die Wellen der Leidenschaft spüren, die sich wie Parfum über die Teetassen hinweg ausbreiteten.

Morgens lag er oft bei ihr auf der breiten, weißen Matratze, wenn ich das Zimmer auf dem Weg zur Toilette durchquerte. Sie sprachen dann sogar mit mir, ihr Kopf in seinen Arm geschmiegt, das Zimmer voll mit dem Duft ihres Liebesakts, als sei es die natürlichste Sache der Welt. Ich hätte am liebsten laut gelacht. Im Hof von Crossroads of the World saß ich unter einem Peruanischen Pfefferbaum und schrieb »Mr. und Mrs. Barry Kolker« in mein Notizheft. Vor dem Badezimmerspiegel übte ich den Satz: »Darf ich dich ›Dad‹ nennen?«

Ich erzählte meiner Mutter nie, daß ich mir einen Vater wünschte. Ich hatte dieses Thema bisher erst ein einziges Mal angesprochen. Es muß während meiner Kindergartenzeit gewesen sein; wir waren in jenem Jahr in die Staaten zurückgekehrt und lebten in Hollywood. Der Tag war heiß und dunstig, und meine Mutter hatte schlechte Laune. Sie holte mich spät aus dem Kinderhort ab, um mit mir auf den Markt zu gehen. Wir fuhren in dem alten Datsun, den sie damals besaß; ich erinnere mich noch an den heißen Sitz mit Waffelmuster und daran, daß ich durch ein Loch im Bodenblech die Straße sehen konnte.

Die Vorschule hatte gerade angefangen, und unsere junge Erzieherin, Mrs. Williams, hatte sich nach unseren Vätern erkundigt. Die Väter wohnten in Seattle, Panorama City oder San Salvador; einige waren sogar tot. Sie waren Rechtsanwälte, Trommler oder montierten Autofenster.

»Wo ist mein Vater?« fragte ich meine Mutter.

Sie schaltete gereizt in einen niedrigen Gang, wobei ich unsanft in den Gurt gedrückt wurde. »Du hast keinen Vater«, erwiderte sie.

»Jeder hat einen Vater«, sagte ich.

»Väter sind unwichtig. Glaub mir, du hast Glück gehabt. Ich hatte einen, ich weiß, wovon ich rede. Vergiß es einfach.« Sie drehte das Radio an, und lauter Rock 'n' Roll erklang.

Es war, als ob ich blind sei und sie mir gesagt hätte, das Augenlicht sei unwichtig, es sei ohnehin besser, nichts zu sehen. Ich fing an, Väter zu beobachten, in Läden, auf Spielplätzen, wenn sie ihren Töchtern auf den Schaukeln Schwung gaben. Es gefiel mir, daß sie anscheinend genau wußten, was sie zu tun hatten. Sie kamen mir vor wie ein Raumschiffdock, sicher und fest mit der Welt verbunden, nicht haltlos schwebend wie wir. Ich hoffte, daß Barry Kolker so ein Vater sein konnte.

Ihre geflüsterten Zärtlichkeiten waren meine Schlaflieder. Sie waren mein Wunschkästchen und verhießen mir Wäsche, Urlaub im Feriencamp, neue Schuhe und ein richtiges Weihnachtsfest. Ich sah gemütliche Familienessen vor mir, ein eigenes Zimmer, ein Fahrrad, Elternabende. Ein Jahr, das endlich genauso sein würde wie das vorhergehende, genauso wie das folgende, eine sichere Brücke. Und noch viel mehr sah ich; namenlose, kleine Dinge, wie sie sich vaterlose Mädchen wünschen.

Am Vierten Juli ging Barry mit uns zum Baseballspiel ins Dodger-Stadion und kaufte uns Dodger-Kappen. Wir aßen Hot Dogs, sie tranken Bier aus Pappbechern, und er erklärte ihr Baseball, als sei es eine Philosophie, der Schlüssel zum amerikanischen Charakter. Barry warf dem Erdnußverkäufer Geld zu und fing die Tüte auf, die der Mann zurückwarf. Wir ließen unsere Erdnußschalen auf den Boden fallen. Ich erkannte uns in unseren blauen Schirmmützen kaum wieder. Wir waren wie eine richtige Familie. Ich stellte mir vor, wir seien Vater, Mutter und Kind. Wir rissen die Arme empor und machten die Welle, und sie küßten sich während des gesamten siebten Inning, während ich kleine Gesichter auf die Erdnüsse malte. Das anschließende Feuerwerk setzte sämtliche Autoalarmanlagen auf dem Parkplatz in Gang.

An einem anderen Wochenende machte er mit uns einen Ausflug nach Catalina. Auf der Fähre wurde ich furchtbar seekrank, und Barry kühlte mir mit seinem Taschentuch die Stirn und besorgte mir Pfefferminzbonbons zum Lutschen. Ich mochte seine braunen Augen, seinen besorgten Blick, so als habe er noch nie ein Kind kotzen sehen. Als wir endlich angekommen waren, hielt ich mich im Hintergrund, denn ich hoffte, daß er ihr einen Heiratsantrag machen würde, während sie zwischen den Segelbooten herumschlenderten und Shrimps aus einer Papiertüte aßen.

Irgend etwas geschah. Ich erinnere mich nur daran, daß die Santa-Ana-Winde eingesetzt hatten. Das skelettartige Rasseln des Windes in den Palmen. Ein Abend, an dem Barry eigentlich um neun kommen wollte, doch dann war es plötzlich elf, und er war immer noch nicht aufgetaucht. Meine Mutter hörte die Kassette mit der peruanischen Flötenmusik, um ihre Nerven zu beruhigen, dann irische Harfenmusik, bulgarische Gesänge, doch nichts half. Die beruhigende, harmonische Musik bekam ihrer Stimmung nicht. Ihre Bewegungen waren unruhig und abgehackt.

»Laß uns schwimmen gehen«, schlug ich vor.

»Ich kann nicht«, erwiderte sie. »Vielleicht ruft er noch an.«

Schließlich riß sie die Kassette aus dem Recorder und legte statt dessen eine von Barrys Jazzkassetten ein, Chet Baker, romantische Musik, mit der man sie früher hätte jagen können.

»Cocktailbarmusik. Für Leute, die dabei in ihr Bier heulen wollen«, sagte sie. »Aber ich habe kein Bier im Haus.«

Er verließ die Stadt, um Aufträgen für verschiedene Zeitschriften nachzugehen. Er sagte ihre Verabredungen ab. Meine Mutter konnte nicht schlafen; sie fuhr jedesmal hoch, wenn das Telefon klingelte. Es war schrecklich, ihren Gesichtsausdruck zu sehen, wenn es nicht Barry war. Ein Tonfall, den ich noch nie an ihr gehört hatte, schlich sich in ihre Stimme ein, scharf gezackt wie ein Sägeblatt.

Ich verstand nicht, wie das passieren konnte, wie er uns Feuerwerke und Catalina schenken konnte, wie er meine Stirn mit dem Taschentuch kühlen und darüber reden konnte, mit uns nach Bali zu reisen – und dann unsere Adresse vergaß.

Eines Nachmittags hielten wir unangekündigt vor seinem Haus.

»Er wird total sauer sein!« sagte ich.

»Wir waren gerade in der Nachbarschaft. Dachten uns, wir schauen mal vorbei«, sagte meine Mutter.

Ich konnte sie ebenso wenig von ihrem Vorhaben abhalten, wie ich die Sonne davon abhalten konnte, an einem Augustmorgen aus dem heißen Smog aufzutauchen, doch ich wollte wenigstens nicht dabei zusehen. Ich wartete im Auto. Sie klopfte an die Tür, und er öffnete, gekleidet in einen Seersucker-Bademantel. Ich brauchte sie gar nicht zu hören, um zu wissen, was sie sagte. Sie trug ihr blaues Gazekleid, der heiße Wind kräuselte den Rocksaum, und die Sonne, die ihr im Rücken stand, ließ es durchsichtig wirken. Er lehnte im Türrahmen und versperrte den Eingang; sie neigte den Kopf zur Seite, trat näher, faßte sich ins Haar. Ich fühlte, wie sich ein Gummiband in meinem Hirn dehnte, weiter und weiter, bis sie schließlich in seinem Haus verschwanden.

Ich ließ das Radio laufen, klassische Musik. Ich konnte es nicht ertragen, irgend etwas zu hören, in dem Worte vorkamen. Ich stellte mir vor, wie ich mit meinen eigenen eisblauen Augen einen Mann anblickte und ihm sagte, er solle verschwinden, ich sei beschäftigt. »Du bist nicht mein Typ!« sagte ich kühl zum Rückspiegel.

Eine halbe Stunde später tauchte sie wieder auf, stolperte zum Auto und fiel dabei fast über einen Rasensprenger, als ob sie blind wäre. Sie stieg ein, setzte sich hinter das Lenkrad und wiegte sich vor und zurück; ihr Mund war zu einem Rechteck geöffnet, doch kein Ton kam heraus. Meine Mutter weinte. Das Unvorstellbare war geschehen.

»Er hat eine Verabredung«, flüsterte sie schließlich mit einer Stimme, als hielten zwei Hände ihre Kehle umklammert. »Er hat mit mir geschlafen und mir dann gesagt, daß ich verschwinden muß. Weil er eine Verabredung hat.«

Ich wußte, wir hätten nicht kommen dürfen. Nun wünschte ich, daß sie ihre Grundsätze nie gebrochen hätte. Ich verstand, weshalb sie so eisern an ihnen festgehalten hatte. Wenn man einmal den ersten gebrochen hatte, fielen sie alle in sich zusammen, einer nach dem anderen, zerbarsten wie Feuerwerkskörper auf einem Parkplatz am Vierten Juli.

Ich hatte Angst, sie in diesem Zustand fahren zu lassen, mit Augen, die blind waren vor Zorn. Sie würde uns beide in den Tod reißen, ehe wir drei Häuserblöcke passiert hätten. Doch sie ließ den Motor nicht an. Sie saß nur da, starrte durch die Windschutzscheibe, hielt ihren Oberkörper mit den Armen umklammert und wiegte sich vor und zurück.

Ein paar Minuten später fuhr ein Auto in die Auffahrt, ein neues Sportwagenmodell mit heruntergelassenem Verdeck, das von einer Blondine gesteuert wurde. Sie war sehr jung und trug einen sehr kurzen Rock. Sie beugte sich vornüber, um ihre Handtasche vom Rücksitz zu nehmen.

»Sie ist längst nicht so hübsch wie du«, sagte ich.

»Aber sie ist wohl weniger kompliziert«, flüsterte meine Mutter mit bitterer Stimme.

Kit beugte sich über die Arbeitsplatte in der Layout-Abteilung, die magentaroten Lippen zu einem wölfischen Lächeln verzogen.

»Ingrid, stellen Sie sich mal vor, wen ich gestern abend im Virgins gesehen habe«, sagte sie, die schrille Stimme atemlos vor Gehässigkeit. »Unseren gemeinsamen Freund Barry Kolker.« Sie seufzte theatralisch auf. »Mit einer kleinen Blondine, halb so alt wie er. Männer haben kein besonders gutes Gedächtnis, nicht wahr?« Ihre Nasenlöcher kräuselten sich, während sie ein Lachen unterdrückte.

In der Mittagspause forderte meine Mutter mich auf, alles, was mir gefiel, aus der Layout-Abteilung mitzunehmen. Wir gingen und würden nicht mehr wiederkommen.

3

»Ich sollte mir den Kopf scheren«, sagte sie. »Mir das Gesicht mit Asche einreiben.«

Ihre Augen sahen eigenartig aus, sie waren dunkel umrandet wie von Blutergüssen; ihr Haar hing glatt und fettig herunter. Sie lag auf dem Bett oder starrte sich im Spiegel an. »Wie kann ich Tränen über einen Mann vergießen, dem ich nie hätte erlauben sollen, mich auch nur anzufassen?«

Sie kehrte nicht zurück an ihre Arbeitsstelle. Sie verließ die abgedunkelte Wohnung nur, um hinunter an den Pool zu gehen, wo sie dann stundenlang die Spiegelungen im aquamarinblauen Wasser betrachtete oder stumm wie ein Fisch in einem Aquarium ihre Bahnen zog. Es war Zeit für mich, wieder in die Schule zu gehen. Doch ich konnte sie unmöglich allein lassen, nicht, wenn sie so war wie jetzt. Womöglich wäre sie nicht mehr da, wenn ich zurückkam. Also blieben wir in der Wohnung, ernährten uns aus Büchsen und aßen schließlich Reis und Haferschleim.

»Was soll ich bloß machen?« fragte ich Michael, während er mich an seinem abgeschabten Couchtisch mit Käse und Sardinen versorgte. Die Fernsehnachrichten zeigten Bilder von den Feuern auf den Bergen rund um Los Angeles.

Michael schüttelte den Kopf und deutete dann auf die Feuerwehrleute, die in einer Kette versuchten, die Brände zu bekämpfen. »Meine Süße, so etwas passiert, wenn man sich verliebt. Du wohnst gerade einer Naturkatastrophe bei.«

Ich schwor mir, mich niemals zu verlieben. Ich hoffte bloß, daß Barry für das, was er meiner Mutter angetan hatte, einen langen, grausamen Tod sterben würde.

Ein roter Mond ging über der Stadt auf, rot von den Feuern, die im Norden der Stadt und draußen in Malibu brannten. Es war die Zeit der Flächenbrände, und wir saßen im Herzen der brennenden Landschaft gefangen. Asche trieb auf dem Wasser des Pools. Wir saßen auf dem Flachdach im beißend riechenden Wind.

»Dieses lumpige Herz«, sagte sie und zog an ihrem Kimono. »Ich sollte es herausreißen und auf dem Kompost begraben!«

Ich hätte sie gern berührt, mich irgendwie bemerkbar gemacht, doch sie war in ihrer schalldichten Glaskabine eingeschlossen und konnte mich nicht hören.

Sie beugte sich vor und drückte die Unterarme gegen ihre Brust, als wolle sie die Luft aus sich herauspressen. »Ich presse es in meinem Körper«, sagte sie. »Wie die Erde in ihrem heißen Innern einen Klumpen prähistorischen Dunges mit ihrem Gewicht zusammenpreßt. Ich hasse ihn. Haß. Ich hasse ihn.« Obwohl sie flüsterte, klang ihre Stimme grausam. »In meinem Körper entsteht ein Edelstein. Nein, nicht mein Herz. Dieser Stein ist härter, kalt und klar. Ich umhülle ihn, ich hege und pflege ihn in mir.«

Am nächsten Morgen stand sie auf. Sie duschte und ging zum Markt. Ich hoffte schon, daß sich nun alles einrenken würde. Sie rief Marlene an und fragte, ob sie wieder an ihren Arbeitsplatz zurückkommen könne. Der Auslieferungstermin stand bevor, und man brauchte sie dringend. Sie setzte mich an der Schule ab; ich sollte in die achte Klasse der Le Conte Junior High School kommen. So, als sei gar nichts geschehen. Und ich dachte, nun sei alles vorbei.

Es war nicht vorbei. Sie begann vielmehr, Barry zu verfolgen, so wie er sie zu Anfang verfolgt hatte. Sie ging überall hin, wo sie ihn zu treffen vermutete, jagte ihn, um ihren Haß an seinem Anblick zu polieren.

»Mein Haß macht mich stark«, sagte sie.

Sie ging mit Marlene zum Lunch in sein Lieblingsrestaurant, wo sie ihn an der Bar entdeckte und ihm zulächelte. Er gab vor, sie nicht zu sehen, fuhr sich jedoch ständig mit der Hand über das Kinn. »Er hat wohl die Akne gesucht, die er da mal hatte«, erzählte sie mir an diesem Abend. »Die Kraft meines Blickes hat sie wieder heraufbeschworen.«

Sie schien regelrecht glücklich zu sein, und ich wußte nicht, was schlimmer war: dieses seltsame Glücksgefühl oder die Zeit davor, als sie ihren Kopf scheren wollte.

Wir kauften auf seinem Markt ein, fuhren meilenweit, nur um ihn vielleicht an seinem Melonenstand zu treffen. Wir bummelten durch sein Lieblingsplattengeschäft und ließen keine Bücherlesung seiner Freunde aus.

Eines Nachts war sie erst nach drei zu Hause. Ich hatte am nächsten Tag Schule, war aber aufgeblieben und hatte mir einen Safarifilm mit Stewart Granger im Kabelfernsehen angeschaut. Michael war auf der Couch eingeschlafen. Die heißen Winde rüttelten an den Fenstern wie Einbrecher, die einen Weg nach drinnen suchten. Schließlich ging ich in unsere Wohnung hinüber, schlief auf dem Bett meiner Mutter ein und träumte, daß ich Vorräte auf meinem Kopf durch den Dschungel trug; der weiße Großwildjäger war allerdings nirgendwo zu sehen.

Sie saß auf der Bettkante und zog ihre Schuhe aus. »Ich habe ihn gefunden. Auf einer Party bei Gracie Kelleher. Am Sprungbrett bin ich ihm wohl in die Quere gekommen.« Sie legte sich neben mich und flüsterte mir ins Ohr: »Er und ein pummeliger Rotschopf mit durchsichtiger Bluse hatten gerade ein kleines Stelldichein. Er ist aufgesprungen und hat mich am Arm gepackt.« Sie schob ihren Ärmel hoch und zeigte mir die roten, wütenden Abdrücke auf ihrem Arm.

»›Verfolgst du mich etwa?‹, hat er mich angezischt. Ich hätte ihm am liebsten auf der Stelle die Kehle durchgeschnitten. ›Ich brauche dich nicht zu verfolgen‹, habe ich gesagt. ›Ich kann deine Gedanken lesen. Ich kann jeden deiner Schritte vorhersagen. Ich kenne deine Zukunft, Barry Kolker, und die sieht nicht besonders gut aus!‹ ›Ich will, daß du hier verschwindest‹, hat er gesagt. Ich habe ihn nur angelächelt. ›Das kann ich mir vorstellen.‹

Selbst in der Dunkelheit konnte ich sehen, wie er rot anlief. ›So läuft das nicht‹, hat er gesagt. ›Ich warne dich, Ingrid, so läuft das nicht!‹« Meine Mutter lachte und verschränkte die Arme hinter dem Kopf. »Er versteht gar nichts. Es läuft schon längst!«

Ein heißer Samstagnachmittag, Brandgeruch, ein ausgedörrter Himmel. Die Jahreszeit, in der man wegen der giftigen roten Flut noch nicht einmal an den Strand gehen konnte; die Zeit, in der die Stadt wie das alte Sodom in die Knie ging und um Erlösung flehte. Wir saßen im Auto, schräg gegenüber von Barrys Haus unter einem Johannisbrotbaum. Ich fand es furchtbar, wie sie sein Haus beobachtete, mit einer unnatürlichen Ruhe wartete wie ein geduldiger Habicht auf einem Baum, in den der Blitz eingeschlagen hat. Doch es hatte keinen Zweck, wenn ich versuchte, sie zum Weiterfahren zu überreden. Sie sprach nicht mehr dieselbe Sprache wie ich. Ich zerbrach eine Fruchtschote, hielt sie mir unter die Nase, roch den moschusartigen Duft und stellte mir vor, daß ich hier auf meinen Vater wartete, einen Klempner, der gerade ein paar Rohre reparieren mußte und dazu in dem kleinen Backsteinhaus mit der Löwenzahnwiese und dem bleiverglasten Panoramafenster, in dem eine Lampe stand, verschwunden war.

Dann trat Barry aus dem Haus. Er trug Bermudashorts, ein T-Shirt mit dem Aufdruck »Local Motion«, eine flotte kleine John-Lennon-Sonnenbrille und hatte sein Haar zu dem üblichen Pferdeschwanz zusammengebunden. Er stieg in den alten goldenen Lincoln und fuhr davon. »Komm mit«, sagte meine Mutter. Sie zog sich ein Paar weiße Baumwollhandschuhe über, von der Art, wie sie der Bildredakteur benutzte, wenn er Fotos anfaßte, und warf mir ebenfalls ein Paar zu. Ich wollte sie nicht begleiten, wollte aber auch nicht allein im Auto zurückbleiben, also ging ich mit.

Wir spazierten den Gartenweg zu seinem Haus hoch, als sei es unser Grundstück, und meine Mutter griff in das balinesische Geisterhaus, das er auf der Veranda hängen hatte, und zog einen Schlüssel heraus. Im Haus überkam mich wieder Trauer über das, was passiert war, über seine Endgültigkeit. Vor nicht allzu langer

Zeit hatte ich sogar gedacht, daß ich hier eines Tages wohnen würde, zwischen den großen Wayang-Kulit-Puppen, den Batikkissen und den Drachen, die von der Decke hingen. Die Statue von Shiva und Parvati in ewiger Umarmung hatte mich vorher überhaupt nicht gestört, als ich noch dachte, daß er und meine Mutter genauso seien, daß ihre Umarmung ewig dauern und ein neues Universum zeugen würde. Doch nun widerte sie mich an.

Meine Mutter schaltete den Computer an, der auf dem ausladenden geschnitzten Holztisch stand. Das Gerät summte. Sie drückte ein paar Tasten, und alles, was auf dem Bildschirm gestanden hatte, verschwand. Ich konnte verstehen, warum sie es tat. In diesem Augenblick begriff ich, wieso Leute Graffiti auf die sauberen Wände adretter kleiner Häuser sprühen, mit Schlüsseln den Lack neuer Autos zerkratzen oder wohlerzogene Kinder verprügeln. Es ist nur natürlich, daß man das zerstören will, was man selbst nie haben kann. Sie zog einen Hufeisenmagnet aus ihrer Handtasche und fuhr damit über alle Disketten, auf denen »Backup« stand.

»Beinahe tut er mir leid«, sagte sie, während sie den Computer wieder ausschaltete. »Aber nur beinahe.«

Sie zog ihr Papiermesser hervor und wählte ein Hemd aus seinem Wäscheschrank aus, sein braunes Lieblingshemd. »Wie passend, daß er so gern die Farbe von Exkrementen trägt!« Sie legte es auf das Bett und schnitt es in Fransen. Dann steckte sie eine weiße Oleanderblüte in eines der Knopflöcher.

Jemand hämmerte gegen unsere Tür. Sie blickte von dem neuen Gedicht auf, das sie gerade schrieb. Sie schrieb jetzt andauernd. »Glaubst du, daß er etwas Wichtiges auf der Festplatte verloren hat? Vielleicht eine Sammlung Essays, die in diesem Herbst fällig gewesen wäre?« Es machte mir angst, wie die Tür in den Scharnieren wackelte. Ich mußte an die Druckstellen auf den Armen meiner Mutter denken. Barry war kein brutaler Mensch, doch irgendwo gibt es für jeden eine Grenze. Wenn er jetzt hereinkam, würde er sie bestimmt umbringen.

Doch meiner Mutter schien das gar nichts auszumachen. Im Gegenteil: je fester er gegen die Tür schlug, desto glücklicher sah sie aus, ihre Wangen hatten das frische Rosa wiedergewonnen, ihre Augen leuchteten. Sie hatte ihn zu sich zurückgelockt. Sie nahm das Messer aus dem Stiftekrug und klappte es an ihrem Oberschenkel auf. Wir konnten ihn brüllen und schreien hören, seine samtige Stimme klang vom vielen Schreien ganz abgewetzt. »Ich bring' dich um, Ingrid, bei Gott, ich bring' dich um!«

Das Hämmern hörte auf. Meine Mutter lauschte, während sie das Messer geöffnet vor die weiße Seide ihres Morgenmantels hielt. Plötzlich war er auf der anderen Seite der Wohnung und hämmerte gegen die Fenster; wir konnten ihn sehen, sein wutverzerrtes Gesicht zwischen den Oleanderbüschen. Ich wich ängstlich an die Wand zurück, doch meine Mutter blieb ungerührt in der Mitte des Zimmers stehen, lodernd wie ein Buschfeuer.

»Ich bring' dich um!« schrie er.

»So hilflos in seiner Wut«, sagte meine Mutter zu mir. »Impotent, könnte man fast sagen.«

Er zerbrach eine Fensterscheibe. Ich konnte sehen, daß er das nicht beabsichtigt hatte, denn er zögerte einen Moment, ehe er in einer plötzlichen Anwandlung von Kühnheit den Arm durch das Fenster stieß und nach dem Schnappriegel tastete. Schneller, als ich es je für möglich gehalten hätte, durchquerte sie das Zimmer, hob den Arm und stach ihm in die Hand. Der Stich saß. Sie mußte das Messer ruckartig herausziehen, und sein Arm schoß durch das Loch in der Scheibe zurück. »Du Drecksau!« brüllte er.

Am liebsten hätte ich mich versteckt und mir die Ohren zugehalten, doch ich konnte den Blick nicht abwenden. So endeten also Liebe und Leidenschaft. Im Nachbarhaus gingen die Lichter an.

»Die Nachbarn rufen gerade die Polizei«, sprach sie durch das zerbrochene Fenster. »Du verschwindest besser.«

Er stolperte davon, und kurz darauf hörten wir ihn gegen die Wohnungstür treten. »Du Scheißfotze! Damit kommst du nicht durch! So kannst du mit mir nicht umspringen!«

Da riß sie die Wohnungstür auf und stand in ihrem weißen Kimono vor ihm, sein Blut auf ihrem Messer. »Du weißt gar nicht, was ich alles tun kann!« sagte sie mit sanfter Stimme.

Nach dieser Nacht konnte sie ihn nirgendwo finden, weder im Virgins oder Barney's noch auf Partys oder anderen Veranstaltungen. Er ließ seine Schlösser auswechseln. Wir mußten ein Metallineal benutzen, um sein Fenster zu öffnen. Diesmal legte sie ein Oleanderzweiglein in seine Milch, ein anderes in seine chinesische Oyster Sauce. Sie steckte eines in seinen Hüttenkäse, eines in die Zahnpasta. Sie arrangierte weiße Oleanderzweige in einer mundgeblasenen Glasvase auf seinem Sofatisch und streute Blüten über sein Bett.

Ich war hin- und hergerissen. Er hatte zwar Strafe verdient, doch inzwischen hatte sie eine unsichtbare Grenze überschritten. Das war keine Rache mehr. Sie hatte ihre Rache gehabt, sie hatte gewonnen, doch sie schien es noch nicht einmal zu merken. Jenseits aller Vernunft trieb sie durch absolute Dunkelheit, der nächste Halt war Lichtjahre entfernt. Liebevoll arrangierte sie die dunklen Blätter und weißen Blüten.

Ein Polizist, Inspector Ramirez, stattete uns einen Besuch ab. Er teilte ihr mit, daß Barry sie des Einbruchs und der versuchten Vergiftung bezichtigte. Sie blieb vollkommen ruhig. »Barry ist furchtbar wütend auf mich«, sagte sie, während sie mit verschränkten Armen im Türrahmen posierte. »Ich habe unsere Beziehung vor ein paar Wochen beendet, aber er kann das einfach nicht akzeptieren. Er ist wie besessen von mir. Er hat sogar versucht, in mein Apartment einzubrechen. Das hier ist meine Tochter Astrid, sie kann ihnen genau erzählen, was passiert ist.«

Ich zuckte mit den Schultern. Das gefiel mir nicht. Es ging einfach zu weit.

Wie am Schnürchen redete meine Mutter weiter und ließ dabei keinen Trumpf aus: »Die Nachbarn haben in dieser Nacht sogar die Polizei gerufen. Sie müssen das doch noch in den Akten haben. Und jetzt beschuldigt er mich, bei ihm eingebrochen zu sein? Der arme Kerl, also wirklich! So attraktiv ist er nun auch nicht; es muß ihn schwer mitgenommen haben.«

Ihr Haß glitzerte unwiderstehlich. Jetzt konnte ich ihn sehen, den Edelstein, es war ein Saphir, blau wie die kalten Seen Norwegens. Oh, Inspector Ramirez, sprachen ihre Augen, Sie sind ein so gutaussehender Mann – wie können Sie Verständnis für einen hoffnungslosen Typen wie Barry Kolker aufbringen?

Wie lachte sie, nachdem er wieder gegangen war.

Das nächste Mal sahen wir Barry auf dem Rose-Bowl-Flohmarkt, wo er gern nach kitschigen und witzigen Mitbringseln für seine Freunde suchte. Meine Mutter trug einen Hut, der ihr Gesicht mit Lichtpunkten tüpfelte. Kaum hatte er sie erblickt, drehte er sich weg, die Angst stand ihm im Gesicht geschrieben. Doch dann besann er sich eines Besseren, wandte sich wieder um und lächelte uns an.

»Er ändert seine Taktik«, flüsterte sie. »Da kommt er.«

Er ging direkt auf uns zu, eine Oscar-Nachbildung aus Pappmaché in der Hand. »Meinen Glückwunsch zu deiner Vorstellung bei Ramirez«, sagte er und hielt ihr den Oscar hin. »Beste Schauspielerin des Jahres!«

»Ich weiß nicht, wovon du redest«, sagte meine Mutter. Sie hielt meine Hand fest, zu fest, doch ihr Gesicht war lächelnd und entspannt.

»Das weißt du ganz genau«, sagte er. Er klemmte sich den Oscar wieder unter den Arm. »Aber deshalb bin ich nicht hergekommen. Ich dachte, wir könnten das Kriegsbeil begraben. Sieh mal, ich gebe ja zu, daß ich ein bißchen weit gegangen bin, als ich die Bullen gerufen habe. Ich weiß, ich war ein Arschloch, aber sieh mal: Du hast versucht, mir die Arbeit eines ganzen Jahres zu zerstören. Selbstverständlich hatte mein Agent einen Vorentwurf, Gott sei Dank – aber trotzdem. Warum lassen wir es jetzt nicht einfach gut sein?«

Meine Mutter lächelte und verlagerte ihr Gewicht von einem

Bein aufs andere. Sie wartete darauf, daß er etwas tun, etwas sagen würde.

»Es ist nicht so, daß ich dich als Mensch nicht respektiere«, sagte er, »und als Schriftstellerin. Wir alle wissen, daß du eine begabte Dichterin bist. Ich habe sogar bei ein paar Zeitschriften ein gutes Wort für dich eingelegt. Können wir jetzt nicht zur nächsten Phase übergehen und einfach Freunde sein?«

Sie kaute auf ihrer Lippe herum, als ob sie ernsthaft über das, was er sagte, nachdachte, während sie die ganze Zeit ihre Fingernägel in meine Handfläche bohrte, bis ich Angst bekam, daß sie gleich auf der anderen Seite wieder austreten würden. Schließlich sagte sie mit ihrer tiefen, vollen Stimme: »Klar können wir das. Ja, warum eigentlich nicht.«

Daraufhin schüttelten sie sich die Hände. Er sah immer noch etwas mißtrauisch, aber erleichtert aus, als er seine Schnäppchenjagd wieder aufnahm. Und ich dachte mir, daß er sie immer noch nicht durchschaut hatte.

An diesem Abend gingen wir an seinem Haus vorbei. Inzwischen hatte er vor allen Fenstern Riegel angebracht. Sie strich mit den Fingerkuppen über seine neue Sicherheitstür, als ob sie einen Pelz streichelte. »Koste seine Angst. Sie schmeckt genau wie Champagner: kalt und spröde, ohne jede Süße.«

Sie klingelte. Er öffnete die innere der beiden Türen und starrte uns durch das Sicherheitsgitter an. Lächelte unsicher. Der Wind kräuselte die Seide ihres Kleides, zerzauste ihr mondbleiches Haar. Sie hielt die Flasche Riesling hoch, die sie mitgebracht hatte. »Ich dachte, jetzt, wo wir doch Freunde sind …«

»Ingrid, ich kann dich nicht hereinlassen«, sagte er.

Sie lächelte und ließ ihren Finger flirtend an einem der Gitterstäbe entlanggleiten. »Na – ist das die Art, einen Freund zu behandeln?«

Spät abends unter dem Glitzern des blankpolierten Himmels schwammen wir im warmen Aquamarinblau des Pools, begleitet vom Rascheln der Palmen. Meine Mutter ließ sich auf dem

Rücken treiben und summte vor sich hin. »Ach, ist das herrlich.« Sie planschte vorsichtig mit den Fingern und ließ ihren Körper langsam im Kreis treiben. »Ist es nicht komisch? Ich genieße meinen Haß viel mehr, als ich die Liebe je genossen habe. Liebe ist launisch. Ermüdend. Sie stellt Forderungen. Liebe nutzt dich aus und ist unzuverlässig.« Sie hielt die Augen geschlossen. Wassertropfen perlten ihr über das Gesicht, und das Haar umgab ihren Kopf wie Quallententakel. »Haß dagegen – mit Haß kann man wirklich etwas anfangen. Kann ihn formen, ihn einsetzen. Er ist hart oder weich, ganz wie du ihn brauchst. Liebe erniedrigt dich, Haß dagegen umhegt dich. Er ist so wohltuend. Ich fühle mich jetzt unendlich viel besser.«

»Das freut mich«, sagte ich. Ich war froh, daß sie sich besser fühlte, doch mir gefiel dieses neue Glück nicht. Ich glaubte nicht daran und war überzeugt, daß es früher oder später aufbrechen würde und schreckliche Dinge zum Vorschein kämen.

Wir fuhren runter nach Tijuana, doch kauften wir weder Keramiktöpfe noch Papierblumen, Ohrringe oder Taschen. Statt dessen schaute sie andauernd auf den Zettel in ihrer Hand, während wir durch die Seitenstraßen liefen, vorbei an Eseln mit Zebra-Bemalung und winzigen Indiofrauen, die mit ihren Kindern bettelten. Ich schenkte ihnen mein ganzes Kleingeld und kaute das muffig schmeckende Kaugummi, das sie mir dafür gaben. Sie nahm gar keine Notiz davon. Schließlich fand sie, wonach sie gesucht hatte: eine Apotheke, genau wie die Apotheken in L. A., hell erleuchtet, mit einem Apotheker, der einen weißen Kittel trug.

»*¿Por favor, tiene usted* DMSO*?*« fragte sie.

»Haben Sie Arthritis?« erkundigte er sich in mühelosem Englisch.

»Ja«, erwiderte sie. »Leider. Ein Bekannter hat mir erzählt, daß Sie das Medikament führen.«

»Welche Größe hätten Sie denn gern?« Er holte drei Flaschen hervor, eine so groß wie ein Fläschchen Vanillearoma, eine in der

Größe von Nagellackentferner, die größte entsprach etwa einer Essigflasche. Sie entschied sich für die große Flasche.

»Wieviel macht das?«

»Achtzig Dollar, Miss.«

»Achtzig.« Meine Mutter zögerte. Achtzig Dollar, das war Lebensmittelgeld für zwei Wochen oder zwei Monate Benzin für das Auto. Was konnte achtzig Dollar wert sein, für das wir extra bis nach Tijuana fuhren?

»Komm, laß uns gehen«, sagte ich. »Wir steigen einfach ins Auto und fahren weiter. Wir könnten nach La Paz fahren.«

Sie schaute mich verwirrt an. Ich hatte sie aus dem Konzept gebracht. Deshalb redete ich weiter und hoffte, daß ich uns vielleicht wieder auf vertrauten Boden zurückführen könnte. »Wir könnten morgen die erste Fähre nehmen. Können wir das nicht einfach machen? Nach Jalisco fahren. Nach San Miguel de Allende. Wir könnten unsere Konten auflösen, das Geld an American Express schicken lassen und einfach immer weiter reisen.«

Es könnte so einfach sein. Sie kannte alle Tankstellen von hier bis runter nach Panama, die billigen Grand Hotels mit den hohen Zimmerdecken und geschnitzten Bettrahmen, nur ein paar Schritte von den Plazas entfernt. Innerhalb von drei Tagen könnten wir tausend Meilen zwischen uns und diese verhängnisvolle Flasche bringen. »Es hat dir doch immer gefallen dort unten. Du wolltest nie in die Staaten zurück.«

Einen Moment lang hatte ich ihre Aufmerksamkeit gefesselt. Ich wußte, sie dachte an die Jahre, die wir in Mexiko verbracht hatten, an ihre Liebhaber, an die Farbe des Meeres. Doch meine Beschwörungskünste waren nicht stark genug; ich konnte nicht so gut Worte spinnen wie sie, nicht gut genug, und das Bild verblich und machte wieder ihrer Besessenheit Platz: Barry und die Blondine, Barry und die Rothaarige, Barry in seinem Seersucker-Bademantel.

»Zu spät«, sagte sie. Sie zog ihre Brieftasche hervor und legte vier Zwanziger auf den Ladentisch.

Sie fing an, nachts in der Küche seltsame Dinge zu kochen. Sie brühte Oleander mit kochendem Wasser auf, dazu gab sie die Wurzeln einer Kletterpflanze mit weißen, trompetenartigen Blüten, die wie Gesichter leuchteten. Sie ließ eine Pflanze mit kleinen herzförmigen Blüten quellen, die sie bei Mondlicht am Zaun des Nachbarhauses gesammelt hatte. Dann kochte sie das Pflanzenwasser ein, die ganze Küche roch nach Grünzeug und verfaulenden Blättern. Sie warf das spinatgrüne Zeug pfundweise in eine fremde Mülltonne. Mit mir sprach sie nicht mehr. Sie saß auf dem Dach und redete mit dem Mond.

»Was ist DMSO?« fragte ich Michael eines Abends, nachdem sie ausgegangen war. Er trank Scotch, echten Johnnie Walker, um seinen neuen Job zu feiern: Er hatte ein Angebot bekommen, bei einer »Macbeth«-Inszenierung im Music Center mitzuspielen, obwohl er den Titel nicht aussprechen wollte, weil es angeblich Unglück brachte, mit dem ganzen Hexen- und Zauberkram. Man sollte es nur »Das schottische Drama« nennen. Michael wollte kein Risiko eingehen; es war schon über ein Jahr her, seit er das letzte Mal etwas außer »Books on Tape« gemacht hatte.

»Man nimmt es bei Arthritis«, sagte er.

Ich blätterte durch ein Variety-Heft und fragte möglichst beiläufig: »Ist es gefährlich?«

»Völlig harmlos«, erwiderte er. Er hob sein Glas und betrachtete die bernsteinfarbene Flüssigkeit, dann nippte er langsam und schloß dabei zufrieden die Augen.

Solche guten Neuigkeiten hatte ich nicht erwartet. »Wogegen ist es denn dann?«

»Es bewirkt, daß Medikamente besser durch die Haut aufgenommen werden. Es wird auch bei Nikotinpflastern verwendet und bei diesen Pflastern, die man gegen Seekrankheit nimmt. Man trägt es auf, und das DMSO hilft dabei, daß die Wirkstoffe durch die Haut in die Blutbahn gehen. Ein Klassezeug! Ich kann mich noch erinnern, daß man früher mal Angst hatte, die Hippies würden es mit LSD mischen und damit die Türgriffe von öffentlichen

Gebäuden bestreichen!« Er lachte in sein Glas. »Als ob irgend jemand seinen Stoff an einen Haufen Spießer verschwenden würde!«

Ich suchte die Flasche mit dem DMSO. Ich konnte sie nirgendwo finden. Ich schaute unter der Küchenspüle nach, im Badezimmer, in den Schubladen – in unserem Apartment gab es eigentlich kaum Stellen, an denen man etwas verstecken konnte, und ganz abgesehen davon war es auch nicht die Art meiner Mutter, Sachen zu verstecken. Ich blieb wach und wartete auf sie. Sie kam spät nach Hause zurück, begleitet von einem gutaussehenden jungen Mann mit langen dunklen Locken, die ihm den halben Rücken hinunterreichten. Sie hielt seine Hand.

»Das ist Jesus«, sagte sie. »Er ist Dichter. Meine Tochter Astrid.«

»Hi«, grüßte ich. »Mom, kann ich dich mal eben sprechen?«

»Du solltest längst im Bett liegen«, sagte sie. »Ich bin gleich wieder da.« Sie lächelte Jesus zu, ließ seine Hand los und begleitete mich auf den überdachten Balkon. Sie sah wieder schön aus, hatte keine Ringe mehr unter den Augen, und das Haar wallte ihr wie Wasser über die Schultern.

Ich legte mich in mein Bett, und sie deckte mich mit einem Laken zu, dann streichelte sie mir über das Gesicht. »Mom, was ist mit dem Zeug aus Mexiko passiert?«

Sie lächelte ungerührt weiter, doch ihre Augen verrieten mir alles.

»Tu es nicht«, sagte ich.

Sie küßte mich und strich mir mit ihrer kühlen Hand über das Haar, immer kühl, trotz der Hitze, trotz des Windes und der Feuer; dann war sie verschwunden.

Am nächsten Tag wählte ich Barrys Telefonnummer.

»Hier ist das Liebesnest«, antwortete eine kichernde Mädchenstimme, die ziemlich bekifft klang. Im Hintergrund konnte ich seine samtige Stimme hören. Dann sprach er in den Hörer. »Hallo?«

Ich wollte ihn eigentlich warnen, doch plötzlich sah ich nur noch das Gesicht meiner Mutter vor mir, als sie an jenem Tag aus seinem Haus gekommen war. Wie sie sich vor und zurück gewiegt hatte, ihr rechteckiger Mund. Außerdem – was konnte ich ihm schon sagen: Faß nichts an, iß nichts, sieh dich vor? Er war ihr gegenüber ohnehin schon mißtrauisch. Wenn ich ihn warnte, verhaftete man sie womöglich, und meiner Mutter würde ich nicht weh tun – nicht für einen Barry Kolker und seine bumsenden Shiva-Figuren. Er verdiente es. Er hatte es sich selbst zuzuschreiben.

»Hallo«, rief er, während die Frauenstimme etwas sagte und dämlich auflachte. »Ach, leck mich doch!« sagte er dann und legte auf.

Ich rief nicht noch einmal an.

Wir saßen auf dem Dach und betrachteten den Mond; rot und riesig in der aschehaltigen Luft kauerte er über der Stadt, die wie ein Ouija-Brett vor uns ausgebreitet lag. Um uns herum heulte ein griechischer Sirenenchor, während meine Mutter mit ihrer irren, tiefen Stimme murmelte: »Sie können uns nichts anhaben. Wir sind die Wikinger. Wir ziehen ohne Rüstung in den Kampf, um Blut- und Siegesrausch zu spüren.« Sie beugte sich vor und küßte meinen Kopf. Sie roch nach Metall und Rauch.

Der heiße Wind wehte und wehte und hörte nicht mehr auf.

4

Dann kam eine Zeit, die ich kaum beschreiben kann, eine Zeit unter der Erde. Ein Vogel, gefangen in einem Abwasserkanal, die Flügel schlagen gegen die Decke an diesem dunklen, nassen Ort, während oben die Stadt weiterrumpelt. Ihr Name war Verloren. Sie hieß Niemandstochter.

In meinen Träumen lief meine Mutter durch eine Stadt aus Ziegeln und Schutt, eine Ruinenstadt nach dem Krieg; sie war blind, ihre Augen leer und weiß wie Steine. Um sie herum standen hohe Wohnblöcke in Brand, mit Dreiecken über zugemauerten Fenstern. Blinde Fenster und ihre blinden Augen, und trotzdem kam sie immer näher, unentrinnbar und wahnsinnig. Ich sah, daß ihr Gesicht zerschmolz und schrecklich formbar wurde. Unter ihren Wangenknochen und Augen waren Höhlen, als hätte jemand seine Daumen in weichen Lehm gepreßt.

Diese schweren Tage, wie schwer der tiefe graue Himmel war, meine Flügel waren so schwer, so schwer mein panischer Flug unter der Erde. So viele Gesichter, so viele Lippen, die mir etwas sagen wollten, es machte mich müde, ich schlief ein, während sie sprachen. *Sag uns bloß, was passiert ist.* Was konnte ich sagen? Als ich den Mund öffnete, fiel ein Stein heraus. Ihre armen weißen Augäpfel. In denen wollte ich Erbarmen finden. Ich träumte von weißer Milch auf der Straße, weißer Milch und Glas. Milch im Rinnstein, Milch wie Tränen. Ich preßte ihren Kimono an mein Gesicht, ihren Geruch nach Veilchen und Asche. Ich rieb die Seide zwischen den Fingern.

An jenem unterirdischen Ort lebten viele Kinder, Säuglinge, Teenager, und die Zimmer hallten wie U-Bahn-Schächte. Musik wie ein Zugunglück, Streit, Geschrei, das unablässige Fernsehen. Der schwere Geruch nach Essensdünsten, dünnem, ungesundem Urin, Bohnerwachs. In regelmäßigen Abständen befahl mir die Leiterin, mein Bett zu verlassen und mich mit den anderen an den Tisch zu setzen, vor Teller mit Bohnen, Blattgemüse und Fleisch. Gehorsam stand ich auf, setzte mich hin, aß und kehrte dann in meinen Kokon aus Bett und Schlaf zurück. Unter mir wellte sich eine Gummiunterlage. Fast jede Nacht erwachte ich klitschnaß bis an die Achselhöhlen.

Das Mädchen im Nachbarbett hatte Anfälle. Die Nichte der Leiterin erzählte mir mal: »Für behinderte Kinder wie euch gibt's mehr Geld.«

Rosen trieben in bräunlichen Diagonalen die Zimmerwände hinunter. Ich zählte die Rosen. Vierzig Rosen von oben nach unten, zweiundneunzig von einer Ecke zur anderen. Über der Kommode Jesus, JFK und Martin Luther King junior, alle im Linksprofil, wie Rennpferde am Start, Jesus auf der Außenbahn. Die Frau, die das Haus führte, Mrs. Campbell, dünn wie eine trockene Rosine, wischte mit einem gelben T-Shirt Staub. Die Pferde standen in einer Reihe, preßten sich ungeduldig gegen die Startmaschine. Ihres hatte die Nummer sieben, Medeas Stolz. Jener Tag hatte eine Falltür gehabt, und wir alle waren hindurchgefallen.

Ich zog den Gürtel ihres Kimonos an meinem Mund vorbei, wieder und wieder, den ganzen Tag lang, den Geschmack des Verlusts.

In meinen Träumen kehrte der Tag ihrer Verhaftung immer wieder; sie waren Tunnel, die immer an derselben Stelle endeten. Das Klopfen an unserer Tür. Es war sehr früh gewesen, noch dunkel draußen. Wieder ein Klopfen und dann Stimmen, dann ein Hämmern. Ich lief genau in dem Moment in ihr Zimmer, als die Polizisten die Wohnung stürmten, Polizisten in Uniform, Polizisten in Zivil. Der Hausverwalter stand im Türrahmen, den Kopf mit einer Duschhaube bedeckt. Sie zerrten meine Mutter aus dem Bett, Stimmen wie Hundegebell. Sie schrie sie auf deutsch an, nannte sie Nazis und Schwarzhemden. *SS! Zu Befehl, mein Führer.* Ihr nackter Körper, die zarten Brüste schaukelten, ihr Bauch rotgesäumt von den Abdrücken des Bettlakens. Es war unmöglich; eine schlechte Fotomontage. Irgend jemand hatte diese Polizisten ausgeschnitten und sie in unser Apartment geklebt. Sie hörten nicht auf, sie anzustarren wie ein schmutziges Heftchen. Ihr Körper wie Mondlicht.

»Astrid, sie können mich nicht dabehalten«, sagte sie. »Mach dir keine Sorgen. In einer Stunde bin ich wieder zurück.«

Sagte sie. Sagte sie.

Ich saß auf Michaels Sofa, schlief und wartete, so wie Hunde auf ihr Herrchen warten, den ganzen Tag lang und dann den nächsten. Eine Woche ging vorbei, doch sie kam nicht. Sie sagte, sie würde kommen, doch sie kam nicht zurück.

Als sie mich abholten, gaben sie mir fünfzehn Minuten Zeit, mir zu überlegen, was ich aus unserem Apartment mitnehmen wollte. Wir hatten nie viel besessen. Ich nahm ihre vier Bücher, einen Karton mit ihren Tagebüchern, den weißen Kimono, ihre Tarotkarten und ihr Klappmesser.

»Es tut mir so leid«, sagte Michael. »Ich würde dich zu mir nehmen, wenn ich könnte. Aber du weißt ja selbst, wie es ist.«

Wie es war. Wie es war, wenn die Erde sich unter einem öffnete und einen ganz verschluckte, sich dann wieder über einem schloß, als sei man nie dagewesen. Wie Persephone, die von dem Gott geraubt wurde. Die Erde brach auf, und da war er, riß sie auf seinen schwarzen Triumphwagen. Und hinab fuhren sie, unter die Erde, in die Dunkelheit, der Boden schloß sich über ihrem Kopf, und weg war sie, als sei sie nie dagewesen.

So kam es, daß ich unter der Erde lebte, im Haus des Schlafes, im Haus der Gummiunterlagen, der schreienden Babys und braunen Rosenmuster, vierzig senkrecht, zweiundneunzig waagerecht. Dreitausendsechshundertachtzig braune Rosen.

Einmal brachten sie mich zu ihr, ich sah sie hinter einer Glaswand. Sie trug einen orangefarbenen Overall wie ein Automechaniker, und irgend etwas stimmte nicht mit ihr. Ihre Augen waren ganz verschleiert. Ich sagte ihr, daß ich sie liebhatte, doch sie erkannte mich nicht. So sah ich sie in meinen Träumen, wieder und wieder, ihre blinden Augen.

Es war das Jahr der Münder. Münder, die sich öffneten und schlossen, immer wieder dieselben Fragen stellten und dasselbe sagten. *Erzähl uns, was passiert ist. Sag uns, was wir wissen wollen.* Ich wollte ihr gern helfen, doch ich wußte nicht, wie. Ich konnte keine Worte finden, ich hatte keine Worte. Im Gerichtssaal trug sie ein weißes Hemd. Ich sah dieses Hemd im Wachen und im Schlaf. In diesem Hemd sah ich sie im Zeugenstand, mit Augen so blicklos wie die einer Puppe. Ich sah ihren Rücken in diesem weißen Hemd, als sie abgeführt wurde. Fünfunddreißig bis lebenslänglich, sagte jemand. Ich kam nach Hause, zählte Rosen und schlief.

Wenn ich wach war, versuchte ich mich an die Dinge zu erinnern, die sie mir beigebracht hatte. Wir waren die Stäbe. Wir hängten unsere Götter an Bäumen auf. Erlaube einem Mann niemals, über Nacht zu bleiben. Vergiß nie, wer du bist. Doch ich konnte mich nicht mehr erinnern. Ich war das verkrüppelte Mädchen, Steine im Mund, verloren auf dem Schlachtfeld, Gummiunterlagen auf dem Bett. Ich war die Wäscheaufsicht, ich half der Nichte, die Wäsche in den Waschsalon zu bringen. Ich sah zu, wie die Wäsche sich drehte. Ich mochte den Geruch, ich fühlte mich sicher dabei. Ich schlief, bis mir der Schlaf wie Wachsein vorkam und das Wachsein wie Schlaf. Manchmal lag ich auf meinem Bett in dem Rosenzimmer und beobachtete das andere Mädchen dabei, wie es mit einer Sicherheitsnadel Tätowierungen in seine aschgraue Haut stach, eine Windel-Sicherheitsnadel mit einer gelben Ente darauf. Sie ritzte Linien und Windungen. Die Haut verheilte zu rosa Gewebekissen. Sie pulte sie wieder auf. Ich brauchte eine Weile, doch schließlich begriff ich: Sie wollte, daß man es sah.

Ich träumte, daß meine Mutter mich in der ausgebrannten Stadt verfolgte, blind und unnachgiebig. *Die Wahrheit und nichts als die Wahrheit.* Ich wollte lügen, doch die Worte ließen mich im Stich. Sie war diejenige, die immer für uns gesprochen hatte. Sie war die Göttin, die die goldenen Äpfel fallen ließ. Die Leute bückten sich, um sie aufzuheben, und wir flohen. Doch als ich in meine Tasche griff, waren da nur Staub und vertrocknete Blätter. Ich hatte nichts, womit ich sie beschützen konnte; nichts, um ihren bloßen Körper zu bedecken. Durch mein Schweigen hatte ich sie verurteilt, hatte uns beide verdammt.

Einmal wachte ich auf und sah, daß das Mädchen aus dem anderen Bett in meiner Kommodenschublade herumschnüffelte. Es sah sich ein Buch an und blätterte darin. Das Buch meiner Mutter. Meine schlanke, nackte Mutter, allein unter den Schwarzhemden. Es begrapschte die Worte, die meine Mutter geschrieben hatte. »Laß meine Sachen in Ruhe!« sagte ich.

Das Mädchen sah mich überrascht an. Es hatte nicht gewußt, daß ich sprechen konnte. Wir waren nun schon monatelang zusammen in diesem Zimmer gewesen, und ich hatte noch kein einziges Wort gesagt.

»Leg es sofort zurück!« sagte ich.

Sein Gesicht verzog sich zu einem Grinsen. Es griff nach einer Seite, zerknüllte sie und riß sie aus dem Buch, während es mich herausfordernd ansah. Was sollte ich tun? Die Worte meiner Mutter zwischen seinen schuppigen Fingerknöcheln. Was sollte ich tun, was sollte ich bloß tun? Es riß noch eine Seite heraus, stopfte sie sich in den Mund; grinste mich an, während die Papierfetzen zwischen seinen blasenbedeckten Lippen hingen.

Ich fiel über es her und schlug es zu Boden. Setzte mich auf es, meine Knie in seinem Rücken, preßte das dunkle Klappmesser meiner Mutter gegen seine Wirbelsäule. Ein Lied, das mir in Fleisch und Blut übergegangen war. *Vergiß nie, wer du bist.*

Ich wollte es stechen. Ich stellte mir vor, wie sich die Messerspitze in es hineinbohrte, in sein Genick glitt, in die Einbuchtung unterhalb seines Kopfes, die wie ein Brunnen war. Es lag sehr still und wartete, was als nächstes kommen würde. Ich betrachtete meine Hand; eine Hand, die wußte, wie man ein Messer hielt, wie man es in die Wirbelsäule eines durchgeknallten Mädchens stieß. Es war nicht meine. Das war ich nicht. So war ich nicht.

»Spuck es aus!« zischte ich ihm ins Ohr.

Es spuckte die Fetzen aus, seine Lippen brummten wie die eines Pferdes.

»Laß bloß die Finger von meinen Sachen«, sagte ich.

Es nickte.

Ich ließ es aufstehen.

Es ging zu seinem Bett zurück und begann wieder, sich die Haut mit der Sicherheitsnadel aufzupulen. Ich steckte das Messer in meine Hosentasche zurück und hob die zerknüllte Seite und die Papierfetzen auf.

Die Nichte und ihr Freund saßen am Küchentisch, tranken Colt-45-Bier und hörten Radio. Sie stritten. »Du wirst das Geld im Leben nicht zu Gesicht kriegen, du Trottel!« sagte sie. Sie sahen mich nicht. Sie sahen keinen von uns. Ich nahm die Tesafilm-Rolle und ging zurück auf mein Zimmer.

Ich flickte die zerrissene Seite und klebte beide Seiten wieder in das Buch zurück. Es war ihr erstes Buch gewesen, ein indigoblauer Umschlag mit einer silbernen Mondwinde, einer Jugendstilblume. Ich ließ meinen Finger an der silbernen Linie entlanggleiten; Windungen wie Rauch, wie eine Peitschenschnur.

Es war ihr Exemplar für Lesungen, sie hatte sich mit einem weichen Bleistift am Rand Notizen gemacht. *Pause. Stimme heben.* Ich berührte die Seiten, die ihre Hände berührt hatten, preßte sie an meine Lippen, das weiche, dicke Papier, das inzwischen vergilbt und brüchig wie alte Haut war. Ich steckte die Nase zwischen die Buchdeckel und roch alle Lesungen, die sie gehalten hatte, den Geruch nach Zigaretten ohne Filter und der Espressomaschine, nach Strand, Duftöl und Worten, die in die Nacht geflüstert wurden. Ich konnte hören, wie ihre Stimme sich aus den Seiten erhob. Der Einband kräuselte sich wie ein Segel.

Das Foto auf dem Buchrücken. Meine Mutter in einem kurzen Kleid mit langen, weiten Ärmeln; sie trug eine Ponyfrisur, unter der die Augen hervorspähten. Wie eine Katze, die unter einem Bett hervorlugte. Diese schöne junge Frau, sie war ein Universum; sie überbrachte Worte, die wie Gongschläge tönten, die sich überschlugen wie Flötenklänge aus menschlichen Knochen. Auf dem Foto war noch nichts von all dem passiert. Damals war ich noch sicher gewesen, ein stecknadelkopfgroßes Ei in ihrem rechten Eierstock, und wir waren nie getrennt.

Als ich zu sprechen begann, schickten sie mich in die Schule. Dort hieß ich nur »das weiße Mädchen«. Ich war ein Albino, eine Mißgeburt. Ich hatte überhaupt keine Haut. Ich war durchsichtig, man konnte mein Blut zirkulieren sehen. Während der Unterrichtsstunden malte ich Bilder. Ich zeichnete auf Lochkarten und verband die Löcher zu neuen Sternbildern.

5

Die Sozialarbeiter wechselten, blieben sich aber immer gleich. Sie gingen mit mir zu McDonald's, klappten ihre Aktenordner auf und stellten ihre Fragen. McDonald's machte mir angst. Es gab dort zu viele Kinder, die brüllend und kreischend von der Rutschbahn in Gruben mit bunten Gummibällen hinuntersausten. Ich hatte nichts zu sagen. Diesmal war der Sozialarbeiter männlich, weiß und hatte einen gestutzten Bart wie der Pikbube. Seine Hände waren quadratisch wie Schaufeln, am kleinen Finger trug er einen Siegelring.

Er fand eine dauerhafte Pflegestelle für mich. Als ich das Übergangsheim am Crenshaw Boulevard verließ, verabschiedete sich niemand von mir. Doch das Mädchen mit den Narbentätowierungen stand auf der vorderen Veranda und starrte mir hinterher, als ich wegfuhr. Zwischen den Bäumen tauchten immer wieder dicke Büschel violetter Jacarandablüten auf, während wir über die grauweißen Straßen holperten.

Um zu meinem neuen Zuhause zu gelangen, mußten wir über vier Freeways fahren. Wir bogen auf eine Straße ab, die steil anstieg wie eine Laderampe. Auf den Hinweisschildern stand »Tujunga«. Die niedrigen Ranchhäuser wurden größer, dann wieder kleiner, die Vorgärten und Höfe immer unordentlicher. Die Bürgersteige verschwanden. Auf den Veranden türmten sich Möbel wie große Giftpilze. Eine Waschmaschine, altes Gerümpel, eine weiße Henne, eine Ziege. Schließlich waren wir nicht mehr im Stadtgebiet. Wir fuhren über eine Anhöhe und konnten in der Ebene den Wash, das ausgetrocknete, etwa eine halbe Meile breite Flußbett des Tujunga sehen. Jugendliche auf Geländemotorrädern pflügten Spuren in die offene Fläche und wirbelten fahle Staubwolken auf. Die Luft wirkte schlaff und abgekämpft.

Wir hielten auf dem lehmigen Vorplatz eines Gebäudes, das zum größten Teil aus einem Wohnwagen bestand. Inzwischen waren jedoch so viele Anbauten hinzugefügt worden, daß man es wohl als Haus bezeichnen mußte. Ein Windrädchen aus Plastik steckte bewegungslos in einem Geranienbeet. Auf der breiten Veranda des Wohnwagens hingen Töpfe mit Grünlilien. Vor der Tür saßen drei kleine Jungen und starrten uns an. Einer hielt ein Einmachglas mit irgendeinem Tier in der Hand. Der älteste Junge schob seine Brille hoch und rief etwas durch das Fliegengitter in den Wohnwagen hinein. Die Frau, die durch die Tür trat, war vollbusig und langbeinig. Sie lächelte breit und entblößte dabei ihre weißen, flachen Vorderzähne. Ihr Nasenbein war platt wie das eines Boxers.

Sie hieß Starr, und in ihrem Wohnwagen war es dunkel. Sie bot uns zuckersüße Cola an, die wir aus der Büchse tranken, während der Sozialarbeiter redete. Wenn sie sprach, setzte Starr den ganzen Körper ein und warf den Kopf in den Nacken, wenn sie lachte. Zwischen ihren Brüsten glitzerte ein kleines goldenes Kreuz; der Sozialarbeiter konnte seinen Blick gar nicht mehr von diesem dunklen, geheimnisvollen Ort abwenden. Als ich den Wohnwagen verließ, merkten der Sozialarbeiter und sie es nicht einmal.

Dort draußen gab es keine fransigen Jacarandabäume, nur Oleanderbüsche und Palmen, Feigenkakteen und einen großen Peruanischen Pfefferbaum. Der Staub, der alles überzog, hatte die rötlich-beige Farbe von Sandstein; der Himmel aber wölbte sich weit wie eine sorgenfreie Stirn, rein und blau wie gefärbtes Glas. Zum ersten Mal seit langer Zeit drückte mich keine Zimmerdecke nieder.

Der älteste Junge, der mit der Brille, stand auf: »Wir fangen Eidechsen. Machst du mit?«

Sie stellten den Eidechsen unten im trockenen Flußbett Fallen aus Schuhkartons an einer Schnur. Die Geduld dieser kleinen

Jungen, wenn sie schweigend und regungslos darauf warteten, daß eine Eidechse in die Falle ging. Dann zogen sie an der Schnur, und der Schuhkarton fiel um. Der älteste Junge schob ein Stück Pappe unter die Schachtel und drehte sie herum, der mittlere nahm das winzige Lebewesen und steckte es in das Einmachglas.

»Was macht ihr damit?« fragte ich sie.

Der Junge mit der Brille sah mich verwundert an. »Sie beobachten natürlich.«

Die Eidechse im Einmachglas versuchte ein paar Liegestütze, dann wurde sie sehr still. So für sich betrachtet, konnte man sehen, wie vollkommen sie war, jede kleine Schuppe, die Reihe ihrer feinen Zehennägel. Herausgehoben durch ihr Gefangensein. Über uns ragte der Berg auf, eine erhabene Erscheinung. Wenn ich ihn aus einem bestimmten Winkel betrachtete, konnte ich fühlen, wie sich die breitschultrige Masse auf mich zu bewegte und die grünen, salbeigesprenkelten Hänge näher kamen. Eine leichte Brise erhob sich. Ein Vogel schrie. Aus dem Buschwerk stieg ein scharfer, frischer Geruch empor.

Ich schlenderte zwischen sonnengewärmten Kieseln durch das ausgetrocknete Flußbett. Ich legte meine Wange an einen Felsen und stellte mir vor, ich würde so bewegungslos und stumm wie dieser Stein; es wäre mir gleichgültig, wohin mich der Fluß nach dem letzten Hochwasser gespült hätte. Plötzlich stand der älteste Junge neben mir. »Nimm dich in acht vor den Klapperschlangen. Sie mögen diese Felsen.«

Ich wich zurück.

»Die Diamantklapperschlange ist die größte der amerikanischen Giftschlangen«, sagte er. »Doch sie beißen selten oberhalb des Knöchels. Paß nur auf, wo du hintrittst, und klettere nicht auf die Felsen, oder wenn doch, dann paß auf, wo du mit deinen Händen hingreifst. Mach es so.« Er hob einen kleinen Stein auf und klopfte damit gegen den nächsten Felsen, so als ob er an eine Tür klopfte. »Sie werden dir aus dem Weg gehen, wenn sie können. Achte auch auf Skorpione. Schüttle deine Schuhe aus, bevor du sie anziehst, vor allem draußen.«

Ich schaute ihn genauer an, diesen dünnen, sommersprossigen Jungen, der etwas jünger war als ich, und überlegte, ob er mir Angst einjagen wollte. Doch wahrscheinlich wollte er mich nur beeindrucken und mir zeigen, wie schlau er war. Ich ging weiter und betrachtete die Umrisse der Felsen und das Blau ihrer Schatten. Ich hatte das Gefühl, daß sie bewohnt waren; Leute, die im verborgenen warteten. Der Junge folgte mir.

»Kaninchen«, sagte er und deutete auf den staubigen Boden.

Ich konnte die verwischten Spuren kaum erkennen: zwei größere Abdrücke, gefolgt von einem kleineren und dann noch einer. Er lächelte mit leicht vorstehenden Zähnen und erinnerte dabei selbst ein bißchen an ein Kaninchen. Eigentlich hätte er in seinem Alter vor dem Fernseher oder in einer Bücherei sitzen sollen, doch er konnte den fahlen Staub lesen wie andere Jungen Comic-Heftchen, wie meine Mutter ihre Tarotkarten. Ich wünschte, er könnte im Staub meine Zukunft lesen.

»Du siehst eine ganze Menge«, sagte ich.

Er lächelte. Er war ein Junge, der die Aufmerksamkeit anderer genoß. Er erzählte mir, daß er Davey hieß; er war Starrs leiblicher Sohn. Es gab auch noch eine Tochter, Carolee. Die beiden anderen Jungen, Owen und Peter, waren genau wie ich Pflegekinder. Doch selbst Starrs eigene Kinder waren eine Zeitlang in Pflege gewesen, während Starr in einer Rehabilitationsmaßnahme war.

Wie vielen Kindern war das wohl passiert? Wie viele Kinder waren wie ich, schwebten wie Plankton im riesigen Ozean? Ich dachte daran, wie dünn die Verbindungen zwischen Eltern und Kindern doch sind, zwischen Freunden, innerhalb der Familie, Dinge, von denen man eigentlich annimmt, daß sie ewig dauern. Alles kann man verlieren, schneller, als es sich irgend jemand vorstellen kann.

Wir liefen weiter. Davey zupfte an einem Strauch mit leuchtendgelben Blüten. »Hornklee. Familie der Schmetterlingsblütler.« Ein Windhauch zog durch den Canyon und ließ die Bäume grün und grau flimmern. »Paloverde hat die grüne Rinde, das andere ist Eisenholzbaum.«

Die Stille, die kompakte Masse des Berges, die weißen Schmetterlinge. Grüner Duft nach Lorbeersumach, den die hier ansässigen Indianer benutzt hatten, um die Luft in ihren Reisighütten zu süßen, wie mir Davey mitteilte. Hohe Grasbüschel, die noch grün waren, aber schon knisterten wie Feuer. Zwei Habichte zogen schreiend ihre Kreise im saumlosen blauen Himmel.

In dieser Nacht zierten Cowboys auf wilden Mustangs, Lassos und Sporen meinen Schlafsack. Ich lag mit geöffnetem Reißverschluß da, um die kühle Luft hereinzulassen, und beobachtete Carolee, sechzehn Jahre alt und groß wie ihre Mutter, ein mürrisches Mädchen mit Schmollmund, wie sie sich gerade den Reißverschluß ihres Pullis zuzog. »Die bildet sich ein, sie kann mir Hausarrest geben«, sagte Carolee zu ihrem Spiegelbild. »Da hat sie sich aber geschnitten!«

Auf der anderen Seite der dünnen Wand trieben die Mutter und ihr Hippiefreund es gerade miteinander, das Kopfende ihres Bettes schlug dabei gegen die Trennwand. Es hatte wenig mit der Magie der Nacht zu tun, wie sie meine Mutter mit ihren jungen Männern pflegte, wenn sie in der duftenden Dämmerung zu japanischen Koto-Klängen ihre Zärtlichkeiten murmelten.

»Herr im Himmel!« heulte Starr auf.

Carolees Mund verzog sich zu etwas, was nicht ganz einem Lächeln gleichkam, während sie den Fuß auf ihr Bett stellte und sich den Stiefel zuschnürte. »Christen sagen nicht: ›Fick mich, Baby!‹ Eigentlich sollten sie es ja gar nicht machen, aber sie hat den Sündenvirus im Blut!« Sie stellte sich vor dem Spiegel in Positur und zog den Reißverschluß ihres Pullis ein Stückchen auf, so daß man die Vertiefung zwischen ihren Brüsten sehen konnte. Dann bleckte sie die Zähne und wischte sich mit dem Finger darüber.

Draußen heulte ein Motorrad auf. Sie öffnete das Fenster, stieg auf die Kommode und fegte dabei beinahe ihr Make-up-Körbchen hinunter. »Bis morgen früh. Laß das Fenster offenstehen.«

Ich stand auf und schaute ihr nach, wie sie hinten auf der

Geländemaschine die Straße entlangfuhr und dann im Dunkeln verschwand. Die Straße leuchtete breit und weiß im Mondlicht, die Berge waren dunkler als der Himmel, ein perfekter Fluchtpunkt für Straße und Telegrafenmasten. Ich stellte mir vor, daß man der Straße durch ihren Fluchtpunkt hindurch folgen könnte und irgendwo ganz anders herauskommen würde.

»Ohne Jesus wär' ich heut' schon tot!« sagte Starr, während sie die Spur eines LKWs schnitt, der uns mit lautem Hupen bestrafte. »Bei Gott, das ist die Wahrheit. Meine Kinder hatten sie mir schon weggenommen, und ich war reif für die Klapse.«

Ich saß auf dem Beifahrersitz von Starrs Ford Torino, während Carolee sich auf dem Rücksitz lümmelte und das glitzernde Fußkettchen betrachtete, das sie von ihrem Freund Derrick geschenkt bekommen hatte. Starr bretterte viel zu schnell die Straße entlang, rauchte eine Benson & Hedges nach der anderen und hörte die Christliche Welle im Autoradio. Sie erzählte von der Zeit, als sie noch Alkoholikerin war, kokste und als Obenohne-Bedienung in einem Club namens Trop arbeitete.

Sie war nicht schön wie meine Mutter, doch man mußte sie einfach anstarren. Ich hatte noch nie zuvor jemanden mit so einer Figur gesehen, höchstens die Frauen auf den letzten Seiten von L.A. Weekly, die lüstern auf einer Telefonschnur kauten. Ihre Energie war einfach überwältigend. Sie redete, lachte, rauchte und dozierte in einem fort. Ich fragte mich, wie sie erst auf Kokain war.

»Ich kann es kaum abwarten, bis du Reverend Thomas kennenlernst. Hast du Christus schon als deinen Heiland angenommen?«

Ich wollte ihr eigentlich erwidern, daß wir unsere Götter an Bäumen aufhängten, besann mich dann aber eines Besseren.

»Das wirst du noch! Gott, wenn du diesen Mann erst mal gehört hast, wirst du in Null Komma nichts errettet!«

Carolee zündete sich eine Marlboro an und kurbelte das hintere Fenster herunter. »Dieser verlogene Arsch. Du kannst doch die ganze Scheiße nicht wirklich glauben!«

»Wer an mich glaubt, der wird leben, selbst wenn er stirbt, und wer lebt und an mich glaubt, der wird niemals sterben – vergiß das bloß nicht, Missy«, sagte Starr. Sie nannte uns nie bei unserem richtigen Namen, selbst ihre eigenen Kinder nicht, sondern redete uns nur mit »Mister« und »Missy« an.

Wir fuhren zu Clothestime, einem Laden im nächsten Ort, Sunland, denn Starr wollte mir ein paar Sachen für mein neues Leben besorgen. Ich war noch nie in einem Geschäft wie diesem gewesen. Meine Mutter und ich hatten unsere Kleidung immer auf dem Boardwalk in Venice gekauft. Bei Clothestime sprangen uns die Farben von allen Seiten an: Magentarot! schrie es unter den flackernden Leuchtstoffröhren. Türkis! Neongrün! Starr belud mir die Arme mit Kleidungsstücken, die ich anprobieren sollte, und trieb mich vor sich her in eine Umkleidekabine, damit wir dort unser Schwätzchen fortsetzen konnten.

In der Kabine schlängelte sie sich in ein winziges gestreiftes Minikleid, zerrte den Stoff über die Rippen hinunter und drehte sich vor dem Spiegel seitwärts, um sich im Profil zu betrachten. Über ihrem Busen und Hintern dehnten sich die Streifen wie Op-art. Ich bemühte mich, sie nicht so anzustarren, doch bei diesem Anblick fiel es mir schwer. Was mochte Reverend Thomas wohl denken, wenn er sie in einem solchen Kleid sah?

Sie runzelte die Stirn, zog sich das Kleid über den Kopf und hängte es wieder auf den Bügel zurück. Der Stoff war immer noch von ihren Formen ausgebeult. Ihr Körper in der kleinen Umkleidekabine war kaum zu ertragen. Ich konnte sie nur im Spiegel betrachten: Ihre Brüste quollen aus dem Bügel-BH hervor, dazwischen versteckte sich das Kreuz wie eine Schlange zwischen Felsen.

»›Die Sünde ist ein Virus‹, sagt Reverend Thomas immer. Sie infiziert das ganze Land wie Tripper«, erzählte sie mir. »Jetzt haben sie so 'n neuen Tripper entdeckt, den man gar nicht mehr los wird. Genauso ist es auch mit der Sünde. Wir finden immer alle möglichen Entschuldigungen. Wie zum Beispiel, daß es gar keinen Unterschied macht, ob ich mir Koks in die Nase schaufle oder nicht. Was soll falsch dran sein, wenn man sich die ganze Zeit gut fühlen will? Wem tut das schon weh?«

Sie riß die Augen weit auf, und ich konnte den Kleber auf ihren falschen Wimpern sehen. »Es tut uns weh, und es tut Jesus weh. Weil es falsch ist.« Das sagte sie sanft und geduldig wie eine Kindergärtnerin. Ich versuchte mir vorzustellen, wie es wohl war, in einem Stripclub zu arbeiten. Nackt einen Raum voller Männer zu betreten.

Sie probierte ein rosarotes Stretchkleid an und rollte es sich über die Hüften hinunter. »Es ist ein Virus, der dich von innen auffrißt, du steckst auch alle um dich herum damit an. Oh, warte nur, bis du erst Reverend Thomas hörst!«

Sie runzelte die Stirn, als sie das Kleid im Spiegel betrachtete. Es saß am Rücken so knapp, daß es ihr zwischen den Beinen hochrutschte. »Das würde dir vielleicht besser stehen.«

Sie zog es aus und gab es mir. Es roch nach ihrem schweren Parfum. Obsession. Während ich meine Sachen auszog, inspizierte sie meinen Körper genau, so als überlege sie, ob sie ihn kaufen solle oder nicht. Meine Unterwäsche war zerrissen. »Du solltest langsam mal einen BH tragen, Missy. Dreizehn Jahre alt, da wird's höchste Zeit. Ich hab' meinen ersten BH in der vierten Klasse bekommen. Du willst doch nicht, daß sie dir bis zu den Knien hängen, wenn du dreißig bist, oder?«

Dreizehn? Vor Schreck ließ ich einen Stapel Kleider vom Haken fallen. Ich dachte an das letzte Jahr zurück. Die Gerichtsverhandlung meiner Mutter, all die Sitzungen und Fragen, Medikamente und Sozialarbeiter. Irgendwann dazwischen war ich dreizehn geworden. In meinem Schlaf hatte ich eine unsichtbare Grenze überschritten, und niemand hatte mich geweckt, um einen Stempel in meinen Paß zu setzen. Dreizehn. Die Vorstellung verblüffte mich dermaßen, daß ich noch nicht mal mit Starr diskutierte, als sie darauf bestand, mir das rosa Kleid zu kaufen, damit ich es in die Kirche anzog, und mir eine Packung Slips und zwei BHs aufdrängte, damit sie mir nicht bis zu den Knien hingen, wenn ich dreißig war.

Dann gingen wir nach nebenan zu Payless, um Schuhe zu kaufen. Starr nahm ein rotes hochhackiges Exemplar aus der Auslage, probierte es ohne Strümpfe an, stellte sich darauf, strich sich die Shorts über den Hüften glatt, legte den Kopf zur Seite, zog eine Grimasse und stellte den Schuh wieder ins Regal. »Ich meine, so hab' ich wirklich gedacht. Wen kümmert's, ob ich meine Titten irgendeinem Fremden ins Gesicht strecke. Geht doch keinen außer mir was an.«

Carolee flüsterte: »Mutter, bitte sei doch still. Die Leute gucken schon.«

Starr reichte mir ein Paar rosa Pumps, passend zu meinem neuen Kleid. Ich probierte sie an. Meine Füße sahen darin aus wie die von Daisy Duck, doch Starr fand die Schuhe wunderbar und nötigte sie mir auf.

»Sie könnte echt besser 'n paar vernünftige Treter gebrauchen«, sagte Carolee. »Sie hat doch bloß diese Gummisandalen.«

Ich suchte ein Paar Trekkingstiefel aus und hoffte, daß sie nicht zu teuer waren. Als ich sie ihr zeigte, verzog Starr gequält das Gesicht. »Sie wirken nicht besonders ... vorteilhaft.«

Doch Schlangen bissen selten oberhalb des Knöchels.

Am Sonntag morgen war Carolee schon früh auf den Beinen. Ich war ziemlich überrascht, denn am Samstag hatte sie bis mittags geschlafen. Doch um acht Uhr stand sie da, gestiefelt und gespornt, mit ihrem kleinen Tagesrucksack auf dem Rücken.

»Wo gehst du denn hin?«

Sie bürstete sich das sandfarbene Haar. »Machst du Witze? Ich werd' doch nicht meinen Tag verplempern und dem Reverend Schleimscheiß zuhören, wie er Vorträge über das Blut des Lammes hält.« Sie legte ihre Bürste hin und rauschte aus dem Zimmer. »Sayonara.« Ich hörte draußen die Tür zuknallen.

Ich hatte Carolees Hinweis verstanden und tat so, als ob ich krank sei. Starr betrachtete mich mit festem Blick und sagte: »Aber nächste Woche, Missy!« Sie trug einen kurzen weißen Rock, eine pfirsichfarbene Bluse und zehn Zentimeter hohe

Pfennigabsätze. Sie hatte sich ziemlich kräftig mit Obsession eingesprüht. »Dann gibt's keine Ausreden mehr!«

Erst als ich hörte, wie Starrs Torino die Straße hochkeuchte, wagte ich aufzustehen, mich anzuziehen und mir etwas zum Frühstück zu machen. Es war schön, allein im Haus zu sein; die Jungen trieben sich irgendwo am Flußbett herum, aus der Ferne hörte man die Geländemotorräder aufheulen. Gerade saß ich beim Frühstück, als Starrs Hippiefreund aus dem Schlafzimmer trat, barfuß, nur mit einer Jeans bekleidet, und sich ein T-Shirt über den Kopf zog. Seine Brust war mager und behaart, sandfarben mit einzelnen grauen Strähnen; die struppigen Haare hatte er noch nicht zu dem üblichen Pferdeschwanz zusammengebunden. Er stolperte durch den Flur zum Klo. Ich konnte ihn pinkeln hören, dann rauschte die Klospülung. Er kam in den Wohnraum, fand in einem Päckchen auf dem Tisch noch eine Zigarette und zündete sie sich an. An der Hand, in der er die Zigarette hielt, fehlten ihm ein Finger und die Kuppe eines weiteren.

Er grinste, als er sah, wie ich seine Hand anstarrte. »Hast du noch nie gesehen, wie ein Schreiner im Restaurant bestellt? Drei Bier für die Männer vom Sägewerk!« Er hielt die verkrüppelte Hand hoch.

Wenigstens war er, was seine Verletzung anbelangte, nicht empfindlich. Ich mochte ihn irgendwie, obwohl es mir peinlich war, daß er die »Herr im Himmel«-Schreie auf der anderen Seite der Wand verursachte. Er war ein unscheinbarer Mann, hatte ein hageres Gesicht, traurige Augen, und sein langes Haar ergraute schon. Wir sollten ihn »Onkel Ray« nennen. Er öffnete den Kühlschrank und holte eine Bierdose heraus. *Schhhht*, seufzte sie, als er den Verschluß aufriß.

»Du läßt dir also die Jesus-Show entgehen.« Er trank sein Bier weniger, als daß er es die Kehle hinunterkippte.

»Du doch auch«, sagte ich.

»Lieber lass' ich mich erschießen«, sagte er. »Hier ist meine Theorie: Wenn es einen Gott gibt, dann ist er so beschissen, daß er die ganzen Gebete gar nicht verdient.« Er rülpste laut und grinste.

Ich hatte nie viel über Gott nachgedacht. Wir hatten die Götterdämmerung, wir hatten die Weltesche. Wir hatten den Olymp und seine Skandale, Ariadne und Bacchus, die Vergewaltigung der Danae. Ich kannte Shiva, Parvati und Kali und die Vulkangöttin Pele, doch meine Mutter hatte sich jegliches Gespräch über Jesus Christus verbeten. Sie wollte sich noch nicht mal das Krippenspiel in der Schule ansehen. Ich mußte eine Fahrgelegenheit bei einer Mitschülerin erbetteln.

Das, was meiner Vorstellung von Gott am nächsten kam, war der blaue, wolkenlose Himmel und eine ganz bestimmte Stille. Doch wie sollte man zu so etwas beten?

Onkel Ray lehnte rauchend im Türrahmen und betrachtete den großen Peruanischen Pfefferbaum und seinen Pick-up im Hof. Er schlürfte sein Bier, das er in derselben Hand hielt wie die Zigarette, ziemlich geschickt für jemanden, dem zwei Finger fehlten. Er blinzelte, während er den Rauch durch das Fliegengitter nach draußen blies. »Er will sie bloß vögeln. Wahrscheinlich wird er ihr bald sagen, daß sie mich in den Wind schießen soll; dann hol' ich aber meine 38er und zeig' ihm mal, wo's langgeht. Dann wird er sein Blut des Lammes fließen sehen!«

Ich pulte die Marshmallows aus meinen Frühstücksflocken und ordnete sie auf dem Rand der Schüssel an, purpurrote Monde und grüne Kleeblätter. »Wenn man verheiratet ist, ist es keine Sünde«, sagte ich. Ich dachte, er hätte mich nicht gehört, doch das hatte er offenbar.

»Ich bin schon verheiratet«, sagte er, während er durch das Fliegengitter den Pfefferbaum betrachtete, dessen Zweige wie lange Frauenhaare wehten. Er grinste mir über die Schulter zu. »Mich hat der Virus ganz ordentlich erwischt!«

Ich legte abwechselnd einen Mond und ein Kleeblatt auf den Rand und aß die Marshmallows, die in die Schüssel fielen. »Wo ist deine Frau?«

»Keine Ahnung. Hab' sie zwei, drei Jahre nicht mehr gesehen.«

Es schien ihn gar nicht zu berühren, daß jemand mit seinem Namen und seiner Geschichte durch die Gegend lief und er nicht einmal wußte, wo sie sich aufhielt. Mir wurde ganz schwindlig davon; am liebsten hätte ich nach irgend etwas Schwerem gegriffen und mich daran festgehalten. So sah das Leben aus, das ich führen würde: einer vom anderen getrennt, jeder klammerte sich einen Augenblick lang fest, nur um dann weitergespült zu werden. Ich könnte erwachsen werden und ebenfalls davontreiben. Meine Mutter würde vielleicht nie erfahren, wo ich war, und wenn in ein paar Jahren jemand nach mir fragen sollte, würde sie vielleicht auch mit den Schultern zucken und sagen: »Hab' sie zwei, drei Jahre nicht mehr gesehen.«

Es traf mich wie ein Schlag in die Magengrube. Ich könnte jahrelang weiterleben und sie nie wiedersehen. Einfach so. Leute verloren einander, in der Menge entglitt eine Hand der anderen. Vielleicht würde ich sie nie wiedersehen. Diese trüben Augen hinter dem Aquarienglas, die Umrisse ihres Rückens. Mein Gott, wie hatte ich das die ganzen Monate über verdrängen können? Ich wollte meine Mutter, ich wollte etwas, was mich festhielt und mich nicht mehr losließ.

»Hey, was ist das denn?« Onkel Ray setzte sich neben mich an den Tisch. Er drückte seine Zigarette in der Bierdose aus und nahm meine Hände. »Wein doch nicht, Mädchen. Was ist denn los? Du kannst es Onkel Ray ruhig erzählen.«

Doch ich konnte nur meinen Kopf schütteln, wundes Schluchzen wie Rasierklingen.

»Fehlt dir deine Mom?«

Ich nickte. Meine Kehle fühlte sich an, als hielten zwei Hände sie umklammert und preßten das Wasser aus meinen Augen. Rotz lief mir aus der Nase. Ray rückte seinen Stuhl näher, so daß er den Arm um mich legen konnte, und gab mir eine Papierserviette vom Tisch. Ich vergrub das Gesicht an seiner Brust und ließ Rotz und Tränen auf sein T-Shirt laufen. Es war ein schönes Gefühl, festgehalten zu werden. Ich atmete seinen Geruch ein, Zigaretten, Bier und scharfer Körpergeruch, frisch gefälltes Holz und der Geruch nach irgend etwas Grünem.

Er hielt mich fest, er war stabil; er würde nicht zulassen, daß ich davontrieb. Er redete mir gut zu, sagte mir, daß mir niemand weh tun würde, daß ich ein großes Mädchen sei, daß mir nichts geschehen würde. Nach einer Weile wischte er mir die Wangen mit dem Handrücken ab, hob mein Kinn, so daß er mir ins Gesicht schauen konnte, und schob mir die Haarsträhnen aus den Augen. »Du vermißt sie wirklich, was? Sag mal, ist sie genauso hübsch wie du?«

Ich lächelte ein bißchen, seine Augen waren so traurig und lieb. »Ich hab' ein Foto.« Ich lief in mein Zimmer und holte das letzte Buch, das meine Mutter geschrieben hatte, »Staub«. Vorsichtig strich ich über ihr Foto auf dem Buchrücken, das am Strand von Big Sur aufgenommen worden war. Im Wasser gewaltige Felsen, Treibholz. Sie trug einen Seemannstroyer, der Wind blies ihr das Haar aus dem Gesicht. Sie sah aus wie eine Lorelei, Verursacherin von Schiffbrüchen. Odysseus hätte sich am Mast festbinden müssen.

»Du wirst noch hübscher aussehen«, sagte er.

Ich wischte mir die Nase an meinem kurzen T-Shirt-Ärmel ab und lächelte. Meine Mutter war eine Frau, der die Leute auf dem Markt hinterherblickten. Nicht so wie bei Starr, sondern bloß aufgrund ihrer Schönheit. Sie schienen immer verwundert darüber, daß sie genauso einkaufen und essen mußte wie andere Leute auch. Ich konnte mir nicht vorstellen, über eine solche Schönheit wie die meiner Mutter zu verfügen. Das würde ich nicht wagen. Es wäre mir unheimlich. »Auf keinen Fall.«

»Aber klar doch! Du bist bloß ein anderer Typ. Du bist eher der süße Typ. In der Hinsicht könnte sich deine Mutter 'ne Scheibe von dir abschneiden. Nicht daß es mich stört – ich mag auch die schroffen Typen, aber du weißt schon, was ich meine. Bei dir werden sie reihenweise umfallen wie die Fliegen.« Er schaute mir mit seinen freundlichen Augen in das gesenkte Gesicht und sprach mit sanfter Stimme: »Hörst du mich? Du wirst die Körper aus dem Weg schieben müssen, wenn du die Straße runtergehst.«

Niemand hatte je so etwas zu mir gesagt. Selbst wenn er nur

log, um mich zu trösten – wer gab sich schon im Augenblick die Mühe, das zu tun?

Er blätterte ein paar Seiten durch und las hier und da etwas. »Guck mal, das da handelt von dir.«

Mit brennendem Gesicht riß ich ihm das Buch aus der Hand. Ich kannte das Gedicht genau.

Psst
Astrid schläft
Rosa Brunnen ihres wortlosen Mundes
Ein Bein hängt lang vom Bett herunter
Wie ein unfertiger Satz
Ein Sternbild feiner Sommersprossen
Künftiger Möglichkeiten
Ihre Kaurimuschel
Aus der das Flüstern der ungeöffneten Frau dringt …

Sie hatte es immer auf Dichterlesungen vorgetragen. Ich saß dann an meinem Tisch und zeichnete, ganz so, als ob ich sie nicht hörte, als sei es nicht ich, von der sie da sprach, nicht mein Körper, meine kindlichen Geschlechtsteile. Ich haßte dieses Gedicht. Dachte sie eigentlich, daß ich nicht wußte, wovon sie sprach? Daß es mir egal war, wem sie es vorlas? Nein, weil ich ihre Tochter war, dachte sie, daß ich ihr gehörte, daß sie mit mir tun und lassen konnte, was sie wollte. Mich zu Lyrik machen, meine Hühnerknöchelchen entblößen, meine Kaurimuschel, meine ungeöffnete Frau.

»Was ist mit ihr passiert?« fragte er.

»Sie hat ihren Freund getötet«, sagte ich, während ich ihr Foto betrachtete, ihr Profil ein Speer zwischen meinen Rippen, der mir die Leber durchstach, den rechten Lungenflügel. Eine Träne löste sich aus meinen Wimpern und fiel auf ihr Bild. Ich wischte sie ab. »Sie ist im Gefängnis.«

Er zuckte mit den Schultern. Als sei das etwas, was Leute nun mal machten. Nicht gut, aber auch nicht besonders schockierend.

Die achte Klasse beendete ich in der Mount Gleason Junior High School, meiner dritten Schule in diesem Jahr. Ich kannte niemanden und wollte auch niemanden kennenlernen. Meinen Lunch aß ich mit Davey zusammen. Wir stellten uns gegenseitig Quizfragen von Karteikarten, die Davey selbst gebastelt hatte. Wie nennt man junge Frettchen? Welpen. Wie viele Welpen hat ein Wurf? Sechs bis neun. Sternbild Andromeda. Besonderes Kennzeichen? Der Andromeda-Nebel. Was wird am häufigsten beobachtet? Der Doppelstern Gamma Andromedae. Entfernung von der Erde? Zwei Millionen Lichtjahre. Besonderheit? Im Gegensatz zu den anderen Spiralnebeln, die sich mit hoher Geschwindigkeit von uns weg bewegen, bewegt sich Andromeda mit einer Geschwindigkeit von dreihundert Kilometern pro Sekunde auf uns zu.

Mein Sozialarbeiter kam uns häufig im Wohnwagen besuchen, saß dann mit Starr auf der Veranda und warf sich unter den Grünlilien in Positur. Eines Tages teilte er mir mit, daß meine Mutter nun im Frauengefängnis von Chino untergebracht worden sei und ab kommendem Donnerstag Besucher empfangen dürfe. Es gab eine Organisation, die dafür sorgte, daß Kinder ihre Eltern im Gefängnis besuchen konnten, und ich würde eine Besuchserlaubnis bekommen.

Nach der letzten Begegnung mit meiner Mutter hatte ich Angst. Ich wußte nicht, ob ich das noch einmal erleben wollte. Wenn sie immer noch so komisch war, ein Zombie? Ich könnte es nicht ertragen. Und ich fürchtete das Gefängnis, die Gitter und die Hände, die sich durch Eisenstangen schlängelten. Mit ihren Tassen dagegen hämmerten. Wie konnte meine Mutter es dort aushalten – meine Mutter, die weiße Blumen in einer Krakeleeglasvase arrangierte, die stundenlang darüber diskutieren konnte, ob Frost ein bedeutender Dichter war oder nicht?

Doch ich wußte, wie. Sie würde, von Drogen betäubt, in einer Ecke sitzen, ausdruckslos ihre Gedichte murmeln und Fusselbällchen von der Wolldecke knibbeln. Oder sie würde von Aufsehern und anderen Häftlingen besinnungslos geschlagen. Sie wußte nie, wann man tief fliegen, den Radar meiden mußte.

Und wenn sie mich nun gar nicht sehen wollte? Wenn sie mir den Vorwurf machte, daß ich ihr nicht hatte helfen können? Seit jenem Tag im Gefängnis, als sie mich noch nicht einmal erkannt hatte, waren acht Monate vergangen. Mitten in der Nacht war ich sogar soweit, daß ich gar nicht mehr hinfahren wollte. Doch um fünf stand ich auf, duschte und zog mich an.

»Denk dran, keine Jeans, nichts Blaues«, hatte Starr mich am Abend vorher ermahnt. »Du willst doch da wieder rauskommen, oder?« Daran mußte sie mich nicht erst erinnern. Ich trug mein neues rosa Kleid, den BH und die Daisy-Duck-Schuhe. Ich wollte ihr zeigen, daß ich erwachsen wurde, daß ich selbst auf mich aufpassen konnte.

Der Kleinbus kam um sieben. Starr stand auf und unterschrieb die Papiere, während der Fahrer ihre weiblichen Formen unter dem Bademantel musterte. Im Bus saß schon ein anderes Kind, ein Junge. Ich setzte mich vor ihn, ebenfalls ans Fenster. Auf dem Weg lasen wir noch drei weitere Kinder auf.

Der Himmel war an diesem Tag bedeckt, Junitrübsinn, die Luftfeuchtigkeit perlte an der Windschutzscheibe herunter. Man konnte auf dem Freeway kaum bis zur nächsten Überführung sehen. Sie tauchten plötzlich aus dem Nebel auf und verschwanden dann genauso plötzlich wieder, eine Welt, die sich erschuf und wieder auslöschte. Mir wurde ganz schlecht davon. Ich öffnete das Fenster. Wir fuhren eine lange Zeit durch Vorstädte und noch mehr Vorstädte. Wenn ich bloß wüßte, wie es ihr ging, wenn ich dort ankam. Ich konnte mir meine Mutter nicht im Gefängnis vorstellen. Sie rauchte weder, noch kaute sie auf Zahnstochern herum. Sie sagte nicht »Nutte« oder »ficken«. Sie sprach vier Sprachen, zitierte T. S. Eliot und Dylan Thomas und trank Lapsang-Souchong-Tee aus Porzellantassen. Sie hatte noch nie ein McDonald's von innen gesehen. Sie hatte in Paris und Amsterdam gelebt. In Freiburg und auf Martinique. Wie konnte sie im Gefängnis sein?

Bei Chino fuhren wir von der Autobahn ab und fuhren Richtung Süden. Ich versuchte mir den Weg einzuprägen, so daß ich ihn im Schlaf wiederfinden würde. Wir fuhren an hübschen Vorstadtsiedlungen vorbei, dann an weniger hübschen, dann wechselten sich frisch abgeteilte Baugrundstücke mit Holzplätzen und landwirtschaftlichen Bedarfshandlungen ab. Schließlich kamen wir aufs richtige Land und fuhren über Straßen ohne Hinweisschilder, vorbei an Molkereien und Feldern; es roch nach Jauche.

Zu unserer Rechten lag ein großer Gebäudekomplex. »Ist es das?« fragte ich das Mädchen, das neben mir saß.

»CYA«, sagte es.

Ich schüttelte verständnislos den Kopf.

»Central Youth Authority. Die Jugenderziehungsanstalt.«

Alle Kinder beäugten grimmig das Gebäude, während wir vorbeifuhren. Auch wir hätten dort sein können, hinter dem Stacheldrahtzaun. Wir wurden totenstill, als wir an der California Institution for Men vorbeifuhren, die ziemlich weit von der Straße entfernt mitten auf einem Feld lag. Schließlich bogen wir auf eine frisch asphaltierte Straße ab, vorbei an einem kleinen Supermarkt, der Kasten Bud zu 5.99 Dollar. Ich wollte das alles in Erinnerung behalten. Die Kinder suchten ihre Taschen und Rucksäcke zusammen. Nun konnte ich das Gefängnis sehen – einen Schornstein, einen Wasserturm, den Wachturm. Die Türme waren aluminiumverkleidet wie Starrs Wohnwagen. Frontera entsprach ganz und gar nicht meinen Erwartungen. Ich hatte mir eher etwas vorgestellt wie in »Flucht aus Alcatraz« oder »Laßt mich leben«, mit meiner Mutter als Susan Hayward. Die flachen Backsteingebäude waren großzügig angelegt und wurden von weitläufigen Rasenflächen mit Bäumen und Rosensträuchern unterbrochen. Es wirkte eher wie eine vorstädtische High School als ein Gefängnis. Bis auf die Wachtürme und den Stacheldrahtzaun.

Von den Bäumen erhoben Krähen ihr heiseres Protestgeschrei. Es klang, als zerrten sie etwas auseinander; etwas, was sie noch nicht einmal wollten, nur weil es ihnen solchen Spaß machte, es zu zerstören. Wir marschierten hintereinander durch den Wachturm und meldeten uns an. Sie durchsuchten unsere Rucksäcke, dann mußten wir durch einen Metalldetektor gehen. Einem Mädchen nahmen sie ein Päckchen ab. Keine Geschenke. Man mußte sie per Post schicken; ein Päckchen von der Familie war viermal jährlich erlaubt. Als das schwere Tor hinter uns zuschlug, zuckten wir zusammen. Wir waren eingeschlossen.

Sie sagten mir, ich solle an einem orangefarbenen Picknicktisch unter einem Baum auf sie warten. Ich war aufgeregt, und mir war noch immer schlecht von der Fahrt. Ich wußte nicht einmal, ob ich sie wiedererkennen würde. Ich zitterte und wünschte, ich hätte mir einen Pullover eingesteckt. Und was würde sie von mir halten mit meinem BH und den hochhackigen Schuhen?

Hinter dem abgetrennten Besucherhof liefen Frauen umher. Häftlinge mit maskenhaften Gesichtern. Sie warfen uns höhnische Bemerkungen zu. Eine Frau pfiff mir hinterher und leckte sich die Finger, die anderen lachten. Sie hörten gar nicht mehr auf zu lachen. Sie klangen wie die Krähen.

Die Mütter kamen nacheinander durch ein anderes Tor aus dem Gefängnisgebäude. Sie trugen Jeans und T-Shirts, graue Sweatshirts und Jogginganzüge. Ich sah meine Mutter, die darauf wartete, von der Aufseherin hindurchgeführt zu werden. Sie trug ein einfaches Jeanskleid mit Knopfleiste, doch an ihr wirkte das Blau wie eine Farbe, wie ein Lied. Ihr weißblondes Haar war ihr im Nacken von irgend jemandem abgeschnitten worden, der kein Gefühl für das Handwerk hatte, doch ihre blauen Augen waren so klar wie ein hoher Violinton. Sie hatte nie schöner ausgesehen. Ich stand auf, doch dann konnte ich mich nicht mehr bewegen und wartete zitternd, bis sie herüberkam und mich an sich drückte.

Nur ihre Berührung zu spüren, sie festzuhalten, nach all den Monaten! Ich legte meinen Kopf an ihre Brust, und sie küßte mich, preßte die Nase in mein Haar; sie roch nicht mehr nach Veilchen, nur nach Waschmittel auf Jeansstoff. Sie umfaßte mein Gesicht mit den Händen, küßte mich über und über und wischte mir mit ihren kräftigen Daumen die Tränen ab.

Ich gierte danach, sie zu fühlen, den Klang ihrer Stimme zu hören, sie zu sehen. Ihre gleichmäßigen Schneidezähne, die leicht schräg gestellten Eckzähne, das einzelne Grübchen links von ihrem Mund, ihr halbes Lächeln, ihre wunderbar blauen Augen, weißgesprenkelt wie ferne Milchstraßen, die festen, glatten Ebenen ihres Gesichts. Man sah ihr gar nicht an, daß sie im Gefängnis war; sie sah aus, als sei sie gerade den Venice Boardwalk entlanggelaufen, ein Buch unter dem Arm, um sich in einem der Cafés an der Strandpromenade niederzulassen.

Sie zog mich neben sich auf die Bank an den Picknicktisch und flüsterte mir zu: »Weine nicht. So sind wir nicht. Wir sind die Wikinger, weißt du das nicht mehr?«

Ich nickte, doch meine Tränen tropften auf den orangeroten Vinyltisch herunter. »Lois« hatte jemand in die Tischplatte geritzt. »18. Straße. Alte Fotze.«

Eine der Frauen im betonierten Hof jenseits des abgeteilten Besucherbereichs pfiff durch die Zähne und rief etwas, irgend etwas über meine Mutter oder mich. Meine Mutter sah hoch. Ihr eisiger Blick traf die Frau voll ins Gesicht, wie ein Faustschlag. Sie verstummte abrupt und drehte sich schnell weg, so als sei es nicht sie gewesen, die etwas gesagt hatte.

»Du bist so schön«, sagte ich und berührte ihr Haar, ihren Kragen, ihre Wange. Ganz und gar nicht formbar.

»Das Gefängnis bekommt mir gut«, sagte sie. »Hier gibt es keine Heuchelei. Hier heißt es töten oder getötet werden, und alle wissen das.«

»Ich habe dich so vermißt«, flüsterte ich.

Sie legte den Arm um mich, hielt ihren Kopf dicht neben meinem. Sie drückte mir mit ihren Händen die Stirn, preßte die Lippen an meine Schläfe. »Ich werde nicht ewig hierbleiben. Es braucht schon mehr als das, um mich hinter Gittern zu halten! Das verspreche ich dir. Ich werde hier rauskommen, so oder so. Eines Tages wirst du aus dem Fenster schauen – und ich werde da sein.«

Ich sah ihr entschlossenes Gesicht an, die Wangenknochen

scharf wie Rasierklingen. Ihr Blick ließ mich glauben, was sie sagte. »Ich hatte Angst, daß du wütend auf mich bist.«

Sie hielt mich auf Armeslänge von sich weg, um mich anzuschauen, ihre Hände umklammerten meine Schultern. »Wieso hast du denn das geglaubt?«

Weil ich nicht gut genug lügen konnte. Doch ich brachte den Satz nicht über die Lippen.

Sie umarmte mich wieder. Am liebsten wäre ich für immer dort in ihren Armen geblieben. Ich würde eine Bank ausrauben und verurteilt werden, so daß wir für den Rest unseres Lebens zusammenbleiben könnten. Ich wollte mich in ihrem Schoß zusammenrollen, in ihrem Körper verschwinden, ich wollte eine ihrer Augenwimpern werden oder ein Blutgefäß in ihrem Oberschenkel, ein Leberfleck auf ihrem Nacken.

»Ist es sehr schlimm hier? Tun sie dir weh?«

»Nicht so wie ich ihnen«, sagte sie, und ich wußte, daß sie in diesem Augenblick lächelte, obwohl ich nur den Ärmel ihres Jeanskleides und ihren immer noch leicht gebräunten Arm sehen konnte. Ich mußte mich aus ihrer Umarmung lösen, um ihr ins Gesicht zu schauen. Ja, sie lächelte tatsächlich; ihr halbes Lächeln, der kleine, wie ein Komma geformte Bogen ihres Mundwinkels. Ich berührte ihren Mund. Sie küßte meine Finger.

»Sie wollten mich für die Büroarbeit einteilen. Ich habe ihnen gesagt, daß ich eher Toiletten reinigen als ihren bürokratischen Scheiß tippen würde. Oh, sie machen sich nicht besonders viel aus mir. Jetzt bin ich bei der Bodentruppe. Ich fege, zupfe Unkraut, aber natürlich nur innerhalb des Zauns. Man hält mich für ein geringes Sicherheitsrisiko. Stell dir vor. Ich werde nicht für sie die Analphabeten unterrichten, Schreibkurse abhalten oder sonst irgendwie der Maschinerie Futter geben. *Ich will nicht dienen.*« Sie steckte die Nase in mein Haar und roch an mir. »Dein Haar riecht nach Brot. Nach Klee und Muskatnuß. Ich will dich genauso in Erinnerung behalten, in diesem hoffnungsvoll-traurigen rosa Kleid und den brautjüngferlichen Abschlußballschuhen. Ohne Zweifel von deiner Pflegemutter. Rosa – das ultimative Klischee!«

Ich erzählte ihr von Starr und Onkel Ray, den anderen Kindern, von Geländemotorrädern, Paloverde und Eisenholzbäumen, den Farben der Felsen im ausgetrockneten Flußbett, vom Berg und den Habichten. Ich erzählte ihr vom Sündenvirus. Ich liebte den Klang ihres Lachens.

»Du mußt mir unbedingt Zeichnungen schicken«, sagte sie. »Du konntest immer schon besser zeichnen als schreiben. Mir fällt auch keine andere Erklärung dafür ein, daß du mir nicht geschrieben hast.«

Ich durfte ihr schreiben? »Du hast mir auch nie geschrieben.«

»Du hast meine Briefe nicht bekommen?« fragte sie. Und verschwunden war ihr Lächeln, ihr Gesicht leer und ernüchtert, maskenähnlich wie das der Frauen hinter der Absperrung. »Gib mir deine Adresse. Ich werde direkt an dich schreiben. Und du schreibst mir auch direkt, schick es nicht über deinen Sozialarbeiter. Mein Fehler. Oh, wir werden schon dazulernen.« Die Energie kehrte wieder in ihre Augen zurück. »Wir sind schlauer als die, *ma petite*.«

Ich kannte meine Adresse nicht, doch sie nannte mir ihre und ließ sie mich wieder und wieder nachsprechen, damit ich sie nicht vergaß. Mein Gedächtnis rebellierte gegen die Anschrift meiner Mutter: Ingrid Magnussen, Häftling W99235, California Institution for Women, Corona-Frontera.

»Wo immer es dich hin verschlägt, schreib mir. Schreib mir mindestens einmal pro Woche. Oder schick mir Zeichnungen, die visuelle Stimulation an diesem Ort läßt weiß Gott einiges zu wünschen übrig. Besonders gern möchte ich die Ex-Stripteasetänzerin sehen – und Onkel Ernie, den ungeschickten Schreiner.«

Ihre Bemerkung tat mir weh. Onkel Ray war dagewesen, als ich ihn gebraucht hatte. Sie kannte ihn noch nicht mal. »Er heißt Ray, und er ist sehr nett.«

»Oh«, sagte sie. »Hüte dich bloß vor Onkel Ray, besonders wenn er ach so nett ist.«

Doch sie war hier eingesperrt, und ich war dort draußen. Ich hatte einen Freund. Sie konnte ihn mir nicht wegnehmen.

»Ich denke die ganze Zeit an dich«, sagte sie. »Besonders nachts. Ich stelle mir vor, wo du gerade bist. Wenn es im Gefängnis still geworden ist und alle schlafen, stelle ich mir immer vor, ich könnte dich sehen. Ich versuche eine Verbindung zu dir aufzunehmen. Hast du mich je rufen gehört, meine Anwesenheit in deinem Zimmer gespürt?« Sie streichelte eine meiner Haarsträhnen zwischen den Fingern, zog sie lang und prüfte ihre Länge an meinem Arm. Sie reichte mir bis zum Ellbogen.

Ich hatte sie tatsächlich gespürt, hatte sie rufen gehört. *Astrid? Bist du wach?* »Spät nachts. Du konntest noch nie besonders gut schlafen.«

Sie küßte mich auf den Kopf, genau auf den Scheitel. »Du aber auch nicht. So, jetzt erzähl mir mehr von dir. Ich will alles über dich wissen.«

Es war ein ungewohnter Vorschlag. Sie hatte noch nie zuvor etwas über mich wissen wollen. Doch die langen eintönigen Tage hatten sie zu mir zurückgeführt; plötzlich erinnerte sie sich daran, daß sie noch irgendwo eine Tochter hatte. Die Sonne kam langsam zwischen den Wolken hervor, und der Bodennebel glühte wie eine Papierlaterne.

6

Am nächsten Sonntag verschlief ich. Wenn ich nur nicht von meiner Mutter geträumt hätte. Es war ein schöner Traum gewesen. Wir waren in Arles und liefen eine Zypressenallee entlang, vorbei an Grabstätten und Wildblumen. Sie war aus dem Gefängnis ausgebrochen; sie hatte vor dem Gebäude Rasen gemäht und war einfach davongegangen. Arles, das waren tiefe Schatten und honigfarbener Sonnenschein. Römische Ruinen und unsere kleine Pension. Wenn ich nicht so gierig an diesem Traum gehangen hätte, wäre ich rechtzeitig aufgestanden und zusammen mit den Jungen zum Flußbett gelaufen.

So saß ich nun auf dem Vordersitz des Torino. Carolee grummelte auf der Rückbank herum, sie hatte einen Brummschädel, weil sie die ganze Nacht mit ihren Freunden Drogen ausprobiert hatte. Starr hatte sie ebenfalls im Schlaf erwischt. Im Autoradio lief Amy Grant, und Starr sang mit. Heute trug sie ihr Haar unordentlich zu einer Art Brigitte-Bardot-Frisur aufgesteckt, an ihren Ohren baumelten lange Ohrgehänge. Sie sah aus, als wäre sie auf dem Weg in eine Cocktailbar und nicht zur »Wahren Gemeinschaft Christi«.

»Ich hasse diesen Aufstand«, flüsterte meine Pflegeschwester mir ins Ohr, während wir ihrer Mutter in die Kirche folgten. »Für ein paar Mandies könnt' ich jetzt jemanden umbringen!«

Die »Wahre Gemeinschaft« versammelte sich in einem Betongebäude mit Linoleumfußboden; statt bunten Kirchenfenstern gab es ein hohes Milchglasfenster. Vorn ragte ein modernes Holzkreuz empor, und eine Frau mit aufgetürmter Frisur spielte Orgel. Wir saßen auf weißen Klappstühlen, Carolee links von mir, das Gesicht düster vor Trotz und Kopfschmerzen; Starr gleich neben dem Gang glühte vor Aufregung. Ihr Rock war so kurz, daß ich sehen konnte, wo die dunkle Schrittverstärkung ihrer Strumpfhose begann.

Während das Orgelspiel zu einem Crescendo anschwoll, trat ein Mann hinter das Lesepult. Er trug einen dunklen Anzug, Krawatte und glänzende schwarze Schuhe wie ein Geschäftsmann. Ich hätte eher erwartet, daß er in eine Art Robe gekleidet wäre. Sein kurzes, seitlich gescheiteltes braunes Haar glänzte unter den bunten Lampen wie Zellophan. Starr saß jetzt sehr aufrecht, in der Hoffnung, er möge sie bemerken.

Als er zu sprechen begann, stellte ich erstaunt fest, daß er einen kleinen Sprachfehler hatte. Er sprach das lange E eher wie Ä aus, so daß »Leben« bei ihm wie »Läbben« klang. »Obgleich wir tot waren in unseren Sünden, hat er uns samt Christo läbbendig gemacht. Durch das Kreuz sind wir errettet worden. Er häbbt uns hinauf zum äwwigen Läbben.« Er hob die Hände, hob uns empor. Er war gut. Er wußte genau, wann man Spannung aufbauen und wann man wieder nachlassen mußte. Nachdem er zunächst ganz leise geworden war, kam der Knüller. Mit großen glänzenden Augen, seiner kleinen platten Nase und dem breiten lippenlosen Mund, der ihn wie eine Muppet-Figur aussehen ließ – so als ob sich beim Sprechen sein ganzer Kopf öffnete und schloß –, hob er an: »Ja fürwahr, wir können wieder läbben, selbst wenn wir am Sündenvirus sterben!«

Carolee rückte auf ihrem Stuhl hin und her und ließ ihn absichtlich quietschen. Starr winkte ungeduldig in Carolees Richtung, stupste mich an und deutete auf den Reverend, als gebe es in diesem Raum noch irgend etwas anderes zu sehen.

Reverend Thomas erzählte die Geschichte eines jungen Mannes während der sechziger Jahre, ein gutherziger Junge, der sich dachte, er könne seinen eigenen Weg gehen, solange er keinem schadete. »Er traf einen Guru, der ihn lehrte, die Wahrheit in sich selbst zu suchen.« Der Reverend schwieg einen Augenblick und lächelte mild, so als sei der Gedanke, die Wahrheit in sich selbst zu finden, etwas völlig Absurdes, Lächerliches – ein erstes Warnsignal der Verdammnis. »Du selbst bist der Maßstab aller Wahrheit.« Er lächelte wieder, und langsam ging mir auf, daß er immer dann eine Pause einlegte und lächelte, wenn er etwas besonders mißbilligte. Er kam mir vor wie jemand, der einem die Finger in den Türrahmen legte und lächelnd auf einen einredete, während er die Tür zuwarf.

»Oh, er war selbstverständlich zu seiner Zeit nicht der einzige, der dieser Philosophie anhing«, fuhr Reverend Thomas mit leuchtenden Knopfaugen fort. »›Mach dein eigenes Ding‹, das war die Parole der Stunde. Wenn man etwas wollte, dann war es gut, eben weil man es wollte. Es gab keinen Gott, keinen Tod. Es gab nur das eigene Vergnügen.« Beim Wort »Vergnügen« lächelte er, so als sei »Vergnügen« etwas besonders Häßliches, Abscheuliches und als bemitleide er jeden, der schwach genug war, es zu schätzen. »Und wenn jemand von Verantwortung oder Konsequenzen sprach, dann wurde er lächerlich gemacht. ›Mach dich locker, Mann! Sei nicht so spießig!‹ Ja, der junge Mann hatte sich unwissentlich mit dem Sündenvirus angesteckt. Der Virus war in sein Herz gedrungen, hatte sein Gewissen geschwächt und sein Urteilsvermögen verflüssigt.« Reverend Thomas wirkte regelrecht glücklich. »Nach einiger Zeit konnte er kaum mehr einen Unterschied zwischen richtig und falsch erkennen.«

Wo hätte der Junge also anders enden sollen als bei den Manson-Mördern?

Inzwischen war ich genauso tief in meinen Stuhl gesunken wie Carolee. Von Starrs Parfum und den zischenden Worten des Reverends war mir ganz übel geworden.

Glücklicherweise hatte der junge Mann im Gefängnis eine Offenbarung gehabt. Ihm ging auf, daß er ein Opfer der todbringenden Epidemie des Sündenvirus geworden war, und mit Hilfe eines Mithäftlings fand er den Weg zum Herrn und zum lebensspendenden Serum seines Blutes. Inzwischen predigte er zu seinen Mithäftlingen und verrichtete gute Werke unter den Verzweifelten. Obwohl er schon fünfundzwanzig Jahre seiner lebenslänglichen

Haftstrafe abgesessen hatte, war sein Leben nicht vergeudet. Er hatte einen Grund zu leben, er half anderen und gab die Frohe Botschaft an Leute weiter, die nie über die Begierden des Augenblicks hinausgesehen hatten. Er hatte Buße getan, war ein neuer Mensch geworden, wiederauferstanden im Herrn.

Es fiel mir nicht schwer, mir den Manson-Jungen im Gefängnis vorzustellen, seine Hartherzigkeit, seine verquere Denkweise. Dann war etwas passiert. Ihm war ein Licht aufgegangen und hatte ihn die schreckliche Wahrheit seines Verbrechens erkennen lassen. Ich stellte mir vor, welche Gewissensqualen er gelitten haben mußte, als er erkannte, was für ein Monster er geworden war, und ihm aufging, daß er sein Leben für nichts und wieder nichts zerstört hatte. Er hätte sich umbringen können; er war bestimmt kurz davor gewesen. Doch dann schöpfte er neue Hoffnung, daß noch ein anderes Leben möglich sei, daß es trotz allem einen Sinn gab. Und er betete, und der Geist trat in sein Herz ein.

Statt die ihm verbleibenden Jahre voller Haß als lebende Leiche in San Quentin zu verbringen, verwandelte er sich in einen Menschen, der eine Lebensaufgabe hatte, jemanden, der das innere Licht trug. Das verstand ich. Ich glaubte es.

»Es gibt eine Antwort auf diese tödliche Epidemie, die unsere Lebenssubstanz verwüstet«, sagte Reverend Thomas und hob die Arme empor, als wolle er die Massen umschlingen. »Einen wirkungsvollen Impfstoff gegen die verheerende Infektion des menschlichen Herzens! Doch wir müssen die Gefahr erkennen, in der wir schweben. Wir müssen die ernste Diagnose akzeptieren, daß wir, indem wir nach unseren eigenen Bedürfnissen gelebt haben, statt Gottes Plan zu folgen, von dieser schrecklichen Plage infiziert worden sind. Wir müssen unsere Verantwortung gegenüber der himmlischen Macht annehmen und uns unserer eigenen Fehlbarkeit bewußt werden.«

Plötzlich kehrte eine Szene, die ich die ganzen Monate über verdrängt hatte, in mein Bewußtsein zurück. Der Tag, an dem ich Barry angerufen hatte, um ihn zu warnen, und dann wieder aufgelegt hatte. Ich spürte das Gewicht des Hörers, als ich ihn auf die Gabel hängte. Meine Verantwortung. Meine Infektion.

»Wir brauchen Jesu Christi Antikörper, um diese Vergiftung unserer Seelen zu überwinden. Und jene, die lieber sich selbst dienen als dem Vater im Himmel, werden die tödlichen Konsequenzen erfahren.«

Es hatte plötzlich nichts Surreales mehr. Was Reverend Thomas sagte, war die Wahrheit. Ich hatte mich mit dem Virus angesteckt. Ich war schon die ganze Zeit über infiziert gewesen. An meinen Händen klebte Blut. Ich mußte an meine schöne Mutter denken, die in ihrer kleinen Zelle saß. Ihr Leben war an einen toten Punkt gekommen. Sie war genau wie der Manson-Junge. Sie glaubte nur an sich selbst, ließ kein höheres Gesetz, keine Moral gelten. Sie meinte, alles allein dadurch rechtfertigen zu können, daß sie es wollte, selbst Mord. Sie versuchte noch nicht einmal, ihr Tun damit zu entschuldigen, wem sie warum weh getan hatte. Sie hatte kein Gewissen. *Ich will nicht dienen.* Genau das hatte Stephen Dedalus im »Porträt des Künstlers« gesagt, doch er hatte damit einen Ausspruch Satans wiederholt. Das war der Sündenfall gewesen: Satan wollte nicht dienen.

Eine alte Dame trat aus dem Chor nach vorn und begann zu singen: »Wir danken dir, Herr Jesu Christ, daß du für uns gestorben bist, und hast uns durch dein teures Blut gemacht vor Gott gerecht und gut…« Sie konnte wirklich gut singen. Und ich weinte; mir liefen die Tränen nur so über das Gesicht. Wir starben innerlich, meine Mutter und ich. Wenn wir nur Gott hätten, Jesus, irgend etwas, größer als wir selbst, an das wir glauben konnten, dann könnten wir geheilt werden. Wir könnten trotz allem ein neues Leben beginnen.

Im Juli wurde ich getauft und in die »Wahre Gemeinschaft Christi« aufgenommen. Es störte mich noch nicht einmal, daß der scheinheilige Reverend Thomas die Taufe vollzog, der Starr in den Ausschnitt starrte und sie mit den Augen verschlang, wenn sie vor ihm die Treppe hochging. Ich schloß die Augen, als er mich in das quadratische Becken hinter dem Gemeindehaus tauchte, und meine Nase füllte sich mit Chlor. Ich wollte, daß der Geist über mich kam und mich reinwusch. Ich wollte dem Plan folgen, den Gott für mich entworfen hatte. Ich wußte genau, wohin es mich führen würde, wenn ich meinem eigenen Plan folgte.

Anschließend gingen wir zu Church's Fried Chicken, um die Taufe zu feiern. Noch nie zuvor hatte jemand eine Party für mich ausgerichtet. Starr schenkte mir eine weiße, in Kunstleder gebundene Bibel, in der einzelne Passagen rot hervorgehoben waren. Von Carolee und den Jungen bekam ich eine Schachtel Briefpapier. Die rechte obere Ecke war mit einer Taube bedruckt, die ein Banner mit der Aufschrift »Lobet den Herrn« im Schnabel trug. Starr mußte es wohl ausgesucht haben. Onkel Ray schenkte mir ein winziges Goldkreuz an einem Kettchen. Und das, obwohl er mich für verrückt erklärte, weil ich mich taufen ließ.

»Du kannst doch nicht wirklich an diesen ganzen Scheiß glauben«, flüsterte er mir ins Ohr, während er mir das Kettchen umlegte.

Ich hielt mein Haar hoch, so daß er das Kettchen schließen konnte. »An irgend etwas muß ich doch glauben«, sagte ich leise.

Seine Hand ruhte auf meinem Nacken, warm und schwer. Sein gutmütiges, einfaches Gesicht, die traurigen haselnußbraunen Augen. Und plötzlich wurde mir bewußt, daß er mich küssen wollte. Ich fühlte es. Als er sah, daß ich es gemerkt hatte, wurde er rot und schaute weg.

Liebe Astrid,
HAST DU DEN VERSTAND VERLOREN?? Du wirst Dich 1.) nicht taufen lassen, 2.) Dich keinesfalls eine Christin nennen und 3.) mir nicht auf diesem albernen Briefpapier schreiben. Du wirst Deine Briefe nicht mit »wiedergeboren in Christus« unterschreiben! Gott ist tot, hast Du das noch nicht gehört? Er ist schon vor hundert Jahren gestorben, hat seinen Job aus reinem Desin-

teresse aufgegeben und sich entschlossen, lieber Golf zu spielen. Ich habe Dich zu Selbstachtung erzogen, und jetzt teilst Du mir mit, daß Du all das für einen 3-D-Postkarten-Jesus aufgegeben hast? Ich würde ja lachen, wenn es nicht so verdammt traurig wäre!

Wage es nicht, mir zu raten, ich solle Jesus als meinen Heiland annehmen und meine Seele im Blut des Lammes waschen. Versuch nicht, mich zu erlösen! Ich bereue GAR NICHTS. *Jede Frau, die auch nur über einen Funken Selbstachtung verfügt, hätte dasselbe getan wie ich.*

Die Frage nach der Natur von Gut und Böse wird immer eines der faszinierendsten Themen der Philosophie sein, zusammen mit dem Problem der Existenz selbst. Ich störe mich nicht an Deiner Themenwahl, nur an Deinem intellektuell verkümmerten Ansatz. Wenn böse sein bedeutet, selbstbestimmt zu handeln, der Mittelpunkt seines eigenen Universums zu sein und nach seinen eigenen Maßstäben zu leben, dann ist jeder Künstler, jeder Denker, jeder Freigeist böse. Weil wir es wagen, die Welt mit unseren eigenen Augen zu sehen, statt Klischees nachzuplappern, die uns von den sogenannten Vätern eingetrichtert wurden. Erkenntnis wagen heißt, den Göttern das Feuer zu stehlen. Das ist das Schicksal der Menschheit, die Antriebskraft, die uns als Rasse vorwärtsbringt.

Ein dreifaches Hoch für Eva!

Mutter.

Ich betete für ihre Erlösung. Sie hatte ein Leben genommen, weil jemand sie gedemütigt hatte, ihr Bild von sich als Walküre, als unbefleckte Kämpferin verletzt hatte. Ihre Schwäche enthüllt hatte, die nur Liebe gewesen war. Deshalb hatte sie sich gerächt. Es ist so leicht zu rechtfertigen, schrieb ich ihr. Du hast das nur getan, weil Du Dich als Opfer fühltest. Wenn Du wahrhaft stark gewesen wärst, hättest Du die Demütigung ertragen können. Nur Jesus kann uns stark genug machen, den Versuchungen der Sünde zu widerstehen.

Sie antwortete mit einem Milton-Zitat, Satans Worten aus dem »Verlorenen Paradies«:

Wenn auch die Schlacht verloren,
Alles ist nicht verloren. Denn der Wille,
Der unbesiegbar ist, des Rachsinns Eifer,
Zeitloser Haß, Mut, der sich nie ergibt,
Noch unterwirft, noch was sonst unbezwinglich,
Das soll sein Zorn nicht, noch Gewalt durch ihn,
Als höchste Glorie, mir je entreißen.

Onkel Ray brachte mir das Schachspielen bei, unterstützt durch das Buch »Bobby Fischer lehrt Schach«. Er hatte es sich in Vietnam selbst beigebracht. »Dort mußte ich ziemlich viel Zeit totschlagen«, sagte er und ließ seine Finger über den spitzen Hut eines weißen Bauern gleiten. Er hatte das Spiel dort selbst geschnitzt, vietnamesische Könige, Buddhas als Läufer, Pferde mit runden Backen und frisierten Mähnen. Ich konnte mir kaum vorstellen, wie lange er mit dieser Arbeit zugebracht hatte, geduldig mit einem Schweizer Offiziersmesser schnitzend, während um ihn herum die Bomben einschlugen.

Mir gefiel die Ordnung und kühle Logik des Schachspiels; ich hatte Vergnügen an den geduldigen kleinen Schritten. Wir spielten meistens abends, wenn die Jungen fernsahen und Starr an den Treffen der Anonymen Alkoholiker oder der Kokainabhängigen teilnahm oder die Bibelstunde besuchte. Onkel Ray hatte eine kleine Pfeife mit Dope neben sich auf der Sessellehne liegen, die er rauchte, während er auf meinen nächsten Zug wartete.

An diesem Abend schauten sich die Jungen eine Natursendung an. Owen, der kleinste, lutschte am Daumen und hielt seine Plüschgiraffe umklammert, während Peter in einem fort eine Haarsträhne um seinen Finger wickelte. Davey erklärte ihnen die Sendung und deutete immer wieder auf den Bildschirm. »Das ist Smokey, er ist das Alphamännchen.« Der flackernde Fernseher spiegelte sich in seinen Brillengläsern.

Onkel Ray wartete auf meinen nächsten Zug und betrachtete mich dabei in einer Weise, die mein Herz aufgehen ließ wie eine Mondwinde; seine Augen glitten über mein Gesicht, meinen Hals, mein Haar, das mir über die Schultern hing und im flimmernden Licht des Fernsehers die Farbe wechselte. Auf dem Bildschirm war gerade eine weite Schneefläche zu sehen; Wölfe jagten paarweise, ich sah ihre merkwürdigen gelben Augen. Ich fühlte mich wie ein noch nicht entwickeltes Foto, das unter Rays Blicken allmählich Gestalt gewann.

»O nein!« sagte Owen und preßte die Giraffe mit dem gebrochenen Genick an sich, als die Wölfe einen Hirsch angriffen und ihm an die Kehle gingen.

»Das ist das Gesetz der Natur«, sagte Davey.

»Da, schau dir das nur an.« Ray deutete mit dem schwarzen Läufer in Richtung Bildschirm. »Genauso isses: Wenn Gott den Hirsch retten wollte, müßte er den Wolf verhungern lassen. Wieso sollte er also manche Menschen bevorzugen und andere nicht?« Er hatte sich nie ganz mit meiner Bekehrung zum Christentum abgefunden. »Die Guten haben auch keine besseren Karten als die anderen! Du kannst irgend so 'n Scheißheiliger sein und trotzdem die Pest bekommen oder auf eine Landmine treten.«

»Wenigstens hast du dann etwas Höheres, an dem du dich orientieren kannst«, sagte ich, während ich das Kreuz an meinem Hals berührte und es auf der Kette hin und her zog. »Du hast einen Kompaß und eine Landkarte.«

»Und wenn es keinen Gott gibt?«

»Man verhält sich so, als gäbe es einen, und das ist dasselbe.«

Er saugte an seiner Pfeife und füllte das Zimmer mit ihrem Gestank, während ich das Schachbrett betrachtete. »Was sagt deine Mutter eigentlich dazu?«

»Sie sagt: Lieber in der Hölle regieren als im Himmel dienen.«

»Die Frau gefällt mir!«

Ich erzählte ihm nicht, daß sie ihn Onkel Ernie nannte. Durch das Fliegengitter hörte man die Grillen zirpen. Ich warf das Haar zurück, zog meinen Läufer nach b3 und bedrohte seinen Springer.

Ich spürte, wie er meinen nackten Arm betrachtete, meine Schulter, meine Lippen. Zu wissen, daß ich in seinen Augen schön war, machte mich schön. Ich hatte mich vorher noch nie schön gefühlt. Ich glaubte auch nicht, daß das gegen die Lehren Christi verstieß. Jeder wollte sich geliebt fühlen.

Viel früher als gewöhnlich hörten wir Starrs Torino in den Hof einbiegen; die Reifen knirschten über den Kies. Ich war enttäuscht. Ray schenkte mir Beachtung, wenn sie nicht da war, doch kaum war sie nach Hause gekommen, war ich für ihn nur noch eines der Kinder. Was machte sie überhaupt schon so früh zu Hause? Normalerweise blieb sie bis elf weg, trank Kaffee mit den Drogenabhängigen oder diskutierte Matthäus 20, Vers 13, mit den alten Damen der Gemeinde.

»Scheiße.« Onkel Ray ließ seinen Geheimvorrat und die kleine Pfeife gerade noch rechtzeitig in der Hosentasche verschwinden, bevor die Fliegentür aufging und im gleichen Augenblick die elektrische Insektenfalle eine große Fliege verschlang.

Als sie uns und die Jungen sah, die wie hypnotisiert auf den Fernseher starrten, hielt Starr einen Augenblick an der Tür inne. Plötzlich schien sie verwirrt darüber, so früh wieder nach Hause gekommen zu sein. Sie ließ ihre Schlüssel fallen und hob sie wieder auf. Onkel Ray betrachtete sie; ihre Brüste, die beinahe aus dem tiefen Ausschnitt ihres Kleides quollen.

Dann glitt ein Lächeln über ihr Gesicht, sie streifte die Schuhe ab, setzte sich auf seine Sessellehne und küßte ihn. Ich konnte sehen, wie sie ihre Zunge in sein Ohr steckte.

»Ist es ausgefallen?« fragte er.

Ich war am Zug, doch er beachtete mich gar nicht mehr.

Sie hängte sich über seine Schulter, preßte ihre Brüste an seinen Nacken. »Manchmal hab' ich einfach die Nase voll von dem Gejammer. Mir dauernd die Scheißprobleme von anderen anzuhören!« Sie hob meinen verbleibenden weißen Springer hoch. »Ich liebe Schach«, sagte sie. »Wann bringst du's mir endlich mal bei, Ray-Baby?«

»Hab' ich doch schon mal versucht«, murmelte er mit zärtlicher

Stimme, drehte den Kopf und küßte ihre Brust, direkt vor meinen Augen. »Weißt du nicht mehr? Du bist so sauer geworden, daß du das ganze Brett umgeschmissen hast!« Er nahm ihr den Springer aus der Hand und stellte ihn aufs Brett zurück, e5.

»Damals hab' ich noch getrunken.«

»Kann Weiß Schwarz in einem Zug matt setzen?« wiederholte er aus dem Buch von Bobby Fischer.

»In einem Zug?« sagte sie und kitzelte seine Nase mit einer Haarsträhne. »Das klingt aber nicht besonders aufregend.«

Weißer Springer nach f6. Ich ließ das zierlich geschnitzte Pferd auf seine Position galoppieren. »Matt.«

Doch sie küßten sich, und dann schickte sie die Jungen zu Bett und führte Onkel Ray in ihr Schlafzimmer.

Die ganze Nacht lang lag ich in meinem Schlafsack mit den wilden Mustangs und Lassos und hörte das Kopfteil ihres Bettgestells gegen die Wand schlagen, begleitet von ihrem Gelächter. Und fragte mich, ob richtige Töchter auch eifersüchtig auf ihre Mütter und Väter waren, ob es sie anwiderte, wenn sie sahen, daß die Väter ihre Mütter küßten und ihre Brüste befingerten. Ich drückte meine eigene kleine Brust, die vom Schlafsack ganz heiß war, und stellte mir vor, wie sie sich wohl für eine andere Hand anfühlte, stellte mir vor, einen Körper wie Starr zu haben. Es schien beinahe, als gehörte sie einer anderen Gattung an mit ihrer schlanken Taille, den Pampelmusenbrüsten und runden Pobacken. Ich stellte mir vor, daß ich mir die Kleider auszog und mich ein Mann wie Onkel Ray dabei so anschaute, wie er sie immer anschaute.

Gott, es war so heiß. Ich öffnete den Reißverschluß des Schlafsacks und legte mich auf den heißen Baumwollflanell.

Und sie versteckte ihren Körper noch nicht mal, so christlich war sie auch wieder nicht. Immer die kürzesten Shorts, die engsten Tops. Man konnte genau die Stelle sehen, an der ihre Jeans in die Schamlippen hineinkrochen. Ich wünschte mir, daß mich jemand so begehrte, so berührte, wie Onkel Ray sie berührte, wie Barry und meine Mutter sich berührt hatten.

Wenn Carolee bloß da wäre. Sie würde Witze über das Bettgestell machen oder bemerken, daß Onkel Ray sich lieber vor einem Herzinfarkt hüten solle, immerhin war er fast fünfzig; er konnte froh sein, wenn er nicht mit den Füßen voran aus Starrs Schlafzimmer getragen wurde. Er hatte Starr kennengelernt, während sie in dem Oben-ohne-Club bediente – und überhaupt: Was für schmierige Typen gingen schon in solche Clubs! Doch Carolee war inzwischen nachts gar nicht mehr zu Hause. Sie kletterte aus dem Fenster, sobald Starr uns eine gute Nacht gewünscht hatte, und traf ihre Freunde am Wash. Sie lud mich nie ein mitzukommen. Das verletzte mich zwar, andererseits mochte ich ihre Freunde – Mädchen mit ordinärem Lachen und linkische, angeberische Jungen mit kahlrasierten Köpfen – sowieso nicht besonders.

Ich strich mit den Händen unter meinem Nachthemd entlang und spürte die verschiedenen Hautarten an meinen Fingerspitzen – die Haare auf meinen Beinen, die weiche Haut zwischen den Oberschenkeln und die glitschige, angenehme Haut meiner Geschlechtsteile. Ich betastete die Falten, befühlte die zarte Spitze und stellte mir vor, wie rauhe Hände mit verkrüppelten Fingern diese verborgenen Stellen erkundeten. Auf der anderen Seite der Preßspanplatten hämmerte das Kopfteil gegen die Wand.

In diesem Sommer schickte meine Mutter mir eine Leseliste mit vierhundert Titeln, Colette, Chinua Achebe und Mishima, Dostojewski und Anaïs Nin, D. H. Lawrence und Henry Miller. Ich malte mir aus, wie sie im Bett lag und ihre Namen wie einen Rosenkranz sprach, die Zunge über sie hinweggleiten ließ, eine Perle nach der anderen weiterschob. Manchmal fuhr Starr uns zur Bibliothek. Sie wartete dann im Auto und gab uns zehn Minuten Zeit, unsere Bücher zu holen, oder sie würde ohne uns fahren. »Ich hab' das einzige Buch, das ich brauche, Missy«, sagte sie.

Davey und ich grabschten nach den Büchern wie beim Schlußverkauf, während Peter und Owen sehnsüchtig um den

Bücheropa herumstrichen, der den Kindern Geschichten vorlas. Es war besser gewesen, als Ray noch zu Hause war: Er ließ uns immer an der Bücherei raus, ging ein paar Bierchen trinken und holte uns ein oder zwei Stunden später wieder ab. Dann hörten die kleinen Jungen den Geschichten des Bücheropas zu, solange er durchhielt.

Doch inzwischen hatte Ray eine Arbeit als Schreiner für die Innenausbauten auf einer neuen Baustelle gefunden. Ich war daran gewöhnt, ihn den ganzen Tag zu Hause zu haben, und vermißte ihn. Er hatte keine feste Arbeit mehr gehabt, seit er seine Stelle als Handwerkslehrer in der High School in Sunland an den Nagel gehängt hatte. Er war mit dem Direktor in Streit geraten, weil er sich während des allmorgendlichen Eides auf die Fahne nicht erheben wollte. »Ich hab' Scheiße noch mal in Vietnam gekämpft und sogar einen beschissenen Orden bekommen«, sagte er. »Was hat dieses Arschloch gemacht? Ist auf die Scheißuniversität gegangen! Ein echter Held des Vaterlandes!«

Der Bauunternehmer lebte in Maryland und scherte sich nicht um den Fahneneid. Ray kannte jemanden, der den Subunternehmer kannte. Ich hing also mitten im Hochsommer im Wohnwagen fest und sah Starr dabei zu, wie sie einen riesigen Wollteppich strickte, der aussah wie ein ausgekotzter Regenbogen. Ich las und zeichnete. Ray kaufte mir im Drugstore einen Kasten Wasserfarben, und ich fing an zu malen. Ich gab es auf, meine Mutter von der Existenz Jesu zu überzeugen. Es war hoffnungslos, sie mußte selbst darauf kommen. Es war Gottes Wille, wie bei Dmitrij in den »Brüdern Karamasow«, einem der Bücher von ihrer Leseliste.

Anstelle von Briefen schickte ich ihr Zeichnungen und Aquarelle: Starr mit kurzen Hosen und hohen Absätzen, wie sie gerade die Geranien mit einem Wasserschlauch besprengte. Ray, der ein Bier auf der Veranda trank und den Sonnenuntergang betrachtete. Die Kinder, die in den warmen, weichen Nächten mit Taschenlampen durch den Wash liefen und eine Ohreule aufschreckten. Rays Schachspiel. Die Art, wie er das Brett betrachtete, eine Faust unter das Kinn gestützt. Die Paloverdebäume in der Morgenkühle; eine Klapperschlange, die ausgestreckt auf einem Felsen lag.

In diesem Sommer malte ich allen Bilder: Eidechsen für Peter; Kinder, die auf weißen Giraffen und Einhörnern ritten, für Owen; für Davey malte ich nach Zeitschriftenfotos Raubvögel: Goldadler, Rotschulterbussarde, Wanderfalken, Kaktuskauze, auf Ästen thronend und im Flug. Ich malte ein Porträt von Carolee, das sie ihrem Freund geben konnte, und ein paar Bilder für Starr, vor allem Engel sowie einen Jesus, der über das Wasser lief. Auch Starr selbst malte ich in verschiedensten Posen im Badeanzug, ähnlich den Pin-up-Plakaten aus dem Zweiten Weltkrieg.

Onkel Ray wollte nur ein Bild von seinem Pick-up. Er hatte einen alten Ford, hoch und aquagrün, am Rückspiegel baumelte ein Jointclip, und ein Aufkleber am Heck verkündete: »Dieses Eigentum steht unter dem Schutz von Smith & Wesson.« Ich malte den Pick-up an einem klaren Morgen vor der Bergkulisse – aquagrün, lachsfarben und hellblau.

In diesem Sommer brachen die heißen Santa-Ana-Winde mit einer Intensität herein, wie ich es noch nie erlebt hatte. Über die Gebirgskämme näherte sich das Feuer und brannte, kaum eine Meile entfernt, die Bergflanken ab. Dies hier war kein weit entfernter Qualm am Horizont, gebremst durch Meilen von Beton. Wir sahen tausend Morgen Grasland auf dem Big Tujunga abbrennen. Unsere Siebensachen hielten wir sicherheitshalber in Rays Pick-up und im Kofferraum des Torino verstaut. Der Wind blies in Hurrikanstärke, die abgebrannten Flächen wurden bereits in Quadratmeilen angegeben, und aus der Stadt wurden Rassenunruhen gemeldet. Onkel Ray ging dazu über, nach der Arbeit im Hof seine Waffen zu reinigen, da die Asche von den Bränden alles mit einer feinen Staubschicht bedeckt hatte. Er hielt mir die kleine Pistole hin, eine Beretta. Sie lag wie ein Spielzeug in meiner Hand. »Willst du mal schießen?«

»Klar«, sagte ich. Den Jungen erlaubte er nie, seine Waffen zu berühren. Starr wollte von den Waffen am liebsten gar nichts wissen, obwohl sie jetzt, nachdem die Rassenunruhen in vollem Gange waren, Ray nicht mehr dauernd aufforderte, sie wegzugeben. Er nahm eine Dose grünen Sprühlack, sprühte eine Figur auf ein großes Stück Pappkarton und ließ sie aus Spaß noch ein Fernsehgerät tragen. Dann lehnte er die Pappe gegen einen Oleanderbusch am anderen Ende des Hofes. »Er klaut deinen Fernseher, Astrid. Knall ihn ab!«

Mit der kleinen 22er Beretta machte es Spaß. Ich traf bei vier von neun Schüssen. Er klebte Tape über die Einschußlöcher, damit ich sehen konnte, welche alt und welche neu waren. Nach und nach durfte ich alle Waffen ausprobieren – das Gewehr, die kurzläufige 38er Police Special, Smith & Wesson, sogar die Pump Gun. Mir gefiel die Beretta am besten, doch Ray bestand darauf, daß das einzig Wahre die Smith & Wesson sei, sie habe »Durchschlagskraft«. Er legte sie mir in die Hände und zeigte mir, wie man mit ihr zielte und wie ich mich mental auf das Drücken des Abzuges einstellen sollte. Von den vieren war die 38er am schwersten zu bedienen. Man brauchte dazu beide Hände und mußte die Arme wegen des Rückstoßes sehr gerade halten.

Wie ein Hammer oder Schraubenzieher hatte jede Waffe ihren Einsatzbereich. Mit dem Gewehr jagte man, die Beretta war eine handliche Waffe für etwaige kritische Situationen – eine Bar, ein Treffen mit der Ex, eine Verabredung – das, was Ray »Nahkampfübungen« nannte. Mit der Schrotflinte verteidigte man sein Haus. »Tretet hinter mich, ihr Kinderlein«, sagte er mit großmütterlicher Stimme, und wir rannten alle hinter ihn, während er einen Schuß vorführte und dabei den Oleander mit Schrot sprenkelte.

Und die 38er? »Es gibt nur einen Grund für die 38er. Den Mann töten.«

Ich fühlte mich wie eine israelische Soldatin, als ich, in meine Shorts gekleidet, im heißen Wind das Gewehr anlegte, mein Ziel anvisierte und die 38er mit beiden Händen umklammert hielt. Es war ein komisches Gefühl, seinen Blick zu spüren, während ich zielte. Ich merkte, daß ich mich nicht richtig auf das Ziel konzentrieren konnte. Halb war meine Aufmerksamkeit auf das C von Cola gerichtet, halb schwebte ich im Bewußtsein, daß er mich beobachtete.

Und mir kam der Gedanke, daß es so sein mußte, wenn man sich schön fühlte. Wie meine Mutter sich fühlen mußte. Der Sog der Augen, die einen mitten im Flug aufs Ziel zurückzogen. Ich war gleichzeitig an zwei Orten, war nicht nur in Gedanken bei meinem Ziel, sondern war zugleich meine nackten Füße auf dem staubigen Boden, meine Beine, die muskulöser wurden, mein Busen in dem neuen BH, meine langen, braungebrannten Arme, mein Haar, das weiß im heißen Wind wehte. Er nahm mir meine Stille, aber gab mir im Gegenzug etwas anderes: das Gefühl, erkannt zu werden. Ich fühlte mich schön, zugleich aber auch gestört. Ich war es nicht gewöhnt, so kompliziert zu sein.

7

Im November, als die Nachmittagsluft sich blau färbte und die Sonne die Felsen in goldenes Licht tauchte, wurde ich vierzehn. Starr gab eine Party für mich, mit Papierhütchen und Luftschlangen, und lud dazu Carolees Freund und sogar meinen Sozialarbeiter, den Pikbuben, ein. Sie hatte einen Kuchen besorgt, der mit meinem Namen und einem Hawaii-Mädchen im Bastrock dekoriert war, und alle sangen »Happy Birthday«. Der Kuchen hatte eine Scherzkerze, die nicht ausgehen wollte, so daß mein Wunsch sich nicht erfüllte. Ich hatte mir bloß gewünscht, daß es immer so bleiben würde, daß mein Leben eine Party allein zu meinen Ehren sein könnte.

Carolee hatte mir einen Handspiegel gekauft, und Owen und Peter schenkten mir eine Eidechse in einem Einmachglas, das sie mit einer Schleife verziert hatten. Von Davey bekam ich eine große Pappe, auf die er mit Tesafilm Proben von Tierkot und die dazu passenden Fotokopien von Tierspuren geklebt und anschließend sorgfältig beschriftet hatte. Starrs Geschenk war ein grüner Stretchpulli, und der Sozialarbeiter schenkte mir ein Paar straßverzierte Haarklammern.

Das letzte Geschenk kam von Ray. Ich öffnete das Geschenkpapier vorsichtig und sah eine Holzfläche, in die das Motiv einer Mondwinde im Jugendstil eingelegt war – das Umschlagmotiv vom ersten Buch meiner Mutter. Ich hielt den Atem an, während ich das Geschenk, ein hölzernes Schmuckkästchen, aus dem Papier nahm. Es roch nach frischem Holz. Ich strich mit den Fingern über die Mondwinde und dachte daran, wie Ray die winzigen Stücke, die gewundenen Umrisse ausgeschnitten und sie so vollkommen aneinandergefügt hatte, daß man die Übergänge im Holz gar nicht fühlen konnte. Er mußte es spät abends getan haben, als ich schon schlief. Ich traute mich nicht, ihm zu zeigen, wie sehr es mir gefiel. Deshalb sagte ich nur »danke«. Doch ich hoffte, daß er es mir ansah.

Als die Regenfälle einsetzten, verwandelte sich der Hof in ein Schlammloch, und der Fluß stieg und füllte sein riesiges Bett. Wo vorher ein breites, trockenes Tal mit Felsen und Buschwerk gewesen war, floß jetzt ein gewaltiger, dreckiger Strom, der die Farbe von Milchkaffee hatte. Teile des abgebrannten Berges seufzten und gaben dem Druck nach. Ich hätte nie gedacht, daß es so viel regnen könnte. Wir stellten in einem fort Töpfe, Kartons und Kannen unter die Löcher in Starrs Dach und leerten sie in den Hof aus.

Nach einer siebenjährigen Trockenphase schlug das Wetter um, und all der Regen, der sich so lange zurückgehalten hatte, brach nun mit einem Mal herunter. Die Regenfälle dauerten ohne Pause über die Weihnachtsfeiertage an und verbannten uns in den engen Wohnwagen; die Jungen spielten mit der Autorennbahn und ihren Nintendo-Spielen und schauten sich immer wieder ein Video von National Geographic über Tornados an.

Ich verbrachte meine Tage in der Hollywoodschaukel auf der Veranda, starrte in den Regen hinaus, lauschte seinem Klang auf dem Metalldach und dem Brausen des Tujunga, der durch das Flußbett donnerte, Felsen herabstürzen ließ, ganze Bäume mit sich riß und wie Kegel gegeneinanderschlug. Alle Farben verwandelten sich in ein blasses Braungrau.

Als es keine Farben mehr gab und ich mich einsam fühlte, dachte ich an Jesus. Jesus kannte meine Gedanken, er wußte alles, selbst wenn ich ihn nicht wirklich sehen oder fühlen konnte. Er würde mich davor bewahren, zu stürzen und davongespült zu werden. Manchmal legte ich mir die Tarotkarten, doch sie waren immer gleich, die Schwerter, der Mond, der Gehängte, der brennende Turm mit der herabbrechenden Krone und den Leuten, die kopfüber herunterstürzten. Wenn Ray zu Hause war, holte er manchmal sein Schachspiel; dann spielten wir, und er kiffte, oder wir gingen in den Schuppen, wo er seine Werkbank hatte, und er brachte mir bei, kleine Sachen selbst zu bauen: ein Vogelhaus, einen Bilderrahmen. Manchmal saßen wir auch nur auf der Veranda, unterhielten uns und hörten, gedämpft durch das Prasseln des Regens, die Sound-Effekte der Videospiele, »Double Dragon« und »Zaxxon«. Ray lehnte an einem der Verandapfosten, während ich auf der Hollywoodschaukel lag und mich mit einem Fuß abstieß.

Einmal kam er heraus und rauchte, eine Schulter gegen den Verandapfosten gelehnt, eine Zeitlang seine Pfeife, ohne mich anzublicken. Er schien schlecht gelaunt zu sein, sein Gesicht sah bekümmert aus.

»Denkst du manchmal an deinen Vater?« fragte er.

»Ich hab' ihn nie kennengelernt«, sagte ich und holte mit dem herunterbaumelnden Fuß Schwung, um die Schaukel in Bewegung zu halten. »Ich war zwei, als er uns verließ oder sie ihn oder wie auch immer.«

»Hat sie dir mal von ihm erzählt?«

Mein Vater, ein Umriß, eine Form, die hauptsächlich aus dem bestand, was ich nicht wußte, eine Gestalt aus Regen. »Wenn ich sie gefragt habe, hat sie immer nur gesagt: ›Du hattest keinen Vater. Ich bin dein Vater. Du bist voll erblüht aus meinem Haupt entsprungen wie Athene.‹«

Er lachte, ziemlich traurig allerdings. »Das ist mir eine!«

»Einmal habe ich zufällig meine Geburtsurkunde gefunden. ›Vater: Anders, Klaus, kein Zweitname. Geburtsort: Kopenhagen, Dänemark. Wohnhaft in Venice Beach, Kalifornien.‹ Er wäre jetzt vierundfünfzig.« Ray war jünger als er.

Der Donner grollte, doch die Wolken waren so dicht, daß man den Blitz nicht sehen konnte. Die Schaukel quietschte, während ich hin und her schaukelte und an meinen Vater dachte: Klaus Anders, kein Zweitname. Ich hatte ein Polaroid-Foto von ihm in einem Buch meiner Mutter, »Windward Avenue«, gefunden. Sie saßen nebeneinander in einem Strandcafé, zusammen mit einer Horde anderer Leute, die alle aussahen, als wären sie gerade erst vom Strand gekommen, braungebrannt, langhaarig und mit exotischen Perlenketten behängt; der Tisch war vollgestellt mit Bierflaschen. Klaus hatte den Arm über ihre Stuhllehne gelegt, unbekümmert und besitzergreifend. Sie sahen aus, als säßen sie in ihrem eigenen, ganz besonderen Sonnenlicht; eine Aura der Schönheit umgab sie. Sie hätten Bruder und Schwester sein können. Ein löwenartiger Blonder mit sinnlichen Lippen, der über das ganze Gesicht lächelte; sogar seine Augenwinkel verzogen sich nach oben. Weder meine Mutter noch ich lächelten so.

Das Foto und die Geburtsurkunde waren alles, was ich von ihm besaß, diese beiden Sachen und das Fragezeichen in meinem genetischen Code, all das, was ich nicht über mich wußte. »Meistens denke ich darüber nach, was er wohl über mich denken würde.«

Wir betrachteten den sepiabraun gefärbten Pfefferbaum, den Schlamm im Hof, zähflüssig wie Erinnerungen. Ray drehte sich um, so daß er sich mit dem Rücken an den Pfosten lehnen konnte, und verschränkte die Arme hinter dem Kopf. Sein Hemd rutschte nach oben. Ich konnte seinen behaarten Bauch sehen. »Er denkt wahrscheinlich, daß du immer noch zwei bist. So denke ich jedenfalls an Seth. Wenn die Jungen unten am Fluß spielen, stell' ich mir immer vor, daß er dort bei ihnen ist. Ich muß mir dann immer sagen, daß er inzwischen zu alt für Frösche ist.«

Klaus sah mich als Zweijährige. Mein Haar wie weiße Daunen, meine Windel voll Sand. Er stellte sich nie vor, daß ich älter geworden war. Ich könnte direkt an ihm vorbeigehen, er würde mich vielleicht sogar auf eine ähnliche Art anschauen, wie Ray es tat, und nie erfahren, daß ich seine eigene Tochter war. Ich fröstelte und zog die Ärmel meines Pullovers über die Hände herunter.

»Hast du mal daran gedacht, ihn anzurufen? Ihn zu suchen?« fragte ich.

Ray schüttelte den Kopf. »Ich bin mir sicher, er haßt mich wie die Pest. Ich weiß, daß ihm seine Mutter allen möglichen Scheiß über mich erzählt hat.«

»Ich wette, er vermißt dich trotzdem«, sagte ich. »Ich vermisse Klaus, dabei habe ich ihn noch nicht mal kennengelernt. Er war auch Künstler. Ein Maler. Ich stell' mir immer vor, daß er stolz auf mich wäre.«

»Das wäre er bestimmt«, sagte Ray. »Vielleicht lernst du ihn eines Tages kennen.«

»Das stelle ich mir oft vor. Daß er, wenn ich mal eine berühmte Künstlerin bin, etwas über mich in der Zeitung liest und sieht, was aus mir geworden ist. Wenn ich einen mittelalten blonden Mann sehe, will ich manchmal am liebsten rufen: ›Klaus!‹, und dann sehen, ob er sich umdreht.« Ich ließ die Schaukel quietschen, während ich mich langsam abstieß.

Meine Mutter hatte mir mal erzählt, daß sie ihn ausgesucht habe, weil er ihr so ähnlich sah – damit es so war, als zeuge sie ihr Kind allein.

Doch in dem roten tibetischen Notizheft mit dem orangefarbenen Einband und der Aufschrift »Venice Beach, 1972« stand eine ganz andere Geschichte:

12. Juli. Heute nachmittag K. im Buchladen Small World getroffen. Sah ihn, ehe er mich sah. Ein prickelndes Gefühl, ihn zu sehen, seine leicht gekrümmten breiten Schultern, die Farbspritzer auf seinen Haaren. Dieses durchgescheuerte Hemd, so uralt – eher eine vage Idee als ein Hemd. Wollte, daß er mich genauso entdeckte wie ich ihn, deshalb drehte ich mich um und blätterte in einem Büchlein des Illuminati-Verlages. Wußte genau, wie ich im Gegenlicht aussah, mein Haar in Flammen, mein Kleid nur ein Hauch. Wollte auch sein Herz stillstehen lassen.

Ich schaute Ray an, der in den Regen hinausstarrte – und wußte plötzlich genau, wie sie sich gefühlt hatte. Es gefiel mir, wie er rauchte; ich liebte seinen Geruch, seine traurigen haselnußbraunen Augen. Ich konnte ihn nicht zum Vater haben, doch wenigstens konnten wir uns so wie jetzt auf der Veranda unterhalten. Er zündete seine Pfeife wieder an, zog daran und hustete.

»Du wärst vielleicht enttäuscht von ihm«, sagte er. »Vielleicht ist er ein Scheißkerl. Die meisten Männer sind Scheißkerle.«

Ich schaukelte hin und her; ich wußte, daß das nicht stimmte. »Du nicht.«

»Frag meine Exfrau!«

»Was macht ihr denn da draußen?« Starr öffnete die Verandatür und knallte sie hinter sich zu. Sie trug einen selbstgestrickten Pullover, fusselig und gelb wie ein Küken. »Darf man mitfeiern?«

»Eines Tages spreng' ich den Scheißfernseher in die Luft«, sagte Ray gelassen.

Sie zupfte an den braunen Quasten der Grünlilien, die über ihrem Kopf hingen, riß die vertrockneten Blätter ab und warf sie über das Verandageländer; ihre Brüste quollen aus dem tiefen V-Ausschnitt. »Schau dich doch an! Du rauchst vor den Kindern. Du hattest immer schon einen schlechten Einfluß!« Doch sie lächelte, während sie das sagte, schelmisch und flirtend. »Tu mir einen Gefallen, Ray-Baby. Ich hab' keine Kippen mehr, könntest du zum Geschäft fahren und mir 'ne Stange holen?« Sie strahlte ihn mit ihrem flachen, breiten Lächeln an.

»Ich brauch' sowieso noch Bier«, sagte er. »Kommst du mit, Astrid?«

Schlagartig, als habe ihr Lächeln den Punkt äußerster Ausdehnung erreicht, sprang es zurück in die Mitte, dann dehnte es sich von neuem. »Du kannst doch allein gehen, oder? Du bist doch schon ein großer Junge! Astrid muß mir hier mal grade was helfen.« Zupf, zupf, riß sie die frischen Triebe zusammen mit den vertrockneten Blättern ab.

Ray nahm seine Jacke, hielt sie sich gegen den Regen über den Kopf und duckte sich unter dem Wasserfall hindurch, der vom Wellblechdach herunterschoß.

»Du und ich, wir müssen mal ein Wörtchen miteinander

reden, Missy«, sagte Starr zu mir, nachdem Ray die Autotür des Pick-up hinter sich zugezogen und den Motor angelassen hatte.

Widerstrebend folgte ich ihr ins Haus, in ihr Schlafzimmer. Starr redete nie mit den Kindern. Ihr Zimmer war dunkel und roch nach ungewaschenen Erwachsenen, stickig und lehmig, nach Mann und Frau. Das Bett war nicht gemacht. Ein Kinderzimmer roch nie so, egal wie viele dort schliefen. Am liebsten hätte ich ein Fenster aufgerissen.

Sie setzte sich auf das ungemachte Bett und griff nach der Schachtel Benson & Hedges, sah, daß sie leer war, und warf sie weg. »Dir gefällt's gut hier, was?« sagte sie, während sie in die Schublade des Nachtschränkchens schaute und darin herumwühlte. »Richtest dich hier häuslich ein? Machst es dir gemütlich?«

Mein Blick glitt über das Blumenmuster auf ihrer Bettwäsche, es war Mohn. Ich zog mit den Fingern den Blätterkranz nach, dann die Staubgefäße in der Mitte. Mohn, die Blumen, die den Verfall meiner Mutter verkörperten.

»Ein bißchen zu gemütlich, würd' ich sagen.« Sie schloß die Schublade, der kleine Griff klapperte. Dann zog sie die Überdecke hoch, so daß ich das Blumenmuster nicht mehr nachzeichnen konnte. »Ich bin vielleicht kein Genie, doch für dumm verkaufen lass' ich mich auch nicht. Glaub mir: in der Hinsicht kann mir keiner mehr was vormachen!«

»In welcher Hinsicht?« Ich konnte nicht anders, aber ich war neugierig, was Starr in mir zu sehen glaubte.

»Meinem Kerl nachstellen.« Sie suchte eine Zigarettenkippe aus dem Aschenbecher, der auf dem Nachttisch stand, bog sie gerade und zündete sie an.

Ich mußte lachen. »Hab' ich gar nicht!« Das war es also, was sie sah. Bums, bums, bums, Herr im Himmel! »Das hab' ich nicht.«

»Dauernd hängst du bei ihm rum, befummelst seine ›Werkzeuge‹ – ›Wofür ist das da, Onkel Ray?‹ Spielst mit seinen Waffen. Ich hab' euch beide gesehen. Als alle schliefen, bis auf euch zwei. Umeinander rumscharwenzelt seid ihr, kuschel, kuschel – zu süß, um wahr zu sein!« Sie blies den schalen Rauch der Zigarettenkippe in die stickige, feuchte Luft.

»Er ist alt«, sagte ich. »Wir machen doch gar nichts.«

»So alt ist er auch wieder nicht«, sagte Starr. »Er ist ein Mann, Missy. Und er sieht, was er sieht, und tut, was er kann. Ich muß mich ein bißchen beeilen, bevor er zurückkommt – aber ich kann dir nur sagen, daß ich beschlossen hab', das Jugendamt anzurufen. Also, was immer du dir vorgestellt hast – das ist jetzt vorbei! It's all over now, Baby Blue. Der Zug ist abgefahren!«

Ich starrte sie an, ihre buschigen Wimpern. So gemein konnte sie doch nicht sein, oder? Ich hatte doch gar nichts getan. Klar, ich liebte ihn. Doch dafür konnte ich nichts. Sie liebte ich auch und Davey – sie alle. Es war ungerecht. Es konnte nicht ihr Ernst sein.

Ich wollte protestieren, doch sie hob abwehrend die Hand, zwischen ihren Fingern glomm die Zigarettenkippe. »Du brauchst gar nicht mit mir zu diskutieren. Ich hab' endlich mal 'ne nette Sache am Laufen. Ray ist der beste Typ, den ich je hatte, er behandelt mich gut. Vielleicht hast du's noch nicht versucht – aber ich rieche hier S-E-X, Missy – und ich will's nicht drauf ankommen lassen! Ich hab' schon zuviel Scheiße erlebt, diese Sache lass' ich mir nicht verderben!«

Ich saß zappelnd wie ein Fisch in dem stickigen Raum und schnappte nach Luft, während der Regen auf das Metalldach prasselte. Sie warf mich raus wegen nichts und wieder nichts. Ich spürte, wie mich der Ozean von meinem kleinen, sicheren Plätzchen auf dem Felsen riß. Ich konnte den Fluß hören, der Tonnen von Felstrümmern davontrug. Ich versuchte mir eine Entschuldigung auszudenken, eine Begründung, die sie beruhigen würde.

»Ich hab' nie einen Vater gehabt«, sagte ich.

»Spar dir die Erklärungen.« Sie drückte den zweifach gerauchten Stummel im Aschenbecher aus und betrachtete dann ihre Finger. »Ich muß mich um mich selbst und meine eigenen Kinder kümmern! Du und ich, wir kennen uns kaum. Ich schulde dir gar nichts.« Sie sah an ihrem flusigen Pullover hinunter und bürstete etwas Asche ab, die an ihrer prallen Brust hängengeblieben war.

Ich rutschte, verlor das Gleichgewicht, fiel. Ich hatte Starr vertraut und ihr nie einen Grund gegeben, an mir zu zweifeln. Es war ungerecht. Sie war eine Christin, doch sie handelte nicht fromm, nicht gut. »Wie steht es mit der Barmherzigkeit?« sagte ich wie jemand, der im Sturz verzweifelt nach dem letzten, rettenden Ast greift. »Jesus würde mir eine Chance geben.«

Sie stand auf. »Ich bin nicht Jesus«, sagte sie. »Nicht im entferntesten.«

Ich saß auf dem Bett und betete zu der Stimme im Regen. Bitte, Jesus, laß nicht zu, daß sie mir das antut. Jesus, wenn du uns sehen kannst, öffne ihr Herz. Bitte, Jesus, mach, daß das nicht wahr ist.

»Tut mir leid, du warst ein nettes Mädchen«, sagte sie. »Aber so ist das Leben.«

Die einzige Antwort war Regen. Schweigen und Tränen. Nichts. Ich mußte an meine Mutter denken. Was würde sie an meiner Stelle tun? Sie würde nicht lange zögern. Sie würde nichts auslassen, um das zu bekommen, was sie wollte. Und während ich an sie dachte, spürte ich etwas in meine Leere fließen wie ein biegsamer Stahlträger, der mir die Wirbelsäule hochkroch. Ich wußte, daß es das Böse war, was ich da fühlte, der Eigensinn, doch wenn es so war, dann war es so. Plötzlich sah ich uns auf einem riesigen Schachbrett und wußte genau, welchen Zug ich machen mußte.

»Er könnte ziemlich sauer werden«, sagte ich. »Hast du daran schon mal gedacht? Wenn er erfährt, daß du mich weggeschickt hast, weil du eifersüchtig warst.«

Starr war schon auf halbem Wege zur Tür, doch sie blieb stehen und drehte sich um. Sie starrte mich an, als hätte sie mich noch nie zuvor gesehen. Ich war selbst überrascht, wie schnell plötzlich die Worte aus mir flossen. Ich war doch immer diejenige gewesen, der die Worte gefehlt hatten. »Männer mögen keine eifersüchtigen Frauen. Du versuchst, ihn an die Kette zu legen. Er wird dich hassen. Er wird vielleicht sogar mit dir Schluß machen.«

Es gefiel mir, wie sie zusammenzuckte, denn ich wußte, daß ich die Falten auf ihrer Stirn verursacht hatte. Auf einmal fühlte ich eine Macht in mir, die vorher nicht dagewesen war.

Sie zog den Pullover herunter, so daß ihre Brüste noch spitzer hervorragten, und musterte sich im Spiegel. Dann lachte sie. »Was weißt du schon von Männern! Du Baby!«

Doch ich konnte die Unsicherheit spüren, aus der heraus sie sich zum Spiegel gedreht hatte, und fuhr fort. »Ich weiß, daß Männer keine Frauen mögen, die versuchen, sie zu vereinnahmen. Sie lassen sie fallen.«

Starr drückte sich um die Kommode herum, unschlüssig, ob sie mich lieber schnell loswerden oder mir die Gelegenheit geben sollte, sie noch mehr zu verunsichern. Sie beschäftigte sich damit, einen weiteren brauchbaren Zigarettenstummel im Aschenbecher zu suchen, fand einen, der nicht ganz so lang war wie der erste, glättete ihn zwischen den Fingern und zündete ihn mit ihrem hellblauen Bic-Feuerzeug an.

»Vor allem dann, wenn gar nichts läuft. Ich mag dich, ich mag ihn, ich mag die Kinder. Ich würde doch nie irgendwas tun, um das zu verderben. Weißt du das denn nicht?« Je mehr ich sagte, desto weniger stimmte es. Der Engel auf ihrer Kommode blickte schamerfüllt zu Boden; er wagte nicht, mir in die Augen zu sehen. Der Regen trommelte aufs Dach.

»Schwöre, daß du nichts von ihm willst!« sagte sie schließlich und kniff die Augen gegen den beißenden Rauch zusammen. Sie griff nach der Bibel, die auf ihrem Nachtisch lag, einer weißen Lederbibel mit Goldschnitt und rotem Lesezeichen. »Schwör auf die Bibel.«

Ich legte meine Hand darauf. Von mir aus hätte es das Telefonbuch sein können. »Ich schwöre bei Gott«, sagte ich.

Sie rief nie beim Jugendamt an, doch sie beobachtete jeden meiner Schritte, jede Bewegung, jede Geste. Ich war nicht daran gewöhnt, beobachtet zu werden; es gab mir ein Gefühl von Wichtigkeit. Ich spürte, daß an jenem Tag in ihrem Schlafzimmer eine Schicht von mir abgeschält worden war. Das, was darunter zum Vorschein kam, glühte.

Eines Abends hatte sie sich mit dem Essen ziemlich verspätet, und während wir aufaßen, schaute Onkel Ray auf die Uhr. »Du wirst noch zu spät kommen, wenn du dich nicht langsam auf den Weg machst!«

Starr lehnte sich auf ihrem Stuhl zurück, griff nach der Kaffeetasse, die hinter ihr auf der Küchenbar stand, und schenkte sich eine Tasse ein. »Ich glaube, sie können dort mal einen Abend ohne mich auskommen, meinst du nicht auch, Baby?«

In der folgenden Woche schwänzte sie noch zwei weitere Treffen, und in der dritten Woche ließ sie sogar den Kirchgang ausfallen. Statt dessen trieben sie es den ganzen Vormittag lang, und nachdem sie endlich aufgestanden waren, ging sie mit uns zum International House of Pancakes, wo wir uns an einen großen Ecktisch setzten und Schokoladenpfannkuchen und Waffeln mit Sahne aßen. Alle lachten und amüsierten sich, doch ich sah nur, wie Ray seinen Arm um ihre Schultern legte und auf der Kunstlederlehne der Sitzgarnitur ruhen ließ. Ich fühlte mich unwohl und schob die Waffeln auf meinem Teller herum. Ich hatte keinen Hunger mehr.

Die Regenfälle gingen vorüber, und nun zeigte der frisch gewaschene Himmel nachts alle seine Sterne. Die Jungen und ich standen geduldig an der dunkelsten Stelle des lehmigen Hofes und lauschten dem Brausen des Tujunga-Flusses jenseits der nachtschwarzen Bäume. Dicke Schlamm-Pfannkuchen blieben an meinen Stiefeln hängen, während ich in der feuchtkalten Nachtluft den Kopf in den Nacken legte und versuchte, die Bären und Kreuze auszumachen. Selbst Daveys Bücher zeigten nicht so viele Sterne. Ich konnte sie nicht auseinanderhalten.

Ich dachte, ich hätte einen Lichtstreif gesehen, war mir aber nicht sicher, so schnell war es gegangen. Ich starrte empor, versuchte nicht zu blinzeln und wartete.

»Da!« Davey deutete nach oben.

In einem anderen Himmelsquadranten löste sich ein weiterer Stern. Es war unheimlich – eines der wenigen Dinge, auf die man keinen Einfluß hatte: die Bewegungen der Sterne. Ich versuchte, die Augen ohne Zwinkern offen zu halten. Wenn man zwinkerte, verpaßte man sie. Ich riß die Augen auf, damit die Sternschnuppen sie belichten konnten wie ein Foto.

Die kleinen Jungen zitterten vor Kälte, obwohl sie lehmige Stiefel und Jacken über den Schlafanzügen trugen. Plappernd und kichernd vor Aufregung, weil sie so spät noch draußen sein durften, starrten sie die Sternschnuppen an, die wie Flipperkugeln über den Himmel zischten, die Münder weit aufgerissen, für den Fall, daß eine hineinfiel. Es war vollkommen dunkel bis auf die weihnachtliche Lichterkette, die auf der Veranda des Wohnwagens glitzerte.

Die Fliegentür ging auf und fiel wieder zu. Ich mußte mich nicht umschauen, um zu wissen, daß er es war. Ein Streichholz flackerte auf, der warme, süßliche Geruch nach Marihuana. »Sollten mal langsam die Weihnachtsbeleuchtung abnehmen«, sagte er. Er trat zu uns auf den Hof. Das Glühen seiner Pfeife in der Dunkelheit, der herbe Geruch seines Körpers, Geruch nach frischem Holz.

»Wir haben gerade den Quadrantidenstrom«, sagte Davey. »Bald kann man vierzig in der Stunde sehen. Es ist der Meteoridstrom, der am schnellsten vorbei ist, aber auch der dichteste, abgesehen von den Perseiden.«

Ich konnte das saugende Geräusch des Lehms an seinen Stiefeln hören, während er das Gewicht von einem Bein aufs andere verlagerte. Ich war froh, daß es so dunkel war und er nicht sehen konnte, wie ich vor Freude rot wurde, als er näher trat und in den Himmel hinaufschaute. Als ob er sich für die Quadrantiden interessierte – als sei er deswegen herausgekommen!

»Da!« rief Owen. »Hast du es gesehen, Onkel Ray? Hast du?«

»Ja, hab's gesehen, Junge. Hab's gesehen!«

Er stand direkt neben mir. Wenn ich mich nur einen Zentimeter nach links bewegte, konnte ich ihn mit meinem Ärmel berühren. In der Dunkelheit, jenseits der schmalen Lücke, die zwischen uns lag, konnte ich die Hitze seines Körpers fühlen. Wir hatten noch nie so nah beieinander gestanden.

»Hast du Zoff mit Starr?« fragte er leise.

Ich blies meinen warmen, dampfenden Atem in die Luft. Ich stellte mir vor, ich rauchte, wie die Dietrich im »Blauen Engel«. »Was hat sie denn gesagt?«

»Nichts. Sie hat sich bloß in letzter Zeit ziemlich komisch angestellt.«

Sternschnuppen warfen sich hinaus in die Leere des Alls und verglühten. Nur um des Vergnügens willen. Einfach so. Am liebsten hätte ich die ganze Nacht in mir aufgesogen.

Ray hatte wohl einen zu kräftigen Zug aus der Pfeife genommen, hustete und spuckte aus. »Muß ziemlich schwer für sie sein, älter zu werden, wenn hübsche Mädchen im gleichen Haus heranwachsen.«

Ich schaute weiter zu den Sternen hoch, als hätte ich seine Bemerkung nicht gehört, tatsächlich dachte ich jedoch: Sprich weiter über die hübschen Mädchen. Ich schämte mich, weil ich mir das wünschte; es war primitiv: Was spielte es schon für eine Rolle, ob man hübsch war? Das hatte ich oft genug gedacht, als ich noch mit meiner Mutter zusammen war. Man brauchte nicht schön zu sein, man mußte nur geliebt werden. Doch ich konnte nicht anders, ich wünschte es mir eben. Wenn Schönheit eine Möglichkeit bot, geliebt zu werden, dann wollte ich schön sein.

»Sie sieht immer noch gut aus«, sagte ich und dachte im stillen, daß es nicht ganz so schwer für sie wäre, wenn er mir nicht in die Sternennacht folgen und mich nicht so ansehen würde, wie er mich ansah, und dabei seinen Mund mit den Fingerspitzen berührte.

Doch ich wollte gar nicht, daß er aufhörte. Ich hatte Mitleid mit Starr, aber nicht genug. Ich hatte den Sündenvirus. Ich war der Mittelpunkt meines eigenen Universums, die Sterne drehten sich um mich und nahmen neue Stellungen ein, und es gefiel mir, wie er mich ansah. Wer hatte mich je angesehen, wer hatte je Notiz von mir genommen? Wenn das böse war, dann sollte Gott doch meinen Geist ändern!

Liebe Astrid,
erzähl mir bloß nicht, wie sehr Du diesen Mann bewunderst, wie viel er sich aus Dir macht. Ich weiß nicht, was schlimmer ist, Deine Jesus-Phase oder das plötzliche Erscheinen Deines mittelalterlichen Verehrers. Du mußt Dir einen Jungen in Deinem Alter suchen, jemanden, der sanft und schön ist. Jemanden, der zitternd auf eine Berührung von Dir wartet, der Dir mit gesenkten Augen eine langstielige Margerite schenkt, jemanden, dessen schmale Finger ein Gedicht sind. Leg dich nie für den Vater hin! Ich verbiete es Dir, hast Du das verstanden?

Mutter.

Du konntest es nicht verhindern, Mutter. Ich brauchte nicht mehr auf dich zu hören.

Der Frühling überzog die Hügel mit gelben Feldern aus Kalifornischen Mohnblumen, sprenkelte die Asphaltrisse an Tankstellen und Parkplätzen mit Klatschmohn, blauer Lupine und Kastillea. Selbst die Bergkuppen, auf denen im Herbst die Feuer gewütet hatten, waren mit gelben Matten aus wildem Senf überzogen, als wir in Rays altem Pick-up dahinholperten.

Ich hatte ihm erzählt, daß ich gern die Baustelle in Lancaster sehen wollte, die Einbauschränke, an denen er gearbeitet hatte. Vielleicht könne er mich ja mal nach der Schule abholen. »Du weißt doch, wie komisch Starr seit neuestem ist«, sagte ich. Jeden Tag trat ich aus dem Schulgebäude und hoffte, seinen Pick-up mit der Jointklemme am Rückspiegel davor zu entdecken. Endlich war er gekommen.

Die Baustelle selbst war kahl wie eine Narbe, öde, staubige Straßen mit großen, neuerrichteten Häusern. Einige hatten bereits Dächer und Wände, andere waren fertig verputzt, manche ragten noch als offene Holzgerüste skelettartig in den Himmel. Ray führte mich in das Haus, in dem er arbeitete. Dort war es sauber, die Außenarbeiten abgeschlossen, und es roch nach frischen Sägespänen. Er zeigte mir die massiven Einbauschränke aus Ahorn in der Wohnküche, das Erkerfenster, die maßgefertigten Bücherschränke, die Gartenlaube. Die Sonne schimmerte auf meinem Haar, und ich wußte genau, wie meine Mutter sich an jenem Tag im Buchladen Small World gefühlt hatte, als sie im Sonnenlicht des Schaufensters stand und meinen Vater entdeckte.

Er führte mich durch das Haus wie ein Makler, zeigte mir das Panoramafenster im Wohnzimmer, das über zwei Stockwerke ging, die wandhängenden WCs in den zweieinhalb Bädern, das geschwungene Treppengeländer, den gedrechselten Endpfosten. »In so einem Haus habe ich gewohnt, als ich noch verheiratet war«, sagte er, während er mit der Hand über das massive Geländer strich und gegen den stabilen Pfosten drückte. Ich versuchte, mir Ray in einem Zweieinhalb-Badezimmer-Leben vorzustellen, Abendbrot Punkt sechs, eine geregelte Arbeit, Frau und ein Kind. Doch es gelang mir nicht. Selbst als er so ein Leben noch führte, war er ja in den Trop Club gegangen statt nach Hause und hatte sich in Stripperinnen verliebt.

Ich folgte ihm nach oben, wo er mir die Ausbauarbeiten zeigte: zedernfurnierte Wäscheschränke und Sitzbänke. Im Elternschlafzimmer konnten wir das Hämmern aus den anderen Häusern und den Lärm des Bulldozers hören, der eine Parzelle für ein weiteres Haus planierte. Ray schaute durch das schmutzige Flügelfenster nach draußen auf die umliegende Baustelle. Ich stellte mir vor, wie der Raum einmal aussehen würde, wenn die Leute eingezogen waren. Lila Teppiche und blaue Rosenmuster auf den Tagesdecken, eine weiß-goldene Spiegelkommode, weiß-goldene Kopfteile an den Betten. Es gefiel mir besser so, wie es jetzt war, rötliches Holz mit seinem süßen, frischen Geruch. Ich betrachtete die Braun- und Grüntöne auf seinem Holzfällerhemd, seine Hände, mit denen er sich an beiden Seiten des Fensterrahmens abstützte, während er hinunter in den unbepflanzten Garten schaute. »Was denkst du?« fragte ich ihn.

»Daß sie nicht glücklich sein werden«, sagte er ruhig.

»Wer?«

»Die Leute, die diese Häuser kaufen. Ich baue Häuser für Leute, die darin nicht glücklich sein werden.« Sein gutmütiges Gesicht sah traurig aus.

Ich trat näher. »Warum können sie nicht glücklich sein?«

Er preßte seine Stirn gegen das Fensterglas, so neu, daß immer noch ein Aufkleber darauf war. »Weil es immer falsch sein wird. Weil sie niemanden verletzen wollen.«

Ich konnte seinen Schweiß riechen, scharf und streng, ein Männergeruch. Es war heiß in dem Raum mit den neuen Fenstern, mit dem berauschenden Geruch nach trockenem, frischem Holz. Ich legte ihm die Hände um die Taille, drückte mein Gesicht an die kratzige Wolle zwischen seinen Schulterblättern; etwas, was ich schon hatte tun wollen, seit er mich an jenem Sonntag in die Arme genommen hatte, als ich die Kirche geschwänzt hatte und im Wohnwagen geblieben war. Ich schloß die Augen und atmete seinen Duft ein, Marihuana, Schweiß und frisches Holz. Er bewegte sich nicht, zitterte nur und seufzte tief.

»Du bist noch ein Kind«, sagte er.

»Ich bin ein Fisch, der vorbeischwimmt, Ray«, flüsterte ich in seinen Nacken. »Fang mich, wenn du mich willst.«

Einen Augenblick lang stand er still und hob wie ein ertappter Einbrecher die Hände vom Fensterrahmen empor. Dann nahm er meine Hände, drehte sie um und küßte die Innenflächen, preßte sie an sein Gesicht. Und dann war ich diejenige, die zitterte; ich und meine Margerite.

Er drehte sich um und umarmte mich. Es war genauso, wie ich immer schon festgehalten werden wollte, mein ganzes Leben lang – von starken Armen und einer breiten, in rauhe Wolle gehüllten Brust, die nach Tabak und Marihuana roch. Ich warf den Kopf zurück, und dann folgte mein erster Kuß. Ich öffnete den Mund für ihn, damit er mich schmecken konnte; meine Lippen, meine Zunge. Ich hörte nicht auf zu zittern, außer er hielt mich ganz fest.

Dann schob er mich vorsichtig von sich weg. »Hör mal, vielleicht sollten wir zurückfahren. Es ist nicht richtig.«

Doch mir war inzwischen egal, ob es richtig war oder nicht. Ich hatte ein Kondom aus Carolees Schublade in der Tasche und war endlich mit dem Mann, den ich immer schon gewollt hatte, an einem stillen Ort allein.

Ich zog mein kariertes Hemd aus und warf es auf den Boden. Ich zog mein T-Shirt aus. Ich zog den BH aus und zeigte mich ihm, klein und sehr blaß, nicht Starr, aber ich, alles, was ich hatte. Ich schnürte meine Trekkingstiefel auf und streifte sie ab. Ich knöpfte meine Jeans auf und ließ sie zu Boden fallen.

Ray, den Rücken an das verschmierte Fenster gelehnt, sah plötzlich sehr traurig aus, so als sei jemand gestorben. »Ich wollte nie, daß es soweit kommt«, sagte er.

»Du bist ein Lügner, Ray«, entgegnete ich.

Dann kniete er vor mir, umschlang meine Hüften, küßte mir den Bauch, die Oberschenkel; seine Hände preßten meinen nackten Hintern, die Finger glitten in die seidige Nässe zwischen meinen Beinen, seine Zunge schmeckte mich dort. Mein Geruch auf seinem Mund, als ich zu ihm auf die Knie sank, die Hände über seinen Körper gleiten ließ, ihm die Kleider öffnete, nach ihm tastete, hart, größer als ich es erwartet hatte. Und ich dachte mir, es gibt keinen Gott; es gibt nur das, was man will.

8

Während der Schultage und an den Ray-losen Nachmittagen unten am Wash, beim Abendessen mit Starr und den Kindern oder wenn wir abends vor dem Fernseher saßen, waren all meine Gedanken von Ray besessen. Wie weich seine Haut war, weicher, als man es bei einem Mann für möglich halten würde, die Stärke seiner Arme, die Sehnen, die sich über seine Unterarme zogen wie Baumwurzeln, und die traurige Art, in der er mich ansah, wenn ich ausgezogen war.

Ich zeichnete ihn nackt, wie er aus dem Fenster starrte, nachdem wir uns geliebt hatten, oder auf der Unterlage aus Teppichresten lag, die er in eine Ecke des Schlafzimmers im Neubau gezerrt hatte. An unseren gemeinsamen Nachmittagen lagen wir auf diesem Polster, die Beine umeinander geschlungen, glattes Bein neben behaartem Bein; seine Finger bedeckten sacht meine Brust, spielten mit meiner Brustwarze und ließen sie emporstehen wie einen Radiergummi. Ich versteckte die Zeichnungen in dem Karton mit den Tagebüchern meiner Mutter, eine Stelle, an der Starr sie niemals suchen würde. Mir war klar, daß ich sie besser wegwerfen sollte, doch ich brachte es nicht über mich.

»Warum bist du mit Starr zusammen?« fragte ich ihn eines Nachmittags, während ich die weiße Narbe unterhalb seiner Rippen untersuchte, wo eine Vietkong-Kugel ihre Spuren hinterlassen hatte.

Er strich mir mit den Fingerspitzen über die Rippen, bis ich Gänsehaut bekam. »Sie ist die einzige Frau, bei der ich je ich selbst sein konnte«, sagte er.

»Bei mir könntest du das auch«, sagte ich und strich mit der flachen Seite meiner Fingernägel über seine Hoden, so daß er zusammenzuckte. »Sie ist gut im Bett, ist es das?«

»Das ist zu persönlich«, sagte er. Er bedeckte meine Hand mit seiner und drückte sie an seinen Unterleib. Ich fühlte, wie er wieder steif wurde. »Ich diskutiere nicht mit einer Frau über die andere. Das gehört sich einfach nicht.«

Er fuhr mir mit dem Finger zwischen den Beinen entlang, in die seidige Feuchtigkeit, dann steckte er den Finger in den Mund. Nie hätte ich mir träumen lassen, daß es so sein würde, wenn man begehrt wurde. Alles war möglich. Er zog mich auf seinen Körper hinab, und ich ritt ihn wie ein Pferd in der Brandung, die Stirn gegen seine Brust gepreßt, ritt durch eine Funkengischt. Wäre meine Mutter nicht im Gefängnis, würde er dann einer ihrer Liebhaber sein, der mich mit seinen Sternen füllte? Und würde meine Mutter mich auf die gleiche Weise beobachten, wie Starr es tat, und dabei merken, daß ich nicht länger so durchsichtig war wie eine Klarsichthülle?

Nein. Wäre sie frei, wäre ich jetzt nicht hier. Sie hätte mir nie erlaubt, das hier zu haben. Sie behielt alles Gute für sich.

»Ich liebe dich, Ray«, sagte ich.

»Psst«, sagte er und hielt meine Hüften fest. Seine Augenlider flatterten. »Sag jetzt nichts.«

Also ritt ich nur, ritt in die Morgendämmerung; die Gischt des Ozeans prickelte auf meiner Haut, die Flut stieg, phosphoreszierend und voller Seesterne.

Starrs Gereiztheit kochte über und ergoß sich vor allem über die Kinder. Sie beschuldigte ihre Tochter all der Dinge, die sie am liebsten mir vorgeworfen hätte. Carolee ließ sich kaum mehr zu Hause blicken, nachmittags kurvte sie mit Derrick auf seinem Geländemotorrad umher, das Dröhnen der Motorräder klang wie ein beständig nagender Zweifel. Wenn ich nicht gerade mit Ray zusammen war, blieb ich in der Schule, ging in die Bücherei oder jagte gemeinsam mit den Jungen Frösche. Der breite Winterstrom des Tujunga-Flusses trocknete allmählich ein und ließ kleine Rinnsale und Schlammpfützen zurück. Die Frösche hoben sich kaum vom Schlamm ab, und man mußte sehr ruhig warten, um sie zu sehen. Meistens saß ich bloß auf einem Felsen in der Sonne und malte.

Doch eines Tages kam ich vom Tujunga Wash nach Hause und fand Starr zusammengekrümmt auf der Verandaschaukel. Sie hatte das Haar auf Wärmewickler gedreht, trug eine blaue, unter der Brust eng geschnürte Bluse und knappe Jeans-Shorts, die im Schritt einschnitten. Sie spielte mit den Kätzchen, die die Katze in diesem Frühjahr unter dem Haus geworfen hatte. Sie lockte sie mit den Geschenkbändern an, die Davey an einem Stock festgebunden hatte, lachte und sprach mit ihnen, was ganz untypisch für sie war. Normalerweise nannte sie die Katzen »haarige Rattenviecher«.

»Nanu – unsere Künstlerin persönlich! Komm, unterhalt dich mit mir, Missy. Ich langweil' mich so, daß ich schon mit den Katzen spreche.«

Sie wollte sich sonst nie mit mir unterhalten, und irgend etwas stimmte mit ihrem Mund nicht; er schien sich langsamer zu bewegen als die Worte, die sie sagte. Sie gab mir den Stock und zog eine Zigarette aus der Benson&Hedges-Packung. Sie steckte sich das falsche Ende in den Mund, und ich beobachtete sie, weil ich sehen wollte, ob sie es auch anzünden würde. Sie merkte es gerade noch rechtzeitig. »Weiß gar nicht mehr, wo vorne und hinten ist«, scherzte sie und trank einen Schluck aus ihrer Kaffeetasse. Ich zog die Bänder über den Teppich und lockte eines der grau-weißen Fellknäuel unter der Schaukel hervor. Es hüpfte hoch, machte einen Satz nach vorn und rannte dann weg.

»Also, erzähl mir was«, sagte sie, zog mit einer übertriebenen Geste an ihrer Zigarette und blies den Rauch in einer langen Fahne aus. Während sie den Hals nach hinten bog, streckte sie mir ihre reizvolle Kehle entgegen, dabei sah ihr Kopf mit den Wärmewicklern aus wie eine Pusteblume. »Früher haben wir uns andauernd unterhalten. Aber jetzt ist ja jeder so verdammt beschäftigt, da stimmt doch was mit dem Leben nicht! Hast du Carolee gesehen?«

Am Ende der Straße konnten wir beide die Staubwolken der Motorräder in den dünnen blauen Himmel aufsteigen sehen. Lieber wäre ich Staub gewesen, Rauch, Wind, die Sonne, die auf dem Chaparral glitzerte, überall, nur nicht hier auf der Veranda bei der Frau, der ich gerade den Mann gestohlen hatte.

»Carolee macht Ärger«, sagte Starr, streckte den Fuß aus und betrachtete den silbrigen Nagellack. »Halt dich bloß von ihr fern. Muß mir das Mädchen mal vornehmen. Dieser Abwärts-Spirale ein Ende setzen! Sie kann mal 'ne ordentliche Dosis aus der Bibel vertragen!« Sie zog sich einen Wickler aus den Haaren, schielte auf die Locke über ihrer Stirn, machte sich daran, auch die anderen Wickler abzurollen, und ließ sie einen nach dem anderen in ihren Schoß fallen. »Du bist ein braves Mädchen. Ich werd' dich schon dafür entschädigen. Ent-schädigen. Wo ist Carolee, hast du sie gesehen?« fragte sie noch mal.

»Ich glaube, sie ist mit Derrick weg«, sagte ich, während ich die Bänder am Ende des Stockes vor der Hollywoodschaukel umherschwenkte, unter der sich das Kätzchen versteckt hatte.

Sie beugte den Kopf vor, um die Wickler von ihrem Hinterkopf abzunehmen. »Ausgerechnet mit diesem Asi. Seine Mutter ist so behämmert, daß sie die Fertiggerichte samt Packung in den Ofen schiebt.« Sie lachte und ließ den Lockenwickler fallen, und das Kätzchen, das gerade hervorgekommen war, schoß wieder unter die Hollywoodschaukel zurück.

In diesem Moment ging mir auf, daß Starr betrunken war. Sie war achtzehn Monate lang trocken geblieben, hatte alle Plastik-Chips der Anonymen Alkoholiker an ihrem Schlüsselbund getragen, rot, gelb, blau, violett. Es war eine so große Sache für sie gewesen. Ich hatte es nie ganz verstanden. Ray trank. Meine Mutter trank. Michael hatte mit dem Trinken begonnen, kaum daß er mittags seine Tonbandaufnahmen für »Books on Tape« beendet hatte, so lange, bis er um Mitternacht einschlief. Ihm schien es nicht zu schaden. Sofern überhaupt eine Veränderung festzustellen war, sah Starr jetzt glücklicher aus als vorher. Ich fragte mich, weshalb sie sich so angestrengt hatte, eine Art Heilige zu werden, wenn das doch gar nicht ihrer Natur entsprach. Was sollte das Ganze?

»Er ist ganz scharf auf mich, weißt du«, sagte sie. »Dieser Ray. Das ist ein Kerl, der eine echte Vollblutfrau braucht.« Sie ließ die Hüften in den knappen Shorts kreisen, als ob sie gerade auf ihm ritt. »Seine Frau hat nicht den kleinsten Scheiß für ihn getan.« Sie zog wieder an ihrer Zigarette, senkte die getuschten Wimpern und erinnerte sich: »Der Kerl war ganz ausgehungert nach einer richtigen Nummer. Ich hab' sie mal gesehen, weißt du. Seine Frau.« Sie trank einen Schluck aus der Kaffeetasse, und nun konnte ich es riechen. »Flach wie ein Brett. Vernünftige Schuhe, du weißt schon, was ich meine. Wollte ihm keinen blasen und nix. Er kam in den Trop Club, saß bloß da und hat uns Mädels mit diesen traurigen Augen angestarrt wie einer, der halbverhungert durch den Supermarkt schleicht.« Sie nahm die Schultern zurück und streckte den Busen vor, damit ich eine Vorstellung davon bekam, was genau Ray angestarrt hatte; dabei verhakte sich das Kreuz zwischen ihren Brüsten, Jesus, erdrückt im Fleisch. Sie lachte und ließ Zigarettenasche auf das weißgefleckte Kätzchen fallen. »Ich mußte mich einfach in ihn verlieben.«

Bei der Vorstellung, wie Ray in einem Stripclub die Mädchen mit ihren Riesenbrüsten anstarrte, wurde mir ganz schlecht. Er hatte wahrscheinlich bloß nicht gewußt, wohin. Ich hob den Stock wieder auf, raschelte mit den Bändern und versuchte, die Katze dafür zu interessieren, damit Starr mein rotes Gesicht nicht sah.

»Ich muß verrückt gewesen sein, als ich gedacht hab', daß du und er …«, sprach sie in ihre Kaffeetasse, leerte sie aus und stellte sie mit einem dumpfen Knall auf den mosaikverzierten Tisch. »Ich meine, schau dich doch bloß an. Du bist doch noch ein richtiges Baby. Hast noch nicht mal einen BH getragen, bis ich dir den da gekauft hab'.«

Sie versuchte sich einzureden, daß zwischen mir und Ray

nichts war, daß da gar nichts sein konnte, weil sie eine Frau war und ich ein Nichts. Doch ich konnte noch immer fühlen, wie er vor mir auf dem rauhen Holzboden kniete, wie er meine Hüften umschlang und meinen nackten Bauch küßte. Ich konnte den Geruch nach frischem Holz riechen, den Griff seiner Finger spüren, und wir entflammten wie der ölfette Chaparral zur Oleanderzeit.

Durch die Vorhänge schien weiß der Vollmond. In der Küche brummte der Kühlschrank, Eiswürfel klapperten in der Eismaschine. »Ich kann gar nicht glauben, daß sie nach der ganzen Zeit wieder rückfällig wird«, sagte Carolee. »Trau nie einem Alkoholiker. Regel eins, zwei und drei.«

Carolee saß auf dem Bett, schälte sich aus ihrem Nachthemd und zog Minirock, Nylonstrumpfhosen und ein glänzendes T-Shirt an. Sie öffnete das Fenster, schob das Fliegengitter zur Seite und kletterte mit den hochhackigen Schuhen in der Hand auf die Kommode. Ich hörte, wie sie draußen auf der Veranda landete.

»Und was glaubst du wohl, wo du grade hingehst, Missy?« erklang Starrs Stimme aus der Dunkelheit.

»Seit wann kümmert dich das denn?« hörte ich Carolee antworten.

Ich trat ans Fenster. Starr konnte ich nicht sehen, nur Carolees Hüfte in dem weißen Rock; sie hatte die Hände trotzig in die Hüften gestemmt.

»Ziehst wohl los, um sie für jeden Tom, Dick und Harry breitzumachen.« Starr mußte sich ein paar Gläschen auf der Veranda genehmigt haben, im Liegestuhl neben dem Wohnzimmerfenster.

Carolee zog sich ihre hochhackigen Schuhe an, einen nach dem anderen, und trat auf den Hof hinaus, der vom Vollmond hell wie eine Bühne erleuchtet wurde. »Und wenn schon.« Ich hätte gern gezeichnet, wie ihr breitschultriger Körper einen Schatten auf den mondblassen Staub warf. Wie mutig sie in diesem Moment aussah.

Starr ließ es nicht dabei bewenden. »Du weißt doch, was sie über dich sagen: ›Carolee ist stets bereit, macht kostenlos die Beine breit.‹ Nutten sollten sich eigentlich bezahlen lassen, weißt du das denn nicht?«

»Das weißt du wahrscheinlich besser als ich.« Carolee wandte sich ab und ging in Richtung Straße.

Jetzt torkelte Starr in mein Gesichtsfeld, sie stolperte in einem kurzen Nachthemdchen die Stufen hinunter und gab Carolee eine Ohrfeige. Das Geräusch des Schlages hallte durch die stille Nacht, unwiderruflich.

Carolee holte mit dem Arm aus und schlug zu. Starrs Kopf zuckte zur Seite. Es war häßlich anzusehen, aber auch faszinierend; wie ein Film, so als ob ich die beiden gar nicht kannte. Starr packte sie an den Haaren und zerrte sie herum, während Carolee kreischte und ihrerseits versuchte, Starr zu schlagen, doch sie konnte sich nicht weit genug aufrichten, um Starr zu treffen. Deshalb zog sie einen der hochhackigen Schuhe aus, schlug damit nach ihr, und Starr ließ sie los.

Ich sah Ray die Stufen herunterkommen, nur mit einer Jeans bekleidet. Ich wußte, daß er darunter nichts anhatte, dieser Körper, den ich so liebte. Carolee packte Starr an der Vorderseite ihres Nachthemds und schubste sie mit einem kräftigen Stoß in den Dreck. Sie stand über Starr, so daß diese an Carolees nylonbestrumpften Beinen und ihren hochhackigen Schuhen emporschauen mußte. Wieviel schlimmer konnte das noch werden, konnte eine Tochter ihrer Mutter ins Gesicht treten? Es war deutlich, daß sie das am liebsten getan hätte.

Ich war erleichtert, als Ray dazwischenging und Starr auf die Beine half. »Laß uns ins Bett zurückgehen, Baby.«

»Du beschissene Säuferin!« schrie Carolee ihnen nach. »Ich hasse dich!«

»Dann verpiß dich doch«, sagte Starr, die unsicher schwankend an Rays Arm hing. »Schieb ab! Dich braucht hier keiner!«

»Das meinst du doch nicht ernst«, sagte Ray. »Laß uns erst mal drüber schlafen, okay?«

»Ich hau' ab«, rief Carolee, »darauf könnt ihr euch verlassen!«

»Wenn du abhaust, brauchst du gar nicht mehr wiederzukommen, Missy.«

»Wer sollte verdammt noch mal hierhin wiederkommen wollen?« sagte Carolee.

Sie kam in unser Zimmer gestürmt, riß Schubladen auf, zerrte Klamotten auf ihr Bett und stopfte alles, was irgendwie hineinging, in einen geblümten Koffer. »Tschüs, Astrid, war nett mit dir!«

Davey und die kleineren Jungen warteten verängstigt und schlaftrunken im Flur. »Geh nicht«, sagte Davey.

»Ich kann nicht bleiben. Nicht in dieser Klapse.« Carolee drückte ihn flüchtig mit einem Arm an sich und ging dann nach draußen, wobei ihr der Koffer bei jedem Schritt gegen die Knie schlug. Sie marschierte zielstrebig an Ray und Starr vorbei, ohne auch nur einmal den Kopf zu drehen, schritt auf ihren hohen Absätzen über den Hof und ging die Straße hinunter, wurde kleiner und kleiner.

Ich blickte ihr lange nach und versuchte, mir ihre Schultern und ihren langbeinigen Gang einzuprägen. So liefen Mädchen von zu Hause weg. Sie packten ihre Koffer und schritten auf hochhackigen Schuhen davon. Sie verbissen sich die Tränen und ließen sich nicht anmerken, daß dies der schlimmste Tag ihres Lebens war. Als wünschten sie sich nicht in Wahrheit, daß ihre Mütter hinter ihnen herliefen und sie um Verzeihung baten. Als würden sie nicht auf die Knie fallen und Gott danken, wenn sie nur bleiben könnten.

Mit Carolees Weggang hatte Starr etwas Wesentliches verloren, etwas, was sie dringend brauchte, so wie ein Künstlicher Horizont ein Flugzeug davor bewahrt, sich zu überschlagen, oder ein Tiefenmesser, der einem anzeigt, ob man tiefer taucht oder nach oben steigt. Manchmal wollte sie plötzlich tanzen gehen, dann wieder zu Hause bleiben und herumjammern, dann wieder wurde sie ganz lieb und rührselig, wollte einen auf Familie machen, spielte Spiele und buk Brownies, die anbrannten. Man wußte nie, woran man gerade war. Eines Abends aß Peter ihre Kasserolle nicht, worauf sie seinen Teller nahm und über seinem Kopf ausleerte. Und dabei wußte ich genau, daß es in Wahrheit meinem Trotz, meiner Sünde galt. Ich nahm alles hin und sagte keinen Ton.

Wenn ich bloß nie etwas mit Ray angefangen hätte. Ich hatte sie von ihrer Entzugsmaßnahme abgebracht. Ich war die Schlange im Garten.

Doch dieses Bewußtsein reichte nicht aus, um mich aufzuhalten. Ich hatte den Virus. Ray und ich liebten uns in den Neubauten, wir trieben es in seiner Werkstatt hinter der Garage, manchmal sogar am Flußbett zwischen den Felsen. Wir bemühten uns, nicht gleichzeitig im selben Raum zu sein, wenn Starr zu Hause war; wir entzündeten die Luft zwischen uns.

Dann schrie Starr eines Tages die Jungen wegen der Unordnung im Wohnzimmer an: ein paar Plastik-Eidechsen, Legosteine und ein Modell, an dem Davey gerade bastelte. Es handelte sich um eine sorgfältige, naturgetreue Nachbildung der Vasquez Rocks und der Fossilien, dic er dort bei einem Klassenausflug gefunden hatte, Turritellaschalen und Trilobiten aus dem Kambrium. Starr schleuderte Spielsachen und Puzzleteile durch die Gegend und marschierte dann zu Davey, hob den Fuß und zertrampelte sein Projekt mit zwei kräftigen Tritten. »Ich hab' dir schon hundertmal gesagt, daß du deinen Scheiß wegräumen sollst!«

Die anderen Jungen rannten durch die Fliegengittertür nach draußen, doch Davey kniete neben seinem zerstörten Modell und berührte die zertrampelten Schalen. Er blickte auf, und ich brauchte gar nicht erst seine Augen hinter den Brillengläsern zu sehen, um zu wissen, daß er weinte. »Ich hasse dich!« schrie Davey. »Du machst alles kaputt! Du begreifst ja noch nicht mal…«

Starr packte ihn und schlug ihn, dabei hielt sie einen seiner Arme umklammert, so daß er nicht weglaufen konnte, und kreischte: »Für was hältst du mich eigentlich? Wag es ja nicht, mich dumm zu nennen! Ich bin deine Mutter! Ich bin ein Mensch! Ich kann auch nicht alles allein machen! Zeig gefälligst ein bißchen Achtung!«

Es hatte mit ein paar Ohrfeigen begonnen, doch nun verprügelte sie ihn regelrecht. Die kleinen Jungen hatten sich verdrückt, aber ich konnte nicht einfach weglaufen. Ich war schließlich der eigentliche Grund für Starrs Wutausbruch.

»Starr«, sagte ich, während ich versuchte, sie wegzuziehen, »hör auf!«

»Du hältst den Mund!« kreischte sie und schüttelte mich ab. Das Haar hing ihr ins Gesicht, ihre Augen waren um die Pupillen herum ganz weiß. »Du hast hier gar nichts zu sagen, hörst du!«

Schließlich stolperte sie weg und hielt sich weinend die Hände vors Gesicht. Davey saß bloß fassungslos neben seinem verwüsteten Modell, und ich sah, wie ihm die Tränen übers Gesicht liefen. Ich hockte mich neben ihn, um zu schauen, ob noch irgend etwas zu retten war.

Starr öffnete die Flasche Jim Beam, die sie neuerdings im Küchenschrank neben den Cornflakes aufbewahrte, goß sich ein Glas ein und warf ein paar Eiswürfel dazu. Inzwischen trank sie schon direkt vor unseren Augen. »So kannst du einfach nicht mit Leuten reden«, sagte sie, während sie sich Augen und Mund abwischte, »du kleines Stück Scheiße!«

Daveys Arm hing in einem seltsamen Winkel herunter. »Tut dir der Arm weh?« fragte ich ihn leise.

Er nickte, blickte mich aber nicht an. Wußte er es etwa? Konnte er es sich denken?

Starr saß zusammengesunken auf einem Plastikstuhl, ganz erschöpft von der Prügelei. Trotzig trank sie ihren Whiskey. Sie nahm sich eine Zigarette aus der goldenen Schachtel und zündete sie an.

»Ich glaube, er ist ausgerenkt«, sagte Davey.

»Jammer, jammer, jammer. Wieso gehst du nicht woanders hin, du alte Heulsuse?«

Ich füllte einen Plastikbeutel mit Eis und drückte ihn gegen

Daveys Schulter. Die Schulter sah schlecht aus. Sein Mund zitterte. Er jammerte nie.

»Er muß ins Krankenhaus«, sagte ich ängstlich und versuchte, dabei nicht anklagend zu klingen.

»Schön, aber ich kann ihn nicht fahren. Du mußt ihn hinfahren.« Sie kramte in ihrer Handtasche nach dem Autoschlüssel und warf ihn mir zu. Sie hatte völlig vergessen, daß ich erst vierzehn war.

»Ruf Onkel Ray an.«

»Nein.«

»Mom?« Jetzt schluchzte Davey. »Hilf mir.«

Sie schaute ihn an, und jetzt sah auch sie den seltsamen Winkel seines Armes, den nach vorn gestreckten Ellbogen. »O Gott!« Sie lief zu Davey, schlug sich dabei das Schienbein am Couchtisch an und hockte sich neben ihren Sohn, der auf dem Sofa saß und sich den Arm hielt. »Oh, Mister, es tut mir so leid! Mami tut es so leid, mein Kleiner.« Je mehr sie nachdachte, desto aufgeregter wurde sie. Ihre Nase lief. Mit einer unbeholfenen Geste versuchte sie, ihm das Haar aus dem Gesicht zu streichen, und fuchtelte linkisch und sinnlos mit den Händen herum. Er drehte den Kopf weg.

Sie verschränkte die Arme, allerdings nicht in Brusthöhe, sondern weiter unten, eher vor dem Bauch, kauerte sich vor das Sofa auf den Boden, wiegte sich vor und zurück und schlug sich mit der Faust gegen die Stirn. »Was mach' ich bloß, o Gott, was mach' ich bloß!«

»Ich ruf' jetzt Onkel Ray an«, sagte ich.

Davey kannte seine Telefonnummer auswendig und wiederholte sie, während ich auf der Baustelle anrief. Eine halbe Stunde später war er zu Hause, den Mund zu einer dünnen Linie zusammengepreßt.

»Ich hab' das nicht gewollt!« sagte Starr und streckte die Hände theatralisch wie eine Opernsängerin vor sich aus. »Es war ein Unfall. Du mußt mir glauben!«

Niemand erwiderte etwas. Wir ließen Starr schluchzend zurück und brachten Davey in die Notaufnahme des Krankenhauses, wo sie seine Schulter wieder einrenkten und bandagierten. Wir erfanden eine Geschichte über irgendwelche Spiele am Fluß. *Er ist von einem Felsen gesprungen und dabei gestürzt.* Es klang selbst für mich nach einer dummen Ausrede, doch wir hatten Davey versprechen müssen, Starr herauszuhalten. Er liebte sie immer noch, trotz allem.

Ostern. Ein reiner, kristallklarer Morgen, an dem man jeden Strauch und Felsen auf dem Berg erkennen konnte. Die Luft war so sauber, daß es schmerzte. Starr bereitete in der Küche einen Schinkenbraten zu und steckte kleine Gewürznelken in das Waffelmuster, das sie in die Oberseite des Bratens geschnitten hatte. Sie war zwei Wochen lang trocken geblieben und täglich zu einem Treffen der Anonymen Alkoholiker gegangen. Wir alle bemühten uns. Daveys Armschlinge erinnerte uns ständig daran, wie schlimm es werden konnte.

Starr schob den Schinkenbraten in den Ofen, und dann fuhren wir alle gemeinsam zur Kirche, selbst Onkel Ray, obwohl er ein paar Minuten länger im Auto zurückblieb, um zu kiffen, ehe er nachkam. Ich konnte es riechen, als er an mir vorbeiging, um sich zwischen Owen und Starr zu setzen. Starrs Augen flehten Reverend Thomas um eine Dosis Lammblut an. Ich versuchte zu beten und wieder zu fühlen, daß es neben mir noch etwas Höheres gab, jemanden, den es kümmerte, was ich tat, doch das Gefühl war ein für allemal vorbei. Ich konnte Gottes Anwesenheit weder zwischen den Hohlblocksteinen dieser Kirche spüren noch in dem, was von meiner Seele übriggeblieben war. Starr blickte sehnsüchtig auf den zusammengesackten Jesus am Birnbaumkreuz, während Onkel Ray sich die Fingernägel mit seinem Schweizer Taschenmesser reinigte und ich darauf wartete, daß endlich der Gesang begann.

Hinterher hielten wir an einer Tankstelle, und Onkel Ray kaufte ihr eine weiße Osterlilie, die Verheißung eines neuen Lebens.

Zu Hause roch der ganze Wohnwagen nach dem Schinkenbraten. Starr tischte uns das Mittagessen auf, Maispüree, Ananasscheiben aus der Dose und Aufbackbrötchen. Ray und ich konnten uns nicht in die Augen blicken, weil sonst alles wieder von vorn angefangen hätte. Wir schauten die kleinen Kinder an, spielten mit unserem Essen herum und beglückwünschten Starr zu ihren Kochkünsten. Ray meinte, daß Reverend Thomas gar nicht so übel sei. Wir konnten überall hinblicken, nur nicht in das Gesicht des anderen. Ich starrte auf die kleine Schale mit rosa Pfefferminzeiscreme und Geleebohnen und musterte die weiße Lilie, die in ihrem mit Alufolie umwickelten Topf mitten auf dem Tisch stand. Wir waren nicht mehr zusammengewesen, seit wir Davey in die Notaufnahme gebracht hatten. Wir hatten nicht über den Vorfall geredet, nicht darüber gesprochen, wie alles zu weit gegangen war.

Den ganzen Nachmittag lang schauten wir uns die Ostergottesdienste im Fernsehen an. Rosahäutige Prediger und Chöre in aufeinander abgestimmten Satingewändern. Kirchengemeinden von der Größe eines Rockkonzerts. Hände reckten sich in die Luft wie Sonnenblumen. Er ist auferstanden, Christus, unser Herr. Ich wünschte, daß auch ich wieder an ihn glauben könnte.

»Wir hätten auch dort hinfahren sollen«, meinte Starr. »Nächstes Jahr fahren wir in die Kristallkathedrale zu Reverend Schuller, ja, Ray?«

»Klar«, erwiderte Ray. Er hatte sich umgezogen und die Kirchgangklamotten gegen sein normales T-Shirt und Jeans eingetauscht. Wir spielten Halma mit den Jungen und versuchten einander nicht in die Augen zu schauen, doch es war schwer, zusammen im gleichen Raum zu sein, ohne sich zu berühren, besonders, da Starr neben ihm saß und ihm eine Hand ziemlich weit oben auf die ausgewaschenen Jeans gelegt hatte. Ich konnte es mir nicht mehr länger ansehen. Nachdem Davey gewonnen hatte, ging ich hinaus und lief am Flußbett entlang. Ich mußte die ganze Zeit an ihre Hand auf seinen Jeans denken.

Ich war schlecht, ich hatte schlimme Dinge getan, ich hatte Leute verletzt, und das schlimmste daran war, daß ich noch nicht einmal damit aufhören wollte.

Blaue Schatten kletterten an den gelbbraunen abgerundeten

Berghängen empor wie Hände, die die Oberschenkel eines Geliebten nachformen. Eine Eidechse thronte auf einem Felsen und meinte wohl, sie sei unsichtbar. Ich warf einen Kiesel nach ihr und sah, wie sie ins Unterholz davonschoß. Ich riß ein Blatt vom Sumachstrauch und hielt es mir unter die Nase, in der Hoffnung, daß der Duft meinen Kopf frei machen würde.

Ich roch ihn, noch ehe ich ihn sah; der Geruch nach Dope schwebte über der Dämmerung. Er stand im Hof, die Sonne schien ihm ins Gesicht und erwärmte es wie einen Stein. Bei seinem Anblick schnürte sich mir die Kehle zusammen. Nun wurde mir klar, daß ich die ganze Zeit auf ihn gewartet hatte. Ich stieg auf einen kleinen Hügel, so daß er mich sehen konnte, östlich, auf der fensterlosen Seite des Wohnwagens; dann kletterte ich in eine Sandkuhle zwischen den Felsen hinab.

Kurz darauf hörte ich ihn das Flußbett entlangkommen, das schon trocken war, obwohl wir erst April hatten. Mir war klar, daß Davey am nächsten Morgen alles in unseren Spuren lesen konnte. Doch kaum hatte ich Ray berührt, wußte ich, daß wir uns niemals trennen konnten, wie sehr wir es auch wollten, egal wem wir damit weh taten. Seine Lippen auf meinem Nacken, seine Hände unter meinem T-Shirt, sie öffneten meine Hose und streiften sie herunter. Meine Schenkel sehnten sich danach, seine nackten Hüften zu spüren. Wir fügten uns aneinander wie Magneten, während wir auf den Sandboden hinuntersanken. Ich machte mir keine Sorgen um Skorpione oder Diamantklapperschlangen; es kümmerte mich nicht, ob dort Steine herumlagen oder ob uns womöglich jemand sehen konnte.

»Baby, was machst du bloß mit mir«, flüsterte er mir ins Haar.

Das letzte Mal hatte ich zwei Erwachsene in der Nacht streiten hören, als meine Mutter Barry in die Hand gestochen hatte. Es krachte und polterte. Ich zog mir das Kissen über den Kopf, doch ich konnte noch immer jedes Wort durch die dünnen Wände hören; Starrs betrunkenes Gekreische, Rays murmelnde Beschwichtigungen.

»Du hast ihn doch sonst immer hochgekriegt, bevor du angefangen hast, diese kleine Nutte zu ficken. Gib's zu, du Dreckskerl, du hast sie gefickt!«

Ich rutschte schwitzend tiefer in meinen Schlafsack hinein und versuchte mir einzureden, daß es nicht um mich ging, daß es sich um ein anderes Mädchen handelte; ich war nur ein Kind, ich hatte damit nichts zu tun.

»Meine Pflegetochter ficken! Gott, ich hätte sie bei der ersten Gelegenheit rausschmeißen sollen!«

Ich stellte mir vor, wie Ray mit gekrümmtem Rücken auf ihrer Bettkante saß, die Hände baumelten zwischen seinen Oberschenkeln herab; er unterbrach sie nicht, ließ sie einfach meckern, wehrte ihre betrunkenen Schläge ab und hoffte, daß sie bald von selbst umkippte. Ich konnte seine Stimme hören, noch immer ruhig, besänftigend, vernünftig. »Starr, du bist doch total besoffen!«

»Du perverses Schwein! Macht's dir Spaß, Kinder zu ficken? Was kommt als nächstes, Hunde vielleicht? Gefällt dir diese dürre Fotze wirklich besser als ich? Dieses flache Brett?«

Wie peinlich. Mir war klar, daß die Jungen jedes Wort hören konnten und nun Bescheid wußten.

»Hat sie eine kleinere Möse als ich? Bläst sie dir auch einen? Läßt sie sich in den Arsch ficken? Nein, wirklich, es interessiert mich, wie Kinderficker es machen.«

Wie lange hatte ich eigentlich erwartet, unbeschadet davonzukommen? Ich wünschte, ich wäre nie hierher geraten, ich wäre nie geboren. Trotzdem konnte ich nicht leugnen, daß ich auch ein bißchen stolz war, ja sogar erregt, daß Ray ihn nicht für Starr hochbekam. Er konnte sie nicht vögeln, egal wie groß ihre Titten waren, egal ob sie ihn in ihren Arsch ficken ließ. Ich war es, die er wollte.

»Meine Pflegetochter ficken, das könnte dir so passen! Ich geh' jetzt da rein und rechne mit ihr ab!«

Ich hörte noch mehr Gepolter und Geschrei, dann flog plötzlich meine Zimmertür auf. Starr stand in ihrem völlig verrutschten Rosenneglige in der Tür, die riesigen Titten enthüllt, und schwenkte die 38er. Diesen Anblick sollte ich noch Jahre später in meinen Träumen sehen. Sie feuerte mit ausgestrecktem Arm, ohne zu zielen. Ich warf mich auf den Boden; das ganze Zimmer roch nach Schmauch, und Holzsplitter flogen durch die Gegend. Ich versuchte mich unter das Bett zu zwängen.

»Bist du völlig durchgedreht?« Jetzt rangen Ray und Starr miteinander. Ich schob mich unter dem Bett nach vorn, bis ich sie sehen konnte. Er drehte ihr den Arm auf den Rücken und nahm ihr den Revolver ab. Er war nackt und beugte sie an ihrem Arm nach hinten, so daß sein Schwanz sich gegen ihre Pobacken preßte. Ihre Titten zeigten zur Decke hoch und zitterten wie kleine verschreckte Tiere, während er sie mit Hüftstößen zur Tür hindrängte.

»Fick dich, Ray, du Scheißkerl!«

»Aber immer doch«, sagte er, während er sie nach draußen schubste.

Vielleicht trieben sie es jetzt und vergaßen mich dabei völlig. Der Wandschrank hatte ein Loch. Ich begann mich anzuziehen. Hier würde ich nicht länger bleiben, nicht bei dieser durchgeknallten Betrunkenen in einem Haus voller Waffen. Noch heute abend würde ich meinen Sozialarbeiter anrufen. Ich würde Ray mitteilen, wo ich war, doch hier konnte ich unmöglich bleiben.

Dann hörte ich wieder Gerangel aus ihrem Zimmer, und plötzlich war Starr zurück und schoß auf mich, während ich mich gerade in meine Kleidung kämpfte. In meiner Schulter flammte ein Schmerz auf, raste wie Feuer meine Rippen entlang. Ich stolperte zur Kommode, um hinaufzuklettern und aus dem Fenster zu fliehen, doch sie schoß wieder, und in meiner Hüfte explodierte etwas. Ich fiel zu Boden. Ich konnte ihre korallenrot lackierten Fußnägel sehen. »Ich hab' dir doch gesagt, du sollst die Finger von ihm lassen!« Die Zimmerdecke, keine Luft, metallischer Geruch nach statischer Entladung, Schießpulver, meinem Blut.

Licht auf meinen Augen. Hände, die mich bewegten. Jemand schrie. Gott – Uniformen, Fragen. Bärtiger Mann; Frau, schief zugeknöpfte Bluse. Taschenlampe in meinen Augen. »Wo ist Ray?« fragte ich und drehte den Kopf vom Licht weg.

»Astrid?« Davey, Licht auf seinen Brillengläsern. Hielt mich fest. »Sie kommt zu sich.«

Noch ein Gesicht. Blond, puppig. Falsche Wimpern. Schwarzes Hemd, s s. »Astrid, wer hat das getan? Wer hat auf dich geschossen?« Sag es uns nur. Sag, wer das war.

Davey schob sich die Brille auf der Nase hoch. Blickte mir in die Augen. Er schüttelte den Kopf, kaum wahrnehmbar, doch ich sah es.

Im Flur drückten sich die beiden kleinen Jungen aneinander, sie hatten Jacken über ihre Schlafanzüge gezogen. Owen umklammerte die Plüschgiraffe mit dem gebrochenen Hals, ihr Kopf hing an seinem Arm herunter. Peter hielt das Einmachglas mit Eidechsen. Pflegekinder. Sie wußten, wie es für sie weitergehen würde.

»Astrid, was ist passiert? Wer hat dir das angetan?« Ich schloß die Augen. Wie konnte ich diese Frage überhaupt beantworten; wo sollte ich anfangen?

Der Bärtige tupfte meinen Arm ab, schob eine Nadel hinein, intravenös.

»Wird sie wieder gesund werden?« fragte Davey.

»Das hast du großartig gemacht, Junge. Ohne dich wäre sie schon verblutet.«

Unter mir Hände. Feuerstürme aus Schmerz, als sie mich auf die Trage hoben. Schreien. Feuer. Feuer. Der Bärtige hielt die Infusionsflasche hoch.

»Ja, so ist's gut«, sagte er. »Ganz entspannt sein.«

Ich starrte Davey in die Augen und wußte, daß er sich kaum besser fühlte als ich. Er hielt mir die Hand, und ich umklammerte seine, so fest ich konnte, obwohl die Schmerzmittel mich allmählich betäubten. »Meine Sachen.«

»Die holen wir später.« Die Sozialarbeiterin. Konnte noch nicht mal ihre Bluse richtig zuknöpfen.

Davey suchte ein paar Dinge zusammen, die Bücher meiner

Mutter, mein Skizzenbuch, einige Bilder, das Plakat mit dem Tierkot. Aber Ray… »Davey, mein Kästchen.«

Daveys Gesicht verdüsterte sich. Er hatte die Spuren gelesen. Mein Gehirn zerrann in blaugrüne und gelbe Farben, glitzerndes Tiffany-Glas. »Bitte«, flüsterte ich.

»Laß gut sein, Schätzchen. Du mußt jetzt mit uns kommen.«

Er griff nach dem hölzernen Schmuckkästchen, dabei verzerrte sich sein Gesicht so wie an dem Tag, als seine Schulter ausgerenkt war. Er blieb bei mir, während sie mich zum Notarztwagen rollten, und schüttelte die puppige Frau im schwarzen Hemd einfach ab, als sie versuchte, ihn wegzuführen. Oben am Himmel leuchtete der Wiegenmond wie ein silberner Reifen. Der Bärtige sprach mit mir, während er mich hinten in den Rettungswagen lud. »Entspann dich, du mußt dich jetzt ausruhen. Wir haben deine Sachen.« Dann schlossen sich die Hecktüren, Davey verschwand, die Nacht verschluckte ihn, verschluckte sie alle.

9

Ihre Finger bewegten sich zwischen Rankenfußkrebsen und blauschwarzen, scharfkantigen Muscheln. Neonrote Seesterne lagen schlaff wie Dalí-Uhren auf den Felsen, umgeben von Seeanemonensträußen und violetten, stacheligen Seeigeln. Ihre Finger berührten die steifen Borsten eines Seeigels, und ich beobachtete, wie sich die trägen Stachel bewegten, belebten und nach meiner Mutter streckten, um ihre Form und Absicht zu ertasten. Sie wollte, daß auch ich ihn berührte, doch ich hatte Angst. Es war erstaunlich zu sehen, wie ihr weißes Fleisch und die purpurnen Stacheln über eine Kluft hinweg kommunizierten, die mir ebenso tief vorkam wie das Meer; ein Wunder, das sich in ein paar Kubikzentimetern Wasser abspielte. Auch mich berührte sie so, meine Wangen, meine Arme, und ich streckte mich ihr entgegen.

El cielo es azul. Wir waren auf der *Isla Mujeres*, der Fraueninsel. Ich war ein kleines Mädchen in einem ausgeblichenen Kleid, sonnenverbrannt, barfuß, das Haar so weiß wie Pusteblumen. Die Straßen bestanden aus Muschelsplittern; jeden Morgen standen wir zusammen mit den Mexikanerinnen vor dem Tortillageschäft an. *¿Cuál es su nombre? Su hija es más guapa*, sagten sie. Ihre Tochter ist einfach zu hübsch, und dabei strichen sie mir über das Haar. Die Haut meiner Mutter schälte sich ab wie Tünche. Ihre Augen blauer als der Himmel, *azul claro*.

Ein großes Hotel, rosa- und orangerot gestrichen; ein Mann mit dunklem Schnurrbart, er roch nach gepreßten Blumen. Es gab Taxis und Musik, und meine Mutter ging in bestickten schulterfreien Kleidern aus. Doch dann war er fort, und wir zogen weiter auf die Fraueninsel.

Dort wartete meine Mutter auf etwas; worauf, wußte ich nicht. Jeden Tag kauften wir unsere Tortillas und liefen zurück zu dem kleinen, weißgetünchten Bungalow, die Umhängetasche über der Schulter, vorbei an kleinen Häusern mit vergitterten Fenstern und geöffneten Türen, durch die man wie durch einen Rahmen nach drinnen blicken konnte. Innen gab es Bilder an den Wänden, Großmütter mit Fächern; manchmal sah man Bücher. In Strandrestaurants unter freiem Himmel aßen wir Krabben mit Knoblauch, *Camarones con ajo*. Ein paar Fischer fingen einen Hammerhai und zogen ihn an den Strand. Er war doppelt so groß wie die kleinen Boote, mit denen die Fischer hinausfuhren, und alle kamen an den Strand, um ihn sich anzusehen, sich neben seinen gewaltigen Kopf zu stellen, der so breit war wie ich groß. Sein humorloses Grinsen enthüllte ganze Bataillone von Zähnen. Ich hatte immer Angst, wenn meine Mutter mich am Strand zurückließ, um in das weiche Blau hinauszuschwimmen. Was sollte ich machen, wenn der Hai kam, sich das Wasser plötzlich rot färbte und nur noch ihre Knochen an Land trieben?

Immer wenn ich aufwachte, war da Demerol. Ärzte mit Gesichtsmasken, Schwestern mit weichen Händen. Blumen. Ihr Lächeln wie Nektar. Es gab Infusionen und andere Kinder, Verbände, Tom und Jerry im Fernsehen, Luftballons und Fremde. *Sag es uns, sag es uns nur.* SS. Beamte in Zivil. Wie sollte ich anfangen, Starr zu beschreiben; Starr, die in ihrem völlig verrutschten Nachthemd eine 38er in mein Zimmer entlud? Lieber dachte ich an Mexiko. In Mexiko waren die Gesichter wettergegerbt und weich wie Seife. Die surrenden Geräusche in meinem Zimmer waren bloß Moskitos in unserem Bungalow auf der Fraueninsel.

In einer Vollmondnacht trieb sie etwas davon, und wir verließen die Insel nur mit unseren Pässen und etwas Geld in einem Gürtel unter ihrem Kleid. Auf der Fähre mußte ich mich übergeben.

Wir schliefen an einem neuen Strand, weiter im Süden. Am nächsten Tag tanzte sie mit einem jungen Mann, Eduardo, auf dem Dach seines Hotels. Alle Fenster standen weit offen, und ich konnte das Riff sehen, das Meer wie eine Linse. Das obere Stockwerk war noch nicht ausgebaut; unter einem Palmendach hingen Hängematten, und wir konnten so lange bleiben, wie wir wollten. In Playa del Carmen waren wir glücklich. Wir brausten mit Eduardo in seinem schwarzen Volare durch die Stadt und fühlten uns sehr reich, *¡Qué rico!*, obwohl es in der Stadt nur zwei asphaltierte Straßen und ein Michoacán-Eiscremebüdchen gab. Bilder von schneebedeckten Vulkankegeln. Der Touristendampfer lief Playa del Carmen zweimal wöchentlich an; mit seinen fünf Decks schaukelte er auf und ab wie eine Hochzeitstorte auf großer Fahrt. Meine Mutter legte Tarotkarten in einem Café, in dem es nach dem Fettdunst der gegrillten Hähnchen und Fleischstücke roch. Ich sah dem Mann dabei zu, wie er die Fleischportionen mit einer Machete auf die Tortillas schabte. Das Essen dort hatte gut geschmeckt.

Abends spielte Eduardo Gitarre und sang mit den Gästen seines Hotels Zigeunerlieder, während ich, zusammengefaltet wie eine Fledermaus, in meiner Hängematte hin und her schaukelte. Nachts schwirrten überall Fledermäuse umher. Das sei wegen der Früchte, sagte meine Mutter, wegen der Mangos, Plátanos und Papayas. Eine Pilzflechte ließ überall auf meiner Haut kleine Hexenringe entstehen. Ein Arzt in einer Betonklinik gab mir Medizin dagegen. Können wir denn nie nach Hause gehen, fragte ich meine Mutter. Wir haben kein Zuhause, antwortete sie mir. Ich bin dein Zuhause.

Wie schön sie war, barfuß im Badeanzug, ein Tischtuch um die Hüften geschlungen. Meine Mutter liebte mich. Selbst jetzt konnte ich mich in diese Hängematte zurückversetzen, wie ich hin und her schaukelte, während meine Mutter und Eduardo tanzten. Du warst mein Zuhause.

Doch das Wetter schlug um, und Eduardo schloß das Hotel für diese Saison und ging zurück nach Mexiko City, wo seine

Eltern lebten. Er sagte, wir könnten noch bleiben, wenn wir wollten. Es war traurig und unheimlich. Wir schlossen die Fensterläden. Der Wind begann zu blasen, die friedliche See erhob sich und vertilgte den Strand, fraß sich in die Traubenhyazinthen. Die letzten Touristen waren abgereist. Wir ernährten uns aus Dosen, *Frijoles refritos*, von Kondensmilch. Streunende abgemagerte Katzen belagerten das Hotel, manche waren erst am Ende der Saison ausgesetzt worden. Meine Mutter ließ sie alle herein. Der Himmel tönte sich gelb wie eine Prellung.

Als der Regen endlich kam, regnete es waagerecht; Wasser drang durch die Fensterläden und unter den Türen herein. Die Katzen versteckten sich im Halbdunkel. Manchmal spürten wir eine kurze Berührung ihrer Körper, ein Streifen ihres Schwanzes, während wir am Tisch saßen und meine Mutter im Licht einer Kerosinlampe schrieb. Die Katzen hatten Hunger, doch meine Mutter ignorierte ihr Miauen, während wir aßen.

Schließlich schloß meine Mutter das Hotel ab, und ein paar Studenten nahmen uns mit nach Progreso an der Golfküste. Das Boot aus Texas stank nach Fisch. Der Kapitän gab mir eine Tablette, und ich erwachte auf irgendeiner Couch in Galveston.

»Wir haben sie«, sagte der Zivilbeamte mit den weißen Socken. »Haben sie erwischt, als sie versucht hat, den Jungen zu sehen. Sagte, sie hätte ihre Schwester besucht. Du weißt doch verdammt gut, daß sie auf dich geschossen hat. Wieso erfindest du dann eine Geschichte über Einbrecher? Sie ist noch nicht mal deine Mutter!«

An Starrs Stelle hätte ich vielleicht auch auf mich geschossen. Vielleicht hätte ich die Türklinken mit Oleander eingestrichen wie meine Mutter, wenn Ray mir gestanden hätte, mich nicht mehr zu lieben. Es fiel mir schwer, sie auseinanderzuhalten: Starr in ihrem Nachthemd, meine Mutter in ihrem blauen Kleid. Barry, der ein Tuch gegen meine Stirn preßte. Warum erschien mir alles gleich; warum verschmolz alles miteinander wie Wachsmalstifte, wenn man sie an einem Sommertag im Auto vergaß?

Der einzige, der sich deutlich abhob, war Davey. Dieser Polizist verursachte mir Kopfschmerzen; ich brauchte mehr Demerol.

Briefe von meiner Mutter trafen ein. Ein Mädchen in meinem Alter, eine Krankenhauspraktikantin mit aufgeplusterten braunen Haaren und blaßgrünem Lidschatten, versuchte sie mir vorzulesen, doch es war grotesk, die Worte meiner Mutter in seiner hohen, ungebildeten Stimme zu hören. Ich bat es aufzuhören.

Liebe Astrid,
man hat mir gesagt, daß sie nicht wissen, ob Du noch bis zum nächsten Morgen durchhältst. Ich laufe in meiner Zelle auf und ab, drei Schritte hin, drei Schritte her, die ganze Nacht lang. Gerade hat mir der Kaplan einen Besuch abgestattet; ich sagte, daß ich ihm die Leber herausreißen würde, falls er mich noch mal belästigt. Ich liebe Dich so sehr, Astrid, ich kann es nicht ertragen. Es gibt auf dieser Welt nur Dich und mich – weißt Du das denn nicht? Bitte laß mich nicht allein hier. Bei allen Mächten des Lichtes und der Finsternis, bitte, bitte verlaß mich nicht!

Ich las diesen Absatz wieder und wieder und sog dabei genüßlich jedes Wort ein, so wie Starr, wenn sie ihre Bibel gelesen hatte. Während ich in den Schlaf hinüberglitt, klangen mir ihre Worte noch im Kopf. Du warst mein Zuhause, Mutter. Ich hatte kein Zuhause außer dir.

Freude. Beethovens Neunte, Ode an die Freude, die Aufnahme mit Solti und den Chicagoer Symphonikern. Zu denken, daß ich Dich beinahe verloren hätte! Ich lebe für Dich, der Gedanke, daß Du lebst, gibt mir die Stärke, weiterzumachen. Ich wünschte, ich könnte Dich jetzt umarmen, ich möchte Dich berühren, Dich festhalten, Deinen Herzschlag spüren. Ich schreibe gerade ein Gedicht für Dich, ich nenne es »Für Astrid, die trotz allem weiterlebt«.
Im Gefängnis sprechen sich Neuigkeiten schnell herum, und

Frauen, mit denen ich bisher noch nie geredet habe, erkundigen sich plötzlich nach Deinem Gesundheitszustand. Ich fühle mich jeder von ihnen eng verbunden. Ich könnte mich hinknien und vor Dankbarkeit die schale Erde küssen. Ich will versuchen, einen Besuch bei Dir durchzusetzen, doch ich mache mir keine Illusionen darüber, daß man hier viel Gnade walten läßt.
Was soll ich über das Leben sagen? Soll ich ihm ein Loblied singen, weil es Dich hat leben lassen, oder es lieber verfluchen, weil es alles andere zugelassen hat? Hast Du schon mal vom Stockholm-Syndrom gehört? Geiseln schlagen sich plötzlich auf die Seite ihrer Entführer, aus Dankbarkeit dafür, daß sie nicht gleich zu Anfang getötet wurden. Laß uns nicht irgendeinem hypothetischen Gott danken. Statt dessen ruh Dich lieber aus und sammle Kraft für einen neuen Feldzug. Ja, ich weiß: und das, obwohl Dein Leben im Augenblick nur aus Schwesternhelferinnen und langweiligen Jugendzeitschriften besteht – und vielleicht manchmal einer Morphiuminfusion, wenn Du ein braves Mädchen bist.
Sei stark.

Mutter.

Und sie schrieb kein einziges Mal: »Ich hab's dir ja gleich gesagt.«

Ein Zauberer kam zu unserer Unterhaltung ins Krankenhaus, und ich war fasziniert von seinen schönen Händen, seinen geschmeidigen, runden Gesten. Ich konnte meinen Blick gar nicht mehr von seinen Händen abwenden. Sie waren viel besser als alle seine Zaubertricks. Er fischte einen Papierblumenstrauß aus der Luft und überreichte ihn mir mit einer höfischen Verbeugung. So ist auch die Liebe, dachte ich mir: aus der Luft gegriffen, heiter und unwahrscheinlich. Wie Ray, der mich in seinen Fingern formte wie weiches Wachs.

Ray. Ich versuchte, nicht an ihn zu denken, daran, warum er wohl davongelaufen war, als ich blutend auf dem Boden meines Zimmers lag, angeschossen von seiner Geliebten. Ich wußte, weshalb er nicht dagewesen war, als der Rettungswagen kam. Er hatte sich genauso gefühlt wie ich, wenn ich daran dachte, daß ich Daveys Leben ruiniert hatte. Ray konnte es nicht ertragen. Er hatte unser Verhältnis von Anfang an nicht gewollt; ich war diejenige gewesen, die es aus dem Nichts hatte entstehen lassen, nur aus meinem Verlangen heraus. Es schien so, als hätte Ray schon von unserer ersten Berührung an gewußt, was passieren würde. Jedesmal wenn er mich ansah, hatten seine Augen mich angebettelt, ihn doch in Ruhe zu lassen. Ich wünschte, ich könnte ihn noch einmal sehen, nur einmal, um ihm zu sagen, daß ich ihm keinen Vorwurf machte.

Manchmal wachte ich auf und war mir sicher, daß er kommen würde, in Verkleidung vielleicht, und daß wir wieder zusammensein würden. Ich sah einen neuen Assistenzarzt, einen unbekannten Krankenpfleger, einen Besucher, der ein bestimmtes Bett auf der Kinderstation suchte, und war mir plötzlich sicher, daß er es war. Ich machte keinem von ihnen einen Vorwurf. Ich hätte wissen müssen, was passieren konnte. Nach allem, was zwischen meiner Mutter und Barry passiert war, hätte ich es eigentlich wissen sollen.

Der einzige, den keine Schuld traf, war Davey. Zuerst hatte ich mich gefragt, wieso Starr ihn zurückgelassen hatte. Vielleicht hatte sie gedacht, sie könne ohne ihn leichter entkommen. Vielleicht war sie so ausgerastet, daß sie ihn einfach vergessen hatte. Doch inzwischen war mir klar, daß es allein an Davey gelegen hatte. Daß er sich geweigert hatte, mitzugehen und mich auf dem Schlafzimmerboden verbluten zu lassen. Er hatte sich geweigert mitzugehen. Er hatte seine Mutter geopfert, um mich bis zur Ankunft des Rettungswagens am Leben zu erhalten. So mußte es gewesen sein. Neue Wellen der Scham und Reue brachen über mich herein. Damals, an jenem ersten Tag, als er mit den kleinen Jungen auf der Veranda saß, hatte er nicht ahnen können, daß ich diejenige war, die eines Tages sein Leben zerstören würde. So wie Starr sein Modell im Wohnzimmer zertrampelt hatte, hatte ich sein Leben zertreten, als ich Ray hinterhergelaufen war.

Meine Mutter schickte mir ihr Gedicht »Für Astrid, die trotz allem weiterlebt«. Es gab da ein paar Zeilen, die mir nicht mehr aus dem Kopf gingen:

Trotz aller Angst, aller Warnungen
Trotz allem
Die Fehler einer Frau sind anders als die eines Mädchens
Sie werden in Stein gebrannt,
Teil des Charakters, nicht Versehen …

Das war viel schlimmer als »Habe ich dir doch gleich gesagt«. Ich wollte ihr Gedicht nicht wahrhaben. Ich war doch immer noch ein Mädchen, war erst vierzehn. Ich konnte immer noch gerettet werden – oder etwa nicht? Erlöst werden. Ich könnte ein anderes Leben führen; ich würde das Krankenhaus verlassen und nie mehr sündigen. Als der Physiotherapeut, ein sehniger junger Mann, freundlich und gutaussehend, mit mir flirtete, blickte ich finster. Ich brauchte den halben Tag, um einmal den Korridor hoch- und runterzugehen. Statt Demerol sollte ich nun Percodan oral einnehmen.

Wenn ich irgendwo hätte hingehen können, hätten sie mich bereits nach zwei Wochen entlassen, doch so, wie die Dinge lagen, genas ich auf städtische Kosten, bis ich mit Hilfe einer Krücke laufen konnte und die Verbände abgenommen wurden. Dann bekam ich eine neue Pflegestelle zugewiesen und wurde aus dem Krankenhaus entlassen, im Gepäck eine Monatsration Percodan, die Briefe und Bücher meiner Mutter, das Holzkästchen und ein Poster mit Tierkot, das ein einsamer Junge für mich gebastelt hatte.

10

Die Luft in Van Nuys war schwüler als in Sunland-Tujunga. Der Stadtteil erwies sich als wahres Königreich aus rechtwinklig angelegten Einkaufsstraßen und breiten Boulevards, Anwohnerstraßen mit flachen Einfamilienhäusern, die von ausgewachsenen Pfefferbäumen und meterhohen Amberbäumen umgeben waren. Die Gegend sah ziemlich vielversprechend aus, bis mein Blick auf ein Haus auf der anderen Straßenseite fiel. Ich betete: Bitte Jesus, laß es nicht das türkise mit dem asphaltierten Vorgarten und dem grünen Maschendrahtzaun sein.

Die Sozialarbeiterin parkte direkt davor. Ich starrte ungläubig auf das Haus. Es hatte die Farbe tropischer Lagunen auf Postkarten aus den Sechzigern, ein syphilitischer Alptraum Gauguins. Das Grundstück bildete die einzige Lücke in einer Reihe von Laubbäumen, die die anderen Häuser der Straße einrahmten, geradezu herausfordernd häßlich in seiner Nacktheit.

Auch die dicke Strukturglastür war türkis. Die Pflegemutter, eine breitgebaute, blonde Frau mit harten Gesichtszügen, trug ein sprachloses Kleinkind auf der Hüfte. Ein kleiner Junge, der hinter seiner Mutter stand, streckte mir die Zunge heraus. Sie musterte meine Metallkrücke aus dem Krankenhaus und kniff ihre kleinen Augen zusammen. »Sie haben mir nicht erzählt, daß sie behindert ist!«

Die Sozialarbeiterin zuckte mit den schmalen Schultern. Ich war froh, daß ich unter Percodan stand, sonst hätte ich wahrscheinlich angefangen zu heulen.

Marvel Turlock führte uns durch ihr Wohnzimmer, das von einem gigantischen Fernseher beherrscht wurde. Gerade redete eine Talkshow-Moderatorin auf einen riesigen Mann mit Tätowierung ein. Dann ging es weiter durch einen langen Flur zu meinem neuen Zimmer, einer umgebauten Wäschekammer mit blau-grün gestreiften Vorhängen und einer Cordüberdecke auf dem schmalen Gästebett. Der kleine Junge zerrte an ihrem übergroßen T-Shirt und plärrte wie eine singende Säge.

Zurück im Fernsehzimmer, breitete die Sozialarbeiterin ihre Papiere auf dem Couchtisch aus, bereit, dieser Frau mit dem harten Gesicht alle Details aus meinem Leben zu enthüllen. Marvel Turlock sagte mir, ich solle mit Justin im Hof spielen gehen; ihr Tonfall zeigte, daß sie gewöhnt war, Mädchen Anweisungen zu geben.

Der asphaltierte Hof flirrte vor Hitze und war mit Spielzeug übersät, das für einen ganzen Kindergarten ausgereicht hätte. Ich sah, wie eine Katze etwas im Sandkasten verscharrte und dann weglief, ließ mich dadurch jedoch nicht stören. Justin brauste auf seinem Dreirad umher und krachte bei jeder zweiten Runde gegen das Spielhaus. Ich hoffte, er würde noch auf die Idee kommen, ein paar Sandkuchen zu backen. Mhhhm.

Nach einiger Zeit kam das Kleinkind herausgestolpert, ein kleines blondes Mädchen mit großen wasserblauen Augen. Sie hatte ja keine Ahnung, wie schrecklich ich die Farbe Türkis fand und daß ich am liebsten gekotzt hätte, wenn ich daran dachte, wie ihre Mutter jetzt meine Akte las. Wenn ich nur im Krankenhaus hätte bleiben können, auf einem dauerhaften Demerol-Trip. Das Kleinkind watschelte auf den Sandkasten zu. Ich wäre gern gleichgültig geblieben, doch schließlich stand ich auf, schaufelte die Katzenscheiße mit einem Eimer weg und kippte sie über den Gartenzaun.

Ed und Marvel Turlock waren meine erste richtige Familie. Wir aßen gegrilltes Hühnchen mit den Fingern und leckten uns hinterher die Barbecue Sauce ab, als wären Messer und Gabel noch nicht erfunden worden. Ed war groß und rotgesichtig, ein ruhiger Typ mit sandfarbenem Haar, das sich bereits stark lichtete. Er arbeitete in der Farbenabteilung eines Baumarkts. Es überraschte mich nicht zu hören, daß sie das Türkis zum Selbstkostenpreis bekommen hatten. Während des gesamten Essens sahen wir fern, alle sprachen, und keiner hörte dem anderen zu. Ich mußte an Ray denken, an Starr und daran, wie ich Davey zum letzten Mal gesehen hatte. Felsen und grüner Paloverde, Rotschulterbussarde. Die Schönheit der Steine, der Fluß bei Hochwasser, die Stille. Meine Sehnsucht machte heißer Scham Platz. Erst vierzehn, und ich hatte bereits etwas zerstört, das ich nie mehr wiedergutmachen konnte. Ich hatte nichts Besseres verdient.

Ich beendete die neunte Klasse auf der Madison Junior High School, hinkte auf meiner Krücke von Klassenzimmer zu Klassenzimmer. Die gebrochene Hüfte heilte allmählich, wenn auch viel langsamer als alles andere. Meine Schulter war schon wieder funktionsfähig, und selbst der Einschuß an der Brust, der mir die Rippe zerschmettert hatte, brannte nicht mehr jedesmal, wenn ich mich streckte oder bückte. Doch die Hüfte ließ sich Zeit. Ständig kam ich zu spät zum Unterricht. Meine Tage vergingen im Percodan-Nebel. Schulglocken, Pulte, Schlurfen in den nächsten Klassenraum. Die Münder der Lehrer öffneten sich, und heraus flatterten Schmetterlinge, viel zu schnell, um sie einzufangen. Mir gefielen die verschiedenen, sich ständig verändernden Farben der Schülergruppen auf dem Hof, doch ich konnte einen Schüler nicht vom nächsten unterscheiden. Sie waren zu jung und unversehrt, zu selbstsicher. Schmerz war für sie ein Land, von dem sie zwar schon mal gehört hatten, das sie vielleicht mal im Fernsehen gesehen hatten, dessen Stempel sie jedoch noch nicht in ihren Pässen trugen. Wie sollte ich eine Stelle finden, an der sich meine Welt mit ihrer berührte?

Es dauerte nicht lange, bis mir aufging, welche Rolle mir in dem türkisen Haus zugedacht war: Babysitter, Topfschrubber, Waschfrau und Kosmetikerin. Die letzte dieser Aufgaben fürchtete ich am meisten. Marvel saß dann immer wie eine Kröte unter ihrem Stein im Badezimmer und rief nach mir, genauso gnadenlos, wie Justin sonst nach ihr schrie. Ich versuchte in die innere Emigration zu gehen, indem ich an Gamelan-Orchester dachte, an Meeresgetier in Felsenbecken, ja mich sogar in das Muster der Gardinen verlor und darüber nachdachte, wie die verschiedenen Streifen die Form der Gardinen erschufen, indem sie in eine Richtung flossen oder abbrachen. Ich vermutete, daß darin eine tiefere Bedeutung lag, doch leider hörte sie nicht auf, nach mir zu rufen.

»Astrid! Verdammt, wo steckt das Mädchen schon wieder?«

Es hatte keinen Zweck, so zu tun, als ob ich sie nicht hörte. Sie rief so lange weiter, bis ich kam; dabei übertrieb ich mein Hinken so, daß ich ohne weiteres als Draculas Diener in einem Gruselfilm hätte durchgehen können.

Wenn ich dann endlich bei ihr ankam, war ihr Gesicht rot angelaufen, und sie stemmte die Hände in die Hüften. »Wo zum Teufel hast du gesteckt?«

Darauf gab ich nie eine Antwort, sondern drehte nur das Wasser auf und prüfte die Temperatur.

»Nicht zu heiß«, ermahnte sie mich. »Ich hab' eine empfindliche Kopfhaut!«

Ich vergewisserte mich, daß sich das Wasser für mich ein bißchen zu kalt anfühlte, denn das Percodan, das ich rund um die Uhr nahm, hatte mein Temperaturempfinden durcheinandergebracht. Sie kniete sich auf den Badevorleger, hielt den Kopf unter den Wasserhahn, und ich wusch ihr die Haare, die vor Haarspray und Talgresten ganz starr waren. Der Ansatz mußte nachgefärbt werden. Sie hatte sich eine Blondtönung ausgesucht, die auf der Packung aussah wie weiches Buttergold, aber auf ihrem Kopf eher an das gelbe Kunstgras erinnerte, mit dem man die Osterkörbe der Kinder auslegt.

Ich massierte einen Festiger ein, der nach ranzigem Fett roch, spülte das Haar wieder aus und half ihr auf den Hocker, den sie aus der Küche geholt hatte. Dann deckte ich das Waschbecken mit Zeitungspapier ab und begann ihr Haar durchzukämmen. Es war ungefähr so, als ob man verhedderte Spaghetti zu entwirren versuchte. Ein kräftiger Ruck, und alles würde auf einmal ausgehen. Ich begann mit den Haarspitzen und arbeitete mich langsam nach oben; dabei mußte ich daran denken, wie ich abends immer das Haar meiner Mutter gebürstet hatte. Es hatte geglänzt wie Kristallglas.

Marvel redete in einem fort, über ihre Freundinnen, über die Kundinnen, denen sie zu Hause Mary-Kay-Kosmetik verkaufte, über irgend etwas, was eine Frau in der Oprah-Winfrey-Show gesehen hatte. Nicht etwa, daß Marvel selbst sich Oprah Winfrey anschaute, sie sah bloß die Sally-Jessy-Show, denn Oprah war ein fettes Niggerweib, nicht gut genug, Marvels Fußböden zu scheuern, obwohl sie zehn Millionen im Jahr verdiente, bla bla bla. Ich tat so, als ob sie Ungarisch sprach und ich kein Wort verstand, während ich die Gummihandschuhe überzog und den Inhalt der beiden Flaschen mischte. In dem kleinen, fensterlosen Badezimmer war der Geruch nach Ammoniak beinahe unerträglich, doch Marvel erlaubte mir nicht, die Tür zu öffnen. Ed sollte nicht erfahren, daß sie sich die Haare färbte.

Ich teilte einzelne Haarsträhnen ab, strich Bleichmittel auf die Ansätze und stellte die Uhr ein. Wenn ich die Mixtur zu lange auf dem Kopf ließ, würde sie riesige, schrundige Stellen in ihre Kopfhaut fressen, und ihr ganzes Haar würde ausfallen. Ich dachte mir zwar, daß das sicher interessant wäre, andererseits wußte ich aber, daß es noch viel schlimmere Pflegestellen gab als das Heim der Turlocks. Wenigstens trank Marvel nicht, und Ed war unattraktiv und nahm kaum Notiz von mir. Hier konnte ich nicht viel Schaden anrichten.

»Das ist eine gute Übung für dich«, sagte Marvel, während wir die letzten fünf Minuten warteten, bevor ich die Farbe in die Spitzen einmassieren konnte. »Du könntest auf eine Kosmetikschule gehen. Das ist kein schlechter Job für eine Frau.«

Marvel Turlock hatte anscheinend große Pläne für mich. Machte sich Sorgen um meine Zukunft. Lieber hätte ich das Bleichmittel ausgetrunken. Über ihr hängend wie ein Felsen, spülte ich die Tönung aus. Sie zeigte mir eine Seite in einer Frisurenzeitschrift, eine Schemazeichnung, die so knifflig war wie ein elektrischer Schaltplan. Der Schnitt hieß »Die Kosmopolitin«. An den Seiten aufgetürmt, hinten lockig und vorn ein gekräuselter Pony, wie ihn Barbara Stanwyck in »Hier ist John Doe« getragen hatte. Ich mußte an Michael denken, wie er wohl bei diesem Anblick schaudern würde. Er hatte die Stanwyck verehrt. Ich fragte mich, wie »Das Schottische Drama« wohl lief. Ich hätte gern gewußt, ob er je an mich dachte. Du könntest dir nicht im entferntesten vorstellen, wie es ist, Michael.

Während ich die Haarsträhnen auf Lockenwickler drehte, machte das klebrige rosa Frisiergel den Gestank im heißen Bad auch nicht besser. Ich fühlte mich einer Ohnmacht nahe. Kaum hatte ich ihr die Haare fertig aufgedreht, schlang ich das Tuch über ihre rosa Wickler und durfte endlich die Badezimmertür öffnen. Es kam mir vor, als hätte ich seit einer Stunde nicht mehr richtig geatmet. Marvel ging in Richtung Wohnraum. »Ed?« hörte ich sie rufen.

Der Fernseher lief, doch Ed hatte sich in die Good-Knight-Bar verkrümelt, wo er Bier trank und sich das Spiel im Pay-TV ansah.

»Mistkerl«, sagte sie ohne Bitterkeit, schaltete zu einer Talkshow um, in der es um mittelalte Schwestern ging, und ließ sich mit einer Packung Eis auf dem Sofa nieder.

Liebe Astrid,
Du brauchst mir nicht zu erzählen, wie sehr Du Deine neue Pflegestelle haßt. Du kannst von Glück reden, daß sie Dich nicht schlagen! Einsamkeit ist das Los der Menschheit. Kultiviere sie. Während sie Dich aushöhlt, gibt sie gleichzeitig Deiner Seele Raum zum Wachsen. Erwarte nie, die Einsamkeit zu überwinden. Hoffe nie darauf, daß Du Leute findest, die Dich verstehen, jemanden, der diese Leere ausfüllen kann. Ein intelligenter, sensibler Mensch ist eine Ausnahme, die ganz große Ausnahme. Wenn Du darauf hoffst, Leute zu finden, die Dich verstehen, wirst Du fürchterlich enttäuscht werden. Besser lernst Du, Dich selbst zu verstehen, zu erkennen, was Du vom Leben willst, und läßt nicht zu, daß Dir das Vieh im Wege steht.

Muh.

Es war mir nicht in den Sinn gekommen, daß mir das Schlimmste noch bevorstehen könnte, bis mein Rezept auslief. Ich hatte dummerweise meine Dosis verdoppelt, und nun fand ich mich schiffbrüchig an einem verlassenen, mit Glasscherben bedeckten Ufer wieder. Wegen der allzugut funktionierenden Klimaanlage in meinem kleinen Zimmer fing ich mir eine Erkältung ein. Alles, woran ich denken konnte, war, wie einsam ich mich fühlte. Meine Einsamkeit schmeckte wie Penny-Münzen. Ich dachte ans Sterben. Ein Junge im Krankenhaus hatte mir erzählt, der beste Weg sei, sich eine Luftblase in die Ader zu spritzen. Er hatte Knochenkrebs und hatte eine Spritze gestohlen, die er in einem Comic-Heft versteckt hielt. Falls es eines Tages zu schlimm würde, meinte er, würde er sich ein bißchen Luft einspritzen, und es wäre in ein paar Sekunden vorüber. Wären die Briefe meiner Mutter nicht gewesen, hätte ich mir auch etwas überlegt. Ich las sie wieder und wieder, bis sie an den Knickstellen ganz weich wurden und auseinandergingen.

Wenn ich nicht schlafen konnte, ging ich auf den Hof hinaus, wo die Grillen Duette sangen und der Asphalt sich unter meinen bloßen Füßen warm anfühlte wie ein Tier. Die weißen Kiesbeete leuchteten im Mondlicht; ihr steriler Charme wurde nur durch einige weiße Plastik-Dahlien unterbrochen, die in regelmäßigem Abstand in den Kies gesetzt worden waren. Einmal schickte ich meiner Mutter eine Zeichnung des Hauses in seinem schwarzen Asphaltmeer, umrahmt von den weißen Kiesbeeten, und sie sandte mir ein Gedicht über das Kind Achilles, dessen Mutter ihn in den schwarzen Styx getaucht hatte, um ihn unsterblich zu machen. Das trug jedoch auch nicht dazu bei, daß ich mich besser fühlte.

Ich saß auf dem Gartentisch aus Redwood und lauschte der Musik, die durch die Fensterläden des Nachbarhauses drang. Sie waren immer geschlossen, doch ein Saxophon fand seinen Weg durch die Holzlamellen; Jazz, so intim wie eine Berührung. Ich ließ meine Fingerspitzen über die dunkle Eisenklinge des Messers gleiten, das meiner Mutter gehört hatte, und stellte mir vor, wie ich mir die Pulsadern aufschnitt. Es hieß, daß man es noch nicht mal spürte, wenn man es in der Badewanne tat. Wenn meine Mutter nicht gewesen wäre – ich hätte nicht lange gezögert. Allerdings befand sich die Waage in einem bedenklichen Ungleichgewicht: Alles drückte eine Seite herunter, auf der anderen Waagschale lagen nur die Briefe meiner Mutter, so leicht wie ein Gutenachtgruß, eine Hand, die flüchtig mein Haar berührte.

Ich spielte das Messerspiel, legte meine Hand gespreizt auf die Rutschbahn und stieß mit der Messerspitze zwischen die Finger. Johnny, Johnny, Johnny, Hoppla. Johnny, Johnny, Johnny, Hoppla. Johnny, Johnny, Johnny, Johnny. Von mir aus konnte mich die Klinge ruhig treffen.

Liebe Astrid,
ich weiß, was Du gerade durchmachst. Daran ist nichts zu ändern. Sorge nur dafür, daß nichts verlorengeht. Mach Dir Notizen. Erinnere Dich an alles, an jede Beleidigung, jede Träne. Tätowiere es auf die Innenseite Deines Geistes. Im Leben ist es wichtig, die richtigen Gifte zu kennen. Ich habe Dir schon mal gesagt: Man wird nicht einfach zum Künstler – es sei denn, man muß.

Mutter.

Ohne das Percodan ging mir allmählich auf, weshalb Mütter ihre Kinder aussetzten, sie in Supermärkten und auf Spielplätzen zurückließen. So schlimm hatte ich mir dieses Geplärre, die endlosen winzigen Forderungen, das ständige Beaufsichtigen nicht vorgestellt. Ich erzählte Marvel, daß ich Aufsätze und Referate vorbereiten müsse, und versteckte mich nach der Schule zwischen den Regalen der Bücherei, wo ich mich durch die Bücherlisten arbeitete, die meine Mutter mir in ihren Briefen schickte. Ich teilte mir die Tische mit zeitunglesenden alten Männern und katholischen Schulmädchen, die Teenager-Magazine hinter ihren Geschichtsbüchern versteckt hielten.

Ich las alles – Colette, Françoise Sagan, Anaïs Nins »Ein Spion im Haus der Liebe«, »Ein Porträt des Künstlers als junger Mann«. Ich las »Silbermond und Kupfermünze«, einen Roman, in dem es um Gauguins Leben ging, und die Kurzgeschichten von Tschechow, die Michael mir empfohlen hatte. Miller hatten sie nicht, aber Kerouac gab es. Ich las »Lolita«, doch der Mann im Buch war kein bißchen wie Ray. Ich schlenderte zwischen den Regalen entlang und ließ meine Finger über die Buchrücken gleiten; sie kamen mir vor wie kultivierte oder besserwisserische Gäste, die auf einer wunderbaren Party miteinander flüsterten.

Eines Tages sprang mir aus einem Regal mit Abenteuerbüchern ein Titel entgegen. Ich trug das Buch zu einem der Tische, schlug seine weichen, elfenbeinfarbenen Seiten auf, ignorierte die finsteren Blicke der Mädchen in ihren weißen Blusen und karierten Strickpullovern und ließ mich hineinfallen wie in ein Schwimmbecken während eines trockenen Sommers.

Das Buch trug den Titel »Die Kunst des Überlebens«.

Jede Religion braucht ihre Bibel, und meine hatte ich nun gefunden, keinen Augenblick zu früh. Ich las das Buch in achtzehn Stunden und fing dann wieder von vorn an. Ich erfuhr, wie ich wochenlang auf dem offenen Meer überleben konnte, sollte mein weißes Kreuzfahrtschiff untergehen. Wenn man Schiffbruch erleidet, muß man Fische fangen, ihren Saft auspressen und trinken. Man saugt den Morgentau mit einem Schwamm vom Kunststoffdeck seiner Rettungsinsel. Wenn man manövrierunfähig auf einem Segelboot dahintreibt, kann man mit den Segeln Regenwasser auffangen. Falls die Segel allerdings verdreckt sind und das Deck eine Salzkruste hat, so legte das Buch dar, ist jegliches Wasser, das man sammelt, wertlos. Man muß stets das Deck sauberhalten und die Segel regelmäßig mit Süßwasser spülen; man muß vorbereitet sein.

Ich betrachtete mein Leben und erkannte ziemlich deutlich, daß ich mich im türkisen Haus nicht ums Überleben bemühte. Ich ließ zu, daß sich eine dicke Salzkruste auf meinen Segeln bildete. Ich mußte mit den Messerspielen aufhören und meine

Kraft auf den nächsten Regen, auf meine Rettung konzentrieren. Ich beschloß, von nun an täglich spazierenzugehen, das übertriebene Hinken einzustellen und meine Krücke in den Ruhestand zu schicken. Ich würde mich zusammenreißen.

Ich saß im Bus auf dem Heimweg von der Schule, der Kopf tat mir weh vom schrillen Gelächter der anderen Kinder, und ich rekapitulierte die grausamen Maßnahmen, die nötig sind, um ein Schiffsunglück zu überleben. Man stellt Angelhaken aus jeglicher Art von gebogenem Metall her, dreht aus den Fasern seiner Kleidung eine Schnur, versieht den Haken mit einem Köder aus Fischstücken oder aus Resten toter Mitpassagiere, ja zur Not sogar mit dem eigenen Fleisch.

Ich zwang mich, mir vorzustellen, wie ich die scharfe Kante einer leeren Blechbüchse von Überlebensnahrung in meinen Oberschenkel bohrte. Es tat so unglaublich weh, daß ich beinahe das Bewußtsein verlor, doch ich wußte, daß ich die Sache zu Ende bringen mußte. Es half nichts, jetzt ohnmächtig zu werden, die Stelle würde bloß zuheilen, und ich müßte es noch mal wiederholen. Also hielt ich so lange durch, bis ich den gelben Wurm in der Hand hielt, blutig und warm. Ich steckte ihn auf einen zurechtgebogenen Streifen der Blechdose und warf ihn an meiner handgedrehten Leine ins Meer.

Das gefährlichste ist Panik. Wenn man in Panik verfällt, sieht man nicht mehr, daß es noch Möglichkeiten gibt. Und dann kommt die Verzweiflung. Ein Mann aus Japan war schon vier Tage lang in einem Boot auf dem Meer getrieben, als er in Panik verfiel und sich erhängte. Zwanzig Minuten später wurde er gefunden. Ein Seemann aus Suzhou dagegen hatte einhundertsechzehn Tage auf einer Rettungsinsel zugebracht, ehe er gefunden wurde. Man kann nie wissen, wann die Rettung kommt.

Und selbst wenn mein Leben jetzt so aussah – Scham, lange Busfahrten, Dieselgestank, die ständige Angst, auf der Madison Junior High School zusammengeschlagen zu werden, Justins Pullover und Caitlins rotes Ekzem –, es gab Leute, die noch viel

Schlimmeres überlebt hatten. Verzweiflung war der Feind. Ich mußte mich vorbereiten, die Hoffnung zwischen meinen Handflächen halten wie die letzte Streichholzflamme in einer langen arktischen Nacht.

Wenn ich nicht schlafen konnte, saß ich auf dem Gartentisch im Hof, hörte der Musik aus dem Nachbarhaus zu und stellte mir vor, daß meine Mutter jetzt genau wie ich wach in ihrer Zelle lag. Würde ich sie bei mir haben wollen, wenn ich mit meinem Flugzeug in Papua-Neuguinea oder Pará, Brasilien, abstürzte? Wir würden uns durch ein hundert Meilen breites Labyrinth aus Mangrovensümpfen schlagen, mit Blutegeln bedeckt wie in »African Queen«, vielleicht sogar durchbohrt von dem langen Speer eines Einheimischen. Meine Mutter würde nicht in Panik geraten, den Speer herausziehen und an Blutverlust sterben. Ich wußte, daß sie in der Lage wäre, das Richtige zu tun. Sie würde die Maden an ihrer Wunde fressen lassen, bis das Loch gereinigt war, und dann, nach fünf Tagen oder einer Woche, den Speer herausziehen. Sie würde sogar ein Gedicht darüber schreiben.

Doch ich konnte mir auch vorstellen, daß sie einen schrecklichen Fehler beging, ein falsches Urteil fällte. Ich malte mir aus, wie wir in einer Rettungsinsel auf See trieben, zehn Tagesreisen von der nächsten Schiffahrtsstraße entfernt, Fischsaft auspreßten, morgens jeden Tropfen Wasser vom sauberen Deck aufsaugten und sie urplötzlich entschied, daß Seewasser doch trinkbar war. Ich sah sie vor mir, wie sie mitten zwischen den Haifischen baden ging.

»Astrid, komm, hilf mir mal!« rief Marvel. Sie trat aus der Küche auf die Stufen des Hintereingangs, wo ich gerade saß und die Kinder beaufsichtigte. Sie verdrehte den Kopf, um das Foto in meinem Buch zu sehen, fünf schwarz angemalte Franzosen, die bei Tage das Quaza-Becken in Ägypten zu durchqueren versuchten. »Liest du immer noch dieses Buch? Du solltest dir vielleicht mal überlegen, zur Armee zu gehen, wenn dir solcher Kram gefällt. Die versorgen ihre Leute prima. Jetzt, wo sie auch Frauen zulassen, würdest du da bestimmt gut klarkommen. Du kannst hart arbeiten und weißt, wann du besser den Mund hältst. Komm, hilf mir mal mit den Einkäufen.«

Ich ging mit hinaus und half ihr, die Suppendosen, Sodawasserflaschen, Käse in Scheiben und Familienpackungen mit Schweinerippen auszuladen, größere Lebensmittelmengen als ich je zuvor gesehen hatte. Die Armee, dachte ich, wie wenig sie mich doch kennt! Ich wußte ihr Interesse zu schätzen; inzwischen glaubte ich, daß sie mich wahrscheinlich wirklich irgendwo gut untergebracht sehen wollte, mit einem anständigen Gehaltsscheck in der Tasche. Doch lieber würde ich allein in der Wüste leben wie die alten Goldsucher. Alles, was ich dazu brauchte, war eine kleine Wasserquelle. Was machte es schon für einen Sinn, einsam mitten unter den Menschen zu leben? Wenn man für sich war, hatte man wenigstens einen guten Grund, sich allein zu fühlen.

Noch besser wäre allerdings eine Holzhütte in den Wäldern, dachte ich, während ich Kakaopakete und Limonadenpulver in den Schränken verstaute; Schnee im Winter, umgeben von zerklüfteten Felsen, man würde nur zu Fuß dorthin kommen. Ich würde mein eigenes Holz fällen, mir ein paar Hunde halten, vielleicht auch ein Pferd, scheffelweise Lebensmittel bunkern und jahrelang dort bleiben. Ich würde eine Kuh halten, einen Gemüsegarten anlegen; die Sommer wären zwar kurz, doch ich würde trotzdem genug ernten, um über die Runden zu kommen.

Meine Mutter haßte das Land, sie konnte es kaum erwarten, von dort wegzukommen. Als wir noch zusammen waren, hatte mir das Stadtleben gefallen: donnerstags freien Eintritt ins Museum in der Innenstadt, sonntags Konzerte, regelmäßige Dichterlesungen; ihre Freunde traten auf, malten oder fertigten Gipsabdrücke von ihren Körperteilen an. Doch was hatte ich jetzt schon vom Leben in der Stadt? Seit ihrer Verhaftung war ich in keinem Museum mehr gewesen. An ebendiesem Morgen hatte ich zufällig einen Zeitungsartikel über eine Georgia-O'Keeffe-Ausstellung im L. A. County Art Museum gesehen und Marvel gefragt, ob sie mich dorthin fahren könne.

»Oh, Verzeihung, Prinzessin Gracia Patricia«, hatte Marvel erwidert. »Was kommt als nächstes? Die Oper womöglich? Sei so gut und wechsle Caitlin die Windel, ich muß mal eben zum Klo.«

Ich rief bei der Busgesellschaft an, und man sagte mir, daß die Fahrt drei Stunden hin, drei Stunden zurück dauern würde. Allmählich dämmerte mir, wie weit ich tatsächlich von da entfernt war, wo ich mal angefangen hatte.

Wenn man in der Wüste eine Panne hat, muß man schnell handeln. In der Mojave-Wüste können ohne weiteres sechzig Grad im Schatten herrschen. In einer Stunde schwitzt man dann etwa eineinhalb Liter Flüssigkeit aus. Menschen können vor Durst verrückt werden. Man tanzt, singt und umarmt schließlich einen Saguarokaktus in der Illusion, daß er etwas ganz anderes ist. Der Geliebte, die Mutter, Christus. Dann rennt man blutend davon und stirbt. Um in der Wüste zu überleben, muß man mindestens einen Liter Wasser pro Tag trinken. Es hat keinen Zweck, Wasser zu rationieren; was man immer in all diesen Filmen sieht, stimmt nicht. Weniger zu trinken ist bloß eine langsamere Form, Selbstmord zu begehen.

Ich dachte darüber nach, was das bedeutete, während ich die Riesenpackung Wegwerfwindeln und das Toilettenpapier ins Bad trug. Zu hoffen ist eine Sache, aber man muß auch in der Gegenwart auf sich achten, sonst überlebt man nicht. Man legt seine Radkappen aus, um den Morgentau einzufangen, trinkt Kühlwasser und gräbt sich bis zum Hals in den Sand ein. Dann macht man sich in der Abenddämmerung auf den Weg und verfolgt seine Spuren zurück. Der Himmel über einem wäre voller Sterne. Man braucht eine Taschenlampe, einen Kompaß, und man muß schon vorher darauf geachtet haben, welchen Weg man gekommen ist.

Davey hatte über all diese Dinge Bescheid gewußt. Plötzlich wußte ich, daß auch er überleben würde.

In der langen Dämmerung des sich dahinschleppenden Tages begann ich, Abendessen zu kochen, und dachte dabei an die Wüste. Als ich mir gerade vorstellte, wie ich mich bis zum Hals in den Sand eingrub, hörte ich das mechanische Schnurren, mit dem die Corvette der Nachbarin in die Auffahrt einbog. Ich blickte gerade noch rechtzeitig auf, um sie zu sehen: eine auffällig attraktive Schwarze, die ein weißes Leinenkostüm trug. Ich hatte sie erst ein paarmal gesehen, wenn sie ihre Zeitschriften aufsammelte oder wenn sie abends, in Seide und Perlen gekleidet, ihr Haus verließ. Sie sprach nie mit uns oder sonst irgend jemandem aus der Nachbarschaft.

Marvel hatte ihr Auto ebenfalls gehört, ließ die Flasche stehen, die sie gerade für Caitlin vorbereiten wollte, und starrte mit wütendem Blick über meine Schulter nach draußen. »Die alte Nutte! Meint, sie sei die Herzogin von Windsor! Ich könnte kotzen, wenn ich sie sehe!« Wir beobachteten, wie die Nachbarin zwei kleine Einkaufstüten mit Lebensmitteln aus dem Feinkostladen aus ihrem champagnerfarbenen Sportwagen lud.

»Mami, *Saft*!« plärrte Caitlin und zerrte an Marvels T-Shirt.

Marvel entriß dem Kind das T-Shirt. »Laß dir bloß nie einfallen, dich mit ihr zu unterhalten!« sagte sie zu mir. »Gott, ich kann mich noch an die Zeit erinnern, als das hier eine respektable Nachbarschaft war. Aber jetzt wohnen ja die Schwarzen hier und die Nutten, die Chinesen und die Bohnenfresser mit ihren Hühnern im Garten! Ich frage mich, was noch alles kommen soll!«

Es ärgerte mich, daß Marvel mir diesen ganzen Kram erzählte, gerade so, als sei ich mit ihr einer Meinung, als gehörten wir einer Art arischem Geheimbund hier im San Fernando Valley an. »Ich mache den Saft fertig«, sagte ich. Ich wollte nicht mal in ihrer Nähe stehen.

Während ich den Saft mixte, beobachtete ich die Nachbarin, die stehenblieb, um die Zeitschriften von ihrer Veranda aufzuheben, und sie in ihre Einkaufstasche schob. Sie trug weiße Slingpumps mit schwarzen Spitzen, wie die Hufe eines Hirsches.

Dann verschwand sie in dem Haus mit den geschlossenen Fensterläden. Es tat mir leid, daß sie weg war, andererseits war ich froh, daß sie Marvels Gehässigkeiten keine Angriffsfläche mehr bot; Marvels Gerede, das rauchte und stank wie heißer Teer, wenn es zwischen ihren Lippen hervorquoll. Ich fragte mich, ob die Frau im Leinenkostüm wohl dachte, daß wir alle so seien wie Marvel, daß auch ich so war. Wahrscheinlich. Mir wurde ganz schlecht, wenn ich mir das vorstellte.

Marvel nahm den Saft, füllte die Flasche und gab sie Caitlin, die davonwackelte und ihr Lieblingssamtkissen an sich preßte, auf das »Guam« gestickt war. »Braust in diesem Schlitten durch die Gegend«, murrte Marvel. »Protzt damit vor uns anständigen Leuten rum. Als ob wir nicht genau wüßten, wie sie ihn sich verdient hat! In der Horizontale nämlich!«

Das Auto glänzte wie die Flanken eines Mannes, weich und muskulös, geschmeidig. Am liebsten hätte ich mich auf die Motorhaube gelegt; ich dachte mir, daß ich wahrscheinlich vom bloßen Darauffliegen kommen könnte. Ich starrte am Carport vorbei auf die Tür, hinter der sie verschwunden war, und wünschte mir, daß ich den ganzen Abend nichts zu tun hätte und nur am Fenster stehen und abwarten könnte, ob sie wieder herauskommen würde.

Nachdem das Geschirr gespült und die Kinder ins Bett gebracht worden waren, schlich ich durch die Seitentür hinaus und stellte mich neben ihren Jacarandabaum, der seine violetten Blüten über den Zaun auf Marvels asphaltierten Hof fallen ließ und seinen Duft in die laue Nacht sandte. Musik sickerte durch die Fensterläden nach draußen, eine Sängerin. Zuerst dachte ich, sie sei betrunken, doch dann wurde mir klar, daß sie bloß ihre eigene Art hatte, mit Worten umzugehen; sie spielte mit ihnen und ließ sie im Mund herumgleiten wie Kirschpralinen.

Ich wußte nicht, wie lange ich in der Dunkelheit gestanden und mich zu dieser Musik hin und her gewiegt hatte, zu der Frauenstimme, die klang wie ein Horn. Es schien unmöglich, daß eine so elegante Frau neben uns wohnen konnte, direkt neben unserem Fünfzig-Zoll-Fernsehbildschirm. Ich hätte mich gern unter ihr Fenster geschlichen und durch eine Ritze zwischen den breiten Holzlamellen gespäht, um zu sehen, was sie dort drinnen tat. Doch ich traute mich nicht. Ich hob eine Handvoll von ihren Jacarandablüten auf und preßte sie an mein Gesicht.

Am nächsten Tag stieg ich in der Nachmittagshitze aus dem Schulbus und ging die letzte Meile zu Fuß nach Hause. Ich brauchte die Krücke nicht mehr, doch wenn ich lief, schmerzte mir immer noch die Hüfte, und mein Hinken stellte sich wieder ein. Ich fühlte mich klebrig und linkisch, während ich mich mühsam unsere Straße entlangschleppte; die unbequemen Klamotten aus dem jüdischen Secondhand-Laden – eine weiße Bluse, die auch nach dem Waschen nie weich wurde, und ein mißglückter selbstgenähter Rock – scheuerten mir auf der Haut.

Im Schatten vor dem Haus nebenan schnitt unsere elegante Nachbarin gerade ein paar Schmucklilien ab, die dieselbe Farbe hatten wie die Jacarandablüten. Sie war barfuß und trug ein schlichtes Kleid; ihre Fußsohlen und Handinnenflächen waren im Gegensatz zu ihrer karamelbraunen Haut blaßrosa. Sie sahen aus wie verziert, so als käme sie aus einem Land, in dem Frauen ihre Hände und Füße in rosafarbenen Puder tauchten. Sie lächelte nicht. Sie war ganz versunken in die Arbeit mit der Gartenschere, schnitt im Halbschatten der Bäume hier einen Rosmarinstengel ab, dort ein Ästchen Minze. Eine abgefallene Jacarandablüte war in ihrem dunklen Haar hängengeblieben, das sie zu einem lässigen Knoten aufgesteckt hatte. Mir gefiel diese eine verirrte Blüte.

Ich fühlte mich plump, schämte mich meines Hinkens und meiner häßlichen Kleider wegen. Ich hoffte, daß sie mich nicht sah und ich ins Haus verschwinden konnte, bevor sie aufschaute. Doch als ich unseren Maschendrahtzaun und den asphaltierten Vorgarten erreicht hatte und sie immer noch nicht in meine Richtung geblickt hatte, war ich enttäuscht. Ich wollte, daß sie mich sah, damit ich ihr sagen konnte, daß ich nicht so war wie die anderen. Sprich mit mir. Schau mich an, dachte ich.

Doch sie blickte nicht herüber, blieb nur stehen und brach ein Steinkrautzweiglein ab, um den Honiggeruch zu riechen. Ich schnitt eine Scheibe von meinem Herzen ab und ließ sie an einem selbstgedrehten Haken vor ihr baumeln.

»Ich mag Ihren Garten!« rief ich.

Sie blickte verwundert auf, so als hätte sie schon die ganze Zeit gewußt, daß ich da war, aber nicht damit gerechnet, daß ich sie ansprechen würde. Ihre Augen waren groß und mandelförmig, sie hatten die Farbe von dunkler Kräuterlimonade. Sie trug eine dünne Narbe auf der linken Wange und eine goldene Uhr an ihrem schmalen Handgelenk. Sie schob sich eine Strähne ihres gewellten Haares aus dem Gesicht und bedachte mich mit einem kurzen Lächeln, das genauso schnell verschwand, wie es gekommen war. Dann wandte sie sich wieder ihren Lilien zu. »Du läßt dich besser nicht dabei erwischen, wie du mit mir sprichst! Sie wird sonst ein Kreuz auf meinen Rasen brennen!«

»Sie haben doch gar keinen Rasen«, sagte ich.

Sie lächelte, schaute mich aber nicht noch mal an.

»Ich heiße Astrid«, sagte ich.

»Du gehst jetzt besser rein«, sagte sie, »Astrid.«

11

Sie hieß Olivia Johnstone. Dieser Name stand auf den Zeitschriften und Katalogen, die auf ihrem Fußabtreter lagen. Sie hatte den Condé Nast Traveler abonniert und die französische Ausgabe der Vogue, die so dick war wie ein Telefonbuch. Inzwischen hütete ich die Kinder im Vorgarten, um ja nicht zu verpassen, wenn sie mit ihrer Jackie-O-Sonnenbrille das Haus verließ, vom Einkaufen zurückkehrte oder ihre Kräuter schnitt. Ich hoffte, daß sich unsere Blicke noch mal begegnen würden. Beinahe täglich trafen Pakete für sie ein, und der gutaussehende UPS-Mann drückte sich in ihrem Hauseingang herum. Ich fragte mich, ob er in sie verliebt war. Seine Beine ragten wie kräftige Baumstämme unter den UPS-braunen Shorts hervor.

Abends achtete ich vom Küchenfenster aus auf ihre Besucher. Immer nur Männer. Ein Schwarzer, dessen weiße Manschetten sich hell von seiner dunklen Haut abhoben, die goldenen Manschettenknöpfe glänzten. Er fuhr einen schwarzen BMW, erschien gegen halb acht und war bis Mitternacht wieder verschwunden. Ein junger Mann mit Rastafrisur und Birkenstock-Sandalen kam in einem Porsche. Manchmal war er noch da, wenn ich morgens aufstand. Dann ein korpulenter Weißer mit Halbglatze, der gestreifte Oberhemden und Zweireiher mit großen Aufschlägen trug. Er fuhr einen riesigen Mercedes und kam eine Woche lang täglich.

Besonders fiel mir auf, wie sie immer aus ihren glänzenden Autos eilten; die Aufregung, die aus ihren Bewegungen sprach. Ich fragte mich, was sie wohl mit ihnen anstellte, wodurch sie eine derartige Dringlichkeit auslöste. Ich überlegte, welchen sie am liebsten mochte. Ich dachte mir, daß sie einiges über Männer wissen mußte, wenn sie sie so magisch anzog wie ein Licht auf See.

Ich weigerte mich, auch nur eine Sekunde lang zu glauben, daß Marvel mit ihren Vermutungen über Olivia Johnstone recht haben könnte. Ich lebte für ihren Anblick; Olivia dabei zu beobachten, wie sie ihren Müll rausbrachte oder im trüben Morgenlicht aus dem Auto stieg, während ich mir gerade Frühstück machte, gab mir neuen Auftrieb. Die Tautropfen auf meinem Deck reichten gerade eben aus, um mich einen weiteren Tag am Leben zu erhalten.

Ich pflückte Zweige von ihrem Rosmarin ab und steckte sie mir in die Hosentasche. Wenn ich sicher war, daß sie nicht zu Hause war, wühlte ich in ihrer Mülltonne, um mehr über sie zu erfahren, um die Dinge zu berühren, die sie angefaßt hatte. Ich fand einen grobzinkigen Schildpattkamm von Kent of London – so gut wie neu, bis auf einen einzigen abgebrochenen Zinken – und eine Schachtel Holunderblütenseife von Crabtree and Evelyn. Sie trank Myers Rum und benutzte Olivenöl *extra vergine* aus einer hohen Flasche. Einer ihrer Freunde rauchte Zigarren. Ich fand einen unglaublich weichen Strumpf von der Art, die man mit Strumpfband trug, rauchgrau und mit einer Laufmasche. Einen leeren Parfumflakon von Ma Griffe, sein weißes Etikett war mit einem schwungvollen schwarzen Schriftzug dekoriert. Das Parfum duftete nach wispernden schwarzen Organzakleidern, getüpfelten grünen Orchideen und dem Bois de Boulogne nach einem Regenguß. Dort waren meine Mutter und ich einmal stundenlang spazierengegangen. Paris mit Olivia Johnstone zu teilen war ein aufregender Gedanke. Ich bewahrte den Flakon in meiner Schublade auf, um meine Kleidung damit zu parfümieren.

Dann lagen eines Tages Olivias Zeitungen und Zeitschriften unberührt auf ihrer Schwelle. Die Corvette hockte verdrossen unter einer braunen Baumwollplane, übersät von abgefallenen Jacarandablüten, die wie eine Mahnung an die Vergänglichkeit wirkten.

Allein beim Anblick der abgedeckten Corvette wünschte ich, ich hätte noch etwas Percodan übrig. Statt dessen mußte ich mich mit einem Rest Codein-Hustensaft aus Marvels Medizinschränkchen zufriedengeben. Mit diesem klebrigen, widerlichen Geschmack im Mund setzte ich mich auf meinen Bettüberwurf aus Cord und kämmte mir mit Olivias Kamm das Haar. Ihre Perfektion flößte mir Ehrfurcht ein: eine Frau, die einen handgearbeiteten Schildpattkamm wegwarf, bloß weil ein einziger Zinken fehlte. Ich fragte mich, ob sie es wirklich für Geld mit Männern trieb und wie das wohl sein mochte. *Prostituierte. Hure.* Was bedeutete das schon? Das waren nur Worte. Meine Mutter würde mir sicher widersprechen, doch es stimmte. Worte, die Urteile wie lange Wimpel nach sich zogen. Auch eine Ehefrau bekam Geld von ihrem Mann, und niemand sagte etwas. Und selbst wenn Olivias Freunde ihr Geld gaben – was machte das schon?

Ich kämmte mir die Haare, steckte sie zu einem Knoten hoch und stellte mir vor, ich sei Olivia. Ich stolzierte durch das kleine Zimmer, so wie sie immer ging, die Hüften voran wie ein Model. Welchen Unterschied machte es schon, ob sie eine Hure war? Schon das Wort klang wie die Äußerung eines Bauchredners. Ich haßte es sowieso, wenn Leute abgestempelt wurden. Menschen paßten nicht in Briefschlitze – Prostituierte, Hausfrau, Heilige –, sie ließen sich nicht sortieren wie die Post. Wir waren so wandelbar, formbar von Angst und Verlangen, veränderlich in Idealen und Standpunkten, beweglich wie Wasser. Ich zog mir ihren Strumpf über das Bein und roch das Ma Griffe.

Ich stellte mir vor, daß sie nach Paris gefahren war, daß sie dort in einem Café saß und einen trüben Pernod mit Wasser trank, einen Seidenschal an ihre Handtasche gebunden wie die Frauen in ihrer französischen Vogue. Ich stellte mir vor, daß sie dort zusammen mit dem BMW-Mann war, dem ruhigen Typen mit den goldenen Manschettenknöpfen, der Jazz mochte. Schon oft hatte ich mir ausgemalt, wie die beiden auf altmodische Art in ihrem Wohnzimmer tanzten, die Füße kaum von der Stelle bewegten; sein Kinn ruhte auf dem Scheitel ihres eng gewellten Haares. So sah ich sie auch in Paris vor mir. Sie blieben bis spät nachts in einem Jazzclub, der nur von schwarzen Parisern besucht wurde, in einem Keller auf der Rive Gauche, und tanzten. Ich sah den Champagner vor mir und malte mir aus, wie sie ihre Augen schlossen und an nichts dachten, nur den Augenblick genossen.

Nach der Schule saß ich in der grellen Sonne, die sich auf dem Asphalt spiegelte, machte meine Hausaufgaben und hörte, wie Justin und Caitlin im aufblasbaren Kinderschwimmbecken planschten, kreischten und sich um ihr Spielzeug zankten. Ich wartete, dachte voraus, legte meine Radkappen aus. Um 4 Uhr 25 hielt der UPS-Mann vor Olivias Haus und begann einen Lieferschein auszufüllen.

Ich trat an das schmiedeeiserne Gitter. »Entschuldigen Sie«, sagte ich, »Olivia hat gesagt, Sie könnten das Päckchen bei mir abgeben.« Ich lächelte und versuchte den Eindruck einer vertrauenswürdigen Nachbarin zu erwecken. Schließlich war ich doch das Mädchen von nebenan. »Sie hat mir erzählt, daß sie das Päckchen erwartet.«

Er hielt mir den Lieferschein hin, und ich unterschrieb. Die Lieferung war eine kleine Schachtel, auf der »Williams Sonoma« stand. Ich fragte mich, was wohl darin sein mochte, doch meine Neugier verblaßte vor dem Vorsatz, mich mit Olivia Johnstone anzufreunden und eines Tages das Haus mit den geschlossenen Fensterläden zu betreten.

An dem Tag, als sie zurückkehrte, erfand ich eine Geschichte über ein Schulprojekt, das ich mit einer Klassenkameradin aus der Nachbarschaft zu Ende bringen wollte. Ich war keine gute Lügnerin. Meine Mutter sagte immer, ich hätte keine Phantasie. Doch ich hielt die Geschichte kurz, und Marvel gab mir eine Stunde Zeit. »Ich brauche dich um fünf wieder zu Hause. Ich gebe eine Verkaufsparty.« Mit dem Verkauf von Mary-Kay-Kosmetik verdiente sie nicht viel Geld, aber es vermittelte ihr ein Gefühl von Wichtigkeit.

Ich holte die Schachtel aus ihrem Versteck in meinem Wäschesack und ging die Stufen zu Olivias Veranda hoch. Dann klingelte ich an der Tür.

Beinahe augenblicklich erschien ihr Umriß hinter der Strukturglastür, die genau wie unsere war, abgesehen davon, daß die Luftblasenmuster im Glas hier gelb statt türkis waren. Ich merkte, daß sie mich durch den Spion betrachtete, und versuchte, ruhig zu wirken. Nur eine Nachbarin, die ihr einen Gefallen tun wollte. Die Tür öffnete sich. Olivia Johnstone trug ein langes bedrucktes Neckholder-Kleid; das Haar hatte sie zu einem tiefen Chignon aufgesteckt, ihre nackten zimtfarbenen Schultern waren so glatt wie Bettpfosten.

Ich hielt ihr die Schachtel hin. »Der Mann von UPS hat das hier vorbeigebracht.« Ein Zinken fehlte in ihrem Kamm, ein einziger Zinken. Sie war makellos.

Olivia lächelte und nahm die Schachtel. Ihre Nägel waren kurz geschnitten und hatten weiße Halbmonde an den Spitzen. Sie bedankte sich belustigt. Anscheinend wußte sie genau, daß das Päckchen nur ein Vorwand war, daß ich mich in Wahrheit in ihr Leben drängen wollte. Ich versuchte, an ihr vorbei ins Haus zu schauen, doch ich konnte nur einen Spiegel und einen kleinen rotlackierten Tisch erkennen.

Dann sprach sie die Worte aus, die ich mir die ganze Zeit erträumt hatte, auf die ich gehofft hatte: »Möchtest du nicht hereinkommen? Ich wollte gerade Tee trinken.«

Gab es irgend etwas, was in seiner Eleganz mit Olivias Haus vergleichbar war? Die Wohnzimmerwände waren mit einer goldbraunen, matt glänzenden Tapete in Korkoptik bedeckt. Sie hatte eine taupefarbene Samtcouch mit geschwungener Rückenlehne und einem Sofakissen aus Leopardenfell, einen dunklen Lederarmsessel und eine gedrechselte Bettcouch mit einem gestreiften Baumwollbezug. Auf einem Holztisch, unter den weitere kleine Tische geschoben waren, stand ein mattgrüner Keramiktopf, in dem ein blühender Orchideenzweig steckte. Jazzmusik von der Art, wie der BMW-Mann sie mochte, belebte das Zimmer, komplizierte Trompetenläufe voll männlicher Sehnsucht.

»Was ist das für Musik?« fragte ich sie.

»Miles Davis«, erwiderte sie. »›Seven Steps to Heaven.‹«

Nur sieben Schritte bis zum Himmel, dachte ich – war der Weg nur so kurz?

Dort, wo wir gläserne Schiebetüren hatten, hatte Olivia Flügeltüren, die sich zum Garten öffneten. Statt einer Klimaanlage drehten sich träge Deckenventilatoren. Bei genauerem Hinsehen entdeckte ich in einem großen vergoldeten Vogelkäfig einen künstlichen Papagei, der einen winzigen Sombrero trug und eine Zigarre in den Schnabel geklemmt hatte. »Das ist Charlie«, sagte Olivia. »Sei vorsichtig, er beißt!« Sie lächelte. Sie hatte leicht überstehende Schneidezähne. Ich konnte gut verstehen, weshalb die Männer sie küssen wollten.

Wir saßen auf der Samtcouch und tranken mit Honig und Pfefferminz gesüßten Eistee. Jetzt, wo ich endlich hier war, wußte ich nicht, wie ich anfangen sollte. Ich hatte so viele Fragen, doch im Augenblick fiel mir keine mehr ein. Die Einrichtung hatte mir die Sprache verschlagen. Überall, wo ich hinsah, gab es etwas Neues zu entdecken. Drucke mit botanischen Motiven, ein Granatapfel im Querschnitt, die Ranke einer Passionsblume und ihre Frucht. Bücherstapel mit dicken Bänden über Kunst und Design und eine Sammlung gläserner Briefbeschwerer füllten den Couchtisch. Es war ungeheuer schön, eine Sinnlichkeit, wie ich ihr noch nirgendwo anders begegnet war, ein zwangloser Luxus. Ich spürte förmlich, wie der verächtliche Blick meiner Mutter auf die vollgestellten Oberflächen fiel, doch ich hatte genug von drei weißen Blüten in einer Glasvase. Das Leben hatte mehr zu bieten.

»Seit wann bist du schon da drüben?« fragte Olivia, während sie mit einem manikürten Zeigefinger das Kondenswasser an ihrem Glas herabstrich. Ihr Profil war leicht nach innen gewölbt, ihre Stirn hoch und rund.

»Noch nicht lange. Ein paar Monate.« Ich nickte zu dem UPS-Päckchen hinüber, das unberührt auf dem Couchtisch lag. »Was haben Sie geschickt bekommen?«

Olivia trat an einen kleinen Sekretär, öffnete ihn und suchte einen Brieföffner heraus. Sie schlitzte eine Seite der Schachtel auf und hob zwei Herzen aus Terracotta heraus. »Es sind Brotwärmer. Man macht sie heiß und legt sie in den Brotkorb, um die Brötchen warm zu halten.«

Ich war enttäuscht. Ich hatte etwas Geheimnisvolles und Intimes vermutet. Brotwärmer paßten nicht zu meiner Vorstellung von Olivia Johnstone.

Diesmal setzte sie sich näher zu mir und legte den Arm auf die Rückenlehne der Couch. Es gefiel mir, obwohl es mich auch nervös machte. Sie schien genau zu wissen, welche Wirkung sie auf mich hatte. Ich konnte meine Augen gar nicht mehr von ihrer Haut abwenden, die wie poliert glänzte, genau in der Farbe der Tapete, und ich roch den Duft von Ma Griffe.

»Wo sind Sie gewesen?« erkundigte ich mich.

»An der Ostküste. New York, Washington«, erwiderte sie. »Ein Freund hatte dort geschäftlich zu tun.«

»Der mit dem BMW?«

Sie lächelte, ihre leicht überstehenden Schneidezähne blinzelten mir zu. Aus der Nähe betrachtet, hatte sie etwas Spitzbübisches an sich, nicht ganz so makellos, aber viel sympathischer. »Nein, nicht der mit dem BMW. Der ist sehr verheiratet. Dieser Mann ist noch nicht hier gewesen.«

Ich hatte schon befürchtet, daß sie sich mit mir über Brotwärmer unterhalten würde, doch da saß sie und sprach so freimütig über ihre Männer wie über das Wetter. Ermutigt drang ich weiter auf sie ein: »Haben Sie keine Angst, daß sie sich mal in die Quere kommen?«

Sie kräuselte die Lippen und zog die Augenbrauen hoch. »Das versuche ich tunlichst zu vermeiden!«

Vielleicht stimmte es. Vielleicht war sie eine. Aber wenn sie eine war, dann hatte das überhaupt nichts mit den Mädchen zu tun, die in Hotpants und Baseball-Jacken aus Satin auf dem Van Nuys Boulevard standen. Olivia war Leinen und Champagner, Terracotta, Drucke mit botanischen Motiven und »Seven Steps to Heaven«.

»Mögen Sie einen von ihnen am liebsten?« fragte ich.

Sie rührte ihren Eistee mit einem langstieligen Löffel um, während Miles Davis in unsere Poren sickerte. »Nein. Eigentlich nicht. Wie steht's mit dir, hast du einen Freund, jemand ganz besonderen?«

Ich wollte ihr eigentlich erzählen, daß ich in der Tat jemanden hatte, einen älteren Mann, und meine Affäre möglichst romantisch klingen lassen, doch schließlich erzählte ich ihr meine ganze traurige Lebensgeschichte: Starr und Ray, meine Mutter, Marvel Turlock. Man konnte gut mit ihr reden, sie zeigte Verständnis. Sie stellte Fragen, hörte zu, sorgte dafür, daß die Musik weiterspielte, und brachte Tee und Zitronenplätzchen. Mir war, als sei ich auf meiner Rettungsinsel erwacht und hätte endlich eine Jacht gefunden, die mir ihre Badeleiter herunterließ. *Man kann nie wissen, wann die Rettung kommt.*

»Es wird nicht immer so schwer sein, Astrid«, sagte sie zu mir, während sie mir eine Haarsträhne hinter das Ohr strich. »Schöne Mädchen haben gewisse Vorteile.«

Ich wollte ihr gern glauben. Ich wollte die Dinge erfahren, die sie schon wußte, so daß ich keine Angst mehr zu haben brauchte, so daß ich glauben konnte, daß doch noch ein Ende in Sicht war. »Welche zum Beispiel?«

Sie betrachtete mich aus der Nähe, musterte die Form meines Gesichtes, den Pony, den ich mir jetzt selbst schnitt. Mein störrisches Kinn, meine dicken, aufgesprungenen Lippen. Ich versuchte aufmerksam auszusehen. Sie nahm meine Hand und hielt sie in ihrer. Ihre Hände waren zierlicher, als ich vermutet hatte, nicht größer als meine, warm und erstaunlich trocken, allerdings ein bißchen rauh. Sie verschränkte ihre Finger mit meinen, so als hätten wir immer schon Händchen gehalten.

»Es ist eine Männerwelt, Astrid«, sagte sie. »Hast du das schon mal gehört?«

Ich nickte. Eine Männerwelt. Aber was bedeutete das? Daß Männer flüsterten und gafften und einem Dinge hinterherriefen und man es hinnehmen mußte oder daß man vergewaltigt oder zusammengeschlagen werden konnte? Eine Männerwelt, das bedeutete Orte, die nur Männer aufsuchen konnten, Frauen jedoch nicht. Es bedeutete, daß sie mehr Geld hatten, daß sie keine Kinder hatten, jedenfalls nicht so, wie die Frauen sie am Hals hatten, die jede Sekunde auf sie aufpassen mußten. Und es bedeutete, daß die Frauen die Männer mehr liebten als umgekehrt, daß die Männer etwas von ganzem Herzen wollen konnten – und dann plötzlich nicht mehr.

Doch viel mehr wußte ich nicht über die Männerwelt. Über diesen Ort, an dem Männer Anzüge, Uhren und Manschettenknöpfe trugen, in Bürogebäude gingen, in Restaurants spiesen, die Straße entlangfuhren und dabei in Mobiltelefone sprachen. Ich hatte sie schon gesehen, doch ihr Leben war für mich so unverständlich wie das der tibetischen Sherpas oder der Stammesväter aus dem Amazonasbecken.

Olivia nahm meine Hand, drehte sie um und strich mit ihren trockenen Fingerkuppen über meine feuchte Handfläche, wobei sie elektrische Wellen durch meine Arme schickte. »Wer hat das Geld?« fragte sie sanft. »Wer hat die Macht? Du hast einen wachen Verstand, du bist künstlerisch begabt, du bist sehr empfindsam, siehst du?« Sie zeigte mir die Linien in meiner Hand; ihre Fingerkuppen strichen wie körniger Stoff über meine Haut. »Kämpfe nicht gegen die Welt. Dein Freund, der Schreiner, der hat doch auch nicht gegen das Holz gekämpft, oder? Er hat es liebevoll bearbeitet, und was er hergestellt hat, ist schön geworden.«

Ich dachte darüber nach, was sie gesagt hatte. Meine Mutter hatte das Holz bekämpft; sie hatte darauf eingehackt und versucht, es mit einem Hammer in die richtige Form zu schlagen. Sie betrachtete es als Inbegriff von Feigheit, wenn man nicht so handelte. »Was können Sie noch sehen?« fragte ich.

Olivia rollte meine Finger zusammen, wickelte mein Schicksal ein und gab es mir zurück.

Ich knibbelte an einer Brandblase auf meinem Mittelfinger und dachte darüber nach, ob man das Holz entgegen seiner Maserung schlagen sollte oder nicht. Frauen wie meine Mutter, einsam wie Tiger, die bei jedem Schritt kämpften. Frauen, die Männer hatten wie Marvel und Starr und zu gefallen suchten. Keine von ihnen schien besser dran zu sein. Doch Olivia meinte nicht Männer wie Ed Turlock oder Ray. Sie meinte Männer mit Geld. Jene Männerwelt. Manschettenknöpfe und Büros.

»Du wirst herausfinden, was Männer wollen und wie du es ihnen geben kannst. Und wie nicht.« Sie lächelte ihr freches, gaunerhaftes Grinsen. »Und wann du was tust.«

Die kleine Messinguhr surrte und schlug fünf, helles Geklimper wie von einer Spieldose erklang. So viele hübsche Dinge, aber es war schon spät. Ich hatte gar keine Lust zu gehen, ich wollte noch mehr herausfinden; ich wollte, daß Olivia meine Zukunft wie Wachs formte, sie in der Hitze ihrer ausgedörrten Hände weich machte und sie in etwas verwandelte, vor dem ich mich nicht fürchten mußte. »Sie meinen Sex.«

»Nicht unbedingt.« Sie blickte zum runden Spiegel über dem Kamin hinüber, dann zum Sekretär mit seinen Geheimschubladen und Brieffächern. »Die Magie macht es, Astrid. Du mußt wissen, wie du dich recken und Schönheit aus der dünnen Luft holen kannst.« Sie griff empor und gab vor, ein Glühwürmchen zu fangen, öffnete dann langsam ihre Hand und sah zu, wie es wegflog. »Die Menschen wollen ein bißchen Magie. Sex ist das Theater. Die Bühne, auf der es verschiebbare Stellwände und Falltüren gibt.«

Die Magie der Nacht. *Erlaube einem Mann niemals, über Nacht zu bleiben*. Doch das Theater meiner Mutter diente nur ihrem eigenen Vergnügen. Das hier war etwas völlig anderes; soviel hatte ich erkannt.

»Das ganze Geheimnis besteht darin: ein Zauberer fällt nicht auf Magie herein. Bewundere ruhig die Fertigkeiten eines anderen Magiers, aber laß dich nie von ihm einwickeln.« Sie erhob sich und sammelte unsere Gläser ein. Und ich mußte daran denken, wie Barry meine Mutter verführt hatte; mit seinen Zauberspiegeln und versteckten dressierten Tauben. Sie hatte ihn sich nie ausgesucht, nicht wirklich, doch sie hatte ihm alles gegeben. Sie würde immer seine Gefangene bleiben, selbst wenn er tot war. Er hatte ihr Schicksal bestimmt.

»Und was ist mit Liebe?« fragte ich.

Sie war schon auf dem Weg in die Küche gewesen, doch nun blieb sie abrupt stehen und drehte sich um, die Gläser in der Hand. »Was soll damit sein?« Wenn Olivia die Stirn runzelte, gruben sich zwei senkrechte Falten zwischen ihre Augenbrauen und teilten ihre runde Stirn.

Ich wurde rot, doch ich wollte es unbedingt wissen. Wenn ich ihr diese Frage nur stellen könnte, ohne gleich wie ein Clown über seine Riesenschuhe zu stolpern. »Glauben Sie nicht daran?«

»Ich glaube nicht in der Weise daran, wie die Leute an Gott oder an die Zahnfee glauben. Liebe ist eher wie der National Enquirer: eine riesige Überschrift mit einer ziemlich öden Geschichte dahinter.«

Ich folgte ihr in die Küche, die genauso geschnitten war wie unsere, aber dennoch Lichtjahre entfernt, ein paralleles Universum. Ihre Töpfe und Pfannen hingen an Haken von einer Wandleiste – Kupfertöpfe, Eisen. Unsere waren aus Glaskeramik, mit kleinen blauen Blumen bedruckt. Ich strich über Olivias Arbeitsplatte aus Terracotta, in die bemalte Keramikkacheln eingelegt waren; unsere dagegen waren grünweiß gesprenkelt wie ein unangenehmer Schnupfen.

»An was glauben Sie dann?« fragte ich sie.

Ihre dunklen Augen glitten zufrieden über die warmen zimtfarbenen Kacheln, über die Dunstabzugshaube aus gehämmertem Kupfer, die über dem Herd hing. »Ich glaube daran, so zu leben, wie es mir gefällt. Ich sehe eine Stickley-Lampe, einen Kaschmirpullover und weiß, ich kann sie mir leisten. Neben diesem hier besitze ich noch zwei weitere Häuser. Wenn die Aschenbecher in meinem Auto voll sind, verkaufe ich es eben.«

Ich mußte lachen, als ich mir ausmalte, wie sie ihr Auto zum Händler zurückbrachte und ihm erklärte, warum sie es verkaufen wollte. Wahrscheinlich würde sie es tatsächlich tun. Es war kaum vorstellbar, wie jemand so nah an seinen eigenen Wünschen leben konnte.

»Ich war gerade drei Wochen in der Toskana. Ich habe den Palio in Siena gesehen«, sagte sie, wobei sie die Worte klimpern ließ wie Gitarrensaiten. »Das ist ein Pferderennen aus dem fünfzehnten Jahrhundert durch die kopfsteingepflasterten Gassen der Stadt. Würde ich das wohl gegen einen Ehemann, Kinder und ›Trautes Heim – Glück allein‹ eintauschen wollen? Vom möglichen Ausgang gar nicht erst zu reden: Scheidung, Überstunden in der Bank und wacklige Unterhaltszahlungen für die Kinder. Ich will dir was zeigen.«

Sie nahm die kleine gesteppte Handtasche von der Ablage, zog ihre Brieftasche heraus und öffnete sie, so daß ich das fingerdicke Bündel Geldscheine sehen konnte. Sie breitete die Scheine aus, mindestens ein Dutzend Hunderter waren darunter. »Liebe ist eine Illusion. Es ist ein Traum, aus dem man mit einem fürchterlichen Kater und einem überzogenen Bankkonto erwacht. Da ist mir Bargeld lieber!« Sie steckte ihr Geld weg und zog den Reißverschluß der Brieftasche wieder zu.

Dann legte sie mir den Arm um die Schulter und begleitete mich zur Tür. Das bernsteinfarbene Licht fiel durch das bunte Glas auf unser Gesicht. Sie verabschiedete sich mit einer kurzen Umarmung. Ich konnte Ma Griffe riechen, an ihr roch es wärmer. »Komm wieder, wann du willst. Ich kenne nicht viele Frauen. Dich würde ich gern besser kennenlernen.«

Ich ging rückwärts aus der Tür, um sie keinen Moment lang zu verpassen. Der Gedanke, zu Marvel zurückzugehen, war mir ein Graus, daher lief ich noch einmal um den Block. Ich fühlte Olivias Arm auf meiner Schulter, in der Nase hatte ich noch den Duft des Parfums und ihrer Haut. Mir brauste der Kopf von allem, was ich in dem Haus gesehen und gehört hatte, das dem unseren so ähnelte und trotzdem so ganz anders war. Und während ich durch unsere Nachbarschaft ging, wurde mir klar, daß jedes Haus eine vollkommen andere Wirklichkeit enthalten konnte. In einem einzigen Häuserblock konnte es fünfzig verschiedene Welten geben. Niemand weiß je wirklich, was direkt nebenan vor sich geht.

12

Ich lag auf meinem Bett und fragte mich, wie ich wohl als erwachsene Frau sein würde. Ich hatte vorher nie viel darüber nachgedacht, wie meine Zukunft aussehen könnte. Ich war zu beschäftigt damit gewesen, Fischsaft aufzusaugen und mich gegen die tödlichen Strahlen der Wüstensonne in den Sand einzugraben. Doch jetzt war ich gefesselt von dieser zukünftigen Astrid, die Olivia in mir gesehen hatte. Ich sah mich als eine Art Catherine Deneuve, blaß und stoisch, wie sie in *»Belle de Jour«* gewesen war. Oder vielleicht auch als eine Dietrich wie in »Shanghai Expreß«, ganz Glimmer und Rauch. Würde ich faszinierend sein, der Star meines magischen Theaters? Was würde ich mit einem Bündel Hundert-Dollar-Noten anfangen?

Ich stellte mir vor, wie ich dieses Geld in den Händen hielt. Doch dann war ich mit meiner Phantasie am Ende. Bisher hatten sich meine Gedanken ausschließlich auf das Überleben gerichtet. Luxus war jenseits meiner Vorstellungskraft gewesen und Schönheit erst recht. Ich heftete den Blick auf die gestreiften Gardinen, bis die Streifen sich in eine Art Relief verwandelten. Ray hatte Schönheit in mir gesehen. Mit Olivias Hilfe könnte ich sie mir zu eigen machen, sie formen und benutzen. Ich könnte mit Schönheit arbeiten, wie ein Künstler mit Farbe oder Sprache arbeitete.

Ich werde mir drei Liebhaber zulegen, beschloß ich. Einen distinguierten älteren Herrn mit silbrigem Haar und grauen Anzügen, der mich auf seine Reisen als Begleiterin mitnähme, auf lange Flüge in der First Class nach Europa, und auf steife Cocktailempfänge, die man anläßlich des Besuches auswärtiger Würdenträger veranstaltet. Ich nannte ihn den schwedischen Botschafter. Ja, Mutter, gern würde ich mich für den Vater hinlegen.

Dann war da Xavier, mein mexikanischer Liebhaber; Mutters wiedererweckter Eduardo, aber zärtlicher und leidenschaftlicher, weniger albern und verwöhnt. Xavier schmückte das Bett mit Kamelien, schwor, er würde mich heiraten, doch er sei bereits bei seiner Geburt einem Mädchen mit Hasenscharte versprochen worden. Das störte mich nicht; ich wollte sowieso nicht bei seinen tyrannischen Eltern in Mexiko City wohnen und seine zehn katholischen Kinder austragen. Ich hatte ein Hotelzimmer ganz für mich allein und ein Dienstmädchen, das mir zum Frühstück mexikanischen Kakao ans Bett brachte.

Der dritte Mann war Ray. Ich traf ihn heimlich in Großstadthotels; er saß mit seinem traurigen Gesicht in der Hotelbar, und ich käme herein, gekleidet in ein weißes Leinenkostüm und Schuhe mit schwarzer Spitze, das Haar zu einem Chignon gesteckt, ein Seidentuch an meine Handtasche gebunden. »Ich war mir nicht sicher, ob du kommen würdest«, sagte ich mit tiefer, leicht ironischer Stimme so wie die Dietrich. »Aber ich bin trotzdem gekommen.«

Ich hörte Marvel nach mir rufen, doch sie war in einer anderen Welt, zu weit weg. Sie meinte nicht mich. Sie meinte irgendein anderes Mädchen, irgendein hoffnungslos langweiliges Ding, prädestiniert für die Armee oder die Kosmetikschule. Ich dagegen lag engumschlungen mit Ray in einem Hotelzimmer unter deckenhohen Fenstern, neben uns auf der Kommode stand eine Vase mit voll erblühten roten Rosen.

»Astrid!«

Ihre Stimme klang wie ein Schlagbohrer, durchdringend und unnachgiebig. Wenn ich die Wahl hätte, wäre ich lieber die Sklavin eines Mannes als einer Frau. Ich quälte mich vom Bett hoch und stolperte ins Wohnzimmer, wo Marvel und ihre Freundinnen auf der geblümten Couch saßen, die Köpfe eng zusammengesteckt. Sie tranken gefärbtes Sodawasser, das in seinen Farben stark an Außerirdische erinnerte, und bedienten sich aus der

Knabbermischung, die ich nach einem Rezept auf der Cornflakes-Schachtel gebacken hatte.

»Da ist sie ja.« Debby hob ihr Pferdegesicht unter der krausen Dauerwelle. Ihr mehrschichtig aufgetragener Lidschatten sah aus wie Formationen im Sedimentgestein. »Frag sie doch!«

»Ich sag's dir doch, das Auto!« sagte Marvel. »Du kommst nach Hause und wohnst immer noch in der gleichen Bruchbude – fährst immer noch die gleiche alte Rostlaube! Was soll das bloß bringen?«

Linda zog an ihrer Zigarette und fächelte dann den Rauch mit ihren perlmutt lackierten Fingernägeln weg. Sie war blond und hatte die blauen Augen in ständiger Überraschung weit aufgerissen, ihr Lidschatten schimmerte wie das Innere einer Muschelschale. Sie waren alle gemeinsam zur Birmingham High School gegangen, waren Brautjungfern bei den Hochzeiten der jeweils anderen gewesen und verkauften jetzt alle Mary-Kay-Kosmetik.

Gerade hatten sie sich über den neuen Katalog von Mary Kay ereifert, in dem die Prämien abgebildet waren, die sie gewinnen konnten, sofern sie genügend Mascarastäbe, Konturenstifte und hautstraffende Gesichtsmasken verkauften. »Früher hatten sie Cadillacs!« meinte Linda verächtlich.

Marvel trank ihr Sodawasser aus und knallte das Glas auf den Couchtisch. »Nur einmal im Leben möchte ich ein neues Auto haben, verdammt noch mal! Ist das vielleicht zuviel verlangt? Alle haben neue Autos, sogar die Gören auf der High School! Das Flittchen von nebenan fährt eine verdammte Corvette!« Sie hielt mir ihr Glas hin. »Astrid, hol mir noch was Tiki Punch.«

Auch Debby gab mir ihr Glas. Ich trug die Gläser in die Küche und goß Tiki Punch aus der großen Shasta-Flasche ein, wobei ich mich einen Moment lang in das leuchtende Venusrosa der Flüssigkeit verlor.

»Astrid«, rief Linda, die im Schneidersitz auf der Blumencouch saß. »Wenn du die Wahl hättest zwischen zwei Wochen Paris, alles inklusive, oder einem Auto ...«

»Einem Scheiß-Buick«, warf Debby ein.

»Was ist so schlimm an einem Buick?« meinte Marvel.

»... was würdest du nehmen?« Linda pulte sich mit einem langen falschen Fingernagel etwas aus dem Augenwinkel.

Ich brachte die Getränke, wobei ich mühsam das Bedürfnis unterdrückte, theatralisch zu hinken und die mißgestaltete Dienerin zu geben, und servierte allen ihre Gläser, ohne etwas zu verschütten. Das konnte doch wohl nicht ihr Ernst sein? Paris? Mein Paris? Elegante Obstgeschäfte und Gitanes ohne Filter, dunkle Wollmäntel, der Bois de Boulogne? »Das Auto«, sagte ich. »Ganz bestimmt.«

»Kluges Mädchen«, meinte Marvel und prostete mir mit ihrem Glas zu. »Du warst immer schon praktisch veranlagt.«

»Wißt ihr was – wir sollten Astrid mal schminken«, sagte Debby.

Drei kreisrunde Augenpaare musterten mich. Es war entnervend. Normalerweise war ich in dem türkisen Haus unsichtbar.

Sie plazierten mich auf einem Drehstuhl in der Küche. Auf einmal war ich ein geschätzter Gast. Schien mir die verstellbare Lampe zu hell ins Gesicht? Wollte ich etwas zu trinken? Linda drehte mich hin und her. Sie untersuchten meine Poren, prüften meine Haut mit Kosmetiktüchern, um festzustellen, ob sie fettig, trocken oder normal war. Ich genoß es, der Mittelpunkt von soviel Aufmerksamkeit zu sein. Es gab mir das Gefühl, ihnen näher zu stehen. Meine Sommersprossen erregten Besorgnis, dann die Form meiner Stirn. Die Vorzüge verschiedener Grundierungen wurden diskutiert und Proben auf mein Kinn gestrichen.

»Zu rötlich«, sagte Linda.

Die anderen nickten weise. Ich hatte Korrekturen nötig. Korrekturen waren wichtig. Tiegel und Tuben mit weißem und braunem Make-up. Alles konnte korrigiert werden. Meine dänische Nase, das eckige Kinn, die dicken Lippen, die keineswegs dem Idealbild entsprachen. Und ich mußte an die nackte, kahlköpfige Schaufensterpuppe denken, die ich mal im Fenster eines Kaufhauses gesehen hatte. Zwei Männer waren gerade dabei gewesen, sie anzukleiden; sie hatten gelacht und sich unter ihren warzenlosen Brüsten unterhalten. Einer, so konnte ich mich erinnern, hatte ein Nadelkissen auf seinem kahlrasieren Kopf getragen.

»Du hast das ideale Gesicht zum Schminken«, sagte Debby, während sie mit einem Schwamm Grundierung auftrug und mich dabei hin und her drehte wie ein Töpfer seinen Ton.

Natürlich hatte ich das; ich war leer, jeder konnte mich füllen. Ich wartete gespannt darauf, in wen ich mich verwandeln würde, was sie aus meiner herrlichen Leere machen würden. Die Frau in der First Class des Flugzeugs, die die französische Ausgabe der Vogue las und Champagner schlürfte? Catherine Deneuve, die, bewundert von lauter Fremden, ihren Hund im Bois de Boulogne spazierenführte?

Linda umrahmte meine Augen mit einem Kajalstift, indem sie die Innenseiten der Lider nachzog. Als mir die Tränen kamen, tupfte sie sie vorsichtig mit einem Q-Tip ab. Sie legte vier Schichten Wimperntusche auf, bis ich durch ein Gewirr von Spinnenbeinen blickte. Ich würde sehr schön aussehen, das fühlte ich. Marvel verkleinerte meine dicken Lippen, gab ihnen innerhalb ihrer echten Ränder neue Konturen und füllte diese dann mit »Piquant Peach«.

»Gott, sie könnte jetzt als Miss America gehen«, sagte Debby.

Linda sagte: »Ohne Scheiß. Guck mal in den Spiegel.«

»Erst die Haare«, meinte Debby. »Wartet mal, ich hole meinen Lockenstab.«

»Wir brauchen's ja nicht zu übertreiben«, sagte Marvel. Plötzlich war ihr wieder eingefallen, wer ich tatsächlich war: keineswegs Miss America, sondern nur das Mädchen, das ihr regelmäßig die Haare wusch und legte.

Doch Debby kehrte ihre Einwände mit dem Schlagwort »Gesamteffekt« beiseite. Es roch nach Hitze und verbranntem Haar, das sich zwischen den Borsten des Lockenstabes verfangen hatte, während Debby sich Strähne für Strähne vorarbeitete.

Dann war ich fertig. Ich mußte die Augen schließen, und sie führten mich an beiden Armen in Marvels Schlafzimmer. Mir kribbelte vor Aufregung die Haut. Wer würde ich sein? »Und hier – unsere Kandidatin aus Kalifornien – Astrid!«

Sie zogen mich vor den Spiegel.

Mein Haar kräuselte sich ungestüm und stand ungefähr zehn Zentimeter vom Kopf ab. Über Stirn und Nase liefen mir weiße Streifen wie hinduistische Kastenzeichen. Unterhalb meiner Wangenknochen zeigten sich braune Flecken, die zum Rand hin weiß wurden und mein sonst totenbeiges Gesicht in eine Vorlage für Malen nach Zahlen verwandelten. Auf meinen Wangen prangte das Rouge wie ein Hautausschlag; meine Lippen waren auf den winzigen Bogen einer Geisha verkleinert. Meine Augenbrauen funkelten wie dunkle Schwingen und beschirmten die glitzernden Streifen des Lidschattens, violett, blau und pink, wie ein Kinder-Regenbogen. Ich weinte nie, doch nun traten mir ungewollt Tränen in die Augen und drohten einen Erdrutsch auszulösen, sollten sie über den Rand ihres Beckens treten.

»Sie sieht genau so aus wie diese Brigitte – wie heißt sie noch? Das Fotomodell.« Linda hatte mich an den Schultern gefaßt und schaute, ihr Gesicht dicht neben meinem, in den Spiegel. Ich versuchte zu lächeln; sie hatten sich solche Mühe mit mir gegeben.

Debbys braune Augen wurden ganz weich vor Stolz. »Wir sollten ihr Foto an Mary Kay schicken. Vielleicht geben sie uns einen Preis.«

Beim Gedanken an eine Prämie durchwühlte Marvel hastig ihren Wandschrank, fand die Polaroid-Kamera und stellte mich vor dem Spiegel in Positur. Es war das einzige Foto, das sie je von mir machte. Im Hintergrund konnte man das ungemachte Bett und das Durcheinander auf ihrer Kommode erkennen. Sie beglückwünschten sich gegenseitig, gingen zurück zu Soda und Knabberzeug und ließen mich vor dem Spiegel stehen, eine hergerichtete Barbiepuppe, die im Sandkasten vergessen worden war. Ich verkniff mir die Tränen und zwang mich dazu, in den Spiegel zu schauen.

Was mich von dort anblickte, war eine dreißigjährige Kellnerin aus einem Schnellrestaurant. »Kann ich Ihnen noch was bringen, Schätzchen?« Dieses Bild brannte sich in meine Seele ein, ätzte die Deneuve und die Dietrich weg wie Säure. Die Frau im Spiegel würde keine drei verschiedenen Liebhaber koordinieren müssen. Sie würde nicht auf mexikanischen Hoteldächern tanzen oder First Class über den Nordpol nach London fliegen. Sie hatte Krampfadern, lebte in einem Einzimmerapartment mit Katzendreck und schaute sich Filme mit Lana Turner an. Sie trank zu Hause, während die Tomatenpflanzen auf ihren Fensterbänken verwelkten. Sie würde sieben Tage in der Woche auf Magie hereinfallen. Lieb mich, sagte dieses Gesicht. Ich bin so einsam, so verzweifelt. Ich gebe dir alles, was du willst.

Das Schuljahr endete im Juni unter einer dichten Dunsthaube vom Meer, so schwer wie nasse Handtücher. Die bleistiftgrauen Tage wurden nur von den blauen Blumen in Olivias Garten durchbrochen. Ich paßte auf die Kinder auf, machte Besorgungen, las noch einmal »Ein Spion im Haus der Liebe«. Ich sehnte mich danach, Olivia wiederzutreffen, doch Marvel deckte mich mit Arbeit ein. Wenn ich nur mal kurz nach draußen ging, gab sie mir direkt vier neue Sachen zu tun. Manchmal sah ich Olivia, wenn sie Kräuter in ihrem Garten pflückte, und unsere Blicke begegneten sich, doch sie ließ sich nicht anmerken, daß sie mich kannte. Sie wäre eine gute Geheimagentin geworden, dachte ich und versuchte mir ebenfalls nichts anmerken zu lassen, doch nach einiger Zeit fragte ich mich, ob sie wirklich nur gut schauspielerte oder mich völlig vergessen hatte.

Liebe Astrid,
das Gefängnis-Sonderheft von Witness ist erschienen; Du mußt es dir unbedingt kaufen, sie haben mein Gedicht ganz abgedruckt. Es geht über sieben Seiten, illustriert mit Fotos von Ellen Mary McConnell. Die Reaktionen waren überwältigend. Ich habe sie überredet, eine kurze Notiz aufzunehmen, in der ich demütig darauf hinweise, daß Briefmarken, Bücher und Geldspenden gern entgegengenommen werden.

Schon habe ich neue Freunde gefunden. Zum Beispiel den reizenden Dan Wiley, Häftling M143522, der wegen bewaffneten Raubüberfalls zwölf Jahre in St. Quentin einsitzt. Dan »the Man«, wie er sich selbst nennt, schreibt mir fast täglich, eine Folge von Hardcore-Pornophantasien, in denen ich als Hauptdarstellerin agiere. Die bisher beste ist eine, in der er mich auf der Motorhaube seines 72er Mustangs sodomisiert und dabei den Sonnenuntergang über Malibu betrachtet. Klingt das nicht romantisch? Hatte der Wagen in jenem Jahr eigentlich eine Kühlerfigur?
Eine Frau hat mir gerade die gesammelte Anne Sexton geschickt. Halleluja! Endlich etwas anderes zum Lesen! Die einzigen Bücher in der Gefängnisbibliothek ohne wogende Mieder auf dem Titelbild sind eine Großdruckausgabe von »Krieg und Frieden« und ein zerlesener Jack London. Jaul, Jaul!
Natürlich hat mir diese stille Bewunderin auch ein Bündel der allergrauenvollsten Po-äää-siiee zur Begutachtung zugesandt. Sie lebt auf einer Farm in Wisconsin, in einer Art in die Jahre gekommenen Hippie-Kommune, wo sie ihre eigene Wolle spinnt. Wie kann jemand, der Sexton liebt, nur so unerträglich schlechte Arbeit produzieren? Ich bin eine Frrrauu, hörrt ihr mein Gebrrüll. Dann brüll doch einfach, bitte, es wäre viel weniger peinlich für alle Beteiligten.
Jedenfalls glaubt sie, ich sei eine Gefangene des Patriarchats, eine Märtyrerin im kleinen Stil. Solange ihre Solidarität mit großzügigen Gaben einhergeht – meinetwegen: Alle Macht dem Volke. Freiheit für Huey! Freiheit für Ingrid Magnussen!

Nicht ein Wort über mich. Wie geht es dir, Astrid? Bist du glücklich? Du fehlst mir. Es schien Ewigkeiten her zu sein, seit sie sich mit der Möglichkeit beschäftigt hatte, mich zu verlieren. Ich war in den Schatten zurückgetreten. Meine Aufgabe bestand mal wieder darin, ihre Triumphe zu teilen und mit ihr gemeinsam über ihre unglücklichen Bewunderer zu kichern, als eine Art Taschenspiegel und Studiopublikum. Mir wurde klar, daß ich genau da war, wo sie mich haben wollte: in sicherem Gewahrsam, unglücklich untergebracht bei Marvel Turlock; eine Gefangene, die in ihrer türkisen Zelle vor sich hin schmorte und zu einer Künstlerin heranwuchs, zu jemandem, den sie vielleicht eines Tages gern kennenlernen würde. Während ich mir doch nur wünschte, daß sie mich jetzt wahrnahm, so, wie sie mich an jenem Tag wahrgenommen hatte, als ich sie im Gefängnis besucht hatte. Daß sie mich kennenlernen wollte; wissen wollte, was ich dachte, wie ich mich fühlte.

Ich schrieb ihr von Olivia, über eine andere Art zu sein. Ich legte Zeichnungen von Olivia bei, wie sie auf der Couch lag und Magie aus der Luft fing. Du bist nicht die einzige Schönheit auf der Welt, Mutter. Es gibt poliertes Teakholz genauso wie Alabaster, gekräuseltes Mahagonibraun ebenso wie Seide. Und eine Welt der Befriedigung, wo du nur Zorn und Verlangen gefunden hast. Die Welt teilt sich für Olivia, sie liegt ihr zu Füßen, während du dich hindurchhackst wie durch einen Dornenwald.

Während der langen trüben Sommernachmittage schickte Marvel mich mit den Kindern in den Park, manchmal holte sie uns erst zum Abendessen ab. Ich sollte Erfrischungen kaufen und ihnen auf die Rutsche helfen, ihre Sandkastenkriege schlichten und ihnen beim Schaukeln Schwung geben. Meistens saß ich auf dem Rand des Sandkastens, zusammen mit den anderen Müttern, die mich jede auf ihre Weise ignorierten. Die Latino-Mütter, selbst noch halbe Kinder, aber schon streng geschminkt wie Kabuki-Schauspieler, taten sich mit ihren Buggys wichtig, und die älteren amerikanischen Muttis mit ihren reizlosen Pfannkuchengesichtern rauchten Zigaretten und redeten über ihre drei Lieblingsthemen: Ärger mit den Autos, Ärger mit den Männern, Ärger mit den Söhnen. Ich zeichnete die Frauen, wie sie sich unterhielten, die Köpfe mal dicht zusammengesteckt, mal auseinander. Sie sahen aus wie Büßerinnen, die am Fuße des Kreuzes kauern.

An einem dieser Nachmittage roch ich in der schwülen Luft Marihuana und sah mich auf dem Spielplatz um, um festzustellen, wo es herkam. Drüben beim Parkplatz saß eine Horde Jungen auf einem gelben Auto; die Türen waren geöffnet, und ihre laute Musik durchdrang die Trägheit des Tages. Was hätte ich darum gegeben, high zu sein! Heiter und abgeklärt zu sein statt genervt, boshaft und bereit, Justin mit seiner Schaufel eins über den Kopf zu ziehen, wenn er mir noch ein einziges Mal von einem anderen Gör vorheulte, das Sand nach ihm geworfen oder ihn vom Klettergerüst geschubst hatte. Darin war er gnadenlos, genau wie seine Mutter. Ich versuchte mir ins Gedächtnis zu rufen, daß er erst vier war, doch nach einiger Zeit schien das auch keine ausreichende Entschuldigung zu sein.

Ich zog den Brief hervor, der an diesem Morgen von meiner Mutter gekommen war, und faltete den liniierten Zettel auseinander. Wenigstens nahm sie jetzt wieder Notiz von mir.

Liebe Astrid,
war denn Onkel Ernie noch nicht schlimm genug? Nein, Du mußtest natürlich die verachtungswürdigste aller Kreaturen aufspüren, um Dich mit ihr anzufreunden. Laß Dich bloß nicht von ihr verführen! Ernie hatte es wenigstens nur auf Deinen Körper abgesehen. Wenn Du auch nur das kleinste bißchen gesunden Menschenverstand besitzt, FLIEHE *vor dieser Frau, wie Du einen fleischfressenden Virus fliehen würdest!*
Ja, das Patriarchat hat diese verwerfliche Welt geschaffen, eine Welt der Gefängnisse, Wall Streets und sozialhilfeabhängigen Mütter, aber das sollte man doch nicht noch stillschweigend unterstützen. Meine Güte, die Frau ist eine Prostituierte, was soll sie schon sagen? »Kämpfe für deine Rechte«? Man sollte meinen, daß sie sich als Schwarze erst recht schämen würde, ihrem Herrn die Stiefel zu lecken und zu sagen: »Es ist die Welt der Weißen, mach das Beste draus.« Wäre sie eine Nazikollaborateurin, würde man ihr den Kopf scheren und sie durch die Straßen führen. Eine Frau wie sie ist ein Parasit; sie mästet sich an der Ungerechtigkeit wie eine Zecke an einem Wildschwein. Natürlich erscheint der Zecke die Welt als Wildschweinwelt!

Man sollte meinen, daß m-e-i-n-e Tochter viel zu intelligent ist, auf so rückständigen Blödsinn hereinzufallen. Besorge Dir Germaine Greers »Der weibliche Eunuch«, lies etwas von Ai. Selbst Eure beschränkte Vorstadtbibliothek muß doch ein Exemplar von Whitmans »Grashalmen« besitzen.

Mutter.

Mutter, die ihre Bücher wie Medizin verschrieb. Eine ordentliche Dosis Whitman würde mich schon kurieren wie Rizinusöl. Aber wenigstens machte sie sich Gedanken um mich. Ich existierte wieder einmal.

Der Pot-Geruch in der trüben Luft machte mich fast wahnsinnig. Neidisch beobachtete ich die Jungen an dem gelben Auto. Normalerweise hätte ich um solche Typen einen weiten Bogen geschlagen, schlaksige, picklige Kerle, die ihren engen Zusammenhalt durch grobe Bemerkungen dokumentierten und sich ganz besonders toll vorkamen. Mir zeigen wollten, daß ihnen die Welt gehörte. Doch Olivia hätte keine Angst vor ihnen. Sie ließe hier Magie entstehen. Sie wußte, was sie wollten, sie konnte es ihnen geben oder verweigern. Hatte auch ich den nötigen Mut dazu?

Ich wandte mich an die Mutter, deren Kind gerade mit Justin spielte. »Könnten Sie bitte einen Augenblick auf ihn aufpassen? Ich bin gleich wieder da.«

»Ich bleib' hier sitzen«, seufzte sie und drückte ihre Zigarette im Sand aus.

Ich trug Caitlin über die Wiese zu der Stelle, wo die Jungen sich um das Auto herumdrückten. Eine Männerwelt. Ich sah mich so, wie sie mich wahrscheinlich sahen, ein hochaufgeschossenes, blasses Mädchen mit langen offenen Haaren, ein schüchternes Lächeln auf den vollen Lippen, nackte Beine in abgeschnittenen Jeanshosen. Ich wuchtete Caitlin höher auf meine Hüfte, während ich näher kam; alle starrten mich an. Ich blickte mich um, um festzustellen, ob Justins Hüterin noch aufpaßte. Sie war gerade damit beschäftigt, ihr Kind mit Sonnencreme einzureiben.

»Kann ich mal ziehen?« fragte ich. »Ich hab's dringend nötig, ich muß den ganzen Tag babysitten.«

Ein Junge, dessen Haut aussah, als sei sie mit einer Käsereibe bearbeitet worden, reichte mir den Joint. »Wir haben dich gesehen, als du gekommen bist«, sagte er. »Ich bin Brian, das sind PJ und Big Al. Und Mr. Natural.« Die Jungen nickten mir zu. Sie warteten darauf, daß ich mich ebenfalls vorstellte, doch ich sagte nichts. Ich konnte es ihnen geben oder auch nicht. Das gefiel mir.

Das Pot war nicht gerade erste Sahne, nicht so wie Rays, das man durch die Butterbrottüte hindurch riechen konnte. Das hier roch wie brennendes Stroh und schmeckte trocken und braun, doch für mich war es eine Wucht. Ich sog den Rauch ein und drehte dabei den Kopf von Caitlin weg, damit sie nicht high wurde. Sie wand sich in meinen Armen, doch ich konnte sie unmöglich absetzen; sie würde vor das erste vorbeifahrende Auto laufen.

»Willst du welches kaufen?« Der Junge, der PJ hieß, hatte sein Haar blond gefärbt. Auf seinem T-Shirt stand in orangeroten psychedelischen Buchstaben »Stone Temple Pilots«.

Ich hatte genau drei Dollar in der Tasche, um den Kindern Eis zu kaufen. »Wieviel?«

Die anderen schauten zu Mr. Natural, dem stämmigen Jungen, hinüber, der auf dem Beifahrersitz des Autos saß. »Fünf Dollar das Gramm«, sagte er.

Ich hievte Caitlin auf die andere Seite, auf die verletzte Hüfte, und nahm den Joint vom Stoned Temple Pilot entgegen. High zu sein war ein tolles Gefühl. Ich spürte, wie sich der bleistiftgraue Himmel anhob und ich wieder frei atmen konnte. Nun fürchtete ich den Rest des Nachmittags nicht mehr. »Ich hab' nur drei.«

»Wie kommt's, daß ich dich noch nie gesehen habe? Gehst du auch auf die Birmingham High?« fragte der dicke Junge und stieg aus dem Auto. Er hatte rosige Wangen, lockiges braunes Haar und sah aus wie zwölf.

Ich schüttelte den Kopf. Ich spürte, wie er mich ansah, und ausnahmsweise war mir das nicht peinlich. Er interessierte sich für mich. Das war meine Währung, mein Tauschwert. Ich blies den Rauch aus, drehte mich dabei wieder von Caitlin weg und zeigte ihm meinen Hals; lenkte seine Augen dahin, wo ich sie haben wollte.

»Hast du 'nen Freund?« wollte er wissen.

»Saft«, plärrte Caitlin, zerrte an meinem ärmellosen Top und zog mir den Träger über die Schulter herab. »Assi, Saft!«

Ich wuchtete sie wieder auf die andere Seite, beruhigte sie und spürte, wie die Augen der Jungen über die weiche Rundung meiner Schulter glitten. »Nein«, antwortete ich dem Jungen und sah, wie er mit den Fingern seine Lippen berührte.

Er lehnte sich an die geöffnete Autotür, den Fuß lässig gegen die Schwelle gestemmt, und überlegte. »Blas mir einen, und ich geb dir 'ne Viertelunze.«

Der Stoned Pilot lachte. »Halt die Klappe, du Arsch«, sagte der Stämmige und wandte sich wieder zu mir. »'ne Halbe«, sagte er mit weicher Stimme. »'ne halbe Tüte, das is 'ne ganze Menge für einmal Schwanzlutschen!«

Die anderen Jungen beobachteten gespannt, was passieren würde.

Ich hievte Caitlin wieder höher hinauf und schaute zum Spielplatz hinüber. Wie weit er weg war, die Schaukeln schwangen gegeneinander wie Kolben einer Maschine, die Rutschbahn beförderte das Endprodukt nach unten. Wollte ich? Der fette Junge biß sich auf die rissigen, ungeküßten Lippen. Obwohl er sich bemühte, hart und männlich auszusehen, war er unter seiner leichten Bräune errötet. Für eine halbe Tüte seinen Schwanz lutschen? Hätte mir das früher irgend jemand vorgeschlagen, wäre ich angewidert gewesen. Doch nun erinnerten sich meine Lippen daran, wie sie Rays zuckende, pulsierende Säule umschlossen hatten, an die weiche Haut der Eichel, den salzigen Geschmack seines Orgasmus. Ich schaute den fetten Jungen an und fragte mich, wie es sich bei ihm anfühlen würde.

Caitlin drückte sich an meinen Hals und machte nasse Furzgeräusche auf meine Haut; dabei lachte sie sich halb tot. Ich kannte diese Jungen nicht, ich würde sie nie wiedersehen. Das Marihuana hatte mich mutig gemacht, neugierig, wie weit ich gehen würde, so als wäre ich eine andere, eine, auf die Olivia stolz wäre. »Jemand muß Caitlin halten. Ihr könnt sie nicht auf den Boden lassen, sie läuft sofort weg.«

»Al hat vier kleine Brüder.«

Ich übergab sie dem stillen Jungen mit kurzgeschorenem Haar und unregelmäßigen Bartstoppeln und folgte dem Dicken ins Gebüsch hinter die Toiletten. Er knöpfte sich die Hose auf und schob sie über die Hüften herunter. Ich kniete mich auf ein Bett aus Kiefernnadeln wie eine demütige Bittstellerin, wie eine Sünderin. Nicht wie eine Geliebte. Er stand gegen die Rauhputzwand des Toilettenhäuschens gelehnt, grub die Hände in mein Haar, während ich, sein Ding im Mund, betete. *Genau wie Miss America!*

Mit Ray war es nie so gewesen. Da war ein Genuß dem anderen gefolgt; Münder, Hände, Haut, alles war eine Überraschung. Das hier war das Gegenteil von Sex. Ich empfand nichts für diesen Jungen, für seine Körperbewegungen. Es war eher wie Arbeit. Es schnitt der Liebe das Herz heraus und verwandelte Sex in etwas, was so aufregend war wie Zähneputzen. Als der Junge gekommen war, spuckte ich seine bittere Samenflüssigkeit aus und wischte mir den Mund an meinem T-Shirt ab. Ich hatte erwartet, daß er einfach weggehen würde, doch er hielt mir die Hand hin und half mir hoch. »Ich heiße übrigens Conrad«, sagte er. Er war ein fremder Geschmack in meinem Mund, ein Geruch in meinem Haar. Er gab mir die halbe Tüte Pot. »Wenn du noch mal was willst, ich bin immer in der Gegend.«

»Ich werd's mir merken«, sagte ich, während wir zum Auto zurückgingen und ich Caitlin wieder aufsammelte. Mein erster Zaubertrick, dachte ich und probierte, wie sich das anhörte.

Durch das Küchenfenster sah ich Olivia aus ihrem Haus kommen, in zimtfarbene und beige Seide gekleidet, das Haar zurückgekämmt. Ich schälte gerade Apfelstückchen für Justins und Caitlins Mahlzeit. Ich beobachtete, wie sie in die champagnerfarbene Corvette stieg, rückwärts aus der Einfahrt setzte, und da verstand ich.

Für sie war es ein Job. Sie verdiente sich ihr Auto, ihre Kupfertöpfe genauso wie jemand, der Klebeumbrüche in einer Zeitungsredaktion machte oder Post austrug. Diese Männer waren keine Geliebten, der Rasta-Mann, der BMW-Fahrer. Sie waren Kunden. Das Knien war nur subtiler, der Service diskreter, die Illusion stärker und die Entlohnung keine halbe Tüte Dope.

Ich verkündete Marvel, daß ich trainieren wolle, um für die Armee vorbereitet zu sein. An einem wolkenverhangenen Morgen zog ich meine Turnschuhe an, band mir das Haar zurück, machte ein paar Klappmesser, streckte die Arme zu den Zehenspitzen und dehnte die Unterschenkel am Gartenzaun – ihr zu Ehren bot ich das volle Programm. Die Armee würde mir eine gute Stelle bieten, einen sicheren Job, zusätzliche Sozialleistungen.

Dann joggte ich einmal um den Block und klopfte an Olivias Tür. Sie trug weiße Jeans, Pullover und flache Slipper. An ihr sah es sexy aus; ich fragte mich, wieso. Die Schuhe waren nicht ganz wie College-Schuhe, sondern schmaler geschnitten und mit einer Troddel verziert. Der Pullover betonte sanft ihre Figur, der Ausschnitt enthüllte eine Schulter. Diese Schulter hatte ich schon gezeichnet; sie glänzte wie poliert, als sie unter der weichen rötlichen Wolle hervorrutschte. Ihr Haar war mit einer langen silbernen Nadel hochgesteckt, die wahrscheinlich mehr gekostet hatte als das Gras, das ich mir kürzlich verdient hatte.

»Ich muß mit Ihnen sprechen«, sagte ich.

Sie bat mich herein und blickte an mir vorbei nach draußen, während sie die Tür schloß. Aus der Stereoanlage erklang Musik, ein Mann sang französisch, sexy, er sprach beinahe. »Ich bin froh, daß du gekommen bist«, sagte sie. »Ich hätte dich gern getroffen, doch ich hatte so viel zu tun. Entschuldige die Unordnung, aber ich bin gerade beim Aufräumen.« Sie stellte Gläser und Teller auf ein lackiertes Tablett und leerte einen Kristallaschenbecher mit Zigarrenstummeln aus. Ich überlegte, welcher der Männer wohl

Zigarren rauchte. Der Mercedes war wieder dagewesen. An der Decke drehte sich langsam der Ventilator und rührte die schale, nach altem Zigarrenrauch riechende Luft um. Sie trug das Tablett in die Küche und goß uns Kaffee ein. »Milch?«

Der Kaffee war so stark, daß er kaum die Farbe veränderte, als sie die Milch hineingoß. »Du siehst verändert aus«, sagte sie. Wir setzten uns an ihren Eßtisch, auf vergoldete Stühle mit Harfenlehnen. Sie deckte kleine Untersetzer mit holländischen Tulpen für unsere Tassen.

Ich holte die Tüte mit Marihuana aus der Tasche und legte sie auf den Tisch. »Ich habe im Park einem dicken Jungen einen geblasen. Dafür hat er mir das hier gegeben.«

Sie hielt die Tüte in der Hand, auf der Handfläche, die Finger locker darum gewölbt, und mir kam der Gedanke, daß sie so wahrscheinlich den Penis der Männer hielt. Sie drehte die Hand um, die Knöchel zum Tisch, und schüttelte den Kopf. Die beiden senkrechten Linien durchzogen wieder ihre Stirn. »Astrid. So habe ich das nicht gemeint.«

»Ich wollte wissen, was es für ein Gefühl ist.«

»Und wie hast du dich gefühlt?« fragte sie leise.

»Nicht besonders toll«, sagte ich.

Sie gab mir die Tüte zurück. »Roll uns einen, wir rauchen ihn zusammen.«

Ich rollte einen Joint auf dem eleganten Tischset mit dem Muster aus Papageien und tropischen Blüten. Ich konnte es nicht besonders gut, doch sie bot nicht an, mir zu helfen. Während wir rauchten, sah ich mich um und dachte darüber nach, wieviel Samenergüssen das alles wohl entsprechen mochte: die gerahmten Drucke mit botanischen Motiven, die Stühle mit den Harfenlehnen, die dicken Holzfensterläden. Es mußte ein ganzer Ozean sein. An Olivias Stelle hätte ich nachts Alpträume von einem weißen Sperma-Meer und den Albino-Ungetümen, die in seinen Tiefen hausten.

»Haben Sie gerne Sex?« fragte ich sie. »Ich meine, macht es Ihnen Spaß?«

»Alles, was man gut kann, macht einem Spaß«, sagte sie. »Es ist wie bei einem Eiskunstläufer. Oder einem Dichter.« Sie stand auf, streckte sich, gähnte. Ich konnte ihren schlanken Bauch sehen, als sie die Arme über den Kopf hob. »Ich muß ein paar Besorgungen machen. Hast du Lust mitzukommen?«

Ich war unschlüssig. Vielleicht hatte meine Mutter recht, vielleicht sollte ich die Flucht ergreifen. Sie könnte mir die Seele stehlen. Sie war schon dabei. Doch wen hatte ich sonst, wo gab es außer ihr noch Schönheit? Wir verabredeten uns an der nächsten Straßenecke, damit Marvel mich nicht in ihre Corvette einsteigen sah.

Sie hatte das Verdeck heruntergeklappt und sich ein weißes, gepunktetes Seidentuch à la Grace Kelly um Kopf und Hals geschlungen. Konnte es noch eine Frau geben, die so bezaubernd war wie Olivia Johnstone? Ich rutschte auf den Beifahrersitz – so tief unten, daß es einem vorkam, als ob man sich hinlegte –, schnallte mich an und duckte mich, damit mich niemand aus der Nachbarschaft sah, als wir losbrausten.

An diesem wolkigen Nachmittag verliebte ich mich. In die Geschwindigkeit, in die Straße und die wirbelnde Landschaft, die vorbeirauschte wie bei einem schnellen Kameraschwenk. Normalerweise wurde mir beim Autofahren immer schlecht, doch das Marihuana hob mich darüber hinweg, und Straße und Pinien lösten die düstere Stimmung, die ich seit dem Ereignis im Park mit mir herumgetragen hatte. Zurück blieben nur der Tenorgesang des Motors, der Wind in meinem Gesicht, Olivias konkaves Profil, ihre große Sonnenbrille und Coltranes »Naima«, das sich wie eine Geschichte aus dem CD-Spieler entfaltete. *Das Flittchen von nebenan fährt eine verdammte Corvette.* Und ich liebte Olivia dafür, daß sie sie mit mir teilte, diese Champagnerperle, die sie aus den Tiefen des weißen Meeres emporgeholt hatte.

Wir fuhren den Ventura Boulevard entlang, den Coldwater Canyon Drive hoch; die Serpentinen der Straße stiegen und fielen wie Coltranes Altsaxophon. Wir tanzten, verkörperten seine Höhen und Tiefen, während wir die Straße entlangfuhren, vorbei an überladenen Häusern im Ranchero-Stil, an weißem, ornamentverziertem Löschbeton, schwarzen Zypressen, die in einfallslosen Reihen gepflanzt und geometrisch zurechtgestutzt waren, über die Bergkuppe und nach Beverly Hills hinein.

Jetzt gab es Baumfarne, Böschungen mit Springkraut, Häuser, deren Eingangstüren über zwei Stockwerke gingen, und Gras, so strahlendgrün wie Billardtische. Die einzigen Menschen weit und breit waren die Gärtner mit ihren Laubgebläsen. Wir waren vollkommen frei. Keine Kinder, keine Arbeit, keine Pflegemütter, nur Geschwindigkeit, unsere Schönheit und der gefühlvolle Atem von Coltranes Saxophon. Wer sollte uns etwas anhaben?

Sie gab ihr Auto vor einem Hotel am Rodeo Drive ab, um es parken zu lassen, und wir bummelten an den teuren Geschäften vorbei und blieben stehen, um die Schaufenster zu betrachten. Wir betraten einen Laden, der so exklusiv war, daß er einen livrierten Portier hatte. Olivia verliebte sich in eine schwarze Krokodilledertasche und bezahlte sie mit Bargeld. Sie wollte mir etwas kaufen. Sie zog mich in ein Geschäft, das ausschließlich Pullover, Tücher und Strickhüte führte. Sie hielt mir einen Pullover ans Gesicht. Er war unglaublich weich. Mir ging auf, daß ich den Möglichkeiten des physischen Seins noch gar nicht genügend Beachtung geschenkt hatte.

»Kaschmir.« Sie lächelte, ihre vorstehenden Zähne blitzten. »Gefällt er dir?«

Ich seufzte. Ich hatte das Preisschild gesehen.

»Braves Mädchen. Aber nicht in Pfirsich.« Sie gab der Verkäuferin, einer selbstgefällig lächelnden Achtzehnjährigen, den Pullover zurück. Das Geschäft roch nach Geld, weich wie ein Traum.

»Seegrün ist auch hübsch«, meinte das Mädchen und hielt einen Pulli mit Zopfmuster in Frühlingsfarbe hoch.

»Zu auffällig«, sagte ich.

Olivia wußte, was ich meinte. Sie suchte mir einen Pullover ohne Zopfmuster in Französischblau heraus und hielt ihn mir zum

Anprobieren hin. Er verlieh meinen Augen die Farbe von Blaubeeren und brachte das Rosa meiner Wangen zur Geltung. Dennoch konnte er in meiner Schublade als Fundstück aus dem Wohltätigkeitsladen der jüdischen Hausfrauen durchgehen. Er kostete fünfhundert Dollar. Olivia verzog keine Miene, während sie Fünfziger und Hunderter auf den Ladentisch abzählte. »Echte Sachen sind immer ihren Preis wert«, erklärte sie mir. »Schau dir mal an, wie er gemacht ist.« Sie zeigte mir die Schultern, die nicht zusammengenäht, sondern an der Passe zusammengestrickt waren. »Du wirst dein Leben lang Freude daran haben.«

Was echt war, lernte ich, während wir von Geschäft zu Geschäft zogen. Der silberne Armreif von Georg Jensen. Die Tonvase von Roblin. Geschäfte, in denen ehrfürchtig wie in einer Kirche dem Echten gehuldigt wurde. Die gedämpften Stimmen, während die Frauen Steuben-Glas oder Seidenschals von Hermès berührten. Das Echte zu besitzen hieß, wirklich zu sein. Ich strich mit der Wange über meinen Pullover, der so weich war wie eine blaue Perserkatze.

Sie lud mich zum Lunch in ein Restaurant unter gelb-weiß gestreiften Sonnenschirmen ein und bestellte uns ein Menü, das ausschließlich aus verschiedenen Vorspeisen bestand: Austern, Graved Lachs, Carpaccio. Salat aus Palmherzen. Sie erklärte mir, wie jedes Gericht zubereitet wurde, während sie ihren kühlen Weißwein nippte und erst ein Gericht, dann das nächste probierte und dabei die Gabel zwischen den einzelnen Happen immer wieder ablegte. Ich hatte noch nie jemanden so vornehm essen sehen wie Olivia. Als hätte sie alle Zeit der Welt.

»So sollte das Leben immer sein.« Sie seufzte. »Findest du nicht auch? Wie ein genußvolles, gutes Essen. Leider haben die meisten Leute keine Begabung dazu.« Sie deutete dem Kellner im weißen Jackett an, daß mein Wasserglas leer war. »Kaum haben sie mit einer Sache angefangen, wollen sie die am liebsten schon wieder hinter sich haben, um sich auf das nächste stürzen zu können.« Der Kellner brachte einen Wasserkrug und füllte mein Glas.

»Ich bin mal mit einem Mann ausgegangen, der mich immer in die feinsten Restaurants der Stadt geführt hat«, fuhr Olivia fort. »Kaum hatten wir gegessen, stand er auf und sagte: ›Und wo sollen wir jetzt hingehen?‹ Und dann gingen wir in ein weiteres Restaurant, wo er noch mal ein komplettes Menü vertilgte, von der Suppe bis zum Nachtisch. Manchmal drei hintereinander.«

Sie schnitt ein kleines Stück vom Graved Lachs ab, legte es auf ein Schwarzbrothäppchen, verteilte sorgfältig etwas Dillsoße darauf und aß es so genußvoll, als wäre es der letzte Bissen Nahrung auf der Welt. Ich versuchte, sie nachzuahmen und genauso langsam zu essen; den rohen rötlichen Fisch, das grobe säuerliche Brot mit der Kruste aus Salz und Zucker zu schmecken; Geschmack und Düfte so vielfältig wie die Farben einer Palette, wie die Töne der Musik.

»Er war eigentlich ein ganz reizender Mann. Intelligent, reich wie Krösus«, sagte sie, tupfte sich die Lippen ab und trank einen Schluck Wein. »Aber er führte ein Leben wie ein Bandwurm.« Sie starrte in ihr Weinglas, als könne sie auf dem Boden der weizengelben Flüssigkeit eine Lösung für das Problem des Mannes finden. Dann schüttelte sie den Kopf. »Ein gewaltiger Mann, wahrscheinlich wog er hundertfünfzig Kilo. Ein sehr unglücklicher Mensch. Er tat mir leid. Armer Mr. Fred.«

Ich wollte mir lieber nicht vorstellen, wie sie es mit diesem Hundertfünfzig-Kilo-Mann trieb; unter ihm lag, während er hastig zustieß, damit er noch mal von vorn anfangen konnte. »Wie haben Sie ihn kennengelernt?«

Sie fächelte eine Biene weg, die ihren Wein probieren wollte. »Ich war Kreditberaterin in einer seiner Banken.«

Ich mußte lachen, als ich mir Olivia in einer Bank vorstellte. Von neun bis fünf hinter dem Schreibtisch, Gabardinekostüm und flache Schuhe. Mittagessen in der Kantine. »Nein, im Ernst?«

»Aber sicher, was hast du denn gedacht? Daß ich in einer Kaninchenfelljacke auf dem Babystrich am Van Nuys Boulevard gestanden habe? Ich habe einen MBA-Abschluß! Oh, ich habe alles über Geld gewußt, nur nicht, wie ich selbst an eine ordentliche Summe kommen sollte. Ich hatte vollauf damit zu tun, meinen Honda Accord abzuzahlen und die Miete für mein kleines Apartment hinter dem Chandler Boulevard aufzubringen, genau wie alle anderen auch.«

»Und der dicke Mann hat Sie vor sich selbst gerettet.«

Sie seufzte. »Armer Mr. Fred. Letztes Jahr hatte er einen Herzinfarkt. Sein Bruder hat alles geerbt.« Sie zuckte mit den Schultern. »Aber was soll man auch anderes erwarten bei einem Mann, der immer drei Menüs nacheinander gegessen hat?«

Ich saß an Marvels Tisch und beobachtete, wie sie aßen. Sie starrten die ganze Zeit auf den Fernseher und hoben ihre Gabeln so automatisch zum Mund wie Aufziehpuppen, völlig gleichgültig, ob Thunfischauflauf oder überbackenes Katzenfutter darauf lag. Ich hatte mit dem Kochen angefangen und Marvel erzählt, ich wolle vielleicht Köchin werden; das sei kein schlechter Job für eine Frau. Ich nahm zu. Meine Rippen standen nicht mehr hervor, sondern verschmolzen mit dem buttrigen Fleisch meines Oberkörpers. Ich bewunderte meine Brüste im Spiegel und wünschte mir, Ray hätte sie so sehen können, sie in seinen verkrüppelten Händen halten können. Ich mochte es, wie mein Körper sich bewegte, wenn ich die Straße entlangging. Marvel schob es auf mein Alter; »fülliger werden« nannte sie es. Doch das war es nicht. Ich hatte mich vorher zu schnell bewegt. Ich war zu hungrig gewesen, um mich in eine Frau zu verwandeln.

13

Der Hochsommer knallte nieder wie ein Holzhammer. Schon um neun Uhr morgens fürchtete man die Temperaturen, die der Tag noch erreichen würde. Olivia machte mit mir Ausflüge in der Corvette, die Route 101 hoch und dann durch einen der Canyons, Topanga oder Kanan Dume, zum Strand; dann fuhren wir die Küstenstraße entlang, den Wind und die Sonne auf unserer bloßen Haut, und ignorierten die Rufe der Männer aus den anderen Autos. Noch nie zuvor hatte ich mich so schön und so wenig ängstlich gefühlt.

Manchmal machte sie eine Karaffe Rumpunsch und ließ brasilianische Musik laufen: Milton Nascimento, Gilberto Gil, Jobim. Astrud Gilberto hatte eine interessante flache Stimme, so als läge sie im Halbschlaf in einer Hängematte und sänge einem Kind etwas vor. Wir saßen im Wohnzimmer auf der gestreiften Bettcouch, während sich über uns die Ventilatoren langsam drehten, aßen Mangos mit Schinken und schauten uns Olivias Brasilienfotos an. Sie sprach die Namen der Städte in einem weichen, verschwommenen Portugiesisch aus: Rio de Janeiro, Itaparica, Recife, Ouro Prêto, Salvador. Bilder von grellbunten Kolonialstädten, schwarze Frauen in weißen Kleidern, die brennende Kerzen auf das Meer hinaus schickten. Fotos von Olivia während des Karnevals; sie trug ein silbriges, bis zu den Achselhöhlen geschlitztes Flitterkleid, ihr zerzaustes Haar war mit Federn geschmückt. Sie hielt die Hand eines weißen Mannes fest; er war braun gebrannt und hatte langweilige blaue Augen.

»Der Karneval würde dir gefallen«, sagte sie. »Man tanzt drei Tage hindurch.«

»Ich hasse Menschenaufläufe«, sagte ich, schon etwas betrunken von ihrem süßen, ziegelsteinschweren Rumpunsch. »Ich habe immer Angst, daß ich zerquetscht werde.«

»Das passiert schon mal«, sagte Olivia und wippte im Takt der Sambamusik. »Während des Karnevals sollte man besser nicht hinfallen.«

Nach einer Weile stand sie auf, um zu tanzen. Ich legte mich auf die Bettcouch und schaute ihr zu, wie sie sich in ihrem um den Kopf gewundenen Tuch und dem Wickelrock im Takt der verschlungenen Sambarhythmen bewegte. Ich stellte mir vor, wie sie, nur in Flitter und Schweiß gekleidet, in der zuckenden Menge unter südlicher Sonne tanzte, begleitet von den Düften nach Rum, Mangos und Ma Griffe. Die Musik glitt in Wellen ihren Körper entlang, ihre Füße scharrten in kleinen, verhaltenen Schritten, die Arme schwankten wie Palmen über ihrem Kopf. Hunderttausende Menschen jeglicher Schattierung, die unter der Sonne pulsierten.

»Tanz mit mir«, sagte sie.

»Kann nicht tanzen«, erwiderte ich. »Ich bin ein weißes Mädchen.«

»Kann nicht gibt's nicht.« Sie grinste, während ihre Hüften feine Kreise beschrieben, wie strömendes Wasser über den Steinen. Sie ergriff meine Hand und zog mich von der Bettcouch hoch.

Linkisch stand ich ihr gegenüber und versuchte, ihre Bewegungen nachzumachen, doch selbst in meinem leicht beschwipsten Zustand war mir bewußt, wie albern ich aussah, völlig aus dem Rhythmus, ohne Taktgefühl. Ihr Körper bewegte sich in zehn Richtungen gleichzeitig; alle harmonierten, so geschmeidig wie ein Band. Sie lachte, hielt sich dann aber die Hand vor den Mund. »Du mußt die Musik fühlen, Astrid. Schau nicht mich an. Schließ die Augen, und laß dich hineinfallen.«

Ich schloß die Augen und spürte, wie sie ihre Hände auf meine Hüften legte und mich führte. Jede Hüfte bewegte sich unabhängig von der anderen. Sie ließ mich los, und ich versuchte im Rhythmus zu bleiben, ließ meine Hüften in großen Bögen zu dem komplexen Takt kreisen. Ich hob die Arme über den Kopf und ließ die Wellen der Bewegung durch meinen ganzen Körper gleiten. Ich schloß die Augen und stellte mir vor, daß wir in Brasilien wären, an einem Strand mit einer palmenbedeckten Bar, und gefährlich nahe mit Männern tanzten, die wir nie wiedersehen würden.

»Oh, Astrid, du mußt unbedingt zum Karneval mitkommen«, sagte Olivia. »Wir erzählen deiner Aufseherin, daß eure Klasse einen Ausflug zur Liberty Bell nach Philadelphia macht, und entführen dich einfach! Drei Tage lang wirst du weder schlafen noch essen, sondern nur tanzen. Ich verspreche dir, daß du dich danach nie wieder wie ein weißes Mädchen bewegen wirst!«

Als die Lieder ruhiger wurden, legte sie mir den Arm um die Taille und tanzte mit mir. Ihr Parfum roch immer noch frisch wie Pinien, trotz der Hitze und des Schweißes. Ich war inzwischen so groß wie Olivia, und es machte mich verlegen, daß sie mich umfaßt hielt; ich trat ihr aus Versehen auf die Füße.

»Ich führe«, sagte sie. »Du brauchst nur zu folgen.«

Ich spürte, wie sie mich lenkte, die Hand gegen meinen Rücken gedrückt, die immer noch trocken war, sogar in der größten Hitze.

»Du wirst so schnell erwachsen«, sagte sie mir leise ins Ohr, während wir tanzten wie Wellen an der Copacabana. »Ich bin so froh, daß ich dich jetzt kennengelernt habe. In ein oder zwei Jahren wäre es ganz anders gewesen.«

Ich stellte mir vor, sie wäre ein Mann, der mit mir tanzte, und flüsterte zurück: »Inwiefern anders?«

»Alles wäre schon bestimmt gewesen«, sagte sie. »Jetzt bist du noch so offen. Du könntest dich in alle möglichen Richtungen entwickeln.« Sie tanzte mit mir in kleinen Kreisen, lehrte meine Füße, sich richtig zu bewegen, und meine Hüften, dem Zeichen der Unendlichkeit zu folgen.

Die Septemberwinde entfachten auf den trockenen Hügeln von Altadena, Malibu und San Fernando üppige Feuer, die sich durch den Chaparral fraßen und Einfamilienhäuser verschlangen. Der Geruch nach Rauch erinnerte mich immer an meine Mutter, an ein Flachdach unter einem verräterischen Mond. Wie schön sie gewesen war, wie wunderbar verstört! Ich erlebte zum zweiten Mal die Zeit der Feuer ohne sie. Oleanderzeit. Ich hatte gelesen, daß die Juden jetzt ihr Neujahrsfest feierten, und beschloß, meine Zeitrechnung ebenfalls in dieser Jahreszeit beginnen zu lassen.

Nachts wanderten Kojoten in die Stadt, getrieben vom Durst. Ich sah sie den Mittelstreifen des Van Nuys Boulevard entlanglaufen. Rauch und Asche füllten den Talkessel wie eine graue Badewanne. Selbst in meine Träume drang noch die Asche; ich war das Aschemädchen, den Santa-Ana-Winden geboren, geboren in Kohle und dürres Gras.

Auf dem Höhepunkt der Feuer, bei vierzig Grad im Schatten, fing die Schule wieder an. Die Welt verbrannte, und ich begann die zehnte Klasse auf der Birmingham High School. Jungen warfen mir im Flur Kußhändchen zu und winkten mit Geldscheinen. Sie hatten gehört, daß ich gewisse Dinge tun würde. Doch ich konnte sie kaum erkennen, sie waren nur Gestalten hinter dem Rauch. Conrad, der dicke Junge aus dem Park, war in meinem Schreibmaschinenkurs. Er steckte mir im Flur Joints zu. Allerdings fragte er mich nicht mehr, ob ich ihm einen blasen würde. Er konnte wohl die Flammen in meinem Haar sehen und wußte, daß meine Lippen ihn versengen würden. Das gefiel mir. Ich fühlte mich wie meine Mutter zur Oleanderzeit. *Liebende, die sich jetzt gegenseitig umbringen, werden es auf den Wind schieben.*

Ich schickte meiner Mutter Bilder von Olivia, die Gumboschoten kochte und den riesigen Topf umrührte. Olivia mit ihren rosaroten Handflächen und Füßen, wie sie Samba tanzte, wie sie Auto fuhr, das Grace-Kelly-Tuch um den Kopf gebunden, die Haut leuchtend vor dem weißen Stoff.

Liebe Astrid,
ich betrachte die Feuer am Horizont und bete, daß sie näher kommen und mich verzehren. Du hast Dich in jeder Hinsicht als so zurückgeblieben erwiesen, wie Deine Schule Dich seinerzeit einmal eingeschätzt hat. Du würdest Dich an jeden hängen, der Dir auch nur das kleinste bißchen Aufmerksamkeit entgegenbringt, oder? Am liebsten würde ich mich von Dir lossagen. Erinnere mich nicht daran, daß es zwei Jahre her ist, seit ich zum letzten Mal richtig gelebt habe. Glaubst Du denn, ich könnte vergessen, wie lange es her ist? Wie viele Tage, Stunden, Minuten habe ich hier gesessen, die Wände der Zelle angestarrt und Frauen zuhören müssen, deren ganzer Ausdrucksschatz aus ungefähr fünfundzwanzig Wörtern besteht! Und Du schickst mir Bilder von Deinen Mulholland-Touren, Deiner tollen neuen Freundin. Erspare mir Deine Begeisterungsstürme. Willst Du mich in den Wahnsinn treiben?

Bei Anruf M.

Im Oktober verfärbten sich die Blätter rot und fielen, schwarze Pflaumen, gezackte Ahornblätter und Amberbäume. Ich war auf dem Heimweg von der Schule und überlegte mir gerade, wie ich Olivia von dem Lehrer erzählen würde, der mich heute aufgefordert hatte, nach dem Unterricht zu ihm zu kommen, weil er mit mir über meine »häusliche Situation« sprechen wolle. Ich stellte mir vor, wie sie lachen würde, wenn ich seinen traurigen Hundeblick nachmachte. Gerade fragte ich mich, was für ein Typ Mann er wohl ist, als ich etwas sah, das mir allen Wind aus den Segeln nahm; sie flatterten und hingen dann mitten auf dem Ozean schlaff herunter. Olivias Auto, versteckt unter seiner Baumwollplane.

Ich hatte sie gerade erst getroffen, und sie hatte nichts davon erzählt, daß sie nicht dasein würde. Wie konnte sie so einfach verschwinden, ohne mir etwas zu sagen? Vielleicht war es ein Notfall, dachte ich mir, doch dann hätte sie irgendwo eine Nachricht für mich hinterlassen können, ich hätte sie schon gefunden.

Ich wartete zwei Tage ab, drei, doch immer noch sammelten sich die welken Blätter in ihrem Garten, trieben die Auffahrt entlang und lagen auf ihrer Autoabdeckung wie japanische Papierfächer.

Trübselig und zugekifft saß ich in meinem Zimmer in Marvels Haus und zeichnete die Vorhänge. Ihre Streifen waren das einzige, was mich im Augenblick interessierte, das einzige, was noch Sinn ergab. Ich schrieb meiner Mutter nicht; sie hätte sich doch nur an meinem Verlust geweidet, und das hätte ich nicht ertragen. Sie schrieb mir und berichtete, daß sie mit einem Professor für Altphilologie korrespondiere, dessen Vorname aus drei Initialen bestand. Er schicke ihr Originalübersetzungen einiger der obszöneren Textstellen aus dem Ovid und Aristophanes. Sie meinte, ihr gefalle der Kontrast zu den Machwerken, die Dan »the Man« Wylie für sie verfaßte. Außerdem führe sie einen lebhaften Briefwechsel mit einem Kleinverleger in North Carolina sowie mit Hanna Grün, einer bekannten Kölner Feministin, die von ihrer bedauerlichen Lage erfahren habe. Sie schrieb mir von ihrer neuen Zellengenossin. Die letzte sei sie endlich losgeworden; sie sei auf die Krankenabteilung verlegt worden, weil sie ständig etwas über Hexenkunst brabbelte. Natürlich hatte nichts davon irgend etwas mit mir zu tun – bis auf die Sache mit den Zähnen:

Liebe Astrid,
durch einen unglücklichen Zwischenfall auf Barneburg B habe ich mir einen losen Zahn zugezogen. Ich kann hier unmöglich einen Zahn verlieren – die Vorstellung eines Gefängniszahnarztes ist einfach zu grotesk. Ich sehe einen hageren Mann vor mir, erste Anzeichen von Parkinson-Schüttellähmung, das rote Gesicht blühend vor Alkoholismus und jahrelanger Vernachlässigung der ärztlichen Sorgfaltspflicht. Oder eine vierschrötige Frau, ein echtes Schlachterweib, die ihre Eingriffe ohne Betäubung durchführt und sich an den Schreien ihres Opfers ergötzt.
Astrid, achte bloß gut auf Deine Zähne. Niemand wird Dich jetzt zu einem vernünftigen Zahnarzt bringen. Wenn etwas

schiefgeht, wird man sie in Deinem Mund verfaulen lassen, und Du kannst Dir mit vierundzwanzig das ganze Gebiß ziehen lassen. Ich reinige mir täglich die Zwischenräume mit Zahnseide, bürste mir die Zähne mit Salz und massiere das Zahnfleisch. Versuche, Vitamin C zu bekommen; wenn sie Dir keines geben, iß Orangen.

Mammy Yokum.

Wenigstens kann sie nicht verschwinden, dachte ich, während ich den Brief wieder in seinen Umschlag schob. Aber sie konnte mich auch nicht sehen. Ich brauchte Olivia; sie sollte zurückkommen und mir neue Nahrung geben.

Ein Ring aus Wasserdunst umgab den Mond, Rabenauge im Nebel. Es war der erste November. Ich erzählte niemandem, daß ich an diesem Tag Geburtstag hatte. Einen Geburtstag ohne Olivia zu feiern war schlimmer, als ihn einfach in Vergessenheit geraten zu lassen. Ich fühlte mich wie Ikarus auf dem Gemälde: Er fiel ins Meer, alles, was man sehen konnte, waren seine Beine, und im Vordergrund pflügte der Bauer mit seinem Pferd ungerührt weiter.

Ich lag im Garten auf dem Picknicktisch in der Kälte und rieb meine Wange an der blauen Kaschmirschulter. An der Vorderseite war bereits ein kleines Loch. Ich krümelte den letzten Rest des Joints in eine Bierdose, dann warf ich die Dose über den hinteren Zaun, worauf der Hund des Nachbarn zu bellen anfing. Ich wünschte, der BMW-Mann wäre hier – es war seine Zeit – und Olivia würde Oliver Nelsons »Stolen Moments« spielen. Sie hätten ein Feuer im Kamin angezündet, würden langsam tanzen, so wie Olivia mit mir getanzt hatte; er würde ihr ins Ohr flüstern, so wie sie mir ins Ohr geflüstert hatte. Jetzt konnte ich zwar tanzen, doch sie hatte mir die Musik genommen.

Ich zog den Pullover enger um mich und blickte zum verschleierten Mond hinauf. Aus dem Haus drang Gelächter, Marvel und Ed, die im Schlafzimmer Lenos »Tonight-Show« sahen.

Ich hatte ihr gerade das Haar gefärbt, Farbnote »Herbstflamme«. Ich zitterte unter den feuchten Nebellaken auf dem Gartentisch, konnte immer noch das Färbemittel an meinen Händen riechen und dachte an das Kind Achilles. Doch dies hier war keine vorsätzliche Prüfung, und die einzigen Sterne am Himmel waren Flugzeuge, die den Flughafen Burbank aus westlicher Richtung anflogen.

Ich dachte daran, daß auf Hawaii jetzt gerade die Sonne unterging und in Bombay ein heißer, curryduftender Vormittag war. Dort sollte ich jetzt besser sein. Ich würde mir das Haar schwarz färben, eine Sonnenbrille tragen und sie alle vergessen: Olivia, Marvel, meine Mutter, einfach alles. Warum hatte sie mir nicht erzählt, daß sie verreisen würde? Dachte sie, es interessiere mich nicht; wußte sie denn nicht, wie sehr ich auf sie angewiesen war? Ich fühlte die Hoffnung durch meine Finger gleiten wie Fischsaft.

Bin ich ein Unglücksbote, ein Stück Abfall, das von Bord einer Raumkapsel ins All geschleudert wird? Niemand, der mich sieht, niemand, dem es auffällt. Ich wünschte, ich wäre wieder bei Ray, wünschte, er könnte mich mit seinen Augen festhalten, mich wieder zur Erde zurückbringen. Mir war ganz schwindlig davon, so schwerelos dahinzutreiben, kreiselnd unter dem weißen Leuchten der Mondfelsen und der Begräbnisstille der Zypressen zu schweben. Keine Jacarandablüten mehr. Eine Landschaft, die van Gogh gemalt haben könnte.

Ich hatte genug von dem Mond, der so gleichgültig auf mich herabblickte, genug von der lunaren Landschaft mit ihren weißen Felsen. Ich brauchte eine dickere Decke, mehr Schutz. Ich schlüpfte durch den Maschendrahtzaun und schloß das Tor lautlos hinter mir. Die Orangen, die noch an den Bäumen hingen, verbreiteten ihren harzigen Geruch in der feuchten Luft und erinnerten mich an Olivia. Und dann mußte ich an meine Mutter und ihre Zähne denken, an ihr Vitamin C. Mein lächerliches Leben. Ich ging durch die knirschenden Blätterhaufen, die sich auf den ungekehrten Bürgersteigen türmten, und summte eine bittersüße Melodie von Jobim vor mich hin. Zurück zum Absaugen des Morgentaus von den Segeln. Ich hätte wissen müssen, wie es enden würde. Ich sollte doch inzwischen so schlau sein, nichts mehr vom Leben zu erwarten, statt dem Stockholm-Syndrom zum Opfer zu fallen.

Ein weißer Hund tauchte aus dem Nebel auf, und ich rief nach ihm, froh über etwas Gesellschaft. Noch ein Streuner. Doch er bellte mich an, so heftig, daß sich seine Vorderpfoten vom Bürgersteig hoben. »Hör auf zu bellen, alles in Ordnung.« Ich ging auf ihn zu, um ihn zu streicheln, aber in dem Moment tauchte ein weiterer Hund auf, ein brauner, und dann noch ein dritter, ein Husky mit blauen Augen.

Der braune Hund fletschte die Zähne. Der große Husky bellte. Ich wußte nicht, ob ich weitergehen oder langsam den Rückzug antreten sollte.

»Geht nach Hause«, sagte ich. Sie versperrten mir den Weg. Ich schrie und hoffte, sie auf diese Weise zu verscheuchen oder jemanden auf mich aufmerksam zu machen, doch die Häuser hatten der Straße ihre ausdruckslosen Garagengesichter zugekehrt. »Verschwindet!« Ich ging langsam rückwärts, doch jetzt rannte der kleine Hund auf mich zu, machte einen Satz und schnappte nach meinem Bein.

»Bitte, Leute! Holt doch eure Hunde weg!« bettelte ich, aber der Klang meiner Stimme prallte von den Häusern ab, die sicher abgeschirmt hinter Eisengittern, hohen Zäunen und Sicherheitstoren lagen. Und während der braune Hund knurrend auf mich zu kam, fiel mir wieder ein, was ich ein paar Monate lang erfolgreich vergessen hatte: daß es immer so sein würde. Der braune Hund schlug seine Zähne durch meine Jeans.

Ich rief um Hilfe. Das schien sie erst recht anzustacheln, der Husky warf mich zu Boden und biß mir in die Arme, die ich mir zum Schutz vor das Gesicht hielt. Ich schrie und wußte doch, daß da keiner war. Es war ein Traum, den ich schon einmal gehabt hatte, doch jetzt gab es kein Erwachen, und ich betete zu Jesus, so hoffnungslos, wie Menschen beten, die wissen, daß es keinen Gott gibt.

Dann – Rufe auf spanisch. Schuhe stampften über den Boden. Metall klirrte auf Knochen. Zähne ließen los, scharfes, schmerzhaftes Gebell. Wütendes Knurren, Winseln, Zehennägel, die über den Asphalt schlitterten, klirrende Schläge einer Schaufel. Ein Männergesicht schaute mich an, pockennarbig und schwarz vor Bestürzung. Ich hatte keine Ahnung, was er sagte, aber er half mir vom Boden hoch, legte mir den Arm um die Taille und führte mich in sein Haus. Sie hatten eine Schar Porzellan-Enten auf der Fensterbank und hatten sich gerade einen Boxkampf im spanischsprachigen Fernsehen angesehen. Die hektischen, hilflosen Handbewegungen seiner Frau; das saubere Handtuch verfärbte sich rot. Ihr Mann wählte eine Telefonnummer.

Ed fuhr mich in die Notaufnahme, ich hatte einen Waschlappen über dem Gesicht und ein Handtuch auf dem Schoß, das das Blut aus meinen Armen aufsaugen sollte. Er gab mir einen Schluck aus dem kleinen Flachmann mit Jim Beam, den er im Handschuhfach aufbewahrte. Ich wußte, daß es schlimm aussehen mußte, wenn Ed seinen Schnaps mit mir teilte. Er begleitete mich jedoch nur bis zum Rezeptionsbereich der Ambulanz. Es gab Grenzen. Ich war schließlich nicht sein eigenes Kind. Er setzte sich auf eine Bank ins Wartezimmer und schaute auf den in die Wand eingelassenen Fernseher; Leno begrüßte gerade den nächsten Gast seiner Show. Er hatte gar nicht allzuviel verpaßt.

Ich zitterte, während die rothaarige Krankenschwester eine Tabelle ausfüllte. Danach führte sie mich nach hinten. Ich erzählte ihr, daß ich Geburtstag hätte, daß ich fünfzehn geworden und daß Ed nicht mein Vater sei. Sie drückte mir die Hand, forderte mich auf, mich auf ein steifes, schmales Bett zu legen; dann gab sie mir eine Spritze, irgend etwas Gutes, um mich zu entspannen, vielleicht auch nur, weil ich Geburtstag hatte. Ich erzählte ihr nicht, wie gut ich mich danach fühlte. Wenn man schon verstümmelt wurde, dann gab es wenigstens Drogen. Sie zog mir die Kleider aus. Als ich den zerfetzten Kaschmirpullover sah, kamen mir die Tränen.

»Werfen Sie ihn nicht weg!« flehte ich. »Bitte geben Sie ihn mir wieder.«

Ich preßte die Überbleibsel meines luxuriösen Lebens an meine gesunde Gesichtshälfte, während sie die Wunden reinigte und mir ein wunderbar taubes Gefühl injizierte. Sie sagte, ich solle ihr ruhig sagen, wenn es weh tue. Der rothaarige Engel. Ich liebte Krankenschwestern und Krankenhäuser. Könnte ich nur in einem Ganzkörperverband aus Mull daliegen, mit dieser netten Frau als Pflegerin. Katherine Drew stand auf ihrem Namensschild.

»Du hast Glück, heute nacht hat Dr. Singh Dienst«, sagte Katherine Drew. »Sein Vater war Schneider. Er macht Maßarbeit. Er ist der Beste, den wir haben.« Ihr Mund lächelte, doch aus ihren Augen sprach Mitleid.

Der Doktor trat ein; er sprach in einem Singsang, der wie eine Satire klang, wie in einem Film mit Peter Sellers, den ich mal gesehen hatte. Doch Dr. Singhs braune Augen trugen die geballte Last aller Notfälle, die er je gesehen hatte, das Blut, das zerfetzte Fleisch, das Fieber und die Schußwunden; es war ein Wunder, daß er sie überhaupt noch offenhalten konnte. Er begann mit dem Nähen, zuerst mein Gesicht. Ich fragte mich, ob er aus Bombay kam, ob er wußte, daß dort gerade Mittagszeit war. Die Nadel war gebogen, der Faden schwarz. Schwester Drew hielt meine Hand. Einmal wurde ich beinahe ohnmächtig, und sie brachte mir Apfelsaft, der so süß schmeckte wie Hustensirup. Sie sagte mir, wenn sie die Hunde nicht finden würden, müßte ich noch mal wiederkommen.

Jedesmal, wenn mein Gefühl sich wieder zurückmelden wollte, bat ich um eine neue Spritze. Es hatte keinen Zweck, den Helden zu spielen. Hier gab es keine Wikinger. An der Decke der Notaufnahme hing ein Poster mit Fischen. Ich wollte unter die Oberfläche des Meeres tauchen, zwischen Korallen und Tangwäldern treiben, das Haar wie Seegras, in stummem Flug auf einem Mantarochen dahingleiten. Komm mit mir, Mutter. Sie liebte es zu schwimmen, ihr Haar wie ein Fächer, eine Darstellerin für ein Meerjungfrauenlied. Sie sangen auf den Felsen und kämmten sich ihr Haar. Mutter ... Die Tränen kamen plötzlich aus dem Nirgendwo wie eine Quelle aus dem Felsen. Alles, was ich mir wünschte, war ihre kühle Hand auf meiner Stirn. Was hatte es sonst je gegeben? Wo du warst, war mein Zuhause.

Zweiunddreißig Stiche später machte Ed seinen Auftritt, graugesichtig, die Baseball-Mütze in der Hand. »Kann sie jetzt endlich gehen? Ich muß morgen früh arbeiten.«

Die rothaarige Schwester Drew hielt mir die Hand, während sie Ed Turlock erklärte, wie meine Wundnähte mit Wasserstoffperoxid gereinigt werden sollten, und ihn anwies, mich in zwei Tagen wieder vorbeizubringen, um den Heilungsprozeß zu kontrollieren, und dann wieder in einer Woche, um die Fäden entfernen zu lassen. Er nickte, hörte aber nicht zu, und während er die Papiere unterschrieb, erklärte er, daß ich nur sein Pflegekind sei, die Krankenhauskosten trage die Stadt.

Auf dem Rückweg sprachen wir nicht. Ich betrachtete die vorüberziehenden Schilder. Pic N Save, Psychologische Beratung, Anonyme Alkoholiker, Hair Odyssey, Fish World. Wenn ich seine Tochter wäre, hätte er mich gerade begleitet. Doch ich wollte gar nicht seine Tochter sein. Ich war dankbar, daß ich nicht einen einzigen Tropfen seines Blutes in meinen Adern trug. Zärtlich hielt ich die blutige Kaschmirwolle zwischen den Fingern.

Als wir zu Hause ankamen, wartete Marvel in der Küche auf uns, in ihren schmutzigen blauen Morgenmantel gewickelt, das Haar glühte in »Herbstflamme«. »Was zum Teufel hast du dir eigentlich gedacht?« Sie fuchtelte mit ihren plumpen Händen in der Luft herum. Hätte ich die Verbände nicht getragen, hätte sie mir wahrscheinlich eine Ohrfeige gegeben. »Dich mitten in der Nacht in der Gegend herumzutreiben! Was hast du denn erwartet?«

Ich ging an ihr vorbei und nahm die erste Vicodin-Tablette, spülte sie mit Leitungswasser herunter. Ohne ein Wort zu sagen, ging ich in mein Zimmer, schloß die Tür und legte mich auf mein Bett. Auf eine perverse Art war ich froh über die Nähte;

froh, daß man etwas sehen würde, daß sie Narben hinterlassen würden. Was bringt es schon, nur innerlich verletzt zu sein? Ich dachte an das Mädchen mit den Narbentätowierungen in dem Kinderheim in Crenshaw. Sie hatte recht: Man sollte es verdammt noch mal sehen.

14

Narben überzogen mein Kinn und meine Wangen, meine Arme und Beine. Auf der Birmingham High School starrten mich immer noch alle an, aber anders als vorher; jetzt sahen sie nicht mehr die Baby-Nutte, sondern eine Mißgeburt. So gefiel es mir besser. Schönheit war trügerisch. Lieber zeigte ich meine Schmerzen, meine Häßlichkeit. Marvel hätte mir am liebsten die Striemen mit Puder abgedeckt, doch das wollte ich nicht. Ich war zerrissen und wieder zusammengeflickt worden, ich lag offen da wie eine Grube im Tagebau, und sie würden eben hinsehen müssen. Ich hoffte, daß ich sie anekelte. Ich hoffte, daß sie mich in ihren Alpträumen sahen.

Olivia war immer noch weg, die Corvette stand abgedeckt und stumm in der Einfahrt; um acht Uhr morgens schalteten sich für genau sieben Minuten die Rasensprenger ein, um sechs Uhr abends gingen per Zeitschaltautomatik die Lichter an. Auf ihrer Türschwelle stapelten sich die Zeitschriften. Ich ließ sie da liegen. Ich hoffte, der Regen würde auf sie herunterprasseln, auf ihre Sechzehn-Dollar-Vogue.

Wie leichtgläubig ich doch war! Wie eine Klette hängte ich mich an alles, an jeden, der mir auch nur das kleinste bißchen Aufmerksamkeit entgegenbrachte. Ich schwor mir, mich von ihr fernzuhalten, wenn sie wieder zurückkam. Ich würde mich an das Alleinsein gewöhnen; das war immer noch besser als die Enttäuschung, wenn man entdeckte, daß man sowieso allein war. Einsamkeit war das Los der Menschheit; damit mußte ich mich abfinden.

Ich dachte an sie, während ich mit Conrad und seinen Freunden unter der Sportplatztribüne saß und kiffte. Jungen waren einfach zufriedenzustellen, darin hatte sie recht gehabt. Ich wußte, was sie wollten, und konnte es ihnen geben oder nicht. Wozu sollte sie mich schon brauchen? Sie konnte sich einen Georg-Jensen-Armreif oder eine Roblin-Vase kaufen.

Um die Weihnachtszeit wurde es wieder heiß. Dichter Smog lag über dem Tal wie ein ausgedehnter Kopfschmerz und verfinsterte die Berge. Olivia war zurückgekehrt, doch ich hatte sie noch nicht gesehen, nur die untrüglichen Zeichen ihrer Anwesenheit: Warenlieferungen und Männer. In Marvels Haus setzten hektische Weihnachtsvorbereitungen ein. Wir schleiften den grünen Metall-Weihnachtsbaum aus der Garage, schmückten alle Türen und Fenster mit bunten Flitterketten, die aussahen wie Flaschenreiniger, stellten den Plastik-Schneemann in den asphaltierten Vorgarten und zogen den beleuchteten Weihnachtsmann in seinem Rentierschlitten auf das Dach.

Verwandte kamen zu Besuch, und ich wurde ihnen nicht vorgestellt. Ich reichte Knabberzeug und Käsehäppchen herum. Sie machten Gruppenfotos, doch niemand lud mich ein, mich dazuzusetzen. Ich trank Eierflip aus der Punschschale der Erwachsenen, feurig angereichert durch Bourbon-Whiskey, und ging nach draußen, als ich es nicht mehr aushielt.

Ich saß im Dunkeln in dem kleinen Spielhaus und rauchte eine Tiparillo, die irgend jemand in einem Päckchen draußen vergessen hatte. Ich konnte die Weihnachtskassetten hören, die Marvel rund um die Uhr abspielte: »Joey Bishops Weihnachtsfest«, »Neil Diamond in Bethlehem«. Starr hatte wenigstens an Christus geglaubt. Wir waren in die Kirche gegangen und hatten uns die Strohkrippe mit dem Jesuskind, dem neugeborenen Heiland, angesehen.

Von allen rotgedruckten Feiertagen des sentimentalen amerikanischen Kalenders hatte meine Mutter Weihnachten am meisten gehaßt. Ich konnte mich noch gut an das Jahr erinnern, in dem ich einen selbstgebastelten Papierengel mit Goldflitter auf den Flügeln aus der Schule nach Hause brachte und sie ihn gleich in den Mülleimer warf. Sie hatte noch nicht mal gewartet, bis ich im Bett lag. Am Heiligen Abend las sie immer Yeats, »Der jüngste Tag«: *Welche wüste Bestie… schlampt gegen Bethlehem…* Wir tranken Glühwein und warfen Runensteine. Sie wollte nicht kommen, um mich »Herbei, o ihr Gläubigen« und »Süßer die Glocken nie klingen« mit meiner Grundschulklasse singen zu hören. Sie wollte mich noch nicht mal hinfahren.

Doch nachdem ich Marvel durch etliche Einkaufszentren hinterhergeschlurft war, überall mit Weihnachtsliedern aus der Konserve beschallt worden war und Marvels blinkende Weihnachskerzen-Ohrringe erlebt hatte, konnte ich die Haltung meiner Mutter langsam nachvollziehen.

Ich saß in der Dunkelheit im Spielhaus und stellte mir vor, daß ich jetzt mit ihr zusammen wäre; daß wir in Lappland wären, in einem bunten Holzhäuschen, wo der Winter neun Monate lang anhält, daß wir Fellstiefel trugen, Rentiermilch tranken und die Sonnenwende feierten. Wir banden Gabeln und Metallpfannen an die Bäume, um böse Geister fernzuhalten, tranken Honigmet, nahmen Pilze ein, die wir im Herbst gesammelt hatten, und bekamen Visionen. Das Rentier folgte uns, wenn wir pinkeln wollten, gierig nach dem Salz unserer Körper.

Im Haus hatte sich Eds Bruder George als Weihnachtsmann verkleidet, er war ziemlich angetrunken. Ich konnte sein Gelächter über die anderen Stimmen hinweg hören. Ed saß neben ihm auf dem Sofa, sogar noch betrunkener, er war allerdings ein schweigsamer Trinker. Justin hatte eine Autorennbahn geschenkt bekommen, die Ed einen ganzen Wochenlohn gekostet hatte, Caitlin ein Barbie-Auto aus Plastik, in dem sie herumfahren konnte. Alles, was ich geschenkt bekommen hatte, kam aus dem 99-Cent-Laden. Eine kleine Taschenlampe als Schlüsselanhänger. Ein Sweatshirt mit einem aufgedruckten Teddybären. Ich trug das Sweatshirt. Marvel hatte darauf bestanden. Ich rauchte meine Tiparillo und schaltete die Taschenlampe ein und aus, immer genau eine Sekunde, bevor die Nase von Rudolph, dem

Rentier, auf der Dachbeleuchtung aufblinkte. Wir führten ein heimliches Gespräch, Rudy und ich.

Ich dachte daran, wie leicht man sich umbringen kann, wenn man betrunken ist. Ein Bad nehmen, einschlafen, ertrinken. Keine Schildkröte käme vorbeigetrieben, um einen zu retten, kein Aufklärungsflugzeug würde einen finden. Ich zog das Messer meiner Mutter hervor und spielte das Messerspiel auf dem Boden des Spielhauses. Ich war betrunken und verletzte mich bei jedem soundsovielten Stich. Ich hielt die Hand hoch und fühlte Befriedigung, als ich mein Blut sah, die gleiche Befriedigung, die ich immer empfand, wenn ich die roten Risse in meinem Gesicht betrachtete, die die Leute dazu brachten, mich anzustarren und sich dann wegzudrehen. Sie dachten, ich sei schön, doch da täuschten sie sich; nun konnten sie sehen, wie häßlich und entstellt ich war.

Ich drückte das Messer gegen mein Handgelenk, zog es leicht darüber und stellte mir vor, wie es sein würde, doch ich wußte, daß man es so nicht machte. Man mußte die darunterliegende Struktur berücksichtigen.

Und welche darunterliegende Struktur gab es hier überhaupt? Das hätte ich gern gewußt: Joey Bishop sang »Jingle Bell Rock«, Dichter schliefen auf Pritschen, die fest an der Wand installiert waren, und schöne Frauen lagen unter Männern, die drei Menüs hintereinander aßen. Kinder preßten Giraffen mit gebrochenem Hals an sich und weinten oder fuhren in Barbie-Autos aus Plastik herum; Männer mit fehlenden Fingern sehnten sich nach vierzehnjährigen Geliebten, während Frauen mit Pornostar-Figuren nach dem Heiligen Geist schrien.

Wenn ich einen Wunsch frei hätte, Jesus, dann würde ich mir wünschen, daß meine Mutter mich endlich holt. Ich hatte genug davon, die Segel abzulecken. Genug davon, allein zu sein, allein zu gehen, zu essen und zu trinken. Ich würde es trotz allem nicht schaffen.

Durch die Fensterläden von Olivias Haus drangen Lichtsplitter. Heute abend kein Männerbesuch. Sie waren alle brav zu

Hause bei ihren Frauen oder Freundinnen. Wer wollte schon am Weihnachtsabend eine Hure?

O Gott. Ich hatte so viel Zeit mit Marvel verbracht, daß es bereits abfärbte. Als nächstes würde ich wahrscheinlich rassistische Witze machen. Olivia war Olivia. Sie besaß ein paar schöne Möbelstücke und Uhren, einen Perserteppich und einen ausgestopften Papagei namens Charlie, während ich ein paar Bücher, einen Schmuckkasten, einen zerrissenen Kaschmirpullover und ein Poster mit Tierkot besaß. Gar nicht so viel Unterschied. Genaugenommen hatte keiner von uns beiden besonders viel.

Deshalb ging ich nach nebenan. Heute nacht würde es niemand merken. In ihrem Garten roch es nach Schnittlauch. Ich klopfte und hörte ihre Schritte näher kommen. Sie öffnete die Tür. Ihr schockierter Gesichtsausdruck erinnerte mich daran, daß sie mich seit November nicht mehr gesehen hatte.

Sie zog mich ins Haus und verschloß die Tür. Sie trug ein silbergraues Satinnachthemd und ein Negligé. Sie hatte die Musik laufen, die ich an jenem ersten Abend bei ihr gehört hatte, die Frau mit den Tränen in der Stimme. Olivia setzte sich auf die Couch und zupfte an meiner Hand, doch ich widerstand ihr. Sie brachte es kaum über sich, mich anzusehen. Narbengesicht, sagten die Kinder. Frank N. Stein.

»Großer Gott, was ist passiert?«

Ich hätte mir gern etwas besonders Schlagfertiges ausgedacht, etwas Kaltes und Sarkastisches. Ich wollte ihr weh tun. Sie hatte mich enttäuscht, sie hatte mich im Stich gelassen. Sie hatte keinen Gedanken an mich verschwendet. »Wo sind Sie gewesen?« fragte ich.

»In England. Was ist mit deinem Gesicht geschehen?«

»Haben Sie sich in England gut amüsiert?« Ich nahm die CD-Hülle vom Tisch, eine schwarze Frau mit einem Gesicht voller Licht, sie hatte eine weiße Blume hinter das Ohr gesteckt. Sie sang etwas Trauriges, über das Mondlicht, das durch die Pinien schien. »Billie Holiday« stand auf der Hülle. Ich spürte, wie Olivia mein Gesicht anstarrte, die Narben auf meinen Armen an der Stelle, wo meine Ärmel hochgerutscht waren. Ich war nicht mehr schön. Nun sah ich so aus wie das, was ich war: eine offene Wunde. Sie würde mich nicht mehr um sich haben wollen.

»Astrid, schau mich an.«

Ich legte die Hülle hin. Auf dem Tisch stand ein neuer Briefbeschwerer, hellblaues feines Porzellan mit aufgelegten weißen Figuren. Er lag schwer und kühl in meiner Hand. Ich fragte mich, was sie tun würde, falls ich ihn auf die steinerne Tischplatte fallen ließ, ihn zerbrechen würde. Ich war betrunken, aber nicht betrunken genug. Ich stellte ihn wieder hin. »Übrigens ist es eine Hundewelt. Wußten Sie das? Die tun, was sie wollen. Noch dazu ist es an meinem Geburtstag passiert. Ich bin fünfzehn geworden.«

»Was willst du, Astrid?« fragte sie mich ruhig, schön wie immer, das glatte, unversehrte Gesicht so elegant wie eh und je.

Ich wußte nicht, was ich wollte. Ich wollte, daß sie mich umarmte, daß sie Mitleid mit mir hatte. Ich wollte sie schlagen. Ich wollte, daß sie nicht erfuhr, wie sehr ich sie brauchte; ich wollte, daß sie mir versprach, nie wieder fortzugehen.

»Es tut mir so leid.«

»Das tut es nicht wirklich«, sagte ich. »Spielen Sie mir nichts vor.«

»Astrid! Was habe ich denn getan? Ich bin bloß verreist!« Sie wölbte ihre rosigen Handflächen wie ein Trinkgefäß. Erwartete sie etwa von mir, daß ich sie füllte? Womit? Wasser? Blut? Sie glättete ihr Satinnachthemd. »Das ist doch kein Verbrechen. Es tut mir leid, daß ich nicht hier war, okay? Aber es ist doch nicht so, als ob ich etwas verbrochen hätte!«

Ich setzte mich auf das Sofa, legte die Füße auf den Couchtisch, zwischen die Antiquitäten. Ich fühlte mich wie ein verzogenes Kind, und das gefiel mir. Sie rückte auf dem Sofa näher; ich konnte ihr Parfum riechen, grün und vertraut. »Astrid, schau mich an. Es tut mir leid. Warum glaubst du mir nicht?«

»Ich falle nicht auf Magie herein! Ich bin keiner von Ihren Freiern! Haben Sie etwas zu trinken da? Ich möchte mich so richtig betrinken«, sagte ich.

»Ich wollte gerade Kaffee und Cognac trinken. Du kannst auch einen kleinen bekommen.«

Sie ließ mich mit Billie Holidays Gesang zurück, während sie in der Küche herumklapperte. Ich bot nicht an, ihr zu helfen. Kurz darauf kehrte sie mit einem Tablett zurück, auf dem Gläser, eine Cognacflasche und Kaffee standen. Vollkommen in jeder Hinsicht, sogar die Art und Weise, in der sie das Tablett auf den Tisch stellte, dabei den Rücken geradehielt und nur die Knie beugte.

»Sieh mal«, sagte sie, während sie sich neben mich setzte. »Nächstes Mal werde ich dir eine Postkarte schicken, wie klingt das? Wär' schön, wenn du auch hier wärst, liebe Grüße ... Cognac.« Sie goß Cognac in die Schwenker.

Ich trank mein Glas in einem Zug aus und versuchte nicht mal, den Cognac zu schmecken. Wahrscheinlich war er fünfhundert Jahre alt, schon auf der Niña, der Pinta oder der Santa María herübergekommen. Sie schaute in ihr Glas, schwenkte es, roch daran und nippte einen Schluck.

»Ich bin nicht gerade einer der aufmerksamsten Menschen«, sagte Olivia. »Ich gehöre nicht zu den Leuten, die Geburtstagskarten schicken. Doch ich werde mich bemühen, Astrid. Mehr kann ich nicht tun.« Sie streckte die Hand aus, um mein Gesicht zu berühren, brachte es dann aber nicht über sich. Statt dessen fiel die Hand auf meine Schulter herab. Ich ignorierte sie.

»Oh, um Himmels willen«, sagte Olivia und nahm die Hand wieder weg. »Nun schmoll doch nicht so. Du benimmst dich genau wie ein Mann.«

Ich sah an ihr vorbei, und mein Blick fiel auf unser Spiegelbild über dem Kamin: das schöne Zimmer, Olivia in ihrem silbrigen Nachthemd wie Quecksilber im Mondlicht. Dann war da noch dieses scheußliche Mädchen. Es sah aus, als sei es aus einem anderen Film herübergekommen, das Gesicht mit Striemen überzogen, das Sweatshirt aus dem 99-Cent-Laden, das Haar ungekämmt.

»Ich habe dir etwas aus England mitgebracht«, sagte Olivia. »Willst du es sehen?«

Ich sah sie immer noch nicht an. Was dachte sie sich eigentlich? Daß Geschenke alles wieder in Ordnung bringen würden? Doch ich mußte einfach ihrem schönen, langsamen Gang hinterherblicken, als sie im Inneren des Hauses verschwand, den silbergrauen Satin hinter sich her ziehend wie ein Schoßhündchen. Ich goß mir Cognac nach, schwenkte das Glas und beobachtete, wie sich die Flüssigkeit in einzelne Spuren teilte, die sich auf dem bernsteinfarbenen Grund des Glases wieder trafen. Er roch nach Feuer und Frucht und brannte mir in der Kehle. Ich fühlte mich so, wie Billie Holiday klang, so, als hätte ich mich völlig ausgeheult und es sei immer noch nicht genug.

Sie kehrte mit einer kleinen weißen Schachtel zurück und ließ sie in meinen Schoß fallen.

»Ich will keine Geschenke«, sagte ich. »Ich hätte nur gern das Gefühl, daß sich irgend jemand um mich schert.«

»Also, du willst es nicht haben?« neckte sie mich und tat so, als wolle sie es wieder wegnehmen.

Ich öffnete die Schachtel, auf der »Penhaligon« stand. Eingehüllt in feines Seidenpapier, lag ein altertümliches Parfumfläschchen aus Glas und Silber mit einem spitzenverzierten Verschluß, gefüllt mit einem leicht rosa getönten Parfum. Ich stellte den Flakon auf den Tisch. »Man dankt.«

»Nun sei doch nicht so! Hier, riech mal!« Sie nahm das Fläschchen und besprühte mich mit einem feinen Nebel aus dem spitzenbedeckten Sprühverschluß.

Der Duft erstaunte mich; es roch ganz anders als Ma Griffe, nach kleinen Blumen, die in dichten englischen Laubwäldern wuchsen, nach einem Mädchen, das Schürzen und lange Spitzenunterhosen trug und Kränze aus wilden Gänseblümchen flocht, ein Mädchen wie aus einem viktorianischen Märchen.

Als Olivia grinste, nahm mich der Charme ihrer leicht vorstehenden Zähne mehr für sie ein, als es ihre ganze Vollkommenheit gekonnt hätte. »Na, bist das nicht genau du?«

Ich nahm ihr das Parfum aus der Hand und sprühte es über meinen Kopf, so daß der Nebel wie ein feiner Regen auf mich niederging. Wasche mich rein von meinen Sünden. Mach mich zu einem Mädchen, das nie die Feuerstürme des Septembers sah, das nie angeschossen wurde, das es nie einem Jungen hinter den Parktoiletten besorgt hat. Ein Mädchen wie aus einem Kinderlied, ein Mädchen mit einem blauen Kleid, das im Garten eines Cottage ein Lämmchen auf dem Schoß hält. Das war ich, trotz allem. Da ich nicht wußte, ob ich lachen oder weinen sollte, goß ich mir noch etwas Cognac ein.

»Das reicht jetzt«, sagte sie und nahm die Flasche weg.

Meine Narben pulsierten vom Alkohol. Ich wußte, daß ich von Olivia nicht erwarten konnte, mich zu lieben. Sie hatte getan, was sie konnte, hatte mir ein Stück Kindheit in der Flasche gekauft, vom Hoflieferanten der Queen. »Danke Olivia, ehrlich«, sagte ich.

»Das klingt schon besser«, sagte sie.

Am nächsten Morgen erwachte ich unbequem zusammengerollt auf Olivias Couch. Jemand hatte mir die Schuhe ausgezogen, die Flasche mit dem rosa Parfum hielt ich immer noch fest umklammert. Entweder war es sehr heiß, oder ich hatte Fieber, auf jeden Fall hatte ich fürchterliche Kopfschmerzen, die mir gegen die Innenseite des Schädels pochten wie eine afrikanische Trommel. Ich schlüpfte in meine Schuhe, ohne die Schnürsenkel zuzubinden, und machte mich auf die Suche nach Olivia.

Sie lag im Tiefschlaf auf der Bettüberdecke in ihrem Paisley-Himmelbett, immer noch in ihren Morgenmantel gekleidet; die Beine hatte sie rechtwinklig abgeknickt, so als liefe sie im Traum. Die Uhr neben ihrem Kopfkissen zeigte elf. Ich rannte durch den Flur und machte, daß ich zur Tür hinauskam.

Ich hatte gerade den halben Weg durch Olivias Vorgarten zurückgelegt, als Marvel mit Caitlins Barbie-Auto in der Hand aus dem türkisen Haus trat. Sie sah zu mir herüber. Ihr Mund klappte sperrangelweit auf. Alle Farbe wich ihr aus dem Gesicht; nur ihr Haar leuchtete noch in »Herbstflamme«.

Wenn ich nicht einen derartigen Kater gehabt hätte, wäre mir vielleicht noch eine rettende Idee gekommen. Doch wir starrten einander an, und mir war klar, daß ich ertappt worden war; ich blieb wie angewurzelt stehen, knietief zwischen Rosmarin und Steinkraut, wie ein Hirsch im Angesicht des Jägers. Dann gab es nur noch Geschrei und Theater. Sie kam durch das Tor gestürmt, als ich gerade ein paar schwankende Schritte rückwärts auf Olivias Haus zu machen wollte. Sie packte mich an den Haaren und zerrte mich mit. Ihr Kopf zuckte, als sie meinen Atem roch.

»Hast du mit der Hure getrunken? Hast du auch mit ihr geschlafen?« Ohne Rücksicht auf meine Narben ohrfeigte sie mich; ihre Stimme hallte in meinem empfindlichen Schädel wider wie ein Schuß in einer Höhle. Während sie mich zum türkisen Haus schleifte, schlug sie mich auf den Kopf, die Arme, überallhin, wo sie mich treffen konnte. »Was hast du da drüben getrieben? Hast du da die Nacht verbracht? Hast du? Hast du?« Sie schlug mich kräftig mitten auf das Ohr, und das Penhaligon-Parfum fiel mir aus der Hand und knallte auf den Asphalt.

Ich riß mich von ihr los und kniete mich hin. Die Flasche war in ihrem silbernen Käfig zerbrochen, das Parfum rann über den Bürgersteig. Ich tauchte die Hände in die Pfütze. Meine Kindheit, mein englischer Garten, dieses kleine Stück von etwas Echtem.

Marvel packte mich am Arm, zerrte mich hoch und kreischte: »Du undankbares Ding!«

Ich umklammerte ihre Arme und schrie ihr ins Gesicht: »Ich hasse dich so, ich könnte dich umbringen!«

»Wie kannst du es wagen, die Hand gegen mich zu heben!« Sie war viel stärker, als ich gedacht hatte. Sie durchbrach meinen Klammergriff innerhalb einer Sekunde und schlug mir so fest ins Gesicht, daß ich Sternchen sah. Sie packte mich unter den Achselhöhlen und schob mich zum Haus zurück, wobei sie mir alle paar Schritte gegen die Beine trat. »Geh ins Haus, geh endlich rein!«

Sie öffnete die Tür und schubste mich hinein. Ich segelte in den Trümmerhaufen des Weihnachtsabends: dreckige Gläser und

Schüsseln, Geschenkpapier. Die Kinder sahen von ihren neuen Spielzeugen auf, Ed von seinem Fußballspiel. Ich stolperte gegen das Regal mit Marvels Nippes, worauf ihr »Betty und ihre Schwestern«-Porzellanteller herunterfiel und zerbrach.

Sie kreischte auf und schlug mich gegen die Schläfe, so daß ich wieder Sterne sah. »Das hast du absichtlich gemacht!« Sie schubste mich auf den Boden; ich hatte Angst, daß sie mein Gesicht in die Glasscherben drücken würde. Sie trat mich in die Rippen. »Heb es auf!« Die Kinder fingen an zu heulen.

»Assi –« Caitlin rannte mit ausgebreiteten Armen auf mich zu. Marvel fing sie ab und beförderte die Kinder auf den Hof, während ich heulend die Glasscherben aufhob. Ich hatte den Teller nicht absichtlich kaputtgemacht, doch wenn es mir in den Sinn gekommen wäre, hätte ich es vermutlich getan. Sie hatte meine Parfumflasche zerbrochen, etwas Echtes, vom Hoflieferanten der Queen, hergestellt aus mehreren Pfund englischer Frühlingsblumen, nicht bloß die Kopie einer Kopie einer Kinderbuchillustration. Als sie wieder zurückkam, warf sie mir den Besen hin. »Jetzt feg den Rest zusammen!« Dann wandte sie sich an Ed: »Gott, du wirst es nicht glauben, wo ich sie gerade entdeckt habe! Sie ist aus dem Haus von dieser Niggerhure gekommen, hat da die Nacht verbracht! Ist das der Dank für all unsere Mühe und Arbeit?«

Ed drehte sein Fußballspiel lauter.

Ich warf die großen Scherben weg, Jo, Amy und Beth, die andere und Marmee. Alle zerbrochen. Ja, so ist das Leben, Marmee. Ein kleiner Unfall, und es ist für immer vorbei. Jo wird es in einer Pflegefamilie nicht gefallen, sie wird von einer Stelle zur nächsten geschickt und schließlich erschossen. Amy wird adoptiert, sie ist niedlich, doch du wirst sie nie mehr wiedersehen, Beth wird verrecken, und die andere wird im Park Nummern schieben, um an Dope zu kommen. Sagt dem Kaminsims ade; willkommen in meinem Leben!

Ich fegte die Scherben zusammen und achtete darauf, keine Splitter übrig zu lassen, denn Caitlin lief immer barfuß umher.

»Und wenn du damit fertig bist, kannst du anfangen, das Zimmer aufzuräumen! Ich werd' dieser Niggerhure jetzt mal gründlich die Meinung sagen!« Ich sah aus dem Küchenfenster, während Marvel durch unseren Vorgarten auf Olivias Grundstück marschierte. Ich hörte die schmiedeeiserne Gittertür zuschlagen, aber nicht einrasten, dann schlug sie wieder auf. Sie hämmerte gegen Olivias Tür und kreischte: »Wach auf, du Nutte, du alte Schlampe, du Stück Scheiße! Halt dich bloß fern von dem Mädchen, hörst du mich, Nigger?«

Die ganze Nachbarschaft war am Weihnachtsmorgen zu Hause und hörte zu, während sie die Geburt des Christuskindes feierte. Bravo, Marvel! Nur weiter so, Mädchen! Zeig allen, was wirklich in dir steckt. Mein einziger Trost war, daß Olivia sie nicht hören konnte, so fest, wie sie auf der Rückseite des Hauses schlief.

Marvel riß ein paar Hände voll Blumen aus Olivias Vorgarten, derweil sie zurück zu unserem Haus stürmte, und warf die entwurzelten Pflanzen gegen Olivias geschlossene Fensterläden.

Trotz Übelkeit und Kopfschmerzen verbrachte ich den Rest des Tages damit, Geschenkpapier zusammenzufalten, Zierschleifen wegzuräumen, Popcorn und Styroporkugeln aufzusaugen, Abfall wegzuschleppen und eine Ladung schmutziges Geschirr nach der anderen zu spülen. Marvel erlaubte mir nicht, mich hinzulegen. Sie wiederholte nur ständig: »Wie man sich bettet, so liegt man. Das hast du nun davon.«

Später am Tag kam die Polizei. s s. Die Kinder wollten sie unbedingt sehen, doch Marvel trat nach draußen und schloß die Tür hinter sich. Vom Wohnzimmer aus sahen wir, wie Marvels Mund auf- und zuklappte und sie mit ihrem fleischigen Arm auf Olivias Haus deutete.

»Was wollen die denn?« fragte Justin. Es war drei Uhr nachmittags; er war immer noch im Schlafanzug und hatte schon ganz glasige Augen vom vielen Fernsehen, von Süßigkeiten und neuen Spielsachen.

»Jemand hat einen Hund verloren«, sagte ich.

Marvel öffnete die Tür und rief nach mir.

Ich ging hinaus, während ich den Saphir meines Hasses schliff. »Jawohl«, sagte ich im Flüsterton.

Marvels Augen besprühten mich mit Tränengas, unter ihrem Blick schlug meine Haut Blasen. Der ältere der beiden weißen Polizisten zog mich beiseite. »Sie sagt, daß du die Nacht bei der Frau von nebenan verbracht hast. Strenggenommen ist das ein Ausreißversuch.«

Ich trat von einem Bein aufs andere, mein pulsierender Kopfschmerz begleitete jeden Herzschlag. Wenn ich konzentriert einatmete, konnte ich englische Blumen riechen. Aus dem Haus schallte die aufgeregte Stimme des Fußballreporters, und einen Moment lang wanderte der Blick des Polizisten in Richtung der Fernsehgeräusche. Dann fiel ihm wohl wieder ein, weswegen er eigentlich gekommen war, und er wandte sich wieder mir zu.

»Hat diese Frau dir Alkohol gegeben?«

»Nein. Marvel und Ed hatten gestern abend eine große Weihnachtsfeier. Der Eierflip hat's in sich gehabt.« Mein funkelnder Saphir, Officer Moody. Sehen Sie, wie er glitzert? Ich kann kein Wässerchen trüben. »Lassen die Sie etwa an Weihnachten arbeiten?«

»Ich mach' dreifache Überstunden«, sagte er. »Irgendwie muß das Geld für die Alimente ja reinkommen. Also, was hast du nebenan gemacht?«

»Platten gehört, mich unterhalten.«

»Und du hast dort übernachtet?«

»Nun ja, hier war's viel zu laut, um zu schlafen.«

Er zupfte an seinem fleischigen Ohrläppchen herum. »Gehst du oft nach nebenan?«

Ich zuckte mit den Schultern. »Sie ist nett, aber sie hat auch viel zu tun. Sie ist oft verreist.«

»Hat sie dich je ihren Freunden vorgestellt?«

Ich schüttelte den Kopf und ließ dabei den Mund offenstehen, ein bißchen beschränkt, so als hätte ich keine Ahnung, worauf er anspielte. Sie meinen, ob sie mich je einem ihrer Freier vorgestellt hat? Hat sie mich je dem BMW-Mann auf einer Kuchenplatte angeboten, wie in »Pretty Baby«? Ich hätte ihm am liebsten ins Gesicht gelacht.

»Hat sie je mit dir darüber gesprochen, womit sie ihr Geld verdient?« Er sprach sehr ruhig und strich sich dabei über den buschigen Schnurrbart.

»Sie arbeitet für einen Party-Service, glaub' ich.« Ich weiß auch nicht, woher diese Eingebung kam.

»Was für ein Blödsinn! Das ist doch alles erstunken und erlogen!« schrie Marvel mit empört zusammengekniffenen Augen. Sie hatte sich ein Stückchen weiter weg mit dem anderen Polizisten unterhalten.

Ich drehte mich mit dem Rücken zum türkisen Haus, damit Marvel mir nicht die Worte von den Lippen ablesen konnte. »Marvel haßt sie, weil sie gut aussieht und keine Kinder hat, um die sie sich kümmern muß. Sie beschimpft sie andauernd mit irgendwelchen Ausdrücken – *Nigger, Hure*. Es ist ziemlich peinlich, aber was soll ich machen, ich bin nur ein Pflegekind. Sie macht das mit allen Nachbarn so, jeder wird es Ihnen bestätigen. *Bohnenfresser* hier, *Judensau* da, die ganze Nachbarschaft haßt sie deshalb schon.« Wahrscheinlich sagte er auch *Nigger* und *Bohnenfresser*, dieser Officer Moody, der sich an den roten Ohrläppchen zupfte, aber sicher nicht da, wo es irgend jemand zu Protokoll nehmen konnte.

Sie schickten mich wieder ins Haus, doch durch das Küchenfenster beobachtete ich, wie die Schutzstaffel durch Olivias Garten ging und an ihre Tür klopfte. Fünf Minuten später waren sie wieder zurück. Ich hörte Marvel kreischen: »Wollen Sie sie nicht festnehmen?«

Der Streifenwagen setzte sich langsam in Bewegung und rollte vom Bordstein herunter – ohne Olivia Johnstone.

Den Rest der Weihnachtsferien verlief wieder alles wie gewohnt, außer daß Marvel mich im Auge behielt wie eine Ladendiebin. Kein kurzer Gang mehr zum Supermarkt oder in die Bibliothek, kein »Lauftraining« mehr. Doch sie schrie mich nicht mehr ganz so viel an, gab mir statt dessen wie früher Anweisungen und behandelte mich ansonsten wie eine Sklavin. Am Neujahrsabend ließ sie mich zum Babysitten allein zu Hause, rief allerdings viermal an, um sich zu vergewissern, ob ich auch noch da war. Ich hinterließ Nachrichten auf Olivias Anrufbeantworter, doch sie hob nie ab.

15

Am ersten Schultag nach den Weihnachtsferien wurde ich während der dritten Stunde zur Schuldirektion gerufen. Im Büro der stellvertretenden Direktorin wartete eine säuerliche, übergewichtige Sozialarbeiterin auf mich. Die stellvertretende Direktorin forderte mich auf, meinen Spind leer zu räumen und meine Schulbücher beim Pförtner abzugeben. Sie sah mir dabei nicht einmal ins Gesicht. Die neue Sozialarbeiterin sagte, sie habe meine Sachen bereits im Auto.

Ich drehte die Kombination an meinem Zahlenschloß und holte die Schulbücher aus meinem Spind. Einerseits war ich ziemlich verblüfft, andererseits aber auch nicht. Es war typisch für Marvel, mich ohne jegliche Vorwarnung mitten aus dem Unterricht holen zu lassen. Gerade eben war ich noch bei ihr gewesen – und plötzlich nicht mehr. Ich würde keinen von ihnen je wiedersehen, würde nicht mehr die Möglichkeit haben, mich von Olivia zu verabschieden.

Die Sozialarbeiterin, Ms. Cardoza, beschimpfte mich den ganzen Weg lang, während wir über den Ventura Freeway in die Stadt fuhren. »Mrs. Turlock hat mir alles erzählt. Daß du Drogen genommen und dich rumgetrieben hast. Und das mit kleinen Kindern im Haus! Ich bringe dich jetzt wohin, wo du lernen wirst, dich ordentlich zu benehmen!« Sie war eine häßliche junge Frau mit breitem Gesicht, grobem Teint und einer entschlossen zusammengepreßten Kieferpartie. Ich machte mir nicht die Mühe, mit ihr zu diskutieren. Ich würde nie wieder mit irgend jemandem sprechen.

Ich dachte darüber nach, welche Lügen Marvel wohl den

Kindern erzählen würde, um zu erklären, warum ich nicht mehr nach Hause kam. Daß ich gestorben sei – oder davongelaufen. Aber nein, das paßte nicht zu Marvel, der musterhaften Glückwunschkarten-Frau, die sich das Haar hinter verschlossenen Türen färbte. Sie würde sich etwas völlig anderes ausdenken, etwas, was man guten Gewissens auf einem Zierteller abbilden konnte. Daß ich zu meiner Großmutter auf eine Farm gezogen sei, wo wir Ponys hielten und den ganzen Tag lang Eiscreme aßen.

Obwohl es weh tat, mußte ich mir eingestehen, daß Olivia wahrscheinlich erleichtert war. Sie würde mich ein bißchen vermissen, doch es war nicht ihre Art, irgend jemanden besonders zu vermissen. Zu viele goldene Abzeichen klopften an ihre Tür. Sie würde eher Pullovern huldigen. Ich verschränkte die Arme um meine Taille und sackte gegen die Tür. Wenn ich mehr Energie gehabt hätte, hätte ich die Autotür geöffnet und mich unter den Tieflader fallen lassen, der neben uns fuhr.

Mein neues Heim war in Hollywood, ein großes Holzhaus im Craftsman-Stil mit tiefer überdachter Veranda, viel zu schön für die Unterbringung eines Pflegekindes. Ich fragte mich, was dahinterstecken mochte. Ms. Cardoza war ganz aufgeregt, sie öffnete und schloß in einem fort ihre Handtasche. Ein Latino-Mädchen mit einem langen Zopf ließ uns herein und musterte mich zurückhaltend. Im Haus war es dunkel, vor den Fenstern hingen schwere Vorhänge. Die Wände waren bis auf halbe Höhe mit glänzenden Holzpaneelen bedeckt, die nach Zitronenöl dufteten.

Einen Augenblick später erschien die Pflegemutter, chic gekleidet, sehr aufrecht, eine wirkungsvolle helle Strähne in ihrem dunklen Haar. Sie schüttelte uns die Hände, und Ms. Cardozas Augen glänzten, während sie Amelias maßgeschneidertes Kostüm und die hohen Absätze auf sich wirken ließ. »¿Qué pasa con su cara?« fragte die Pflegemutter. Was mit meinem Gesicht passiert sei. Die Sozialarbeiterin zuckte mit den Schultern.

Amelia lud uns ein, sich in ihr Wohnzimmer zu setzen. Es war geschmackvoll eingerichtet, geschnitztes Holz und Stühle mit Klauenfüßen, weißer Damast und Petit-point-Stickereien. Sie reichte uns Tee in einem silbernen Service und Butterplätzchen auf geblümten Porzellantellern. Ich fuhr alles auf, was ich bei Olivia gelernt hatte, und zeigte ihr, wie vornehm ich Tasse und Untertasse halten und den Löffel vor dem Herunterfallen bewahren konnte. Sie unterhielten sich auf spanisch, während ich nach draußen blickte und die Deodarazeder betrachtete, die das Erkerfenster einrahmte. Es war ruhig, kein Fernseher lief. Ich konnte die kleine Uhr auf dem Kaminsims ticken hören.

»Es ist schön, no? Kein Schlafsaal«, sagte Amelia Ramos mit einem Lächeln. Sie saß auf der Stuhlkante und kreuzte die Beine an den Knöcheln. »Dies ist mein Zuhause, und ich hoffe, daß du gern an unserem Leben teilnehmen wirst.«

Alle paar Minuten ging eines der Mädchen vorbei und warf einen unergründlichen Blick durch die Wohnzimmertür, während Amelia die Papiere unterschrieb und mit ihrem leicht spanisch gefärbten Akzent die Spielregeln erklärte: Jedes Mädchen kochte an einem Abend der Woche und spülte danach das schmutzige Geschirr. Ich würde mein Bett selbst machen und jeden zweiten Tag duschen. Mit der Wäsche und anderen Haushaltstätigkeiten wechselten sich die Mädchen ab. Sie sei Innenausstatterin, erklärte sie mir. Es sei daher wichtig, daß ihre Mädchen selbst auf sich aufpaßten. Ich nickte jedes Mal, wenn sie eine Pause einlegte, und fragte mich, warum sie sich überhaupt Mädchen ins Haus holte. Vielleicht war ihr das Haus allein zu groß, und sie fühlte sich einsam.

Die anderen Mädchen unterhielten sich auf spanisch über den polierten Eßtisch hinweg, dabei lachten sie leise und starrten mich nur an. Ich war das weiße Mädchen. Ich hatte das schon mal erlebt, man konnte daran nichts ändern. Amelia stellte sie mir vor: Kiki, Lina, Silvana. Das Mädchen mit dem langen Zopf war Micaela, und das drahtige, aggressiv aussehende Mädchen mit der halbmondförmigen Narbe auf der Stirn, das uns das Essen servierte, war Nidia Diaz. Wir aßen Chiles Rellenos mit Salat und Maisbrot.

»Es schmeckt gut«, sagte ich und hoffte, daß Nidia endlich aufhören würde, mich so wütend anzustarren.

»Ich suche die Rezepte aus«, sagte Amelia. »Einige der Mädchen kommen zu mir und können noch nicht mal eine Büchse öffnen.« Sie betrachtete Nidia und lächelte.

Nach dem Essen trugen wir unsere Teller in die Küche, wo Nidia mit dem Abwasch begann. Sie nahm meinen Teller entgegen und kniff die Augen zusammen, sagte aber kein Wort.

»Komm hier herein, Astrid«, rief Amelia. Sie führte mich in ein kleineres Wohnzimmer, femininer eingerichtet als das große, mit spitzengesäumten Tischdecken und einer altmodischen Couch. Sie bot mir den Sessel neben ihrem an und schlug ein großes, in Leder gebundenes Fotoalbum auf der Marmorplatte des Couchtisches auf. »Das hier ist mein Zuhause. In Argentinien. Ich hatte dort ein herrliches Haus.« Sie zeigte mir Fotos eines rosafarbenen Hauses, dessen Innenhof mit Natursteinplatten gefliest war; eine Abendgesellschaft saß bei Kerzenschein an Tischen, die um ein rechteckiges Schwimmbad gruppiert waren. »Ich konnte mühelos ein Abendessen für zweihundert Leute geben«, sagte sie.

Im dunklen Inneren des Hauses konnte man eine mächtige, breite Treppe und dunkle Heiligenbilder erkennen. Auf einem Foto saß Amelia, mit Perlen behängt, auf einem thronartigen Sessel vor einem Gemälde, das sie selbst darstellte. Quer über ihrem Ballkleid trug sie ein Ordensband, und rechts und links von ihrem Sessel standen ein Mann, ebenfalls mit Ordensband geschmückt, und ein hübscher kleiner Junge. »Das sind mein Sohn Cesar und mein Mann.«

Ich fragte mich, was in Argentinien passiert war. Was machte sie überhaupt hier in Hollywood, wenn es dort so toll war? Und was war mit ihrem Mann und ihrem kleinen Sohn geschehen? Ich wollte sie gerade fragen, als sie die Seite umklappte und mit einem lackierten Fingernagel auf ein Foto deutete, auf dem zwei Mädchen in braunen Uniformen auf einem Rasen knieten. »Meine Dienstmädchen«, sagte sie und lächelte wehmütig. »Sie haben auf ihren fetten *culos* herumgesessen, deshalb habe ich sie das Unkraut auf dem Rasen jäten lassen.«

Sie starrte andächtig auf das Foto der Unkraut zupfenden Mädchen. Ich bekam das kalte Grausen. Es war eine Sache, Leute Unkraut jäten zu lassen, aber aus welchem Grund sollte es irgend jemand fotografieren wollen? Wahrscheinlich war es besser, die Antwort darauf nicht zu wissen.

Mein Zimmer in Amelias Haus war sehr geräumig; zwei Betten, die mit blümchenübersäten weißen Quilts bedeckt waren, und Blick in die Deodarazeder. Silvana, das Mädchen, mit dem ich das Zimmer teilte, war älter als ich; sie hatte ihre Augenbrauen zu einer dünnen Linie gezupft und die Lippen mit Konturenstift umrandet, aber nicht ausgemalt. Sie lag auf dem Bett, das weiter von der Tür entfernt stand, feilte sich die Fingernägel und musterte mich, während ich meine Sachen in die Kommode räumte und die Kartons in den begehbaren Kleiderschrank stellte.

»Zuletzt habe ich in einer umgebauten Wäschekammer geschlafen«, sagte ich. »Hier ist es dagegen echt nett.«

»Der Schein trügt«, entgegnete Silvana. »Und glaub nicht, daß es dir irgendwas nützt, wenn du der alten Hexe in den Arsch kriechst. Du schlägst dich besser auf unsere Seite.«

»Sie scheint doch ganz okay zu sein«, sagte ich.

Silvana lachte. »Wart's ab, *muchacha!*«

Am nächsten Morgen wartete ich, bis ich an der Reihe war, das riesige weißgekachelte Badezimmer zu benutzen, zog mich dann an und ging nach unten. Die Mädchen wollten gerade zur Schule aufbrechen. »Hab' ich das Frühstück verpaßt?« fragte ich.

Silvana antwortete nicht, schulterte bloß ihren Rucksack, die Augenbrauen zwei gleichgültige Bögen. Eine Hupe ertönte, und sie lief nach draußen, stieg in einen tiefer gelegten violetten Pickup und fuhr davon.

»Du willst Frühstück?« meinte Nidia, während sie sich im Flur ihre Baseball-Jacke überzog. »Es steht im Kühlschrank. Wir haben es für dich aufgehoben.«

Lina und Kiki Torrez lachten.

Ich ging in die Küche zurück. Der Kühlschrank war mit einem Vorhängeschloß gesichert.

Als ich wieder in den Flur zurückkam, standen sie immer noch da. »Hat's geschmeckt?« fragte Nidia. Ihre bernsteinfarbenen Augen unter der sichelförmigen Stirnnarbe glitzerten wie die eines Habichts.

»Wo ist der Schlüssel?« fragte ich.

Kiki Torrez, ein zierliches Mädchen mit langen, glänzenden Haaren, platzte laut heraus. »Bei unserer Herrin der Schlüssel. Bei deiner Freundin, der edlen Dame.«

»Sie ist jetzt arbeiten«, sagte Lina, eine winzige Mittelamerikanerin mit einem breiten Maya-Gesicht. »Sie wird gegen sechs wieder zu Hause sein.«

»*Adiós*, Blondie«, sagte Nidia und hielt den anderen die Tür zum Gehen offen.

Es dauerte nicht lange, bis ich kapiert hatte, weshalb die Mädchen Amelia »*Cruella de Vil*« nannten. In dem wunderschönen Holzhaus ließ man uns die ganze Zeit hungern. An den Wochenenden, wenn Amelia zu Hause war, bekamen wir etwas zu essen, doch während der Woche gab es nur Abendessen. Sie hielt den Kühlschrank stets verschlossen, Telefon und Fernseher waren sicher in ihrem Zimmer untergebracht. Man mußte sie um Erlaubnis bitten, wenn man das Telefon benutzen wollte. Ihr Sohn Cesar wohnte in einem Zimmer über der Garage. Er hatte AIDS und rauchte den ganzen Tag über Pot. Er hatte Mitleid mit uns und wußte, wie hungrig wir waren; da er aber andererseits mietfrei wohnte, hatte er nicht das Gefühl, viel für uns tun zu können.

Ich saß mit stechenden Kopfschmerzen im Gesundheitskunde-Unterricht der zehnten Klasse. Ich hätte nicht sagen können, ob wir gerade Geschlechtskrankheiten oder Tuberkulose durchnahmen. Worte brummten um mich herum wie Fliegen, die nicht landen wollten; Wörter krochen über die Seiten meines Buches wie Ameisenkolonnen. Das einzige, woran ich denken konnte, war, daß ich an diesem Abend Käsemakkaroni kochen würde, daß ich soviel wie möglich vom Käse verschlingen würde, ohne mich erwischen zu lassen.

Während ich die helle Soße für die Käsemakkaroni anrührte, versteckte ich ein Stück Margarine hinter einem Stapel Teller. Die Mädchen hatten mir von vornherein gesagt, daß diejenige, die Küchendienst hatte, immer Essen für alle stahl und daß sie mir das Leben zur Hölle machen würden, wenn ich mich nicht daran beteiligte. Nach dem Abwaschen trug ich die Margarine unter meinem T-Shirt versteckt in mein Zimmer hinauf. Kaum hörten wir, daß Amelia in ihrem Schlafzimmer mit einer Freundin telefonierte, kamen alle in unser Zimmer, und wir vertilgten das ganze Stück. Ich teilte die Margarine mit meinem Taschenmesser in einzelne Würfel. Wir aßen sie langsam, ließen sie im Mund zergehen wie Lutschbonbons. Ich spürte, wie die Kalorien unverdünnt in meine Blutbahn krochen und mich high machten.

»Achtzehn und tschüs!« sagte Nidia, während sie sich die Finger ableckte. »Wenn ich die alte Hexe nicht vorher schon umbringe.«

Doch Amelia mochte mich. Sie erlaubte mir, neben ihr zu sitzen und ihren Teller leer zu essen, wenn sie genug gehabt hatte. Wenn ich richtig Glück hatte, lud sie mich nach dem Abendessen ins Wohnzimmer ein, um mit ihr über Inneneinrichtungen zu reden, ihre Stoffproben und Tapetenmuster zu betrachten. Ich nickte zu ihren endlosen Anekdoten über das aristokratische Argentinien, trank Tee und stopfte wortlos Butterplätzchen in mich hinein. Die Mädchen nahmen es mir übel, daß ich mit dem Feind kollaborierte, und ich konnte es ihnen nicht mal verdenken. Sie sprachen nicht mit mir, weder in der Schule noch während der langen hungrigen Nachmittage, die wir ausgesperrt auf der Straße zubrachten, bis Amelia nach Hause kam. Keine von uns hatte einen Schlüssel, wir könnten ja etwas stehlen oder in ihr Zimmer einbrechen und das Telefon benutzen.

Was soll ich über diese Zeit meines Lebens berichten? Hunger bestimmte jeden Augenblick, Hunger und sein schweigender Zwilling, das ständige Bedürfnis zu schlafen. Die Schule zog wie im Traum an mir vorbei. Ich konnte nicht denken. Die Logik verließ mich, und das Gedächtnis sickerte davon wie Motorenöl. Der Magen tat mir weh, meine Periode blieb aus. Ich schwebte über die Bürgersteige, ich war Rauch. Die Regenfälle setzten ein, und ich war krank und wußte nicht, wohin ich nach der Schule gehen sollte.

Ich trieb durch die Straßen Hollywoods. Überall waren obdachlose Kinder, sie kauerten in Hauseingängen, bettelten um Dope, Geld, eine Zigarette oder einen Kuß. Wenn ich in ihre Gesichter sah, blickte mir mein eigenes entgegen. Auf der Las Palmas Avenue verfolgte mich ein Mädchen, das den Kopf halb kahlrasiert hatte, und nannte mich Wendy. »Lauf nicht weg vor mir, Wendy«, schrie es mir hinterher. Ich klappte mein Messer in der Jackentasche auf, und als das Mädchen mich von hinten an der Jacke packte, drehte ich mich um und hielt es ihm unter das Kinn.

»Ich bin nicht Wendy«, sagte ich.

Sein Gesicht war tränenverschmiert. »Wendy«, flüsterte es.

An einem anderen Tag ertappte ich mich dabei, wie ich statt nach Osten in Richtung Westen ging, dann nach Norden, im Zickzack durch nasse Seitenstraßen, und dabei den harzigen Duft von Eukalyptus, Pittosporum und übriggebliebenen Orangen an den Bäumen aufsog. In meinen Schuhen gluckste das Wasser, mein Gesicht brannte fiebrig. Mir war zwar irgendwie klar, daß ich aus dem Regen gehen und mir die Füße trocknen sollte, um eine Lungenentzündung zu verhindern, doch ich verspürte einen seltsamen Drang, weiter in Richtung Nordwesten zu gehen. Ich pflückte eine Orange von einem Baum; sie war so sauer wie Essig, doch ich brauchte das Vitamin C dringend.

Erst als ich auf dem Hollywood Boulevard herauskam, wurde

mir klar, wohin ich eigentlich gegangen war. Ich stand vor unserem alten Apartmenthaus, schmutzig weiß und fleckig vom Regen, Wasser tropfte aus den Bananenstauden, den Palmen und den glänzenden Oleanderbüschen. Hier war unser Flugzeug abgestürzt. Ich sah unsere Fenster; die, die Barry zerbrochen hatte, Michaels Fenster. In seinem Apartment brannte Licht.

Einen Moment lang erwachte mein Herz zu neuem Leben, schlug hoffnungsvoll, während ich die Namen neben den Klingeln las und mir vorstellte, wie er die Tür öffnete, seine Überraschung, er würde nach Johnny Walker riechen, die Wärme seines Apartments, der Putz, der von der Decke bröckelte, die Stapel mit Variety-Magazinen, im Fernsehen lief gerade ein toller Film – wie willkommen ich sein würde. Masaoka, Benoit/Rosnik, P. Henderson. Aber kein McMillan, kein Magnussen.

Durch meine Enttäuschung ging mir auf, was ich wirklich erwartet hatte. Daß wir noch hier wohnten. Daß ich hineingehen könnte und meine Mutter vorfinden würde, die gerade ein Gedicht schrieb, daß ich mich in ihre Decke einwickeln könnte und dies alles nur ein Traum wäre, von dem ich ihr erzählen konnte. Ich war nicht wirklich ein Mädchen, das nur einen Schritt von der Obdachlosigkeit entfernt lebte, das die Reste von Amelias Teller aß. In diesem Apartment hatte meine Mutter Barry Kolker nie kennengelernt, und Gefängnis war etwas, von dem sie mal in der Zeitung gelesen hatte. Ich würde ihr die nach Veilchen duftenden Haare bürsten und in den heißen Nächten wieder mit ihr im Pool schwimmen. Wir würden den Sternen neue Namen geben.

Doch wir waren nicht mehr da. Michael war nicht mehr da. Die Tür war verschlossen, im Schwimmbecken wuchsen grüne Algen, und die Wasseroberfläche war picklig vom Regen.

Ich lehnte an der Mauer des Pausenhofs der Hollywood High School, hatte Fieber und bemühte mich, den anderen Kindern nicht beim Essen zuzusehen. Ein Mädchen schaute in ihre Butterbrottüte, zog ein Gesicht und warf das beleidigende Mahl in die Mülltonne. Ich war schockiert. Natürlich würde etwas zu essen auf es warten, wenn es nach Hause kam. Ich hätte ihm am liebsten eine geknallt. Dann fiel mir »Die Kunst des Überlebens« ein. Wenn man mit dem Flugzeug abgestürzt ist, trinkt man Kühlwasser; man erschlägt seine Schlittenhunde. Dies war nicht der rechte Augenblick für Zimperlichkeiten.

Ich ging zur Mülltonne und schaute hinein. Ich konnte seine braune Papiertüte oben auf dem Abfallhaufen liegen sehen. Es stank, die Mülltonnen wurden nie gereinigt, doch ich konnte es tun. Ich tat so, als hätte ich etwas in die Mülltonne fallen lassen, und holte die Butterbrottüte heraus. Sie enthielt ein Thunfisch-Sandwich mit Gurken-Relish. Die Kruste des gebutterten Weißbrots war weggeschnitten worden. In der Tüte waren Möhrenschnitze und sogar eine Packung Apfelsaft, angereichert mit Vitamin C.

Verglichen mit dem Abschlachten seiner Schlittenhunde war es einfach. Ich lernte, gut aufzupassen, wenn die Schulglocke läutete, denn das war der Augenblick, wenn alle ihre Butterbrote wegwarfen und in die Klassenräume zurückeilten. Zur fünften Stunde kam ich regelmäßig zu spät. Aber wenigstens zitterten meine Hände nicht mehr.

Eines Tages wurde ich dann auf frischer Tat ertappt. Ein Mädchen machte ihre Freundin auf mich aufmerksam: »Schau dir das eklige Mädchen da an. Die ißt aus dem Mülleimer!« Und alle drehten sich um und starrten mich an. Ich konnte mich mit ihren Augen sehen: mein vernarbtes Gesicht, wie ich mich gierig mit den Fingern über einen weggeworfenen Joghurt hermachte. Am liebsten wäre ich nicht mehr in die Schule gegangen, doch ich wußte nicht, wo ich sonst hätte essen sollen.

Ich fand eine Bibliothek, in der ich die Nachmittage sicher verbringen konnte, indem ich mir Bilder in Kunstbüchern ansah und malte. Lesen konnte ich nicht mehr; die Wörter wollten einfach nicht stillstehen. Sie trieben die Seite hinunter wie Rosen auf einer Tapete. Ich zeichnete Sambatänzer auf liniiertes Notizblockpapier, malte Michelangelos muskelbepackte Heilige und

Leonardos weise blickende Madonnen ab. Ich zeichnete ein Selbstbildnis, wie ich aus der Mülltonne aß, heimlich, mit beiden Händen wie ein Eichhörnchen, und schickte es meiner Mutter. Daraufhin erhielt ich einen Brief von ihrer Zellengenossin.

Libe Asrid,
du kenns mich nich, ich binn mit deiner Mama in eine Zelle. Deine Brive machen sie so traurich. Schik doch mal frölichere sachen, das du lauter einser machs, oder Ballköhnigin wirrst. Sie is hier lebenslenglich. Warum machs dus noch schwehrer für sie?

Deine Fräundin
Lydia Guzman

Warum ich es ihr noch schwerer machte, Lydia? Weil sie schuld daran war, daß ich jetzt hier war. Ich würde ihr nichts ersparen.

Die Antwort meiner Mutter war pragmatischer. Sie befahl mir, jeden Tag beim Jugendamt anzurufen und ihnen so lange die Hölle heiß zu machen, bis sie mich woanders unterbringen würden. Ihre Schrift war groß, dunkel und emphatisch. Ich konnte ihre Wut spüren, ich wärmte mich daran. Ich konnte ihre Stärke, ihr Feuer jetzt gebrauchen. »Laß nicht zu, daß sie Dich vergessen«, forderte sie mich auf.

Doch hier ging es gar nicht darum, vergessen zu werden. Es ging darum, daß ich ein Ordner in einem Aktenschrank war, dessen Tür sie verschlossen hatten. Ich war eine Leiche mit einem Namensschild am Zeh.

Da ich kein Geld hatte, ging ich auf dem Parkplatz des Spirituosenladens und vor dem Supermarkt betteln, bat Männer um Wechselgeld, um beim Jugendamt anrufen zu können. Die Männer hatten immer Mitleid mit mir. Ein paarmal hätte ich gut einen Freier machen können. Es waren nette Männer, die gut rochen; Büroangestellte, die so aussahen, als ob sie einen Fünfziger springen ließen. Doch ich wollte gar nicht erst damit anfangen. Ich wußte, wie es ausgehen würde. Ich würde mir einen Haufen Essen kaufen, und danach wäre ich wieder hungrig und außerdem eine Nutte. Wenn man glaubt, daß es eigentlich ganz einfach ist, vergißt man bloß, was man dabei draufzahlt.

Amelia kam dahinter, daß ich mich um eine neue Pflegestelle bemüht hatte. Ich kauerte im Wohnzimmer auf dem unbequemen Sofa mit den Holzkanten, während sie hin und her lief, mit den Händen in der Luft herumfuchtelte und geiferte: »Wie kannst du es wagen, solche unverschämten Lügen über mein Haus zu verbreiten! Ich behandle dich wie meine eigene Tochter – und du dankst es mir so! Mit diesen Lügen?« Rund um die schwarze Iris sah man das Weiße ihrer Augen, und in ihren dünnen Mundwinkeln sammelte sich der Speichel. »Dir gefällt mein Haus nicht? Dann schick' ich dich eben zu Mac. Du wirst schon sehen, was für gutes Essen es da gibt! Du kannst froh sein, daß ich dir überhaupt erlaube, mit den anderen Mädchen an einem Tisch zu sitzen, mit deinem scheußlichen Gesicht! In Argentinien würde man dir nicht mal erlauben, das Haus zu verlassen!« Mein Gesicht. Ich fühlte, wie die Narben an meinem Kinn pochten.

»Was weißt du schon von einem vornehmen Haus? Bloß ein gewöhnliches Stück Dreck! Die Mutter im Gefängnis! Weißt du, du stinkst wie ein Müllhaufen! Wenn du ins Zimmer kommst, halten die Mädchen den Atem an. Du beschmutzt mein Haus! Deine Gegenwart ist eine Beleidigung für mich. Ich will dich gar nicht anschauen!« Sie drehte sich um und zeigte die polierte Treppe hinauf. »Geh in dein Zimmer und bleib da!«

Ich stand auf, zögerte jedoch. »Was ist mit dem Abendessen?«

Sie drehte sich auf ihrer Ledersohle um und lachte. »Morgen vielleicht.«

Ich lag auf meinem Bett in dem schönen Schlafzimmer, das nach Zedernholz roch, mein Magen krallte sich zusammen wie eine Katze im Sack. Tagsüber wollte ich nur noch schlafen, doch nachts kehrten die Bilder des Tages zurück wie eine Dia-Show. Stank ich wirklich? War ich Abfall, war ich widerlich?

Ich hörte, wie Silvana hereinkam und sich auf ihrem Bett niederließ. »Dachtest wohl, du wärst was Besonderes, was? Kamst dir wohl superschlau vor? Da siehst du es, du bist auch nicht besser dran als wir. Halt lieber die Klappe, oder du endest noch bei Mac.« Sie warf mir ein Brötchen zu.

Ich verschlang es in zwei Bissen. Es schmeckte so gut, daß ich beinahe weinte. »Was ist ›Mac‹?« fragte ich.

Ich hörte ihr genervtes Seufzen. »Mac. Mac Larens Kinderheim. Da schicken sie dich hin, wenn du nirgendwo anders mehr hin kannst. Du würdest da keinen Tag überstehen! Dich würden sie da zum Frühstück vernaschen, weißes Mädchen.«

»Wenigstens bekommen sie Frühstück«, sagte ich.

Silvana kicherte im Dunkeln.

Draußen fuhr ein Auto vorbei, seine Scheinwerfer malten bewegliche Schatten auf die Zimmerdecke. »Bist du schon mal da gewesen?« fragte ich.

»Nidia«, sagte sie. »Sogar sie hat gesagt, daß es da hart war, und sie ist selbst eine *loca*. Also halt lieber die Klappe, und nimm es hin wie wir andern auch. Denk dran: achtzehn und tschüs!«

Doch ich war erst fünfzehn.

Jetzt war Kiki Torrez ihr Liebling, diejenige, die zu Amelias Rechten saß und Brosamen von ihrem Teller aß wie ein Hündchen. Ich war neidisch und angewidert zugleich. Jetzt wendete Kiki die Seiten der argentinischen Alben um und aß Butterplätzchen, während ich Amelias dreckige Unterwäsche im Waschbecken wusch, ihre Badewanne scheuerte, ihre Kleider und ihre spitzenverzierte Bettwäsche bügelte – und kam mir womöglich in den Sinn, irgend etwas aus Trotz zu beschädigen, dann gab es kein Abendessen.

Sie spielte uns gegeneinander aus. Eines Abends stahl ich eine Dose Süßkartoffeln, und sie nötigte Kiki, mich zu verpetzen. Ich nahm noch weiter ab, meine Rippen ragten hervor wie Bootsspanten. Allmählich konnte ich nachvollziehen, wie ein Mensch einen anderen umbringen konnte.

»Du solltest dir auch Mädchen ins Haus holen«, hörte ich sie einmal zu ihrer Freundin Constanza sagen, während ich gerade das Silber putzte. »Es ist leichtverdientes Geld. Du kannst dann endlich renovieren. Ich werde als nächstes das Badezimmer umbauen.«

Ich polierte die kniffligen Windungen des Gabelgriffs mit einer Zahnbürste. Ich hatte bereits gestern das Besteck poliert, doch sie beklagte sich, daß die Ritzen noch angelaufen waren, und ließ es mich noch mal machen. Ich hätte die Gabel am liebsten in ihren Unterleib gerammt. Ich hätte ihr bei lebendigem Leibe die Haut abziehen können.

Schließlich, im dunklen Monat März, nach wochenlangen, beinahe täglichen Anrufen, gab Ms. Cardoza meinen Fall ab, und ich bekam eine neue Sozialarbeiterin, einen rettenden Engel namens Joan Peeler. Sie war jung, trug Schwarz und hatte lange, hennarot gefärbte Haare. Sie trug vier Silberringe an jeder Hand. Sie sah eher aus wie eine Dichterin als wie eine städtische Angestellte. Als es Zeit für ihren Besuch war, fragte ich sie, ob sie irgendwelche Cafés kannte.

Sie führte mich in eines auf der Vermont Avenue. Wir duckten uns an den Tischen unter dem Vordach vorbei, an denen die zitternden Raucher im Regen saßen und versuchten, trocken zu bleiben, und betraten das feuchtwarme Café.

Sofort wurde ich von Erinnerungen überwältigt: die schwarzen Wände und der Geruch nach irgendeinem Hippie-Eintopf, der Tisch neben der Registrierkasse, auf dem sich Handzettel, Flugblätter und Gratiszeitungen häuften. Selbst die lachhaft häßlichen Gemälde in dicken Pigmentfarben kamen mir bekannt vor – grüne Frauen mit länglichen Brüsten und Vampirzähnen, Männer mit barocken Erektionen. Und ich erinnerte mich an die Stimme meiner Mutter, daran, wie irritiert sie gewesen war, als das Röhren der Cappuccino-Maschine ihre Lesung unterbrochen hatte, an ihre Bücher, die sich auf dem Tisch stapelten, an dem ich zeichnete und das Geld entgegennahm, wenn jemand eins kaufte.

Ich wollte sie wiederhaben. Ich war überwältigt von dem Bedürfnis, ihre tiefe, ausdrucksvolle Stimme zu hören. Ich wollte hören, wie sie etwas Witziges und Grausames über die Kunstwerke sagte oder eine Geschichte über einen der anderen Dichter erzählte. Ich wollte fühlen, wie ihre Hand über mein Haar strich, während sie sprach.

Joan Peeler bestellte Pfirsichtee. Ich nahm einen starken Kaffee mit Sahne und Zucker und das größte Stück Kuchen, das sie im Angebot hatten, einen Blaubeer-Scone, der wie ein Herz geformt war. Wir saßen an einem Tisch, von dem aus wir auf die Straße blicken konnten, die begräbnisartigen Regenschirme sahen und das weiche Zischen der Autos in den Pfützen hörten. Sie schlug meine Akte auf der klebrigen Tischplatte auf. Ich bemühte mich, langsam zu essen, den buttrigen Biskuitteig und die ganzen Blaubeeren zu genießen, doch ich war zu hungrig. Ich hatte die Hälfte verdrückt, ehe sie zum erstenmal aufblickte.

»Ms. Cardoza hat empfohlen, dich nicht zu verlegen«, sagte meine neue Sozialarbeiterin. »Sie sagt, deine Unterbringung sei angemessen. Sie meint, deine Einstellung ließe zu wünschen übrig.«

Ich konnte mir richtig vorstellen, wie sie es aufschrieb, Ms. Cardoza mit ihrer lehmigen Haut, ihrem Make-up, das sie dick wie eine Kuchenglasur auftrug. Sie hatte mich bei keinem ihrer Besuche auch nur ein einziges Mal ausgeführt, hatte die ganze Besuchszeit mit Amelia verbracht und sich mit ihr auf spanisch bei Tellern mit Butterplätzchen und Yerbabuena-Tee in passenden geblümten Tassen und Untertassen unterhalten. Sie war ja so beeindruckt von Amelia und dem großen Haus, dem glänzenden Silber. All diese Umbauten! Sie fragte sich nie, woher das Geld dafür eigentlich kam. Sechs Mädchen brachten eine ganze Menge Geld für Umbauten ein, ja sogar für Antiquitäten, besonders, wenn sie nichts zu essen bekamen.

Ich sah zu einem schwülstig-schweren Bild einer Frau empor, die mit gespreizten Beinen auf einem Bett lag, aus ihrer Vagina krochen Schlangen hervor. Joan Peeler reckte den Hals, um zu sehen, was ich da betrachtete.

»Hat sie auch erzählt, wieso ich um eine Verlegung gebeten habe?« Ich leckte mir den Puderzucker von den Fingern.

»Sie sagte, daß du dich über das Essen beklagt hättest. Und darüber, daß Mrs. Ramos die Benutzung des Telefons einschränkt. Sie fand dich intelligent, aber verwöhnt.«

Ich mußte laut lachen und zog mir den Pullover hoch, um ihr meine Rippen zu zeigen. Die Männer auf der anderen Seite des Gangs blickten ebenfalls herüber, ein Journalist mit einem Laptop und ein Student, der sich Notizen auf einem Schreibblock machte. Wollten wahrscheinlich sehen, ob ich den Pullover noch höher schieben würde. Nicht, daß es sich gelohnt hätte, ich hatte obenrum sowieso nicht mehr viel zu bieten. »Sie läßt uns verhungern«, sagte ich und zog den Pullover wieder runter.

Joan Peeler runzelte die Stirn und goß Tee durch ein geflochtenes Teesieb in eine angeschlagene Tasse. »Warum beschweren sich die anderen Mädchen nicht?«

»Sie haben Angst vor einer noch schlimmeren Unterbringung. Sie sagt, sie würde uns zu Mac schicken, wenn wir uns beschweren.«

Joan legte ihr Teesieb ab. »Wenn das, was du da sagst, stimmt und wir es beweisen können, dann kann sie ihre Erlaubnis verlieren.«

Ich malte mir aus, wie es tatsächlich ablaufen würde: Joan begann ihre Untersuchung, wurde dann ins San Gabriel Valley versetzt, und ich verlor meine letzte Chance, eine junge Sozialarbeiterin, die sich noch für ihre Schützlinge engagierte.

»Das kann lange dauern. Ich muß sofort da raus.«

»Aber was ist mit den anderen Kindern? Ist es dir denn ganz egal, was mit ihnen passiert?« Joan Peeler riß die mit dunklem Lidstrich umrahmten Augen enttäuscht auf.

Ich dachte an die anderen Mädchen, die stille Micaela, Lina, die kleine Kiki Torrez. Sie waren genauso hungrig wie ich. Und die Mädchen, die nach uns kamen, Mädchen, die das Wort »Pflegekind« bisher noch nicht mal gehört hatten, was war mit ihnen? Ich hätte Amelia gern den Laden dichtgemacht. Doch es fiel mir schwer, mir diese Mädchen vorzustellen. Ich wußte nur, daß ich verhungerte und da raus mußte. Ich fühlte mich schrecklich, weil ich nur meine eigene Haut retten wollte und mir der Rest egal war. Das entsprach nicht dem Bild, das ich von mir selbst hatte. Doch im Grunde wußte ich, daß die anderen Mädchen genauso handeln würden. Keines würde sich um mich scheren, wenn es die Chance hätte, da herauszukommen. Ich würde bloß den Luftzug spüren, während sie sich aus dem Staube machten. »Ich bekomme meine Periode nicht mehr«, sagte ich. »Ich esse aus Mülltonnen. Bitten Sie mich nicht, noch länger zu warten!« Reverend Thomas hatte immer gesagt, daß die Sünder in der Hölle gleichgültig gegenüber den Leiden der anderen waren; das gehöre zur ewigen Verdammnis dazu. Erst jetzt verstand ich, was er damit gemeint hatte.

Sie kaufte mir noch ein Stück Kuchen, und ich fertigte eine Zeichnung von ihr auf der Rückseite eines ihrer Blätter an; ich zeichnete ihr Haar ein bißchen weniger strähnig, übersah den Pickel auf ihrem Kinn, gab ihren grauen Augen etwas vorteilhaftere Proportionen. Ich datierte die Zeichnung und schenkte sie ihr. Vor einem Jahr noch hätte ich Panik gehabt, herzlos zu wirken. Inzwischen wollte ich nur noch regelmäßig essen.

Joan Peeler sagte, sie sei noch nie auf ein Kind wie mich gestoßen, sie wolle mich testen lassen. Ich brachte ein paar Tage damit zu, Formulare mit einem dicken schwarzen Bleistift auszufüllen. *Das Schaf verhält sich zum Pferd wie der Strauß zu ....?* Ich hatte das alles schon mal erlebt, damals, als wir aus Europa wiederkamen und man mich für zurückgeblieben gehalten hatte. Diesmal geriet ich nicht in Versuchung, Bilder auf die Lochkarten zu malen. Joan sagte, die Ergebnisse seien bezeichnend. Man sollte mich auf eine Schule für Hochbegabte schicken, mir neue Herausforderungen bieten; ich sei viel weiter als die zehnte Klasse, ich sollte schon aufs College gehen.

Sie fing an, mich wöchentlich zu besuchen, manchmal zweimal wöchentlich, und sie lud mich zu einer guten Mahlzeit auf

Kosten der Stadt ein. Brathähnchen, Schweinekoteletts, halbpfundschwere Hamburger in Restaurants, in denen alle Kellner Filmschauspieler waren. Sie brachten uns Extraportionen Zwiebelringe und Krautsalat.

Während dieser Mahlzeiten erzählte mir Joan Peeler von sich. Eigentlich sei sie ja Drehbuchautorin, Sozialarbeit sei nur ihr Tagesjob. *Drehbuchautorin.* Ich stellte mir das verächtliche Schnauben meiner Mutter vor. Joan schrieb ein Drehbuch über ihre Erlebnisse als Sozialarbeiterin für das städtische Jugendamt. »Du kannst dir gar nicht vorstellen, was ich schon alles gesehen habe. Es ist unglaublich.« Ihr Freund, Marsh, war ebenfalls Drehbuchautor; zum Broterwerb arbeitete er bei Kinko's Copies, einem Fotokopierladen. Sie hatten einen weißen Hund namens Casper. Sie wollte mein Vertrauen gewinnen, damit ich ihr Dinge über mein Leben erzählte, die sie in ihr Drehbuch einbauen konnte. »Feldforschung« nannte sie das. Sie war voll im Trend, arbeitete zwar für die Stadt, wußte aber genau, was Sache war; ich könne ihr ruhig alles erzählen.

Es war ein Spiel. Sie wollte, daß ich mich nackt auszog; ich schob meinen langen Ärmel bis zum Ellbogen empor und zeigte ihr ein paar meiner Narben von den Hundebissen. Ich haßte sie und brauchte sie. Joan Peeler hatte nie ein Stück Margarine gegessen. Sie hatte nie Kleingeld auf einem Parkplatz geschnorrt, um telefonieren zu können. Ich hatte das Gefühl, daß ich Stücke meiner selbst gegen Hamburger eintauschte. Stücke aus meinem Oberschenkel, die ich als Köder auf meinen Haken steckte. Während wir uns unterhielten, skizzierte ich nackte Karnevalstänzer, die kunstvoll gearbeitete Masken trugen.

16

Joan Peeler fand eine neue Pflegestelle für mich. Die Mädchen blickten ostentativ an mir vorbei, während Joan mir half, meine Sachen in ihren verbeulten roten Karmann Ghia zu laden, dessen Heckaufkleber verkündeten: »Wir haben die Erde nur von unseren Kindern geborgt«, »Wer mit dem Strom schwimmt, treibt irgendwann ins Meer« und »Gute Mädchen kommen in den Himmel, böse überall hin«. Silvana meinte verächtlich, daß ich bevorzugt behandelt werde, weil ich weiß sei. Vielleicht hatte sie recht. Wahrscheinlich. Es war ganz und gar nicht gerecht. Doch an jenem Tag im März, einem dieser perfekten Märztage in L. A., an denen sämtliche Fotografen der Stadt auf den Beinen waren und Schnappschüsse von stahlblauem Himmel, schneebedeckten Bergkuppen und einer Fernsicht von hundert Meilen machten, war mir das egal. Hauptsache, ich konnte endlich dieses Haus verlassen.

Auf dem Mount Baldy lag Schnee, und man konnte schon aus fünf Meilen Entfernung jede einzelne Palme auf dem Wilshire Boulevard erkennen. Während der Fahrt ließ Joan Peeler eine Kassette mit Musik von den Talking Heads laufen.

»Du wirst diese Leute mögen, Astrid«, sagte sie, während wir auf der Melrose Avenue in Richtung Westen fuhren, vorbei an Karosseriewerkstätten und salvadorianischen Pupuserias. »Ron und Claire Richards. Sie ist Schauspielerin, er arbeitet irgendwas beim Fernsehen.«

»Haben sie Kinder?« fragte ich in der Hoffnung, daß die Antwort »nein« war. Kein Babysitten mehr, keine 99-Cent-Geschenke, während die Zweijährige ein lebensgroßes Barbie-Auto bekam.

»Nein. Genaugenommen möchten sie sogar gern jemanden adoptieren.«

Das war ja etwas ganz Neues, eine Möglichkeit, die ich bisher nie in Betracht gezogen hatte. Adoption. Das Wort klapperte in meinem Kopf herum wie Steine in einer Keksdose. Ich wußte nicht, was ich davon halten sollte. Wir fuhren an den Paramount-Filmstudios vorbei, an dem großen Tor mit den drei Bögen, am Parkwächterhäuschen; Leute kurvten auf breitbereiften Fahrrädern über das Gelände. Aus Joans Blicken sprach die Sehnsucht. »Nächstes Jahr werde ich auch da drin sein«, sagte sie. Manchmal fragte ich mich, wer jünger sei, sie oder ich.

Ich tastete das Wort »Adoption« in Gedanken so vorsichtig ab, als sei es radioaktiv, und sah dabei das Gesicht meiner Mutter vor mir, schwammig, mit eingefallenen Wangen und blind vor Wut.

Joan fuhr über den Abschnitt der Melrose Avenue westlich der La Brea Avenue, vorbei an hippen Geschäften, die gebrauchte Stiefel und Spielzeug für Erwachsene verkauften, bog südlich in eine ruhige Seitenstraße ab, in ein gewachsenes Viertel aus Stuckbungalows und hohen Platanen mit kreidigen weißen Stämmen und Blättern wie Hände. Wir parkten vor einem der Häuser, und ich folgte Joan zur Tür. Auf dem Emailleschild unter der Klingel stand in Schreibschrift »The Richards«. Joan klingelte.

Die Frau, die uns öffnete, erinnerte mich an Audrey Hepburn. Dunkles Haar, langer, schlanker Hals und ein breites, strahlendes Lächeln, ungefähr dreißig. Ihre Wangen röteten sich, während sie uns hereinwinkte. »Ich bin Claire. Wir haben euch schon erwartet.« Sie hatte eine altmodische, samtige Stimme und sprach jede Silbe deutlich aus; sie sagte »err-wahr-tett« statt »erwartet«, mit scharfen, präzisen T und R.

Joan schleppte meinen Koffer. Ich trug die Bücher meiner Mutter, Onkel Rays Schmuckkästchen und eine Tasche mit den Sachen von Olivia.

»Kommt, ich helfe euch tragen«, sagte die Frau, nahm mir die Tasche ab und stellte sie auf den Sofatisch. »Stellt das einfach irgendwohin.«

Ich legte meine Sachen neben dem Tisch ab und schaute mich im Wohnzimmer um. Der Raum hatte niedrige Decken und war in Weiß mit einem Stich Rosa gestrichen, der Boden war mit abgebeizten rötlichen Kieferndielen ausgelegt. Es gefiel mir jetzt schon. Über dem Kamin hing ein Bild: eine Qualle vor dunkelblauem Hintergrund, durchzogen von dünnen hellen Linien. Kunst, etwas Handgemaltes. Ich konnte es kaum glauben. Irgend jemand hier hatte ein Kunstwerk gekauft. Und eine Bücherwand mit abgegriffenen Buchrücken, CDs, Schallplatten und Kassetten. Die Sitzecke sah bequem aus, ein blau, rot und violett gewebter Stoff; zwischen den Sitzelementen stand eine Leselampe. Ich traute mich kaum zu atmen. Das konnte einfach nicht wahr sein, das konnte nicht für mich bestimmt sein. Sie würde es sich anders überlegen.

»Wir müssen nur noch ein paar Dinge besprechen«, sagte Joan, setzte sich auf das Sofa und öffnete ihre Aktentasche. »Astrid, könntest du uns einen Moment entschuldigen?«

»Fühl dich wie zu Hause«, sagte Claire zu mir und lächelte, während sie mit einer großzügigen Geste ins Haus deutete. »Schau dich ruhig um.«

Sie setzte sich zu Joan, die meine Akte öffnete, lächelte mich dabei aber weiter an, ein bißchen zuviel, als sei sie besorgt, was ich über sie und ihr Haus denken würde. Am liebsten hätte ich ihr gesagt, daß sie sich keine Sorgen zu machen brauche.

Ich ging in die Küche. Sie war klein, rot-weiß gefliest, mit einer glänzenden Tischplatte und Chromstühlen. Eine richtige Musterküche, dekoriert mit einer Sammlung Salz- und Pfefferstreuer. Betty-Boop-Figuren, Porzellan-Kühe und Kakteentöpfchen. Es war eine Küche, in der man Kakao trinken und Halma spielen konnte. Es beunruhigte mich, wie sehr ich das alles wollte.

Ich ging in den kleinen Garten: bunte, großzügige Blumenbeete und Blumenkübel auf der Holzterrasse, eine Chinesische Ulme mit herabhängenden Zweigen. Es gab ein Windrad, das eine fliegende Gans darstellte, und an der sonnigen Hauswand wuchsen rote Weihnachtssterne. »Kitsch«, hörte ich die Stimme meiner Mutter sagen. Doch es war nicht kitschig, es hatte Charme. Auch Claire Richards mit ihrem breiten »Habt-mich-lieb«-Lächeln hatte Charme. Ihr Schlafzimmer, das mit seinen offenen Flügeltüren an die Terrasse anschloß, hatte Charme. Die Steppdecke auf dem niedrigen Doppelbett aus Kiefernholz, der Kleiderschrank, die Wäschetruhe und der Flickenteppich.

Als ich durch den Flur ging, sah ich sie am Couchtisch sitzen und meine Akte studieren, die Köpfe zusammengesteckt. »Sie hat eine echt harte Zeit hinter sich«, erzählte Joan Peeler meiner neuen Pflegemutter gerade. »Bei einer Pflegefamilie ist sie angeschossen worden ...«

Claire Richards schüttelte den Kopf, ungläubig, daß irgend jemand so grausam sein und auf ein Kind schießen konnte.

Das Badezimmer würde mein Lieblingszimmer werden, das konnte ich jetzt schon sagen. Aqua und rosé gekachelt, in Originalfliesen aus den zwanziger Jahren, über der Badewanne war eine Duschabtrennung aus Milchglas: ein Schwan, der zwischen Rohrkolben schwamm. Der Schwan kam mir sehr bekannt vor. Hatten wir schon mal irgendwo gewohnt, wo es solches Milchglas mit eingeätztem Schwanenmotiv gegeben hatte? Auf dem Badetablett, das quer über der Wanne hing, drängten sich verschiedene Flaschen, Seifen und Kerzen. Ich öffnete Behälter, roch daran und rieb mir Proben auf die Arme. Glücklicherweise verschwanden die Narben allmählich, Claire Richards würde sich die leuchtendroten Striemen nicht ansehen müssen; sie schien mir eher der sensible Typ zu sein.

Sie unterhielten sich immer noch über meinen Fall, als ich in das vordere Schlafzimmer ging. »Sie ist sehr intelligent, wie ich schon gesagt habe, aber sie hat in der Schule ziemlich viel verpaßt. Das ständige Umziehen, Sie verstehen schon ...«

»Vielleicht etwas Nachhilfeunterricht«, meinte Claire Richards.

Mein Zimmer. Betten aus weichem Kiefernholz, gleich zwei Stück, falls Übernachtungsgäste kamen. Dünne, altmodische

Patchwork-Überdecken, echte handgenähte Quilts, die mit Lochspitze eingefaßt waren. Halbvorhänge aus Baumwollkattun, noch mehr Lochspitze. Ein Kiefernpult, ein Bücherregal. Eine Radierung, Dürers Kaninchen, in einem hübschen Kiefernholzrahmen. Es sah verängstigt aus, jedes einzelne Haar war deutlich zu erkennen. Es wartete ab, was als nächstes passierte. Ich setzte mich auf das Bett. Ich konnte mir nicht vorstellen, wie ich diesen Raum füllen sollte, ihn bewohnen, ihn mit meiner Persönlichkeit prägen sollte.

Joan und ich verabschiedeten uns unter Tränen und umarmten uns.

»Tja«, sagte Claire Richards fröhlich, nachdem die Sozialarbeiterin gegangen war. Ich saß neben ihr auf der Sitzgarnitur. Sie umklammerte die Knie mit den Händen und lächelte. »Da bist du nun.« Ihre Zähne hatten das bläuliche, halb durchsichtige Weiß von entrahmter Milch. Ich hätte ihr gern die Befangenheit genommen, sie war nervöser als ich. »Hast du dein Zimmer schon gesehen? Ich habe es noch nicht dekoriert, damit du deine eigenen Sachen aufstellen kannst. Es ganz in deinem Geschmack einrichten kannst.«

Ich hätte ihr gern gesagt, daß ich nicht dem entsprach, was sie sich vorgestellt hatte. Ich war anders, sie würde mich vielleicht nicht wollen. »Das Bild von Dürer gefällt mir.«

Sie lachte, ein kurzes Auflachen, und klatschte in die Hände. »Oh, ich glaube, wir werden uns gut verstehen! Es tut mir bloß leid, daß Ron nicht hier sein konnte. Mein Mann. Er ist gerade in Nova Scotia auf einem Dreh. Er wird nicht vor nächstem Mittwoch zurück sein. Aber was soll man machen! Möchtest du vielleicht Tee? Oder eine Cola? Ich habe Cola gekauft, ich wußte ja nicht, was du gern trinkst. Wir haben aber auch Saft, oder ich könnte dir einen Smoothie mixen –«

»Tee ist prima«, sagte ich.

Noch nie hatte ich soviel Zeit mit jemandem verbracht wie in der folgenden Woche mit Claire Richards. Es war deutlich, daß sie nicht viel mit Kindern zu tun gehabt hatte. Sie nahm mich mit zur Reinigung, zur Bank, als hätte sie Angst, mich auch nur für einen Moment allein zu lassen, als sei ich fünf und nicht fünfzehn.

Eine Woche lang aßen wir aus Pappschachteln und Töpfchen mit fremdsprachigen Etiketten vom Feinkostladen Chalet Gourmet. Weiche, zerlaufende Käseecken, knusprige Baguettes, schrumpelige griechische Oliven. Dunkelroten Prosciutto und Honigmelone, nach Rosen duftende Baklava-Diamanten. Sie aß nicht viel, drängte mich jedoch, das Roastbeef oder die zuckersüßen Grapefruits aufzuessen. Nach drei Monaten bei Cruella brauchte man mich nicht zweimal aufzufordern.

Wir saßen bei unseren Picknicks im Wohnzimmer, und ich erzählte ihr Geschichten über meine Mutter, über meine bisherigen Pflegestellen. Dabei verschwieg ich nach Möglichkeit allzu Häßliches und Extremes. Ich wußte, wie ich das am geschicktesten anstellen konnte. Ich sprach von meiner Mutter, erwähnte aber nur die guten Seiten. Ich bin keine Nörglerin; auch über dich werde ich bestimmt nichts Schlechtes erzählen, Claire Richards.

Sie zeigte mir ihre Fotos und Sammelalben. Ich erkannte sie auf den Bildern kaum wieder. Sie war so schüchtern, daß ich sie mir gar nicht vor Publikum vorstellen konnte, doch beim Anschauen ihrer Alben stellte ich fest, daß sie in ihren Rollen nicht im entferntesten ihrem eigentlichen Ich ähnelte. Sie sang, sie tanzte, sie weinte auf Knien, einen Schleier über den Kopf gezogen. Sie lachte in einer tiefausgeschnittenen Bluse, ein Schwert in der Hand.

»Das war die ›Dreigroschenoper‹«, sagte sie. »Wir haben sie in Yale einstudiert.«

Sie war Lady Macbeth, davor hatte sie die Tochter in »Nacht Mutter« gespielt. Catherine in »Plötzlich letzten Sommer«.

Sie spielte nur noch sehr selten. Sie schob ihr Granatherz an seiner Kette hin und her, klemmte es unter ihre volle Unterlippe. »Ich bin es so leid. Man bereitet sich stundenlang vor und schleppt sich zum Vorsprechen hin, wo sie einen dann zwei Sekunden lang anschauen und einem sagen, man sei zu ethnisch. Zu klassisch. Zu irgendwas.«

»Zu ethnisch?« Ihre hohe blasse Stirn, das glänzende Haar.

»Das bedeutet brünett.« Sie lächelte. Einer ihrer Vorderzähne war schief, er stand ein kleines Stückchen über dem anderen. »Zu klein heißt Busen. Klassisch bedeutet zu alt. Ich fürchte, es ist kein besonders schönes Gewerbe. Ich gehe immer noch ab und zu zum Vorsprechen, doch es ist ein sinnloses Unterfangen.«

Ich wischte mit dem Finger den letzten Rest Boursin aus der Dose. »Warum machst du es dann überhaupt noch?«

»Was – das Showbusineß aufgeben?« Sie lachte so leicht, wenn sie froh war, allerdings auch, wenn sie traurig war.

Das New Beverly Cinema lag gleich um die Ecke von ihrem Haus. Gerade liefen »Herzkönig« und »Die Kinder des Olymp«, und wir kauften uns eine Riesentüte Popcorn und lachten und weinten und lachten dann darüber, daß wir weinten. Früher war ich mit meiner Mutter dauernd dorthin gegangen, allerdings in andere Filme. Sie mochte keine rührseligen Filme. Sie zitierte gerne D. H. Lawrence: »Sentimentalität heißt, sich Gefühlen hinzugeben, die man gar nicht wirklich hat.« Sie zog düstere europäische Filme vor – Antonioni, Bertolucci, Bergman –, Filme, in denen alle starben oder sich wünschten, sie wären gestorben. Claires Filme waren wunderbare Träume. Ich wäre am liebsten in sie hineingestiegen und hätte in ihnen weitergelebt, als hübsches verrücktes Mädchen in einem Tutu. Unersättlich gingen wir am nächsten Abend wieder hin und sahen sie uns noch mal an. Mein Herz fühlte sich an wie ein zu prall gefüllter Ballon, und ich bekam Panik. Womöglich würde ich eine Art Druckluftkrankheit bekommen, wie die Tiefseetaucher, wenn sie zu schnell an die Oberfläche kommen.

Nachts lag ich wach in meinem Bett mit den weißen Spitzenrüschen und betrachtete Dürers Kaninchen. Es mußte einfach schiefgehen. Joan Peeler würde mir mitteilen, daß sie es sich anders überlegt hätten und lieber eine Dreijährige wollten. Sie hätten sich entschlossen, noch ein paar Jahre zu warten. Ich machte mir Gedanken um Claires Mann. Ich wollte nicht, daß er nach Hause kam und sie mir wegnahm. Es sollte immer so bleiben wie jetzt, wo nur wir beide im Wohnzimmer saßen, Gänseleberpastete und Erdbeeren zum Abendbrot aßen, dabei Debussy hörten und uns über unser Leben unterhielten. Sie wollte alles über mich wissen, wie ich war, wer ich war. Das beunruhigte mich; es gab gar nicht so viel über mich zu erzählen. Ich hatte keine besonderen Vorlieben. Ich aß alles, zog alles an, setzte mich überall hin, wo man es mir anbot, schlief, wo man es mir sagte. Ich war unendlich anpassungsfähig. Claire wollte zum Beispiel wissen, ob ich lieber Kokosnußseife oder Grüner Apfel mochte. Ich hatte keine Ahnung. »Du mußt dich schon entscheiden«, sagte sie.

Also benutzte ich grüne Apfelseife und Kamillenshampoo. Ich zog es vor, bei geöffnetem Fenster zu schlafen. Ich mochte mein Fleisch blutig. Ich hatte eine Lieblingsfarbe, Ultramarin, und eine Lieblingszahl, neun. Manchmal hatte ich allerdings den Verdacht, daß Claire mehr in mir suchte, als ich zu bieten hatte.

»Was war der schönste Tag in deinem Leben?« fragte sie mich eines Nachmittags, als wir uns auf der Sitzgarnitur rekelten, ihr Kopf lag auf der einen Armlehne, meiner auf der anderen. Im Radio sang Judy Garland »My funny Valentine«.

»Heute«, sagte ich.

»Nein.« Sie lachte und warf ihre Serviette nach mir. »Davor meine ich.«

Ich versuchte mich zu erinnern, doch es war, als suchte ich im Sand nach vergrabenen Münzen. Immer wieder drehte ich Gegenstände herum, schnitt mich an rostigen Blechbüchsen und versteckten Bierflaschen, doch schließlich fand ich eine alte Münze und polierte sie sauber. Ich konnte das Datum lesen, ihr Herkunftsland.

»Es war damals, als wir noch in Amsterdam lebten. In einem hohen, schmalen Haus direkt am Kanal. Es gab eine steile Wendeltreppe, und ich hatte immer Angst hinzufallen.« Dunkelgrünes

Kanalwasser und Reistafeln. Wasserratten, so groß wie Opossums. Der süßliche Haschischgeruch der Cafés. Meine Mutter ständig bekifft.

»Ich erinnere mich, daß es ein sonniger Tag war und wir Sandwiches mit Hamburger und Zwiebeln aßen, in einem Stehcafé an der Straßenecke, und meine Mutter sang dieses Cowboylied: ›Whoopee ti yi yo, git along little dogies‹.« Es war die einzige Erinnerung, die ich an Amsterdam in der Sonne hatte.

Claire lachte, ein Klang wie Glocken, zog die Knie bis zum Kinn hoch und umschlang sie mit den Armen, dabei schaute sie mich mit einem Blick an, den ich am liebsten in einer Flasche verkorkt und wie einen guten Wein aufgehoben hätte.

»Wir haben in der Sonne gesessen und auf den Kanal geblickt, und sie sagte: ›Guck mal, Astrid, schau dir das an.‹ Und sie hat den Leuten zugewinkt, die auf einem verglasten Touristenboot vorbeifuhren. Und alle Passagiere haben zurückgewinkt. Verstehst du: Sie dachten, wir wären Holländerinnen, die sie in ihrer Stadt willkommen heißen. Das war mein schönster Tag.« Die Sonne und die Silbermöwen und all diese winkenden Leute, die dachten, daß wir dort zu Hause waren, daß wir dort hingehörten.

Am anderen Ende der Couch seufzte Claire, streckte ihre Beine wieder aus und lächelte wehmütig. Sie konnte nicht verstehen, wer ich damals gewesen war: ein dünnes, einsames Kind, das kurze Zeit von dem trügerischen Gedanken gewärmt wurde, irgendwo hinzugehören. Sie sah nur den kindlichen Spaß.

»Du bist wirklich überall gewesen, stimmt's?«

Das stimmte, doch es hatte mir nicht besonders gutgetan.

Am Tag, als Ron aus Nova Scotia zurückerwartet wurde, warf Claire die ganzen Imbißverpackungen weg, machte die Küche sauber und füllte drei Maschinen mit Wäsche. Kochgerüche zogen durchs ganze Haus, und Emmylou Harris sang irgendwas über Banditen in Mexiko. Claire zerpflückte ein ofenwarmes Hühnchen, dabei trug sie Gummihandschuhe, eine rot-weiß karierte Schürze und Lippenstift. »Ich koche Paella, was hältst du davon?«

Es beunruhigte mich. Mir gefiel es, wie es war; wir hatten uns an eine bestimmte Routine gewöhnt, und jetzt wurde sie von dem Familienteil über den Haufen geworfen, den ich noch gar nicht kannte, dem Teil, der alles für mich verändern konnte. Ich ärgerte mich schon über ihren Ehemann, obwohl ich ihn noch nicht einmal kennengelernt hatte. Doch ich saugte im Wohnzimmer Staub, half ihr, das Bett mit frischer Wäsche zu beziehen, auf die herabfallende rote und weiße Rosen gedruckt waren. »Rot und weiß sind die Farben der Ehe«, erklärte Claire mir.

Sie öffnete die Flügeltüren zum Garten, der in der Aprilsonne in voller Blüte stand. Ihre Hände verweilten auf der Steppdecke, strichen den weißen Stoff glatt. Mir war klar, daß sie jetzt am liebsten mit ihm in diesem Bett liegen und mit ihm schlafen wollte. Ich hoffte insgeheim, er würde sein Flugzeug verpassen, auf dem Weg zum Flughafen in einen Unfall verwickelt werden. Ihre zitternde Vorfreude ging mir auf die Nerven. Sie erinnerte mich an eine bestimmte Rosenart, die sie in ihrem Garten gepflanzt hatte. Sie hieß Pristine, war weiß mit einem Hauch Rosa auf den äußeren Blättern, und wenn man sie pflückte, fielen die Blätter sofort ab.

Wieso mußte er ausgerechnet jetzt zurückkommen? Es war gerade so schön. Noch nie hatte ich so im Mittelpunkt gestanden. Ich wollte das bestimmt nicht mit irgendeinem Ehemann teilen, mit irgendeinem Ed auf der Couch. Selbst ein Onkel Ray hätte das wundervolle Gleichgewicht gestört.

Gegen sechs fuhr sein Auto in die Auffahrt, ein kleiner silbriger Alfa Romeo. Er stieg aus, hängte sich eine Reisetasche über die Schulter, lud einen Matchsack und einen Aluminium-Aktenkoffer aus; die Abendsonne schien auf sein graues Haar. Ich stand verlegen auf der Veranda, während sie zu ihm rannte. Sie küßten sich, und ich mußte wegsehen. Wußte sie denn nicht, wie leicht das schiefgehen konnte, hatte sie gar keine Angst?

Wir aßen draußen im Innenhof Paella unter einer Lichterkette, deren Lämpchen wie Chilischoten geformt waren. Im Hintergrund sang Emmylou, der Liebling aller Rodeoreiter. Moskitos wimmerten vor sich hin. Claire zündete Citronella-Kerzen an, und Ron erzählte uns von seinem Auftrag in Halifax; er hatte eine Geschichte über eine Bar recherchiert, in der es spukte. Er produzierte Beiträge für eine Fernsehsendung über das Übersinnliche und Okkulte. Anscheinend hatte der Geist im letzten Jahr beinahe einen Besucher der Bar auf der Herrentoilette erstickt.

»Wir haben drei Stunden gebraucht, um ihn wieder da rein zu bekommen. Selbst zusammen mit dem Filmteam wäre er vor Angst fast durchgedreht. Er war davon überzeugt, daß der Geist diesmal versuchen würde, ihn umzubringen.«

»Was hättet ihr getan, wenn der Geist wirklich aufgetaucht wäre und es versucht hätte?«

Ron streckte die Beine auf der Bank aus und verschränkte die Hände hinter dem Kopf. »Ich hätte ihn mit der WC-Ente außer Gefecht gesetzt!«

»Sehr komisch!« Ihr Gesicht hatte die Form eines perfekten Bonbonherzens, doch in ihren Gesichtszügen lag ein Anflug von Mißtrauen.

»Ich hätte ihn auch mit Meister Proper verschwinden lassen können!«

Während sie herumwitzelten, versuchte ich festzustellen, was Claire so toll an ihm fand. Er war attraktiv, aber nicht umwerfend – mittelgroß, ordentlich, ein feines Gesicht, tadellos rasiert. Er kämmte sich das stahlgraue Haar ohne Scheitel zurück, trug eine randlose Brille und hatte für einen Mann ziemlich rosige Wangen. Haselnußbraune Augen, glatte Hände mit gepflegten Fingernägeln, einen glatten Ehering. Alles an Ron war glatt, ruhig, untertrieben. Er erzählte eine Geschichte, doch es spielte keine Rolle, ob sie uns gefiel oder nicht; nicht wie Barry, der immer auf Applaus gewartet hatte. Er haute einen nicht um. Er schien keine besonderen Bedürfnisse zu haben.

Sie nahm seinen Teller, schob die Reste auf ihren, stapelte die Teller übereinander und griff nach meinem. »Wenn du nicht aufpaßt, könntest du derjenige sein, der eines Tages verschwindet.« Sie sagte es leichthin, doch sie hatte den richtigen Moment verpaßt.

»Der Strudel von La Brea wird mich verschlingen«, sagte er.

Das Telefon klingelte, und Ron ging durch die geöffneten Flügeltüren, um den Anruf entgegenzunehmen. Wir konnten sehen, wie er sich auf die weiße Steppdecke legte und an seinen Zehennägeln pulte, während er telefonierte. Claire hielt beim Abräumen des Tisches inne, und ihr Gesicht umwölkte sich, löste sich, umwölkte sich wieder. Sie stand am Terrassentisch, fummelte mit den Tellern herum, mit den Essensresten und dem Besteck, und versuchte mitzuhören, was er sagte.

Er legte auf und kam an den Tisch zurück. In seinem Sonnenschein verflogen ihre Schatten wieder.

»Arbeit?« fragte sie, als sei es ihr völlig gleichgültig.

»Jeffrey wollte vorbeikommen und sich mit mir über ein Skript unterhalten. Ich habe ihm abgesagt.« Er streckte den Arm über den Tisch und ergriff ihre Hand. Es war unerträglich, mit anzuschauen, wie sie vor Freude ganz rot wurde.

Jetzt fiel ihm ein, daß ich auch noch da war. Ich spielte auf der Tischplatte mit ein paar Reiskörnern aus der Paella herum und legte sie zu einer safrangelben Spirale. »Wir haben einiges nachzuholen.« Er war aalglatt. Ich konnte mir gut vorstellen, wie er eine einsame alte Hellseherin dazu brachte, die Gespräche mit ihrem toten Mann vor der Kamera auszupacken, dabei ihre knorrige Hand in seiner glatten hielt, der glatte goldene Ehering, seine ruhige Stimme, die sagte: »Fahren Sie fort.«

Sie erzählte ihm, was wir in der Zwischenzeit unternommen hatten, daß sie mich auf der Fairfax High School angemeldet hatte, daß wir ins Kino und in ein Jazzkonzert im Kunstmuseum gegangen waren. »Astrid ist eine richtige Künstlerin«, sagte sie. »Zeig ihm mal, was du gemalt hast.«

Claire hatte mir einen großen schwarzen Blechkasten mit Pelikan-Wasserfarben und einen Block dickes Zeichenpapier gekauft. Ich hatte den Garten gemalt, die hängende Chinesische Ulme, die Weihnachtssterne vor der weißen Wand, die Ritterspornähren, die erblühenden Rosen. Kopien des Dürer-Kaninchens. Claire, wie sie im Wohnzimmer Ballettübungen machte. Claire mit einem Glas Weißwein in der Hand. Claire, den Kopf in einen Handtuchturban gewickelt. Ich wollte Ron die Bilder nicht zeigen. Sie ließen zu viel durchblicken.

»Zeig sic ihm«, sagte Claire. »Sie sind wunderschön.«

Ich ärgerte mich, daß ich ihm die Bilder zeigen sollte. Ich hatte gedacht, sie wären nur etwas zwischen uns, zwischen ihr und mir. Ich kannte ihn gar nicht. Warum wollte sie, daß ich ihm die Bilder zeigte? Vielleicht, um ihm zu beweisen, daß es die richtige Entscheidung gewesen war, mich aufzunehmen. Vielleicht, um ihm zu zeigen, wie toll sie mit mir klarkam. Ich holte den großen Zeichenblock aus dem Haus und gab ihn Ron. Dann ging ich in den dunklen Garten und kickte die Köpfe von den wilden Mexikanischen Nachtkerzen, die sich auf dem Rasen ausgesät hatten. Ich hörte, wie er die Seiten umblätterte. Ich wollte ihm dabei nicht zusehen.

»Schau dir das an!« Er lachte. »Und das. Sie ist ein Naturtalent. Die sind toll!« rief er mir durch die Dunkelheit zu. Ich trat weiter die Köpfe von den Nachtkerzen ab.

»Es ist ihr peinlich«, sagte Claire. »Du brauchst nicht verlegen zu sein, Astrid. Du hast echtes Talent. Wie viele Leute können das schon von sich sagen?«

Die einzige Person, die ich kannte, saß hinter Gittern.

Eine Grille oder ein Nachtvogel gab quietschende Töne von sich wie ein Hamster im Laufrad. Auf der Terrasse unter der Chili-Lichterkette beschrieb Claire detailliert wie in einem Slapstick, wie sie die Paella zubereitet hatte, und entwickelte dabei eine solche Begeisterung, daß ich Magenkrämpfe bekam. Ich betrachtete Ron in seinem weißen Hemd, das unter der Lichterkette orangerosa schimmerte, wie er mit ihr zusammen lachte. Er hatte die Arme hinter dem Kopf verschränkt, ein Lächeln auf dem liebenswürdigen Gesicht, den sauberen Fuß in der Sandale hatte er über sein jeansbedecktes Knie gelegt. Warum verschwindest du nicht, Ron? Es gab doch genug Wunderheiler, die nur darauf warteten, interviewt zu werden, Tortillawunder, die dokumentiert werden wollten. Doch ihr Lachen klang klebrig wie Pflanzensaft, die nächtlichen Jasminblüten rochen weich wie ein Cremebad.

»Astrid, bist du noch da?« rief Claire nach mir und spähte in die Dunkelheit.

»Ich habe bloß nachgedacht«, sagte ich, riß ein Minzezweiglein unter dem Anschluß für den Gartenschlauch aus und zerquetschte es zwischen den Fingern. Und dachte daran, daß sie in dieser Nacht zusammen in dem Kiefernholzbett unter der Rosenbettwäsche liegen würden und ich wieder allein wäre. Frauen setzten immer Männer an die erste Stelle. Deshalb wurde immer alles so beschissen.

Nach der Woche, die ich allein mit Claire verbracht hatte, kehrte ich nur sehr widerwillig in die Schule zurück, um die zehnte Klasse auf der Fairfax High School zu beenden. Ich war schon froh, daß ich nicht mehr auf die Hollywood High zurück mußte, wo sie mich aus dem Mülleimer hatten essen sehen. Dies war ein ganz neuer Anfang. Auf der Fairfax High School war ich wieder erfreulich unsichtbar. Jeden Tag, wenn ich von der Schule nach Hause kam, erwartete Claire mich mit einem Sandwich und einem Glas Eistee, einem Lächeln und Fragen. Zuerst fand ich es komisch und überflüssig. Noch nie hatte jemand zu Hause auf mich gewartet, jemand, der sich darauf freute, meinen Schlüssel im Schloß zu hören – selbst, als ich klein war, nicht. Es kam mir zuerst so vor, als wolle sie mir irgendwelche Vorhaltungen machen, doch so war es gar nicht. Sie wollte bloß von meinem Aufsatz über Edgar Allan Poe hören und meine Zeichnungen der Herzkammern und des Blutkreislaufes sehen. Sie war sehr verständnisvoll, als ich eine Fünf im Algebratest bekam.

Sie erkundigte sich nach den anderen Schülern, doch ich konnte ihr nicht viel erzählen. Schon zu besten Zeiten war ich nicht besonders gesellig gewesen. Die Schule war eine Aufgabe; ich erledigte sie und ging wieder nach Hause. Ich hatte keinerlei Absicht, der Spanisch-AG oder der Initiative »Schüler gegen Alkohol am Steuer« beizutreten. Selbst die Kifferclique würdigte ich keines Blickes. Ich hatte jetzt Claire, die auf mich wartete. Mehr brauchte ich nicht.

»Hattest du einen schönen Tag in der Schule?« fragte sie immer und zog sich einen Stuhl an den kleinen rot-weißen Küchentisch.

Sie hatte die irrige Vorstellung, daß Fairfax so war wie die High School in Connecticut, auf die sie gegangen war, trotz der offensichtlichen Gegenwart von Metalldetektoren an jedem Eingang. Ich erzählte ihr nichts von den Prügeleien auf dem Schulhof, den Überfällen im Bus. Ein Mädchen hatte in der großen Pause einem anderen mit ihrer Zigarette ein Loch in das T-Shirt gebrannt, direkt vor meinen Augen, und mich dabei so auffordernd angestarrt, als ob sie sagen wollte: »Wag es bloß nicht, mich aufzuhalten!« Ich hatte gesehen, wie man vor dem Klassenraum, in dem der Spanischunterricht stattfand, einen Jungen mit einem Messer bedroht hatte. Während des Sportunterrichts unterhielten sich die Mädchen über ihre Abtreibungen. Diese Dinge brauchte Claire nicht zu erfahren. Ich wollte, daß die Welt für sie in Ordnung war. Alles sollte gut laufen. Egal was passierte – ich hatte immer einen schönen Tag.

Am Samstag mähte Ron den Rasen und schnitt dabei den Nachtkerzen die Köpfe ab, danach ließ er sich gemütlich nieder, um ein paar Drehbücher zu lesen. Wir aßen Räucherlachs und Bagels zum Frühstück, und dann ging Claire zu ihrem Ballettunterricht. Ich saß mit meinen Wasserfarben neben Ron am Gartentisch. Allmählich gewöhnte ich mich an ihn. Er versuchte nicht, freundlicher zu sein, als mir lieb war.

»Wie wirkt Claire auf dich?« fragte er aus heiterem Himmel. Er sah mich über seine Brille hinweg an wie ein alter Mann.

»Prima«, sagte ich.

Doch ich ahnte, worauf er hinaus wollte. Claire lief nachts

durchs Haus, ich hatte ihre nackten Füße auf den Dielen gehört. Sie redete so viel, als hätte sie Angst, daß die Stille sie erdrücken würde, wenn sie ihr nicht mit einem ständigen Wortschwall begegnete. Sie weinte leicht. Sie war mit mir ins Observatorium gegangen und hatte mitten in der Sternenvorführung zu weinen begonnen. Die April-Konstellationen.

»Du hast doch meine Pager-Nummer? Du kannst mich jederzeit erreichen.«

Ich malte weiter die Weihnachtssterne vor der weißen Hauswand. Sie sahen aus wie Schrotflintenfeuer.

Claire schob die Musselingardine zurück und blickte auf die Straße hinaus. Sie wartete auf Ron. Draußen war es noch hell, es ging auf den Sommer zu, eine honigfarbene Sechs-Uhr-Dämmerung.

»Ich glaube, Ron hat eine Affäre«, sagte sie.

Ich war überrascht. Nicht über die Vorstellung als solche – ich konnte mir denken, weshalb sie aufhörte zu reden, wenn er telefonierte, weshalb sie ihn vorsichtig aushorchte, um sein Tun und Treiben herauszufinden. Doch daß sie ihren Verdacht aussprach, deutete darauf hin, daß ihr Mißtrauen größer geworden war. Ich dachte über Ron nach. Seine Glattheit. Sicher, er konnte bestimmt jederzeit andere Frauen haben, wenn er wollte. Doch er machte sich viel zu viele Sorgen um Claire. Weshalb sollte er sich so um sie bemühen, wenn er es mit einer anderen trieb? Außerdem arbeitete er schwer und viel, kam immer erschöpft nach Hause zurück. Er war auch nicht mehr der Jüngste. Ich konnte mir nicht vorstellen, daß er die nötige Energie dazu aufbrachte.

»Er arbeitet bloß viel«, sagte ich.

Claire spähte hinter der Gardine hervor auf die Straße. »Zumindest sagt er das.«

»Habt ihr meine Schlüssel gesehen?« fragte Ron. »Ich habe schon überall danach gesucht.«

»Nimm meine«, sagte Claire. »Ich kann mir einen Satz nachmachen lassen.«

»Ja, aber es nervt mich, daß ich dauernd Sachen verlege. Sie müssen doch hier irgendwo rumliegen.«

Er nahm Claires Schlüssel, doch es ärgerte ihn. Er war ein sehr gut organisierter Mensch.

Eines Tages sah ich, wie Claire einen Füller aus der Innentasche von Rons Jackett nahm und ihn in ihre Jeanstasche steckte.

»Habt ihr meinen Cross-Füller gesehen?« fragte er ein paar Tage später.

»Nein«, sagte sie.

Er runzelte die Stirn und blickte mich an. »Hast du ihn vielleicht genommen, Astrid? Sag mir die Wahrheit, ich werde deswegen nicht schimpfen. Es ist bloß so, daß es mich wahnsinnig macht, wenn dauernd Dinge verschwinden. Ich verdächtige dich ja nicht, daß du ihn gestohlen hast – aber vielleicht hast du ihn ja ausgeliehen und nicht wieder zurückgetan?«

Ich wußte nicht, was ich sagen sollte. Ich wollte Claire nicht verpetzen, andererseits wollte ich auch nicht, daß er mich verdächtigte, ihn zu bestehlen. Ich würde alles tun, um diese Pflegestelle nicht zu verlieren. »Ich habe ihn nicht genommen, wirklich nicht. Das würde ich nie tun.«

»Ich glaub' dir ja«, sagte er und fuhr sich mit der Hand durch das silbrige Haar. »Wahrscheinlich werde ich langsam senil.«

»Vielleicht sind es Poltergeister?« meinte Claire.

Als Claire zu einem Vorsprechen ging, durchsuchte ich methodisch das ganze Haus. Unter ihrem Bett fand ich eine rot-weiß lackierte Schachtel, die mit Spiegelscherben verziert war. Innen war sie ebenfalls rot lackiert und voll mit den Dingen, die Ron vermißte: ein Taschenmesser, eine Uhr, sein Heftgerät, eine Schere, die Schlüssel, Nagelknipser. Ich fand ein Polaroid-Foto von Ron und Claire, auf dem sie lachten, und zwei Polaroids, die mit den Bildseiten aneinandergeklebt waren; ich konnte sie nicht auseinanderziehen. Im Deckel der Schachtel hing ein Magnet, und auf den Boden war eine Stahlplatte geklebt. Ich konnte den Zug des Magneten spüren, als ich den Deckel wieder schloß.

17

Ende Juni war ich mit dem zehnten Schuljahr fertig. Ich hatte unerwartet gute Noten, bis auf die Gnaden-Vier in Algebra; am Ende der zehnten Klasse wurden nie Fünfen und Sechsen verteilt. Unterstützt durch Claires abendliche Nachhilfe, bekam ich Einsen in Englisch und Geschichte, in Kunstgeschichte und Biologie, ja sogar in Spanisch. Wenn Claire mir vorgeschlagen hätte, Football als Sportkurs zu wählen, hätte ich selbst das gemacht. Um die guten Noten zu feiern, lud Ron uns zu Musso and Frank ein, einem Restaurant direkt am Hollywood Boulevard. Es war mir vorher nie aufgefallen, obwohl es nur ein paar Schritte von dem Apartment entfernt war, in dem ich zuletzt mit meiner Mutter gewohnt hatte.

Wir parkten im Hof und gingen die Treppe mit dem polierten Messinggeländer hinunter, vorbei an der altmodischen Küche. Wir konnten die Köche bei ihrer Arbeit sehen. Es roch nach Stew oder Hackbraten, so wie Zeit riechen sollte, kräftig und nahrhaft. Wir marschierten hintereinander an der narbigen Holztheke vorbei. Die Leute, gewärmt von der Glut der Grills, aßen Steaks und Koteletts, lasen Variety und ließen sich von älteren Kellnern in grün-roten Jacketts bedienen. Es war, als sei die Zeit 1927 stehengeblieben. Es gefiel mir und gab mir ein sicheres Gefühl.

Man wies uns einen Tisch im hinteren Raum zu. Ron kannte viele Leute. Er stellte uns vor: »Meine Frau Claire …«, und einen Augenblick lang dachte ich, er würde mich ihnen als seine Tochter vorstellen. Doch er sagte nur: »… und unsere Freundin Astrid.« Ich versuchte den scharfen Stich der Enttäuschung zu verdrängen, indem ich mir sagte, daß Marvel sich gar nicht die Mühe gemacht hätte, mich vorzustellen, und Amelia – nun, bei

Amelia konnten wir froh sein, wenn wir überhaupt etwas zu essen bekamen.

Ich trank meinen Shirley-Temple-Cocktail, und Claire wies mich aufgeregt flüsternd auf die Filmstars im Restaurant hin. Im wirklichen Leben sahen sie nicht besonders glanzvoll aus; kleiner, als man es erwarten würde, aßen sie unauffällig gekleidet zu Abend. Jason Robards und ein anderer Mann saßen schräg gegenüber von uns, zusammen mit zwei gelangweilten Kindern; die Männer unterhielten sich über Geschäftliches, die Kinder drehten Brotkugeln und bewarfen sich damit.

Claire und Ron teilten sich eine Flasche Wein, und Claire ließ mich von ihrem Glas probieren. Sie berührte Ron in einem fort, sein Haar, seinen Arm, die Schulter. Ich war eifersüchtig. Am liebsten hätte ich sie für mich allein gehabt. Mir war bewußt, daß das nicht normal war; normale Töchter waren nicht eifersüchtig auf ihre Väter. Sie wünschten vielmehr, daß sich beide Elternteile in Luft auflösten.

Ron griff in seine Tasche und holte etwas heraus, verborgen in seiner glatten Hand. »Für deine tolle Arbeit!« sagte er.

Er legte es auf meinen Teller: eine rote Samtschachtel, die wie ein Herz geformt war. Ich öffnete sie. In der Schachtel lag ein geschliffener lavendelfarbener Edelstein an einem Goldkettchen. »Jedes Mädchen braucht ein bißchen Schmuck«, sagte er.

Claire legte mir die Kette um. »Amethyst hat große Heilkraft«, flüsterte sie mir ins Ohr, während sie das Kettchen verschloß, und küßte mich auf die Wange. »Von jetzt an nur noch gute Zeiten!« Ron beugte sich vor, und ich ließ ihn ebenfalls meine Wange küssen. Ich spürte, wie mir die Tränen in die Augen stiegen. Sie überraschten mich.

Das Essen kam, und während wir aßen, beobachtete ich die beiden; Claires dunkles, glänzendes Haar, das ihr ins Gesicht fiel, ihre großen, sanften Augen, Rons glattes Männergesicht. Ich stellte mir vor, daß sie wirklich meine Eltern wären. Das Steak und der Wein stiegen mir zu Kopf, und ich malte mir aus, das Kind von Claire und Ron Richards zu sein. Wer war ich, die wahre Astrid Richards? Ich war gut in der Schule, ich würde natürlich aufs College gehen. Ich hörte zu, während sie lachten, über irgend etwas, was in ihrer gemeinsamen Zeit in Yale passiert war, obwohl, wie ich wußte, Ron damals noch mit einer anderen Frau verheiratet war; er hatte seine Frau für Claire sitzengelassen. Ich stellte mir vor, daß ich ebenfalls in Yale wäre und, in einen dicken Kamelhaarmantel gehüllt, durchs knietiefe Herbstlaub schritt. Ich saß in dunkel getäfelten Vorlesungsräumen und schaute mir Diavorträge über da Vinci an. Ich würde ein Auslandsjahr in der Toskana verbringen. Am Tag der offenen Tür kamen Claire und Ron mich besuchen, Claire trug ihre Perlenkette. Sie zeigte mir, wo früher ihr Schlafsaal gewesen war.

Ich berührte den Amethyst an meinem Hals. *Von jetzt an nur noch gute Zeiten …*

Ron war den Sommer über die meiste Zeit nicht da. Er kam nach Hause, sie wusch ihm die Wäsche und kochte viel zuviel Essen. Er telefonierte, arbeitete auf seinem Laptop, hatte geschäftliche Verabredungen, hörte seinen Anrufbeantworter ab und war wieder weg.

Es warf Claire jedesmal völlig aus der Bahn, wenn er kam und dann so schnell wieder weg mußte, doch wenigstens lief sie nachts nicht mehr im Haus auf und ab. Sie arbeitete beinahe jeden Tag im Garten, trug dabei Handschuhe und einen riesigen chinesischen Strohhut. Pflegte ihre Tomaten. Sie hatte vier verschiedene Sorten gepflanzt, gelbe und rote Cocktailtomaten, Roma-Tomaten für die Spaghettisoße und Fleischtomaten, so groß wie Kinderköpfe. Pflichtbewußt sahen wir jeden Samstag morgen eine Fernsehsendung, die ihr Tips für die Gartenpflege gab. Sie stützte den hohen Rittersporn mit Pflanzstäben ab, entfernte Knospen von den Rosenstöcken, um größere Blüten zu bekommen. Sie jätete täglich Unkraut, sprengte in der Dämmerung den Garten und füllte dabei die Luft mit dem Geruch nach feuchter, heißer Erde. Ihr spitzer Hut bewegte sich durch die Blumenbeete wie ein schwebender balinesischer Tempel.

Manchmal half ich ihr, meistens jedoch saß ich unter der Chinesischen Ulme und zeichnete. Sie sang die Lieder, die sie in meinem Alter gelernt hatte: »Are You Going to Scarborough Fair« und »John Barleycorn Must Die«. Ihre Stimme war gut ausgebildet, geschmeidig wie Leder, präzise wie die Klinge eines Messerwerfers. Ob sie sang oder sprach, ihre Stimme hatte stets den gleichen anmutigen Klang und einen Akzent, den ich erst für britisches Englisch gehalten hatte, dann aber als das altmodische Amerikanisch erkannte, das die Leute in den Filmen aus den dreißiger Jahren sprachen; auch Claire würde man ein Wort wie »grandios« ohne weiteres abnehmen. Zu klassisch, hatten sie ihr beim Vorsprechen gesagt. Das bedeutete nicht etwa »zu alt«. Es bedeutete vielmehr: zu schön für heutige Verhältnisse, wo alles, was älter als sechs Monate war, bereits als passé galt. Ich hörte ihr gern zu, wenn sie sang oder mir Geschichten aus ihrer Kindheit in der Kleinstadt in Connecticut erzählte; es klang für mich wie der Himmel auf Erden.

Wenn sie zum Vorsprechen oder zum Ballettunterricht ging, hielt ich mich gern in ihrem Schlafzimmer auf, bürstete mir das Haar mit ihrer silbernen Bürste oder berührte die Kleider in ihrem Wandschrank, schlicht geschnittene Baumwollkleider, so einfach geformt wie Vasen, Seide in Aquarelltönen. Ich öffnete den Verschluß der milchigen Flasche mit L'Air du Temps auf ihrer Kommode, zwei Tauben, die sich aneinanderschmiegten, und tupfte mir den Duft auf die Handgelenke und hinter die Ohren. Die Melodie der Zeit. Ich betrachtete mich im Spiegel über ihrem Toilettentisch. Mein Haar glänzte in der Farbe matter ungebleichter Seide; ich trug es von einem Seitenscheitel aus zurückgekämmt, so daß man den leicht gelockten Haaransatz sehen konnte. Claire und ihr Friseur hatten übereinstimmend gesagt, der Pony müsse weg. Ich hatte vorher gar nicht gewußt, daß er mir nicht stand. Ich drehte den Kopf hin und her. Die Narben waren fast völlig verschwunden. Man konnte mich beinahe für schön halten.

An meinem Hals glitzerte der Amethyst. Früher hätte ich ihn

wahrscheinlich im Zeh eines Sockens versteckt und in einem Schuh ganz hinten in den Wandschrank gestopft. Doch hier trugen wir unseren Schmuck. Wir hatten ihn verdient. »Wenn eine Frau Schmuck besitzt, trägt sie ihn auch«, hatte Claire erklärt. Nun hatte ich Schmuck. Ich war ein Mädchen, das Schmuck besaß.

Ich probierte Claires doppelreihige Perlenkette vor dem Spiegel an, ließ die glatten, glänzenden Perlen durch meine Finger gleiten, berührte die Verschlußrose aus Koralle. Die Perlen waren nicht wirklich weiß, sie hatten ein warmes Muschelbeige; zwischen den einzelnen Perlen waren kleine Knoten geknüpft, damit man, falls die Schnur riß, nur eine Perle verlor. Ich wünschte, mein Leben könnte auch so sein, sicher verknotet, so daß nicht alles auseinanderbricht, wenn eine Sache entzweigeht.

»Dinner um acht? Das wäre grandios«, sagte ich zu meinem Spiegelbild, wie Katherine Hepburn, die Perlenkette lässig um die Finger geschlungen.

Claire hatte ein Foto von mir in einem silbernen Rahmen auf ihrer Kommode stehen, direkt neben einem von ihr und Ron. Noch nie hatte jemand ein Foto von mir gerahmt und es sich auf die Kommode gestellt. Ich hob den Saum meines T-Shirts, hauchte auf das Glas des Rahmens und polierte es. Sie hatte es ein paar Wochen zuvor aufgenommen, am Strand. Ich blinzelte in die Kamera und lachte über irgend etwas, was sie gerade gesagt hatte, mein Haar heller als der Sand.

Das Foto, das ich von ihr gemacht hatte, hatte sie nicht gerahmt: vom Kopf bis zu den Füßen in einen langen Strandumhang gehüllt, mit chinesischem Strohhut und Sonnenbrille. Sie hatte ausgesehen wie der »Unsichtbare«. Sie entkleidete sich nur, um ins Wasser zu gehen, und auch dann watete sie nur bis zu den Oberschenkeln hinein. Sie schwamm nicht gerne.

»Ich weiß, es ist lächerlich«, sagte sie, »aber ich denke immer, ich werde ins Meer hinausgesogen.«

Schwimmen war nicht das einzige, wovor sie Angst hatte.

Sie hatte Angst vor Spinnen und vor Supermärkten und

davor, mit dem Rücken zur Tür zu sitzen. »Ein schlechtes Chi«, sagte sie immer. Sie haßte die Farbe Violett und die Zahlen vier und besonders acht. Sie verabscheute Menschenmengen und unsere neugierige Nachbarin, Mrs. Kromach. Ich hatte eigentlich gedacht, ich wäre schon ziemlich ängstlich, doch Claire war mir um Längen voraus. Sie machte sich über ihre Ängste lustig, doch es war die Art von Scherz, die man macht, wenn man genau weiß, daß andere Leute einen lächerlich finden, und dabei so tut, als finde man seine Sorgen ebenfalls lächerlich, in Wahrheit aber darunter todernst ist. »Schauspieler sind immer abergläubisch«, sagte sie.

Sie erstellte mein Numeroskop. Ich war eine Fünfzig, was dasselbe war wie eine Zweiunddreißig. Ich hatte die Kraft, die Massen mitzureißen. Sie war eine Sechsunddreißig, was dasselbe war wie eine Siebenundzwanzig, das Zepter. Eine Zahl des Mutes und der Kraft. Vor ihrer Hochzeit war sie eine Zweiundzwanzig, also eine Vier gewesen. Eine sehr schlechte Zahl. »Da kannst du mal sehen – Ron hat mir das Leben gerettet.« Sie lachte verlegen.

Ich konnte mir kaum vorstellen, je die Kraft oder auch nur die Absicht zu haben, die Massen mitzureißen, doch ich dachte mir, was schadet es schon, wenn es ihr gefällt. Ich half ihr bei ihren Vorhaben, die das gute Chi verstärken sollten. Einmal kauften wir quadratische Spiegel, und ich kletterte tatsächlich auf das Dach unseres Hauses, um sie auf den roten Schindeln zu befestigen, die Mrs. Kromachs Haus gegenüberlagen. »So wird ihr schlechtes Chi auf sie zurückfallen, die alte Hexe!«

Über dem Aufgang zu unserem Haus bog sich ein Rosenspalier, und sie hatte eine Abneigung gegen Leute, die nicht hindurchgehen wollten. Nur Güte und Liebe können unter einem Rosenbogen hergehen, sagte sie. Sie fühlte sich unbehaglich, wenn jemand das Haus durch die Hintertür betrat. Sie wollte nicht, daß ich Schwarz trug. Als ich das erste Mal Schwarz trug, hatte sie gesagt: »Schwarz ist die Farbe Saturns; er ist Kindern nicht wohlgesinnt.«

Ich nahm ihre Perlenkette ab und legte sie in das Schmuckkästchen unter den Seidentüchern in der linken oberen Schublade zurück. Sie bewahrte den Großteil ihres Schmuckes in einer Plastiktüte in der Tiefkühltruhe auf, wo sie ihn vor Einbrechern sicher wähnte. Doch die Perlen vertrugen es nicht, eingefroren zu werden, sie mußten im Warmen bleiben.

In den beiden rechten Schubladen war ihre Seidenwäsche in hellen, gedeckten Farben: Champagner, Muschelpink und Eisblau, Slips und Nachthemden, BHs und passende Höschen. Alles sorgfältig zusammengefaltet und mit Duftsäckchen verstaut. Darunter ordentlich gestapelte T-Shirts, ein Stapel weiß, ein Stapel bunt: blaßgrün, mauve, taupe. Links Shorts und dünne Pullis. Zuunterst Seidentücher. Ihre Wintersachen lagen zusammengefaltet und luftdicht verpackt in verschließbaren Kleidersäcken im obersten Fach des Wandschranks.

Dieser Drang nach Ordnung und Ritualen war eines der Dinge, die ich an Claire besonders mochte, ihre festen Kalender und Regeln. Sie wußte genau, wann es Zeit war, die Winterkleidung wegzuräumen. Das gefiel mir.

Ihr Ordnungssinn, anmutig und ein bißchen verschroben, kleine Geheimnisse, die nur Frauen kannten, Lingerie-Säckchen und farblich passende Wäsche. Sie warf die Unterwäsche, die ich von Starr bekommen hatte und die inzwischen voller Löcher war, weg und kaufte mir in einem Kaufhaus alles neu; dabei diskutierte sie mit der ältlichen Verkäuferin über die Paßform der BHs. Ich hätte gern Satin und Spitze genommen, in Schwarz und Smaragdgrün, doch Claire wies meine Vorschläge sanft, aber bestimmt zurück. Ich tat so, als sei sie meine Mutter, und jammerte ein bißchen herum, bevor ich mich schließlich fügte.

Claire hatte neue Fotos von sich machen lassen, Porträtaufnahmen für ihre Schauspielermappe. Wir fuhren nach Hollywood, um sie in dem Laden auf dem Cahuenga Boulevard abzuholen. Auf Fotos sah sie ganz anders aus, konzentriert, lebhaft. Im wirklichen Leben war sie dünn und verträumt, voller komischer Ecken und Kanten wie eine Mademoiselle von Picasso. Der

Fotograf, ein alter Armenier mit einem halb geschlossenen Auge, meinte, ich solle auch Fotos von mir machen lassen. »Sie könnte als Model arbeiten«, sagte er zu Claire. »Ich hab' schon schlechtere gesehen.«

Ich fuhr instinktiv mit der Hand an die Narben auf meinem Kinn. Konnte er denn nicht sehen, wie häßlich ich war?

Claire lächelte und strich mir über das Haar. »Würdest du das gerne?«

»Nein«, sagte ich so leise, daß der Fotograf es nicht hören konnte.

»Wir werden darüber nachdenken«, meinte Claire.

Auf dem Weg zurück zum Auto in der Hitze eines taubenflügelblassen Nachmittags kamen wir an einem Alt-Hippie vorbei. Grauhaarig, einen grünen Seesack vor die Brust geschnallt, bettelte er die Leute um Geld an. Die Passanten drängten sich an seinem ausgestreckten Pappbecher vorbei und überquerten die Straße. Er war nicht einschüchternd genug für diese Art Arbeit. Ich mußte daran denken, wie ich selbst auf dem Parkplatz des Spirituosenladens gebettelt hatte, doch es war nicht das gleiche gewesen. Ich war kein Alkie, keine Drogenabhängige. Ich war erst fünfzehn. Er hatte es sich selbst eingebrockt.

»Bitte«, sagte er, »helfen Sie einem armen Mann in Not.«

Ich wollte schon die Straße überqueren, um dieser Vogelscheuche zu entkommen, doch Claire sah ihn an. Sie brachte es nicht fertig, Leute zu ignorieren.

»Haben Sie was Kleingeld übrig, Lady? Auch das kleinste bißchen würde helfen.«

Die Ampel schaltete auf Grün um, doch Claire achtete nicht darauf. Sie kramte in ihrer Handtasche herum und suchte Kleingeld zusammen. Sie würde nie lernen, wie man mit Pennern umging; daß sie sofort an einem klebten wie Rizinussamen, wenn man ihnen auch nur die kleinste Nettigkeit erwies. Claire sah bloß, wie dünn er war, daß er hinkte, weil ihn wahrscheinlich mal ein Auto angefahren hatte, während er an den Ampeln bettelte. Meine Mutter hätte ihm vermutlich angeboten, ihn vor den nächsten Bus zu stoßen, doch Claire hatte Mitleid. Sie glaubte an die Seelengemeinschaft aller Menschen.

Der Hippie steckte sich das Geld in die Tasche. »Sie sind ein guter Mensch, Lady. Die meisten schauen einem Mann ja nicht mal in die Augen, wenn er ganz unten ist.« Dabei sah er mich anklagend an. »Es ist mir egal, ob mir jemand was gibt oder nicht. Ich will bloß, daß mir die Leute in die Augen sehen, verstehen Sie, was ich meine?«

»Das verstehe ich«, sagte Claire mit einer Stimme, die nach kühlem Wasser und weichen Händen klang.

»Ich hab' mein ganzes Leben lang hart gearbeitet, doch dann hab' ich mir das Kreuz verrenkt, verstehen Sie. Während der Arbeit hab' ich nie getrunken. Nie.«

»Da bin ich sicher.« Die Ampel wurde wieder rot. Am liebsten hätte ich sie auf die belebte Straße gezogen. Überall, wo wir hingingen, erzählten die Leute Claire ihre traurigen Lebensgeschichten. Sie konnten ihr ansehen, daß sie viel zu höflich war, um einfach weiterzugehen. Er kam näher. Wahrscheinlich war sie seit Tagen der erste normale Mensch, der ihm zuhörte.

»Ich bin bloß schon so lange arbeitslos«, sagte er. Ich konnte ihn riechen. Entweder hatte er sich selbst bepißt, oder jemand anders hatte ihm die Ehre erwiesen. »Doch das kümmert ja keinen.«

»Manche Leute kümmert es«, sagte Claire. Die Spätnachmittagssonne ließ ihr dunkles Haar an den Rändern rötlich scheinen.

»Sie sind ein wirklich guter Mensch«, sagte er. »Sind jetzt leider nicht mehr in Mode. Maschinen, das wollen sie alle bloß.« Er atmete ihr jetzt direkt ins Gesicht, doch sie war zu reizend, um ihren Kopf wegzudrehen. Sie wollte ihn nicht beleidigen. Das schienen sie ihr immer ganz genau anzusehen. »Ich meine, wie viele Leute brauchen sie schon, um Burger zu braten?«

»Nicht genug. Oder vielleicht auch zu viele.« Sie lächelte unsicher und strich sich das windzerzauste Haar aus dem Gesicht.

Die Ampel wurde wieder grün, doch wir gingen nirgendwohin. Wir standen wie angewurzelt mitten im Menschenstrom an der Kreuzung von Sunset und Cahuenga Boulevard. Die Leute machten einen großen Bogen um uns wie um ein Schlagloch im Bürgersteig.

Er trat näher und senkte vertraulich die Stimme: »Sehen Sie mich als Mann?« Er schob die Zunge durch die Lücke, wo ihm ein Zahn fehlte.

Sie wurde rot, zuckte peinlich berührt mit den Schultern. Natürlich tat sie das nicht. Ich hätte ihn am liebsten vom Bordstein geschubst.

»Früher standen die Frauen total auf mich. Als ich noch gearbeitet hab'.«

Ich konnte die Anspannung auf ihrem Gesicht sehen; am liebsten hätte sie die Flucht ergriffen, doch sie wollte seine Gefühle nicht verletzen. Sie drehte und wand den Umschlag mit den DIN-A4-Hochglanzfotos, für die sie gerade eben hundert Dollar bezahlt hatte. Eine schwarze Corvette, aus der laute Rap-Musik schallte, fuhr vorbei.

»Sie sind eine nette Frau, doch Sie würden sich für mich nicht ausziehen, oder?«

Sie knickte ihre Fotos im Umschlag hin und her, ihr sensibles Gesicht zitterte vor widerstreitender Empfindungen. »Ich …«, murmelte sie.

»Ich mach' Ihnen keinen Vorwurf. Doch Sie würden's nicht tun, oder?« Er sah so traurig aus.

Ich nahm sie am Arm. »Komm jetzt, Claire, wir müssen gehen.«

Doch sie war zu sehr von dem Obdachlosen gefangen, der sein Psychospielchen mit ihr trieb. Sie saß in seiner Falle fest.

»Die Frauen fehlen mir«, sagte er. »Wie sie gerochen haben. Das vermisse ich. So wie Sie, was immer Sie da aufgelegt haben.«

Sie trug ihr L'Air du Temps, so fehl am Platz wie eine Wildblume auf einem Schlachtfeld. Ich war überrascht, daß er ihren Duft durch seinen eigenen Gestank hindurch riechen konnte.

Doch ich wußte, was er meinte. Auch ich liebte ihren Geruch.

Ich saß liebend gern auf ihrem Bett, während sie mein Haar kämmte und flocht. Ich konnte da so lange sitzen, wie sie wollte, und nur die Luft einatmen, die sie umgab.

»Danke«, hauchte sie. Das war Claire, sie hatte immer Angst, die Gefühle von irgend jemandem zu verletzen, selbst von diesem traurigen alten Penner.

»Darf ich mal an Ihrem Haar riechen?« fragte er.

Sie wurde blaß. Sie hatte keine Grenzen. Er konnte alles mit ihr tun; sie wüßte nicht, wie sie ihn aufhalten sollte.

»Sie brauchen keine Angst zu haben«, sagte er und hielt seine Hände empor, die dick verhornten Fingernägel. »Hier sind doch ganz viele Leute. Ich werde Ihnen schon nichts tun.«

Sie schluckte und nickte, schloß die Augen, während der Mann näher kam, zärtlich eine Strähne ihres dunklen Haares mit den Fingerspitzen hochhob, als sei es eine Blume, und den Duft einatmete. Sie wusch sich die Haare mit Rosmarin- und Nelkenshampoo. Das Lächeln auf seinem Gesicht.

»Ich danke Ihnen«, flüsterte er und ging langsam rückwärts, ohne sich umzudrehen, ließ sie an der Kreuzung Cahuenga und Sunset stehen, die Augen geschlossen und den Umschlag an sich gepreßt, der die Fotos eines völlig anderen Menschen enthielt.

Claire nahm mich mit in die Kandinsky-Ausstellung im L.A. County Museum of Art. Abstrakte Kunst hatte mir noch nie gefallen. Meine Mutter und ihre Freunde konnten vor einer Leinwand, auf der nur schwarz-weiße Nadelstreifen oder ein großes rotes Quadrat zu sehen waren, in regelrechte Begeisterungsstürme ausbrechen. Ich mochte lieber Kunst, die etwas darstellte: Cézannes »Kartenspieler«, van Goghs »Stiefel«. Mir gefielen winzige Mughal-Miniaturen und Tuschezeichnungen von Japanischen Krähen, Schilf und Kranichen.

Doch wenn Claire gern Kandinsky sehen wollte, gingen wir natürlich hin.

Ich fühlte mich besser, als ich das Museum erreichte, den vertrauten Vorplatz, die Springbrunnen, das gedämpfte Licht, die gesenkten Stimmen. So wie Starr sich in der Kirche gefühlt hatte, fühlte ich mich im Kunstmuseum, sicher und erhaben zugleich. Kandinsky war gar nicht so abstrakt, ich konnte immer noch die russischen Städte mit ihren Zwiebeltürmen erkennen; Reiter, drei nebeneinander mit Speeren, Kanonen und Damen in langen Kleidern mit hohen Kopfbedeckungen. Reine Farben wie die Illustrationen in einem Bilderbuch.

Im angrenzenden Raum lösten sich die Bilder auf.

»Kannst du dic Bcwegung spüren?« fragte Claire und deutete auf einen großen Winkel auf der Leinwand; die Spitze zeigte nach rechts, der Winkelbogen nach links. Sie folgte mit der Handkante den Linien. »Es sieht aus wie ein Pfeil.«

Der Museumswärter beobachtete ihre aufgeregten Hände, für seinen Begriff zu nah an den Gemälden. »Miss?«

Claire errötete und entschuldigte sich wie eine Musterschülerin, die einmal im Leben verschlafen hatte. Sie zog mich zurück auf eine Bank, wo sie gefahrlos gestikulieren konnte. Ich versuchte die Bilder zu erfühlen wie Claire. Dinge, die nicht da waren, vielleicht nicht da sein würden.

»Schau«, sagte sie leise und behielt dabei den Museumswärter im Auge. »Das Gelb kommt auf dich zu, das Blau entfernt sich. Das Gelb dehnt sich aus, das Blau zieht sich zusammen.«

Das Rot, das Gelb, dieser Brunnen aus dunklem Grün – Farben, die sich ausdehnten und zusammenzogen, stille Lachen mit blutenden Rändern, ein Winkel wie eine Faust. Ein Junge und ein Mädchen liefen Arm in Arm an den Gemälden vorbei, als machten sie einen Schaufensterbummel.

»Und siehst du, wie er den Rand vom Rahmen wegnimmt und dadurch einen asymmetrischen Rand schafft?« Sie deutete auf das zitronengelbe Band, das sich auf der linken Seite kringelte.

Wenn ich früher Leute solche Sachen im Museum sagen hörte, hatte ich immer gedacht, sie wollten nur ihre Freunde beeindrucken. Doch hier war Claire, und ich wußte, ihr lag wirklich daran, daß ich die Bilder verstand. Ich betrachtete das Gemälde, den Winkel, das Band. Bei Kandinsky passierte so viel; es schien, als hätten die Rahmen Schwierigkeiten, die Bilder in sich zu behalten.

In einem anderen Ausstellungsraum blieb Claire vor einer Reihe von Bleistiftentwürfen stehen. Linien, Winkel und Kreise, wie Zahnstocher und Plättchen vom Flohhüpfen. Wie das, was man in Gedanken vor sich hin kritzelt, wenn man telefoniert.

»Siehst du diesen Winkel?« Sie zeigte auf einen spitzen, mit Bleistift gezeichneten Winkel und deutete dann hinüber zu der gewaltigen Komposition, auf die alle Bleistiftskizzen und Ölstudien hinführten. »Siehst du es?« Der Winkel dominierte die Leinwand.

Sie lenkte meine Aufmerksamkeit auf verschiedene Elemente der Bleistiftskizzen, Kreise, Bögen, und ich fand sie in der fertigen Komposition wieder, in leuchtendem Rot und tiefem Blau. Er hatte die einzelnen Elemente alle schon von Anfang an im Kopf gehabt. Jede Skizze enthielt einen Teil der Gesamtidee, wie eine Reihe Zahlencodes, die man alle zusammen einstellen mußte, um einen Safe zu öffnen. Wenn ich sie übereinanderlegen und sie gegen das Licht halten könnte, würde ich die Form der vollendeten Komposition sehen. Sprachlos angesichts dieser Vorstellung starrte ich die Bilder an.

Wir gingen Arm in Arm durch die Ausstellung, wiesen einander auf weitere immer wiederkehrende Motive hin, die abstrahierten Reiter, die Türme, die verschiedenen Winkel, der Farbwechsel, wenn eine Form sich mit einer anderen überschnitt. Was mir vor allem Ehrfurcht einjagte, war der Sinn für Ordnung, eine Vision, die über die Zeit hinweg beibehalten wurde.

Ich setzte mich auf eine Bank, holte meinen Zeichenblock heraus und versuchte die Grundelemente nachzuzeichnen. Spitze Winkel, Bögen – wie das Laufwerk einer Uhr. Es war unmöglich. Ich brauchte Farben, ich brauchte Pinsel und Tinte. Ich wußte gar nicht, was ich alles brauchte.

»Stell dir bloß vor, wieviel Arbeit dahintersteckt, all das hier an einem Ort zusammenzutragen«, sagte Claire. »All die Jahre, die es dauert, bis man die verschiedensten Leute davon überzeugt hat, ihre Kunstwerke zur Verfügung zu stellen.«

Ich stellte mir Kandinskys Geist vor, über die ganze Welt verteilt und dann wieder geballt. Jeder besaß nur einen Teil des Puzzles. Allein in einer Ausstellung wie dieser konnte man das Ganze sehen, die Teile aufeinanderlegen und sie gegen das Licht halten; sehen, wie alles zusammenpaßte. Die Vorstellung machte mir Hoffnung, daß auch mein Leben eines Tages Sinn ergeben würde, wenn ich nur alle seine Teile gleichzeitig zusammenhalten konnte.

Den Rest des Sommers gingen wir zweimal wöchentlich in die Kandinsky-Ausstellung. Claire kaufte mir Pastellkreiden, so daß ich mit Farbe arbeiten konnte, ohne die Wärter nervös zu machen. Wir verbrachten für gewöhnlich den ganzen Tag in einem einzigen Ausstellungsraum und betrachteten ein Bild. Das hatte ich vorher noch nie gemacht. Eine Komposition von 1913 ließ den Ersten Weltkrieg erahnen. »Er war sehr sensibel. Er sah voraus, daß der Krieg kommen würde«, sagte Claire. Die wilde Schwärze, die Kanonen, eine Stimmung so gewalttätig und dunkel – es war klar, daß er die Abstraktion erfinden mußte.

Die Rückkehr nach Rußland. Der Überschwang der Avantgarde, doch gleichzeitig der immer stärker werdende Verdacht, daß sie sich schon dem Ende näherte, obwohl sie gerade erst in voller Blüte stand. Hin zum Bauhaus in den Zwanzigern. Gerade Linien, geometrische Formen. In solchen Zeiten ließ man sich nicht gehen. Man versuchte, eine allem zugrunde liegende Struktur zu finden. Ich verstand ihn genau. Schließlich der Umzug nach Paris. Rosa, Hellblau und Lavendel. Wieder organische Gestalten, das erste Mal nach vielen Jahren. Welche Erleichterung Paris für ihn gewesen sein mußte: die Farben, die Fähigkeit, wieder weich zu sein.

Wie er wohl unsere Zeit malen würde? Glänzende Autos und verletztes Fleisch, Jeansblau und gezackte Hundezähne, Spiegelscherben, Feuer, orangerote Monde und Granatherzen.

Im Herbst meldete ich mich wieder für freiwillige Leistungskurse in der Schule an. Claire überzeugte mich davon, daß es einen Versuch wert sei. Natürlich wählte man freiwillig zusätzliche Leistungskurse. Natürlich trug man seinen Schmuck. Natürlich meldete man sich für Kunstkurse im Museum an. Natürlich.

Im leeren Studio im Keller des Kunstmuseums warteten wir auf die Lehrerin, Ms. Tricia Day. Meine Handflächen hinterließen Schweiß auf der Sammelmappe, die Claire mir gekauft hatte. Sie wollte mich für einen Erwachsenenkurs in Malerei anmelden. Es gab Kurse für Teenager: Fotografie, Textiles Gestalten, Video. Aber nicht Malerei. »Wir werden mit der Lehrerin sprechen«, sagte sie.

Eine Frau betrat den Raum. Klein, mittleren Alters, mit kurzgeschorenem grauem Haar. Sie trug Khakihosen und eine schwarze Hornbrille. Sie musterte uns genervt, eine übereifrige Mutter und ihr verwöhntes Gör, die eine Sonderbehandlung wollten. Schon unsere bloße Anwesenheit war mir peinlich, doch Claire verhielt sich überraschend geschäftsmäßig. Ms. Day ging kurz meine Mappe durch; mit scharfem Blick glitten ihre Augen über die Blätter. Die realistischen Sachen, Claire auf der Couch, die Weihnachtssterne und die L. A.-Kandinskys. »Wo hast du Unterricht gehabt?«

Ich schüttelte den Kopf. »Nirgendwo.«

Sie sah die Mappe zu Ende durch und gab sie dann Claire zurück. »Okay. Wir versuchen es mal.«

Jeden Dienstagabend brachte Claire mich zum Museum, fuhr dann wieder nach Hause und kehrte drei Stunden später zurück, um mich abzuholen. Ich hatte ein schlechtes Gewissen, weil sie so bereitwillig Dinge für mich tat; ich hatte das Gefühl, sie auszunutzen. Doch in Gedanken hörte ich meine Mutter sagen: »Sei nicht albern! Sie will ausgenutzt werden.« Aber ich wollte nicht so sein. Ich wollte sein wie Claire. Wer außer Claire sorgte dafür, daß ich zum Kunstunterricht ging; wer sonst würde seine Dienstagabende opfern?

Im Kunstunterricht lernte ich, Grundierung aufzutragen, eine Leinwand zu spannen und sie mit Leimgrund zu glätten. Ms. Day ließ uns mit Farbe experimentieren, mit Strichtechniken. Der Pinselstrich zeigte, wie man den Arm bewegt hatte. Er war Ausdruck der Existenz des Malers, dokumentierte die Eigenarten seiner Persönlichkeit, wie er den Pinsel berührt, wie stark er aufgedrückt hatte. Wir malten Stilleben. Blumen, Bücher. Einige der älteren Damen im Kurs malten nur ganz kleine Blümchen. Ms. Day forderte sie auf, größer zu malen, doch sie waren zu gehemmt. Ich malte Blumen so groß wie Pizzas, Erdbeeren, vergrößert zu einer Anhäufung grüner Dreiecke auf rotem Grund, die Muster der Samen. Ms. Day war sparsam mit ihrem Lob und barsch in ihrer Kritik. Jede Woche brach jemand in ihrem Unterricht in Tränen aus. Meine Mutter hätte sie gemocht. Ich mochte sie auch.

Ich wählte vorsichtig aus, was ich meiner Mutter schrieb. Hallo, wie geht es dir? Wie läuft das Schreiben? Ich schrieb über die Schulnoten, den Garten, den Kunstunterricht, den Geruch der Santa-Anas, die verdörrte Landschaft, die blaugraue Novemberstimmung, die kürzer werdenden Tage. *Lauter einser. Ballköhnigin.* Ich schickte ihr kleine Zeichnungen und Aquarelle in Postkartengröße; sie hatte nicht viel Platz in ihrer Zelle. Sie mochte die Kandinsky-Periode und meine neuen Arbeiten. Ich schickte ihr eine Serie von Bleistiftzeichnungen auf Pergamentpapier. Es war ein Selbstbildnis, doch in einzelnen Schichten; hier eine Linie, da eine Linie, immer nur eine; sie mußte die einzelnen Zeichnungen übereinanderlegen, um das Ganze zu erfassen – wie, mußte sie selbst herausfinden. Ich servierte ihr nichts mehr fertig. Sie mußte selbst dafür arbeiten.

Meine Mutter schrieb, daß zwei ihrer Gedichte in der Kenyon Review und in der Lyrik-Sonderausgabe von Zyzzyva veröffentlicht worden seien. Ich fragte Claire, ob wir die Zeitschriften besorgen könnten, und sie fuhr mich zu Book Soup auf dem Sunset Boulevard und kaufte mir beide. Eines war ein langes Gedicht über das Lauftraining im Gefängnis, das jetzt einen großen Teil ihres Tages einnahm. Wenn sie nicht schrieb, lief sie um den Sportplatz, fünfzig, hundert Meilen in der Woche. Alle vier Monate hatte sie ihre Sportschuhe abgelaufen; manchmal gaben sie ihr neue, manchmal aber auch nicht. Ich hatte eine Idee.

Ich kopierte das Gedicht zehnmal und benutzte die Fotokopien als Hintergrund für meine Zeichnungen. Ich saß am Tisch in der rot-weißen Küche und zeichnete mit Ölkreiden über ihre Worte, das Gefühl des Rennens, der sinnlosen, kreisförmigen Aktivität. Wie ihre Gedanken.

Die Regenfälle hatten eingesetzt, sie flüsterten draußen vor dem beschlagenen Küchenfenster. Claire setzte sich mit einer Tasse Pfefferminztee neben mich. »Erzähl mir von ihr.«

Irgend etwas hielt mich davon ab, Claire allzuviel von meiner Mutter zu erzählen. Sie war genauso neugierig wie alle anderen, meine Vertrauenslehrer in der Schule, Ray, Joan Peeler, die Herausgeber der kleinen Literaturzeitschriften. Dichter im Gefängnis, ein Paradoxon schlechthin. Ich wußte nicht, was ich sagen sollte. Sie hatte einen Mann umgebracht. Sie war meine Mutter. Ich wußte nicht, ob ich ihr ähnlich war oder nicht. Meistens wollte ich nicht über sie sprechen. Ich wollte Claire völlig getrennt von meiner Mutter halten. Ich wollte, daß sie auf verschiedenen Blättern waren und nur ich sie zusammen gegen das Licht halten konnte.

Claire las wieder das Gedicht über das Laufen. »Diese Zeile gefällt mir: *die Gegengerade, zwanzig Jahre. Eine Stoppuhr ohne Zeiger.* Das Leben im Gefängnis, es ist gar nicht vorstellbar. *Drei Jahre vorbei, die aufgewirbelte Aschenbahn.* Sie muß unheimlich tapfer sein. Wie kann sie das bloß aushalten?«

»Sie ist nie da, wo sie gerade ist«, sagte ich. »Sie ist immer nur in ihrem Kopf.«

»Das muß wunderbar sein.« Claire streichelte ihre Teetasse wie die Wange eines Kindes. »Ich wünschte, ich könnte das auch.«

Ich war froh, daß sie es nicht konnte. Claire ließ sich von den Dingen berühren. Vielleicht zu stark, doch wenigstens berührten sie sie. Sie konnte nicht im Kopf die Tatsachen verdrehen, sie für sich passend machen. Ich betrachtete das Gedicht meiner Mutter in der Kenyon. Interessant, daß sie immer die Heldin war, die Geächtete, eine gegen den Rest der Welt. Niemals die Böse.

»Das ist der Unterschied zwischen einem echten Künstler und dem Rest der Welt«, seufzte Claire. »Daß sie die Welt neu schaffen können.«

»Du bist eine Künstlerin«, sagte ich.

»Eine Schauspielerin«, sagte sie. »Noch nicht mal das.«

Ich hatte inzwischen ein paar von Claires Filmen gesehen. Sie war durchsichtig, herzzerreißend. Ich hätte Angst, so verletzlich zu sein. Ich hatte die letzten drei Jahre versucht, mir ein dickes Fell zuzulegen, so daß ich nicht jedesmal anfing zu bluten, wenn ich mich an irgendwas stieß. Sie war nackt, täglich verlor sie eine Hautschicht. In einem Film spielte sie die Frau eines Professors, zitternd und perlenbehängt. In einem anderen eine Frau aus dem achtzehnten Jahrhundert, eine verschmähte Liebhaberin, die ins Kloster ging. »Du bist eine wunderbare Schauspielerin«, sagte ich.

Claire zuckte mit den Schultern und las das andere Gedicht, über einen Kampf im Gefängnis. »Mir gefällt die Gewalt deiner Mutter. Ihre Stärke. Das bewundere ich!«

Ich tauchte einen kleinen Sumi-Pinsel in ein Tintenfaß und malte mit ein paar Pinselstrichen Bögen und Linien und einen schwarzen Fleck auf das Papier. Ihre Gewalt. Claire, was weißt du schon über Gewalt? Die Stärke meiner Mutter? Nun, sie war nicht stark genug, um zu verhindern, daß sie als Hintergrund für meine Kunst dienen mußte. Nur als Hintergrund. Ihre Worte bloß meine Leinwand.

An einem lauen und dunstigen Tag kam Claire mir bis zum Rosenbogen entgegengelaufen. »Ich habe eine Rolle!« rief sie, noch ehe ich den Bogen durchquert hatte.

Sie warf den Kopf in den Nacken und streckte der schwachen Wintersonne ihre Kehle entgegen, ihr Gelächter sprudelte empor wie ein Geysir. Sie umarmte und küßte mich. Sie versuchte, Ron in Rußland anzurufen, im Uralgebirge, wo er von einer Tagung zum Thema Telekinese berichtete. Sie konnte ihn nicht erreichen. Selbst das tat ihrer guten Laune keinen Abbruch. Sie öffnete eine Flasche Tattinger-Champagner, die sie im Kühlschrank für eine besondere Gelegenheit kaltgestellt hatte. Er sprudelte über die Gläser und den ganzen Tisch hinweg und schäumte auf den Boden. Wir stießen auf ihre neue Arbeit an.

Es war keine große Rolle, aber kompliziert. Sie sollte die elegante, aber betrunkene Frau eines der Darsteller auf einer Dinnerparty spielen, in einem langen Kleid und Diamanten. Das hieß viel Essen und Trinken; sie mußte genau behalten, wann sie was tun mußte, so daß alles zusammenpaßte. »Daß ich aber auch immer die einsame Frau von irgend jemandem spielen muß!« stöhnte sie. »Anscheinend bin ich genau der Typ für diese Rolle.«

Sie hatte die Rolle bekommen, weil der Regisseur ein Freund von Ron war und die Schauspielerin, die die einsame Frau eigentlich hätte spielen sollen, sich in letzter Minute das Schlüsselbein gebrochen hatte. Jetzt brauchten sie eine Frau, die etwa die gleiche Größe und Haarfarbe hatte und das trägerlose Abendkleid tragen konnte.

»Wenigstens werde ich mit dem Hauptdarsteller sprechen«, erklärte sie mir. »Sie können die Szene also nicht einfach rausschneiden.«

Es war eine kleine Rolle, nur fünf Sätze, eine Frau, die zwei Szenen später tot aufgefunden wird. Ich half ihr, die Sätze zu proben, und übernahm den Part des Helden. Das schwierigste sei, so erklärte sie mir, daß sie in der Szene essen und trinken müsse, während sie sprach. Sie hatte es nach dem zweiten Versuch raus, bestand jedoch darauf, die Szene wieder und wieder zu üben. Sie legte peinlich genauen Wert darauf, sich einzuprägen, bei welchem Wort sie eine Pause einlegte und den Wein trank, wann genau sie die Gabel zum Mund führte, mit welcher Hand und wie hoch. »Essensszenen sind die allerschlimmsten«, erklärte sie. »Alles muß genau zusammenpassen.« Wir probten ihre Rolle eine Woche lang. Wegen fünf Zeilen machte sie einen solchen Aufstand. Mir war vorher gar nicht klargewesen, daß Schauspieler solche Perfektionisten sind. Ich hatte immer gedacht, sie stellten sich einfach vor die Kamera und spielten drauflos.

Am Tag der Dreharbeiten hatte sie um sechs Uhr morgens einen Termin in der Maske. Sie sagte mir, ich solle nicht aufstehen, doch ich stand trotzdem auf. Ich setzte mich zu ihr, während sie sich einen Energiedrink mixte, Proteinpulver, Spirulina, Hefe und Vitamin E und C hineinrührte. Sie war sehr blaß und still. Ganz konzentriert. Sie führte eine Atemübung durch, die sich »Atmende Affen« nannte, bei der sie sowohl beim Einatmen als auch beim Ausatmen chinesische Silben sang. Die ausgeatmeten Töne klangen tief und voll, doch die eingeatmeten waren sonderbar, hoch und wimmernd. Es nannte sich Chi Gong; sie sagte, es beruhige sie.

Ich umarmte sie kurz, als sie ging. Sie hatte mir beigebracht, niemals »viel Glück« zu sagen. Unter Schaupielern sagte man »Hals- und Beinbruch«. »Hals- und Beinbruch!« rief ich ihr nach und zuckte zusammen, als ich sah, wie sie über den Rasensprenger stolperte.

Nach der Schule raste ich nach Hause, gespannt darauf, wie ihr Drehtag gelaufen war, und vor allen Dingen darauf, etwas über Harold McCann zu hören – den englischen Filmstar, der Guy spielte –, doch sie war noch nicht zurück. Ich machte all meine Hausaufgaben und arbeitete in Englisch und Geschichte sogar vor. Gegen sechs war es dunkel und immer noch kein Anruf, keine Spur. Ich hoffte, daß sie keinen Autounfall gehabt hatte, sie war an diesem Morgen so nervös gewesen. Aber wahrscheinlich war sie mit den anderen Schauspielern nach dem Drehtag etwas trinken gegangen – oder essen oder sonst irgendwas. Allerdings war es untypisch für sie, sich nicht zu melden. Sie rief sonst sogar an, wenn sie sich nur beim Einkaufen verspätete.

Ich bereitete das Abendessen vor, Hackbraten, Maisbrot und einen Salat, und dachte, daß sie zu Hause sein würde, wenn das Essen fertig war. Um zwanzig nach acht hörte ich ihr Auto in der Auffahrt. Ich lief ihr entgegen. »Ich habe Abendessen gemacht«, sagte ich.

Ihr Mascara bildete dunkle Kreise um ihre Augen. Sie lief an mir vorbei ins Badezimmer. Ich hörte, wie sie sich übergab.

»Claire?«

Sie kam wieder heraus, legte sich auf die Couch und bedeckte die Augen mit dem Armrücken. Ich zog ihr die Schuhe aus. »Kann ich dir irgendwas bringen? Aspirin? Seven-up?«

Sie fing an zu weinen, ein tiefes, rauhes Stöhnen, und wandte den Kopf von mir ab.

Ich holte ihr Tylenol und ein Glas Soda und sah dabei zu, wie sie es in kleinen Schlucken trank. »Essig. Auf einem Waschlappen.« Sie ließ sich in die Kissen zurückfallen. »Weißen Essig. Wring den Lappen aus!« Ihre Stimme war rauh wie Sandpapier. »Und mach die Lichter aus!«

Ich schaltete die Lampen aus, tränkte einen Waschlappen in Essig, wrang ihn aus und brachte ihn ihr. Ich traute mich nicht zu fragen, was passiert war.

»Siebzehn Takes«, sagte sie und legte sich den Waschlappen über Stirn und Augen. »Weißt du, wie lange das dauert? Und hundert Leute, die auf dich warten! Nie, nie wieder werde ich spielen!«

Ich hielt ihr die Hand, saß auf dem Boden neben ihrer hingestreckten Gestalt im dunklen, nach Essigdämpfen riechenden Zimmer. Ich wußte nicht, was ich sagen sollte. Es war so, als sehe man jemanden, den man liebt, auf eine Landmine treten und die Stücke durch die Luft fliegen. Man wußte nicht, was man mit den Stücken anfangen sollte.

»Leg Leonard Cohen auf«, flüsterte sie. »Das erste Album, mit ›The Sisters of Mercy‹.«

Ich fand das Album, das mit Cohens spitzem Gesicht auf der Hülle, ein Heiliger, der sich aus den Flammen im Hintergrund erhebt, und legte den Song auf. Ich setzte mich neben sie, drückte ihre Hand fest an meine Wange. Seine traurige Singsangstimme leierte klagend das Lied über die »Sisters of Mercy«, die Barmherzigen Schwestern, wie sehr er hoffe, sie würden auch uns eines Tages über den Weg laufen.

Nach einiger Zeit hörte sie auf zu weinen; ich glaube, sie war eingeschlafen.

Nie zuvor hatte ich mich so um jemanden gesorgt, daß ich seine Schmerzen fühlen konnte. Es machte mich ganz krank, daß sie Claire so etwas antun konnten und ich nicht dabei gewesen war, um ihr zu sagen: »Komm, hauen wir ab! Du brauchst das hier nicht zu machen.«

»Ich liebe dich, Claire«, sagte ich leise.

Eines Abends ging ich zum Kunstunterricht, und wir warteten auf Ms. Day, doch sie tauchte nicht auf. Eine der älteren Damen fuhr mich nach Hause. Ich öffnete die Tür, die mit einem Weihnachtskranz aus kleinen kandierten Birnen und Porzellan-Tauben geschmückt war, und erwartete eigentlich, Claire im Wohnzimmer anzutreffen, wo sie eine ihrer Zeitschriften las und Musik hörte, doch sie war nicht da.

Ich fand sie auf meinem Bett; sie saß im Schneidersitz und las in den Papieren meiner Mutter. Briefe aus dem Gefängnis, ihre Tagebücher, persönliche Notizen, alles war um sie herum ausgebreitet. Sie sah blaß aus; ganz versunken in die Papiere, kaute sie auf dem Nagel ihres Ringfingers herum. Ich wußte nicht, was ich machen sollte. Ich war empört, ich war erschrocken. Sie hätte diese Sachen nicht lesen sollen. Ich wollte sie voneinander getrennt halten. Ich wollte nicht, daß sie irgend etwas mit meiner Mutter zu tun hatte; nichts, was ich nicht genau kontrollieren konnte. Und jetzt war sie hingegangen und hatte einfach den Karton geöffnet. Wie Pandora die Büchse. Und alles Böse herausgelassen. Alle waren sie immer so fasziniert von Ingrid Magnussen. Ich spürte, wie ich schon wieder in ihren Schatten trat. Das waren meine Sachen. Ja, noch nicht einmal meine. Ich hatte ihr vertraut.

»Was machst du da?«

Sie fuhr zusammen und ließ das Heft fallen, in dem sie gelesen hatte. Ihr Mund öffnete sich, um etwas zu erklären, schloß sich dann wieder. Öffnete sich wieder. Kein Ton kam heraus. Wenn etwas sie aus der Fassung brachte, konnte sie keinen Mucks sagen. Sie versuchte, die Gegenstände des Anstoßes mit zitternden Händen einzusammeln, doch sie hatten zu viele verschiedene Größen und Formen und fielen unter ihren ungeschickten Bewegungen wieder auseinander. Sie gab sich geschlagen, ließ sie fallen, schloß die Augen und schlug die Hände vors Gesicht. Sie erinnerte mich an Caitlin, die dachte, wir könnten sie nicht sehen, wenn sie uns nicht sehen konnte. »Bitte hasse mich nicht«, sagte sie.

»Warum, Claire? Ich hätte dir die Sachen doch gezeigt, wenn du mich gefragt hättest.«

Ich begann die Notizhefte zusammenzusuchen; Reispapier, das mit Kordeln zusammengebunden war, italienische Kladden mit marmoriertem Einband, Schulhefte aus Amsterdam, in Pappe oder in Leder gebunden, mit Schuhbändern zusammengeschnürt. Die Tagebücher meiner Mutter, mein Nichtvorhandensein zwischen den Zeilen. Nichts davon betraf mich. Selbst die Briefe nicht. Nur sie.

»Ich war deprimiert. Du warst nicht da. Sie schien so stark zu sein.«

Sie suchte nach einem Vorbild? Das war lachhaft. Daß Claire meine Mutter bewunderte, löste in mir den Wunsch aus, sie zu ohrfeigen. Wach auf, hätte ich am liebsten geschrien. Ingrid Magnussen könnte dir schon schaden, indem sie dir nur auf dem Weg zum Badezimmer begegnet.

Und nun hatte sie die Briefe gelesen. Sie wußte jetzt, daß ich mich gesträubt hatte, meiner Mutter von ihr zu schreiben. Ich konnte mir vorstellen, wie sehr es sie verletzt hatte. Inzwischen wünschte ich, ich hätte die Briefe fortgeworfen, sie nicht mit mir herumgeschleppt wie einen Fluch. Ingrid Magnussen. Wie konnte ich es ihr nur erklären? Ich wollte nicht, daß meine Mutter von dir erfährt, Claire. Du bist das einzig Gute, was mir je passiert ist. Das wollte ich nicht aufs Spiel setzen. Wie meine Mutter dich hassen würde. Sie will nicht, daß ich glücklich bin, Claire. Es gefiel ihr, daß ich Marvel gehaßt hatte. Dadurch hatte sie sich mir näher gefühlt. Eine Künstlerin braucht nicht glücklich zu sein, hatte sie gesagt. Wenn ich glücklich wäre, bräuchte ich sie nicht mehr, wollte sie damit sagen. Ich könnte sie ja vergessen. Und sie hatte recht. Das könnte ich vielleicht wirklich.

Sie beschimpfte mich in diesen Briefen. *Was interessiert mich eine Eins im Diktat? Euer Blumengarten. Du bist so langweilig, ich erkenne Dich gar nicht wieder! Wer sind diese Leute, bei denen Du jetzt lebst? Was denkst Du wirklich?* Doch ich schrieb ihr nie etwas darüber.

»Du willst etwas über meine Mutter wissen?« Ich zog eine graue gestreifte Kladde heraus, schlug sie auf und gab sie Claire. »Hier, lies das.«

Sie nahm die Hände wieder vom Gesicht, ihre Augen waren aufgequollen und rot, die Nase lief ihr. Sie bekam Schluckauf und nahm mir das Heft aus der Hand. Ich brauchte ihr nicht über die Schulter zu blicken. Ich wußte genau, was da stand.

Verbreite ein häßliches Gerücht.

Laß den heißgeliebten Hund eines alten Menschen aus dem Garten frei.

Schlage einem Depressiven vor, sich umzubringen.

»Was ist das?« fragte sie.

Sag einem Kind, daß es nicht besonders hübsch oder klug ist.

Fülle Rohrfrei in gefaltetes Pergaminpapier, und lasse die Briefchen an den Straßenecken liegen.

Wirf nutzlose Münzen einer fremden Währung in die Tasse eines Bettlers, und sorge dafür, daß er dir überschwenglich dankt. »Gott segne Sie, Miss.«

»Das ist doch aber nicht echt«, sagte Claire. »Es ist doch nicht so, daß sie diese Dinge wirklich tut.«

Ich zuckte mit den Schultern. Wie konnte Claire eine Frau wie meine Mutter verstehen? Sie konnte stundenlang solche Listen schreiben und dabei lachen, bis ihr die Tränen kamen.

Claire sah mich mit hungrigem Blick an, flehentlich. Wie konnte ich ihr länger böse sein? Meine Mutter hatte keine Ahnung, welches mein Lieblingsgericht war, wo ich am liebsten wohnen würde, wenn ich es mir aussuchen könnte. Claire war diejenige, die mich entdeckt hatte. Sie wußte, daß ich in Big Sur leben wollte, in einer Holzhütte mit einem Kamin und einer eigenen Quelle, daß ich Grüner-Apfel-Seife mochte, daß »Boris Godunov« meine Lieblingsoper war, daß ich keine Milch trank. Sie half mir, die Papiere wieder in den Karton zu räumen, ihn zu verschließen und unter das Bett zu schieben.

18

Ron und Claire stritten schon wieder in ihrem Schlafzimmer. Ich lag im Bett und konnte sie hören; an meiner Wand duckte sich das Kaninchen, die Ohren zitternd aufgerichtet. Claire wollte, daß Ron mit seiner Arbeit aufhörte und sich etwas anderes suchte, das nichts mit Viehverstümmelungen oder Hexenkunst in den Pueblos zu tun hatte.

»Was soll ich denn deiner Meinung nach tun, Teller spülen?« Ron erhob selten die Stimme. Doch er war müde, gerade erst aus Rußland zurückgekehrt; er hatte keinen Streit erwartet. Normalerweise gab es ein schönes Abendessen, Küsse und saubere Bettwäsche. »Ich verdiene unseren Lebensunterhalt. Es ist doch bloß ein Job, Claire. Mein Gott, manchmal weiß ich einfach nicht, was in deinem Kopf vorgeht!«

Doch das war eine Lüge. In Wahrheit ging Ron mit der Angst anderer hausieren. Es schien einen ziemlich großen Markt dafür zu geben. Überall fürchteten sich die Menschen. Bedrohliche Gestalten lauerten in den Tiefen der Phantasie, warteten vielleicht schon im Nachbarauto, am Geldautomaten oder lungerten mit einer 38er im eigenen Hausflur herum. Es gab Gift in der Zahnpasta aus dem Supermarkt. Ebola, Hepatitis C. Ehemänner verschwanden spurlos auf dem Weg zum Spirituosenladen. Kinder wurden tot in Gräben aufgefunden, mit verstümmelten Händen. Bilder verschwanden aus ihren Rahmen, die Umrisse lösten sich auf. Die Leute wollten Monster, Geister und Stimmen aus dem Grab. Etwas Fremdartiges und Planvolles, aber nicht die üblichen sinnlosen Verbrechen wie zum Beispiel Halbstarke, die sich wegen ihrer Lederjacken abknallten.

Diese Dinge lieferte Ron ihnen: Angst im Rahmen. Außerirdische waren immer noch besser als verrückte Gewalttaten. Rons Karriere war auf Zynismus und Scheinheiligkeit gegründet.

Claires Antwort klang so leise wie das Biegen eines Metallblechs.

Ihn jedoch konnte ich Wort für Wort verstehen: »Glaubst du etwa, ich komme nach einem Vierzehn-Stunden-Tag von irgend so einer Parapsycho-Konferenz in Yakutsk ins Hotel zurück, noch dazu mit Jetlag, und mir ist dann danach, ordentlich einen draufzumachen? Hey, super, schickt mir die schnuckligen Blondinen aufs Zimmer! Vielleicht solltest du mal versuchen, dir wieder eine Arbeit zu suchen, dann wüßtest du, wie fertig man sich am Ende eines langen Tages fühlt!«

Ich spürte, daß seine Worte sich in ihr Fleisch brannten wie ein Peitschenhieb. Ich versuchte zu verstehen, was sie sagte, doch ihre Stimme war nur noch ein leises Murmeln. Claire konnte sich nicht wehren, sie rollte sich zusammen wie ein Blatt unter einem Glas.

»Astrid braucht dich nicht andauernd um sich. Du mußt nicht mit Milch und Plätzchen zu Hause auf sie warten. Meine Güte, Claire! Sie ist eine junge Frau. Ich kann mir denken, daß sie ganz gerne mal ein paar Stunden für sich hat. Daß sie sich gerne ein paar Freunde in ihrem Alter suchen würde, wenn du ihr die Möglichkeit ließest.«

Aber *ich brauchte sie*, Ron. Niemand hatte je auf mich gewartet, wenn ich von der Schule nach Hause kam – und Milch trank ich nie. Noch nicht mal das wußte er. Ihr lag etwas an mir. Konnte er nicht verstehen, was das für mich bedeutete – und für sie? Hätte er sich für sie interessiert, hätte er nie solche Dinge zu ihr gesagt. Wie konnte er es wagen, so zu tun, als ob er sie liebte? Ich schob meine Tür einen Spalt auf, um zu hören, was sie sagte, doch sie mußte geflüstert haben.

»Natürlich rufen sie nicht mehr an. Gloria sagt, sie hat in einem fort angerufen, du hättest aber nie den Hörer abgenommen. Kein Wunder, daß sie irgendwann aufgegeben haben.«

Jetzt konnte ich nur noch ihr Weinen hören. Sie weinte wie

ein Kind, aufschluchzend, fast wie ein Schluckauf, mit laufender Nase. Und den beruhigenden Klang seiner Stimme.

Ich konnte mir genau vorstellen, wie er sie in die Arme nahm, sie an seiner Brust hin und her wiegte, ihr über das Haar strich. Und das schlimmste war: sie würde es zulassen. Und sie würden miteinander schlafen, dann würde sie einschlafen und denken, daß er doch, trotz allem, so nett zu ihr war. Daß er sie wohl doch lieben mußte. Alles würde schon wieder gut werden. Das war seine Art: Erst verletzte er sie, und dann brachte er alles wieder in Ordnung. Ich haßte ihn. Er kam nach Hause, brachte sie aus der Fassung und ließ sie kurz darauf wieder allein.

Ein Brief von meiner Mutter lag in der Post. Ich wollte ihn gerade aufmachen, als ich merkte, daß er gar nicht für mich war. Er war an Claire adressiert. Warum in aller Welt schrieb meine Mutter an Claire? Ich hatte ihr nie von Claire erzählt. Sollte ich den Brief an Claire weitergeben? Ich beschloß, lieber kein Risiko einzugehen. Meine Mutter könnte ihr alles mögliche schreiben. Sie bedrohen, sie anlügen oder in Angst versetzen. Ich konnte immer noch sagen, ich hätte ihn aus Versehen geöffnet. Ich nahm ihn mit in mein Zimmer und schlitzte ihn auf.

Liebe Claire,
Ja, es wäre wunderbar, wenn Sie mich besuchen könnten.
Es ist so lange her, seit ich Astrid zum letzten Mal gesehen habe, ich weiß gar nicht, ob ich sie noch wiedererkennen würde – und ich freue mich immer sehr, meine treuen Leser kennenzulernen.
Ich werde Sie auf meine Besucherliste setzen – Sie sind doch nicht vorbestraft, oder?
Nur ein kleiner Scherz!

Ihre Freundin,
Ingrid.

Die Vorstellung, daß sie einander schrieben, erfüllte mich mit Grauen. *Ihre Freundin, Ingrid.* Claire mußte ihr geschrieben haben, nachdem ich sie kurz vor Weihnachten beim Lesen der Tagebücher in meinem Zimmer erwischt hatte. Ich fühlte mich verraten, hilflos, bange. Ich hätte Claire gern auf den Brief angesprochen, doch dann hätte ich zugeben müssen, daß ich ihre Post geöffnet hatte. Deshalb zerriß ich den Brief und verbrannte ihn in meinem Papierkorb. Hoffentlich war sie nur deprimiert darüber, daß meine Mutter ihr nie zurückschrieb, und gab auf.

Es war ein grauer Februarmorgen, so verhangen, daß wir die Hollywood Hills von unserem Garten aus nicht sehen konnten. Wir würden meine Mutter besuchen. Claire hatte es arrangiert. Sie zog einen Minirock, einen Rollkragenpulli und Strumpfhosen an, alles in Mahagoni, dann blickte sie stirnrunzelnd in den Spiegel. »Vielleicht wären Jeans besser?«

»Nichts aus Jeansstoff«, sagte ich.

Die Vorstellung dieses Treffens war kaum zu ertragen. Ich konnte dabei nur verlieren. Meine Mutter könnte sie verletzen. Oder sie für sich einnehmen. Ich wußte nicht, was schlimmer wäre. Claire gehörte mir, sie liebte mich. Warum mußte meine Mutter immer dazwischenfunken? Doch das war meine Mutter – sie mußte immer im Mittelpunkt stehen, alles mußte sich um sie drehen.

Seit der Zeit bei Starr hatte ich sie nicht mehr gesehen. Marvel hatte nicht erlaubt, daß die Leute von der Initiative mich mit dem Kleinbus abholten; sie war der Meinung gewesen, je weniger ich sie sah, desto besser. Ich schaute in den Spiegel und stellte mir vor, was meine Mutter wohl jetzt von mir denken würde. Die Narben in meinem Gesicht waren nur der Anfang. Ich hatte in der Zwischenzeit einiges durchgemacht. Ich wüßte gar nicht, wie ich jetzt mit ihr umgehen sollte; ich war zu groß geworden, um mich in ihrem Schweigen zu verstecken. Und ich machte mir Sorgen um Claire.

Ich faßte mir mit der Hand an die Stirn und meinte zu Claire: »Ich glaube, ich brüte etwas aus.«

»Lampenfieber«, sagte sie und strich mit den Handflächen ihren Rock glatt. »Habe ich auch ein bißchen!«

Ich fragte mich ebenfalls, ob ich die richtigen Klamotten angezogen hatte: einen langen Rock, Doc Martens, dicke Socken und einen gehäkelten Pulli mit Spitzenkragen von Fred Segal, dem Laden, in dem die hippe Jugend Hollywoods einkaufte. Meine Mutter würde die Sachen bestimmt schrecklich finden. Doch ich hatte nichts anderes zum Anziehen, meine ganze Kleidung war inzwischen so.

Eine Stunde lang fuhren wir in Richtung Osten. Claire plapperte nervös. Sie konnte Stille nicht ertragen. Ich schaute aus dem Fenster, lutschte einen Pfefferminzbonbon gegen die Übelkeit beim Autofahren, kuschelte mich in meinen dicken irischen Pullover. Allmählich lichteten sich die Häuser der Vorstadtsiedlungen, wurden durch Holzhandlungen, Felder und den Geruch nach Dünger abgelöst. Weite, nebelverhangene Landschaft, unterbrochen durch Reihen von Eukalyptusbäumen, die als Windschutz angepflanzt worden waren. CYA, das Jugendgefängnis. Das Männergefängnis. Es war länger als zwei Jahre her, seit ich das letzte Mal hier entlanggefahren war, ein ganz anderes Mädchen in rosa Schuhen. Ich erkannte sogar den kleinen Supermarkt wieder. Cola, 12er Pack 2.49 Dollar. »Hier mußt du abbiegen.«

Wir fuhren die gleiche asphaltierte Straße zur California Institution for Women entlang, der Schornstein und der Wasserturm, der Wachturm, der den Rand des Gefängnisses markierte. Wir stellten das Auto auf dem Besucherparkplatz ab.

Claire holte tief Luft. »Das sieht ja gar nicht so übel aus.«

Die Krähen krächzten angriffslustig von den Ficusbäumen. Es war eiskalt. Ich zog mir die Pulloverärmel bis zu den Fingerspitzen herunter. Wir passierten den Wachturm. Claire hatte meiner Mutter ein Buch mitgebracht, »Zärtlich ist die Nacht«. Fitzgerald, Claires Lieblingsautor, doch die Wärter erlaubten ihr nicht, es mit hinein zu nehmen. Meine Stiefel lösten einen Alarm des Metalldetektors aus. Ich mußte sie ausziehen, damit die

Wärter sie durchsuchen konnten. Rasselnde Schlüsselbunde, das Zuschlagen des Tores, Walkie-Talkies, so klang ein Besuch bei meiner Mutter.

Wir setzten uns an einen Picknicktisch unter dem blauen Vordach. Ich beobachtete das Tor, durch das meine Mutter kommen würde, doch Claire blickte in die falsche Richtung, zur Aufnahmestation hin, wo sich die Neuzugänge herumdrückten oder Besen schwangen – ihnen war so langweilig, daß sie sich freiwillig zum Kehren meldeten. Die meisten waren jung, nur ein oder zwei älter als fünfundzwanzig. Ihre dumpfen Gesichter verhießen nichts Gutes.

Claire zitterte. Sie versuchte, mutig zu sein. »Warum starren sie uns so an?«

Ich öffnete die Faust, betrachtete meine Handlinien, mein Schicksal. Das Leben würde schwer werden. »Schau nicht rüber zu ihnen.«

Es war kalt, doch ich schwitzte, während wir auf meine Mutter warteten. Wer konnte es schon sagen, vielleicht würden sie ja Freundinnen? Vielleicht trieb meine Mutter keines ihrer Spielchen – oder wenigstens kein allzu schlimmes. Claire könnte ihr Briefe schreiben; sie könnte ihr eines Tages einen guten Leumund bescheinigen.

Ich sah meine Mutter; sie wartete darauf, daß der diensthabende Wärter das Tor aufschloß. Sie trug ihr Haar wieder lang, es hing wie ein Schal über die Vorderseite ihres Kleides, über eine Brust herunter. Sie zögerte, sie war genauso nervös wie ich. So schön. Ihre Schönheit hatte mich immer schon überrascht. Selbst wenn sie bloß über Nacht fort gewesen war, hielt ich immer den Atem an, wenn ich sie wiedersah. Sie war dünner geworden seit meinem letzten Besuch; alles überflüssige Fleisch war weggebrannt. Ihre Augen waren sogar noch leuchtender geworden, ich konnte sie vom Tor aus spüren. Sie war sehr aufrecht, muskulös und braungebrannt. Sie sah weniger aus wie eine Lorelei, mehr wie eine Killerreplikantin aus dem Film »Blade Runner«. Sie schritt lächelnd zu uns herüber, doch ich konnte die Unsicherheit ihrer Hände spüren, die sie mir steif auf die Schultern legte. Wir sahen uns in die Augen, und ich stellte verblüfft fest, daß wir gleich groß waren. Ihre Augen musterten mich, versuchten, etwas Vertrautes zu finden. Ihr Blick ließ mich plötzlich unsicher werden; verlegen wegen meiner modischen Kleidung, ja sogar wegen Claire. Ich schämte mich, weil ich gedacht hatte, ich könnte ihr entfliehen; ja, es sogar gewollt hatte. Jetzt erkannte sie mich wieder. Sie umarmte mich und streckte Claire die Hand hin.

»Willkommen in Walhalla«, sagte sie und schüttelte Claire die Hand.

Ich versuchte mir vorzustellen, wie meine Mutter sich in diesem Augenblick fühlen mußte, als sie die Frau kennenlernte, bei der ich lebte; die Frau, die ich so sehr mochte, daß ich ihr noch nicht einmal etwas über sie geschrieben hatte. Jetzt konnte meine Mutter selbst sehen, wie schön sie war, wie empfindsam, den Kindermund, das herzförmige Gesicht, ihren zerbrechlichen Hals, ihr frisch geschnittenes Haar.

Claire lächelte, erleichtert darüber, daß meine Mutter den ersten Schritt getan hatte. Sie kannte sich nicht mit der Natur von Giften aus.

Meine Mutter setzte sich neben mich, legte die Hand auf meine, doch sie war nicht mehr so groß. Meine Hand hatte die gleiche Form wie ihre. Sie sah das ebenfalls und hielt ihre Handfläche gegen meine. Sie sah älter aus als beim letzten Mal; in ihr gebräuntes Gesicht, um die Augen und den schmalen Mund herum, schnitten sich feine Linien wie von einer Radiernadel ein. Oder vielleicht kam es mir auch nur im Vergleich mit Claire so vor. Sie war mager, konzentriert, scharf; Stahl verglichen mit Claires Wachs. Ich betete zu einem Gott, an den ich nicht mehr glaubte, daß er diesen Besuch bitte bald vorübergehen lassen möge.

»Hier ist es überhaupt nicht so, wie ich es mir vorgestellt habe«, sagte Claire.

»Es existiert auch nicht wirklich«, erwiderte meine Mutter

und beschrieb mit der Hand eine elegante Geste. »Es ist alles eine Illusion.«

»Das haben Sie auch in Ihrem Gedicht gesagt.« Ein neues Gedicht, in der Iowa Review. Über eine Frau, die sich in einen Vogel verwandelt, über den Schmerz ihrer frisch wachsenden Federn. »Es war vorzüglich.«

Ich wand mich innerlich angesichts ihrer altmodischen, schauspielerhaften Ausdrucksweise. Ich konnte mir gut vorstellen, wie meine Mutter sie hinterher bei ihren Mithäftlingen nachäffen würde. Doch ich konnte Claire jetzt nicht mehr beschützen. Es war zu spät. Ich sah, daß sich die immerwährende Spur von Ironie um die Mundwinkel meiner Mutter inzwischen in eine dauerhafte Linie verwandelt hatte; die Tätowierung einer Lebenshaltung.

Meine Mutter schlug die Beine übereinander, braun und muskulös wie geschnitztes Holz, nackt unter dem blauen Kleid, weiße Turnschuhe. »Meine Tochter sagt, Sie seien Schauspielerin.« Sie trug in der grauen Morgenkälte keinen Pullover. Der Nebel bekam ihr gut; ich konnte das Meer an ihr riechen, obwohl wir hundert Meilen vom Ozean entfernt waren.

Claire drehte an ihrem Ehering herum, der zu locker auf ihren dünnen Fingern saß. »Um Ihnen die Wahrheit zu sagen: meine Karriere ist eine Katastrophe. Ich habe meinen letzten Auftrag so verbockt, daß ich wahrscheinlich nie wieder arbeiten werde.«

Warum mußte sie immer die Wahrheit sagen? Ich hätte ihr erzählen sollen, daß man manche Leute besser anlog.

Meine Mutter spürte instinktiv den Riß in Claires Lebensgeschichte wie ein Kletterer, der im Nebel die Griffspalten in einer Felswand erspürt. »Die Nerven?« fragte sie freundlich.

Claire beugte sich dichter zu meiner Mutter hinüber, eifrig bemüht, sie ins Vertrauen zu ziehen. »Es war ein Alptraum«, sagte sie und fing an, den schrecklichen Drehtag zu beschreiben.

Über uns drängten sich die Wolken zusammen und bildeten dichte, darmartige Klumpen. Mir war schlecht. Claire hatte Angst vor so vielen Dingen; sie ging nur bis zu den Oberschenkeln ins Wasser, weil sie Angst hatte, weggeschwemmt zu werden. Warum spürte sie dann diese Unterströmung nicht? Das Lächeln meiner Mutter schien so freundlich. Hier gibt es eine reißende Strömung, Claire. Die Rettungsschwimmer haben schon bessere Schwimmer retten müssen als dich.

»Schauspieler haben es nicht einfach«, sagte meine Mutter.

»Mir steht's bis hier.« Claire ließ ihr Granatherz an seiner Kette auf- und abgleiten, schob es sich unter die Lippe. »Nie wieder. Nie wieder schleppe ich mich zum Vorsprechen, bloß damit sie mich dann zwei Sekunden lang anschauen und beschließen, daß ich zu ethnisch für Orangensaftwerbung oder zu klassisch für eine Fernsehmama bin.«

Das scharf umrissene Profil meiner Mutter vor dem Chinchilla-Himmel. An ihrer Nase entlang hätte man eine senkrechte Linie ziehen können. »Wie alt sind Sie, Anfang Dreißig?«

»Nächsten Monat fünfunddreißig.« Die Wahrheit, die ganze Wahrheit und nichts als die Wahrheit. Sie würde noch aus der Hölle bereitwillig Zeugnis ablegen. Sie konnte dem Drang nicht widerstehen, sich hinzulegen und ihre Brust vor der Lanze zu entblößen. »Deshalb kommen Astrid und ich auch so gut miteinander zurecht. Skorpion und Fisch verstehen einander.« Sie zwinkerte mir über den Tisch hinweg zu.

Meiner Mutter gefiel es gar nicht, daß wir einander verstanden, Claire und ich. Das merkte ich daran, wie sie an meinen Haaren zog. Die Krähen kreischten und schlugen mit ihren häßlichen, glänzenden Flügeln. Doch sie lächelte Claire an. »Astrid und ich haben uns nie verstanden. Wassermann und Skorpion. Sie ist so verschwiegen, haben Sie das nicht auch feststellen können? Ich wußte nie, was sie gerade dachte.«

»Ich habe gar nichts gedacht«, sagte ich.

»Sie wird zutraulicher«, sagte Claire fröhlich. »Wir plaudern eigentlich die ganze Zeit. Ich habe ihr Horoskop erstellen lassen. Es ist sehr ausgeglichen. Auch ihr Name deutet auf viel Glück hin.« Mit welcher Leichtigkeit Claire sich vor den Richtblock kniete, den Nacken hinhielt und dabei fröhlich weiterschwatzte.

»Bisher hat sie ja nicht viel Glück gehabt«, sagte meine Mutter beinahe schnurrend. »Aber vielleicht ändert sich ihr Glück jetzt.« Konnte Claire nicht riechen, wie die Oleanderblüten einkochten, den leicht bitteren Geruch des Gifts?

»Wir sind ganz vernarrt in Astrid«, sagte Claire, und einen Augenblick lang sah ich sie so, wie sie meiner Mutter erscheinen mußte. Überspannt, naiv, albern. Nein, halt, hätte ich am liebsten gesagt, du darfst sie nicht danach beurteilen. Beim Vorsprechen ist sie nie gut. Du kennst sie überhaupt nicht. Claire redete einfach weiter, ohne zu merken, was vor sich ging. »Sie macht alles so prima, dieses Jahr ist sie sogar unter den besten Schülern. Wir versuchen, ihren Notendurchschnitt ein bißchen aufzupeppen.« Sie beschrieb mit der Faust einen Halbkreis, eine Pfadfindergeste, energisch und optimistisch. *Den Notendurchschnitt ein bißchen aufpeppen.* Ich fühlte mich gedemütigt und wollte es gar nicht. Wann hatte meine Mutter je Stunde um Stunde mit mir gelernt, um den Notendurchschnitt aufzupeppen? Am liebsten hätte ich Claire ganz schnell in eine Decke gewickelt, so wie man es mit jemandem macht, der Feuer gefangen hat, und sie auf dem Gras gewälzt, um sie zu retten.

Meine Mutter beugte sich zu Claire, ihre Augen blitzten wie blaues Feuer. »Hängen Sie eine Pyramide über ihren Schreibtisch. Man sagt, daß es das Gedächtnis verbessert«, sagte sie, ohne eine Miene zu verziehen.

»Mein Gedächtnis ist ganz in Ordnung«, sagte ich.

Doch Claire war neugierig geworden. Schon hatte meine Mutter einen ihrer Schwachpunkte gefunden, und ich war sicher, daß sie noch mehr finden würde. Und Claire in ihrer Unschuld merkte überhaupt nicht, daß meine Mutter ihre Fessel anzog. »Eine Pyramide. Daran habe ich noch gar nicht gedacht. Obwohl ich Feng Shui praktiziere. Sie wissen schon: wo man die Möbel hinstellt und so weiter.« Claire strahlte über das ganze Gesicht und dachte, meine Mutter sei eine verwandte Seele, die ihre Möbel umstellte, um positive Energie zu verstärken, und mit Zimmerpflanzen redete.

Ich wollte schnell das Gesprächsthema wechseln, ehe sie anfing, von Mrs. Kromach und den Spiegeln auf unserem Dach zu erzählen. Ich wünschte, sie hätte sich einen Spiegel mitten auf die Stirn geklebt. »Wir wohnen ganz dicht bei den großen Filmlabors auf der La Brea Avenue«, unterbrach ich. »In einer Seitenstraße der Willoughby Avenue.«

Meine Mutter fuhr fort, als hätte ich gar nichts gesagt. »Und Ihr Mann arbeitet ja sogar in diesem Geschäft. Im Übersinnlichen, meine ich.« Diese ironischen Kommas in ihren Mundwinkeln. »Da haben Sie die Neuigkeiten gleich aus erster Hand!« Sie reckte die Arme; ich konnte mir vorstellen, wie es in ihrer Wirbelsäule knackte. »Sie sollten ihm erzählen, daß seine Sendung hier drinnen sehr beliebt ist.«

Sie legte mir den Arm auf die Schulter. Ich schüttelte ihn unauffällig ab. Vielleicht mußte ich als ihr Publikum herhalten, aber ihre Verbündete war ich nicht.

Claire fiel das gar nicht auf. Sie kicherte und zupfte an ihrem Granatherzen an der dünnen Kette. Sie erinnerte mich an die Tarotkarte, auf der der Junge zur Sonne hinaufschaut und dabei auf einen Klippenrand zusteuert. »Eigentlich hält er alles bloß für Spaß. Er glaubt nicht an das Übersinnliche.«

»Man sollte meinen, daß ihm das bei seiner Arbeit ziemlich gefährlich werden könnte.« Meine Mutter klopfte auf die orangefarbene Plastikplatte des Tisches. Ich merkte, wie die Rädchen ihres Verstandes vorwärtsspulten. Am liebsten hätte ich etwas dazwischen geworfen und die Maschinerie angehalten.

»Genau das habe ich ihm auch gesagt«, meinte Claire, während sie sich mit leuchtenden Augen vorbeugte. »Diesen Herbst hätte ein Geist beinahe jemanden ermordet.« Dann verstummte sie, unsicher, weil sie dachte, daß sie in ein Fettnäpfchen getreten sei, als sie meiner Mutter gegenüber von Mord gesprochen hatte. Ich konnte in ihr lesen wie in einer aufgeschlagenen Zeitung.

»Machen Sie sich keine Sorgen um ihn?«

Claire war dankbar, daß meine Mutter ihren kleinen Fauxpas

netterweise übersehen hatte. Ihr war nicht klar, daß meine Mutter genau das umklammert hielt, was sie haben wollte. »Oh, Ingrid, wenn Sie wüßten! Ich finde, daß Leute nicht mit Dingen herumspielen sollten, an die sie nicht glauben. Geister sind real, selbst wenn man nicht an sie glaubt.«

Oh, wir wußten sehr gut über Geister Bescheid, meine Mutter und ich. Sie rächten sich stets. Doch statt das zuzugeben, zitierte meine Mutter Shakespeare: *»Es gibt mehr Ding im Himmel und auf Erden, als Eure Schulweisheit sich träumt, Horatio.«*

Claire klatschte in die Hände, begeistert, daß ausnahmsweise mal jemand anderes den Barden zitierte. Rons Freunde bemerkten ihre Anspielungen nie.

Meine Mutter warf ihr langes Haar zurück, legte mir wieder den Arm um die Schultern. »Es ist so, als wenn man nicht an Elektrizität glauben würde, bloß weil man sie nicht sehen kann.« Ihre hellen blauen Replikantenaugen lächelten Claire an. Ich wußte genau, was sie dachte. *Siehst du denn nicht, was für ein Idiot diese Frau ist, Astrid? Wie konntest du sie mir bloß vorziehen?*

»Ja, da haben Sie vollkommen recht«, sagte Claire.

»Ich glaube auch nicht an Elektrizität«, sagte ich. »Oder an Hamlet. Er ist bloß ein Konstrukt. Das Phantasieprodukt eines Dichters.«

Meine Mutter nahm keine Notiz von mir. »Muß er sehr viel reisen, ihr Mann? Wie hieß er noch? Ron?« Sie drehte eine meiner Haarsträhnen um ihren kleinen Finger, hielt mich unter Kontrolle.

»Er ist dauernd unterwegs«, gab Claire zu. »Noch nicht mal Weihnachten war er zu Hause.« Schon wieder spielte sie mit diesem Granatherzen herum und schob es an der Kette hin und her.

»Das muß ja sehr einsam für Sie sein«, sagte meine Mutter. Mit trauriger Stimme. So mitfühlend. Am liebsten wäre ich aufgesprungen und davongelaufen, doch ich würde Claire niemals hier mit ihr allein lassen.

»Das war es«, sagte Claire. »Doch jetzt habe ich ja Astrid.«

»So ein wunderbares Mädchen.« Meine Mutter strich mir mit

ihrem von der Arbeit rauhen Finger über die Wange und kratzte mir dabei absichtlich über die Haut. Ich war eine Verräterin. Ich hatte meinen Meister verraten. Sie wußte genau, weshalb ich Claire vor ihr verborgen gehalten hatte. Weil ich sie liebte und sie mich liebte. Weil ich jetzt die Familie hatte, die ich schon die ganze Zeit hätte haben sollen; die Familie, die meine Mutter nie für wichtig gehalten hatte, die sie mir nie hatte geben können. »Astrid, würde es dir etwas ausmachen, uns für einen Moment allein zu lassen? Ein paar Worte unter Erwachsenen.«

Ich schaute von ihr zu meiner Pflegemutter. Claire lächelte. »Geh ruhig. Nur für eine Minute.« Als sei ich ein Kleinkind, das man ermutigen müsse, im Sandkasten zu spielen. Sie hatte ja keine Ahnung, wie lang eine Minute sein konnte, was in einer Minute alles passieren konnte.

Widerstrebend stand ich auf und ging zu dem Zaun, der am nächsten zur Straße lag, strich mit den Fingerspitzen über die Rinde eines Baumes. Über mir starrte eine Krähe mit ihrem seelenlosen Blick auf mich herunter und krächzte mit einer beinahe menschlich klingenden Stimme. »Verpiß dich«, sagte ich. Mit mir stand es langsam genauso schlimm wie mit Claire, ich hörte schon die Vögel reden.

Aus der Entfernung beobachtete ich, wie sie über den Tisch gebeugt dasaßen. Meine Mutter braungebrannt und flachsblond, in Blau, Claire blaß und dunkel, in Braun. Es war surrealistisch, Claire mit meiner Mutter zusammen an einem orangeroten Picknicktisch in Frontera. Wie einer von den Träumen, in denen ich nackt in der Schlange in der Schulkantine stand. Ich hatte bloß vergessen, mich anzuziehen. Ich träume das alles und kann wieder aufwachen, sagte ich mir.

Claire drückte eine Handfläche an die Stirn, so als wolle sie prüfen, ob sie Fieber hatte. Meine Mutter nahm Claires andere schmale Hand in ihre großen Hände. Meine Mutter redete ohne Unterlaß auf sie ein, leise, vernünftig; ich hatte sie auf diese Weise schon eine Katze hypnotisieren sehen. Claire war aufgeregt. Was erzählte sie ihr bloß? Es war mir egal, was meine Mutter da vorhatte. Ihre Zeit war um. Wir würden fahren, sie mußte bleiben. Das konnte sie mir nicht verderben, egal, was sie auch sagte.

Beide blickten auf, als ich wieder zu ihnen trat. Meine Mutter starrte mich wütend an, dann verschleierte sie ihren Ärger mit einem Lächeln und tätschelte Claires Hand. »Denken Sie bloß daran, was ich Ihnen gesagt habe.«

Claire sagte gar nichts. Sie war ganz ernst. All ihr Gekicher war verschwunden, ihre Freude darüber, einen anderen Menschen gefunden zu haben, der Shakespeare zitierte. Sie stand auf, die blassen Fingernägel auf die Tischplatte gestützt. »Ich treffe dich am Auto«, sagte sie.

Meine Mutter und ich sahen sie davongehen, ihre langen Beine in den mattbraunen Strumpfhosen, die ruhigen Bewegungen. Meine Mutter hatte ihr die ganze elektrische Spannung genommen, die Lebhaftigkeit, den Charme. Sie hatte sie ausgelöffelt, so wie die Chinesen den Schädel eines lebendigen Affen aufsägen und dann sein Gehirn mit einem Löffel essen.

»Was hast du ihr gesagt?«

Meine Mutter lehnte sich auf der Bank zurück, verschränkte die Arme hinter dem Kopf. Gähnte wohlig wie eine Katze. »Ich habe gehört, daß sie Probleme mit ihrem Mann hat.« Sie lächelte wollüstig und strich sich über die blonden Härchen auf ihren Unterarmen. »Das liegt aber nicht an dir, oder? Ich weiß ja, daß du eine Vorliebe für ältere Männer hast.«

»Nein, es liegt nicht an mir.« Mit mir konnte sie nicht so umspringen wie mit Claire. »Du hältst dich da raus.«

Noch nie zuvor hatte ich es gewagt, so zu ihr zu sprechen. Wenn sie nicht hier in Frontera festgesessen hätte, hätte ich nie den Mut gehabt. Doch ich würde hier verschwinden, und sie würde bleiben, und diese Tatsache gab mir eine Stärke, die ich nie gefunden hätte, wenn sie frei gewesen wäre.

Ich konnte sehen, wie verblüfft sie darüber war, daß ich mich widersetzte. Es ärgerte sie, daß ich das überhaupt wagte, doch sie hatte sich unter Kontrolle. Ich merkte, wie sie einen kleineren

Gang einlegte. Sie bedachte mich mit einem langsamen, ironischen Lächeln. »Deine Mami will dir nur helfen, Liebling«, sagte sie und leckte dabei ihre Worte, wie eine Katze Sahne aufschleckt. »Ich tue doch für meine neue Freundin, was ich kann.«

Wir sahen beide, wie Claire auf der anderen Seite des Stacheldrahtzauns vorbeiging. Tief in Gedanken versunken, lief sie zu ihrem Saab zurück und stieß dabei gegen den Kotflügel eines parkenden Kombis. »Laß sie bloß in Ruhe.«

»Oh, aber es ist doch so unterhaltsam«, sagte meine Mutter, die genug vom Verstellen hatte. Es war ihr immer lieber gewesen, mich hinter die Kulissen zu führen. »Einfach, aber unterhaltsam. Wie das Ertränken von jungen Kätzchen. Und in meiner augenblicklichen Situation muß ich die Unterhaltung nehmen, wie sie kommt. Ich möchte nur zu gerne wissen, wie du es aushalten kannst, mit der armen Claire zusammenzuleben. Wußtest du übrigens, daß es einen ganzen Orden gibt, die armen Klarissinnen? Ich kann mir vorstellen, daß es gähnend langweilig ist. Den Notendurchschnitt ein bißchen aufpeppen und was nicht noch alles. Bemitleidenswert.«

»Sie ist ein durch und durch netter Mensch«, sagte ich und wandte mich von ihr ab. »Aber das kannst du ja nicht verstehen.«

Meine Mutter schnaubte verächtlich. »Verschone mich bitte mit der Nettigkeitsseuche. Ich hätte gedacht, daß du über solche Kindereien längst hinaus bist.«

Ich kehrte ihr weiterhin den Rücken zu. »Mach es mir nicht kaputt.«

»Wer, ich?« Meine Mutter lachte mich an. »Was sollte ich denn schon tun? Ich bin doch nur eine arme Gefangene. Ein Vogel mit einem gebrochenen Flügel.«

Ich drehte mich zu ihr. »Du hast ja keine Ahnung, wie es gewesen ist.« Ich beugte mich über sie, ein Knie auf die Bank neben ihr gestützt. »Wenn du mich lieben würdest, würdest du mir helfen.«

Sie lächelte, langsam und hinterhältig. »Dir helfen, mein Schatz? Lieber würde ich dich in der schlimmsten Fürsorgehölle sehen als bei einer solchen Frau.« Sie griff empor, um mir eine

Locke aus dem Gesicht zu streichen, und ich zuckte zurück. Sie packte mein Handgelenk und zwang mich, sie anzublicken. Jetzt war sie todernst. Nach all den Spielchen ging es jetzt nur noch um einen Machtkampf. Ich hatte Angst zu kämpfen. »Was kannst du von so einer Frau schon lernen?« sagte sie. »Wie man sich kunstvoll grämt? Siebenundzwanzig Namen für Tränen?« Ein Wärter bewegte sich auf uns zu, und sie ließ mein Handgelenk schnell los.

Sie stand auf und küßte mich auf die Wange, umarmte mich leicht. Wir waren gleich groß, doch ich spürte, wie stark sie war; sie war wie die Stahlkabel, die Brücken tragen. Sie zischte mir ins Ohr: »Ich kann dir nur eins raten: Halte deine Taschen gepackt!«

Claire starrte nach draußen auf die Straße. Eine Träne floß aus ihren übervollen Augen. *Siebenundzwanzig Namen für Tränen.* Aber nein, dieser Gedanke war nicht von mir. Ich widersetzte mich einer Gehirnwäsche. Das war Claire. Ich legte ihr die Hand auf die Schulter, während sie auf die Landstraße abbog. Sie lächelte und tätschelte sie mit ihrer kleinen kühlen Hand. »Ich glaube, ich war deiner Mutter ganz sympathisch, meinst du nicht auch?«

»Das warst du«, sagte ich und schaute dabei aus dem Fenster, damit ich ihr nicht ins Gesicht lügen mußte. »Sie mochte dich wirklich.«

Eine Träne kullerte ihr über die Wange, und ich wischte sie mit meinem Handrücken weg. »Was hat sie dir gesagt?«

Claire schüttelte den Kopf, seufzte. Sie betätigte die Scheibenwischer, obwohl nur ein feiner Nebel war, stellte sie dann wieder ab, als sie zu quietschen begannen. »Sie hat gesagt, daß ich recht hatte mit Ron. Daß er eine Affäre hat. Ich wußte es ohnehin. Sie hat es mir nur bestätigt.«

»Woher will sie das denn wissen?« fragte ich wütend. »Um Himmels willen, Claire, sie hat dich doch gerade erst kennengelernt.«

»Alle Anzeichen sind da.« Sie schniefte, wischte sich die Nase mit der Hand ab. »Ich wollte es bloß nicht wahrhaben.« Doch dann lächelte sie. »Mach dir keine Sorgen. Wir werden damit schon irgendwie fertig.«

Ich saß an meinem Schreibtisch unter der lächerlichen Pyramide und zeichnete mein Selbstporträt, dabei schaute ich in einen Handspiegel. Ich zeichnete mit Bleistift, schaute nicht nach unten und versuchte, den Stift nicht abzusetzen. Eine Linie. Das eckige Kinn, dicke Lippen ohne Lächeln, die runden, vorwurfsvollen Augen. Breite dänische Nase, eine blasse Haarmähne. Ich zeichnete mich so lange, bis ich selbst mit geschlossenen Augen eine gute Ähnlichkeit hinbekam; bis ich die Folge meiner Handbewegungen, meiner Armbewegungen, den Ausdruck meines Gesichtes auswendig konnte; bis ich mein Gesicht auf der Wand sehen konnte. Ich bin nicht du, Mutter. Das bin ich nicht.

Claire hätte eigentlich zu einem Vorsprechen gehen sollen. Sie hatte Ron erzählt, sie würde dorthin gehen, doch sie ließ mich anrufen und sagen, sie sei krank. Sie lag in der Badewanne, weichte sich mit ihrem Lavendelöl und einem Amethystbrocken ein, versuchte ihre angestoßenen Kanten zu glätten. Ron hätte Freitag wieder zu Hause sein sollen, doch irgend etwas war dazwischengekommen. Seine Aufenthalte zu Hause boten ihr Halt, so daß sie sich von einem Kreis im Kalender zum nächsten schwingen konnte. Wenn er sagte, daß er nach Hause käme, und es dann nicht tat, schwang sie sich nach vorn, griff in dünne Luft und stürzte.

Ich fing einen Brief meiner Mutter aus dem Gefängnis an Claire ab. Darin riet meine Mutter ihr, ihm einen Liebestrank ins Essen zu mischen, doch alles an der Formel, die sie mitschickte, kam mir giftig vor. Ich zeichnete ein Bild über ihren Brief, eine Folge Serpentinen, die von einem Winkel durchbohrt wurden, steckte ihn in einen neuen Umschlag und schickte ihn zurück.

Im Wohnzimmer spielte Claire ihre Leonard-Cohen-Platten. Suzanne, die sie mitnahm zu ihrem Platz am Fluß, the place by the river.

Ich zeichnete weiter mein Gesicht.

19

Im April hatte die Wüste den Frühling bereits aus der Luft gesaugt wie Löschpapier. Die Hollywood Hills ragten unnatürlich klar empor, so als betrachte man sie durch ein Fernglas. Die Hitze ließ die frischen Blätter welken und verbannte uns schwitzend und niedergeschlagen hinter die heruntergelassenen Jalousien des Hauses.

Claire hatte ihren Schmuck aus der Kühltruhe geräumt und ihn auf dem Bett ausgebreitet, ein erfrischend vereister Piratenschatz. Eiskalte Ketten aus grünen Jadeperlen mit juwelenbesetzten Verschlüssen, ein Bernsteinanhänger, der einen versteinerten Farn in sich barg. Ich drückte den kühlen Stein an meine Wange. Dann drapierte ich ein antikes Kristallglasarmband über meinen Scheitel und ließ es wie eine kühle Zunge meine Stirn lecken.

»Das hat meiner Großtante Priscilla gehört«, sagte Claire. »Sie hat es bei ihrem Debütantinnenball im Waldorf-Astoria getragen, kurz vor dem Ersten Weltkrieg.« Sie lag in ihrer Unterwäsche auf dem Rücken, das Haar dunkel vor Schweiß; ihre Stirn zierte ein Armband mit Rauchtopas, unterbrochen von einem feingearbeiteten Goldkettchen, das ihr bis auf die Nasenspitze herunterhing. Claire war furchtbar dünn; ihre spitzen Hüftknochen und Rippen standen hervor wie bei einem Christus aus geschnitztem Holz. Ich konnte den Schönheitsfleck über dem Saum ihrer Unterhose sehen. »Sie war Lazarettschwester in Ypres. Eine sehr tapfere Frau.«

Jedes Armband, jede Perle hatte eine Geschichte. Ich zog einen rechteckigen Onyxring aus dem Haufen auf dem Bett; seine glänzende schwarze Oberfläche wurde von einem winzigen

Diamanten durchbrochen. Ich probierte ihn an, doch er war eng, er paßte nur über meinen kleinen Finger. »Wem hat der gehört?« Ich hielt ihn hoch, damit sie ihn sehen konnte, ohne den Kopf zu heben.

»Urgroßmutter Matilde. Eine Pariser Dame, wie sie im Buche steht.«

Seine Besitzerin war vermutlich schon hundert Jahre tot, doch sie brachte es trotzdem fertig, daß ich mir plump und unerzogen vorkam. Ich stellte mir glänzend schwarzes Haar vor, Locken, eine scharfe Zunge. Ihre schwarzen Augen hätten meine allerkleinste Unbeholfenheit erfaßt. Sie hätte mich mißbilligt, meine schlaksigen Arme und Beine, ich wäre zu groß für ihre kleinen Stühle und winzigen Porzellantäßchen mit Goldrand gewesen – ein Elch zwischen lauter Antilopen. Ich gab Claire den Ring, sie streifte ihn über, und er paßte genau.

Das Granathalsband, das eiskalt um meine Kehle lag, war ein Hochzeitsgeschenk ihres Urgroßvaters, eines Fabrikanten aus Manchester, an seine Frau Beatrice gewesen. Den goldenen Jaguar mit den Smaragdaugen, den ich auf meinem Knie balancierte, hatte die Tante ihres Vaters, Geraldine Woods, die mit Isadora Duncan zusammen getanzt hatte, in den zwanziger Jahren aus Brasilien mitgebracht. Ich trug Claires Familienalbum. Großmütter mütterlicherseits und Urgroßtanten väterlicherseits, Frauen in smaragdgrünem Taft, Samt und Granaten. Zeit, Ort und Charaktere, eingeschlossen in Edelsteine und filigranes Silber.

Verglichen damit war meine Vergangenheit Rauch, eine Geschichte, die meine Mutter mir einmal erzählt und später wieder abgestritten hatte. Keine Onyxe für mich, keine Aquamarine, die an das Leben meiner Vorfahren erinnerten. Ich besaß nur ihre Augen, ihre Hände, die Form einer Nase, eine Schwäche für Schneefall und geschnitztes Holz.

Claire ließ ein goldenes Halskettchen auf eines ihrer geschlossenen Lider herabtröpfeln, Jadeperlen auf das andere. Sie sprach sehr vorsichtig, damit nichts herunterfiel.

»Früher hat man die Leute so begraben. Den Mund voller Edelsteine und eine Goldmünze auf jedem Auge. Geld für die Überfahrt ins Jenseits.« Sie ließ ein Korallenkettchen in ihren Bauchnabel rieseln und legte sich die zweireihige Perlenkette zwischen die Brüste. Nach kurzer Zeit nahm sie die Perlenkette, öffnete den Mund, ließ die Kette hineinfallen und schloß die Lippen über den glänzenden Muscheleiern. Ihre Mutter hatte ihr die Perlen zur Hochzeit geschenkt, obwohl sie dagegen gewesen war, daß Claire einen Juden heiratete. Als Claire mir das erzählte, hatte sie wahrscheinlich erwartet, daß ich darüber entsetzt wäre, doch ich hatte bei Marvel Turlock und Amelia Ramos gelebt. Vorurteile überraschten mich nicht mehr. Ich fragte mich nur, wieso sie ihr dennoch die Perlen geschenkt hatte.

Claire lag bewegungslos da und spielte tot. Eine juwelenbehängte Leiche in rosa Spitzenwäsche, bedeckt mit ganz feinen Schweißperlen. Ich war nicht sicher, ob mir dieses neue Spiel gefiel. Durch die Flügeltüren, unterhalb der geschlossenen Jalousien, konnte ich den Garten sehen, der in diesem Frühjahr sich selbst überlassen blieb. Claire arbeitete nicht mehr im Garten; kein Beschneiden der Pflanzen oder Unkrautjäten mehr, kein spitzer chinesischer Hut zwischen den Rabatten. Sie stützte die Blumen nicht mehr ab, und jetzt blühten sie kreuz und quer durcheinander, die zweijährigen Gladiolen neigten sich zur Seite. Auf dem ungemähten Rasen wucherten die Nachtkerzen.

Wieder einmal war Ron unterwegs, neuerdings zweimal im Monat. Diesmal war er in Andalusien und drehte einen Bericht über Zigeuner. Durchkämmte die Welt nach bizarren Ereignissen und sammelte Flugmeilen. Dabei hätte er, um etwas wirklich Sonderbares und Unheimliches zu sehen, bloß in das eigene Schlafzimmer zu gehen brauchen, wo seine Frau in rosarotem Spitzenslip und BH auf dem Bett lag, behängt mit Jade und Perlen, und so tat, als sei sie tot. Unter dem Bett die Voodoo-Schachtel mit den Magneten, Heftern und Stiften, den zusammengeklebten Polaroid-Fotos, die ihn nach Hause beschwören sollten.

Plötzlich bekam sie durch die Perlen keine Luft mehr und

setzte sich würgend auf. Der Schmuck glitt von ihrem Körper herunter. Sie zog sich die Perlenkette aus dem Mund und hielt sie fest. Claire war so blaß, daß ihr Mund dagegen unnatürlich rot wirkte, und sie hatte dunkle Ringe unter den Augen. Sie sank über dem Bündel glänzender, speichelnasser Perlen auf der Bettkante zusammen und kehrte mir dabei den Rücken zu, die Wirbel aneinandergereiht wie Jadekugeln.

Dann griff sie nach meiner Hand; ihre Nägel waren schmutzig, die Fingerkuppen klein und empfindlich wie die eines Kindes; die Ringe wirkten so überdimensioniert und unpassend wie Schmuck aus dem Kaugummiautomaten. Ich nahm ihre Hand. Sie führte meine Hand an ihr Gesicht und preßte den Handrücken an ihre feuchte Wange. Sie verglühte fast. Ich legte mein Gesicht auf ihre Schulter, ihr Rücken war wie Feuer. »Ron wird bald wieder zurück sein«, versuchte ich sie zu beruhigen.

Sie nickte, der Kopf war viel zu schwer auf ihrem dünnen Hals, wie bei einer ihrer schlaff herabhängenden Tulpen; die Höcker ihrer Wirbelsäule wie das Skelett einer Diamantklapperschlange. »Es ist jetzt schon so heiß. Was soll ich erst machen, wenn es Sommer wird?«

Sie bestand nur noch aus Haut und Nerven, keine Masse, kein Gewicht. Sie war ein Drachen aus Haut, der im trockenen, heftigen Wind flatterte.

»Wir sollten an den Strand fahren«, schlug ich vor.

Sie schüttelte den Kopf, so schnell, als habe sich eine Fliege auf sie gesetzt. »Das ist es nicht.«

Ich saß auf einem der Schmuckstücke, es bohrte sich in meine Hüfte. Ich machte eine Hand frei, faßte unter mich und zog es heraus. Es war ein Aquamarin, so groß wie eine ungeschälte Mandel. Aquamarine wachsen zusammen mit Smaragden, hatte Claire mir erzählt. Doch Smaragde sind empfindlich und zerbrechen immer in kleinere Stückchen, wogegen Aquamarine stärker sind und problemlos zu riesigen Kristallen heranwachsen; deshalb sind sie auch nicht so wertvoll. Wirklich wertvoll ist der Smaragd, der nicht zerbricht.

Ich hielt ihr den eisblauen Stein hin, die Farbe der Augen meiner Mutter. Sie schob ihn auf ihren Zeigefinger, wo er hing wie ein Türgriff an einem Strick. Sie starrte den Stein an. »Der hat meiner Mutter gehört. Mein Vater hat ihn ihr geschenkt, um eine Kreuzfahrt rund um die Welt zu feiern.« Sie zog ihn wieder vom Finger. »Ihr war er auch viel zu groß.«

Nebenan pfiff Mrs. Kromachs Papagei immer wieder die gleichen drei Töne in einer aufsteigenden Folge, jeweils dreieinhalb Töne auseinander. Ein Eiscremewagen rollte die Straße entlang und spielte »Pop Goes the Weasel«. Claire lag auf dem Rücken, so daß sie mich anschauen konnte, eine Hand unter den Kopf gestützt. Sie war sehr schön, sogar jetzt noch. Das dunkle Haar hing ihr locker über die Schultern, naß am Haaransatz; die dunklen Augenbrauen gebogen und glänzend; die kleinen Brüste rundeten sich unter der rosa Spitzenwäsche.

»Wenn du dich umbringen wolltest, wie würdest du es anstellen?« fragte sie.

Ich drehte mich auf den Bauch und durchstöberte den Schmuckhaufen. Ich versuchte einen goldenen Armreif anzuprobieren. Er paßte nicht über meine Hand. Ich dachte an meine Selbstmorde, an die Zeit, als ich den Tod durch meine Finger gleiten ließ wie Jettperlen. »Gar nicht.«

Sie breitete eine Indianerkette auf ihrem flachen Bauch aus, Stränge haardünner Silberröhrchen, die das Metall flüssig erscheinen ließen wie Quecksilber. »Gut, laß uns annehmen, du wolltest es.«

»Es verstößt gegen meine Religion.« Der Schweiß sickerte mir zwischen den Brüsten hinunter und sammelte sich in meinem Bauchnabel.

»Was für eine Religion ist das denn?«

»Ich glaube ans Überleben.«

Das wollte sie nicht durchgehen lassen. Ich spielte nicht mit bei ihrem Spiel. Es ging gegen die Regeln. »Nehmen wir nur mal an, du wolltest es tun. Stell dir vor, du wärst sehr alt und hättest eine schreckliche, unheilbare Form von Krebs.«

»Ich würde mir ganz viel Demerol besorgen und ausharren.« Ich würde mit Claire nicht über Selbstmord diskutieren. Das stand auf der Liste der asozialen Handlungen, die meine Mutter angelegt hatte. Ich würde ihr bestimmt nicht den sichersten Weg verraten: den Plan des knochenkrebskranken Jungen, sich eine Luftblase in die Vene zu spritzen und sie durch das Blut wandern zu lassen wie eine Perle. Ich war mir sicher, daß ihre Tante Priscilla die gleiche Methode ab und an auf dem Schlachtfeld angewandt hatte, wenn ihr das Morphium ausgegangen war. Dann gab es noch die Möglichkeit einer ordentlichen Ladung Cyanid auf die Zungenwurzel, so wie man es mit Katzen macht. Es geht sehr schnell. Wenn man wirklich vorhat, sich umzubringen, will man nichts Langsames. Jemand könnte hereinkommen, jemand könnte einen retten.

Claire umklammerte ihr Knie mit einer Hand, schaukelte ein bißchen auf ihrer Wirbelsäule hin und her. »Weißt du, wie ich es machen würde?«

Sie wollte mich unbedingt diese Straße hinunterziehen, ich würde aber nicht dort entlanggehen. »Laß uns an den Strand fahren, okay? Diese Hitze macht uns noch ganz verrückt.«

Sie hörte mich noch nicht einmal. Ihre Augen blickten verträumt, wie bei jemandem, der sich gerade verliebt hat. »Ich würde mich vergasen. Das ist der einzig richtige Weg. Es heißt, es sei genau wie einschlafen.«

Sie erinnerte mich an eine Frau, die sich in den Schnee legt. Sich nur für ein Weilchen hinlegen will, weil sie so müde ist. Sie war so lange gelaufen, sie wollte sich nur ein bißchen ausruhen, und es war gar nicht so kalt, wie sie dachte. Sie war so schläfrig. Sie wollte kapitulieren. Aufhören, gegen den Sturm und die alles umhüllende Nacht zu kämpfen, nur im Weißen liegen und schlafen. Ich verstand sie gut. Ich hatte früher immer geträumt, daß ich an einer Korallenwand hinunterschnorchelte. Die Euphorie setzte ein, während der Stickstoff in meinem Blutkreislauf zunahm, und die einzig mögliche Richtung war hinunter, in Dunkelheit und Vergessen.

Ich mußte sie aufwecken. Sie ins Gesicht schlagen, herumführen, ihr schwarzen Kaffee einflößen. Ich erzählte ihr von dem japanischen Seemann, der sich umgebracht hatte, nachdem er vier Tage auf dem Meer getrieben war. »Zwanzig Minuten später haben sie ihn gefunden. Er war noch warm.«

Wir hörten von der Straße her das Brummen eines Rasenmähers. Der süße, schwere Duft des Jasmins nahm das letzte bißchen Luft weg. Sie seufzte und reckte dabei ihre Rippen heraus, die so scharf waren wie die Schneidmesser des Rasenmähers. »Aber wie lange kann ein Mensch durch die Gegend treiben und nur auf einen leeren Horizont blicken? Wie lange läßt du dich treiben, bis du dich geschlagen gibst?«

Was sollte ich ihr darauf antworten? Ich hatte es jahrelang getan. Sie war meine Rettungsinsel, meine Schildkröte. Ich legte mich hin, legte ihr den Kopf auf die Schulter. Sie roch nach Schweiß und L'Air du Temps, allerdings trübe und staubblau, so als hätte ihre Melancholie das Parfum verunreinigt.

»Alles mögliche kann passieren«, sagte ich.

Sie küßte mich auf den Mund. Ihr Mund schmeckte nach Eiskaffee und Kardamom, und ich war überwältigt von diesem Geschmack, ihrer heißen Haut und dem Geruch nach ungewaschenem Haar. Ich war verwirrt, aber nicht widerwillig. Sie hätte alles mit mir machen können.

Sie ließ sich auf das Kissen zurücksinken, den Arm über die Augen gelegt. Ich stützte mich auf einen Ellbogen. Ich wußte nicht, was ich sagen sollte.

»Ich fühle mich so unwirklich«, sagte sie.

Sie drehte sich auf den Bauch, das Granatherz hing ihr hinten über die Schulter. Ihr ungewaschenes Haar war schwer wie schwarze Trauben, und Taille und Hüfte bogen sich wie eine blasse Gitarre. Sie nahm die Perlenkette und senkte sie in einer Spirale auf die Bettdecke hinunter, doch kaum bewegte sie sich, glitt die Kette auf ihren Körper zu, und das Muster war verdorben. Sie hob die Kette noch mal hoch, versuchte es wieder, wie ein kleines Mädchen, das so lange die Blütenblätter von Gänseblümchen abreißt, bis die richtige Antwort herauskommt.

»Wenn ich nur ein Kind hätte«, sagte sie.

Ich spürte ein schmerzhaftes Zupfen an einer selten benutzten Saite. Mir war nur zu gut bewußt, daß ich das Anstatt-Baby war, eine Zweitbesetzung für das, was sie in Wahrheit wollte. Wenn sie ein Baby hätte, würde sie mich nicht mehr brauchen. Doch ein Baby stand gar nicht zur Diskussion. Sie war so dünn, sie war regelrecht magersüchtig. Ich hatte sie mal dabei erwischt, wie sie sich übergab, nachdem wir gegessen hatten.

»Ich bin einmal schwanger gewesen, damals in Yale. Ich hätte nie gedacht, daß es das einzige Baby war, was ich je haben würde.«

Das Jaulen des Rasenmähers durchbrach die Stille. Ich hätte ihr gern irgend etwas Tröstliches gesagt, doch mir fiel nichts ein. Ich schob den Herzanhänger wieder über ihre Schulter nach vorn. Ihr dünner Körper strafte ihren Wunsch nach einem Baby Lügen. Sie hatte so stark abgenommen, daß sie inzwischen meine Kleidung tragen konnte. Sie machte es ab und zu, während ich in der Schule war. Manchmal kam ich nach Hause, und bestimmte Kleidungsstücke waren noch warm und rochen nach L'Air du Temps. Ich stellte mir vor, wie sie meine Kleider anzog, ganz bestimmte Teile, die ihr gefielen, einen karierten Wollrock, ein knappes Top. Sich dann vor den Spiegel stellte und sich einbildete, sie sei sechzehn, eine Schülerin der High School. Sie imitierte mich perfekt, einen schlaksigen Teenager. Sie überkreuzte wie ich die Beine, verschlang sie miteinander und schob den einen Fuß hinter die Wade des anderen Beines. Zuckte mit den Achseln wie ich, ehe ich sprach und damit schon vorher das abtat, was ich gleich sagen wollte. Mein verlegenes Lächeln, das aufflackerte und gleich darauf wieder verschwand. Sie probierte mich an wie meine Kleider. Doch sie wollte nicht ich sein, sie wollte bloß sechzehn sein.

Ich betrachtete den Garten unter den Jalousien, die langen Schatten, die die Zypresse und die Palme auf das gemusterte Grün warfen. Wenn sie sechzehn wäre, was dann? Würde sie dann die Fehler nicht mehr machen, die sie gemacht hatte? Würde sie vielleicht bessere Entscheidungen treffen? Vielleicht müßte sie sich gar nicht entscheiden und konnte einfach sechzehn bleiben. Doch sie probierte die Kleider der falschen Person an. Sie würde bestimmt nicht gern sein wie ich. Sie war viel zu zart, um an meiner Stelle zu stehen; es würde sie zermalmen wie der Druck bei einem Tiefsee-Tauchgang.

Meistens lag sie so da wie jetzt und dachte an Ron, daran, wann er nach Hause kommen würde, ob es eine andere Frau gab. Grämte sich über das Glück und den Einfluß schlechter Kräfte, während sie die Talismane ihrer Familiengeschichte trug; den Schmuck von Frauen, die etwas mit ihrem Leben angefangen hatten, etwas aus sich gemacht oder sich wenigstens jeden Tag angekleidet hatten; Frauen, die nie eine sechzehnjährige Pflegetochter geküßt hatten, weil sie sich unwirklich vorkamen, die nie das Unkraut in ihrem Garten emporschießen ließen, weil es zu heiß war, um es zu jäten.

Ich hätte ihr am liebsten geraten, ihre Verzweiflung nicht so zu hegen. Verzweiflung ist kein Gast, den man willkommen heißt; man spielt nicht ihre Lieblingsmusik oder bietet ihr einen bequemen Stuhl an. Verzweiflung ist der Feind. Ich hatte Angst um Claire, weil sie ihre Bedürfnisse so offenbarte. Wenn ein Mensch etwas ganz dringend braucht, wird es ihm garantiert genommen, hatte mir meine Erfahrung gezeigt. Um das zu wissen, brauchte ich keine Spiegel aufs Dach zu hängen.

Es war eine Erleichterung, als Ron nach Hause kam. Sie stand auf, duschte und machte das Haus sauber. Sie bereitete das Essen vor, wieder einmal viel zuviel, und legte roten Lippenstift auf. Sie nahm den düsteren Leonard Cohen vom Plattenspieler und legte Teddy Wilsons Big Band auf, sang beim »Basin Street Blues« mit. Ron schlief nachts mit ihr, manchmal sogar nachmittags. Keiner von beiden war dabei besonders laut, doch ich konnte ihr leises Lachen hinter der geschlossenen Schlafzimmertür hören.

Eines Morgens, als Claire noch schlief, hörte ich ihn im Wohnzimmer telefonieren. Er sprach mit einer Frau, das spürte ich sofort, als ich hereinkam; daran, wie er lachte, während er in seinen gestreiften Pyjamahosen in den Hörer sprach und das Telefonkabel um seine glatten Finger wickelte. Er lachte über etwas, was sie gesagt hatte. »Flunder. Egal. Kabeljau.«

Er zuckte zusammen, als er mich in der Tür stehen sah. Das Blut wich ihm aus den rosigen Wangen, kehrte dann wieder zurück, dunkler als vorher. Er fuhr sich mit der Hand durchs Haar, so daß die grauen Strähnen unter seiner Berührung zurücksprangen. Er redete noch ein bißchen über Termine, Flüge, Hotels, kritzelte dabei etwas auf ein Stück Papier in seiner geöffneten Aktentasche. Ich bewegte mich nicht von der Stelle. Er legte auf.

Er stand auf, zog die Schlafanzughosen hoch. »Wir fliegen nach Reykjavík. Heiße Quellen mit bezeugten Heilkräften.«

»Nimm Claire mit«, sagte ich.

Er warf den Zettel in seine Aktentasche, klappte sie zu und verschloß sie. »Ich werde die ganze Zeit arbeiten. Du kennst doch Claire. Sie würde nur im Motel sitzen und sich in irgendeine morbide Phantasievorstellung hineinsteigern. Es wäre ein Alptraum.«

Widerwillig mußte ich ihm recht geben. Ob er so viel Zeit von zu Hause wegblieb, wie er konnte, um herumzuvögeln oder nur, um Claire aus dem Weg zu gehen, oder ob er – wie unwahrscheinlich auch immer – sogar nur das war, was er zu sein vorgab, ein erschöpfter Ehemann, der versuchte, den Lebensunterhalt zu verdienen: auf jeden Fall wäre es eine Katastrophe, wenn er Claire mitnehmen würde und dann keine Zeit für sie hätte. Sie konnte nicht einfach allein durch die Gegend ziehen und sich die Sehenswürdigkeiten anschauen. Sie würde im Hotel sitzen und sich fragen, was er gerade machte, welche Frau wohl diejenige war, welche. Sich quälen.

Doch das gab ihm noch lange keinen Freifahrschein. Er war ihr Ehemann. Er trug die Verantwortung. Es gefiel mir gar nicht, daß er in Claires eigenem Haus mit dieser Frau telefoniert hatte. Ich konnte ihn mir gut mit einer Frau zusammen in einem dunklen Restaurant vorstellen, wie er sie mit der gleichen glatten Stimme verführte.

Ich lehnte mich in den Türrahmen, falls er versuchen sollte, wieder ins Bett zurückzugehen und so zu tun, als sei nichts passiert. Ich wollte ihm zu verstehen geben, daß sie ihn brauchte. Seine Pflicht war hier zu Hause. »Sie hat mir erzählt, wie sie sich umbringen würde.«

Das weckte seine Aufmerksamkeit, ließ ihn in seiner Glätte ein bißchen taumeln; ein Mann, der über einen Riß im Bürgersteig stolpert, ein Schauspieler, der seinen Text vergessen hat. Er strich sich das Haar zurück, um Zeit zu gewinnen. »Was hat sie gesagt?«

»Sie hat gesagt, sie würde sich vergasen.«

Er setzte sich, schloß die Augen, legte die Hände darüber, die glatten Fingerspitzen berührten sich über seiner Nase. Plötzlich tat er mir leid. Ich hatte nur seine Aufmerksamkeit gewollt; er sollte merken, daß er nicht einfach davonfliegen und so tun konnte, als sei alles um sie herum normal. Er konnte sie nicht ganz allein mir überlassen.

»Meinst du, sie redet nur?« fragte er. Aus seinen haselnußbraunen Augen sprach die Angst.

Er fragte mich? Er war doch derjenige, der immer die Antworten parat hatte. Der Mann, der die Realität fest im Griff hatte, der uns sagte, wann wir aufstehen, wann wir zu Bett gehen, welches Programm wir uns anschauen sollten, was wir über Atomtests und die Wohlfahrtsreform zu denken hatten. Er war derjenige, der die Welt sicher in seinen glatten Händen hielt wie einen großen Basketball. Ich starrte ihn hilflos an, entsetzt darüber, daß er nicht wußte, ob Claire sich umbringen würde oder nicht. Er war ihr Ehemann. Wer war ich schon – irgendein Kind, das sie bei sich aufgenommen hatten.

Unweigerlich stellte ich mir Claire vor, wie sie über und über mit ihrem Schmuck behängt auf dem Bett lag. Perlen quollen ihr aus dem Mund. Was sie alles aufgegeben hatte, um mit Ron zusammensein zu können. Wie sie nachts weinte, die Arme eng um den Körper geschlungen, in der Mitte gekrümmt wie jemand mit Magenkrämpfen. Aber nein, sie wartete immer noch auf mich, wenn ich von der Schule nach Hause kam; sie würde nicht wollen, daß ich sie tot auffand. »Sie vermißt dich.«

»Bald kommt das Sommerloch«, sagte Ron. »Wir werden irgendwohin fahren. Um mal ganz hier rauszukommen, nur wir drei. Zelten im Yellowstone Park, irgend so was. Was hältst du davon?«

Nur wir drei; reiten, wandern, ums Lagerfeuer herum sitzen, die Sterne auswendig lernen. Kein Telefon, kein Fax, kein Laptop. Keine Partys, Besprechungen, Freunde, die mit einem Skript vorbeikamen. Ron ganz für sie allein. Das wäre etwas, auf was sie sich freuen könnte. Zelten mit Ron würde sie auf keinen Fall verpassen wollen. »Das würde ihr gefallen«, sagte ich schließlich. Obwohl ich dachte, daß ich es erst glauben würde, wenn ich es mit eigenen Augen sah. Er war groß darin, seine Versprechen nicht zu halten.

»Ich weiß, daß es nicht leicht für dich gewesen ist.« Er legte mir die Hand auf die Schulter. Glatt. In seiner Hand war Hitze, sie wärmte mir die ganze Schulter. Einen Moment lang fragte ich mich, wie es wäre, mit Ron zu schlafen. Seine nackte Brust so nahe, daß ich sie hätte streicheln können, die grauen Haare, die 25-Cent-großen Brustwarzen. Er roch gut, Monsieur Givenchy. Seine Stimme, nicht zu tief, sandig und beruhigend. Doch dann fiel mir wieder ein, daß er der Mann war, der all die Probleme verursachte, der nicht wußte, wie er Claire lieben sollte. Er betrog sie, das konnte ich an seinem Körper spüren. Er hatte die ganze Welt, Claire hatte bloß ihn. Doch ich konnte mir nicht helfen: Die Hand auf meiner Schulter gefiel mir, der Blick aus seinen Augen. Ich versuchte, nicht auf seine männliche Präsenz zu reagieren, den kräftigen Körper in den blauen Pyjamahosen. *Sie ist eine junge Frau*, hatte er zu Claire gesagt. Es war bloß ein Teil seiner Nummer, die Anerkennungstour. Wahrscheinlich machte er das mit allen einsamen Löffelbeschwörern so. Ich trat einen Schritt zur Seite, so daß sein Arm herunterfiel. »Du hältst besser, was du versprichst«, sagte ich.

20

Getreu seinem Versprechen mietete Ron im Juni eine Blockhütte in Oregon. Kein Telefon, kein Strom, er ließ sogar seinen Laptop zu Hause. In den Wäldern der Cascades gingen wir in hüfthohen grünen Gummistiefeln angeln. Er zeigte mir die Fliegenrolle und brachte mir bei, die Angel in einer zarten Beschwörung auszuwerfen, um die glitzernde Stahlkopfforelle wie ein Geheimnis aus dem Wasser zu ziehen. Claire studierte eifrig Vogelbücher und Wildblumenführer, erpicht darauf, alle Dinge zu benennen, als ob die Namen den Erscheinungen erst Leben verliehen. Wenn sie etwas identifiziert hatte, war sie so stolz, als hätte sie selbst den Wiesenstärling, den Frauenhaarfarn erschaffen. Oder wir saßen auf einer großen Wiese, jeder an einen eigenen Baum gelehnt, und Ron spielte auf der Mundharmonika Cowboylieder, »Red River Valley« und »Yellow Rose of Texas«.

Ich mußte daran denken, wie meine Mutter in Amsterdam »Whopee ti yi yo, git along little dogies« gesungen hatte. Und mir erklärt hatte, daß ein »dogie« ein Kalb sei, das seine Mutter verloren hatte. »It's your misfortune and none of my own« – Dein Pech und nicht meins. Ron kam aus New York; ich fragte mich, woher er solche Lieder kannte. Vielleicht aus dem Fernsehen. Ich merkte, wie er mich ansah, wenn ich am Flußufer zeichnete, tat aber nichts, um ihn zu ermutigen. Ich konnte gut ohne Ron leben, aber nicht ohne Claire.

Wenn es regnete, gingen er und Claire auf Waldpfaden spazieren, die mit dicken, weichen Kissen aus Kiefernnadeln bedeckt waren, das Farnkraut roch wie Lakritz. Abends spielten wir Monopoly und Scrabble, Siebzehnundvier, Scharaden. Claire und Ron spielten Szenen aus »Endstation Sehnsucht« und »Picnic«. Ich konnte mir vorstellen, wie es gewesen sein muß, als sie sich kennenlernten. Wie er sie bewunderte. Daran sollte sie sich lieber erinnern: daß er derjenige gewesen war, der sie gewollt hatte.

Ich hatte vorher noch nie soviel Zeit mit Ron verbracht. Es begann mich zu stören, daß er immer derjenige war, der alles bestimmte. Wenn er aufstand, weckte er mich und Claire. Wenn wir dagegen als erste aufstanden, schlichen wir auf Zehenspitzen umher, weil Ron ja noch schlief. *Eine Männerwelt.* Es ärgerte mich, daß es immer Ron war, der den Tagesablauf festlegte; daß er entschied, ob der Tag gut zum Angeln oder Wandern war oder sich besser für einen Ausflug an die Küste eignete. Ron bestimmte, ob wir zum Laden fahren mußten oder ob unsere Vorräte noch einen Tag reichten, ob wir Regenjacken oder Pullover anzogen oder Feuerholz einkauften. Ich hatte nie einen Vater gehabt, und jetzt wollte ich keinen mehr.

Doch Claire sah wieder gesund aus. Sie übergab sich nicht mehr. Ihre Gesichtsfarbe war frisch. Sie kochte literweise Suppen in einem großen gußeisernen Topf, während Ron Fische über dem offenen Feuer grillte. Morgens aßen wir Pfannkuchen oder Eier mit Speck. Ron grinste, wenn er knirschend auf die knusprigen Speckstreifen biß. »Gift, Gift. Und bloß so kleine Portionen« – die Pointe eines ihrer gemeinsamen Witze. Für das Mittagessen packten wir dicke Butterbrote in unsere Rucksäcke: Schinken und Salami, Tomaten, geräucherten Käse.

Claire beklagte sich, daß sie nicht mehr in ihre Jeans passe, doch Ron umarmte ihre Oberschenkel und tat so, als wolle er hineinbeißen. »Ich mag es, wenn du fett bist. Gewaltig. Eine Rubensfigur.«

»Du Lügner.« Sie lachte und schlug nach ihm.

Ich ließ meine Angelschnur in den McKenzie baumeln. Die Sonne spiegelte sich glitzernd auf der Wasseroberfläche, tiefer unten flitzten die Umrisse der Fische, und die Bäume warfen ihre Schatten auf das fließende Wasser. Flußaufwärts brachte Ron seine Angelschnur aus und rollte sie wieder auf, doch mir war ziemlich egal, ob ich etwas fing oder nicht. Claire spazierte am Ufer entlang und sang dabei in einem fließenden, mühelosen Sopran: »Oh Shenandoah, I long to hear you …« Sie pflückte Wildblumen, die sie dann zwischen Pappkartons preßte, wenn wir zur Blockhütte zurückkamen. Ich fühlte mich dort zu Hause: die Stille, die verschiedenen Grüntöne unter dem schwingenden Himmelsbogen, der von den langen Fingern der Jefferson-Pinien und Douglasien umrahmt wurde; ein Himmel, in dem man sich schwebende Engel und Drachen vorstellen konnte. Ein Himmel wie ein Fenster auf dem Porträt eines Kardinals aus der Renaissance. Die Musik fließenden Wassers und der harzige Duft der immergrünen Bäume.

Ich warf die Schnur aus und spulte sie auf, während mir die Sonne den Rücken wärmte. Ich betrachtete meinen Schatten, der auf dem Wasser ein dunkles Fenster zwischen den Lichtreflexen bildete. Ich konnte bis auf den Grund sehen, die Steine und Fische; Umrisse, die auf den Köder zu schwammen.

Plötzlich summte die Rolle, und die Schnur spulte sich ab. Ich geriet in Panik. »Ich hab' einen!« schrie ich Ron zu. »Was mach' ich jetzt?«

»Laß ihn schwimmen, bis er von allein aufhört!« rief Ron den Fluß hinunter.

Die Rolle drehte sich immer noch, wurde aber schließlich langsamer.

»Jetzt hol ihn dir ran.«

Ich kurbelte und fühlte dabei das Gewicht des Fisches; er war stärker, als ich gedacht hatte, oder vielleicht war es auch die Strömung, die ihn wegzog. Ich stemmte die Fersen in den Boden und zog und sah, wie sich die lange, flexible Angelrute bog. Dann verlor die Schnur plötzlich die Spannung. »Er ist weg!«

»Drillen!« schrie Ron, während er den Fluß hinuntergewatet kam, vorsichtig, Schritt für Schritt. Er hatte den Kescher in der Hand. »Da kommt er wieder zurück.«

Ich kurbelte wie verrückt, und tatsächlich – die Schnur änderte die Richtung; er kam zurück, den Fluß hoch. Ich hielt den Atem an; ich hätte mir vorher nicht vorstellen können, daß es so aufregend ist, wenn man eine Angelschnur in den Fluß senkt und ein Fisch anbeißt. Plötzlich etwas Lebendiges an der Angel zu haben, wo vorher nichts gewesen ist.

»Laß ihn sich müde schwimmen«, sagte Ron.

Ich ließ die Schnur wieder abspulen. Der Fisch schwamm den Fluß hoch. Ich schrie vor Lachen, als ich in eine Vertiefung stolperte und meine Anglerstiefel sich mit eiskaltem Wasser füllten. Ron zog mich hoch, stützte mich. »Soll ich ihn für dich an Land holen?« Und wollte schon nach meiner Angelrute greifen.

»Nein«, sagte ich und riß sie ihm weg. Das war mein Fisch. Niemand würde mir diesen Fisch wegnehmen. Ich fühlte mich, als hätte ich ihn mit einem Köder aus meinem eigenen Fleisch gefangen, mit einer Angelschnur aus meinen Kleidern. Ich mußte diesen Fisch haben.

Claire kam, um zuzuschauen. Sie setzte sich ans Ufer und zog die Knie unter das Kinn. »Sei vorsichtig!« sagte sie.

Der Fisch schwamm noch dreimal hin und her, ehe Ron meinte, daß er nun müde genug sei und ich ihn herausholen könne. »Drill ihn jetzt ran, drill ihn ran!«

Der Arm tat mir schon vom vielen Kurbeln weh, doch mein Herz machte einen Satz, als er durch das Wasser brach wie glänzendes flüssiges Silber, zwei Fuß lang. Er schlug immer noch wild hin und her.

»Halt ihn gut fest, verlier ihn jetzt nicht«, sagte Ron, während er mit seinem Kescher kam, um den Fisch einzusammeln.

Diesen Fisch würde ich nicht verlieren, und wenn er mich den ganzen Weg bis nach Coos Bay ziehen sollte. Mir war schon genug durch die Hände geglitten.

Ron fing ihn mit dem Kescher, und gemeinsam gingen wir ans Ufer zurück. Ron kletterte die Böschung hoch und trug den riesigen, zappelnden Fisch im Kescher.

»Er ist so lebendig«, sagte Claire. »Wirf ihn wieder zurück, Astrid.«

»Machst du Witze? Ihren allerersten Fisch? Gib ihm eins auf den Schädel«, sagte er und reichte mir einen Hammer.

Der Fisch zappelte im Gras herum und versuchte ins Wasser zurückzuspringen.

»Schnell, oder er ist gleich weg!«

»Tu's nicht, Astrid.« Claire sah mich mit ihrem zartesten Wildblumenblick an.

Ich nahm den Hammer und schlug dem Fisch auf den Kopf. Claire drehte sich weg. Ich wußte genau, was sie dachte: daß ich mich mit Ron verbündete, mit der Welt und ihren Grausamkeiten. Doch ich wollte diesen Fisch. Ich holte den Haken heraus und hielt ihn hoch, und Ron machte ein Foto von mir und dem Fisch. Claire sprach den ganzen restlichen Nachmittag nicht mehr mit mir, doch ich fühlte mich endlich einmal wie ein richtiges Kind und sah nicht ein, daß ich deswegen ein schlechtes Gewissen haben sollte.

Ich fand es schrecklich, daß wir nach L. A. zurückkehren mußten. Nun mußte Claire Ron wieder mit Telefonanrufen und Faxen und viel zu vielen Leuten teilen. In unserem Haus wimmelte es von Projekten und Projektangeboten, Skripten im Umlauf, Gerüchten aus der Filmindustrie, Artikeln in Variety. Rons Freunde wußten nicht, wie sie sich mit mir unterhalten sollten. Die Frauen ignorierten mich, und die Männer waren allzu interessiert; sie standen zu nahe bei mir, lehnten sich in Türrahmen und erzählten mir, ich sei schön, ob ich nicht auch Schauspielerin werden wolle.

Ich hielt mich dicht bei Claire, doch es machte mich nervös, ihr zuzusehen, wie sie diese Leute bediente, diese gleichgültigen Fremden, ihren Weißwein kühlte, Pesto für sie zubereitete, Lebensmittel bei Chalet Gourmet besorgte. Ron sagte, sie solle sich keine Mühe machen, sie könnten doch den Pizzadienst kommen lassen oder Brathähnchen von El Pollo Loco bestellen, doch Claire meinte, sie könne ihre Gäste nicht aus Pappschachteln beköstigen. Sie verstand nicht. Diese Leute sahen sich nicht als ihre Gäste. Für sie war sie bloß die Ehefrau, irgendeine arbeitslose Schauspielerin, ein Kuli. In diesem Sommer gab es so viele hübsche Frauen, in Sommerkleidern und Sonnentops, in Sarongs. Ich wußte, daß sie darüber grübelte, welche von ihnen Rons Circe war.

Schließlich nahm sie Prozac ein, doch es machte sie unruhig. Sie konnte nicht mehr stillsitzen und fing an zu trinken, um die Wirkung auszugleichen. Ron gefiel das nicht, denn sie sagte lauter Dinge, die sie lustig fand, über die aber sonst niemand lachte. Sie wirkte wie eine Frau in einem schlecht synchronisierten Film, entweder zu schnell oder zu langsam. Sie verpatzte die Pointen.

Im September, in Wind und Asche, kam ich in die zwölfte Klasse der Fairfax High School, und Ron fuhr wieder auf Dienstreisen. Nun konnte Claire in dem Haus ohne Ehemann gar nicht genug Arbeit finden. Sie scheuerte die Böden, putzte die Fenster, stellte die Möbel um. Eines Tages gab sie all ihre Kleider in eine wohltätige Sammlung. Ohne Beruhigungsmittel war sie die ganze Nacht über auf, ordnete Zeitungsausschnitte ein, staubte Bücher ab. Sie hatte Kopfschmerzen und glaubte, daß jemand unser Telefon abhörte. Sie schwor, daß sie ein Klicken hören konnte, ehe sie auflegte. Ich solle es mir auch mal anhören.

»Hörst du es?« fragte sie mit unruhig glitzernden dunklen Augen.

»Kann sein«, sagte ich, weil ich sie in ihrer Nacht nicht ganz allein lassen wollte. »Ich kann es nicht genau sagen.«

Im Oktober wich die Hitze dem blauen Nachmittagsdunst des echten Herbstes, die Blätter der Platanen, die wie Hände geformt waren, hoben sich orange vor den staubig-weißen Stämmen ab, und auf den Hügeln lag ein rotgoldenes Leuchten. Eines Tages kam ich aus der Schule nach Hause und fand Claire vor dem runden Kommodenspiegel in ihrem Schlafzimmer. Sie starrte ihr Spiegelbild an, die silberne Haarbürste lag vergessen in ihrer Hand. »Mein Gesicht ist schief, ist dir das schon mal aufgefallen? Die Nase sitzt nicht in der Mitte.« Sie drehte den Kopf zur einen Seite und betrachtete sich im Profil, blähte die Wangen auf und schob die in ihrer Einbildung nicht in der Mitte sitzende Nase nach rechts, quetschte die Nasenspitze nach unten. »Ich hasse Himmelfahrtsnasen. Deine Mutter hat eine Nase wie die Garbo, weißt du das? Wenn ich mir die Nase richten lassen würde, dann würde ich so eine haben wollen wie sie.«

Sie sprach gar nicht von Nasen. Claire war es bloß leid, ihr Gesicht im Spiegel zu sehen, es war ihr zum Sinnbild für ihr Versagen geworden. Ihr fehlte wirklich etwas, aber nicht das, was sie dachte. Sie machte sich Sorgen, daß ihr Haaransatz zurückging, daß sie eines Tages so aussehen würde wie Edgar Allan Poe. Ihr sorgenvoller Blick vergrößerte die unvollständigen Oberkanten ihrer Ohren, ließ ihre kleinen Lippen noch mehr schrumpfen.

»Kleine Zähne bedeuten Unglück«, sagte sie und zeigte mir ihre Zähne im Spiegel. »Ein kurzes Leben.« Ihre Zähne waren Gerstenkörner, glänzende Perlen. Doch ihre Augen waren immer tiefer in die Höhlen gesunken, ich konnte die Lider kaum mehr erkennen, und ihre Jochbögen ragten wieder scharf aus ihrem Gesicht hervor, ein unbarmherzig abgenagter Bronzekopf Rodins.

Als der Dezember kam, wurde Claire wieder fröhlicher. Sie liebte die Weihnachtsfeiertage. Sie las Zeitschriften mit Fotos von Weihnachten in England, in Paris, in Taos, New Mexico. Am liebsten hätte sie alles nachgemacht. »Laß uns ein perfektes Weihnachtsfest feiern«, sagte sie.

Wir verzierten einen Kranz mit Eukalyptus und Granatäpfeln, die wir in geschmolzenes Wachs getunkt hatten. Sie kaufte Päckchen mit Weihnachtskarten, weiche handgemachte Pappkarten mit Spitze und Goldsternen. Im Klassik-Sender des Radios lief »Schwanensee«. Wir nähten Girlanden aus winzigen Chilischoten, steckten Gewürznelken in Tangerinen und banden sie mit cognacfarbenen Samtbändern an. Sie kaufte mir ein rotes Samtkleid mit weißem Spitzenkragen und Spitzenmanschetten bei Jessica McClintock in Beverly Hills. Perfekt, sagte sie.

Es machte mir angst, wenn sie perfekt sagte. Perfekt war immer zuviel verlangt.

Ron kam bis nach Neujahr nach Hause. Sie wartete auf ihn, so daß wir alle zusammen den Weihnachtsbaum kaufen konnten wie eine richtige Familie. Im Auto beschrieb sie, was für einen Baum sie genau haben wollte. Symmetrisch, mit weichen Nadeln, wenigstens eins achtzig groß. Der Baumverkäufer versuchte zu helfen, gab jedoch auf, nachdem er mehrere Dutzend Bäume herausgezogen und entwirrt hatte.

»Ich verstehe das nicht«, sagte Ron, während er Claire bei ihrer verzweifelten Suche zusah. »Jesus ist in Bethlehem aufgewachsen. Mitten in der Wüste. Wir sollten einen Olivenbaum kaufen, eine Dattelpalme. Eine verdammte Artischocke.«

Ich ging an der Reihe mit den eingesprühten Bäumen entlang, manche weiß wie gestärkter chemischer Schneefall, andere gold, pink, rot, ja sogar schwarz. Der schwarze Baum, ungefähr einen Meter hoch, sah aus wie verbrannt. Ich fragte mich, wer sich wohl einen schwarzen Baum zulegte, doch mir war klar, daß ihn irgend jemand schon kaufen würde. Für merkwürdiges Verhalten gab es keine Grenzen. Irgend jemand würde ihn als Witz kaufen, als verspäteten Halloweenscherz, um ihn mit Plastikschädeln und winzigen Guillotinen zu schmücken. Oder er würde jemandem als politische Aussage zur Weihnachtszeit dienen. Oder jemand würde ihn einzig und allein deshalb kaufen, um seine Kinder zum Weinen zu bringen.

Die Bäume rochen wie in Oregon. Wenn wir nur wieder dort sein könnten: Ein weicher Regen würde fallen, in der Blockhütte der Holzofen. Ich ging zu Claire, die sich mit einem Baum herumquälte, der beinahe richtig war, abgesehen davon, daß er auf einer Seite eine kleine Astlücke hatte. Sie zeigte sie mir mit bangen Handbewegungen. Ich versicherte ihr, daß sie die Stelle doch zur Wand drehen könne, niemand würde es merken.

»Das ist nicht der Punkt«, sagte sie. »Wenn etwas nicht stimmt, kann man es nicht einfach zur Wand drehen.«

Ich wußte, was sie meinte, überzeugte sie aber trotzdem, den Baum zu kaufen.

Zu Hause angekommen, wies Claire Ron an, wie die Lichter aufgehängt werden sollten. Ursprünglich hatte sie echte Kerzen gewollt, doch das ging Ron zu weit. Wir wanden Girlanden aus Chilies und Popcorn um den Baum, während Ron sich ein Fußball-Länderspiel im Fernsehen anschaute. Mexiko gegen Argentinien. Er wollte den Fernseher nicht ausschalten, um Claire ihre Weihnachtslieder hören zu lassen. *Eine Männerwelt.* Er konnte sich kaum lange genug vom Bildschirm losreißen, um den goldenen Engel auf die Spitze zu stecken.

Claire schaltete die Zimmerlampen aus, und wir betrachteten im Dunkeln den Weihnachtsbaum, während Mexiko auf Südamerika einstürmte.

Am Morgen des Heiligen Abends erhielt Ron einen Anruf; in Bayou St. Louis sei jemandem die Jungfrau Maria erschienen. Er sollte hinfahren, um einen Bericht darüber zu filmen. Sie hatten einen schlimmen Streit, und Claire schloß sich in ihrem Schlafzimmer ein. Ich polierte in der Küche das Silber, eine Arbeit, in der ich es zu einer gewissen Meisterschaft gebracht hatte. Wir hatten vorgehabt, für das Abendessen Leinentischtücher und Kristall zu decken. Ich wollte mein neues Kleid von Jessica McClintock anziehen. Claire hatte bereits die Gans gefüllt und Trifle, ein original englisches Dessert, von Chalet Gourmet geholt. Wir hatten Karten für das mitternächtliche »Messias-Konzert« in der Hollywood Bowl.

Wir gingen nicht hin. Ich aß Schinkenbrote und sah mir »Ist das Leben nicht schön« im Fernsehen an. Claire kam aus dem Schlafzimmer und warf die Gans in den Mülleimer. Sie setzte sich in dem karierten Morgenmantel, den Ron ihr als vorzeitiges Weihnachtsgeschenk gegeben hatte, zu mir vor den Fernseher, schenkte sich kleine Gläser mit Sherry ein, eins nach dem anderen, und fing immer wieder an zu weinen. Ich trank ein, zwei Gläser des süßen Likörs, um ihr Gesellschaft zu leisten; er schmeckte auch nicht schlechter als Hustensaft. Schließlich nahm sie ein paar Schlaftabletten und nickte auf der Couch ein. Sie schnarchte wie ein Rasenmäher im hohen Gras.

Sie verschlief den größten Teil des Weihnachtsmorgens und wachte dann gegen Mittag mit fürchterlichen Kopfschmerzen auf. Wir sprachen nicht über Ron, sie wollte auch die Geschenke nicht anrühren, die er ihr gemacht hatte. Ich hatte einen echten Seemannspullover bekommen, ein neues Set Acrylfarben, ein großes Buch über japanische Holzschnitte und einen Seidenpyjama, so ähnlich wie die, die Myrna Loy in den »Dünner Mann«-Filmen trug.

Mein Geschenk für Claire war klein, verglichen mit denen, die Ron ihr gekauft hatte. »Hier, pack doch etwas aus.«

»Ich will gar nichts haben«, sagte sie unter ihrem essiggetränkten Waschlappen hervor.

»Ich hab' es extra für dich gemacht.«

Sie schob den Waschlappen beiseite und streifte trotz der Schmerzen in ihren Schläfen die Bastbänder ab und schlug das marmorierte Geschenkpapier auseinander, das ich selber gemacht hatte. Es enthielt ein Porträt von ihr in einem runden Holzrahmen. Sie brach in Tränen aus, rannte dann ins Bad und übergab sich. Ich konnte sie würgen hören. Ich nahm das Bild in die Hand, eine Kohlezeichnung, und folgte mit dem Finger ihrer hohen, gewölbten Stirn, der Krümmung ihrer feinen Knochen, dem spitzen Kinn, den gebogenen Brauen.

»Claire?« rief ich durch die Badezimmertür.

Ich hörte Wasser laufen und versuchte die Tür zu öffnen. Sie war nicht verschlossen. Sie saß in ihrem rotkarierten Bademantel auf dem Wannenrand, so bleich wie der Winter, die Hand auf den Mund gepreßt, die Augen in Richtung Fenster gewandt. Sie verbiß sich die Tränen und wollte mich nicht anschauen. Sie schien in der Mitte zu zerbrechen, einen Arm hatte sie um die Taille geschlungen, als wolle sie so verhindern, in zwei Teile auseinanderzufallen.

Ich wußte nicht, was ich tun sollte, wenn sie in einer solchen

Verfassung war. Ich starrte auf die Fliesen hinunter, lachsrosa, zählte die glänzenden Quadrate. Vierundzwanzig von der Badewanne bis zur Heizung. Dreißig von der Tür bis zum Waschbecken. Ein Dekor hatte die Farbe von Hustenbonbons mit Kirscharoma, gesprenkelt mit mandelfarbener Keilschrift. Der Schwan auf der Milchglastür der Duschkabine neigte den Kopf.

»Ich sollte gar nicht trinken.« Sie spülte sich den Mund im Waschbecken aus, indem sie das Wasser mit der hohlen Hand schöpfte. »Es macht alles nur noch schlimmer.« Sie trocknete sich Gesicht und Hände mit einem Handtuch ab und nahm meine Hand. »Jetzt habe ich dir das Weihnachtsfest verdorben.«

Ich half Claire auf die Couch zurück, packte meine neuen Farben aus, verteilte sie auf einem Teller und malte einen Bogen dickes Zeichenpapier halb schwarz, halb rot an, dann malte ich Flammen, wie auf der Rückseite des Albums von Leonard Cohen. Im Radio sang eine Frau »Ave Maria«. »Was heißt ›Ave‹?«

»Vogel«, erwiderte sie.

Die Stimme der Frau war ein Vogel; er flog im heißen Wind, gepeitscht von der eigenen Anstrengung. Ich malte ihn im Feuer, schwarz.

Als Ron wieder aus New Orleans zurückkehrte, stand Claire nicht von der Couch auf. Weder putzte sie noch kaufte sie ein, kochte oder bezog das Bett frisch, noch legte sie Lippenstift auf oder versuchte, die Stimmung zu verbessern. Sie lag in ihrem roten Bademantel auf dem Sofa, den Sherry direkt neben sich; sie hatte den ganzen Tag kontinuierlich davon getrunken, dabei Zimttoast gegessen, die Krusten übriggelassen und Opernmusik gehört. Das war es, wonach sie sich sehnte: hysterische Liebe und unvermeidlicher Verrat. Die Frauen erstachen sich am Schluß alle, tranken Gift oder starben an Schlangenbissen.

»Um Himmels willen, zieh dich doch wenigstens an«, sagte Ron. »Astrid sollte sich das nicht anschauen müssen.«

Ich wünschte, er würde nicht mich als Vorwand benutzen. Warum konnte er nicht einfach sagen: Ich mache mir Sorgen um dich. Ich liebe dich. Du solltest dir professionelle Hilfe holen.

»Astrid, findest du mich peinlich?« fragte Claire. Wäre sie nüchtern, würde sie mich nie so in Verlegenheit bringen.

»Nein«, sagte ich. Doch es war mir peinlich, wenn sie mich hin und her reichten wie die Beilagenplatte beim Essen.

»Sie sagt, sie findet mich nicht peinlich.«

Ron sagte: »Mir bist du aber peinlich.«

Claire nickte, in der blinkenden Weihnachtsbaumbeleuchtung betrunken an die Armlehne des Sofas gelehnt. Sie hob philosophisch einen ihrer schmalen Finger. »Jetzt kommen wir der Sache schon näher. Sag mir, Ron, bin ich dir immer schon peinlich gewesen? Oder ist das erst eine neuere Entwicklung?« Sie hatte eine komische Art zu sprechen, wenn sie trank; sie stülpte die Worte hervor, wölbte die Oberlippe über die Unterlippe wie Sandy Dennis in »Wer hat Angst vor Virginia Woolf«.

In der Opernaufnahme stürzte sich die Sopranistin in ihre große Arie, ehe sie sich umbrachte, »Madame Butterfly« oder »Aida«, ich kann mich nicht mehr erinnern, welche es war. Claire schloß die Augen und versuchte, sich in dem Gesang zu verlieren. Ron schaltete die CD aus.

»Claire, ich mußte hinfahren. Das ist nun mal mein Job«, erklärte Ron, während er über ihr stand, die Handflächen ausgestreckt, als singe er. »Es tut mir leid, daß es gerade Weihnachten war, doch es war eine Weihnachtsgeschichte. Ich konnte damit schlecht bis Februar warten, oder?«

»Es ist nun mal dein Job«, sagte sie mit der tonlosen Stimme«, die ich an ihr haßte.

Er deutete mit seinem glatten, sauberen Finger auf sie: »So nicht!«

Ich wünschte, sie würde ihm in den Finger beißen, ihn abbrechen, doch statt dessen starrte sie zu Boden, trank ihr Sherryglas leer und stellte es vorsichtig auf den Tisch zurück, dann verkroch sie sich wieder unter ihrer Mohairdecke. Neuerdings war ihr immer kalt. »Ist sie mit dir dahin gefahren? Das blonde Gift, wie heißt sie noch? Cindy? Kimmie?«

»Ach, daher weht der Wind.« Er wandte sich ab, begann Dinge aufzuräumen, dreckige Kleenex-Tücher, leere Gläser, ein Geschirrtuch, eine Schale. Ich half ihm nicht. Ich saß bei Claire auf der Couch und wünschte mir, er würde uns endlich in Ruhe lassen. »Herrgott noch mal, ich habe langsam genug von deiner Paranoia. Ich sollte wirklich eine Affäre anfangen, um dir wenigstens einen Grund zu geben! Dann hätte ich neben dem ganzen Scheißärger wenigstens auch das Vergnügen!«

Claire beobachtete ihn aus geschwollenen, rot verweinten Lidern. »Sie ist dir wohl nicht peinlich, was? Es ist dir nicht peinlich, dich mit ihr rumzutreiben!«

Er bückte sich, um ihr leeres Glas aufzusammeln. »Blah, blah, blah.«

Ehe ich mich versah, schoß sie vom Sofa empor und gab ihm eine Ohrfeige. Ich war froh darüber; das hätte sie schon seit Monaten tun sollen. Doch statt ihm das zu sagen, sank sie wieder auf die Couch zurück, ließ die Hände schlaff auf die Knie sinken und verfiel in krampfartiges Schluchzen. Es hatte sie all ihre Kraft gekostet, ihm eine runterzuhauen. Ich empfand Mitleid mit ihr und war zugleich angewidert.

»Laß uns einen Moment allein, ja«, forderte Ron mich auf.

Ich schaute Claire an, weil ich wissen wollte, ob sie mich vielleicht als Zeugin dabei haben wollte. Doch sie schluchzte nur, das Gesicht unbedeckt.

»Bitte!« sagte er entschiedener.

Ich ging in mein Zimmer, schloß die Tür und öffnete sie dann wieder einen Spalt, als sie weitersprachen.

»Du hast es versprochen«, sagte er. »Wenn wir ein Kind hätten.«

»Ich kann nichts dafür«, sagte sie.

»Das habe ich nicht anders erwartet«, sagte er. »Dann sollte sie wirklich besser gehen.«

Ich spitzte die Ohren, um ihre Stimme zu hören, doch ich

konnte keine Antwort verstehen. Warum sagte sie denn nichts? Ich hätte sie gern gesehen, aber sein Rücken versperrte mir den Blick, während er sich über sie beugte. Ich versuchte, mir ihr Gesicht vorzustellen. Sie war betrunken, ihre Haut war fleckig und das Gesicht aufgedunsen. Was sprach aus ihren Augen? Haß? Flehentliches Bitten? Verwirrung? Ich wartete darauf, daß sie mich verteidigte, irgend etwas sagte, doch sie antwortete nicht.

»Es funktioniert einfach nicht«, fuhr er fort.

Es wunderte mich gar nicht so sehr, daß er darüber sprach, mich zurückzuschicken wie einen Hund aus dem Tierheim, wenn er den Garten aufbuddelt und die Teppiche ruiniert. Viel schlimmer war der vernünftige Tonfall, in dem er es sagte, fürsorglich, aber distanziert wie ein Arzt. Es ist das einzig Vernünftige, sagte die Stimme. Es funktioniert einfach nicht.

»Vielleicht bist du derjenige, der nicht funktioniert«, sagte sie und griff nach der Sherryflasche. Er schlug ihr die Flasche aus der Hand. Sie fiel zu Boden; ich hörte sie aufschlagen und über das Kiefernparkett rollen.

»Ich kann dein Theater nicht mehr ertragen«, sagte er. »Wen willst du mir jetzt vorspielen, die verletzte Übermutter? Himmel noch mal, *sie* paßt auf dich auf! So war es nicht gedacht.«

Er log. Genau so war es gedacht gewesen. Er hatte mich geholt, damit ich mich um sie kümmerte, ein Auge auf sie hatte, ihr Gesellschaft leistete, während er weg war. Warum sagte sie ihm das nicht? Sie wußte nicht, wie sie ihm die Stirn bieten sollte.

»Du kannst sie nicht wegschicken«, war alles, was sie sagte. »Wo soll sie hin?«

Es war die falsche Frage, Claire.

»Sie wird eine Stelle finden, da bin ich sicher«, sagte Ron. »Aber schau dich doch an. Du zerbrichst. Wieder einmal. Du hattest etwas versprochen, doch jetzt sind wir wieder soweit. Und ich soll alles fallenlassen und dich wieder zusammenstückeln. Gut, aber ich warne dich: Wenn ich schon wieder die Scherben aufsammeln muß, wirst du auch etwas aufgeben!« Immer noch die Stimme der Vernunft. Er gab ihr die ganze Schuld.

»Du nimmst mir alles weg«, schluchzte sie. »Du läßt mir nichts.«

Er wandte sich von ihr ab, und nun konnte ich den Ekel auf seinem Gesicht sehen. »O Gott, du bist eine so miserable Schauspielerin«, sagte er. »Ich hatte es fast vergessen.«

Als er aus meinem Blickfeld trat, konnte ich sie sehen; die Hände auf die Ohren gepreßt, die Knie ans Kinn gezogen, schaukelte sie vor und zurück und sagte: »Mußt du mir denn alles wegnehmen? Mußt du alles haben?«

»Vielleicht brauchst du ein bißchen Zeit«, sagte er. »Denk darüber nach.«

Ich hörte seine Schritte und schloß schnell die Tür, damit er mich nicht beim Lauschen ertappte. Ich hörte ihn durch den Flur gehen.

Ich spähte durch die Zimmertür, sie lag wieder auf der Couch. Sie zog sich die Mohairdecke über den Kopf. Ich hörte sie stöhnen.

Ich schloß die Tür und setzte mich hilflos auf mein Bett. Es war wieder genau wie bei meiner Mutter. Warum taten sie mir das an? Ich hatte beinahe zwei Jahre auf Claire aufgepaßt. Ich war diejenige, der sie alles erzählte. Ich war diejenige, die sich sorgte, sich all ihren Ritualen unterwarf, die ihre Ängste beruhigte, während er unterwegs war und Poltergeister und Marienerscheinungen jagte. Wie konnte er mich jetzt fortschicken? Ich öffnete die Tür, entschlossen, mit ihm zu sprechen, ihm zu sagen, daß er das nicht machen konnte, als er mit seiner Reisetasche über der Schulter und der Aktentasche in der Hand aus dem Schlafzimmer kam. Seine Augen begegneten meinen, fielen jedoch zu wie Stahltüren, während er an mir vorbei ins Wohnzimmer marschierte.

Ich hätte nicht gedacht, daß Claire noch blasser werden könnte, doch als sie Ron mit den Taschen erblickte, wurde sie kalkweiß. Sie krabbelte von der Couch, die Decke fiel auf den Boden. Ihr Bademantel war völlig verrutscht; ich konnte ihre Unterwäsche sehen. »Geh nicht!« Sie klammerte sich an seinem Cordjackett fest. »Du kannst mich nicht verlassen. Ich liebe dich.«

Er holte tief Luft, und einen Augenblick lang dachte ich, daß er es sich anders überlegen würde, doch dann preßten sich seine Brauen auf die Augen hinunter, und er machte sich aus ihrem Griff frei und wandte sich ab. »Überleg es dir.«

»Ron, bitte.« Sie griff wieder nach ihm, doch sie war zu betrunken, verfehlte ihn und fiel auf die Knie. »Bitte!«

Ich ging zurück in mein Zimmer und legte mich bäuchlings auf mein Bett. Ich konnte es nicht ertragen zu sehen, wie sie ihm in ihrem roten, auseinanderklaffenden Weihnachtsbademantel hinterherkroch, nach seinen Beinen griff, bettelte, hinter ihm her durch die Haustür taumelte. Nun konnte ich sie draußen hören; sie heulte, versprach ihm, daß sie sich bessern würde, versprach ihm alles. Seine Autotür schlug zu, der Motor sprang an, und während sie ihn immer noch anflehte, erklang das aufjaulende Geräusch, mit dem der Alfa rückwärts aus der Einfahrt setzte. Ich konnte mir vorstellen, wie Mrs. Kromach neugierig hinter ihren hellblauen Gardinen lauerte und Mr. Levy verwundert unter seiner chassidischen Hutkrempe hervorstarrte.

Claire kam wieder ins Haus und rief nach mir. Ich zog mir das Kissen über den Kopf. Schwächling, dachte ich. Verräterin. Jetzt stand sie vor meiner Zimmertür, doch ich antwortete ihr nicht. Sie würde mich für ihn aufgeben, sie würde alles tun, um ihn wiederzubekommen. Genau wie vorher bei meiner Mutter und Barry. »Bitte, Astrid«, flehte sie mich durch die geschlossene Tür an, doch ich hörte nicht hin. *Diese Krankheit würde ich nie bekommen.*

Schließlich ging sie in ihr Schlafzimmer und schloß die Tür. Ich haßte sie dafür, daß sie ihm hinterhergekrochen war, und mich haßte ich für meinen Widerwillen; dafür, daß ich genau nachempfinden konnte, wie Ron sich fühlte. Ich lag da auf meinem Bett, haßte uns alle und hörte ihr Weinen; sie hatte seit einer Woche nichts anderes getan. *Siebenundzwanzig Namen für Tränen.*

Ich hörte, wie Leonard Cohen wieder einsetzte, diesmal der »Master Song«. Die kreisförmige Wiederholung einer überwältigenden Frage. Am liebsten hätte ich mich hermetisch versiegelt, solange ich noch ein Stückchen von mir besaß, das ich Claire noch nicht gegeben hatte. Ich mußte mich zurückziehen, oder ich würde weggerissen wie ein Schal, der in einer Autotür eingeklemmt war.

Wie ich ihre Schwäche haßte! Genau wie meine Mutter es vorhergesagt hatte. Sie stieß mich ab. Ich hätte für sie gekämpft, doch Claire konnte noch nicht einmal für sich selbst geradestehen. Ich konnte uns nicht beide retten. Auf meinem Schreibtisch stand das Foto von mir und der Stahlkopfforelle aus dem letzten Sommer. Ron hatte es rahmen lassen. Ich sah darauf so glücklich aus. Ich hätte mir denken können, daß es nicht von Dauer sein würde. Nichts war von Dauer. Das sollte ich doch inzwischen allmählich wissen. *Halte deine Taschen gepackt*, hatte meine Mutter gesagt. Und das alles, kurz bevor ich die High School beendet hatte; das College war schon in Sicht.

Aber dann fiel mir wieder ein, wie Claire mich zu Cal Arts, dem California Institute of the Arts, mitgenommen hatte, um festzustellen, ob ich mich dort bewerben wollte, und mir sogar das Anmeldeformular besorgt hatte. Wie sie mich überredet hatte, zusätzliche Kurse in der Schule zu belegen, mir bei den Hausaufgaben geholfen hatte, mich jeden Dienstag abend ins Museum gefahren hatte. Wenn ich überhaupt eine Zukunft hatte, dann nur, weil sie sie mir gegeben hatte. Doch dann sah ich sie wieder vor mir, wie sie bettelnd auf dem Boden herumkroch, und fühlte mich erneut abgestoßen. Astrid, hilf mir. Astrid, sammle die Scherben auf. Wie konnte ich das? Ich hatte mich zu sehr auf sie verlassen. Dieser Tatsache mußte ich ins Auge sehen.

Ich las eine Zeitlang in einem Buch über Kandinsky, probierte einige seiner Ideen über Form und Spannung aus. Wie die Spannung in einer Linie anstieg, wenn sie sich dem Rand näherte. Ich versuchte, das Geleier der Leonard-Cohen-Platte zu überhören. Claire mußte inzwischen eingeschlafen sein. Sie sollte ruhig ihren Rausch ausschlafen.

Ich zeichnete, bis es dunkel wurde, dann schaltete ich das Licht ein und drehte die Pyramide, die über meinem Schreibtisch hing, diese lächerliche Pyramide, die meine Mutter Claire aufgeschwatzt hatte. Als ich das Kandinsky-Buch zuklappte, fiel mir automatisch die Widmung ins Auge: *Für Astrid mit all meiner Liebe, Claire.*

Es durchfuhr mich wie ein Kurzschluß, der meinen kindischen Widerwillen lahmlegte. Wenn mir irgend etwas Gutes widerfahren war, dann nur durch Claire. Wenn ich mich auch nur eine Sekunde lang für wertvoll halten konnte, dann nur, weil Claire es mich hatte glauben lassen. Wenn ich überhaupt eine Zukunft ins Auge fassen konnte, dann nur, weil sie daran glaubte, daß es für mich eine Zukunft gab. Claire hatte mir die Welt zurückgegeben. Und was machte ich, jetzt, wo sie mich brauchte? Verbarrikadierte meine Fenster, hortete Proviant, rollte den Stacheldrahtzaun aus.

Ich stand auf und ging zu ihrem Schlafzimmer. »Claire!« rief ich durch die geschlossene Tür. Ich drückte die Klinke herunter, doch die Tür war verschlossen. Sie schloß nie ab, außer wenn sie und Ron Sex hatten. Ich klopfte. »Claire, alles in Ordnung mit dir?«

Ich hörte, wie sie etwas sagte, konnte es jedoch nicht verstehen.

»Claire, mach auf!« Ich rüttelte an der Türklinke.

Dann hörte ich, was sie sagte: »Tut mir leid. Es tut mir so leid. So furchtbar leid.«

»Bitte mach auf, Claire! Ich möchte mit dir sprechen.«

»Geh, Astrid.« Ihre Stimme klang beinahe bis zur Unkenntlichkeit betrunken. Das wunderte mich. Ich hätte erwartet, daß sie inzwischen entweder etwas nüchterner sein würde oder eingeschlafen war. »Ich rate dir: Halte dich fern von allen gebrochenen Menschen.« Ich hörte ihr trockenes Schluchzen, halb Würgen, halb Lachen; es drang wie eine Art Summen durch die Tür.

Beinahe hätte ich gesagt, du bist nicht gebrochen, du machst nur gerade eine schlimme Phase durch. Doch ich konnte es nicht. Sie wußte es. Irgend etwas stimmte mit ihr ganz und gar nicht, irgendwo tief drinnen. Sie war wie ein großer Diamant mit einer toten Stelle in der Mitte. Ich hätte Leben in diese tote Stelle hauchen sollen, doch es hatte nicht funktioniert. Sie würde Ron anrufen, wo auch immer er gerade steckte, und sagen: Du hattest recht, schick sie wieder zurück. Ich kann ohne dich nicht leben.

»Du kannst mich nicht zurückschicken«, sagte ich.

»Deine Mutter hatte recht«, sagte sie lallend. Ich hörte Sachen zu Boden fallen. »Ich bin eine Idiotin. Ich kann mich noch nicht mal selbst leiden.« Meine Mutter. Die alles noch schlimmer machte. Ich hatte alle Briefe zurückgeschickt, die ich finden konnte, doch es mußte noch weitere gegeben haben.

Ich setzte mich auf den Boden. Ich fühlte mich wie ein Unfallopfer, das sein herausquellendes Inneres festhält. Plötzlich wurde ich von dem Drang überwältigt, in mein Zimmer zurückzugehen, mich ins Bett fallen zu lassen, in die frische Bettwäsche, und zu schlafen. Doch ich kämpfte dagegen an und versuchte, mir irgend etwas einfallen zu lassen, das ich durch die Tür sagen konnte. »Sie kennt dich doch gar nicht.«

Ich hörte ihr Bett quietschen; sie stand auf und stolperte zur Tür. »Er kommt nicht zurück, Astrid.« Jetzt stand sie direkt auf der anderen Seite der Tür. Ihre Stimme fiel von Stehhöhe auf Sitzhöhe, als sie durch den Türspalt sprach. »Er wird sich von mir scheiden lassen.«

Das hoffte ich. Dann hätte sie vielleicht eine Chance; wir beide zusammen. Wir würden es langsam angehen lassen; kein Ron mehr, der nach Hause kam, Angst hinter sich herzog, Hoffnung verkaufte, sie an Weihnachten allein ließ und genau dann wieder kam, wenn sie sich gerade daran gewöhnt hatte, daß er weg war. Es wäre prima. Keine Heucheleien mehr, kein Belauschen seiner Telefongespräche mit angehaltenem Atem.

»Claire, weißt du, es wäre nicht das Schlimmste …«

Sie lachte wirr. »Siebzehn Jahre alt! Sag mir, Kleines, was ist das Schlimmste?«

Die Holzmaserung der Tür war ein Labyrinth, dem ich mit meinem Fingernagel folgte. Ich wollte am liebsten sagen: Wie wär's mit einer Mutter im Gefängnis – und dem einzigen Menschen, den du liebst und dem du vertraust, kurz davor, durchzudrehen? Wie wäre es, an der besten Stelle untergebracht zu sein, die du je hattest, und sie reden davon, dich wieder zurückzuschicken?

Doch andererseits hätte ich gar nicht Claire sein wollen. Lieber war ich ich selbst; ja, ich wäre sogar lieber meine Mutter gewesen, lebenslang im Gefängnis, voll ohnmächtiger Wut, als Claire zu sein mit ihrer Furcht vor Einbrechern und Vergewaltigern und ihrem »Kleine Zähne bedeuten Unglück und Meine Augen passen nicht und Töte den Fisch nicht und Liebt mein Ehemann mich noch, hat er mich überhaupt je geliebt oder bloß gedacht, ich wäre jemand anders, und ich kann das Bild nicht mehr aufrechterhalten«.

Ich hätte sie gern umarmt, doch irgend etwas in mir schob sie weg. Das ist Claire, die dich liebt, versuchte ich mich zu ermahnen, doch ich konnte es im Moment einfach nicht fühlen. Sie konnte noch nicht mal auf sich selbst aufpassen, und ich merkte, wie ich davontrieb. Ich spürte, daß sie nach meiner Hand griff; sie wollte, daß ich zu ihr kam. Ich glaubte nicht mehr daran, daß ich sie retten konnte. Der Weg, dem ich durchs Labyrinth gefolgt war, endete in einem Pfauenauge, war eine Sackgasse. »Meine Mutter würde sagen, das schlimmste ist, seine Selbstachtung zu verlieren.«

Ich hörte, wie sie wieder zu weinen anfing. Scharfe, schmerzhafte Schluchzer, die ich in meiner eigenen Kehle spüren konnte. Sie schlug mit der Faust gegen die Tür – oder vielleicht war es auch ihr Kopf. Ich konnte es nicht ertragen; ich mußte mich in Lügen flüchten.

»Claire, du weißt, daß er zurückkommen wird. Er liebt dich, mach dir keine Sorgen.«

Es war mir egal, ob er zurückkam oder nicht. Er wollte mich ohnehin nur wegschicken, und deswegen konnte er von mir aus ruhig seinen klassischen grauen Alfa Romeo – passend zu seinem grauen Haar – zu Bruch fahren.

»Wenn ich wüßte, was Selbstachtung ist«, hörte ich sie sagen, »dann wüßte ich vielleicht auch, ob ich sie verloren habe.«

Ich war so schläfrig, daß ich kaum die Augen offenhalten konnte. Ich lehnte den Kopf an die Tür. Im Wohnzimmer blinkte die Weihnachtsbaumbeleuchtung, an und aus; die Nadeln sammelten sich auf den ungeöffneten Geschenken.

»Möchtest du was essen?«

Sie wollte nichts.

»Ich hole mir nur eben was zu essen. Bin gleich wieder da.«

Ich machte mir ein Schinkenbrot. Überall auf dem Boden waren Tannennadeln. Sie knirschten unter den Füßen. Die Sherryflasche war verschwunden, sie mußte sie mitgenommen haben. Sie würde den Kater ihres Lebens bekommen. Mein Bild hatte sie auf dem Couchtisch liegenlassen. Ich nahm es mit in mein Zimmer, stellte es auf den Schreibtisch. Ich schaute in ihre ernsten Augen und konnte hören, wie sie mich fragte: »Was möchtest du, Croissant oder Brioche? Wo würdest du hinwollen, wenn du überall in der Welt hinfahren könntest?« Ich fuhr mit dem Finger über ihre hohe, gewölbte Stirn, wie die einer gotischen Madonna. Ich ging zurück an ihre Tür und klopfte.

»Claire, laß mich rein.«

Ich hörte das Quietschen der Bettfedern, als sie sich umdrehte; die Anstrengung, die es sie kostete, aufzustehen und die drei Schritte bis zur Tür zu stolpern. Sie fummelte am Schloß herum. Ich öffnete die Tür, und sie ließ sich zurück aufs Bett fallen, sie trug immer noch den roten Bademantel. Sie wühlte sich unter die Bettdecke wie ein blindes Höhlentier. Gott sei Dank weinte sie nicht mehr; sie war kurz davor, wegzutreten. Ich drehte Leonard Cohen ab.

»Mir ist so kalt«, murmelte sie. »Leg dich zu mir.«

Ich stieg völlig angekleidet in ihr Bett. Sie legte ihre kalten Füße auf meine, ihren Kopf an meine Schulter. Die Laken rochen nach Sherry, ungewaschenen Haaren und L'Air du Temps.

»Bleib bei mir, versprich es mir. Verlaß mich nicht.«

Ich hielt ihre kalten Hände, legte meinen Kopf an ihren, während sie einschlief. Ich betrachtete sie im Licht der Nachttischlampe, die neuerdings ständig brannte. Ihr Mund stand offen, sie schnarchte schwer. Ich redete mir ein, daß alles wieder gut werden würde. Ron würde nach Hause zurückkehren oder auch nicht, und wir würden so weiterleben wie bisher. Er würde mich nicht wirklich wegschicken. Er wollte sich nur nicht anschauen müssen, wie verstört sie war. Sie durfte es ihm bloß nicht zeigen; mehr verlangte er nicht. Eine gute Vorstellung.

21

Claire schlief noch, als ich aufwachte. Ich stand vorsichtig auf, um sie nicht zu wecken, und ging in die Küche. Ich nahm mir eine Portion Cornflakes. Es war sehr hell und still, ein reines, kristallklares Licht. Ich war froh, daß Ron weg war. Wenn er zu Hause wäre, würde das Telefon klingeln, die Kaffeemühle jaulen; Claire wäre wahrscheinlich schon auf und würde mit ihrem angemalten Lächeln Frühstück machen. Ich holte die neuen Farben und malte die Lichtreflexe auf dem rohen Holzfußboden, das gelbe Tablett aus Sonnenstrahlen; malte, wie das Licht die Gardinen hochkletterte. Ich liebte solche Morgen. Ich konnte mich noch genau erinnern, wie ich als kleines Kind im ersten Sonnenlicht gespielt hatte, wenn meine Mutter lange schlief. Einen Wäschekorb auf dem Kopf, Quadrate aus Licht. Ich wußte noch genau, wie die Sonne auf meinem Handrücken ausgesehen und wie sie sich angefühlt hatte.

Nach einer Weile sah ich nach Claire. Sie schlief immer noch. Das Zimmer lag in dunklem Grau, kein Morgenlicht drang durch die Jalousien der nach Westen zeigenden Flügeltüren. Die Luft roch abgestanden. Eine ihrer Hände lag quer über dem Kopfkissen; ihr Mund stand offen, doch sie schnarchte nicht.

»Claire?« Ich beugte den Kopf direkt über ihr Gesicht. Sie roch nach Sherry und irgend etwas Metallischem. Sie bewegte sich nicht. Ich legte ihr die Hand auf die Schulter, schüttelte sie vorsichtig. »Claire?« Sie reagierte nicht. Mir sträubten sich die Haare auf Nacken und Armen. Ich konnte sie nicht atmen hören. »Claire?« Ich schüttelte sie wieder, doch ihr Kopf baumelte zur Seite wie der von Owens Giraffe. »Claire, wach auf!« Ich hob sie an den Schultern hoch und ließ sie wieder fallen. »Claire!« schrie ich sie an und hoffte, daß sie die Augen endlich aufmachen, daß sie sich die Hand an den Kopf halten und mich auffordern würde, nicht so zu schreien, ich verursache ihr Kopfschmerzen. Das war doch nicht möglich. Sie spielte mir etwas vor, sie wollte mich hereinlegen. »Claire!« schrie ich in ihr schlafendes Gesicht, pumpte mit meinen Händen auf ihrer Brust herum, versuchte, ihren Atem zu hören. Nichts.

Ich suchte den Nachttisch ab, den Boden. Am anderen Ende des Zimmers fand ich die Tabletten zusammen mit der leeren Sherryflasche auf dem Boden. Das hatte ich herunterfallen hören, als wir durch die Tür sprachen. Das Tablettengläschen war offen, die Tabletten herausgefallen, kleine rosa Pillen. »Butalan«, stand auf dem Etikett. Gegen Schlaflosigkeit. Nicht zusammen mit Alkohol einnehmen. Das Führen von Fahrzeugen und die Bedienung von Maschinen sollten unterbleiben.

Die Töne, die ich ausstieß, waren kaum mehr Schreie. Ich wollte Gott etwas in sein fettes, häßliches Auge werfen. Ich warf die Kleenex-Schachtel auf den Boden. Die Messingglocke. Ich schlug die Leselampe vom Nachttisch herunter. Ich zerrte den Magnetkasten unter dem Bett hervor und schleuderte ihn durchs Zimmer. Rons Schlüssel, Stifte und Nagelknipser fielen heraus, die Polaroid-Fotos. Wozu? Ich riß die Jalousien von den Flügeltüren herunter, und das Zimmer wurde hell. Ich hob einen hochhackigen Schuh vom Boden auf, schlug damit die Fensterscheiben ein, schnitt mir dabei die Hand auf, fühlte aber nichts. Ich nahm ihre silberne Haarbürste und schleuderte sie wie einen Baseball in den runden Spiegel. Ich nahm das Telefon und schlug den Hörer gegen das Kopfteil des Bettes, bis er Dellen im weichen Kiefernholz zurückließ und auseinanderbrach.

Ich war erschöpft und fand nichts mehr zum Werfen. Ich setzte mich wieder auf das Bett und nahm ihre Hand. Sie war so kalt. Ich preßte sie an meine heiße, nasse Wange, versuchte sie aufzuwärmen; strich ihr das dunkle Haar aus dem Gesicht.

Wenn ich das bloß geahnt hätte, Claire! Meine schöne, verdrehte Claire. Ich legte meinen Kopf auf ihre Brust, dorthin, wo kein Herz mehr schlug. Mein Gesicht dicht neben ihrem auf dem geblümten Kopfkissen, atmete ich ihren Atem ein, wo kein Atem mehr war. Sie war so blaß. Kalt. Ich hielt ihre kühlen, etwas rissigen Hände, den zu weiten Ehering. Drehte sie um, küßte die kalten Handflächen, meine Lippen auf ihre Handlinien gepreßt. Wie sie sich wegen dieser Linien gegrämt hatte. Eine begann an ihrer Handkante und kreuzte die Lebenslinie. Ein tödlicher Unglücksfall hieß das, hatte sie gesagt. Ich rieb mit meinem Daumen über die Linie, glitschig vor Tränen.

Ein tödlicher Unglücksfall. Der Gedanke war beinahe unerträglich, aber möglich war es. Vielleicht hatte sie es gar nicht vorgehabt. So hätte Claire das nicht geplant! Sie hatte sich noch nicht mal die Haare gewaschen. Sie hätte es besser vorbereitet, alles wäre perfekt gewesen. Sie hätte eine Nachricht hinterlassen, in der sie alles auf zwei oder fünf verschiedene Weisen erklärte. Vielleicht hatte sie nur schlafen wollen.

Ich lachte, bitter wie eine Tollkirsche. Vielleicht war es wirklich nur ein Unglücksfall. Was war schon kein Unglücksfall? Wer war kein Unglücksfall?

Ich hob das eckige weiße Gläschen auf, das immer noch halb voll Tabletten war. Butabarbitol Sodium, 100 mg. Es leuchtete förmlich in meinen Händen. Immer passierte das Schlimmste. Wieso vergesse ich das jedesmal wieder? Jetzt sah ich, daß es nicht nur ein Gläschen war, es war eine Tür. Man stieg durch den runden Flaschenhals und kam ganz woanders heraus. Man konnte entkommen. Den Löffel abgeben.

Ich schaute tief in das Glas mit den rosa Pillen. Ich wußte, wie man es machen muß. Man muß sie langsam einnehmen. Nicht wie in den Filmen, wo sie immer eine ganze Handvoll einwerfen. Dann kotzt man sie nur wieder aus. Der Trick ist, eine zu nehmen, ein paar Minuten abzuwarten, dann die nächste. Zwischendurch etwas Sherry trinken. Eine nach der anderen. Nach ein paar Stunden verliert man das Bewußtsein, und es ist vorbei.

Im Haus war es still. Ich konnte die Uhr auf dem Nachttisch

ticken hören. Auf der Straße fuhr ein Auto vorbei. Durch die zerbrochenen Fensterscheiben wehte frische Luft herein. Sie lag mit offenem Mund auf dem geblümten Kissen, in ihrem roten Bademantel in der Helligkeit des Morgens. Ich rieb meine Wange an ihrem Bademantel, dem Bademantel, den Ron ihr geschenkt hatte; sie hatte ihn seit Tagen nicht mehr ausgezogen. Gott, wie ich diesen Bademantel haßte, sein fröhliches rotes Karo. Es war viel zu grell für sie. Er hatte sie nie richtig gekannt.

Ich verschloß das Pillenglas wieder mit dem Deckel und ließ es auf das Bett fallen. Als allererstes mußte ich diesen Bademantel loswerden. Es war das mindeste, was ich tun konnte. Ich zog die Bettdecke herunter. Der Bademantel war völlig verdreht und bildete auf ihrem Rücken einen Wulst. Ich öffnete den Gürtel und zog sie aus dem Mantel. Wie dünn sie war, wie leicht; man konnte alle Rippen einzeln sehen. Ich bettete sie vorsichtig wieder zurück, ganz vorsichtig, ich konnte sie kaum anschauen. In ihrer muschelfarbenen Unterwäsche sah sie aus wie Christus. In der Kommode fand ich einen weichen malvenfarbenen Angorapullover. Das entsprach schon eher Claire, die zarte Farbe, die flauschige Wolle. Ich preßte ihn an mein Gesicht, gierig nach dem weichen Gefühl der Wolle, ließ ihn meine Tränen aufsaugen. Dann richtete ich sie auf. Es war ziemlich schwierig, ich mußte sie stützen. Der Duft nach Parfum und ihrem Haar überwältigte mich. Ich konnte kaum atmen, doch irgendwie schaffte ich es, ihr den Pullover über den Kopf zu ziehen, die Arme hindurchzufädeln und die weiche Wolle über ihre knochigen Schulterblätter hinabzuziehen. Ich saß da und umarmte sie, drückte mein Gesicht an ihren Hals.

Ich bahrte sie auf dem Kissen auf wie eine Märchenprinzessin in ihrem Glassarg; ein Kuß sollte sie wieder zum Leben erwecken. Doch es funktionierte nicht. Ich schloß ihr den Mund, strich die Laken und Decken glatt, fand im Trümmerhaufen die silberne Haarbürste und bürstete ihr das Haar. Es hatte etwas Tröstliches; ich hatte ihr die Haare oft gebürstet, als sie noch lebte. Sie hatte sich noch nicht einmal verabschiedet. Auch meine Mutter hatte an dem Tag, als sie mich verließ, nicht zurückgeblickt.

Ich wußte, daß ich Ron anrufen mußte. Doch ich wollte sie nicht mit ihm teilen. Ich wollte sie noch ein bißchen länger für mich allein haben. Wenn Ron käme, würde ich Claire zum letzten Mal verlieren. Er kannte sie nicht richtig, er konnte gefälligst warten.

Es wollte mir einfach nicht aus dem Kopf gehen: Ich hatte direkt neben ihr gelegen, als sie starb. Wenn ich nur aufgewacht wäre. Wenn ich nur vorausgesehen hätte, was passieren konnte. Meine Mutter hatte mir immer gesagt, ich hätte keine Phantasie. Claire hatte mich gerufen, und ich war nicht zu ihr gegangen. Hatte ihr noch nicht einmal die Tür öffnen wollen. Ich hatte ihr erzählt, das schlimmste sei, seine Selbstachtung zu verlieren. Wie hatte ich nur so etwas sagen können? Himmel noch mal, das war nicht das schlimmste, bei weitem nicht.

Draußen im Garten war das Gras nicht gemäht, aber sehr grün in der klaren Wintersonne. Die Chinesische Ulme ließ ihre Äste hängen wie eine Trauerweide. Die Zeit der Blumenzwiebeln war schon vorbei, doch die Rosen blühten wie toll, das rote, halluzinatorische Leuchten der Mr. Lincolns, der blaßrosa Hauch der Pristinen. Der Boden unter den Rosenbüschen war mit roten und weißen Blütenblättern bedeckt. Hier im Zimmer war die Luft durchdrungen vom L'Air du Temps aus dem Flakon, den ich zerbrochen hatte. Ich hob den Verschluß auf, die beiden Vögel aus Milchglas. Jetzt sahen sie aus wie eine Verzierung für einen Grabstein.

In einer Schublade fand ich das Buch mit den gepreßten Blumen, die sie diesen Sommer auf unseren Spaziergängen am McKenzie gesammelt hatte. Wie glücklich sie gewesen war in ihrem chinesischen, unter dem Kinn gebundenen Hut, mit ihrer Segeltuchtasche voller Entdeckungen! Hier waren sie, beschriftet in ihrer runden, weiblichen Handschrift, auf Blätter gepreßt, die von braungrauen, grob gerippten Seidenbändern zusammengehalten wurden: Frauenschuh, Hartriegel, Wildrose und Rhododendron mit seinen fadenförmigen Staubgefäßen.

Was möchtest du gern, Astrid? Was denkst du? Niemand würde mir je wieder diese Fragen stellen. Ich streichelte ihre Haare, ihre dunklen Augenbrauen, ihre Lider, das zarte Gebilde von Wangenknochen, Augenhöhle, Schläfe und Braue, ihr Kinn, spitz zulaufend wie ein umgedrehter Wassertropfen. Wäre ich nur sofort zu ihr gegangen. Hätte ich sie nur nicht warten lassen. Ich hätte sie nie allein lassen dürfen mit unserem Abscheu, Rons und meinem. Es war genau das, was sie nicht ertragen konnte: allein gelassen zu werden.

Um zehn Uhr kam die Post. Um elf übte Mrs. Kromach nebenan auf ihrer elektrischen Orgel, begleitet vom Gekrächze ihres Papageis. Ich kannte ihr gesamtes Repertoire: »Zip-a-Dee-Doo-Dah«, »There's no Business like Show Business«, »Chattanooga Choo Choo«. Sie liebte die Hymnen der US-Bundesstaaten: »Gary, Indiana«, »Iowa Stubborn«, »California, Here I come«, »Everything's Up to Date in Kansas City«. Sie spielte jedesmal wieder dieselben Noten falsch. »Sie macht es extra, um uns in den Wahnsinn zu treiben«, hatte Claire immer gesagt. »Sie weiß ganz genau, wie man diese Lieder richtig spielt.« Jetzt würde sie es sich nie mehr wieder anhören müssen.

Gegen Mittag dröhnte ein Laubgebläse. Um eins entließ der Orthodoxe Kindergarten seine Kinder. Ich konnte die schrillen Stimmen auf der Straße hören, das fröhliche Gejammer der chassidischen Nachbarinnen in ihrer gutturalen Sprache. Was sie dir für eine Angst eingejagt haben, Claire, diese einfachen Frauen in den langen Röcken mit ihrer zahllosen Nachkommenschaft, den arroganten Söhnen und großen, einfältigen Töchtern, die stark genug waren, einen Truck hochzuheben, aber Schleifen in den Haaren trugen und schüchtern daherschnatterten. Du dachtest immer, sie wollten dich verhexen. Ich sollte mir die Hand blau anmalen und sie auf den weißen Stuck über der Türklingel drücken, um ihren bösen Blick zu bannen.

Mein Knie berührte ihres, fuhr zurück. Ihr Bein war ganz steif. Sie war jetzt weit weg, sie durchschritt die sieben irdischen Sphären und fuhr empor zu Gott. Ich ließ meine Finger über die hübsche Stupsnase gleiten, über die glatte Stirn, die leichte Einbuchtung an der Schläfe, wo kein Puls mehr flatterte. Nie hatte sie vollständiger, nie selbstsicherer gewirkt als jetzt, wo sie nicht mehr versuchte, irgend jemandem zu gefallen.

Sie hatte mich geliebt, aber jetzt kannte sie mich nicht mehr.

Von 13.45 bis 16.15 Uhr klingelte das Telefon fünfmal. Sie hatte ihren Friseurtermin bei Emile verpaßt. Zweimal wurde aufgelegt. Rons Freunde trafen sich auf einen Drink bei Cava. MCI wollte den Richards eine Ermäßigung bei ihrer Telefonrechnung geben. Jedesmal, wenn das Telefon klingelte, erwartete ich irgendwie, daß Claire wach werden und drangehen würde. Sie konnte es nicht ertragen, das Telefon klingeln zu lassen, selbst wenn sie wußte, daß es nicht für sie sein würde. Es könnte ein Job sein, auch wenn sie längst aufgehört hatte, zu den Vorsprechterminen zu gehen. Es könnte eine Freundin sein, auch wenn sie keine Freundinnen mehr hatte. Sie ließ sich stets in lange, verzwickte Gespräche mit Telefonverkäufern, Maklern oder Baufirmen verwickeln.

Ich konnte nicht verstehen, daß sie einfach weg sein konnte. Was passierte mit ihrer ganz besonderen Art, ein Einmachglas zu öffnen, wie ein Orchesterschlagzeuger, der den Triangel schlug, in einer einzigen, präzisen Handbewegung? Den rötlichen Lichtreflexen auf ihrem Haar im Sommer? Ihrer Tante, die in Ypres gedient hatte? Ich war diejenige, die jetzt die Erinnerungen trug wie einen Arm voller Schmetterlinge. Wer sonst wußte, daß sie Spiegel auf das Dach hängte oder daß ihre Lieblingsfilme »Doktor Schiwago« und »Frühstück bei Tiffany« waren, daß ihre Lieblingsfarbe Indigoblau war? Ihre Glückszahl war die Zwei. Die Sachen, die sie partout nicht essen mochte, waren Kokosnuß und Marzipan.

Ich mußte an den Tag denken, an dem sie mich zu Cal Arts begleitet hatte. Ich fühlte mich durch die Studenten eingeschüchtert; für Leute mit witzigen Haarschnitten kamen sie mir ziemlich eingebildet vor, und ihre Arbeiten waren scheußlich. Dorthin zu gehen kostete zehntausend Dollar im Jahr. »Mach dir keine Gedanken um das Geld«, hatte Claire gesagt. »Das ist *die* Akademie, auf die man gehen muß, es sei denn, du willst an die Ostküste.« Wir hatten die Bewerbung im November abgeschickt. Das alles konnte ich jetzt vergessen.

Ich saß im Schneidersitz neben ihr auf dem Bett, zählte die Pillen in dem Glas. Gegen Schlaflosigkeit. Es gab immer noch eine ganze Menge. Mehr als genug, und der letzte Mensch, der je an mich denken würde, war gegangen. Meine Mutter? Sie wollte nur besitzen. Sie dachte, wenn sie Claire umbringen könnte, bekäme sie mich zurück, um mich noch ein bißchen weiter auszulöschen. Ich spürte den Sog dieses dunklen Kreises, des Flaschenhalses. Es war ein Kaninchenloch. Ich könnte hineinspringen und es hinter mir zubuddeln. *Man kann nie wissen, wann die Rettung kommt.* Doch ich wußte es. Sie war gekommen, und ich hatte ihr den Rücken gekehrt. Ich hatte sie untergehen lassen. Ich hatte meine Retterin von der Rettungsinsel geschubst. Ich hatte Panik bekommen. Nun erntete ich Verzweiflung.

Ich saß mit dem Glas in der Hand da und betrachtete das leichte Erröten des Winterhimmels; ein schwaches Rosa kämpfte sich durch den blauen Dunst, drang durch die eckig beschnittenen Äste und herunterhängenden Zweige der Ulme. Der Sonnenuntergang kam jetzt so früh. Sie liebte diese Tageszeit, liebte es, die schöne Melancholie zu spüren, unter der Ulme zu sitzen und in ihre Äste hinaufzuschauen, die sich dunkel vor dem Himmel abhoben.

Am Ende nahm ich die Pillen nicht. Es erschien mir zu pompös, eine allzu große Geste, arglistig. Ich verdiente es nicht, zu vergessen, daß ich ihr den Rücken gekehrt hatte. Das Vergessen löscht alle Bücher aus. Es war zu einfach. Ich war jetzt die Hüterin der Schmetterlinge. Statt dessen wählte ich Rons Pager-Nummer an, fügte die 999 für Notfall hinzu. Ich setzte mich wieder hin und wartete.

Ron saß neben mir auf dem Bett, seine Schultern hingen durch wie der Rücken eines alten Pferdes, und er preßte das Gesicht in die Hände, als könne er den Anblick der Welt nicht mehr ertragen. »Du solltest auf sie aufpassen«, sagte er.

»Du bist weggegangen.«

Er schnappte nach Luft und brach in langes, zitterndes Schluchzen aus. Ich hätte nie gedacht, daß ich einmal Mitleid mit Ron haben könnte, doch er tat mir leid. Ich legte ihm die Hand auf die Schulter, und er preßte seine Hand auf meine. Mir kam der Gedanke, daß ich ihn trösten könnte. Ich könnte ihm über das Haar streichen und sagen: »Es ist nicht deine Schuld. Sie hatte Probleme, bei denen wir ihr nicht helfen konnten, egal, was wir auch getan hätten.« Das hätte Claire wahrscheinlich gesagt. Ich könnte ihn dazu bringen, mich zu lieben. Vielleicht würde er mich dann dabehalten.

Er hielt meine Hand und starrte auf ihre seidenen Pantoffeln neben dem Bett. »Davor habe ich schon seit Jahren Angst gehabt.«

Er drückte meine Hand an seine Wange. Ich spürte, wie mir seine Tränen über den Handrücken liefen, zwischen meine Finger rannen. Wäre Claire nicht tot gewesen, hätte sie Mitleid mit ihm gehabt. »Ich habe sie so geliebt«, sagte er. »Ich war vielleicht kein Heiliger, aber ich habe sie geliebt. Du kannst es dir nicht vorstellen.«

Er sah mich mit seinen rotgeränderten Augen an; wartete auf meinen Einsatz. *Das weiß ich doch, Ron.* Claire hätte es gesagt. Auch Olivia spürte ich drängen. Er könnte mich beschützen. *Eine Männerwelt.*

Doch ich brachte es nicht über mich. Claire war tot. Was spielte es noch für eine Rolle, ob er sie liebte oder nicht?

Ich zog meine Hand weg und stand auf; fing an, einige der Dinge aufzuheben, die ich auf den Boden geworfen hatte. Da war sein Cross-Füller. Ich ließ ihn auf seinen Schoß fallen. »Sie hat ihn die ganze Zeit über gehabt«, sagte ich. »Du hast sie kein bißchen gekannt.«

Er senkte den Kopf, berührte ihr dunkles Haar, das ich gebürstet hatte, strich über den malvenfarbenen Angora-Ärmel. »Du kannst trotzdem bleiben«, sagte er. »Mach dir deswegen keine Sorgen.«

Ich hatte gedacht, daß es genau das wäre, was ich hören wollte. Doch jetzt, nachdem er es gesagt hatte, wußte ich plötzlich, daß ich mich auf dem Sunset Boulevard zwischen all den anderen Rumtreibern besser fühlen würde – selbst wenn ich, eingewickelt in eine bepißte Wolldecke, auf den Stufen der Obdachlosenkirche schlafen und mich von Pizzaresten aus Mülltonnen ernähren müßte. Ohne Claire konnte ich nicht hierbleiben. Ich könnte nie die Sätze sagen, die er hören wollte, mein hübschestes Lächeln aufmalen, auf sein Auto in der Auffahrt lauschen. Mein Gesicht im Kommodenspiegel war scharf und kantig. Er streckte die Hand nach mir aus, doch mein Gesicht war jenseits des Erreichbaren.

Ich wandte mich ab, starrte hinaus in die Nacht und sah unser Spiegelbild in den zerbrochenen Flügeltüren: ich in meinen Klamotten, die ich nun schon seit gestern am Leib hatte, Ron auf dem Bett, Claire auf dem Kopfkissen, gebadet in das Licht der Nachttischlampe, zum ersten Mal völlig gleichgültig.

»Warum konntest du sie nicht einfach mehr lieben?« sagte ich.

Seine Hand sank herunter. Er schüttelte den Kopf. Niemand wußte, warum. Niemand wußte je, warum.

Das Packen dauerte länger als beim letzten Mal, als ich Amelias Haus verlassen hatte. Da waren all die neuen Kleider, die Claire mir geschenkt hatte, die Bücher, das kleine Dürer-Kaninchen. Ich nahm alles mit. Ich hatte nur einen Koffer; deshalb packte ich den Rest in Einkaufstüten. Ich brauchte sieben Tüten, um alles einzupacken. Ich ging in die Küche, griff in den Gefrierbeutel mit dem Schmuck und nahm den Aquamarinring heraus, der ihr und ihrer Mutter immer zu groß gewesen war. Doch mir paßte er gut.

Es war beinahe Mitternacht, als mich eine Sozialarbeiterin in einem Kleinbus abholte, eine weiße Frau mittleren Alters mit Jeans und Perlenohrsteckern. Joan Peeler hatte das Jugendamt letztes Jahr verlassen, um in der Entwicklungsabteilung bei Twentieth Century Fox zu arbeiten. Ron half mir, meine Sachen in den Kleinbus zu tragen. »Es tut mir leid«, sagte er, während ich einstieg. Er fummelte in seiner Brieftasche herum und drängte mir etwas Geld auf. Zwei Hundert-Dollar-Scheine. Meine Mutter hätte sie ihm ins Gesicht geschleudert, doch ich nahm sie an.

Durch das Heckfenster des Minibusses sah ich das Haus kleiner werden, während wir in die mondlose Nacht fuhren; das Ende dessen, was hätte sein können. Ein kleiner Bungalow unter den riesigen weißen Stämmen der Platanen. Es war mir scheißegal, was jetzt mit mir passierte.

22

Das MacLaren-Kinderheim war in gewisser Weise eine Erleichterung. Das Schlimmste war geschehen. Das Warten war vorbei.

Ich lag in meinem schmalen, niedrigen Bett. Bis auf die zwei Garnituren Kleidung zum Wechseln in der Preßspan-Schublade unter der Matratze waren alle meine Sachen eingelagert worden. Meine Haut brannte. Ich war entlaust worden und roch immer noch nach Teerseife. Alle schliefen, bis auf die Mädchen auf dem Gang; Mädchen, die beaufsichtigt werden mußten, die Selbstmörderinnen, die Epileptikerinnen, die Unkontrollierbaren. Endlich war es still.

Inzwischen fiel es mir leicht, mir meine Mutter auf ihrer Pritsche in Frontera vorzustellen. Im Grunde unterschied uns gar nicht mehr viel. Dieselben Zellenwände, Linoleumböden, die Schatten der Pinien vor den Fenstern und die Umrisse meiner schlafenden Bettnachbarinnen unter ihren dünnen Steppdecken. Es war zu heiß hier drinnen, doch ich öffnete das Fenster nicht. Claire war tot. Was spielte es schon für eine Rolle, ob es zu heiß war?

Ich strich mit der Handfläche über die pelzigen Spitzen meiner kurzen Haare. Ich war froh, daß ich sie mir abgeschnitten hatte. Eine Mädchengang hatte mich zweimal verprügelt, einmal in der Grünanlage und einmal, als ich aus der Turnhalle kam, weil der Freund von irgendeiner mich gutaussehend fand. Ich wollte nicht hübsch aussehen. Ich lag in meinem Bett, betastete die blauen Flecken auf meiner Wange, die sich von violett zu grün verfärbten, und betrachtete die Schatten der Pinien hinter der Gardine; sie tanzten im Wind wie balinesische Schattenspielfiguren hinter einem Wandschirm zur Gamelan-Musik.

Gestern morgen hatte ich einen Anruf von Ron bekommen. Er wollte ihre Asche zurück nach Connecticut bringen und bot mir an, mein Flugticket zu bezahlen, falls ich mitkommen wolle. Ich wollte nicht sehen, wie Claire ihrer Familie übergeben wurde – noch mehr Leuten, die sie gar nicht kannten. Ich konnte nicht einfach bei der Gedenkfeier herumstehen und so tun, als wäre ich eine Fremde. »Sie hat mich auf den Mund geküßt«, hätte ich ihnen erzählt.

»Du hast sie kein bißchen gekannt«, hatte ich zu Ron gesagt. Sie wollte nicht verbrannt werden; sie wollte begraben werden mit ihren Perlen im Mund und einem Edelstein auf jedem Auge. Ron hatte nie gewußt, was sie wollte; er hatte immer nur geglaubt, er wisse, was das Beste für sie sei. *Du solltest auf sie aufpassen.* Er hatte genau gewußt, daß sie selbstmordgefährdet war, als er mich aufnahm. Deshalb war ich engagiert worden. Ich war die Suizid-Wache, ganz und gar nicht das Baby.

Die Schatten der Pinien glitten über meine Decke, über die Wand hinter mir. Menschen sind genauso. Wir können uns noch nicht einmal gegenseitig sehen, wir sehen nur unsere Schatten, die sich bewegen, vorwärtsgetrieben von unsichtbaren Winden. Welchen Unterschied machte es schon, ob ich hier war oder irgendwo anders? Ich konnte sie nicht wieder lebendig machen.

Ein Mädchen draußen auf dem Gang stöhnte. Eine meiner Zimmernachbarinnen drehte sich um und murmelte etwas in ihre Decke. All die schlechten Träume. Genau hier paßte ich hin. Zum ersten Mal fühlte ich mich nicht fehl am Platz. Selbst als ich noch mit meiner Mutter zusammengewesen war, hatte ich immer den Atem angehalten und darauf gewartet, daß irgend etwas passieren würde, daß sie nicht nach Hause zurückkommen, daß irgendeine Katastrophe geschehen würde. Ron hätte mir Claire nie anvertrauen dürfen. Sie hätte besser ein kleines Kind bekommen, jemanden, für den es sich lohnte, am Leben zu bleiben. Sie hätte merken müssen, daß ich ein Unglücksbringer war; sie hätte sich nie auf mich verlassen dürfen. Ich war meiner Mutter ähnlicher, als ich es je für möglich gehalten hätte. Und selbst dieser Gedanke erschreckte mich nicht mehr.

Am nächsten Tag lernte ich im Kunstraum einen Jungen kennen, Paul Trout. Er hatte glattes Haar, unreine Haut, und seine Hände schienen sich ohne ihn zu bewegen. Er war wie ich, er konnte nicht stillsitzen, ohne irgend etwas zu zeichnen. Als ich auf dem Weg zum Waschbecken an ihm vorbeiging, schaute ich ihm über die Schulter. Seine schwarzen Bleistift- und Filzstiftzeichnungen waren wie die Sachen, die man in Comics sehen konnte: Frauen in schwarzem Leder mit großen Brüsten und hochhackigen Schuhen, die Waffen von der Größe eines Feuerwehrschlauchs schwangen. Männer mit schwellendem Schritt und Messern. Seltsame graffitiähnliche Mandalas mit Yin-Yangs und Drachen und Autos mit Haifischflossen aus den Fünfzigern.

Er starrte mich die ganze Zeit an. Ich spürte seinen Blick, während ich malte. Doch Paul Trouts durchdringendes, blinzelloses Starren störte mich nicht. Es war nicht so wie das der anderen Jungen aus den höheren Klassen, deren Blicke wie ein Überfall waren, feucht, gierig, mehr als nur ein bißchen feindselig. Das hier war der Blick eines Künstlers, der aufs Detail konzentriert war und die Wahrheit vorurteilslos aufnahm. Ein Blick, der sich nicht abwandte, als ich zurückstarrte, sondern erstaunt war, als er sich erwidert fand.

Als er an mir vorbeikam, um etwas in den Papierkorb hinter mir zu werfen, sah er mir beim Malen zu. Ich versuchte nicht, mein Bild zu verstecken. Er konnte es ruhig sehen. Es zeigte Claire auf dem Bett in ihrem malvenfarbenen Pullover, die dunkle Gestalt Rons im Türrahmen. Das Ganze in die roten Lichter des Rettungswagens getaucht. Jede Menge Diagonalen. Es war schwierig, gut zu malen; die Pinsel waren aus Kunststoff, die Plakafarbe trocknete schnell und krümelig. Ich mischte die Farben auf der Rückseite einer Pie-Form.

»Das ist wirklich gut«, sagte er.

Er brauchte mir nicht zu sagen, daß es gut war. Ich hatte mein ganzes Leben lang Kunst gemacht, schon ehe ich sprechen konnte und auch danach, als ich es konnte, aber nicht wollte.

»Niemand hier kann malen«, sagte er. »Ich hasse Dschungel.«

Er meinte die Flure. Alle Flure bei Mac waren mit Wandgemälden von Dschungeln, Elefanten und Palmen, Massen von Laubwerk und afrikanischen Dörfern mit spitzen, zuckerhutähnlichen Grashütten bemalt. Die Gestaltung war naiv, Rousseau, aber ohne das Bedrohliche, Geheimnisvolle, doch die Bilder waren nicht von den Kindern gemalt worden. Wir durften die Flure nicht bemalen. Statt dessen hatten sie irgendeinen Kinderbuchillustrator oder Tapetendesigner engagiert. Vermutlich dachten sie, daß unsere Kunst zu häßlich, zu verstörend wäre. Was sie nicht wußten, war, daß die meisten Kinder genau das gleiche gemalt hätten wie der Künstler: friedliche Königreiche, in denen nie etwas Schreckliches passiert. Adler im Gleitflug, verspielte Löwen, afrikanische Wasserträgerinnen und Blumen ohne Geschlechtsmerkmale.

»Ich bin jetzt zum vierten Mal hier«, sagte Paul Trout.

Deshalb hatte ich ihn auch noch nie gesehen, außer im Kunstraum. Wenn man absichtlich wiederkam, von seiner Pflegestelle abhaute, verlor man seine Privilegien, durfte nicht mehr an den gemischten Gemeinschaftsabenden teilnehmen. Doch ich konnte verstehen, weshalb sie zurückkamen. So schlecht war es gar nicht bei Mac. Ich konnte nachvollziehen, daß es jemandem beinahe als Paradies erscheinen konnte, wenn man von der Gewalt und den anderen Kindern mal absah. Doch man konnte nicht so viele gestörte Menschen auf engem Raum unterbringen, ohne daß es genauso wurde wie in jeder anderen geschlossenen Anstalt, ob Gefängnisblock oder Psychiatriestation. Da konnten sie die Korridore so bunt anmalen, wie sie wollten, der Alptraum ließ sich nicht verdrängen. Egal, wie fröhlich die Wandgemälde auf den Fluren waren, wie grün die Wiese oder wie gut die Kunst auf der vier Meter hohen Umgrenzungsmauer war, egal, wie nett die Gruppenleiter und Sozialarbeiter waren, wie viele Barbecues es gab oder wie viele Schwimmbäder sie einbauen ließen – es war immer noch der letzte Zufluchtsort für Kinder, die auf so vielfältige Weise verletzt worden waren, daß es ein Wunder war, daß wir überhaupt noch ruhig beim Abendessen sitzen, vor dem Fernseher lachen und nachts einschlafen konnten.

Paul Trout war nicht der einzige Rückkehrer. Es gab etliche. Hier drinnen war es sicherer; es gab Regeln und feste Essenszeiten, professionelle Betreuung. Mac war ein Boden, von dem man nicht mehr tiefer fallen konnte. Ich vermutete, daß sich die Exknackis, die immer wieder ins Gefängnis zurückwanderten, genauso fühlten.

»Du hast dir das Haar abgeschnitten«, sagte er. »Warum hast du das gemacht? Es hat schön ausgesehen.«

»Hat zuviel Aufmerksamkeit erregt«, erwiderte ich.

»Ich dachte, Mädchen mögen das.«

Ich lächelte und fühlte den bitteren Nachgeschmack im Mund. Dieser Junge wußte vielleicht eine ganze Menge über Grausamkeit und Vernachlässigung, doch über Schönheit wußte er kein bißchen. Wie sollte er auch? Er war an diese Haut gewöhnt, daran, daß die Leute sich wegdrehten und das Feuer in seinen klaren braunen Augen nicht sahen. Wahrscheinlich stellte er sich vor, daß man Schönheit und Aufmerksamkeit genauso empfand wie Liebe.

»Manchmal schadet es mehr als es nutzt.«

»Du bist trotzdem schön«, sagte er, während er an seine Zeichnung zurückging. »Daran kannst du gar nichts ändern.«

Ich malte Claires dunkles Haar, indem ich Blau und dann Braun übereinander auftrug, die hellen Strähnen untermischte, das Rot einfing. »Schönheit bedeutet gar nichts. Nur für andere Leute.«

»Du sagst das, als ob es gar nichts wäre.«

»Es ist auch nichts.« Was war Schönheit schon – es sei denn, man hatte vor, sie zu gebrauchen wie einen Hammer oder einen Schlüssel? Sie war nur etwas, das andere Menschen benutzten und bewunderten oder beneideten und verachteten. An das sie ihre Träume nageln konnten wie ein Bild auf eine leere Wand. Und so viele Mädchen, die sagten: benutze mich, träume mich.

»Du bist ja nie häßlich gewesen.« Der Junge starrte seine Hand an, die die leeren Flächen in seiner Science-fiction-Szene füllte. »Die Frauen behandeln einen wie eine ansteckende Krankheit. Und wenn sie dir in einem schwachen Moment doch erlauben, sie anzufassen, dann lassen sie dich garantiert dafür bezahlen.« Sein Mund schloß sich, öffnete sich wieder, um noch mehr zu sagen, schloß sich dann aber wieder, ohne ein Wort herauszubringen. Er hatte schon zuviel gesagt. Seine Mundwinkel zogen sich nach unten. »Jemand wie du – du würdest mir nicht erlauben, dich zu berühren, oder?«

Wer hatte ihm bloß eingeredet, daß er häßlich war? Eine schlechte Haut konnte jeder bekommen. »Ich lasse mich von niemandem berühren«, sagte ich schließlich.

Ich malte das Apothekengläschen mit Butabarbitol Sodium auf den Flickenteppich neben ihrem Bett; die winzigen Pillen, die herausfielen. Helles Rosa auf dunklem Teppich.

»Warum nicht?«

Warum nicht? Weil ich von Männern die Nase voll hatte. Männern, die in Türrahmen hingen, sich zu dicht an mich drängten; von ihrem Geruch nach Bier oder fünfzehn Jahre altem Whiskey. Männern, die einen nicht in die Notaufnahme begleiteten, Männern, die am Weihnachtsabend weggingen. Männern, die die Sicherheitstüren hinter sich zuschlugen, die einen dazu brachten, sie zu lieben, und es sich dann anders überlegten. Jungenwälder, zottige Sträucher voller Augen, die einem folgten, einem an die Brust grabschten, mit Geldscheinen winkten, während ihre Augen einen bereits umlegten und sich nahmen, was sie für ihr Eigentum hielten.

Weil ich noch immer eine Frau im roten Bademantel über die Straße kriechen sah. Eine Frau auf dem Dach sah, stumm und seltsam. Frauen mit Tabletten, mit Messern; Frauen, die sich die Haare färbten. Frauen, die Liebesgift auf Türklinken strichen, die viel zu reichlich kochten, die aus kurzer Distanz in das Zimmer eines Kindes schossen. Es war ein Theaterstück, und ich wußte, wie es ausging; ich wollte für keine der Rollen vorsprechen. Es war kein Spiel, kein beiläufiger Schauder. Es war russisches Roulette mit drei Kugeln.

Ich malte einen Spiegel auf die Wand gegenüber von Claires

Kommode, wo es keinen Spiegel gab, und in die rotgetönte Dunkelheit mein eigenes sprachloses Spiegelbild, mit langen, blassen Haaren, in dem karmesinroten Kleid, das zu tragen ich nie eine Gelegenheit bekommen hatte. Das Ich, das mit ihr gestorben war. Ich malte ein karmesinrotes Band um meinen Hals. Es sah aus, als sei meine Kehle aufgeschlitzt.

»Bist du lesbisch?« fragte Paul Trout mich.

Ich zuckte mit den Schultern. Vielleicht wäre das ja besser. Ich mußte daran denken, wie ich mich gefühlt hatte, als Olivia mit mir tanzte, als Claire mich auf den Mund küßte. Ich wußte es nicht. Menschen wollten bloß geliebt werden. Das war das Problem mit Worten, sie waren deutlich und eng begrenzt – Stuhl, Auge, Stein –, aber wenn man über seine Gefühle redete, waren sie zu unbeweglich; sie waren das eine, aber nicht das andere, sie konnten nicht alle Bedeutungen umfassen. Wenn man etwas zu erklären versuchte, ließen sie immer etwas außen vor. Ich dachte an die Liebhaber meiner Mutter, an Jeremy, Jesus und Mark, schmalhüftige junge Männer mit klaren Augen und Stimmen wie Satin auf der nackten Brust. Ich dachte daran, wie schön Claire gewesen war, wenn sie in ihrem Wohnzimmer Ballettübungen machte, Jeté, Pas de bourée; wic ich sie geliebt hatte. Ich sah ihn an. »Spielt es eine Rolle?«

»Spielt für dich irgendwas eine Rolle?«

»Das Überleben«, sagte ich, doch selbst das klang jetzt unwahr. »Nehme ich an.«

»Das ist nicht gerade viel.«

Ich malte einen Schmetterling in Claires Zimmer. Einen Schwalbenschwanz. Noch einen, einen Kohlweißling. »Weiter bin ich noch nicht gekommen.«

Wir gingen zusammen in der Grünanlage spazieren, nachdem sie ihm seine Privilegien wiedergegeben hatten. Die Mädchen nannten ihn »meinen Freund«, doch das war wieder nur ein Wort; es fing die Wahrheit nicht ganz ein. Paul Trout war der einzige Mensch, den ich dort kennenlernte, mit dem ich sprechen konnte. Er wollte mich später draußen wiedertreffen, fragte nach einer Adresse, einer Telefonnummer, irgendeiner Stelle, über die er mich erreichen könne, doch ich wußte nicht, wo ich landen würde, und meiner Mutter vertraute ich nicht, daß sie irgend etwas weiterschicken würde. Ich hatte ohnehin beschlossen, ihr meine nächste Adresse nicht zu geben. Ich wollte nichts mehr mit ihr zu tun haben. Er gab mir die Adresse eines Comic-Buchladens in Hollywood und sagte, daß er dort immer mal wieder vorbeischauen würde, ob etwas für ihn angekommen sei. »Du brauchst bloß ›Für Paul Trout aufbewahren‹ auf die Briefe zu schreiben.«

Ich war traurig, als er seine neue Unterbringung zugeteilt bekam, in einer Wohngruppe in Pomona. Seit der Zeit mit Davey war er der erste Junge, mit dem ich wirklich gern zusammengewesen war, der erste, der sich ungefähr vorstellen konnte, was ich durchgemacht hatte. Wir hatten uns gerade erst etwas besser kennengelernt, und jetzt war er schon wieder fort. Daran mußte ich mich gewöhnen. Jeder verließ einen früher oder später. Als Erinnerung schenkte er mir eine seiner Zeichnungen. Sie zeigte mich als Superheldin in einem engen weißen T-Shirt und zerrissenen Shorts; mein Körper war zweifellos Gegenstand ausgiebiger Beobachtung und intensiven Nachdenkens gewesen. Ich hatte gerade einen Biker-Bösewicht bezwungen, stemmte den Absatz meiner Doc-Martens-Stiefel auf seine blutige nackte Brust und hielt ein rauchendes Gewehr in der Hand. Ich hatte ihn genau durchs Herz geschossen. *Ich lasse mich von niemandem berühren,* stand in Druckbuchstaben über meinem Kopf.

Ein paar Tage nachdem Paul weg war, saß ich an einem orangefarbenen Picknicktisch draußen vor dem Wohnheim der Jungen und wartete auf mein Vorstellungsgespräch. Ich fuhr mir mit der Hand durch das kurzgeschorene Haar, ließ die Wintersonne meine Kopfhaut wärmen. Die Pflegefamilien sollten eigentlich keinen Schaufensterbummel machen, es sollte eher ein »Sich-Kennenlernen« sein, doch es war wie ein Vorsprechen, und jeder wußte es. Ich machte mir keine Sorgen. Ich wollte gar nicht bei einer Pflegefamilie untergebracht werden. Paul hatte recht; es gab noch viel Schlimmeres als Mac. Ich wollte mich nie wieder auf jemanden einlassen. Doch niemand durfte auf Dauer im Heim bleiben.

An einem Tisch unter den großen Pinien fand gerade ein weiteres Vorstellungsgespräch statt, ein Geschwisterpaar. Diese Gespräche waren immer das schlimmste. Der süße kleine Bruder saß auf dem Schoß der Frau, der ältere Bruder, nicht mehr so süß, pubertierend, mit sprießendem Bartflaum, stand etwas abseits zur Rechten, die Hände in die Taschen gesteckt. Sie wollten nur den kleinen. Der große Bruder versuchte sie davon zu überzeugen, wie verantwortungsbewußt er war, daß er helfen würde, auf den kleinen Kerl aufzupassen, den Müll wegbringen würde, den Rasen mähen … Ich konnte es kaum mit ansehen.

Ich hatte Dienstag mein erstes Vorstellungsgespräch gehabt. Bill und Ann Greenway aus Downey. Sie waren schon seit Jahren Pflegeeltern. Gerade war eine ihrer Pflegetöchter zu ihren leiblichen Eltern zurückgegangen. Sie hatten drei Jahre lang für sie gesorgt. Bill wischte sich den Mund mit dem Handrücken ab, während er es erzählte; Ann hielt mühsam die Tränen zurück. Ich starrte auf meine Schuhe hinunter, weiße Keds mit blauen Streifen an den Seiten und übergroßen Löchern für die Schnürsenkel. Wenigstens etwas, das für mich sprach: Ich würde kaum in absehbarer Zeit zu meiner Mutter zurückgehen.

Ich sagte nicht viel. Ich wollte sie noch nicht einmal ansehen. Ich hätte sie gern haben können. Sie waren mir schon sympathisch. Ihre Liebenswürdigkeit machte kleine saugende Geräusche in meine Richtung, wie Wasser in der Badewanne. Es wäre einfach, mit ihnen nach Hause zu gehen. Ich konnte ihr Haus vor mir sehen, hell und gemütlich, in einer Siedlung von hübschen, modernen Fertighäusern, vielleicht mit zwei Stockwerken. Fotos von Kindern auf den Tischen, ein altes Schaukelgerüst im Garten. Die fröhliche High School; selbst ihre Kirche klang einladend, niemand wurde dort fanatisch oder machte sich allzu viele

Sorgen um Sünde und Verdammnis. Ich wette, sie redeten ihren Pfarrer mit Vornamen an.

Ich hätte mit ihnen gehen können, mit Ann und Bill Greenway aus Downey. Bei ihnen hätte ich die Dinge vergessen. Alle Schmetterlinge wären davongeflogen. Gepreßte Wildblumen und Bach am Morgen, dunkles Haar auf dem Kissen, Perlen. »Aida« und Leonard Cohen, Mrs. Kromach und Wohnzimmer-Picknicks, Pâté und Kaviar. In Downey wäre es egal gewesen, ob ich Kandinsky kannte, Ypres und die französischen Bezeichnungen für die Ballettschritte. Ich hätte die schwarzen Nähte in der Haut vergessen, die Kugel aus der 38er, die den Knochen zertrümmert hatte, den Geruch nach neugebauten Häusern und das Aussehen meiner Mutter, als sie sie in Handschellen abführten, die merkwürdige Zärtlichkeit, mit der der stämmige Polizist ihr die Hand über den Kopf gehalten hatte, damit sie sich beim Einsteigen in den Streifenwagen nicht den Kopf stieß. Bei Ann und Bill Greenway aus Downey wären diese Dinge verblaßt, verschwunden. Amsterdam und Eduardos Hotel, Tee im Beverly Wilshire und Claire, wie sie dagestanden hatte, als dieser Penner an ihren Haaren roch. Nie wieder würde mich aus den Gesichtern der obdachlosen Kinder in den Hauseingängen am Sunset Boulevard mein eigenes Gesicht anblicken.

»Es wird dir bei uns gefallen, Astrid«, sagte Ann und legte die saubere weiße Hand auf meinen Arm.

Sie roch nach Jergens Handlotion, ein blasses, süßliches Rosa, nicht L'Air du Temps oder Ma Griffe oder die verschwiegenen Veilchen meiner Mutter, ein Duft, den man aus chemischen Gründen immer nur einen Augenblick lang riechen konnte. *Was magst du lieber, Estragon oder Thymian?* All das war ein Traum, den man nicht festhalten konnte; man konnte sich nicht von Milchglasvögeln und Debussy abhängig machen.

Ich sah Bill und Ann Downey an, ihre wohlmeinenden Gesichter, ihre robusten Schuhe; keine unangenehmen Fragen. Bills grauer Bürstenschnitt, sein silbernes Brillengestell, Anns pflegeleichte Kurzhaardauerwelle. Das war etwas Erreichbares, stabil, heimelig und unverwüstlich wie ein Sisalteppich. Ich hätte zugreifen sollen. Trotzdem merkte ich, wie ich mich von ihrer Hand freimachte.

Es war gar nicht so, daß ich ihnen nicht glaubte. Ich glaubte alles, was sie mir erzählten; sie waren eine Rettung, eine Lösung für meine wichtigsten Bedürfnisse. Doch ich erinnerte mich noch an einen Morgen vor Jahren in einer kastenartigen Kirche in Tujunga, an die Leuchtstofflampen, die angeschlagenen Klappstühle. Starr, betört wie eine Schlange, während Reverend Thomas die Natur der Verdammnis erklärte. Die Verdammten konnten gerettet werden, hatte er gesagt, jederzeit. Aber sie weigerten sich, ihre Sünden aufzugeben. Obwohl sie endlos litten, wollten sie sie nicht loslassen, noch nicht einmal für die Erlösung, für die vollkommene Liebe Gottes.

Damals hatte ich ihn nicht verstanden. Wenn die Sünder doch so unglücklich waren, weshalb zogen sie es vor zu leiden? Doch inzwischen wußte ich, wieso. Wer war ich schon ohne meine Wunden? Meine Narben waren mein Gesicht, meine Vergangenheit war mein Leben. Es war nicht so, daß ich nicht wußte, wohin einen all diese Erinnerungen brachten, all dieser Hunger nach Schönheit, überraschender Grausamkeit und überall lauerndem Verlust. Doch ich wußte, daß ich nie mit einem schwierigen persönlichen Problem zu Bill gehen würde, einem Jungen, der mich zu sehr mochte, einem Lehrer, der mich ungerechterweise gerügt hatte. Ich hatte schon mehr von der Welt gesehen, von ihrer Schönheit, ihrem Elend und ihren Überraschungen, als die beiden sich je vorstellen konnten.

Und ich wußte noch etwas: daß Menschen, die sich selbst oder ihre Herkunft verleugneten, in großer Gefahr waren. Sie waren Schlafwandler, die mit geschlossenen Augen über ein Drahtseil liefen und mit den Fingern in dünne Luft griffen. Deshalb ließ ich sie ziehen, stand auf und ging weg, wohl wissend, daß ich etwas aufgegeben hatte, das ich nie wieder bekommen würde. Nicht Ann und Bill Greenway, aber die Illusion, daß ich gerettet werden könnte, daß ich noch einmal von vorn anfangen könnte.

Daher saß ich nun wieder an dem Picknicktisch und wartete auf mein nächstes Vorstellungsgespräch. Ich sah sie auf mich zukommen, eine dürre Brünette mit dunkler Sonnenbrille, sie nahm eine Abkürzung über den nassen Rasen, bohrte ihre hohen Absätze in den gerade gewässerten Boden, völlig ungerührt, daß sie dadurch die Grasnarbe beschädigte. Ihre silbernen Ohrringe glitzerten in der Januarsonne wie Fischköder. Der Pullover rutschte ihr über eine Schulter herunter und enthüllte einen schwarzen BH-Träger. Sie verlor einen Schuh, die Erde saugte ihn ihr förmlich vom Fuß. Sie hüpfte auf einem Bein zurück und quetschte ihren nackten Fuß wütend hinein. Da wußte ich schon, daß ich mit ihr gehen würde.

23

Sie hieß Rena Grushenka. Eine Woche später holte sie mich in ihrem weißgetünchten Econoline Van ab. Auf dem Heckfenster klebte ein »Grateful Dead«-Sticker; ein Blitz teilte den halb roten, halb blauen Totenschädel wie ein schwerer Kopfschmerz in der Mitte. Es war kalt und regnerisch, der Himmel eine einzige trübgraue Wolke. Es gefiel mir, wie sie auf dem Parkplatz die Reifen quietschen ließ. Als die Mauer und der Stacheldrahtzaun von Mac aus meinem Blickfeld verschwanden, versuchte ich, nicht allzuviel darüber nachzudenken, was vor mir lag. Auf der Suche nach der Auffahrt zum Freeway irrten wir durch unübersichtliche Vorstadtstraßen, und ich bemühte mich, mir den Weg zu merken, den ich entlanggekommen war – das weiße Haus mit dem Taubenschlag, die grünen Fensterläden, der Briefkasten, eine orientalisch anmutende Mauer mit Regenspuren. Zwischen hohen Stahlmasten erstreckten sich Hochspannungsdrähte wie Riesen, die ein langes Springseil hielten.

Rena zündete sich eine schwarze Zigarette an und bot mir ebenfalls eine an. »Russische Sobranie. Beste auf Welt.«

Ich nahm die Zigarette, zündete sie mit Renas Wegwerffeuerzeug an und betrachtete meine neue Mutter. Ihr pechschwarzes, struppiges Haar war ein Loch im kohlegrauen Nachmittag. Ein spitzer Busen, eingezwängt in eine tief ausgeschnittene Corsage, darüber ein schwarzer Häkelpulli, der bis zum vierten Knopf geöffnet war. Ihre Traumfänger-Ohrringe hingen ihr bis auf die Schultern herunter; ich konnte mir nur schwerlich vorstellen, welche Träume darin hausten. Als sie den Freeway gefunden hatte, legte sie eine Kassette ein, eine alte Aufnahme von Elton

John. »Like a candle in the wind«, sang sie mit tiefer, kehliger Stimme, gewürzt mit weichen russischen Konsonanten. Ihre schmuddligen, über und über beringten Hände mit abgebrochenen roten Fingernägeln hielten das große Lenkrad fest.

Plötzlich füllten Schmetterlinge die Fahrerkabine des Van – Schwalbenschwänze, Monarchfalter, Pfauenaugen, Kohlweißlinge –, die flatternden Flügel meiner zu zahlreichen Gefühle, zu zahlreichen Erinnerungen; ich begriff nicht, wie Rena beim Schlagen ihrer dünnen Flügel noch durch die Windschutzscheibe sehen konnte.

Es dauert nicht mal mehr ein Jahr, sagte ich mir. Achtzehn und tschüs! Ich würde den Abschluß an der High School machen, mir einen Job suchen, dann würde mein Leben mir gehören. Das hier war nur ein Ort, an dem ich mietfrei wohnen konnte, bis ich mich entschieden hatte, was der nächste Schritt sein würde. Das College konnte ich vergessen, das war nicht für mich bestimmt; da brauchte ich mir gar nichts mehr vorzumachen. Ich hatte nicht vor, mich noch einmal enttäuschen zu lassen. *Ich lasse mich von niemandem berühren.* Klipp und klar.

Ich konzentrierte mich auf die Umrisse der Downtown-Wolkenkratzer, die im Dunst sichtbar wurden, die Spitzen in den Wolken wie ein halb erinnerter Traum. Wir bogen auf den Freeway 5 Richtung Norden ab, fuhren an den Bahngleisen vorbei um die Innenstadt herum, vorbei am County Hospital und den Lagerhäusern bei der Brauerei, in denen Künstler ihre Studios hatten. Dort waren meine Mutter und ich auf Partys gewesen; es schien eine Ewigkeit her zu sein, so lange, daß es mir vorkam wie die Erinnerung eines anderen Menschen, wie ein Lied, das ich mal irgendwann im Traum gehört hatte.

Rena fuhr am Stadium Way vom Freeway herunter. Hier gab es keine Häuser mehr, nur Laubgestrüpp und Beton. Wir fuhren eine Weile parallel neben der 5 her, dann durch eine Unterführung unter dem Freeway in ein kleines Wohnviertel, das wie eine Insel unter dem Meeresspiegel lag. Zu unserer Linken ragte der Freeway wie eine Wand auf, zur Rechten glitt eine Sackgasse nach der anderen an der regenverschmierten Scheibe vorbei. In den Vorgärten türmte sich Sperrmüll, nasse Wäsche hing auf Leinen und über Zäunen vor den spanischen Häuschen und winzigen Craftsman-Bungalows mit vergitterten Fenstern. Ich sah Blumentöpfe, die an Schnüren aus Makramé an den Veranden hingen, Kinderspielzeug in lehmigen Vorgärten und riesige Oleander. »Frogtown« kündigte ein Graffiti an.

Wir hielten vor einem bedrückenden schokoladenbraunen Bungalow im spanischen Stil mit schweren Stuckverzierungen, dunklen Fenstern und einem zerrupften, mit Maschendraht umzäunten Rasen. Die Nachbarn zur Linken hatten in ihrer Auffahrt ein Boot stehen, das größer war als ihr ganzes Haus. Zur Rechten lag ein Installateurbetrieb. Genau hier gehörte ich hin, ein Mädchen, das der einzig guten Sache in ihrem Leben den Rücken gekehrt hatte.

»Zu Hause ist am schönsten«, sagte Rena Grushenka. Ich hatte keine Ahnung, ob sie das ironisch meinte oder nicht.

Sie half mir nicht, meine Sachen hineinzutragen. Ich nahm die wichtigsten Tüten – mein Malzubehör, das Dürer-Kaninchen, in dessen Rahmen ich Rons Geld versteckt hatte – und folgte ihr über den rissigen Weg auf die splitternde Holzveranda. Kaum hatte Rena die Tür geöffnet, schoß eine weiße Katze an ihr vorbei ins Haus. »Sascha, böser Bube«, sagte sie. »War draußen ficken.«

Ich brauchte einen Moment, bis sich meine Augen an die Dunkelheit in dem kleinen Haus gewöhnt hatten. Möbel, war mein erster Eindruck, jede Menge Möbel, die wild durcheinanderstanden wie in einem Trödelladen. Zu viele Lampen, keine davon brannte. Ein dunkelhaariges dralles Mädchen lag auf einer grün gemusterten Samtcouch und schaute Fernsehen. Sie schubste die weiße Katze weg, als sie auf ihren Schoß sprang. Sie sah mich an, schien nicht besonders beeindruckt und wandte sich wieder ihrem Fernsehprogramm zu.

»Yvonne«, sagte Rena. »Hat mehr Sachen. Du helfen.«

»Mach doch selbst«, sagte Yvonne.

»He, was ich dir sage? Faule Kuh!«

»*Chingao*, das mußt du grade sagen!« Doch sie wuchtete sich von der durchgesessenen Couch hoch, und da sah ich, daß sie schwanger war. Ihre dunklen Augen unter den dünnen, halbmondförmig gezupften Brauen begegneten meinen. »Schon mal am falschen Platz gewesen?«

Rena schnaubte. »Was du meinst, ist richtige Platz? Sag's mir, und alle gehen wir hin.«

Das Mädchen zeigte ihr den Stinkefinger, holte ein Sweatshirt von dem altmodischen Garderobenständer und zog sich träge die Kapuze über das Haar. »Na los.«

Wir gingen nach draußen in den Regen, der mittlerweile nur noch ein feines Tröpfeln war; sie nahm zwei Plastiktüten, ich zwei weitere. »Ich bin Astrid«, sagte ich.

»So?«

Wir schleppten die Sachen in ein Zimmer am Ende des Flurs, gegenüber der Küche. Zwei ungemachte Betten. »Das da ist deins«, sagte Yvonne und ließ meine Tüten darauf fallen. »Laß bloß die Finger von meinen Sachen, oder ich bring' dich um!« Sie drehte sich um und ließ mich allein.

Die Unordnung im Zimmer suchte ihresgleichen. Kleidungsstücke lagen auf dem Bett, der Kommode, stapelten sich an den Wänden und quollen aus dem geöffneten Schrank hervor. Ich hatte noch nie so viel Kleidung auf einem Haufen gesehen. Und Frisurenzeitschriften, zerlesene Foto-Love-Stories. Über ihr Bett hatte Yvonne ein paar herausgerissene Zeitschriftenfotos gehängt: Mädchen und Jungen, die Händchen hielten oder ohne Sattel am Strand entlangritten. Auf der Kommode bewachte ein chinesisches Papp-Pferd, geschmückt mit seidigen roten Fransen und einem Halfter aus Goldfolie, ein grellgelbes Transistorradio, einen Schminkkasten mit zwanzig verschiedenen Lidschatten und ein Bild von einem jungen Fernsehschauspieler in einem Zwei-Dollar-Bilderrahmen.

Ich sammelte den Kram auf meinem Bett zusammen – ein nasses Handtuch, einen Overall, ein rosa Sweatshirt, einen dreckigen Teller – und überlegte, was wohl weniger Anstoß erregen würde: die Sachen auf den Boden oder auf das andere Bett zu werfen. Auf den Boden, entschied ich dann. In der Kommode hatte sie allerdings zwei Schubladen freigeräumt und mir auch ein halbes Dutzend leere Bügel im Schrank gelassen.

Ich räumte meine Kleider in ordentlichen Stapeln in die Schubladen, hängte die besten Teile auf, machte das Bett. Für den Rest war kein Platz. *Laß bloß die Finger von meinen Sachen*, hatte sie mich gewarnt. Genau das gleiche hatte ich auch einmal gesagt. Ich mußte an mein Zimmer bei Claire denken, daran, wie ich es zum ersten Mal gesehen und mich gefragt hatte, wie ich es je füllen könnte. Sie hatte mir zuviel gegeben; ich konnte es gar nicht halten. Ich hatte das hier verdient. Ich räumte die übrigen Sachen in die Plastiktüten und schob sie unter den Metallrahmen des altmodischen Bettes, all meine Artefakte. All die Personen, die ich gewesen war. Es war ein richtiger Friedhof da unten. Ich hängte den Cartoon, den Paul Trout gezeichnet hatte, über meinem Bett auf. *Ich lasse mich von niemandem berühren.* Ich fragte mich, wo er gerade war und ob ich je wieder etwas von ihm hören würde. Ob ihn eines Tages jemand lieben würde, ihm zeigen würde, was wirkliche Schönheit ist?

Nachdem ich ausgepackt hatte, ging ich durch den schmalen Flur in die Küche, wo Rena mit einem anderen Mädchen saß, das ihr dunkles Haar magentarot gefärbt hatte. Beide hatten eine geöffnete Flasche Heineken vor sich stehen und teilten sich einen schmuddligen Glasaschenbecher. Überall auf den Ablagen türmte sich schmutziges Geschirr und der Verpackungsmüll von Take-away-Mahlzeiten. »Astrid, das ist andere Mädchen. Niki.« Rena drehte sich zu dem Mädchen mit den magenta gefärbten Haaren.

Das Mädchen taxierte mich genauer als die Schwangere. Braune Augen musterten mich, klopften mich ab, prüften meine Kleidung. »Wer hat dich denn verprügelt?«

Ich zuckte mit den Schultern. »Ein paar Mädchen bei Mac. Es verschwindet schon wieder.«

Niki lehnte sich in den nicht zur Einrichtung passenden Eßzimmerstuhl zurück, die dünnen Arme hinter dem Kopf verschränkt. »Die schwarzen Girls können es gar nicht leiden, wenn weiße Mädels mit ihren Männern rummachen.« Sie legte den Kopf zurück, um einen Schluck aus der Bierflasche zu trinken, behielt mich dabei jedoch weiter im Auge. »Haben die dir auch den Haarschnitt verpaßt?«

»Was, bist du von Hawaii 5-0?« sagte Rena. »Laß sie in Ruhe.« Sie stand auf und fischte eine neue Bierflasche aus dem lädierten Eisschrank, der mit Stickern von Rockbands vollgeklebt war. Ein Blick ins Innere zeigte wenig Verlockendes. Bier, Take-away-Verpackungen, ein paar Aufschnittreste. Rena hielt eine Bierflasche hoch. »Du willst eins?«

Ich nahm es an. Jetzt war ich hier. Hier tranken wir Bier und rauchten schwarze Zigaretten. Ich fragte mich, was wir in der Ripple Street sonst noch alles machten.

Rena suchte die Küchenschränke nach etwas ab, öffnete die angeschlagenen gelblichen Türen und schlug sie wieder zu. Es gab nichts bis auf ein paar verstaubte alte Kochtöpfe und einzelne Gläser und Teller. »Du essen Chips, die ich gekauft?«

»Yvonne«, sagte Niki und trank ihr Bier.

»Ißt sich für zwei!« sagte Rena.

Niki und Rena fuhren im Van irgendwohin. Yvonne schlief, auf der Seite liegend, auf der Couch und lutschte am Daumen. Die weiße Katze hatte es sich an ihrem Rücken bequem gemacht. Auf dem Tisch lag eine leere Packung Doritos Chips. Der Fernseher lief immer noch, die Lokalnachrichten. Ein Hubschrauberabsturz auf der 10. Weinende Menschen, Reporter, die sie auf dem Randstreifen des Freeway interviewten. Blut und Verwirrung.

Ich trat auf die Veranda hinaus. Es hatte aufgehört zu regnen, die Erde roch feucht und grün. Zwei Mädchen in meinem Alter gingen mit ihren Kindern am Haus vorbei, ein Kind auf dem Dreirad, das andere in einem altmodischen rosa Kinderwagen. Sie starrten mich ausdruckslos unter ihren gezupften Augenbrauen an. Ein hellblauer Straßenkreuzer aus den Sechzigern, wahrscheinlich der ganze Stolz von irgend jemandem, ein

Schmuckstück aus glänzendem Chrom und weißen Polstern, röhrte mit tiefem Motorengeräusch vorbei, und wir sahen ihm nach, wie er die Steigung der Ripple Street hochfuhr.

Im Westen rissen die Wolken auf, und Sonnenstrahlen tauchten die fernen Hügel in goldenes Licht. Hier unten war die Straße schon dunkel. Es würde hier früh dunkel werden, denn der Hügel auf der anderen Seite des Freeway hielt das Licht ab, doch am oberen Ende der Straße und auf den Hügeln schien noch die Sonne und ließ die Kuppeln des Observatoriums glänzen, das auf dem Berggrat emporragte wie eine Kathedrale.

Ich ging in Richtung des Sonnenlichts, vorbei an Gewerbebetrieben und kleinen Häusern, die Kinderbetreuung anboten. Zweistöckige Apartmenthäuser mit Holztreppen, Bananenstauden und Mais im Garten; die Großbäckerei Dolly Madison. Ein Elektrogeschäft. Ein Verleih für Filmrequisiten; Jacks Cadillacs, auf dem umzäunten Parkplatz stand ein historischer Planwagen. An der Ecke, wo der Fletcher Drive den Fluß überquert, eine Mazda-Reparaturwerkstatt.

Von der Brücke öffnete sich der Blick auf den Fluß, der, ins letzte Sonnenlicht getaucht wie ein Geschenk, zwischen den eingedellten grauen Wolken entlangströmte. Der Fluß lief unter der Straße her in Richtung Long Beach. Ich stützte die Arme auf die feuchte Betonbrüstung und blickte nach Norden auf die Hügel und den Park. Das Wasser floß durch sein breites Betonbett, der Grund war bedeckt mit jahrzehntealten Schlammablagerungen, Felsen und Bäumen. Er kehrte in seinen ursprünglichen wilden Zustand zurück, trotz des betonierten, massiven Ufers. Ein geheimnisvoller Fluß. Ein großer weißer Vogel fischte, auf einem Bein stehend, zwischen den Felsen, wie auf einem japanischen Holzschnitt. Fünfzig Ansichten des Los Angeles River.

Eine Hupe erklang, und aus einem Autofenster rief ein Mann: »Hey, Süße! Zeig mir mehr von deinem Knackarsch!« Doch es war halb so wild, auf der Brücke konnte sowieso niemand anhalten. Ich fragte mich, ob Claire irgendwo hier war, ob sie mich sehen konnte. Ich wünschte, sie könnte diesen Kranich sehen, den Grund des Flusses. Es war schön, und ich hatte es eigentlich nicht verdient, doch trotzdem hielt ich mein Gesicht in die letzten goldenen Sonnenstrahlen.

Am nächsten Tag weckte Rena uns vor dem Morgengrauen. Ich hatte gerade geträumt, daß ich ertrank, bei einem Schiffsunglück im Nordatlantik; es war also ganz gut, daß ich aufwachte. Das Zimmer war noch dunkel und eiskalt. »Ihr Arbeiter der Welt, erhebt euch!« rief Rena und vertrieb unsere Träume mit dem Rauch ihrer schwarzen Zigarette. »Gibt nix zu verlieren, außer Visacard, Happy Meal, Always Ultra.« Sie schaltete das Licht an.

Yvonne in dem anderen Bett stöhnte, hob einen Schuh auf und warf ihn halbherzig nach Rena. »Scheißdonnerstag.«

Während wir uns anzogen, kehrten wir einander den Rücken zu. Yvonnes schwere Brüste und ausladende Oberschenkel waren verblüffend schön. Ich sah Matisse in ihren Umrissen, ich sah Renoir. Sie war erst so alt wie ich, doch verglichen mit ihr hatte ich den Körper eines Kindes.

»Ich werd' diese *puta* noch bei der Einwanderungsbehörde anzeigen. Die sollen sie mit einem Arschtritt nach Rußland zurückbefördern!« Sie kramte in dem Kleiderhaufen herum, zog einen Rollkragenpulli heraus, roch daran und warf ihn dann wieder zurück. Ich stolperte durch den Flur, um mir das Gesicht zu waschen und die Zähne zu putzen. Als ich aus dem Bad kam, war sie schon in der Küche, goß Kaffee in eine angeschlagene Thermoskanne und stopfte Salzcracker in eine Tüte.

In der kalten Dunkelheit stiegen weiße Dampfwolken aus dem Auspuff des holzverkleideten Van, geisterhaft in seiner weißen Farbe, die die graue Spachtelmasse darunter nicht ganz verbergen konnte. Rena Grushenka saß auf dem breiten Fahrersitz, die Beine hochgelegt, rauchte eine schwarze Sobranie mit Goldspitze und schlürfte Kaffee aus einem Kunststoffbecher von Winchell's Donut Shop. Auf dem Tapedeck liefen die Rolling Stones. Ihre hochhackigen Stiefel klopften im Takt gegen das Armaturenbrett.

Yvonne und ich stiegen hinten ein und schlossen die Türen.

Es war dunkel und roch nach vergammelten Teppichfliesen. Wir kauerten uns auf dem herausgerissenen Autositz an der Rückwand des Laderaums aneinander. Niki stieg vorne ein, und Rena fuhrwerkte am Hebel der Lenkradschaltung herum. »Schönen Gruß ans Getriebe!« Niki zündete sich eine Marlboro an, hustete feucht und spuckte aus dem Fenster.

»Ich hab' extra wegen dem Baby mit dem Rauchen aufgehört, aber das bringt ja hier gar nichts!« sagte Yvonne.

Rena fand den ersten Gang, und wir rollten in die Stille der Ripple Street hinaus. Das orangefarbene Licht der Straßenlaternen erhellte das ruhige Viertel, die Luft roch nach Karamel und Vanille von der Nachtschicht in der Großbäckerei Dolly Madison. Ich konnte die LKWs vor den Laderampen einparken hören, während wir vom Fluß aufwärts fuhren. Ein tiefes Hupen aus einem LKW erklang, und Rena warf ihr zotteliges braunes Haar zurück. Selbst um fünf Uhr früh war ihr Hemd schon aufgeknöpft, ihr Busen wurde von einem Push-Bra in die Höhe gedrückt. Sie sang mit ihrer rauchigen Altstimme zur Musik von der Kassette: »Some girls give me diamonds, some girls heart attacks ...« Ihre Jagger-Imitation war beeindruckend.

Wir bogen nach links auf den Fletcher Drive ab, vorbei an der Mazda-Reparaturwerkstatt und dem Star-Strip-Club, unser Van klapperte wie eine Blechbüchse durch die feuchte Dunkelheit. Wir fuhren unter der 5 hindurch und überquerten den Riverside Drive, wo es stark nach Hamburgern von Rick's roch. Am Astro Coffeeshop bog sie links ab. Auf dem Parkplatz des Coffeeshop standen zahlreiche Polizeiautos. Sie spuckte dreimal aus dem Fenster, während wir daran vorbeifuhren.

Dann fuhren wir bergauf in ein Viertel mit schmalen, steilen Straßen. Wand an Wand drängten sich die Häuser an den Berg, stuckverzierte Zweifamilienhäuser, nichtssagende quadratische Kästen, ab und zu ein älteres Haus im spanischen Stil. Treppen auf der zum Berg gelegenen Seite, Carports auf der talwärts gelegenen. Ich kniete mich zwischen die Vordersitze, um besser rausschauen zu können. Von hier aus konnte ich das ganze Flußtal sehen, die Scheinwerfer der Autos auf der 5 und der 2, die schlafenden, mit Lichtern gepunkteten Hügel von Glassell Park und Elysian Heights. Leere Grundstücke, dicht bewachsen mit wildem Fenchel, der in der feuchten Dunkelheit nach Lakritz roch. Der Geruch verband sich mit dem Moder aus dem Van, den Zigaretten und dem Gestank nach Alkoholresten. Rena schnippte ihre Zigarette aus dem Fenster.

Yvonne knipste die Innenbeleuchtung an und blätterte in einem von Feuchtigkeit gewellten Seventeen-Heft. Das blonde Mädchen auf dem Titelbild lächelte tapfer, obwohl es offensichtlich bestürzt war, sich in einer solchen Umgebung wiederzufinden. Ich schaute ihr über die Schulter in das Heft. Ich hatte noch nie verstehen können, wo sie all diese fröhlichen, pickelfreien Teens fanden. Yvonne hielt bei einem Foto von einem Mädchen und einem Jungen inne, die ohne Sattel auf einem fetten Pferd am Strand entlangritten. »Bist du schon mal geritten?«

»Nein. Aber ich bin mal auf der Pferderennbahn gewesen.« Medeas Stolz bei fünf zu eins. Seine Hand auf ihrer Taille. »Und du?«

»Ich war mal auf der Ponyreitbahn im Griffith Park«, sagte Yvonne.

»Da!« rief Rena plötzlich und zeigte nach draußen.

Vor einem grauen, strukturverputzten Haus standen schwarze Plastiksäcke neben den Mülleimern. Rena hielt an, und Niki sprang aus dem Auto und schlitzte den Verschluß des einen Sackes mit dem Taschenmesser auf. »Kleidung.« Sie und Yvonne reichten mir die Säcke in den Laderaum hoch. Sie waren schwerer, als ich gedacht hatte; wahrscheinlich waren unten drunter noch Haushaltsgeräte. Yvonne hob sie ganz einfach hoch; sie war so stark wie ein Mann. Niki schwang die Säcke mit einer geübten Bewegung nach oben.

»Ich bin so was von müde!« sagte Yvonne, als wir weiterfuhren. »Ich hasse mein Leben!« Sie füllte die Kaffeetasse, trank sie in einem Zug aus, füllte sie dann noch einmal und reichte sie mir. Es war Instantkaffee, heiß und zu stark.

Rena hinter dem Steuer zog an ihrer Zigarette; sie hielt sie wie einen Bleistift. »Ich dir gesagt, du sollst wegmachen. Wofür du brauchst Baby? Dumme Kuh!«

Rena Grushenka. Rockmusik und Schimpfwörter, die beide schon zwanzig Jahre aus der Mode waren, preiswerter Stoli Wodka aus dem Discountmarkt Bargain Circus. Sie richtete ihre geübten schwarzen Elsternaugen auf den Bordstein mit seinen ordentlich aufgereihten Mülleimern und Recycling-Tonnen. Mit diesen Augen konnte sie in der Dunkelheit sehen. An diesem Morgen trug sie eine Halskette aus silbernen Milagros, Votivanhängern, die Arme, Hände und Beine darstellten. Eigentlich sollte man sie während des Gebets an die Samtröcke der Heiligen Jungfrau heften, doch für Rena waren sie bloß schmückendes Beiwerk.

»He, ihr Rübenfresser!« rief sie aus dem Fenster, während wir uns an einem alten, in zweiter Reihe geparkten Cadillac vorbeiquetschten. Die Fahrer, ein mexikanisches Paar, leerten gerade die Recycling-Tonne von irgend jemandem aus. Ihr Kofferraum und Rücksitz waren prall gefüllt mit leeren Flaschen und Säcken voller alter Konservendosen. *»Dobro utro, kulaks.«* Sie lachte mit weit geöffnetem Mund, ihre Goldfüllungen glitzerten.

Die Mexikaner starrten uns ausdruckslos an, während wir vorbeiklapperten.

Rena stimmte mit ihrem schweren Akzent in Micks Gesang ein, klopfte im Takt mit der Innenseite ihres Ringes gegen das blaue Steuer und reckte ihren Hals vor und zurück wie ein Huhn. Sie hatte eine tiefe Stimme und ein gutes Gehör.

Niki gähnte und reckte sich auf dem Beifahrersitz. »Einer muß mich nachher bei der Arbeit vorbeifahren, ich muß noch meinen Pick-up abholen. Gestern hat Werner mich mit zu sich nach Hause genommen.« Sie grinste und zeigte dabei ihre schiefen Vorderzähne.

Rena schlürfte aus ihrem Winchell-Kaffeebecher. »Die Knackwurst.«

»Viermal hat er's gemacht«, sagte Niki. »Ich kann kaum noch laufen.« Werner, angeblich ein deutscher Rockmusik-Promoter, kam immer auf ein Bier in die Bavarian Gardens, wo Niki drei Abende in der Woche arbeitete, obwohl sie noch nicht einundzwanzig war. Einer von Renas Freunden hatte ihr einen gefälschten Personalausweis besorgt.

»Du mußt mitbringen Knackwurst. Ich muß kennenlernen.«

»Das hättste wohl gern!« sagte Niki. »Der brauch' euch Zicken doch bloß einmal anzugucken und sitzt gleich wieder im ersten Flugzeug zurück nach Frankfurt!«

»Du hast ja bloß Angst, daß er rauskriegt, daß du in Wahrheit ein Mann bist«, sagte Yvonne.

Ihre Unterhaltung plätscherte weiter so dahin, unablässig wie Wellen. Ich stützte mich mit den Unterarmen auf die blaue, verrostete Ablage zwischen den Vordersitzen. Vor mir lag eine Müllcollage: leere schwarze Sobranie-Schachteln, spanische Flugblätter, eine kleine Bürste voller schwarzer Haare, ein Schlüsselring mit einer kleinen blauen Gummibörse als Anhänger, die Sorte, die man an den Seiten drückt und die sich dann in der Mitte öffnet wie ein Mund. Ich spielte damit herum und ließ die Börse zur Musik aus dem Tapedeck singen.

Der Sonnenaufgang am östlichen Horizont sah aus wie ein Bild in Wischtechnik: grauweiße Wolken in gedämpfter, verriebener Pastellkreide, der Himmel mit einem Schwamm getupft. Die von Menschen geschaffenen Formen der Landschaft schienen in den Hintergrund zu treten, die Verschiebebahnhöfe, der Freeway, die Häuser und Straßen, bis nur noch blaue Hügel übrigblieben, von hinten durch das Licht der Morgendämmerung angestrahlt, das sich rot über dem Bergkamm erhob. Es war die Szenerie für einen Westernfilm. Fast konnte ich die Arme des riesigen Saguarokaktus sehen, den vorbeihuschenden Kojoten und den jungen Fuchs. Das Große Becken, das Tal des Rauches. Ich hielt den Atem an. Ich wünschte, es könnte immer so sein: keine Menschen, keine Stadt, nur die aufgehende Sonne und die blauen Hügel.

Doch die Sonne stieg über die Hügelkuppe, brachte die 2 und die 5 wieder zurück, den frühmorgendlichen Verkehr Richtung

Innenstadt, die LKW-Fahrer, die Richtung Bakersfield fuhren und dabei an Pfannkuchen dachten, und uns in unserem Van am Sperrmülltag.

Wir sichteten weiter das städtische Treibgut, bargen ein Weinregal und ein paar beschädigte Korbstühle. Wir nahmen ein Laufgestell aus Aluminium an Bord, eine Kiste verstaubter Bücher und eine volle Recycling-Tonne mit leeren Bierflaschen Marke Rolling Rock, die den modrigen Geruch im Laderaum noch verstärkten. Ich sicherte mir ein Buch über Buddhismus und eins, das »Meine Antonia« hieß.

Mir gefielen die gewundenen Straßen und die Bougainvillea-Flecken auf den Hügeln, die langen Treppenaufgänge. Wir fuhren an dem Haus vorbei, in dem Anaïs Nin gelebt hatte, und niemand war da, dem ich es hätte zeigen können. Meine Mutter war früher gern an den Häusern vorbeigefahren, in denen berühmte Schriftsteller gelebt hatten: Henry Miller, Thomas Mann, Isherwood, Huxley. Ich konnte mich noch gut an diese besondere Ansicht des Sees erinnern, an den chinesischen Briefkasten. Wir hatten all ihre Bücher besessen. Mir hatten die Titel gefallen – »Leitern ins Feuer«, »Haus des Inzests« – und ihr Gesicht auf dem Umschlag, ihre falschen Wimpern, ihr aufgedrehtes Märchenbuchhaar. Es gab ein Bild von ihr, auf dem sie den Kopf in einen Vogelkäfig steckte. Doch wen interessierte das jetzt überhaupt noch?

Wir hielten an, um Doughnuts zu kaufen, und scheuchten dabei einen Schwarm Tauben vom Parkplatz auf, die sich in einem großen flatternden Rad aus dunklen und hellen Grautönen erhoben, die schale Morgensonne auf den Flügeln. Die Frische des Morgens verschwand schon wieder aus der Luft. Yvonne blieb im Auto sitzen und las in ihrer Zeitschrift. Das Mädchen hinter der Theke bei Winchell's rieb sich den Schlaf aus den Augen, als Rena, Niki und ich den Laden betraten. Rena beugte sich in ihren kirschroten Hosen über die Glasvitrine und gab den Obdachlosen und den Psychos aus dem nahe gelegenen Männerwohnheim eine Gratisdemonstration ihres Busens und Pos und stellte grausam zur Schau, was die Männer doch nicht bekommen konnten. Ich mußte unweigerlich an Claire denken, daran, wie der Penner an ihrem Haar gerochen hatte. Wir bestellten unsere Doughnuts: mit Marmelade und Pudding gefüllt und glasiert. Rena ließ das Mädchen ihren Kaffeebecher nachfüllen.

Draußen vor der Tür hockte ein Mann und hielt ein Tablett mit Marienkäfern in durchsichtigen Plastikkugeln vor sich.

»Marienkäfer«, rief er, halb singend. »Mariiienkäfer.«

Er war klein und drahtig, von unbestimmbarem Alter, das Gesicht wettergegerbt, der schwarze Bart und der lange Pferdeschwanz von grauen Strähnen durchzogen. Im Gegensatz zu den meisten anderen Obdachlosen schien er weder betrunken noch verrückt zu sein.

Rena und Niki ignorierten ihn, doch ich blieb stehen, um die roten Pünktchen zu betrachten, die in der Plastikkugel umherkrabbelten. Was schadete es schon, höflich zu sein? Im übrigen hatte ich noch nie gesehen, daß jemand berufsmäßig Marienkäfer verkaufte.

»Sie fressen die Blattläuse in Ihrem Garten«, sagte er.

»Wir haben keinen Garten«, entgegnete ich.

Er lächelte. Seine Zähne waren zwar grau, aber nicht verfault. »Nehmen Sie trotzdem eine Kugel. Sie bringen Glück.«

Ich gab ihm einen Dollar, und er überreichte mir die Marienkäfer in ihrer Plastikkugel, die Sorte, die es sonst, mit Ringen und Plastikfigürchen gefüllt, im Kaugummiautomaten gab.

Im Van machten wir eine Pause mit unseren warmen Doughnuts und dem Kaffee. Zuckerkrümel fielen auf unsere Kleider. Das Schlimmste an der Ripple Street war das Essen. Wir ließen jeden Abend irgend etwas aus einem Take-away-Restaurant kommen. Bei Rena kochte niemand. Sie besaß noch nicht mal ein Rezeptbuch. Ihre verbeulten Recycling-Tonnen waren mit einer dicken Staubschicht überzogen. Vier Frauen in einem Haus, und keine wußte, wie man irgend etwas kochte, keine hatte überhaupt Lust dazu. Wir riefen lieber bei Tiny Thai an. Für Leute, die anhielten, um leere Bierflaschen einzusammeln, schmissen wir das Geld nur so aus dem Fenster.

Während wir auf die andere Seite des Sees fuhren, drehte ich meine Plastikkugel langsam hin und her und schaute mir an, wie die Marienkäfer rannten, um aufrecht zu bleiben. Sie waren gesünder, als man meinen sollte. An diesem Morgen gefangen. Ich stellte mir vor, wie der Marienkäfermann mit seinen geduldigen blauen Augen den taubedeckten Fenchel nach roten Punkten absuchte.

Wirf ihn wieder zurück, hatte Claire gesagt. *Er ist so lebendig*.

Aber sie brachten Glück, das hatte zumindest der Marienkäfermann gesagt.

Zwischen den Vordersitzen hindurch sah ich den Silver Lake, der, eingebettet in sein Nest aus Hügeln, den wolkenlosen Himmel spiegelte. Er erinnerte mich an einen Ort in der Schweiz, an dem ich mal mit meiner Mutter gewesen war. Ein Berg fiel steil in den See hinab, am Abhang lag die Stadt. Es gab Kamelien und Palmen und hohe, schmale Fensterläden, und es hatte angefangen zu schneien, während wir zu Mittag aßen. Schnee auf rosa Kamelien.

Jetzt waren wir auf der besseren Seite des Sees. Der Morgen duftete süßlich nach den großen Johannisbrotbäumen. Sehnsüchtig betrachteten wir die großen Häuser – spanischer Stil, Cape Cod, New Orleans – und malten uns aus, wie es wäre, so wirklich zu sein. »Das da ist meins«, sagte Yvonne und zeigte auf ein Haus im Tudorstil mit einer Auffahrt aus roten Klinkern. Niki gefiel ein modernes, ganz aus Glas; an den Decken konnte man Lampen im Stil der fünfziger Jahre und ein Mobile von Calder sehen. »Ich will kein bißchen Trödel in meinem Haus haben«, sagte sie. »Ich will es ganz kahl. Chrom und schwarzes Leder.«

Während wir über die Serpentinenstraße den Hügel hochfuhren, kamen wir an einem Haus vorbei, in dem jemand vor der Arbeit Klavier übte. Es war ein Haus im spanischen Stil, weiß mit einem roten Ziegeldach; im winzigen Vorgarten hinter dem schmiedeeisernen Zaun stand eine Lebenseiche. Es sah so sicher aus; etwas, das die Schönheit festhalten konnte, wie ein forellenglitzerndes Flußbecken.

Rena merkte, wie ich es betrachtete, während wir vorbeifuhren. »Du denkst, die haben keine Problem?« sagte sie. »Jeder hat Problem. Ihr habt mich, die haben Versicherung, Haus bezahlen, Hämorrhoiden.« Sie grinste und enthüllte die Lücke zwischen ihren Vorderzähnen. »Wir sind die freien Vögel. Die wollen sein wie wir.«

Wir hielten vor einem Haus weiter oben auf dem Hügel; sie hatten Sperrmüll am Bordstein stehen. Ich sprang aus dem Auto, holte das Babygitter, den Hochstuhl mit blauen, essenbespritzten Polstern, den Laufstall und den Wippstuhl. Yvonnes Augen verdunkelten sich, als sie sah, was ich ihr anreichte. Ihre rote Gesichtsfarbe verblich zu beige; sie preßte die Lippen aufeinander. Sie griff den Stuhl und warf ihn unnötig heftig in den Laderaum.

Als wir weiterfuhren, rollte sie sich auf dem Autositz zusammen, nahm ihr Seventeen-Heft und blätterte mit zitternden Fingern die Seiten um. Sie klappte das Heft zusammen und starrte das Mädchen auf dem Cover an; ein Mädchen, das nie schwanger gewesen war, das nie einen Sozialarbeiter oder auch nur eine Zahnfüllung gebraucht hatte. Yvonne strich über den feucht gewellten Umschlag. Mir war klar, daß sie gern erfahren hätte, was dieses Mädchen wußte, daß sie sich gern so gefühlt hätte wie sie, so schön, begehrt, zuversichtlich. Wie Leute, die eine Heiligenfigur berühren.

»Glaubst du, daß mir Blond stehen würde?« Yvonne hielt das Cover neben ihr Gesicht.

»Mit hat es nie besonders viel genützt«, sagte ich, während ich die Marienkäfer drehte, sie im Kreis laufen ließ.

Ich sah Claires Gesicht vor mir, wie sie mich am Ufer des McKenzie anflehte, den Fisch wieder schwimmen zu lassen. Es war das Mindeste, was ich tun konnte. Ich mußte ohnehin selbst für mein Glück sorgen. Ich lehnte mich hinter Niki zum Fenster hinaus und öffnete die Plastikkugel in den Wind.

Es war Viertel vor acht, als wir an der Marshall High School vorfuhren, meiner achten Schule in fünf Jahren. Das Hauptgebäude war kunstgerecht mit roten Ziegelklinkern verkleidet, doch rechts und links davon standen provisorische Baracken. Yvonne verbarg sich hinter ihrer Zeitschrift; es war ihr peinlich, gesehen zu werden. Sie war in diesem Winter von der Schule abgegangen.

»Hey«, rief Rena mir zu, während ich aus dem Van stieg. Sie beugte sich über Niki und hielt mir ein Bündel zusammengefaltete Geldscheine hin: »Geld regiert Welt!«

Ich nahm das Geld und mußte an Amelia denken, während ich es in die Tasche steckte. »Danke.«

Niki schnaubte verächtlich zu den Jugendlichen hinüber, die auf der Mauer saßen und ihre Zigaretten aufrauchten, ehe der Unterricht begann. »Die Scheißschule nervt doch total. Wieso hörst du nicht auf? Rena ist das doch egal!«

Ich zog die Schultern hoch. »Ich hab' nur noch ein halbes Jahr«, sagte ich. Doch in Wahrheit hatte ich nur Angst, wieder eine Sache weniger im Leben zu haben.

24

Um ein Uhr morgens saß ich senkrecht im Bett, Watte in die Ohren gestopft, während Rena und die Genossen im Wohnzimmer abfeierten. Jetzt jaulten sie gerade zu einer alten Platte von The Who, die sie so laut aufgedreht hatten, daß ich das Dröhnen auf dem Boden spüren konnte. Deshalb gefiel es Rena so gut zwischen den Handwerksbetrieben, Bäckereien und Metallwerkstätten. Man konnte soviel Krach machen, wie man wollte. Ich hatte inzwischen gelernt, daß das Leben in der Ripple Street aus Rock 'n' Roll bestand. Niki sang in drei verschiedenen Bands, und Renas Lieblingsmusik waren die alten Rockhits aus den Siebzigern, die sie zum ersten Mal auf Schwarzmarktkassetten in Magnitogorsk gehört hatte. Ich versuchte mich an die Melodien von Debussy zu erinnern, an den Klang des Gamelan, an Miles Davis, doch die dröhnenden Bässe von The Who hämmerten es mir gleich wieder aus dem Kopf.

Für mich war Rock nur eine andere Form von gesichtslosem Sex in einer Männerwelt, an eine Betonwand hinter den Toiletten gelehnt. Gebt mir ein Klanggedicht von Satie, wie das Licht auf Monets Heuhaufen, oder die Brasilianische Astrud, wie eine Linie von Matisse. Laßt mich mit Matisse bei halb geschlossenen Fensterläden in einem Zimmer in Südfrankreich liegen und dem weichen Flattern der weißen Tauben lauschen, ihrem leisen Gurren. Es dauert nicht mehr lang, Henri, dann kommt Picasso mit seinen großen Stiefeln. Wir sollten den Nachmittag genießen.

Ich vermißte die Schönheit. Die Sternennächte in Tujunga; Claires Nacken, wenn sie sich über mich beugte, um meine Hausaufgaben zu kontrollieren. Meine Mutter, die durch den Swimmingpool in Hollywood tauchte; die Melodie ihrer Worte. Alles weg. Mein Leben war jetzt eben so, wie es war. *Einsamkeit ist das Los der Menschheit. Gewöhne dich daran.*

Yvonnes Bett auf der anderen Seite des Zimmers war leer; sie war gegen elf mit jemandem zu einer Party auf der anderen Seite des Flusses gefahren. Ich setzte mich im Bett auf und zeichnete im Licht der Lampe, verfolgte eine indigofarbene Linie aus Ölkreide auf violettem Papier mit einem flüsternden Silberstrich. Es wurde ein Boot, ein dunkles Kanu am Ufer einer mondlosen See. Niemand war an Bord, keine Ruder, keine Segel. Es ließ mich an die sonnenlose See Kubla-Khans denken und auch an die Wikinger meiner Mutter, die ihre Toten in Schiffen auf das Meer hinausschickten.

Ich blies mir in die Hände und rieb sie aneinander. Die Heizung funktionierte nicht, Rena hatte sie noch nicht reparieren lassen. Statt dessen trugen wir die ganze Zeit Pullover. »Kalt?« sagte sie. »In Kalifornien? Ihr macht Witz!« Sie spürten die Kälte nicht, wenn sie zu ihren Platten grölten und Hunter's Brandy tranken, eine hochprozentige russische Spezialität, die schmeckte wie mit Nägeln gewürzter Wodka.

Ich blickte mich in dem engen, vollgepackten Zimmer um – wie das Lager eines Wohltätigkeitsladens. Ich stellte mir vor, was meine Mutter wohl sagen würde, wenn sie mich jetzt sehen könnte, ihre verbrennende kleine Künstlerin. Bloß ein weiterer abgenutzter Gegenstand in Renas Trödelladen. Gefällt Ihnen Lampe mit grüne Fuß? Sagen Sie Preis. Sie wollen das Ölgemälde mit der pausbäckigen Bauersfrau mit dem orangen Kopftuch? Für Sie nur zehn Dollar. Ein Strauß Seidenblumen, mit Perlen bestickt? Sprechen Sie mit Rena, dann können Sie ihn für sieben fünfzig haben. Wir hatten einen flauschigen Perserteppich und einen massiven Eichentisch, der nur ein kleines bißchen schief war, fünf verschiedene, nicht zueinander passende Stühle, heute im Angebot. Wir hatten ein riesiges Tiki-Salatbesteck und eine vollständige »Encyclopaedia Britannica« aus dem Jahre 1962. Wir hatten drei struppige weiße Katzen und überall Katzenhaare und Katzengeruch. All das und dazu eine altmodische Stereoanlage in einer Kirschholzvitrine und einen Plattenstapel aus den Siebzigern, der höher war als Bowies Plateauschuhe.

Und unsere Kleider, Mutter, wie gefallen dir unsere Kleider? Polyester-Tops und lila Stretchhosen, gelbe T-Shirts mit dicken Reißverschlüssen. Kleidungsstücke quollen aus allen Schränken, bis sie uns nicht mehr gefielen, dann verkauften wir sie und kauften uns etwas anderes. Du würdest das Mädchen nicht wiedererkennen, in das ich mich verwandelt habe. Mein Haarschnitt wächst heraus, ich habe eine Jackie-O-Sonnenbrille gefunden und trage sie die ganze Zeit.

Meine Kleider sind nicht mehr da, die Kleider des reichen Waisenkindes von Fred Segal und Barney's New York. Rena hat mich dazu gebracht, sie zu verkaufen. Ich bin mir sicher, das findet dein Wohlwollen. An einem Samstag luden wir unseren Trödel auf dem Parkplatz von Natalia's Nails aus. Ich baute gerade Kaffeetassen auf, als ich sah, wie Rena meine Kleidung aus einer schwarzen Mülltüte zog. Mein französischblauer Tweedblazer, mein Trägerkleid von Betsey Johnson, mein Myrna-Loy-Pyjama. Sie hängte sie auf Bügel an die fahrbare Kleiderstange.

Ich riß sie von der Stange herunter und stand zitternd da. Sie hatte meine Schubladen durchsucht, in meinem Schrank herumgestöbert. »Die gehören mir.«

Rena ignorierte meinen Protest, schüttelte einen rosa-grauen langen Rock aus und klammerte ihn an einem Bügel fest. »Wofür du brauchst? Rausputzen für Marshall High School? Vielleicht für Tiny Thai, für Einkaufen bei Trader Joe? Vielleicht ›Melrose Place‹ dich entdecken, und du wirst große Star?« Sie bückte sich, zog einen Schwung Fred-Segal-T-Shirts aus der Tüte und ließ sie mir in die Arme fallen. »Da!« Dann legte sie eine Rolle Klebeband und einen Stift obendrauf. »Du sagst Preis, du behalten Geld, *ladno*?« Sie fuhr fort, meine Sachen aus Plastikmülltüten zu ziehen und sie aufzuhängen. Taubengraue Hosen mit hochgezogenem Bündchen, ein dazu passendes Jackett im Stil der Jahrhundertwende, einen pechschwarzen Samtkragen. Eine weiße Bluse mit gerüschtem Vorderteil. Mein Jessica-McClintock-Kleid mit dem weißen Kragen aus Lochspitze.

»Nein, nicht das. Komm, hab ein Herz!«

Rena verdrehte die Augen und blies sich wütend eine Strähne ihres zotteligen Haares aus dem Gesicht. »Du bekommst gute Preis dafür. Wofür du hebst auf, für Teestunde mit kleine Zarewitsch Alexej? Haben ihn erschossen 1918.« Sie nahm das Kleid aus der Tüte, schüttelte es aus und hängte es auf. »Ist Tatsache!«

Ich stand da, die Arme voll mit seidigen T-Shirts aus ägyptischer Baumwolle. Eine Zange drückte mir die Kehle zusammen, preßte sie aus wie eine saure Zitrone. Sie konnte mich nicht zwingen, meine Kleider zu verkaufen. Die alte Hexe.

Doch die Frage, wofür ich sie eigentlich noch aufhob, ließ sich nicht verdrängen. Wann würde ich je wieder ein Zweihundert-Dollar-Kleid von Jessica McClintock brauchen? Es war ein Kleid für Gänsebraten mit Maronenfüllung, für Puccini-Opern im Music Center, für Porzellantassen mit Goldrand. Ich betrachtete Rena in ihrer glänzenden roten Bluse – die obersten drei Knöpfe offen –, hohen Absätzen und Jeans. Niki, die gerade Küchengeräte aufbaute, mit magentarot gefärbtem Haar und der schwarzen Polyesterkleidung. Yvonne, dick und rund wie eine Wassermelone, in ihrem violetten Baby-Doll-Kleid mit Spiralmuster aus den Sechzigern, die mit traurigem Blick die Babymöbel arrangierte und einen abgeschabten Teddybären in den Hochstuhl setzte.

Warum konnte nie jemand irgend etwas festhalten? Du hast nie an sentimentale Gefühle geglaubt, Mutter; du hast nur deine eigenen Worte aufgehoben, ein Foto meiner Großmutter und eins von der Kuh, die du in deiner Zeit bei der Landjugend gepflegt hast. Nur Claire hatte die Erinnerung ausgehalten. Es war die Gegenwart, mit der sie nicht klarkam.

»Jemand hat es mir geschenkt«, sagte ich schließlich zu Rena.

»Ja und?« Rena schaute von ihren Bügeln hoch. »Du hast Glück, jemand hat geschenkt. Jetzt verkaufen, Geld bekommen.«

Ich stand da, mürrisch, die Arme immer noch voller T-Shirts.

»Du willst Auto?« sagte Rena. »Kunstschule? Du meinst, ich nicht weiß? Wie du willst bezahlen? Deshalb diese Kleid. Schöne Kleid. Jemand hat geschenkt. Aber Geld ist...« Sie hielt inne und rang nach Worten, um zu beschreiben, was Geld war. Schließlich warf sie die Hände in die Luft. »*Geld.* Du willst erinnern, also erinnere einfach.«

Also machte ich es. Ich klebte ein Preisschild an meinen karmesinroten Traum aus Samt. Ich setzte ihn hoch an, in der Hoffnung, er würde sich nicht verkaufen. Ich setzte alle Preise hoch an. Doch die Sachen verkauften sich trotzdem. Als die Sonne wärmer wurde, verschwanden die harten Feilscher, und die Paare kamen; schlenderten gemächlich, Hand in Hand, herum; alte Leute auf einem kleinen Spaziergang, junge Leute. Die T-Shirts, die Hosen, die Blazer gingen weg. Doch bis zum Nachmittag war das karmesinrote Kleid immer noch nicht verkauft. Immer wieder fragten die Leute Rena, ob es wirklich hundert Dollar kosten solle.

»Was sie sagt«, erwiderte Rena mit ihrer tiefen Stimme und tat hilflos.

»Es ist von Jessica McClintock«, verteidigte ich mich. »Noch nie getragen.« Mein Fehler, weil ich erwartet hatte, daß es eine Zukunft gäbe, daß der Traum einfach immer weiterging.

Ich konnte mich noch genau erinnern, wie ich ausgesehen hatte, als ich das Kleid zum ersten Mal in dem Laden in Beverly Hills anprobiert hatte. Unschuldig hatte ich ausgesehen, wie die Tochter von jemandem, eine richtige Tochter. Ein Mädchen, für das gesorgt wurde. Ein Mädchen in so einem Kleid war kein Mädchen, dessen Mittagessen aus einem Bier und einer Zigarette bestand, das sich für den Vater auf Teppichreste in einem Neubau legte. Dieses Kleid wußte nicht, wie man seinen Lebensunterhalt verdienen konnte, wenn es drauf ankam; mußte sich nicht über seine Zähne Sorgen machen oder darüber, ob seine Mutter nach Hause kommen würde. Als ich es Claire vorgeführt hatte, mußte ich mich für sie herumdrehen wie eine Ballerina auf einer Spieldose; sie hatte die Hände vor den Mund geschlagen und war vor Stolz fast übergeflossen. Sie hatte daran geglaubt, daß ich dieses Mädchen war. Und einen Moment lang hatte ich das auch.

Den ganzen Tag half ich den Leuten, das Kleid anzuprobieren, zog das Satinfutter über ihre verschwitzten Schultern und zerrte den Reißverschluß so weit hoch wie möglich, ohne es zu zerreißen. Nachdem die fünfte Frau es anprobiert hatte, machte es mir allmählich nicht mehr so viel aus. Gegen drei kam eine Gruppe junger Mädchen vorbei, und eine von ihnen schaute die ganze Zeit das rote Kleid an, hielt es sich vor den Körper. »Kann ich das mal anprobieren?«

Ich nahm die Plastikumhüllung ab, zog ihr das Kleid über die Arme, über den hellen Haarflaum, zog es an ihrem Körper herunter und schloß den Reißverschluß am Rücken, während sie ihren dunklen Pferdeschwanz hochhielt. Zu ihr paßte es genau. Wie es zu mir nie gepaßt hatte. Ich hatte das Mädchen vorher noch nie gesehen. Sie ging nicht auf die Marshall High School. Wahrschcinlich ging sie auf die Katholische Mädchenschule oder die Französische Schule. Ein umsorgtes Mädchen, jemandes Tochter. Ich legte es für sie zurück, während sie zum nächsten 7-Eleven-Laden ging, um ihre Mutter anzurufen. Eine Viertelstunde später fuhr eine attraktive ältere Frau in einem hellgelben Mercedes vor, weite schwarze Leinenhosen, Wildledermokassins mit breiten Schnallen. Ich half dem Mädchen noch einmal in das Kleid, und die Frau gab mir die hundert Dollar, einen einzigen knisternden Schein. Sie waren auf die Hochzeit einer Cousine nach New York eingeladen. Dafür war das Kleid genau das richtige. Am Gesichtsausdruck der Mutter konnte ich erkennen, daß sie genau wußte, wieviel es wert war.

Wir hielten noch bis fünf die Stellung, dann fingen wir an abzubauen, beluden den Van und Nikis Pick-up. Alle meine Sachen waren verkauft worden. Ich saß auf dem Kotflügel des Van und zählte mein Geld. Ich hatte über vierhundert Dollar eingenommen.

»Siehst du, gar nicht schlecht«, sagte Rena, während sie einen Pappkarton mit Tellern auf der Hüfte balancierte. »Wieviel du hast bekommen?«

Ich murmelte die Zahl, verschämt, aber auch ein bißchen stolz. Es war das erste Geld, das ich je verdient hatte.

»Gut. Gib mir hundert.« Sie streckte die Hand aus.

»Wofür?«

Sie schnippte mit den Fingern, streckte die Hand wieder aus.

»Kommt nicht in Frage.« Ich versteckte das Geld hinter meinem Rücken.

Ihre schwarzen Augen sprühten vor Zorn. »Was, du denkst, du verkaufst ganz allein an Straßenecke? Du bezahl an mich, ich bezahl an Natalia, Natalia bezahlt an Vermieter, was denkst du? Jeder bezahlt an irgend jemand!«

»Du hast gesagt, ich könnte es behalten.«

»Nachdem du an mich bezahlt.«

»Um Himmels willen«, sagte Niki und sah von der Decke hoch, auf der sie gerade billige Kleider ordnete. »Nun mach schon und bezahl sie. Du mußt es.«

Ich schüttelte den Kopf.

Rena hievte den Karton auf die andere Hüfte, und als sie sprach, klang ihre Stimme scharf. »Hör mir zu, *dewuschka*. Ich bezahle, du bezahlen. Ist Geschäft. Wann war letzte Mal, du gehabt dreihundert Dollar in Hand? Also wie ich dir tun weh?«

Wie konnte ich es ihr erklären? Was ist mit meinen Gefühlen, hätte ich am liebsten gesagt, nur daß es nichts genützt hätte. Für sie drehte sich alles bloß ums Geld und um Sachen, für die man Geld bekommen konnte. Sie hatte mir etwas gestohlen und mich sogar noch dazu gebracht, es für sie zu verkaufen. Unweigerlich fragte ich mich, was du an meiner Stelle getan hättest, Mutter. Doch die Frage paßte nicht. Ich konnte mir dich nicht dabei vorstellen, wie du, auf die Gnade von Rena Grushenka angewiesen, deine Kleider auf dem Parkplatz von Natalia's Nails verkaufst, wie du Tränen über ein Kleid vergießt. Da ich nicht wußte, was ich sonst tun sollte, hielt ich ihr die hundert hin – den Hunderter für das rote Kleid –, und hastig wie ein Hund schnappte sie ihn mir aus der Hand.

Doch während ich im Bett saß und auf den Lärm, das Gelächter und gelegentliche Poltern aus dem Wohnzimmer lauschte, wußte ich, daß selbst du inzwischen jemanden bezahlen mußtest, für dein Pot, deine Schreibtinte und die bessere Sorte Tampons, für Zahnseide und Vitamin C. Doch du hättest einen zwingenden Grund dafür parat, eine Theorie, eine Philosophie. Du würdest es nobel, heroisch erscheinen lassen. Du würdest darüber ein Gedicht schreiben: »Das rote Kleid.« Das könnte ich nie tun.

Im Wohnzimmer legte jemand ein altes Led-Zeppelin-Album auf. Ich hörte, wie sie mit ihrem schweren Akzent mitsangen; das Wummern von Jimmy Pages Gitarre. Es war vier Uhr früh, und ich konnte schmelzendes Kerzenwachs riechen, das in großen Pfützen auf Tische und Fensterbänke tropfte. Auch ohne Claires Buch über Kerzenmagie sah ich hier klar und deutlich »brennendes Haus« voraus. Deshalb schlief ich auch in meinen Kleidern, ließ die Schuhe neben dem Bett stehen, das Geld in meiner Brieftasche und die wichtigsten Dinge in einer Tasche am Fenster verstaut.

Man sollte meinen, daß sie versuchen würden, etwas Schlaf zu finden – wir hatten vor, am nächsten Morgen auf den Flohmarkt an der Fairfax High School zu gehen, um unsere selbstgebastelten Kleiner-Mohr-Sambo-Figuren aus Kronkorken zu verkaufen, Tabletts, bemalt mit botanischen Alpträumen, nie getragene Babykleidung und all die modrigen Reader's-Digest-Hefte. Doch ich sah schon voraus, daß sie bis Montag nicht mehr schlafen würden. Ich hoffte bloß, daß ich niemanden traf, den ich kannte.

Ich blätterte eine Seite meines Zeichenblocks um und begann mit einem neuen Kanu. Silber auf schwarz. Die Tür ging auf, Renas Freund Mischa stolperte herein, posierte in der Tür und begleitete Jimmy Page auf einer imaginären Gitarre; seine dicken roten Lippen waren wie die eines riesigen Kindes. Er sabberte beinahe. »Ich kommen dich besuchen, *maja ljubow. Krassiwaja dewuschka.*«

»Verschwinde, Mischa.«

Er taumelte an mein Bett und setzte sich neben mich. »Don't be cruel«, sang er, Elvis imitierend, und beugte sich herunter, um auf meinen Hals zu sabbern.

»Laß mich in Ruhe!« Ich versuchte, ihn wegzuschubsen, doch er war zu groß und wabbelig; er fiel halb in sich zusammen, und ich fand nichts Stabiles, das ich wegstoßen konnte.

»Mach keine Sorgen«, sagte er. »Ich machen nix.« Er legte sich neben mich auf das Bett, machte sich breit wie ein Fettfleck. Seine Alkoholausdünstungen waren betäubend; ich mußte daran denken, daß es Schlangen gibt, die ihre Beute mit ihrem Atem lähmen. »Ich nur bin so einsam.«

Ich rief um Hilfe, doch über die laute Musik hinweg konnte mich niemand hören. Mischa war schwer, er legte mir den Kopf auf die Schulter, sabberte auf meinen Hals. Seine tränenfeuchten blauen Augen so nah, ein schwerer Arm auf mir.

Ich schlug ihn, doch es hatte gar keinen Zweck; er war viel zu betrunken, meine Faust prallte von seinem Fleisch ab, ohne daß er irgend etwas spürte. »Mischa, geh von mir runter.«

»Du bist so schöne Mädchen«, sagte er und versuchte mich zu küssen. Er roch nach Wodka und irgend etwas Fettigem; jemand mußte eine Portion Hähnchenschenkel geholt haben.

Mein Messer lag gleich unter meinem Kopfkissen. Ich wollte Mischa nicht verletzen, ich kannte ihn. Ich hatte ihm schon zugehört, wie er Bottleneck-Gitarre spielte. Er hatte einen Hund namens Tschernobyl; er wollte nach Chicago ziehen, um Blues-Gitarrist zu werden, mochte allerdings kein kaltes Wetter. Rena schnitt ihm immer die Haare, den Pony etwas schief. Er war kein schlechter Mann, doch er küßte mich auf die zusammengepreßten Lippen, eine Hand fummelte unter der Decke herum, allerdings erfolglos, denn ich war völlig angezogen. Seine Grapschfinger fanden nichts außer glänzendem Polyester.

»Lieb mich ein bißchen«, flehte er mir ins Ohr. »Lieb mich, *dewuschka*, denn alle werden wir sterben.«

Schließlich bekam ich ein Knie frei, und als er sich bewegte, schlug ich ihm mit meinem Zeichenbrett auf den Kopf und schlüpfte aus dem Bett.

Im Wohnzimmer waren die meisten schon gegangen. Natalia tanzte für sich allein vor der Anlage herum und hielt eine Flasche Stoli vom Bargain Circus umklammert. Georgi hing schlafend im schwarzen Lehnstuhl, den Kopf auf die fusselige Armlehne gelegt, eine weiße Katze hatte sich auf seinem Schoß zusammengerollt. Ein Korbstuhl war umgekippt, ein großer Aschenbecher lag kopfüber auf dem Boden, auf der zerkratzten Lederplatte des Couchtischs glitzerte eine Pfütze.

Rena und ihr Freund Sergej lagen auf der grünen Samtcouch, und er besorgte es ihr mit den Fingern. Sie hatte noch immer Schuhe und Rock an. Sein Hemd stand offen, auf seiner Brust hing ein Medaillon an einer Kette. Es war mir ziemlich unangenehm, da hereinzuplatzen, aber Mischa war schließlich ihr Freund. Sie sollte sich um ihn kümmern.

»Rena«, sagte ich. »Mischa versucht mit mir ins Bett zu gehen.«

Zwei betrunkene Augenpaare starrten mich an, ein schwarzes und ein blaues. Es dauerte einen Moment, bis sie mich fokussiert hatten. Sergej flüsterte ihr etwas auf russisch ins Ohr, und Rena lachte. »Mischa wird machen nix. Schlage ihn auf Kopf mit irgendwas«, sagte sie.

Sergej beobachtete mich, während er ihren Oberschenkel knetete, ihr in den Nacken biß. Er sah aus wie ein weißer Tiger, der ein Beutetier verschlang.

Als ich in mein Zimmer zurückkam, war Mischa eingepennt. Er hatte eine blutige Schramme am Kopf, wo ich ihn geschlagen hatte. Er schnarchte und hielt mein Kissen umklammert, als sei ich es. Er würde in absehbarer Zeit nicht aufwachen. Ich legte mich zum Schlafen in Yvonnes leeres Bett. Um fünf ging die Stereoanlage aus, und ich schlief noch ein, zwei Stunden unruhig und träumte von Tieren, die im Müll herumwühlten. Ich wachte auf, als ein Mann im Badezimmer auf der anderen Seite des Flurs pinkelte, ohne die Tür zu schließen, ein Rauschen, das ungefähr fünf Minuten anzudauern schien. Er zog nicht ab. Dann ging die Stereoanlage wieder an, wieder The Who. »Who are you?« sang die Band. Ich versuchte mich zu erinnern, doch ich hätte es wirklich nicht mehr sagen können.

25

An einem trüben Samstag saßen wir in der Küche und nähten Ledertäschchen für Kristalle. Das war Renas neueste Idee, Geld zu verdienen. Niki spielte Demobänder der verschiedenen Bands, die Werner managte, doch sie klangen alle gleich: zornige weiße Kids, die ihre dünne Wut herausbrüllten, außer Kontrolle geratene Gitarren. Sie suchte nach einer neuen Band. »Diese hier klingt doch ganz gut, oder? Scheiße!« Sie hatte sich mit der Nadel in den Finger gestochen und steckte ihn nun in ihren schwarz angemalten Mund. »Diese Näherei ist doch echt für 'n Arsch! Wofür hält sie uns eigentlich, für eine Horde Elfen?«

Wir rauchten Hasch aus dem Glas, während wir arbeiteten. Ich wartete darauf, daß sich der Rauch unter dem kleinen umgedrehten Whiskeyglas sammelte, das Niki aus den Bavarian Gardens gestohlen hatte; der aufgedruckte Johnny Walker stand auf dem Kopf. Ich hielt meinen Mund an den Rand des Glases, kippte es an und saugte den dicken Haschqualm in meine Lungen. Yvonne rauchte nicht; sie meinte, es sei schlecht für das Baby.

»Was macht das schon für einen Unterschied?« sagte Niki, während sie ein Stück Hasch für sich auf die Stecknadel pikte. »Du wirst es doch sowieso nicht behalten.«

Yvonnes Mundwinkel verzogen sich nach unten. »Wenn du so denkst, dann brauchst du mich gar nicht mehr zur Geburtsvorbereitung zu begleiten«, sagte sie. »Astrid wird mich hinbringen.«

Ich fing an zu husten. Ich versuchte Butterfly McQueen aus der Geburtsszene in »Vom Winde verweht« nachzumachen. »Ich weiß nicht, was tun, wenn kommen Baby«, quiekte ich, doch ich bekam meine Stimme nicht hoch genug. Ich mußte an Michael denken; er konnte Butterfly immer besser nachmachen als ich. Er fehlte mir.

»Du hast wenigstens keine schlechten Gedanken im Kopf«, sagte Yvonne.

Geburt. Ich schauderte. »Ich bin noch nicht mal achtzehn.«

»Das ist okay, sie schenken da keinen Alkohol aus«, sagte Niki und schmiß ein fertiges Täschchen auf den Haufen. Dann nahm sie ein neues Stück Leder, schon zugeschnitten und bereit zum Zusammennähen.

Bekifft schnitt ich mit dem Papiermesser eine aufsteigende Rauchsäule in einen Lederrest. Das konnte ich gut, sogar noch besser als meine Mutter früher. Ich konnte eine Krähe schneiden, eine Katze. Die Katze bekam ich in drei Schnitten hin. Ich schnitt ein Baby mit einer Locke auf der Stirn aus und warf es Yvonne zu.

Die Tür hinter uns flog auf und ließ einen Stoß kalter Luft herein. Rena kam mit einer Rolle dunkelgrünem Wildleder unter dem Arm ins Zimmer. »Georgi hat ganze Rolle verkauft, in Tausch gegen Lampe«, grinste sie stolz. »Gut, häh?« Dann fiel ihr Blick auf mich, und sie sah, wie ich Muster in das Leder schnitt. »Was, bist du verrückt?« Sie riß mir das Rehleder weg und gab mir eine Kopfnuß. »Kifftante, dumme Kuh. Du glaubst, ist billig, was?« Dann bemerkte sie das Muster, runzelte die Stirn und schob die Unterlippe vor. Sie hielt das Stück Leder ins Licht. »Nicht schlecht.« Sie warf es mir wieder zu. »Ich glaube, wird verkaufen. Mach alle Taschen. Wir werden machen Geld damit.«

Ich nickte. Ich verschleuderte alles, was ich verdiente, für Malzubehör, Lebensmittel und Dope, das ich mir mit Niki zusammen reinzog. Das College war längst außer Sicht geraten, verschwunden wie ein Schiff im Nebel. Bei Claire hatte ich angefangen, mein Leben als eine Folge von Kandinsky-Bleistiftskizzen zu betrachten; die einzelnen Episoden für sich allein bedeutungslos, doch zusammengenommen würden sie eine elegante Komposition bilden. Ich hatte sogar geglaubt, die Umrisse der Zukunft in ihnen zu erblicken. Doch inzwischen hatte ich zu viele Teile verloren. Sie waren zu einer Handvoll Kiefernnadeln auf dem Waldboden geworden, unlesbar.

Sergej trat ein, eine Tüte in der Hand, die Wangen leuchteten rosa in seinem gutaussehenden, breiten, unkalifornischen Gesicht. Er packte zwei Flaschen Wodka aus, legte eine ins Gefrierfach, stellte die andere auf die Theke und nahm zwei grüne Gläser aus dem Schrank. Er schnüffelte in die Luft. »Mmmh – Essen!«

»So – wer dich eingeladen?« fragte Rena, setzte sich auf die Theke und schraubte die Wodkaflasche auf. Sie füllte drei Fingerhoch in jedes Glas.

»Oh, diese Mädchen nicht lassen hungern Sergej«, sagte er. Er klappte die Backofentür auf und musterte das blubbernde Gericht, das ich für Yvonne kochte, einen Brokkoli-Käse-Auflauf, um sie für das Baby aufzubauen. Sie war völlig perplex gewesen, als sie gesehen hatte, wie ich die Zutaten vorbereitete; ihr war bisher nicht klar gewesen, daß man auch ohne eine Fertigpackung mit aufgedruckter Anleitung kochen konnte. Sergej badete sein Gesicht im Duft und der Hitze des Ofens.

Ich schnitt einen Tiger in ein Lederstück und ermahnte mich, daß Sergej auch bloß Rena mit einer besseren Fassade war. Gutaussehend wie ein Kosake, ein milchiger, blonder Slawe mit schläfrigen blauen Augen, denen keine Bewegung entging. Von Beruf Dieb. Rena verkloppte ab und zu Waren für ihn, eine LKW-Ladung Ledersofas, Kleiderständer mit Damenmänteln, eine Lieferung ausgestopfer Tiere aus Singapur, Haushaltsgeräte aus Israel. In der Ripple Street konnte sich keiner seiner sexuellen Präsenz entziehen. Er ließ die Badezimmertür offenstehen, während er sich nackt rasierte, machte jeden Morgen hundert Liegestütze; dabei sah man die blauen Adern auf seiner milchigweißen Haut. Wenn er merkte, daß wir ihn beobachteten, klatschte er obendrein bei jedem Liegestütz in die Hände, um anzugeben. Diese breiten Schultern, die schmalen Hüften. Wenn Sergej im Zimmer war, wußte ich nie, wohin mit meinen Händen oder meinem Mund.

Ich schaute zu Yvonne auf der anderen Seite des Tisches hin, die, über einen Stapel Täschchen und Lederstücke, gebeugt nähte, geduldig wie ein Mädchen aus dem Märchenbuch. Jedes andere Mädchen in ihrem Alter würde jetzt Rüschen auf sein Abschlußballkleid nähen oder Babyschuhe stricken. Nun bekam ich ein schlechtes Gewissen, weil ich mich vorher über sie lustig gemacht hatte. »Klar gehe ich mit dir zur Geburtsvorbereitung«, sagte ich. »Wenn du meinst, daß ich da irgendwie helfen kann.«

Sie lächelte auf ihre Näherei herunter und senkte dabei den Kopf. Sie zeigte nicht gern ihre schlechten Zähne. »Ist ganz einfach für dich. Die ganze Arbeit mache ich. Du brauchst bloß das Handtuch halten.«

»Jede Menge Pusten und Blasen«, sagte Niki. »Wie ein Haufen Strandbälle, bei denen die Luft rausgeht. Eine echte Lachnummer! Du wirst schon sehen!« Niki brach sich ein weiteres Stück Haschisch ab und steckte es auf die Stecknadel. Sie zündete es an und sah zu, wie der Rauch im Glas emporstieg wie ein Flaschengeist. Während sie einen Zug nahm, bekam sie einen noch schlimmeren Hustenanfall als ich vorher.

»Nichts für mich?« fragte Sergej und deutete auf das Whiskeyglas.

»Ach, fick dich ins Knie, Sergej«, sagte Niki. »Hast du überhaupt schon mal welches für uns gekauft?«

Aber sie legte ihm trotzdem ein Stückchen beiseite, und ich versuchte seinem Blick auszuweichen, als er sich vorbeugte, um seine Lippen dorthin zu legen, wo vorher meine gewesen waren. Doch ich fühlte mein Gesicht bis hinauf zum Haaransatz brennen.

Wir aßen alle, bis auf Rena, die rauchte und Wodka trank. Kaum hatte sie das Zimmer für einen Moment verlassen, beugte sich Sergej über den Tisch, die breiten weißen Hände vor dem Körper gefaltet. »Also, wann wir machen Liebe, *dewuschka*?«

»Du Drecksack«, sagte Niki und zeigte mit ihrer Gabel auf ihn. »Das sollte ich Rena mal erzählen!«

»Außerdem hat Astrid sowieso einen Freund«, sagte Yvonne. »Ein Künstler. Er lebt in New York.«

Ich hatte ihr alles über Paul Trout erzählt. Ich hatte schließlich doch seine Briefe im Yellow Brick Road in Hollywood abgeholt, auf derselben Straße, auf der ich einmal das Messer vor dem Mädchen gezogen hatte, das mich für Wendy gehalten hatte. Niki hatte mich nach der Schule vorbeigefahren, auf dem Weg zu einem Treffen mit ein paar Typen, die eine Sängerin suchten. Ich hatte ein schlechtes Gewissen, weil ich ihm nicht eher geschrieben hatte; ich hatte oft daran gedacht, doch ich hatte Angst. Womöglich wollte er gar nichts mehr von der Vergangenheit wissen. Auf der Fahrt nach Hollywood betrachtete ich nervös den Umschlag, auf den ich »Für Paul Trout aufbewahren« geschrieben hatte. Hoffnung inbegriffen. Es war ein Fehler zu hoffen. Ich dachte an ein Lied, das Rena immer spielte und das ich auf den Tod nicht ausstehen konnte: »Love the One You're With«, Liebe den, bei dem du gerade bist. Das war die Melodie, die das Leben mir ständig aufzuzwingen schien, und trotzdem saß ich da und hielt die Hoffnung in der Hand wie einen flatternden Vogel.

Der Comic-Buchladen war winzig, sogar noch vollgepfropfter als Renas Haus. Überall Comic-Hefte. Niki und ich stöberten in den Stapeln herum. Manche der Comics waren komisch, wie »Zippy the Pinhead« oder der alte »Mr. Natural«. Andere waren düster und expressionistisch, Sam Spade trifft Murnau. Es gab Regale mit selbstgemachten Heftchen voller schlechter Poesie. Comics auf japanisch, viele davon pornographisch. Ironische Geschichten von Karrierefrauen und Supermodels, im Stil von Lichtensteins Pop-art gezeichnet. Ein jüdisches Nagetier, das paranoide Alpträume über Schwarzhemden hatte. Sie verkauften alles von den üblichen Disney-Comics bis hin zu lokalen handgezeichneten, fotokopierten und zusammengehefteten Magazinen. Während Niki die Geschichte einer Gangsterbraut las, ging ich an die Kasse und redete mir ein, daß dort sowieso nichts für mich sein würde.

Ein dünner Typ in einem weinroten Bowlinghemd kritzelte auf dem Ladentisch herum, seine bleichen Arme waren mit Tätowierungen übersät. Ich räusperte mich, bis er aufblickte.

Seine Augen waren vom Dope verschleiert. »Ich bin eine Freundin von Paul Trout. Hat er irgendwas für mich dagelassen?«

Er lächelte etwas schüchtern und wischte sich die Nase mit dem Handrücken ab. »Er ist nach New York gegangen, hast du das noch nicht gehört?« Dann wühlte er unter dem Ladentisch herum und förderte zwei Briefe zutage, die Umschläge so dicht bemalt, daß man die Adresse von Yellow Brick Road kaum erkennen konnte. Unter der Anschrift stand: »Für Astrid Magnussen aufbewahren«.

»Kein Absender?«

»Er zieht ziemlich viel um. Wundere dich nicht.«

Ich ließ einen Brief für Paul zurück, in dem ich mein Leben in der Ripple Street illustriert hatte. Das Müllsammeln, unser Wohnzimmer. Ich wußte nicht, was ich sonst damit machen sollte. Er war fort.

Ich saß mit Niki an einem Tisch im Rock 'n' Roll Denny's auf dem Sunset Boulevard, wo sie mit den Jungen von der Band verhandelte, zwei weißgebleichte Blonde und ein hyperaktiver Brünetter – der Drummer, wie mir, ohne zu fragen, klar war. Ich hatte Angst, die Briefe zu öffnen. Statt dessen skizzierte ich ein paar der anderen Gäste. Goth-Mädchen mit schwarzen Strumpfhosen und zotteligen Haaren, die über Pepsi Light und Extra-Zwiebelringen Komplotte schmiedeten. Auf der anderen Seite aßen zwei Altrocker in Leder und Nieten ihre Burger, einer sprach in ein Handy. Es war wie eine Art Modenschau der verschiedenen Epochen: Mohikanerschnitte, Entensterze und Dreadlocks, Polyester und Plateauschuhe.

»Ich bezahl' doch nicht dafür, zusammen mit zwölf anderen Bands zu spielen! Eh, seid ihr behindert?« sagte Niki gerade. »Die sollen euch bezahlen und nicht umgekehrt!« Ich zeichnete den blonden Bassisten, wie er schuldbewußt von innen mit der Zunge an seinem Kinnpiercing herumspielte. Der Brünette trommelte wie besessen mit seinem Messer gegen die Wassergläser. »Ihr müßt da auftreten, wo sie euch bezahlen. Wo seid ihr überhaupt her – aus Fresno?«

»Aber es ist wie im Roxy, echt«, sagte der größere der beiden Blonden. Er war offensichtlich der Sprecher, der Wortgewandte. Leadgitarrist. »Das *Roxy*. Es ist genau wie ...«

»Das Roxy«, sagte der andere Blonde.

Schließlich hatte ich genügend Mut gesammelt, um den ersten Brief zu öffnen, und schlitzte den schönen Umschlag mit einem Messer von Denny's auf. Im Umschlag war eine Reihe Tuschezeichnungen in Pauls unverwechselbarem Comic-Stil, kühnes Schwarz und Weiß. Paul, der durch einsame Comic-Straßen wandert. Paul in einem Nachtcafé. Er sieht ein blondes Mädchen mit kurzgeschorenem Haar auf der Straße vorbeigehen und folgt ihr, nur um herauszufinden, daß sie jemand anders ist. *Würde er sie jemals wiedersehen?* hieß die letzte Bildüberschrift, während er an seinem Schreibtisch saß und zeichnete, die Wand mit Bildern von mir bedeckt.

Der zweite Umschlag enthielt die Comic-Geschichte eines Gefängnisausbruchs, drei Jungen sprengen sich mit Raketenwerfern ihren Weg durch Stahltüren nach draußen. Sie stehlen ein Auto, auf den Hinweisschildern steht »Leaving L. A.«. Sie brausen durch die nächtliche Wüste. Als nächstes kommt ein Straßenschild, auf dem in mosaikartiger Schrift »St. Marks Place« steht. Kantige, hippe Leute in Schwarz betreten einen Hauseingang, Nummer 143. Die Freiheitsstatue im Hintergrund trägt eine Sonnenbrille und liest einen Comic.

Ich faltete die Zeichnungen zusammen, schob sie wieder in den Umschlag zurück, der mit Blitzen, Sternen und einem Mädchen auf einem weißen Pferd in einem Comic-Himmel bemalt war. *Für Astrid Magnussen aufbewahren*. Wenn ich das bloß vorher gewußt hätte.

Und jetzt war es zu spät. Ich sah Sergej an, der mir gegenüber an Renas Küchentisch saß. Ob ich einen Freund in New York hatte oder nicht, kümmerte ihn einen feuchten Kehricht. Es kümmerte ihn ja noch nicht mal, daß seine Freundin nebenan war. Er war genau wie eine von Renas weißen Katzen – essen, schlafen und herumhuren. Seit der Nacht, in der ich sie zusammen auf der Couch gesehen hatte, betrachtete er mich immer mit seinem angedeuteten Grinsen, als teilten wir beide ein besonderes Geheimnis. »So – und wie ist Freund?« fragte er. »Groß? Ist er groß?«

Niki lachte. »Er ist riesig, Sergej. Hast du noch nie von ihm gehört? Moby Dick, der Superschwanz?«

Olivia hatte mir alles über Männer wie Sergej erzählt. Harte Männer mit bläulichen Adern in ihren gemeißelten weißen Armen, schwerlidrige blaue Augen und schmale Hüften. Mit so einem Mann konnte man ein Abkommen treffen. Einem Mann, der wußte, was er wollte. Ich hielt die Augen auf meinen Brokkoli-Käse-Auflauf gerichtet.

»Wenn du hast genug von Warten«, sagte er, »dann komm zu mir.«

»Und wenn du gar nicht gut bist?« meinte ich und brachte damit die anderen Mädchen zum Lachen.

»Habe nur Sorgen, daß du verliebst in Sergej«, sagte er, seine Stimme wie eine Hand zwischen meinen Beinen.

Meine neueste Sozialarbeiterin, Mrs. Luanne Davis, war eine Schwarze mittleren Alters. Sie trug eine weiße Bluse, die sie mit einer Schleife im Nacken gebunden hatte, und ihr entkraustes Haar in einem Pagenschnitt. Ich hatte sie ausgemacht, kaum daß ich nach der Schule das McDonald's auf dem Sunset Boulevard betreten hatte. Ich bestellte einen Burger, Pommes frites und eine Cola, und ausnahmsweise störte mich das Gekreische der Kinder in der Spielecke überhaupt nicht. Ich war am Vorabend mit Niki ins Playland gegangen, wo sie bei Freeze, einer von Werners Bands, gesungen hatte. Ich hatte ihren Mikrofonständer getragen, was mich automatisch zum Roadie machte, so daß ich keinen Personalausweis vorzeigen mußte. Niki war die einzige, die singen konnte. Sie hatte eine schnurrende, ironische Stimme; sie sang so, wie Anne Sexton ihre Gedichte las. Doch alle anderen kreischten bloß herum, keiner konnte vernünftig spielen, und ich war immer noch halb taub von dem Krach.

Die Sozialarbeiterin schob mir einen Packen Briefe über den klebrigen Tisch zu. Ein so großes Potential für Schaden, daß ich sie am liebsten gar nicht in die Hand genommen hätte. Ich haßte schon ihren Anblick: die Handschrift meiner Mutter, das enge Gekritzel, das durch die blauen Luftpostumschläge hindurchschien. Pro Briefmarke konnte sie sieben Blätter versenden, und jede Seite wog schwerer als die Nacht. Sie waren wie ein Wald aus Seetang; sie warfen ein seltsames grünliches Licht, man konnte sich darin verlieren, hängenbleiben und ertrinken. Ich hatte ihr nicht mehr geschrieben, seit Claire gestorben war.

Während sie ihren schwarzen Kaffee mit Süßstoff schlürfte, redete Mrs. Luanne Davis. Wegen meiner temporären Taubheit sprach sie langsam und überbetont. »Du solltest ihr wirklich schreiben. Sie ist in Isolationshaft. Es ist sicher nicht leicht für sie.«

»Ich hab' sie da nicht hingebracht«, sagte ich, während ich immer noch mißtrauisch die Briefe beäugte wie Portugiesische Galeeren, die in der unschuldigen See trieben.

Sie runzelte die Stirn. Sie hatte schon Falten zwischen den Augenbrauen, weil sie immer vor Mädchen wie mir die Stirn runzelte; Mädchen, die nicht daran glaubten, daß irgend jemand sie lieben könnte, am allerwenigsten ihre gefährlichen Eltern. »Ich kann dir bloß sagen, wie wenig Kinder ich betreue, deren Eltern ihnen schreiben. Die würden sich total freuen!«

»Ja, ich bin ein echtes Glückskind«, sagte ich und steckte die Briefe pflichtbewußt in meinen Rucksack.

Ich aß auf und beobachtete dabei die Kinder, die aus dem Netz auf einen kleinen Jungen heruntersprangen, der seine Füße in der Ballgrube nicht mehr wiederfinden konnte. Immer wieder sprangen sie auf ihn und lachten, während er schrie. Seine Teenager-Mutter unterhielt sich viel zu eifrig mit einer Freundin, um ihm zu helfen. Schließlich rief sie den anderen Kindern etwas zu, doch sie stand nicht etwa auf oder tat sonst irgend etwas, um ihren Sohn zu beschützen. Als sie sich wieder ihrer Freundin zuwandte, begegneten sich unsere Augen. Es war Kiki Torrez. Wir ließen uns nicht anmerken, daß wir uns kannten, wir sahen uns nur ein bißchen länger an als bei einem flüchtigen Blick; dann unterhielt sie sich weiter mit ihrer Freundin. Und ich dachte mir, daß Häftlinge wahrscheinlich genau diesen Blick wechseln, wenn sie sich draußen wieder begegnen.

Als ich nach Hause kam, saß Yvonne vor dem Fernseher auf der gemusterten grünen Samtcouch und schaute sich eine Talkshow für Teenager an. »Das ist die Mutter«, erklärte sie mir, ohne die Augen vom Bildschirm abzuwenden. »Sie hat die Tochter abgegeben, als sie sechzehn war. Sie haben sich bis zu diesem Augenblick nicht wiedergesehen.« Große Kindertränen liefen ihr über das Gesicht.

Ich konnte nicht verstehen, wie sie sich das anschauen konnte; es war so verlogen wie ein Werbespot. Ich mußte an die Adoptivmutter denken, die das Mädchen aufgezogen hatte; wie schrecklich es für sie sein mußte, ihre behutsam aufgezogene Tochter in den Armen einer Fremden zu sehen, begleitet vom Applaus des Talkshow-Publikums. Doch mir war klar, daß Yvonne sich vorstellte, wie sie in zwanzig Jahren in das Leben ihres Babys zurückkehren würde – schlank, selbstbewußt, im blauen Kostüm und hochhackigen Schuhen, mit perfektem Haarschnitt – und ihr erwachsenes Kind sie umarmen und ihr alles vergeben würde. Wie wahrscheinlich war das schon!

Ich setzte mich neben Yvonne und sah die Briefe meiner Mutter durch, öffnete einen.

Liebe Astrid,
warum schreibst Du nicht? Du kannst mich doch nicht im Ernst für Claire Richards' Selbstmord verantwortlich machen! Diese Frau war zur Überdosis geboren. Ich habe es Dir schon gesagt, als ich sie zum ersten Mal gesehen habe. Glaub mir, sie ist jetzt besser dran.
Andererseits schreibe ich Dir aus der Isolationshaft, einem Gefängnis im Gefängnis. Das ist alles, was von meiner Welt übriggeblieben ist: eine Zelle von fünf mal fünf, die ich mir

mit Lunaria Irolo teile, einer Frau, die so verrückt ist, wie ihr Name klingt.
Tagsüber krächzen die Krähen, mißtönend und verdrossen, eine perfekte Nachahmung der Verdammten. Natürlich würde sich kein Singvogel in der Nähe dieses Ortes niederlassen. Nein, wir sind ziemlich allein mit unseren unheiligen Krähen und den weit entfernten Schreien der Möwen.
Das Summen und Zuschlagen der Tore hallt in diesem großen hohlen Verlies wider, rollt über die Zementböden dorthin, wo wir hinter einem Gitterzaun sitzen, hinter Türen mit Sichtluken, und Mord- und Rachepläne schmieden. Ich bin im Bunker, sagen sie hier. Sie führen uns sogar in Handschellen zur Dusche. Das sollten sie auch besser.

Mir gefiel diese Vorstellung: meine Mutter im Bunker, in Handschellen. Von dort aus konnte sie mir nicht schaden.

Durch die Luke in der Tür kann ich die Wärter an ihren Tischen in der Mitte der Einheit sehen. Unsere Pförtner der Buße beim Doughnut-Essen, an ihren Hüften glitzern wichtigtuerisch die Schlüsselbunde. Es sind die Schlüssel, die ich im Auge behalte. Ich bin hypnotisiert von Schlüsseln, dicke Fäuste voller Schlüssel, ich kann ihre saure Legierung schmecken, kostbarer als Weisheit.
Gestern hat Sergeant Brown verfügt, daß meine halbe Stunde unter der Dusche bereits zu der einen Stunde zählt, die ich täglich außerhalb meiner Zelle verbringen darf. Ich kann mich noch erinnern, daß ich gehofft hatte, er wäre ein vernünftiger Mann, schwarz, schlank, redegewandt. Doch ich hätte es wissen müssen. Seine tiefe Stimme scheint nicht aus seiner mageren Gestalt zu kommen, sie ist so künstlich wie die eines Predigers, durchdrungen von einem übertriebenen Wichtigkeitsgefühl, der Zerberus unseres greifbaren Infernos.
In meiner ausgedehnten Freizeit übe ich mich in Astralwanderungen. Während Lunarias Stimme daherleiert, erhebe ich mich

von meiner Pritsche und fliege nach draußen, über die Felder, folge der Autobahn Richtung Westen, bis ich die Wolkenkratzer der Stadt sehe. Ich habe die Mosaike der glänzenden Pyramide der Central Library berührt. Ich konnte die uralten Karpfen in den Koi-Teichen des New Otani Hotel glitzern sehen, orangerot, pfefferfarben, silbergetüpfelt und schwarz. Ich kreise im Aufwind um die eleganten Zylinder des Bonaventure Hotel, während seine gläsernen Außenfahrstühle von Stockwerk zu Stockwerk steigen. Erinnerst Du dich noch daran, als wir einmal ganz oben im Drehrestaurant gewesen sind? Du wolltest nicht in die Nähe der Fenster gehen, Du hast geschrien, der Raum würde Dich hinausziehen. Wir mußten uns an einen Tisch in der Mitte setzen, weißt Du noch? Du weißt ja, daß Höhenangst bloß Mißtrauen gegenüber dem eigenen Selbst ist, Mißtrauen, ob man womöglich springen wird.
Und ich sehe Dich durch Gassen gehen, auf verlassenen, unkrautüberwucherten Grundstücken sitzen, zartes Wildkraut im Regen. Du meinst, Du könntest es nicht ertragen, diesen Schwächling Claire zu verlieren. Erinnere Dich, es gibt nur eine Tugend, Astrid. Die Römer hatten recht. Man kann alles ertragen. Der Schmerz, den wir nicht ertragen können, tötet uns sofort.

Mutter.

Doch ich glaubte ihr nicht eine Sekunde lang. Vor langer Zeit hatte sie mir mal erzählt, sich jeden Tag im Kampf zu zerfetzen und am Abend die Fetzen wieder zusammenzuflicken sei die Vorstellung der Wikinger vom Himmel. Ewiges Schlachten, darum ging es. Man wird nie sofort getötet. Es ist wie mit dem Adler, der tagsüber von deiner Leber frißt und sie dann wieder wachsen läßt, nur noch mehr Spaß.

26

Die Züge auf der anderen Seite des Flusses rollten auf ihren Eisenrädern dahin und gaben ihr nächtliches gleichmäßiges Percussionkonzert. Auf unserer Seite, hinten bei der Bäckerei, spielte ein Junge E-Gitarre. Er konnte auch nicht schlafen, das Geräusch der Züge hielt ihn wach. Die Gitarre trug seine Sehnsucht in die Nacht hinaus wie Lichtfunken, eine Musik, unergründlich in ihrem gegenstandslosen Verlangen, schön, jenseits von Trost oder Auflösung.

Im anderen Bett wälzte sich Yvonne unruhig hin und her. Der Ahornrahmen des Bettes ächzte unter ihrem Gewicht, wenn sie sich umdrehte. Sie hatte noch acht Wochen bis zur Geburt, aber ich konnte mir nicht vorstellen, daß sie noch dicker werden könnte. Die Schwellung ihres Bauches erhob sich aus der Ebene der Bettdecke wie ein weicher Vulkankegel, ein Mount Saint Helens, ein Popocatepetl kurz vor dem Ausbruch. Die Zeit bewegte sich im Zimmer fort, in der Musik der Züge, Rad für Rad, ein Zug, so gewaltig, daß er drei Lokomotiven brauchte, um seine Last durch die Nacht zu bewegen. Wo fuhren die Züge hin, Mutter? Sind wir schon angekommen?

Manchmal stellte ich mir vor, ich hätte einen Vater, der in Nachtschicht für die Eisenbahn arbeitete. Ein Stellwärter für Southern Pacific, der schwere feuerfeste Handschuhe trug, groß wie Ruder, und sich mit mächtigen Unterarmen den Schweiß von der Stirn wischte. Wenn ich einen Vater hätte, der nachts für die Eisenbahn arbeitete, dann hätte ich vielleicht auch eine Mutter, die auf das Klicken der Tür lauschte, wenn er nach Hause kam, und ich würde durch die dünnen Wände unseres Hauses ihre leise Stimme hören, ihr gedämpftes Gelächter. Wie weich ihre Stimmen klingen würden und süß, wie Tauben, die unter einer Brücke brüten.

Wenn ich Dichterin wäre, würde ich darüber schreiben. Über Leute, die mitten in der Nacht arbeiten. Über Männer, die Züge beladen, über Nachtschwestern in der Notaufnahme und ihre sanften Hände. Nachtportiers in Hotels, Taxifahrer auf Nachtschicht, Kellnerinnen in Nachtcafés. Sie kennen die Welt, wissen, wie kostbar es ist, wenn sich jemand an ihren Namen erinnert, und kennen die Tröstlichkeit einer rhetorischen Frage: »Wie geht's, was machen die Kinder?« Sie wissen, wie lang die Nacht ist. Sie kennen das Geräusch, das das Leben macht, wenn es fortgeht. Es klappert wie eine lose zuschlagende Fliegengittertür im Wind. Nachtarbeiter leben ohne Illusionen, sie wischen Träume von Theken ab, sie laden Fracht ein. Sie fahren zurück zum Flughafen, um einen letzten Fahrgast abzuholen.

Unter dem Bett wand sich ein dunklerer Strom in die Nacht. Die ungelesenen Briefe meiner Mutter, flüssig vor Lügen, hoben und senkten sich wie Überreste eines gewaltigen Schiffswracks, die noch Jahre, nachdem der Dampfer untergegangen ist, an den Strand gespült werden. Ich würde keine weiteren Worte zulassen. Von jetzt an wollte ich nur noch Dinge, die man fühlen und schmecken konnte: den Geruch neuer Häuser, das Summen der Hochspannungsleitungen vor dem Regen. Einen Fluß im Mondlicht, Bäume, die aus dem Beton wachsen, Brokatfetzen in einer Fünfzig-Cent-Mülltonne, rote Geranien auf der Fensterbank einer Näherei. Zeigt mir, wie die Hausdächer in der Nachmittagssonne Formen auftürmen wie Brandungswellen, etwas ganz ohne Verdrehungen, kein Selbstporträt in Wasser und Wind. Gebt mir den Jungen mit der E-Gitarre, mein Bett in meinem Pflegeheim am Ende der Ripple Street und die Umrisse von Yvonne und ihrem zukünftigen Baby. Sie war die Hügel Kaliforniens, senfbedeckt und grün, lohfarben wie Löwen zur Sommerzeit.

Auf der anderen Seite des Zimmers schrie Yvonne auf. Ihr Kopfkissen fiel auf den Boden. Ich hob es für sie auf. Es hatte sich voll Schweiß gesogen wie ein Schwamm. Sie schwitzte nachts so stark, daß ich ihr manchmal helfen mußte, das Bett frisch zu beziehen. Ich schob das Kissen unter ihr dunkles Haar, strich ihr die schweißnassen Haarsträhnen aus dem Gesicht. Sie war so heiß wie eine dampfende Ladung nasser Wäsche. Die Gitarre entwirrte ein Stück, das ich nur ab und zu als »So you want to be a Rock 'n' Roll Star« erkennen konnte.

»Astrid«, flüsterte Yvonne.

»Hör mal«, sagte ich. »Jemand spielt Gitarre.«

»Ich hatte einen schrecklichen Traum«, murmelte sie. »Dauernd haben mir Leute meine Sachen gestohlen. Sie haben mir mein Pferd weggenommen.«

Ihr filzbesetztes Papp-Pferd, weiß, mit Zaumzeug aus Goldpapier und einer Mähne aus roten Seidenfransen, stand auf der Kommode, eine Vorderhand angehoben, den Hals zu einem Bogen gekrümmt, der die erschreckten Bögen ihrer Augenbrauen spiegelte.

»Es ist immer noch da«, sagte ich und legte ihr meine Hand auf die Wange. Ich wußte, daß sie sich auf ihrer heißen Haut kühl anfühlen würde. Meine Mutter hat das immer gemacht, wenn ich krank war, erinnerte ich mich plötzlich, und einen Moment lang konnte ich die Berührung ihrer kühlen Hände deutlich spüren.

Yvonne hob den Kopf, um nachzusehen, ob sich das Pferd noch im Mondlicht aufbäumte, dann legte sie sich auf das Kissen zurück. »Ich wünschte, es wäre endlich vorbei.«

Ich wußte genau, was Rena ihr erwidern würde. *Je eher desto besser.* Vor ein paar Monaten hätte ich sogar noch einen draufgesetzt. Ich hätte mir gedacht, daß es überhaupt keinen Unterschied machte, ob sie das Baby schnell bekam oder nicht. Wenn sie erst das Baby geboren hätte und es dann weggab, würde es bald wieder Neues zu verlieren geben: einen Freund, ein Zuhause, eine Arbeit, Krankheiten, weitere Babys; Tage und Nächte, die in einem Ozean übereinanderrollten, der sich immer gleichblieb. Was brachte es also, das Unglück zu beschleunigen?

Doch inzwischen hatte ich gesehen, wie sie im Schneidersitz auf dem Bett saß und mit ihrem Bauch flüsterte; ihm erzählte, wie großartig es auf der Welt sein würde, daß es Pferde und Geburtstage gab, weiße Katzen und Eiscreme. Selbst wenn Yvonne nicht beim Rollschuhlaufen dabeisein oder den ersten Schultag miterleben würde, mußte es doch irgend etwas wert sein. Sie hatte es jetzt, dieses süße Gefühl, diesen Traum. »Ja, und wenn es dann soweit ist, wirst du denken, daß es viel zu früh kommt!«

Yvonne hielt meine Hand an ihre heiße Stirn. »Du bist immer kühl. Du schwitzt überhaupt nie. Oh, das Baby bewegt sich«, flüsterte sie. »Willst du es mal fühlen?«

Sie schob ihr T-Shirt hoch, und ich legte meine Hand auf ihren nackten Bauch, so rund und warm wie ein aufgehender Hefeteig, und spürte mit meiner Handfläche die seltsamen Bewegungen des Babys. Sie lächelte schief, hin- und hergerissen zwischen Freude und Angst vor dem, was auf sie zukam.

»Ich glaube, es wird ein Mädchen«, flüsterte sie. »Das andere war auch ein Mädchen.«

Sie sprach über ihre Babys nur spät abends, wenn wir allein waren. Rena wollte nicht, daß sie darüber sprach; sie hatte ihr geraten, gar nicht an sie zu denken. Doch Yvonne mußte mit irgend jemandem reden. Der Vater von diesem Baby, Ezechiel, fuhr einen Pick-up. Sie hatten sich im Griffith Park kennengelernt, und sie hatte sich in ihn verliebt, als er mit ihr zusammen Karussell gefahren war.

Ich versuchte, mir etwas Tröstliches einfallen zu lassen. »Sie hat einen festen Tritt. Vielleicht wird sie mal eine Ballerina, *ese*.«

Die einfache Melodie der E-Gitarre prallte von den Hügeln ab und sprang durch das Fenster herein, und der Hügel auf Yvonnes Bauch tanzte im Takt zu den Stößen winziger Hände und Füße.

»Ich möchte, daß sie zu den Girl Scouts geht. Du gehst zu den Girl Scouts, *mija*«, sagte sie zu dem Hügel. Dann sah sie mich wieder an. »Bist du dabeigewesen?«

Ich schüttelte den Kopf.

»Ich wollte es immer unheimlich gern«, sagte sie, während sie mit dem Finger Achten auf das feuchte Laken malte. »Doch ich konnte unmöglich fragen. Meine Mom hätte sich halbtot gelacht. ›Dein fetter Hintern bei den blöden Girl Scouts?‹«

Wir saßen ziemlich lange da und sagten nichts. Hofften, daß ihre Tochter es einmal besser haben würde. Der Gitarrist war ruhiger geworden, jetzt spielte er »Michelle«. Meine Mutter liebte dieses Lied. Sie konnte es auf französisch singen.

Yvonne döste ein, und ich ging in mein Bett zurück. Ich dachte daran, wie meine Mutter gegen die Hitze des Fiebers ihre kühlen Hände auf mein Gesicht gelegt hatte, wie sie mich in Laken gehüllt hatte, die sie vorher mit Eiswasser, Eukalyptus und Nelken getränkt hatte. *Ich bin dein Zuhause*, hatte sie einmal gesagt, und es stimmte immer noch.

Ich beugte mich unter das Bett und zog den Beutel mit ihren Briefen hervor, manche Umschläge so dünn wie eine Verheißung, andere fett wie weiße Karpfen. Der Beutel war schwer, er verströmte ihren Veilchengeruch. Ich stand leise auf, um Yvonne nicht aufzuwecken, schlich mich aus dem Zimmer und schloß die Tür fest hinter mir.

Im Wohnzimmer, auf der grünen Couch, schaltete ich die Glasperlenlampe an, die alles immer wie ein Gemälde von Toulouse-Lautrec aussehen ließ. Ich häufte mehrere Handvoll Briefe auf den Sofatisch. Ich haßte meine Mutter, doch ich sehnte mich auch nach ihr. Ich wollte verstehen, wie sie meine Welt mit soviel Schönheit füllen und gleichzeitig sagen konnte: Diese Frau war zur Überdosis geboren.

Der räudige Kater pirschte sich über die Rückenlehne der Couch heran und kletterte vorsichtig auf meinen Schoß. Ich ließ zu, daß er sich unter meinem Herzen zusammenrollte, schwer, warm und schnurrend wie ein LKW in einem niedrigen Gang.

Liebe Astrid,
es ist drei Uhr nachts; wir haben gerade die vierte Kontrolle hinter uns. Im Bunker brennt das Licht die ganze Nacht, kalte Leuchtstoffröhren scheinen auf die grauen Zellenwände, die

gerade genug Platz für das Bett und die Toilette lassen. Immer noch kein Brief von Dir. Nur Schwester Lunarias sexuelle Litanei. Sie erklingt Tag und Nacht aus dem unteren Bett, wie Gebete von tibetischen Mönchen, die die Welt zum Leben erwecken wollen. An diesem Abend ist die Exegese dem Buch Raoul gewidmet, ihrem letzten Freund. Wie andächtig sie Größe und Gestalt seines Organs beschreibt, den prismatischen Katalog seiner erotischen Reaktionen.

Sex ist das allerletzte, woran ich hier denke. Mein einziges Anliegen ist die Freiheit. Ich grüble über die Anordnung der Moleküle in den Mauern nach. Ich meditiere über die Natur der Materie, das Vorherrschen des leeren Raumes im wirbelnden Rodeo der Elektronen. Ich versuche, zwischen den Quantenpaketen zu oszillieren, völlig außer Phase schwingend, um schließlich, im Wellental der Pulse, die Materie zu durchdringen. Eines Tages werde ich geradewegs durch diese Mauern gehen.

»Gonzales besorgt's Vicki Manolo drüben auf Simmons A«, sprach Lunaria. »Er hat einen Schwanz wie ein Hengst. Wenn er sich hinsetzt, sieht's so aus, als ob er einen Baseballschläger vorne drin hat.«

Die Häftlinge mögen Gonzales. Er macht sich die Mühe zu flirten, benutzt Rasierwasser, seine Hände sind so sauber wie weiße Callablüten. Lunaria liegt masturbierend in ihrem Bett und stellt sich riesenhafte Penisse vor; sie paart sich mit Pferden, mit Bullen; sie ist regelrecht jovianisch in ihren Phantasien, während ich auf die Lochmuster in den Dämmplatten an der Decke starre und dem nächtlichen Atem des Gefängnisses lausche.

Neuerdings höre ich alles. Ich höre das Klicken der Karten aus dem Wachturm 1 – kein Poker, es klingt eher wie Rommé – und lausche den traurigen Berichten über Hämorrhoiden und häuslichen Argwohn. Auf Miller, der Gnadenstation, schnarchen die alten Damen, das Gebiß in einem Glas neben sich. Ich höre die Ratten in der Küche. Eine Frau schreit auf der Sicherheitsstation; auch sie hört die Ratten, aber versteht nicht, daß sie nicht in ihrem Bett sind. Man fixiert sie eilig.

Aus den Zellen der Zugangsabteilung höre ich gemurmelte Drohungen, während sie ein neues Mädchen fertigmachen. Sie ist weich, eine Scheckbetrügerin, für einen Aufenthalt hier nicht gerüstet. Sie nehmen ihr alles ab, was sie ihr noch nehmen können. Fotze, sagen sie zu ihr, nachdem sie mit ihr durch sind.
Der Rest des Gefängnisses schläft unruhig; die Gefangenschaft läßt lebhafte Träume entstehen. Ich weiß, was sie träumen. Ich kann in ihnen lesen wie in einem Roman; es ist besser als Joyce. Sie träumen von Männern, die sie schlagen, ein Rückhandschlag, ein unsanfter Tritt in den Unterleib. Männern, die die Zähne zusammenpressen, bevor sie zuschlagen, und dann zischen: »Du hast es ja nicht anders gewollt, du zwingst mich dazu!« Noch im Schlaf ducken sich die Frauen unter ihrem Blick; männliche Augäpfel, die vor Zorn aus ihren Höhlen quellen, von Adern durchzogen wie eine topographische Karte, das Weiße hat die Farbe schlecht gewordener Mayonnaise. Man fragt sich, wie sie überhaupt genug sehen konnten, um ihre Schläge zu plazieren. Doch die Angst der Frauen ist ein Magnet. Ich hoffe, Du weißt das noch nicht. Sie zieht Fäuste an, Männerhände, so hart wie die Gottes.
Andere haben mehr Glück. Sie träumen von Männern mit sanften Händen, beredt in ihrer Zärtlichkeit, von Fingern, die über Wangen streichelten und die Konturen geöffneter Lippen in der Brailleschrift der Liebenden beschrieben. Von Händen, die Süße aus widerspenstigem Fleisch formten, die öffnend und knetend Brüste erforschten und Hüften entflammten. Unter der Hitze dieser Hände wird Fleisch zu Brot, zu einem aufgehenden Hefezopf.
Manche träumen auch von Verbrechen, Waffen und Geld. Phiolen voller Träume, die dahinschwanden wie später Schnee. Auch ich bin dabei. Ich sehe das Gesicht eines überraschten ARCO-Tankwarts genau in dem Moment, in dem es zu einer Collage aus hellem Blut und Knochen wird.
Ich lege mich in dem langersehnten Apartment hin, weißer Teppich, Müllentsorgungsanlage, Geschirrspülmaschine, bewachtes

Parkhaus. Auch ich betrüge das alte Ehepaar um seine Ersparnisse und feiere dann bei einer Flasche Mumm und Sevruga auf Toast. Behutsam hebe ich die Glasschiebetür eines zweistöckigen Hauses in Mar Vista aus ihrer Schiene. Ich kaufe mit einer gestohlenen American-Express-Karte einen Pelzmantel bei Saks. Den besten russischen Zobel, so golden wie Weinbrand.
Am besten sind die Freiheitsträume. Lenkräder, die einem so wirklich in der Hand liegen, der Schwung beim Gasgeben, die Tankanzeige steht auf VOLL. *Wind weht durch die offenen Fenster; wir benutzen die Klimaanlage nicht, wir saugen lieber die vorbeiströmende, lebendige Luft ein. Wir nehmen die Autobahnen, fahren auf der Überholspur, halten nach Schildern Ausschau, auf denen San Francisco oder New Orleans steht. Wir überholen Trucks auf den Interstates, und ihre Fahrer hupen uns zu. Wir trinken an Tankstellen Soda und essen Burger in Raststätten gleich neben der Straße, bestellen uns alle Extras. Wir hören uns die Country-music-Sender an, wir schalten Tijuana, Chicago oder Atlanta, Georgia, ein und schlafen in Motels, in denen der Mann an der Rezeption noch nicht mal aufblickt, sondern nur das Geld kassiert.*
Auf Barneburg B träumt meine Zellengenossin Lydia Guzman davon, wie sie im Sommer über den Whittier Boulevard geht. Ein Schuß verschnittener Drogen pumpt Salsa-Rhythmen durch ihre Oberschenkel, die in Zehn-Dollar-Strumpfhosen glänzen. Mit ihrem langsamen, hüftschwingenden Gang und ihrem unglaublich engen Rock macht sie die jungen mexikanischen Vatos ganz wild. Ihr Lachen schmeckt nach verbranntem Sonnenschein, Kaktus und dem Wurm.
Vor allem aber träumen wir von Kindern. Von der Berührung kleiner Hände, den schimmernden Reihen winziger Perlenzähne. Immer verlieren wir unsere Kinder. Auf Parkplätzen, im Supermarkt, im Bus. Wir drehen uns um und rufen nach ihnen. Shawanda, rufen wir, Luz, Astrid. Wie konnten wir Euch nur verlieren, wir haben doch so gut aufgepaßt? Nur einen Augenblick lang haben wir weggeschaut. Und nun stehen wir allein

am Straßenrand, die Arme voller Päckchen, und jemand hat uns unsere Kinder weggenommen.

Mutter.

Sie konnten sie zwar einsperren, aber die Umwandlung der Welt durch ihren Geist konnten sie nicht verhindern. Das hatte Claire nie verstanden. Daß meine Mutter etwas tat, indem sie der Welt ihr Gesicht aufdrückte. Es gab Verbrechen, die viel zu subtil waren, als daß man sie wirksam verfolgen konnte.

Ich richtete mich auf, und die weiße Katze floß von meinem Schoß herunter wie Milch. Ich faltete den Brief zusammen, steckte ihn in seinen Umschlag zurück und warf ihn auf den Couchtisch. Mich konnte sie nicht zum Narren halten. Ich war das weiche Mädchen aus der Zugangsabteilung. Sie würde mir alles stehlen, was man mir noch nehmen konnte. Ich würde mich aber nicht vom schönen Klang ihrer Worte einlullen lassen. Ich konnte sehr gut die lumpige Wahrheit von einer geschickten Lüge unterscheiden.

Niemand hatte mich dir weggenommen, Mutter. Meine Hand ist deinem Griff nie entglitten. So ist es ganz und gar nicht gewesen. Ich war eher wie ein Auto, das du irgendwo geparkt hattest, als du betrunken warst und dich dann nicht mehr erinnern konntest, wo du es abgestellt hattest. Du hast siebzehn Jahre lang weggeschaut, und als du dich wieder umdrehtest, war ich eine Frau geworden, die du nicht wiedererkanntest. Soll ich jetzt etwa Mitleid empfinden mit dir und all diesen anderen Frauen, die ihre Kinder während eines Raubüberfalles, eines Mordes, einer Fiesta der Gier verloren haben? Heb dir deine dichterische Anteilnahme für jemanden auf, der leichtgläubiger ist. Wenn eine Dichterin etwas sagt, heißt das noch lange nicht, daß es auch stimmt, sondern nur, daß es gut klingt. Eines Tages würde ich wahrscheinlich alles in einem Gedicht für den New Yorker lesen.

Ja, ich war tätowiert, genau wie sie es gesagt hatte. Jeder Zentimeter meiner Haut war durchbohrt und besudelt; ich war das Urbild der gezeichneten Frau, ein japanischer Gangster, eine wandernde Bildergalerie. Halte mich ins Licht, lese meine hellen Wunden. Wenn ich Barry gewarnt hätte, hätte ich sie vielleicht aufhalten können. Doch sie hatte bereits von mir Besitz ergriffen. Ich wischte mir die Tränen ab, trocknete meine Hände an der weißen Katze und griff nach einer weiteren Handvoll Glassplitter, um sie über meine Haut zu reiben. Ein weiterer Brief voller aufwühlender Vorgänge, Dramen und Phantasien. Ich überflog die Seite.

Irgendwo im Bunker weint eine Frau. Sie hat die ganze Nacht über geweint. Ich habe versucht, sie zu finden, doch schließlich wurde mir klar, daß sie gar nicht hier ist. Du bist es. Hör auf zu weinen, Astrid, ich verbiete es Dir. Du mußt stark sein. Ich bin in Deinem Zimmer, Astrid, fühlst Du mich? Du teilst Dir das Zimmer mit einem Mädchen; sie kann ich auch sehen, ihr glattes Haar, ihre schmalen, gebogenen Augenbrauen. Sie schläft fest, aber Du nicht. Du sitzt aufrecht im Bett unter einer gelben Chenilledecke – meine Güte, wo hat sie das Teil bloß aufgetrieben, Deine neue Pflegemutter? Meine Mutter hatte genau so eine. Ich sehe, wie Du Deine nackten Knie umschlingst, die Stirn dagegen preßt. Grillen reiben ihre Beine aneinander wie Billardspieler beim Maßnehmen für den entscheidenden Stoß. Hör auf zu weinen, hörst Du mich? Was glaubst Du denn, wer Du bist? Was mache ich eigentlich hier drinnen, außer Dir zu zeigen, daß eine Frau stärker ist als das?

Einen anderen Menschen zu lieben ist eine so große Verantwortung, doch hier drinnen kommt es einem vor, als ob man Zuwerfen mit Granaten spielt. Die Lebenslänglichen raten mir, Dich zu vergessen, mir das Leben leichtzumachen. »Du kannst dir hier ein neues Leben aufbauen«, sagen sie. »Such dir eine Partnerin, finde neue Kinder.« Manchmal ist es so schrecklich, daß ich glaube, sie haben recht. Ich sollte Dich vergessen. Manchmal wünschte ich, Du wärst tot, dann wüßte ich wenigstens, daß Du in Sicherheit bist.

Eine Frau auf meiner Station hat ihren Kindern Heroin gege-

ben, seit sie klein waren, um immer zu wissen, wo sie gerade waren. Sie sind jetzt alle im Gefängnis, alle am Leben. Es gefällt ihr so. Wenn ich glaubte, daß ich hier mein Leben lang bleiben müßte, dann würde ich Dich vergessen. Ich müßte es. Es macht mich ganz krank, an Dich zu denken, wie Du Dir irgendwo da draußen Wunden zuziehst, während ich in dieser Zelle kreise, machtlos wie ein Geist in der Flasche. Astrid, hör auf zu weinen, verdammt!

Ich werde herauskommen, Astrid, das verspreche ich Dir. Ich werde die Wiederaufnahme meines Verfahrens beantragen, ich werde durch die Wände gehen, ich werde davonfliegen wie eine weiße Krähe.

Mutter.

Ja, ich weinte. Ihre Worte waren wie Briefbomben, die sie in Umschläge versiegelt hatte und die mich Wochen später zerfetzt und blutig zurückließen. Du meinst, du kannst mich sehen, Mutter? Alles, was du je sehen konntest, war dein eigenes Gesicht im Spiegel.

Du hast immer gesagt, ich wüßte nichts, doch genau da mußte man anfangen – im Nichtwissen. Ich würde niemals den Anspruch erheben zu wissen, wovon Frauen im Gefängnis träumen, welches Recht die Schönheit hat oder was die Magie der Nacht in sich birgt. Wenn ich das auch nur einen Moment lang glaubte, hätte ich nie die Möglichkeit, es herauszufinden, es im Ganzen zu sehen, es entstehen und sich entwickeln zu sehen. Ich muß nicht mein Gesicht in jeder Wolke sehen, die Hauptdarstellerin jedes noch so zufälligen Ereignisses sein.

Wer bin ich, Mutter? Ich bin nicht du. Deshalb wünschst du dir auch, ich wäre tot. Du kannst mich nicht mehr formen. Ich bin das unkontrollierbare Element, die Willkür, ich bin Vorwärtsbewegung in der Zeit. Du meinst, du könntest mich sehen? Dann sag mir, wer ich bin. Du weißt es nicht. Ich bin überhaupt nicht wie du. Meine Nase ist anders, flach am Nasenrücken, nicht scharf geknickt wie eine Falte im Reispapier. Meine Augen sind nicht eisblau, gefärbt in deiner merkwürdigen Mischung aus Schönheit und Grausamkeit. Sie sind so dunkel wie die Prellungen auf der Innenseite eines Armes, sie lächeln nie. Du verbietest mir zu weinen? Ich bin kein Teil von dir, ich unterstehe deinen Befehlen nicht mehr. Du hast immer gesagt, ich hätte keine Phantasie. Falls du damit meintest, daß ich Scham und Reue empfinden konnte, hast du recht gehabt. Ich kann die Welt nicht durch bloße Willenskraft neu erschaffen. Ich weiß nicht, wie ich meinen eigenen Lügen glauben soll. Dazu bedarf es einer ganz bestimmten Begabung.

Ich trat auf die vordere Veranda hinaus, stand barfuß auf den gesplitterten Holzbalken. Der Wind trug das gleichmäßige Rauschen des Verkehrs von der 5 herüber. Hundegebell, ein oder zwei Häuserblocks weiter ein Pistolenknall in einer rotgetönten, blutenden Nacht. *Wir sind diejenigen, die Rom geplündert haben,* hast du in jener fernen Nacht auf dem Dach unter dem Rabenaugenmond gesagt. *Vergiß nie, wer du bist.*

Wie könnte ich das je vergessen? Ich war ihre Phantomtochter, die an leeren Tischen mit Wachsmalkreiden und Buntstiften saß, während sie an einem Gedicht arbeitete, ein Mädchen, so gefügig wie weißer Ton. Jemand, den sie formen konnte, dem sie beibringen konnte, so zu sein wie sie. Sie hatte mich immer geformt. Sie zeigte mir eine Orange, ein Häufchen Kiefernnadeln, einen facettierten Quarz und ließ sie mich beschreiben. Ich kann nicht älter als drei oder vier gewesen sein. Meine Worte, das war es, was sie wollte. »Was ist das?« hatte sie in einem fort gefragt. »Was ist das?« Doch wie hätte ich es ihr sagen können? Sie hatte mir alle Worte genommen.

Der Geruch nach Vanillewaffeln erfüllte die Nachtluft, und der Wind klapperte in den Palmen wie die Gedanken in meinem schlaflosen Geist. Wer bin ich? Ich bin ein Mädchen, das du nicht gekannt hast, Mutter. Das stumme Mädchen in der letzten Reihe des Klassenzimmers, das seine Schulhefte vollmalt. Erinnerst du dich noch, daß sie nicht wußten, ob ich überhaupt Englisch sprechen konnte, als wir in die Staaten zurückkehrten? Sie führten Tests mit mir durch, um herauszufinden, ob ich zurückgeblieben oder taub war. Doch du hast dich nie gefragt, warum. Du hast nie gedacht, vielleicht hätte ich Astrid ein paar Worte übriglassen sollen.

Ich dachte an Yvonne, die in unserem Zimmer schlief, daumenlutschend, wie eine Decke um ihr Baby gewickelt. »Ich kann sie sehen«, hast du gesagt. Du könntest sie niemals sehen, Mutter. Nicht einmal, wenn du die ganze Nacht lang in diesem Zimmer stündest. Du würdest nur ihre gezupften Augenbrauen sehen, ihre schlechten Zähne, die Bücher, die sie liest, mit ohnmächtigen Frauen auf dem Titelbild. Du könntest nie die Liebenswürdigkeit in diesem Mädchen erkennen, die Tiefe ihrer Bedürfnisse; wie verzweifelt sie dazugehören will und deshalb auch wieder schwanger ist. Du würdest sie aburteilen, wie du alles aburteilst, als minderwertig, doch du könntest sie nie sehen. Für dich waren die Dinge nicht wirklich. Sie waren nur Rohmaterial, um daraus eine Geschichte zu formen, die dir besser gefiel. Du könntest nie einfach einem Jungen beim Gitarrespielen zuhören, du müßtest gleich ein Gedicht daraus machen, es in etwas verwandeln, in dem es nur um dich geht.

Ich ging wieder ins Haus zurück und breitete alle ihre Briefe auf Renas wackligem Küchentisch aus, Briefe aus der Zeit bei Starr und bei Marvel, aus der Zeit bei Amelia und Claire und diese letzten bitteren Lieferungen. Es gab genug, um mich für alle Zeit zu ertränken. Die Tinte ihrer Schrift war ein Pilz, ein bösartiger Fluch auf einer Birkenrinde, eine verzerrte Rune. Ich holte die Schere hervor und fing an, die Briefe zu zerschneiden; zerschnitt ihre Wortketten, Glied für Glied, nahm ihren komplizierten Gedankengang Schritt für Schritt auseinander. Sie konnte mich jetzt nicht mehr aufhalten. Ich weigerte mich, noch länger durch ihre Augen zu sehen.

Sorgfältig suchte ich Wörter und Sätze aus dem Stapel, legte sie auf der grau-weiß gemusterten Linoleumtischplatte aus und ordnete sie zu Zeilen an. Die graue Morgendämmerung preßte die ersten Pfirsichtöne hervor, als ich fertig war.

/Es macht mich ganz krank, an Dich zu denken/
/das Vorherrschen des leeren Raumes/
/unheilig/
/unbeweglich/
/Verdammte/ /Gaben/
/unerträglich/
/durchdrungen von einem übertriebenen Wichtigkeitsgefühl/
/ich/ /wünschte/
/Du wärst tot./

/Dich vergessen/
/Krähe/
/blühend vor/
/Phantasien/
/so schrecklich/
/eine perfekte Nachahmung/

/Verantwortung/ /zu lieben/
/Dich zu vergessen/
/Ingrid Magnussen/

/ziemlich allein/
/masturbierend/
/faul/
/enttäuscht/
/grotesk/

/Du/ /umschlingst/
/Gifte/
/Müll/
/Granaten/

/Einsamkeit/
/weit entfernte Schreie/
/mein Leben lang/

/Nie/
/Reaktionen./

/alles/ /nehmen/
/fühlst Du mich/
/das Los der Menschheit./

/Hör auf/
/Mord- und Rachepläne/ /zu/ /schmieden./
/Buße/
/Kultiviere sie./

/Du/
/verbiete/ /st/
/Gnade/
/Zorn/
/machtlos/
/es ist/ /zu/
/wichtig/
/ich/
/kann es nicht ertragen/

/verdammt/
/Du/
/verachtungswürdigste aller Kreaturen/
/so verrückt/
/mißtönend und verdrossen/

/meine/
/Tankanzeige steht auf VOLL*/*

Ich klebte sie auf ein Blatt Papier. Ich gebe sie dir zurück. Deine eigenen kleinen Sklaven. O Gott, sie revoltieren. Es ist Spartakus, Rom brennt. Jetzt plündere es, Mutter! Nimm dir, was du kriegen kannst, ehe alles zu Asche wird.

27

Die kristallklaren Märztage, die kostbarsten Tage des Jahres, kamen wie eine Segnung, königlich, nach Zeder und Pinie duftend. Prickelnd kalte Winde reinigten die Luft von jeder Unreinheit und spülten sie so klar, daß man die Bergketten bis nach Riverside sehen konnte, scharf umrissen wie eine Malen-nach-Zahlen-Vorlage; Windwolken federten an ihren gepuderten Flanken herunter wie in einer Natursendung über den Mount Everest. In den Nachrichten hieß es, die Schneegrenze sei auf viertausend Fuß gesunken. Die Tage waren ultramarinblau, mit Hermelinpelz besetzt, und die Nächte zeigten all ihre zehntausend Sterne, die über uns leuchteten wie ein Beweis; ein Kalkül, gewebt aus gewissen unumstößlichen Wahrheiten.

Wie klar ich ohne meine Mutter hinter meinen Augen sehen konnte! Ich war wiedergeboren, ein siamesischer Zwilling, der endlich von seinem gehaßten, hinderlichen Doppelgänger getrennt war. Erwartungsvoll wie ein kleines Kind wachte ich früh auf, in einer Welt, die reingewaschen war vom giftigen Nebel meiner Mutter, ihren milchigen Miasmen. Dieses funkelnde Blau würde meine Metapher sein, mein Kennzeichen, wie der Mantel der Maria, blau, mit Hermelin eingefaßt, Mitternacht mit Diamanten. Wer würde ich jetzt sein, da ich mich wieder zurückerobert hatte, um endlich allein Astrid Magnussen zu sein?

Liebe Astrid,
bravo! Obwohl Dein Brief als Poesie einiges zu wünschen übrigläßt, deutet er auf einen Funken hin, auf eine Fähigkeit zur Leidenschaft, die ich Dir nie zugetraut hätte. Aber im

Ernst, Du kannst doch nicht glauben, daß Du Dich so einfach von mir lossagen kannst. Ich lebe in Dir, in Deinen Knochen, in den feinen Windungen Deines Geistes. Ich habe Dich erschaffen. Ich habe die Gedanken in Deinem Kopf geformt, die Stimmungen, die Du mit Dir herumträgst. Dein Blut flüstert meinen Namen. Selbst in der Rebellion bist Du noch mein.
Du willst meine Buße, verlangst meine Reue? Wieso willst Du mich kleiner machen, als ich bin – weil Du es dann leichter findest, mich fallenzulassen? Dann halte mich lieber für grotesk, blühend vor Phantasie.
Ich bin aus der Isolationshaft entlassen, danke für Deine Nachfrage. Bei meiner Wiedereinsetzung auf Barneburg B wartete neben anderen Sendschreiben ein Brief von Harper's auf mich. Oh, diese Lobpreisungen: eine Gefängnis-Plath. (Obwohl ich keine Selbstmörderin bin, keine verschmorte Dichterin mit dem Kopf in der Backröhre.)
Gib mich nicht so schnell auf, Astrid. Es gibt Leute, die sich für meinen Fall interessieren. Ich werde hier nicht vermodern wie der Mann mit der eisernen Maske. Bald kommt das Millennium. Alles mögliche kann passieren. Und wenn ich erst ungerechtfertigterweise eingesperrt werden mußte, bevor Harper's von mir Notiz nahm – nun … dann könnte man fast sagen, das ist es wert gewesen.
Wenn ich nur daran denke, daß ich mich in Freiheit schon glücklich schätzen konnte, wenn ich eine handgeschriebene Absage vom Dog Breath Review bekam.
Sie drucken ein langes Gedicht über Vogelthemen: die Gefängniskrähen, Wildgänse auf Wanderschaft; ich habe sogar die Tauben benutzt – kannst Du Dich noch an sie erinnern? Auf dem St. Andrews Place. Natürlich erinnerst Du Dich. Du erinnerst Dich doch an alles. Du hattest Angst vor dem verfallenen Taubenschlag; wolltest nicht auf den Hof hinausgehen, ehe ich zwischen den Efeuranken herumgestochert hatte, um Schlangen zu verscheuchen.
Du hattest immer Angst vor den falschen Dingen. Ich fand die

Tatsache, daß die Tauben immer noch zurückkehrten, obwohl der Kaninchendraht längst dem Efeu gewichen war, eine viel beunruhigendere Aussicht.
Du willst mich abschreiben? Versuch es nur. Bevor Du die Planke durchsägst, auf der Du stehst, mach Dir aber klar, welches Ende mit dem Schiff verbunden ist.
Ich werde überleben, aber wirst Du es auch? Ich habe eine Gefolgschaft – ich nenne sie meine Kinder: junge gepiercte Künstlerinnen voll begeisterter Bewunderung; sie pilgern aus Fontana, Long Beach, Sonoma und San Bernardino hierher, ja, sie kommen sogar von so weit her wie Vancouver, British Columbia. Und wenn ich so sagen darf: sie sind weitaus mehr nach meinem Geschmack als zitternde Schauspielerinnen mit Eheringen von zwei Karat. Sie bekennen sich zu einem Netzwerk aus abtrünnigen Feministinnen, Lesbierinnen, Wicca-Anhängerinnen und Performance-Künstlerinnen von der ganzen Westküste, einer Art Göttinnen-Zug aus dem Untergrund. Sie sind bereit, mir zu helfen, wo sie nur können; sie sind bereit, mir alles zu vergeben. Wieso kannst Du das nicht?

Deine Dich liebende Mutter,
die masturbierende Müllkrähe

P.S. *Ich habe eine Überraschung für Dich. Ich habe mich gerade mit meiner neuen Strafverteidigerin getroffen, Susan D. Valeris. Erkennst Du den Namen wieder? Die Verteidigerin der weiblichen Entrechteten? Die mit den schwarzen Locken und roten Lippen wie diese klappernden Plastikgebisse zum Aufziehen. Sie ist gekommen, um Kapital aus meinem Martyrium zu schlagen. Ich mißgönne es ihr nicht. Die Situation gibt mehr als genug für uns beide her.*

Ich stand in der Eingangstür und sah zu, wie die Wolken von den Bergen emporstiegen. Sie würden sie nicht freilassen. Sie hatte einen Mann umgebracht, er war erst zweiunddreißig gewesen. Wieso sollte es etwas ändern, daß sie eine Dichterin war, eine

Gefängnis-Plath? Ihretwegen war ein Mann gestorben. Er war nicht vollkommen gewesen, er war selbstsüchtig gewesen, ein oberflächlicher Mensch – aber trotzdem. Sie würde es wieder tun, beim nächsten Mal sogar mit noch weniger Grund. Man brauchte sich nur anzuschauen, was sie mit Claire gemacht hatte. Ich konnte einfach nicht glauben, daß irgendein Rechtsanwalt in Erwägung ziehen könnte, sie zu verteidigen.

Nein, das hatte sie sich ausgedacht. Sie versuchte, ihre Schlinge um mich zu legen, mich zum Stolpern zu bringen, mich in ihren Beutel zurückzustopfen. Es würde aber nicht funktionieren, nicht mehr. Ich hatte mich aus ihrer seltsamen Gebärmutter befreit, ich würde mich nicht mehr zurücklocken lassen. Sollte sie doch ihre neuen Kinder mit ihren Phantasien einwickeln, mit ihnen unter den Ficusbäumen im Besucherhof Komplotte schmieden. Ich wußte sehr gut, wovor man Angst haben mußte. Sie hatten ja keine Ahnung, daß im Efeu Schlangen lauerten.

Auf der Marshall High School nahmen wir im Geschichtsunterricht den Amerikanischen Bürgerkrieg durch. Im überfüllten Klassenzimmer saßen die Schüler auf Fensterbänken und auf Bücherregalen an der hinteren Wand. Die Heizung funktionierte nicht, und Mr. Delgado trug einen dicken grünen Pullover, den ihm irgend jemand selbst gestrickt hatte. Er schrieb mit nach links geneigter Schrift das Wort »Gettysburg« an die Tafel, während ich versuchte, das grobe Strickmuster und seine linkische Haltung auf meinem liniierten Schreibblock festzuhalten. Dann wandte ich mich meinem Geschichtsbuch zu, das auf dem Tisch lag, aufgeklappt bei der Fotografie des großen Schlachtfeldes.

Ich hatte sie zu Hause mit der Lupe untersucht. Man konnte es ohne Lupe nicht sehen, doch die Körper auf dem Foto hatten keine Schuhe an, keine Gewehre, keine Uniformen. Sie lagen in Socken auf dem kurzen Gras, ihre weißen Augen starrten in den bewölkten Himmel, und man konnte nicht erkennen, zu welcher Seite sie gehörten. Die Landschaft endete hinter einer Baumreihe in der Ferne, wie ein Bühnenbild. Der Krieg war weitergezogen und hatte nur die Toten zurückgelassen.

In den drei Tagen der Schlacht hatten einhundertfünfzigtausend Männer in Gettysburg gekämpft. Es hatte fünfzigtausend Opfer gegeben. Ich kämpfte mit der Ungeheuerlichkeit dieser Zahl. Einer von dreien gefallen, verwundet oder vermißt. Wie ein riesiges Loch, das in das Gewebe des Seins gerissen worden war. Claire war gestorben, Barry war gestorben, in Gettysburg aber waren siebentausend gestorben. Wie hatte Gott ihrem Sterben zusehen können, ohne zu weinen? Wie konnte er die Sonne je wieder über Gettysburg aufgehen lassen?

Mir fiel ein, daß meine Mutter und ich einmal ein Schlachtfeld in Frankreich besucht hatten. Wir hatten einen Zug nach Norden genommen, eine lange Fahrt. Meine Mutter trug Blau; bei uns waren eine Frau mit dickem schwarzem Haar und ein Mann in einer abgetragenen Lederjacke. Wir aßen während der Zugfahrt Schinken und Orangen. In den Orangen waren dunkle Flecken; sie bluteten. Am Bahnhof kauften wir Mohnblumen und fuhren mit dem Taxi aus der Stadt. Das Taxi hielt am Rand eines riesigen Feldes. Es war kalt, das braune Gras duckte sich im Wind. Weiße Steine sprenkelten die Ebene, und ich konnte mich noch daran erinnern, wie leer sie gewesen war; der Wind hatte durch meinen dünnen Mantel hindurchgeblasen. Wo ist es? hatte ich gefragt. *Ici*, erwiderte der Mann und strich sich über den blonden Schnurrbart. Weißer Gips in seinen Haaren.

Ich starrte das kurze, gekräuselte Gras an, aber ich konnte mir nicht vorstellen, wie die Soldaten dort gestorben waren, den Kanonendonner; es war so still, so unheimlich leer, und die Mohnblume in meiner Hand pochte wie ein Herz. Sie fotografierten sich gegenseitig vor dem gelbgrauen Himmel. Auf dem Rückweg gab mir die Frau ein Stück Schokolade in Goldfolie.

Ich konnte immer noch diese Schokolade schmecken, mich an das Rot der Mohnblume in meiner Hand erinnern. Und an den Mann. Etienne. Das Licht fiel durch ein Dachfenster in sein Studio; Glas und wabenartig gemusterter Kaninchendraht. Der

Boden war aus grauem Zement. Es gab ein altes graues Sofa, gepolstert mit Zeitungen, und alles war bedeckt mit weißem Staub von dem Gips, aus dem er seine Statuen machte; Gips, mit dem er Drahtgestelle und Lumpen umhüllte. Ich spielte mit einer hölzernen Bildhauerpuppe und stellte sie in Positur, während meine Mutter Etienne Modell stand.

Soviel Weiß. Ihr Körper und der Gips und der Staub; wir waren immer weiß wie die Bäcker. Der alte Heizstrahler, den er neben ihrem Schemel aufgestellt hatte, richtete nicht allzuviel aus, summte nur und roch nach verbranntem Haar. Er ließ französischen Rock laufen. Ich konnte immer noch spüren, wie kalt es war. An einem Haken hatte er ein Skelett hängen, das ich tanzen lassen konnte.

Sie schickte mich hinunter zum Laden, um eine Flasche Milch zu holen. *Une bouteille de lait*, sagte ich auf dem Weg vor mich hin. Ich wollte nicht gehen, doch sie hatte mich überredet. Die Milch wurde in Flaschen mit einem Deckel aus leuchtender Folie verkauft. Auf dem Rückweg verlief ich mich. Ich ging im Kreis, war zu ängstlich, um zu weinen, und umklammerte die Milchflasche in der einsetzenden Dämmerung. Schließlich war ich zu müde, um noch weiterzulaufen, und setzte mich auf die Eingangsstufen eines Apartmenthauses, neben den Klingelkasten. Der Kasten war dunkel bis auf die Stellen, an denen Finger auf die Klingeln gedrückt hatten; sie waren hell. Eine Glastür mit einem geschwungenen Türgriff. Der Geruch nach französischen Zigaretten, nach Abgasen. Flanellhosenbeine liefen vorüber, Nylonstrumpfhosen und hohe Absätze, Wollmäntel. Ich hatte Hunger, doch ich hatte Angst, die Milchflasche aufzumachen; Angst, daß sie böse würde.

Plötzlich sah ich die leeren Fensterhöhlen aus meinem Traum wieder.

Où est ta maman? fragten die Nylonstrümpfe, fragten die Hosenbeine. *Elle revient*, erwiderte ich, doch ich glaubte nicht daran.

Meine Mutter sprang aus einem Taxi, gekleidet in ihre Afghanenjacke mit der Stickerei und dem lockigen Schaffellbesatz. Sie schrie mich an und zerrte mich von der Treppe hoch. Die Flasche fiel mir aus der Hand. Wie die Milch auf dem Bürgersteig aussah. Leuchtendweiß, mit scharfen kleinen Glasscherben.

Auf dem Nachhauseweg von der Schule kopierte ich die Fotografie des Schlachtfeldes und schickte sie ihr zusammen mit vier ausgeschnittenen Wörtern, die ich lose in einen Briefumschlag legte:

WER WIRKLICH
BIST DU

Nach dem Abendessen saß ich auf dem Flickenteppich in meinem Zimmer, schnitt mit dem Papiermesser Schattenspielfiguren aus alten Zeitschriftentiteln aus und klebte sie auf Bambusspieße, die ich vom letzten Essen bei Tiny Thai aufgehoben hatte. Es waren mythische Figuren, halb Tier, halb Mensch – der Affenkönig, der gehörnte Mann, der jedes Jahr geopfert wurde, um die Ernte fruchtbar zu machen, der weise Zentaur Chiron und die kuhköpfige Isis, Medusa und der Minotaurus, der Ziegenbock und die weiße Krähe, die Fuchsdame mit ihrer neuesten Geldschneiderei. Selbst der traurige Dädalus und sein gefiederter Sohn.

Ich nähte gerade den Arm des Minotaurus an seinen Körper, als es leise an die Tür klopfte. Moschus, der Geruch nach Diebesgut. Sergej lehnte im Türrahmen, in einem frischen weißen Hemd und Jeans, die muskulösen Arme verschränkt; eine goldene Armbanduhr, dick wie eine Schiffsuhr, hing an seinem Handgelenk. Seine Augen glitten durch das Zimmer, nahmen das Durcheinander auf, die Kleiderstapel in den Kartons, meine Tüten voller Skizzenblöcke und fertiger Zeichnungen, die geblümten Vorhänge, die längst zu Pastelltönen verblichen waren. Sein Blick registrierte alles, allerdings nicht so wie der Blick eines

Künstlers, der Formen und Schatten sah. Es war der Blick eines Profis, der wortlos die Möglichkeiten abschätzte, überlegte, wie schwer es sein würde, das, was er haben wollte, durch das Fenster nach draußen in den LKW zu schaffen. Nichts, was er sah, war der Mühe wert. Abgetretener Teppich, alte Betten, Yvonnes Papp-Pferd, ein mit Flitter statt mit Schnee gefüllter Briefbeschwerer, auf dem »Universal Studios Tour« stand. Er schüttelte den Kopf. »Ein Hund nicht sollte leben hier«, sagte er. »Astrid. Was du bloß willst machen?«

Ich befestigte den Arm des Minotaurus an dem Spieß, hielt ihn vor die Lampe, ließ ihn den Arm heben und senken und wiederholte seine Worte. »Ein Hund nicht sollte leben hier«, sagte ich, seinen harten Akzent nachäffend. »Kinder, ja. Aber nicht Hunde. Hunde nicht.« Der Minotaurus zeigte mit dem Arm auf ihn. »Was du hast gegen Hunde?«

»Spiel mit Puppen.« Er lächelte. »Manchmal du bist Frau, manchmal kleine Mädchen.«

Ich steckte den Minotaurus in eine Büchse zu den anderen Stabpuppen; ein Strauß aus Papier-Halbgöttern und Monstern. »Rena ist nicht da. Sie zieht sich irgendwo mit Natalia die Birne zu.«

»Wer sagt, ich komme, um sehen Rena?« Sergej schälte sich aus dem Türrahmen und trat ein, wie zufällig, schlenderte nur herum, so unschuldig wie ein Ladendieb. Er nahm Gegenstände in die Hand und legte sie genau da wieder hin, wo sie vorher gewesen waren, völlig geräuschlos. Ich konnte den Blick nicht von ihm wenden. Es war, als sei einer meiner Tier-Männer lebendig geworden, als hätte ich ihn herbeigerufen. Wie oft hatte ich mir genau diesen Moment vorgestellt, Sergej auf der Jagd wie ein Kater, der auf dem Gartenzaun jaulte. Ich verströmte einen zibetkatzenähnlichen weiblichen Gestank, ein charakteristisches Parfum sexueller Begierde, dem er gefolgt war, um mich hier im Dunkeln zu finden.

Sergej nahm Yvonnes Briefbeschwerer in die Hand und schüttelte ihn, sah zu, wie der Flitter heruntersank. Im Wohnzimmer lief der Fernseher; Yvonne, versunken in irgendein Vorabenddrama über hippe junge Leute, die Klamotten von Fred Segal trugen, schickere Haarschnitte und gestyltere Probleme hatten als sie. Er steckte einen Finger in Yvonnes Lidschattenkasten und rieb sich etwas auf die Augenlider. »Was denkst du?« lächelte er, legte den Kopf schief, betrachtete sich im Spiegel und strich sich mit einer Hand das Haar zurück, eitel wie eine Frau. Er beobachtete mich im Spiegel.

Er hatte große, schläfrige Lider, das Silber stand ihm gut. Er sah aus wie der Prinz in einem Ballett, sein Geruch dagegen war ausgesprochen animalisch; er füllte das Zimmer mit seinem Moschus. Ich hatte mal eines seiner T-Shirts gestohlen, bloß wegen dieses Geruches. Ich fragte mich, ob er es je gemerkt hatte.

»Astrid.« Er setzte sich auf die Kante meines Bettes, legte seinen dicken, wie Tauwerk geäderten Arm über das Kopfteil. Man hörte noch nicht mal die Bettfedern quietschen, wenn er sich setzte. »Warum du mir gehst aus dem Weg?«

Ich begann, eine Meerjungfrau mit langen Jugendstil-Haaren aus der Titelseite eines alten Scientific American zu schneiden. »Du bist ihr Freund. Ich wohne gern hier. Deshalb gehe ich dir aus dem Weg.«

Diese schnurrende Katerstimme. »Wer erzählt ihr? Ich? Du?« sagte er. »Ich kenne dich bißchen, Astrid *krassawiza*. Nicht so braves Mädchen. Leute denken zwar, aber ist nicht, was ich sehe.«

»Was siehst du denn?« fragte ich. Neugierig darauf, welche bizarren Entstellungen mein Bild beim Lauf durch die Abwasserkanäle von Sergejs Geist erfahren hatte.

»Du siehst mich, dir gefällt. Ich fühle, wie du siehst, aber dann wegschaust. Vielleicht Angst, du wirst wie sie, *da*?« Er nickte mit dem Kopf in Richtung Wohnzimmer, wo Yvonne saß, und deutete einen dicken Bauch an. »Du nicht vertraust. Ich dir nie werden machen Baby.«

Als ob es das wäre. Ich hatte Angst, aber nicht davor. Ich ahnte vielmehr, daß ich nicht mehr fähig wäre aufzuhören, wenn ich ihm je erlaubte, mich zu berühren. Ich konnte mich noch an den Tag erinnern, als meine Mutter und ihre Freunde auf einen Drink in das Drehrestaurant auf dem Dach des Bonaventure Hotel gegangen waren und ich mich zu den Fenstern gezogen fühlte; das Nichts, das mich hinausziehen wollte. Das gleiche Gefühl hatte ich auch jedesmal, wenn ich mit Sergej in einem Zimmer war, dieses Gleiten in Richtung des Abgrundes.

»Vielleicht mag ich Rena«, sagte ich, während ich winzige Schuppen in den Schwanz der Meerjungfrau schnitt. »Frauen mögen es nicht besonders, wenn man mit ihren Liebhabern herumvögelt.«

Sein Lächeln wischte über sein Gesicht wie ein Mop. »Mach keine Sorgen über Rena.« Er lachte, ein rumpelndes Gelächter, das von irgendwo unterhalb des geschmackvollen Ledergürtels aus der engen Jeans herkam. »Sie behält Sache nicht lange. Sie handelt gern. Heute Sergej, morgen jemand anderes. Hi, bye, vergessen Sie Hut nicht. Aber für dich, etwas anderes. Schau.«

Er zog etwas aus seiner Hemdtasche hervor. Es fing meinen Blick ein wie eine Libelle. Eine Halskette, ein Diamant an einer silbernen Kette. »Ich habe gefunden auf Straße. Du willst?«

Er versuchte mich mit einer gestohlenen Kette zu kaufen? Ich mußte lachen. Auf der Straße gefunden. Wahrscheinlich eher im Nachttisch irgendeiner Frau. Oder sogar an ihrem Hals, woher sollte ich das wissen? *Behutsam hebe ich die Glasschiebetür eines zweistöckigen Hauses in Mar Vista aus ihrer Schiene.* Ein Kinderschänder, der einem Bonbons anbot, eine Fahrt in seinem Auto. So also verführte jemand wie Sergej eine Frau, die er wollte. Wo doch sein Geruch, seine Stimme und die blauen Aderntaue seiner Arme allein gereicht hätten; diese schläfrigen blauen Augen, die jetzt unter silbernen Lidern funkelten, das verbrecherische Lächeln.

Er zog ein trauriges Gesicht. »Astrid. Schöne Mädchen. Das ist Geschenk von meine Herz!«

Sergejs Herz. Dieser leere Flur, dieses ungelüftete Zimmer. *Sentimentalität heißt, sich Gefühlen hinzugeben, die man gar nicht wirklich hat.* Wenn ich ein braves Mädchen wäre, würde ich mich beleidigt fühlen; ich würde ihn vor die Tür setzen. Ich würde sein Lächeln und die Umrisse in seiner Jeanshose ignorieren. Doch er kannte mich. Er roch mein Verlangen. Ich fühlte, wie ich auf die Fenster zu glitt, angezogen von der dünnen Luft.

Er schloß die Kette um meinen Hals. Dann nahm er meine Hand und legte sie auf seinen Schoß. Warm, ich konnte fühlen, wie er unter meiner Hand steif wurde. Es war obszön, und es erregte mich, ein Mann, den ich wollte wie das Herunterfallen. Er beugte sich herab und küßte mich, so wie ich gern geküßt wurde, fest. Er schmeckte nach dem Saufgelage der letzten Nacht. Er öffnete den Reißverschluß meines Polyester-T-Shirts, zog es mir über den Kopf, zog mir den Rock aus und warf ihn auf Yvonnes Bett. Seine Hände, die mich weckten; ich hatte geschlafen und es noch nicht einmal gemerkt, es war so lange her.

Dann hielt er plötzlich inne, und ich öffnete die Augen. Er betrachtete meine Narben. Folgte mit den Fingerspitzen dem Morsecode der Hundebisse auf meinen Armen und Beinen, dann den Narben der Kugeln auf Schulter, Brust und Hüfte, maß ihre Tiefe mit seinem Daumen, schätzte ihr Alter und ihr Ausmaß. »Wer hat das dir getan?«

Wo sollte ich anfangen zu erklären, wer mir das angetan hatte? Ich hätte mit dem Tag meiner Geburt beginnen müssen. Ich schaute auf die Tür, die immer noch offenstand; wir konnten den Fernseher hören. »Ist das hier eine Ausstellung oder was?«

Er schloß sie geräuschlos, knöpfte sein Hemd auf und hängte es über den Stuhl, zog seine Unterhosen aus. Sein Körper so weiß wie Milch, von bläulichen Adern durchzogen, es war erschreckend; mager und fest wie Marmor. Es nahm mir den Atem. Wie kann man nur Wahrheit mit Schönheit verwechseln, dachte ich, während ich ihn ansah. Wahrheit kommt mit tiefliegenden Augen daher, knochig oder vernarbt, verwelkt. Ihre Zähne sind schlecht, ihr Haar grau und ungekämmt, während Schönheit leer ist wie ein Kürbis, eitel wie ein Sittich. Wahrheit hingegen hat Kraft. Sie riecht nach Moschus und läßt einen die Augen in stillem Gebet schließen.

Er wußte, wie er mich berühren mußte; wußte, was mir gefiel. Ich war nicht überrascht. Ich war ein böses Mädchen, das sich wieder für den Vater hinlegte. Sein Mund auf meinen Brüsten, seine Hände auf meinem Po, zwischen meinen Beinen.

Wie wir auf der gelben Chenilledecke auf dem Boden vögelten, hatte wenig mit Poesie zu tun. Er zerrte mich in Positionen, die ihm gefielen, legte sich meine Beine über die Schultern, ritt mich wie ein Kosake. Stand auf, die Arme hinter mir gekreuzt, um mein Gewicht zu halten, während er zustieß. Ich sah uns im Wandspiegel. Es überraschte mich, wie wenig ich mir selbst ähnelte mit den halb geschlossenen Augen, dem lustvollen Lächeln; nicht Astrid, nicht Ingrid, niemand, den ich je zuvor gesehen hatte. Mein großer Hintern, die langen Beine, die ich um ihn geschlungen hatte. Wie lang ich war, wie weiß.

Liebe Astrid,
ein Mädchen von der Zeitschrift Contemporary Literature hat mich interviewt. Sie wollte alles über mich wissen. Wir haben stundenlang miteinander geredet; alles, was ich ihr erzählt habe, war gelogen. Wir sind größer als unsere Biographie, mein Schatz. Das solltest Du doch am besten wissen. Was ist denn die Biographie des Geistes eigentlich? Du warst die Tochter einer Künstlerin. Du hast Schönheit besessen und die Fähigkeit zum Staunen; Du hast Genie mit Deinem Apfelbrei gelöffelt, mit Deinen Gutenachtküssen eingesogen. Dann hattest Du einen Plastikjesus und einen mittelalten Liebhaber mit sieben Fingern; Du wurdest als Geisel im türkisen Haus gehalten; Du warst die umhätschelte Tochter eines Schattens. Jetzt bist Du in der Ripple Street, schickst mir Bilder von Toten und fabrizierst schlechte Gedichte aus meinen Worten. Und Du willst wissen, wer ich bin? Wer bin ich? Ich bin das, was ich heute sage – und morgen jemand ganz anderes. Du bist zu nostalgisch – Du möchtest, daß die Erinnerung Dir Geborgenheit gibt und Dich tröstet. Die Vergangenheit ist ein alter Langweiler. Von Bedeutung ist nur man selbst und das, was man aus dem schafft, was man gelernt hat.

Die Phantasie benutzt das, was sie braucht, und rangiert den Rest aus. Du dagegen willst ein Museum errichten.
Horte nicht die Vergangenheit, Astrid. Halte nichts in Ehren. Verbrenne sie. Der Künstler ist der Phönix, der verbrennen muß, um aufzusteigen.

Mutter.

Ich trennte unsere schmutzige Wäsche im Fletcher-Münzwaschsalon, Buntes von den hellen Sachen, die Kochwäsche von der Feinwäsche. Ich wusch gern Wäsche; ich mochte das Sortieren der Sachen, das Einwerfen der Münzen, den beruhigenden Geruch nach Waschmittel und Trocknern, das Gerumpel der Waschmaschinen, das knallende Geräusch von Baumwolle und Jeansstoff, wenn die Frauen ihre Kleidung und frischen Laken falteten. Kinder spielten mit den Wäschekörben ihrer Mütter, trugen sie auf dem Kopf wie Käfige oder saßen darin wie in Booten. Ich hätte mich auch gern in einen gesetzt und so getan, als wäre ich in einem Segelboot.

Meine Mutter haßte jegliche Form von Hausarbeit, vor allem diejenigen Dinge, die in der Öffentlichkeit ausgeführt werden mußten. Sie wartete immer, bis all unsere Sachen dreckig waren, und wusch manchmal unsere Unterwäsche im Waschbecken, um den lästigen Gang noch ein paar Tage aufzuschieben. Wenn wir uns schließlich keinen Tag länger drücken konnten, packten wir ganz schnell unsere Wäsche in die Maschinen und gingen dann wieder, ins Kino oder in einen Buchladen. Jedesmal, wenn wir zurückkamen, fanden wir die tropfnasse Wäsche auf den Maschinen oder den Tischen wieder, wo sie irgend jemand hingeworfen hatte. Es gefiel mir überhaupt nicht, daß die Leute unsere Sachen anfaßten. Alle anderen blieben und behielten ihre Wäsche im Auge; warum konnten wir das nicht? »Weil wir nicht sind wie alle anderen«, sagte meine Mutter dann. »Wir sind noch nicht mal im entferntesten so wie alle anderen.«

Bis darauf, daß selbst sie schmutzige Wäsche hatte.

Als die Wäschemassen getrocknet und die Laken wieder zu keimfreier, gesunder Weiße gebleicht waren, fuhr ich in Nikis Pick-up nach Hause; sie lieh ihn mir zu besonderen Gelegenheiten, zum Beispiel, wenn sie zu betrunken war, um selbst zu fahren, oder wenn ich ihre Sachen mit wusch. Ich parkte in der Einfahrt. Auf den Stufen vor Renas Haustür saßen zwei Mädchen, die ich noch nie gesehen hatte. Weiße Mädchen mit frischer Gesichtsfarbe, ohne Make-up. Die eine trug ein altmodisches Blümchenkleid, das sandfarbene Haar hatte sie zu einem Knoten aufgesteckt und ein Stäbchen hindurchgeschoben. Die dunklere trug Jeans und einen rosa Rollkragenpulli aus Baumwolle. Schwarze, quietschsaubere schulterlange Haare. Ihre kleinen Brustwarzen stießen gegen den rosa Baumwollstoff.

Das Mädchen mit dem Blümchenkleid stand auf, blinzelte in die Sonne; ihre Augen hatten dasselbe Grau wie ihr Kleid. Sommersprossen. Sie lächelte unsicher, als ich aus dem Pick-up stieg. »Bist du Astrid Magnussen?« fragte sie.

Ich zerrte einen Müllsack voll gefalteter Klamotten vom Beifahrersitz, hob einen weiteren von der Rückbank. »Wer will das wissen?«

»Ich heiße Hannah«, sagte sie. »Das ist Julie.«

Das andere Mädchen lächelte ebenfalls, jedoch nicht ganz so offenherzig.

Ich hatte sie noch nie zuvor gesehen. Sie gingen bestimmt nicht auf die Marshall High, und für Sozialarbeiterinnen waren sie zu jung. »Ja, und?«

Hannah, die Wangen vor Verlegenheit gerötet, blickte die dunkelhaarige Julie um Unterstützung heischend an. Plötzlich wurde mir bewußt, wie ich auf sie wirken mußte. Hart, ein Mädchen von der Straße. Mein Lidstrich, mein schwarzes Polyester-T-Shirt, meine schweren schwarzen Stiefel, die Kaskade von Silberringen, die ich im Ohr trug, von fingernagelgroß bis zum Durchmesser eines Softballs. Niki und Yvonne hatten meine Ohren eines Tages gepierct, als sie Langeweile hatten. Ich ließ sie machen. Es gefiel ihnen, mich zu formen. Und ich hatte mittlerweile gelernt, daß es egal war, was man mir an die Ohrläppchen hängte oder auf den Rücken lud; ich war unauflöslich wie Sand in Wasser. Man konnte mich ruhig umrühren, ich würde immer wieder auf den Boden zurücksinken.

»Wir sind nur vorbeigekommen, um dich mal kennenzulernen. Weißt du, um zu sehen, ob wir vielleicht irgendwas wir für dich tun können«, sagte Hannah.

»Wir kennen deine Mutter«, sagte Julie. Sie hatte eine tiefere Stimme, ruhiger. »Wir besuchen sie immer in Corona.«

Ihre Kinder. Ihre neuen Kinder. So rein und unbefleckt wie Schneeglöckchen. Strahlend und neugeboren. Amnesisch. Ich war inzwischen bald sechs Jahre in Pflege gewesen, ich hatte gehungert, geweint, gebettelt, mein Körper war ein Schlachtfeld, meine Seele vernarbt und mit Trichtern durchzogen wie eine belagerte Stadt, und nun wurde ich durch etwas Unverstümmeltes, Intaktes ersetzt?

»Wir gehen aufs Pitzer College in Pomona. Wir haben sie in Women's Studies durchgenommen. Wir besuchen sie jede Woche. Sie weiß so viel über alles mögliche, sie ist einfach unglaublich! Jedesmal, wenn wir sie besuchen, sind wir total platt, was sie alles weiß.«

Was dachte sich meine Mutter bloß dabei, diese College-Studentinnen zu schicken? Wollte sie mich zu Talkum mahlen, zu Mehl für irgendeinen bitteren Brotteig? War das die äußerste Strafe für meine Weigerung zu vergessen? »Was will sie von mir?«

»O nein«, sagte Hannah. »Nicht sie hat uns geschickt. Wir sind von allein gekommen. Aber wir haben ihr erzählt, daß wir dir eine Kopie von dem Interview schicken, du weißt schon?« Sie hielt eine Zeitschrift hoch, die sie vorher in ihrer Hand zusammengerollt hatte, und wurde knallrot. Irgendwie beneidete ich sie um dieses Erröten. Ich wurde nicht mehr so schnell rot. Ich fühlte mich alt, bis zur Unkenntlichkeit zerkaut wie ein Schuh, den man einem Hund gegeben hatte. »Und dann dachten wir, du weißt schon … Jetzt, wo wir doch wissen, wo du wohnst …, da dachten wir, wir könnten …« Sie lächelte hilflos.

»Wir dachten, wir könnten mal schauen, ob wir dir nicht was helfen können oder so«, sagte Julie.

Ich sah, daß ich ihnen angst machte. Sie hatten gedacht, die Tochter meiner Mutter wäre anders, mehr wie sie selbst. Freundlich, offen. Das war ein echter Brüller: Meine Mutter machte ihnen keine Angst, aber ich.

»Und das ist es?« fragte ich und streckte meine Hand nach der Zeitschrift aus.

Hannah versuchte, auf ihrem geblümten Knie die Wellen aus der Zeitschrift zu streichen. Das Gesicht meiner Mutter auf dem Titelbild, hinter Maschendraht; am Telefon hinter der verglasten Trennwand des Besprechungszimmers. Sie mußte irgend etwas angestellt haben, normalerweise empfingen die Häftlinge ihre Besucher an den Picknicktischen. Sie sah schön aus, lächelte, ihre Zähne immer noch vollkommen, die einzige Lebenslängliche in Frontera mit perfektem Gebiß, doch ihre Augen sahen müde aus. Contemporary Literature.

Ich setzte mich neben Julie auf die gesplitterte Treppe. Hannah setzte sich eine Stufe tiefer; ihr Kleid wallte um sie herum wie bei einem Tanzschritt Isadora Duncans. Ich schlug den Artikel auf und blätterte ihn durch. Die Gesten meiner Mutter, die Handfläche gegen die Stirn gestützt, den Ellbogen auf das Sims. Den Kopf gegen das Fenster gelehnt, die Augen niedergeschlagen. *Wir sind größer als unsere Biographie.* »Worüber sprecht ihr mit ihr?« fragte ich.

»Über Lyrik.« Hannah zuckte mit den Schultern. »Was wir gerade lesen. Über Musik, über alles mögliche. Manchmal spricht sie über etwas, was sie in den Nachrichten gesehen hat. Sachen, die wir einfach übersehen würden, aber sie sieht sie auf eine ganz neue Weise, die einfach unglaublich ist.«

Die Umwandlung der Welt.

»Sie spricht von dir«, sagte Julie.

Das war eine Überraschung. »Was erzählt sie denn über mich?«

»Daß du in ..., du weißt schon ... Daß du in Pflege bist. Ihr tut es schrecklich leid, was passiert ist«, sagte Hannah. »Vor allem für dich.«

Ich sah diese Mädchen an, College-Studentinnen mit frischen Gesichtern ohne Make-up; vertrauensselig, besorgt. Und ich fühlte die Kluft zwischen uns; all das, was ich nie sein würde, weil ich war, wie ich war. Ich würde in zwei Monaten mit der Schule fertig sein, doch ich würde nicht aufs Pitzer College gehen, soviel war sicher. Ich war das alte Kind; die Vergangenheit, die verbrannt werden mußte, damit meine Mutter, der Phönix, wieder auferstehen konnte; ein goldener Vogel, der sich aus der Asche erhob. Ich versuchte meine Mutter durch ihre Augen zu sehen. Die schöne, gefangene Dichterseele, das leidende Genie. Litt meine Mutter? Ich zwang mich, es mir vorzustellen. Sie hatte sicherlich gelitten, als Barry sie aus seinem Haus warf, nachdem er mit ihr geschlafen hatte. Doch als sie ihn getötet hatte, war ihr Leiden irgendwie wettgemacht worden. Litt sie jetzt? Ich hätte es wirklich nicht sagen können.

»Also habt ihr euch gedacht, ihr könntet hierherkommen – und was dann?« fragte ich. »Mich adoptieren?«

Ich lachte, aber sie lachten nicht. Ich war zu hart geworden; vielleicht war ich meiner Mutter ähnlicher, als ich glaubte.

Julie warf Hannah einen »Ich hab's dir doch gleich gesagt«-Blick zu. Der Besuch war ganz offensichtlich die Idee des Mädchens mit den sandfarbenen Haaren gewesen. »Ja, so ähnlich. Wenn du es gewollt hättest.«

Ihre Ehrlichkeit war so unerwartet, ihr Mitgefühl so fehl am Platz. »Ihr glaubt wohl nicht, daß sie ihn umgebracht hat, was?« stellte ich fest.

Hannah schüttelte schnell den Kopf. »Es ist alles ein schrecklicher Irrtum gewesen. Ein Alptraum. Sie spricht darüber auch in dem Interview.«

Das konnte ich mir vorstellen. Vor Publikum war sie immer schon zu ihrer Höchstform aufgelaufen. »Ihr solltet etwas wissen«, sagte ich zu ihr. »Sie hat ihn sehr wohl umgebracht.«

Hannah starrte mich an. Julies Blick flüchtete zu ihrer Freundin. Sie waren schockiert. Julie rückte schützend näher zu ihrer hauchdünnen Freundin, und ich kam mir plötzlich grausam vor, so als hätte ich ein paar kleinen Kindern erzählt, daß es keine Zahnfee gab, daß es bloß ihre Mutter war, die in ihr Zimmer schlich, wenn sie eingeschlafen waren. Doch sie waren keine kleinen Kinder, sie waren erwachsene Frauen und bewunderten rückhaltlos jemanden, über den sie nicht das geringste wußten. Seht ein einziges Mal dem häßlichen alten Weib Wahrheit in die Augen, ihr College-Mädchen.

»Das ist nicht wahr«, sagte Hannah. Schüttelte den Kopf, schüttelte ihn noch mal, so als könne sie dadurch meine Worte vertreiben. »Es stimmt nicht.« Sie flehte mich an, ihr doch zu sagen, daß es nicht stimmte.

»Ich war dabei«, erzählte ich ihr. »Ich habe gesehen, wie sie die Medizin zusammengemischt hat. Sie ist nicht so, wie sie scheint.«

»Trotzdem ist sie eine großartige Lyrikerin«, sagte Julie.

»Ja«, sagte ich. »Eine Mörderin und eine Lyrikerin.«

Hannah spielte an einem Knopf auf der Vorderseite ihres grauen Kleides herum. Plötzlich riß er ab, und sie hielt ihn in der Hand. Sie starrte den Knopf auf ihrer Handfläche an, ihr Gesicht war so rot gefleckt wie Borschtsch mit roten Beten. »Sie wird ihre Gründe gehabt haben. Vielleicht hat er sie geschlagen.«

»Er hat sie nicht geschlagen«, sagte ich. Ich legte meine Hände auf die Knie und drückte mich mühsam in den Stand hoch. Ich fühlte mich plötzlich sehr müde. Vielleicht hatte Niki noch eine Notration Dope in ihrem Zimmer.

Julie blickte mit ernsten braunen Augen zu mir auf. Ich hätte sie für vernünftiger gehalten als Hannah, weniger anfällig für den Zauber meiner Mutter. »Wieso hat sie es dann gemacht?«

»Wieso bringen Leute jemanden um, der sie verläßt?« sagte ich. »Weil sie verletzt und wütend sind und dieses Gefühl nicht aushalten können.«

»Ich hab' mich auch schon so gefühlt«, sagte Hannah. Das Licht der tiefstehenden Sonne berührte die Locken, die sich aus ihrem Dutt gelöst hatten, und ließ einen krausen Heiligenschein um ihren hellen Kopf entstehen.

»Aber du hast niemanden umgebracht«, sagte ich.

»Ich wollte es.«

Ich betrachtete sie, wie sie den Saum ihres altmodischen Blümchenkleides hin und her drehte; das Vorderteil klaffte an der Stelle auf, wo der Knopf abgegangen war, darunter sah man ihren rosigen Bauch. »Klar. Vielleicht hast du dir sogar vorgestellt, wie du es machen würdest. Aber du hast es nicht getan. Das ist ein Riesenunterschied.«

Eine Spottdrossel sang in der Yuccapalme des Nachbarn, ein Überlaufen flüssiger Töne.

»Vielleicht ist der Unterschied gar nicht so groß«, sagte Julie. »Manche Menschen sind bloß impulsiver als andere.«

Ich schlug mit der Zeitschrift gegen das Hosenbein meiner Jeans. Sie würden sie schon irgendwie rechtfertigen. Die Göttin Schönheit verteidigen, egal wie. *Sie sind bereit, mir alles zu vergeben.* »Hört mal, danke fürs Kommen, aber ich muß jetzt wirklich rein.«

»Ich habe meine Telefonnummer hinten auf die Zeitschrift geschrieben«, sagte Hannah, während sie sich erhob. »Ruf an, wenn du ..., du weißt schon ... Wenn du willst.«

Ihre neuen Kinder. Ich stand auf der vorderen Veranda und sah, wie sie zu ihrem Auto zurückgingen. Julie fuhr. Es war ein grüner Oldsmobile-Kombi, ein richtiges altes Schätzchen, so groß, daß er sogar Dachscheinwerfer hatte. Er machte ein klingelndes Geräusch, während sie wegfuhren. Ich nahm die Zeitschrift und warf sie in den Müll. Sie versuchte, die Leute mit ihren Lügen zu täuschen wie eine alternde Salome, die sich hinter ihren Schleiern versteckte. Ich hätte ihren Kindern das ein oder andere über meine Mutter erzählen können. Ich hätte ihnen erzählen können, daß sie niemals die Frau hinter diesem schimmernden Tuch finden würden, das nach Moder und Veilchen roch. Darunter kamen immer weitere Schleier. Sie würden sie wegzerren müssen wie Spinnweben, wild und heftig, und immer mehr würden darunter hervorkommen, genauso schnell, wie sie sie wegzogen. Schließlich würde sie sie in ihre Seide einspinnen wie Fliegen, um sie in aller Ruhe zu verdauen, und ihr Gesicht wieder umhüllen, ein Mond in einer Wolke.

28

Niki riß ein quadratisches Stückchen von dem Acid ab und legte es mir auf die Zunge, dann nahm sie sich ein Stück. Es kam in kleinen Papierblättchen, die mit rosa Flamingos auf Motorrädern bedruckt waren. Wir saßen auf der Veranda, im Blick das Autowrack des alten Riviera, das der Nachbar auf Holzblöcke aufgebockt hatte. Die Luft heizte sich wieder auf, sie war dunstig, lauwarm wie Badewasser, feucht wie eine nasse Socke. Ich spürte überhaupt nichts. »Vielleicht sollten wir noch eins nehmen.« Wenn ich es schon machte, dann wollte ich wenigstens sichergehen, daß ich auch richtig abhob. Yvonne hielt uns für verrückt, solchen Unfug mit unseren Köpfen anzustellen, doch ich war jetzt gerade verrückt genug. Susan D. Valeris hatte mich schon dreimal angerufen. Ich ging inzwischen nicht mehr ans Telefon und sagte Rena, sie solle aufhängen, wenn jemand nach mir fragte.

»Es dauert ein bißchen«, meinte Niki. »Du merkst schon, wenn es soweit ist. Glaub mir, das wirst du nicht verschlafen.«

Beinahe eine Stunde lang passierte gar nichts; ich war mir schon sicher, daß der Stoff nichts taugte, doch dann ging es mit einem Mal los wie ein Fahrstuhl. Niki lachte und winkte mit ihrer Hand vor meinem Gesicht herum, wobei ihre Finger einen Schweif hinter sich herzogen. »Na, high genug?«

Meine Haut fühlte sich heiß an und juckte, als hätte ich Ausschlag bekommen, sah aber genauso aus wie vorher. Der Himmel jedoch hatte sich plötzlich verändert. Er war wie leergefegt. Leer wie ein blindes Auge, ein riesiger weißer Augapfel. Mir wurde bange unter diesem schrecklich leeren Himmel. Es war, als sei Gott plötzlich senil und blind geworden. Vielleicht wollte er nicht mehr sehen. Das würde Sinn machen. Um uns herum war alles so wie immer – nur daß es unerträglich war. Ich hatte immer versucht, nicht daran zu denken, wie häßlich es hier war. Ich hatte versucht, die eine schöne Sache zu finden.

Doch auf dieser Droge konnte ich meine Augen nicht mehr verschließen, mich nicht mehr auf etwas anderes konzentrieren. Es war erschreckend. Ich war überwältigt von der Häßlichkeit, dem Schmutz, dem Abfall, der hier wuchs wie in einem Garten der Hölle: die zersplitterte Holzstufe, die vier Autoleichen, die auf dem unkrautüberwucherten Nachbargrundstück vor sich hin rosteten, der eiserne Zaun des Requisitenverleihs mit seinem Aufsatz aus Stacheldraht, die Glasscherben auf der Straße. Mir kam der Gedanke, daß wir im Bodensatz von Los Angeles lebten, ganz unten; dort, wo die Leute gestohlene Autos abstellten und in Brand steckten. Der Ort, an dem alles Treibgut liegenblieb. Mir war übel, meine Haut brannte. In meinem Mund war ein metallischer Geschmack, als hätte ich Alufolie gekaut. Auf der Straße bemerkte ich einen toten Vogel, plattgefahren, umgeben von seinem weichen Gefieder.

Ich hatte Angst, Niki zu sagen, daß ich mich fürchtete; ich dachte, ich würde zu schreien anfangen, wenn ich es aussprach. Vielleicht würde ich nicht mehr aufhören können.

Die ganze Welt war auf einen leblosen Müllhaufen reduziert. Und auch wir gehörten zum Schrott der Stadt wie der Vogel, die herrenlosen Einkaufswagen und das Autowrack. Ich konnte das Summen der Hochspannungsleitungen spüren, die heimtückische Strahlung, die unsere Zellen mutieren ließ. Niemand kümmerte sich um die Leute hier unten. Wir waren am Ende der Zivilisation angelangt, dort, wo sie aus Überalterung und Erschöpfung aufgegeben hatte. Und wir waren das, was übriggeblieben war, Niki und ich, wie Kakerlaken, die nach dem Ende der Welt durch die Ruinen krabbelten und um Leichenreste kämpften. Wie in dem Traum, in dem das Gesicht meiner Mutter zerschmolz. Ich traute mich nicht zu fragen, ob mein Gesicht auseinanderfloß. Ich wollte Niki nicht darauf aufmerksam machen.

»Bist du okay?« Niki hatte ein Haarbüschel in meinem Nacken ergriffen und zog vorsichtig daran.

Ich schüttelte den Kopf, unaufhörlich, in alle Unendlichkeit; ich war mir noch nicht mal sicher, ob ich ihn tatsächlich bewegt oder es nur gedacht hatte. Ich hatte Angst, mehr zu sagen.

»Keine Sorge«, sagte sie, »du kommst grade erst richtig drauf.«

Sie verwandelte sich in einen Schachtelteufel, in eine Raggedy-Ann-Puppe. Ich mußte mich an der Tatsache festhalten, daß ich sie kannte; daß meine Wahrnehmung mir nur einen Streich spielte. Das ist Niki, sagte ich mir immer wieder. Ich kenne sie. Niki, die mit sechs Jahren von ihrer Mutter in einem Thrifty Drugstore in Alhambra ausgesetzt worden ist, die immer alles abschätzt und unsere Anteile ausrechnet. Ich beobachtete sie gern, wenn sie sich für die Arbeit fertig machte; ihr gestärktes bayrisches Kellnerinnendirndl anzog, in dem sie aussah wie Heidi in einem Warhol-Film. Selbst wenn ich sie nicht mehr erkannte, kannte ich sie doch. Daran mußte ich mich klammern.

Ich schwitzte, brach auseinander wie das jahrzehntealte Pflaster in der verschmierten Linoleumsonne.

»Können wir hier weg?« flüsterte ich, zitternd vor Ekel und Übelkeit. »Ich hasse das hier. Wirklich.«

»Sag mir nur, wohin«, sagte sie. Ihre Augen sahen seltsam aus, schwarz und knopfartig wie die einer Puppe.

In der kühlen Ruhe der Impressionisten-Sammlung im County Art Museum stellte sich die Welt wieder für mich her, in all ihrer Farbe, ihrem Licht und ihren Formen. Wie hatte ich das vergessen können? Hier konnte mir nichts passieren. Hier war der Hafen, der letzte Posten der wahren Welt, an dem es noch immer Kunst, Schönheit und Erinnerung gab. Wie oft war ich hier mit Claire durchgegangen, mit meiner Mutter. Niki war noch nie hier gewesen. Wir beide gingen an Fischerbooten vorbei, die vor Anker schaukelten, an lumineszierenden zitronengold und rosarot getönten Himmeln, an Lichtspiegelungen auf einer nassen Straße.

Wir blieben vor einem Gemälde stehen, auf dem eine Frau in einem schattigen Park ein Buch las. Ihr weißes, blau eingefaßtes Leinenkleid raschelte, wenn sie die Seiten umblätterte. Ein köstliches Blaugrün; das Bild roch nach Minze; Gras, so hoch wie Farn. Ich konnte uns auf dem Bild sehen, Niki in wallendem Weiß, ich in gepunktetem Musselin. Wir schlenderten zu der Frau hinüber, die darauf wartete, uns Tee einzuschenken. Ich war im Museum, aber gleichzeitig lief ich durch das feuchte Gras, befleckte den Saum meines Kleides mit dem Grün; ein Windhauch fuhr durch den dünnen Stoff.

Das Acid kam in Wellen, die Wucht der Droge ließ uns hin und her schaukeln, während wir vor den Bildern standen. Doch ich hatte keine Angst mehr. Ich wußte, wo ich war. Ich war mit Niki in der wahren Welt.

»Das ist superspitzengeil«, flüsterte sie und hielt meine Hand fest.

Manche Bilder öffneten sich wie Fenster, wie Türen, während andere bloß bemalte Leinwand blieben. Ich konnte nach Cézannes Pfirsichen und Kirschen auf dem schweren, zerknautschten Tischtuch greifen, einen Pfirsich in die Hand nehmen und ihn wieder auf den Teller zurücklegen. Ich verstand Cézanne. »Schau mal, du kannst die Kirschen von oben, aber die Pfirsiche von der Seite sehen«, sagte ich.

»Sie sehen aus wie Kirschbomben«, sagte Niki, verschränkte ihre Finger und schnipste sie dann weit auseinander. Die lebhaften Kirschenstiele schnellten heraus wie Knallfrösche.

»Deine Augen wollen es normal erscheinen lassen, aber es funktioniert nicht«, sagte ich.

Ich stellte mir vor, das Bild zu malen; ich konnte genau sehen, in welcher Reihenfolge er was gemacht hatte.

Der Eulenmann schlich sich heran und zog die Schultern hoch. »Nicht berühren.«

»Yoda«, sagte Niki gepreßt, und wir gingen weiter zum nächsten Bild.

Ich hatte das Gefühl, daß ich alle diese Bilder selbst hätte malen können. Das Acid kam immer stärker und stärker; ich hatte keine Ahnung, wie high ich noch werden konnte. Es war ganz und gar nicht wie das Percodan – keine bedröhnte, stupide Flucht. Das hier war viel höher als high. Zweihundertstes Stockwerk, fünfhundertstes Stockwerk. Van Goghs Sternenhimmel.

Wir gingen in die Cafeteria des Museums, um etwas zu trinken zu holen. Ich wußte ganz genau, wo ich war, in dem gleichen Gebäude, in dem auch das Auditorium war und ein Stockwerk tiefer mein altes Klassenzimmer. Mein ganz persönlicher Spielplatz. Ich war ganz fasziniert vom Getränkeautomaten und spielte den Auftakt des »Dornröschen«-Walzers auf den verschiedenen Softdrink-Tasten. »Was ist das für eine Melodie?« fragte ich sie.

»Bleib cool«, sagte Niki.

Ich versuchte, cool zu bleiben, aber es war einfach zu komisch. Als wir an der Reihe waren zu bezahlen, konnte ich mich nicht mehr erinnern, wie das mit dem Geld funktionierte. Die Kassiererin sah aus wie ein Wackelpudding. Sie schaute uns nicht an. Sie sagte ein paar Zahlen, und ich zog mein Geld heraus, wußte aber nicht, was ich damit anfangen sollte. Ich hielt es ihr auf der geöffneten Handfläche hin und ließ sie die richtige Summe nehmen. »Danke, Chorisho, Guten Tag, Arigato«, sagte ich. »Dar es Salaam.« In der Hoffnung, daß sie uns vielleicht für Ausländer hielt.

»Dar es Salaam«, sagte Niki, als wir uns auf die Plaza setzten.

Genau so hätte ich als Kind sein sollen, fröhlich, so leicht wie ein Luftballon. Niki und ich setzten uns in den Schatten und tranken aus unseren Pappbechern, betrachteten die vorbeigehenden Leute und bemerkten, wie sehr sie bestimmten Tieren ähnelten. Es gab ein Gnu, einen Löwen und einen Sekretärvogel. Einen Tapir und ein lockiges Yak. Wann hatte ich früher je so gelacht?

Nachdem wir fertig waren, sagte Niki, wir sollten auf die Toilette gehen.

»Ich muß aber gar nicht«, sagte ich.

»Du wirst es erst merken, wenn es zu spät ist«, sagte Niki. »Komm mit.«

Wir gingen zurück ins Museum und fanden die Türen mit den lächerlichen Strichmännchen in Hose oder Rock. Lächerlich, wie wir *männlich* und *weiblich* sahen – als Hose oder Rock. Plötzlich kamen mir das ganze sexuelle Universum und seine Konventionen phantastisch vor, gekünstelt.

»Schau nicht in den Spiegel«, sagte Niki. »Schau auf deine Schuhe.«

Der Raum war dunkelgrau gefliest, schlecht beleuchtet, der Boden dreckig. Ich spürte die Angst wiederkehren. Ein metallischer Geschmack in meinem Mund. Eine ältere Dame in braunem Hosenanzug, braungebrannt, mit braunem Haar, braunen Schuhen und einem gelben Gürtel kam aus einer der Kabinen und starrte uns an. »Sie sieht aus wie ein gegrilltes Käsebrot«, stellte ich fest.

»Meine Freundin ist krank«, sagte Niki, mühsam das Lachen unterdrückend. Sie schob mich in die Behindertentoilette und schloß die Tür hinter uns. Sie mußte meine Hose aufmachen und mich auf den Topf setzen wie ein zweijähriges Mädchen. Ich konnte nicht Pipi machen, es war einfach zu lustig.

»Halt die Klappe und mach!« sagte Niki.

Ich ließ die Beine hin und her schwingen. Ich hatte wirklich das Gefühl, wieder zwei Jahre alt zu sein. »Mach Pipi für Annie«, sagte ich. Und dann ließ ich es laufen. Ich mußte nämlich tatsächlich. Das plätschernde Geräusch brachte mich zum Lachen. »Ich hab' dich lieb, Niki«, sagte ich.

»Ich hab' dich auch lieb«, sagte sie.

Doch auf dem Weg nach draußen fiel mein Blick auf mein Spiegelbild. Ich war sehr rot im Gesicht, meine Augen schwarz wie die einer Elster, das Haar zerzaust. Ich sah barbarisch aus. Es erschreckte mich. Niki trieb mich schnell hinaus.

Wir waren im Flügel für zeitgenössische Kunst. Früher war ich nie dorthin gegangen. Als ich noch zusammen mit meiner Mutter hierherkam, blieb sie immer mit mir vor einem Rothko stehen, einem blau-roten Quadrat, und erklärte es mir stundenlang. Ich verstand es trotzdem nie. Jetzt standen Niki und ich davor, an genau der Stelle, an der ich immer gestanden hatte, als ich jünger gewesen war. Wir sahen die drei Farbzonen pulsieren, sahen andere Töne entstehen, Tomatenrot, Granatrot, Violett. Das Rot trat hervor, das Blau zog sich zurück, genau wie Kandinsky gesagt hatte. Eine Tür öffnete sich, und wir traten ein.

Verlust. Das war hinter der Tür. Leid, Schmerz, wortlos und unbegreiflich. Nicht so, wie ich mich an diesem Morgen gefühlt hatte, septisch, in Panik. Das hier war destillierter Schmerz. Niki legte mir den Arm um die Hüfte, ich legte meinen Arm um sie. Wir standen da und trauerten. Ich konnte mir vorstellen, wie Jesus sich gefühlt hatte, sein Leiden für die ganze Menschheit; wie unmöglich es war, wie bewundernswert. Das Bild war Casals, ein Requiem. Meine Mutter und ich, Niki und Yvonne, Paul und Davey und Claire, wir alle. Wie unermeßlich war die Fähigkeit der Menschen zu leiden. Man konnte dem nur ehrfürchtig gegenüberstehen. Es war überhaupt keine Frage des Überlebens. Es war eine Frage der Fülle; wieviel man aushalten konnte, wieviel es einem ausmachte.

Wir traten nach draußen in die Sonne, ernst, wie Leute nach einer Beerdigung.

Ich nahm Niki mit in die ständige Ausstellung. Ich mußte jetzt die Göttinnen sehen. In der Indischen Sammlung lebte der Rest der alten Gleichung. Vollentwickelte Statuen, die tanzten, sich liebten, schliefen, auf Lotusblüten saßen, die Hände in ihren charakteristischen Mudras erhoben. Shiva tanzte in seinem bronzenen Feuerrahmen. Im Hintergrund wurde leise indische Raga-Musik gespielt. Wir fanden einen steinernen Boddhisattva mit seinem Schnurrbart und feinen Edelsteinen. Er war hinter der Tür gewesen, die Rothko gemalt hatte, und trug beides in sich, diese Erfahrung und den Tanz. Er war auf der anderen Seite herausgekommen. Wir saßen auf der Bank und ließen sein Herz in uns ein. Andere Leute kamen vorbei, blieben aber nicht lange.

Ihre Augen huschten über uns hinweg, und sie gingen weiter. Sie bedeuteten uns so viel wie Fliegen einem Stein. Wir konnten sie noch nicht einmal sehen.

Wir brauchten lange, um wieder herunterzukommen. Eine Zeitlang setzten wir uns zu Yvonne vor den Fernseher, doch es kam uns völlig unverständlich vor. Das Zimmer wirbelte vor Farbe und Bewegung, und sie starrte winzige Köpfe in einem Kasten an. Die Lampen waren viel interessanter. Ich malte die vollkommenen sechsseitigen Schneeflocken, die die Luft erfüllten. Ich konnte sie herabfallen und wieder aufsteigen lassen. Sergej kam ins Zimmer, er sah genauso aus wie der weiße Kater, der ihm folgte. Er erzählte irgend etwas, doch seine Seele war ein Goldfischglas. Hosen und Röcke.

Plötzlich konnte ich es in unserem vollgerümpelten, häßlichen Haus nicht mehr aushalten, bei Sergej und seinem Goldfisch, dessen Mund sich dümmlich öffnete und schloß. Ich nahm Papier und Wasserfarben mit auf die Veranda und malte: nasse Striche auf nassen Grund, Streifen, die zu Blake-Gestalten in der aufgehenden Sonne und zu Tänzern unter dem Meeresspiegel wurden. Niki kam nach draußen, rauchte und betrachtete die Ringe, die die Straßenlaternen umgaben. Später teilten Rena und Natalia ihren Stoli mit uns, doch es löste gar nichts weiter aus. Rena war die Fuchsfrau und Natalia ein Araberpferd mit einem Schüsselgesicht. Sie sprachen Russisch, und wir verstanden jedes Wort, das sie sagten.

Gegen drei Uhr früh hatte ich die Nase voll von Schneeflocken und atmenden Wänden. *Mach Pipi für Annie.* Der Satz ging mir nicht mehr aus dem Kopf. Zuerst dachte ich ja, daß es in Wirklichkeit vielleicht »Mach Pipi für Mami« heißen sollte, doch was ich in meinem Kopf hörte, war immer das gleiche: Mach Pipi für Annie. Wer war Annie, und warum sollte ich für sie Pipi machen? Ich zitterte, mit den Nerven am Ende, während Yvonne schlafend auf ihren Brandungswellen lag und die Schneeflocken in unser Zimmer fielen. Annie, wer bist du, und wo ist Mami? Gelb war alles, was ich vor mir sah, gelbes Sonnenlicht und ein weißer Schwan, ein warmer Geruch nach Wäsche.

Am nächsten Morgen schnitt ich aus der Witzseite der Zeitung die Worte aus:

WER IST ANNIE

29

Wie versprochen begleitete ich Yvonne zu ihrem Geburtsvorbereitungskurs ins Waite Memorial Hospital. Ich hielt ihre Tennisbälle, ihr Handtuch. Ich konnte die ganze Sache nicht so richtig ernst nehmen. Ich weiß nicht, ob es noch die Nachwirkungen vom Acid waren, doch alles kam mir unglaublich komisch vor. Die Plastikpuppe, an der wir die Übungen vornahmen, sah aus wie ein Alien. Die jungen Paare kamen mir vor wie Kinder, die ein Spiel spielten, das Schwangerschaftsspiel. Diese Mädchen konnten doch nicht wirklich schwanger sein, sie hatten sich nur Kissen unter ihre Baby-Doll-Kleider geschoben. Die ganzen Babyutensilien gefielen mir; es machte mir sogar Spaß, die Puppe zu waschen und mit einer Mickymaus-Windel zu wickeln.

Yvonne tat so, als sei sie meine Schwägerin und ihr Mann, mein Bruder, bei der Army. Patrick, der Name gefiel ihr. Ein Fernsehschauspieler. »Ich hab' einen Brief von Patrick bekommen, hab' ich dir's schon erzählt?« berichtete sie mir in der Pause, während wir alle süßen Saft aus kleinen Pappbechern tranken und Ingwerplätzchen aßen. »Mein Mann«, erzählte sie dem Pärchen, das neben uns stand. »Er wird bald versetzt, nach – «

»Dar es Salaam«, sagte ich.

»Ich vermisse ihn total, du nicht?«

»Nicht besonders«, sagte ich. »Er ist soviel älter als ich.« Ich stellte mir einen großen blonden Mann vor, der mir Puppen von seinen verschiedenen Einsätzen mitbrachte. Heidi-Puppen, die Dope unter ihren Röcken versteckt hatten.

»Er hat mir fünfhundert Dollar für die Babyausstattung geschickt«, sagte sie. »Ich mußte ihm versprechen, daß ich nichts auf dem Flohmarkt kaufe. Er wollte alles funkelnagelneu. Ist ja eine ziemliche Geldverschwendung, aber wenn er's so haben will ...«

Es war lustig. Als kleines Mädchen hatte ich nie die Gelegenheit gehabt, Spiele mit anderen kleinen Mädchen zu spielen, Mutter-Vater-Kind-Spiele.

Sie zeigten ihr, wie sie das Baby an die Brust legen und die Brust dabei in einer Hand halten sollte. Sie ließ das Plastikkind nuckeln. Ich mußte lachen.

»Psst«, sagte Yvonne und schmuste mit dem Alien, strich ihm über den eingedellten Kopf. »So ein süßes kleines Baby. Hör nicht drauf, wenn das böse Mädchen lacht, *mija.* Du bist mein Baby, ja, meine Kleine.«

Später lag Yvonne auf der orangefarbenen Matte, pustete und zählte, und ich schob ihr die Tennisbälle unter den Rücken, dann die gerollten Handtücher. Ich hielt die Uhr in der Hand und zählte ihre Wehen; ich atmete mit ihr zusammen, wir hechelten beide. Sie war nicht nervös. »Keine Sorge«, meinte sie und lächelte zu mir herauf, ihr Bauch wie eine riesige Südseeperle auf einem goldenen Ring. »Ich hab' das schon mal mitgemacht.«

Sie klärten uns über Periduralanästhesie und Schmerzmittel auf, doch keine hier wollte Medikamente nehmen. Sie wollten alle eine natürliche Geburt. Mir kam alles vor wie in Plastik gewickelt; so unwirklich wie Stewardessen, die im Flugzeug vorführen, wie man die Sicherheitsgurte anlegt und die Maschine im Falle einer Wasserlandung geordnet verläßt, während die Leute einen kurzen Blick auf die bedruckten Pappen in der Tasche des Vordersitzes werfen. Klar, denken sie, kein Problem. Ein schneller Blick auf den nächsten Notausgang, und sie sind bereit für gekühlte Bordgetränke, Erdnüsse und den Film.

Rena saugte in ihrem schwarzen Makramee-Bikini die glühende Aprilsonne auf und trank dabei aus einem Wasserglas Wodka gemischt mit Fresca; »Russische Margarita« nannte sie das. Die

Männer vom benachbarten Installateurbetrieb lümmelten am niedrigen Maschendrahtzaun herum und schnalzten ihr zu. Sie tat so, als ob sie es gar nicht merkte, trug aber ganz langsam Tropic-Tan-Lotion auf ihr Dekolleté auf, verrieb sie zu den Brüsten hinunter und cremte sich die Arme ein, während die Handwerker sich zwischen die Beine faßten und auf spanisch Zweideutigkeiten herüberriefen. Die Sonnenliege aus Metall war schon halb unter ihr zusammengebrochen, das Geräusch des rostigen Rasensprengers, der die Wiese aus Fingergras und Löwenzahn wässerte, lullte uns ein.

»Du wirst noch Hautkrebs bekommen«, warnte ich sie.

Sie schob ihre Unterlippe vor. »Wir sind schon lang' tot, kiddo!« Sie sagte gern diese amerikanischen Wörter, wohl wissend, wie sie aus ihrem Mund klangen. Sie hob ihre Russische Margarita und trank. *»Na sdarowje.«*

Das hieß »Zum Wohl«, doch um ihre Gesundheit war sie wenig bekümmert. Sie zündete sich eine schwarze Zigarette an und ließ den Rauch in Arabesken aufsteigen.

Ich saß auf einem alten Gartenstuhl im Schatten des großen Oleanders und zeichnete Rena, während sie in der sengenden Sonne schmorte. Sie besprühte sich aus einer kleinen, mit Eiswasser gefüllten Flasche, und die Männer, die sie über den Gartenzaun beobachteten, schauderten. Man konnte die Umrisse ihrer Brustwarzen durch den gestrickten Stoff sehen. Sie lächelte vor sich hin.

Das gefiel ihr: wenn sich ein paar Klempnerschweine an ihr aufgeilten. Ein gutes Geschäft, eine Russische Margarita, ein Quickie mit Sergej im Badezimmer – weiter blickte sie nicht in die Zukunft. Ich bewunderte ihr Vertrauen. Hautkrebs, Lungenkrebs, Männer, Möbel, Schrott – irgendwas würde ihr schon über den Weg laufen. Es tat mir im Augenblick gut, in ihrer Nähe zu sein. Ich konnte es mir nicht leisten, allzuviel über die Zukunft nachzudenken.

Ich hatte nur noch zwei Monate bis zu meinem Schulabschluß – und dann erwartete mich ein kurzer Fall über den Rand der Welt. Nachts träumte ich von meiner Mutter; immer ging sie gerade weg. Ich träumte, daß ich eine Mitfahrgelegenheit nach New York zur Kunstschule verpaßte, eine Einladung zu einer Party mit Paul Trout verlor. Ich blieb auf und blätterte den Stapel zwölf Jahre alter ArtNews-Zeitschriften durch, die ich im Sperrmüll gefunden hatte, betrachtete die Fotos der Künstlerinnen, ihr zerzaustes Haar, grau, lang und braun, dünne blonde Fäden. Amy Ayres, Sandal McInnes, Nicolette Reis. Ich wäre gern wie sie gewesen. Amy mit ihrem grauen Lockenkopf und dem zerknitterten T-Shirt, die vor einem ihrer riesigen abstrakten Gemälde mit gekrümmten Kegeln und Zylindern stand. Amy, wie kann ich du sein? Ich habe deinen Artikel gelesen, aber ich kann die Lösung nicht finden. Deine Mittelklasse-Eltern, dein kranker Vater. Dein Kunstlehrer auf der High School hat extra ein Stipendium für dich geschaffen. Auf der Marshall High hatte ich noch nicht mal Kunstunterricht.

Ich betrachtete meine Zeichnung von Rena, die mit Wasserspritzern aus dem Rasensprenger besprenkelt war. Ehrlich gesagt mochte ich Zeichnungen noch nicht mal. Wenn ich ins Museum ging, schaute ich mir die Gemälde an, die Skulpturen, alles, nur nicht Linien auf Papier. Es war nur so, daß meine Hand etwas tun mußte, meine Augen einen Grund brauchten, den leeren Raum zwischen Rena, dem Rasensprenger und dem wackligen Gartentisch aus weißlackiertem Lochblech zu füllen, auf dem ein Glas und ein Aschenbecher standen. Mir gefiel, wie die Tischplatte mit ihren diamantförmigen Löchern die schwarzen Diamanten von Renas Bikini und das Diamantgitter des Maschendrahtzauns wiederholte; wie die Wölbung des Glases der Wölbung ihres Oberschenkels entsprach, dem gewölbten Arm, den einer der Handwerker über den Zaun gelegt hatte, und den Blättern der Bananenpflanze vor dem Haus der Casados auf der anderen Straßenseite.

Wenn ich nicht zeichnete, welchen Grund gäbe es dann für das Licht, so und nicht anders auf die welligen Dachschindeln der Casados zu fallen, auf die Grasbüschel und die zarten Flechten des Fuchsschwanzgrases, die bald braun wurden? Welchen Grund für die Art und Weise, in der der Himmel alles flach auf die Erde zu quetschen schien wie ein gewaltiger Fuß? Ich würde schwanger werden oder trinken müssen, um all das auszublenden; alles bis auf mich, ganz groß im Vordergrund.

Zum Glück war ich nicht in den Kursen, in denen man über das College sprach. Ich war in den Kursen, wo man uns etwas über Kondome erzählte und darüber, daß es verboten sei, Waffen mit in die Schule zu bringen. Claire hatte mich für all die freiwilligen Leistungskurse angemeldet, doch ich konnte nicht mehr mithalten. Wenn sie noch lebte, hätte ich es versucht; die Kurse weiter besucht, mich um ein Stipendium bemüht – dann hätte ich auch gewußt, was zu tun wäre. Nun entglitt mir das alles.

Andererseits ging ich noch immer zur Schule, machte meine Hausaufgaben, schrieb die Prüfungen mit. Ich würde den Schulabschluß machen, was immer danach kommen mochte. Niki hielt mich für bescheuert. Wer würde eines Tages noch wissen, ob ich die Schule zu Ende gebracht hatte oder nicht, wen würde es überhaupt interessieren? Doch es gab mir wenigstens noch etwas zu tun. Ich ging hin und zeichnete die Stuhlbeine, die aussahen wie die Beine von Wasserläufern. Ich konnte eine Stunde damit verbringen, in übertriebener Perspektive die Tische zu zeichnen; wie sie immer kleiner wurden, je näher sie der Tafel kamen; die Hinterköpfe, Nacken, Haare. Yolanda Collins saß im Mathekurs vor mir; ich konnte die ganze Stunde lang ihren Hinterkopf betrachten, die verschiedenen Ebenen winziger Zöpfchen, die sie in Mustern so kompliziert wie Perserteppiche zusammengebunden hatte, manchmal mit eingeflochtenen Perlen oder Kordeln verziert.

Ich blickte auf den Notizblock in meiner Hand hinunter. Wenigstens hatte ich diese diamantförmige Struktur, das Trapez des Gartentores. War das nicht genug? Mußte es mehr geben?

Ich sah Rena an, die ihr Tropic Tan dick auftrug und in der sengenden Sonne vor sich hin buk, glücklich wie ein Napfkuchen in einer Papierkrause. »Rena, fragst du dich nie, warum die Leute morgens überhaupt aufstehen? Warum machen sie sich die Mühe? Warum trinken sie nicht einfach Terpentin?«

Rena drehte den Kopf seitwärts, beschattete die Augen mit der Hand, warf mir einen Blick zu und kehrte dann wieder in die Sunny-Side-up-Stellung zurück. »Du bist Russin, ich glaube. Ein Russe immer fragt, was ist Sinn von Leben.« Sie zog ein langes, deprimiertes Gesicht. »Was ist Sinn von Leben, *moja ljubow*? Liegt an unsere schlechte Wetter. Aber hier ist Kalifornien, Astrid, Schätzchen. Du fragst nicht, was Sinn. Zu schade, Akhmatova, aber wir haben Beach-Volleyball, Sportwagen, Lifting von Bauchfalten. Don't worry, be happy. Kauf dir was Schönes!«

Sie lächelte vor sich hin. Die Arme neben sich gelegt, die Augen geschlossen, glitzerte sie auf ihrer Liege wie ein Stück Speck, das in der Pfanne briet. Kleine Wasserperlen hingen an den winzigen Haaren über ihrer Oberlippe, sammelten sich zwischen ihren Brüsten. Vielleicht ist sie ein Glückskind, dachte ich, eine Frau, die sich sowohl der Zukunft als auch der Vergangenheit entledigt hat. Keine Träume, keine Normen, eine Frau, die raucht und trinkt und mit Männern wie Sergej schläft; Männern, deren Seele wie das ist, was nach einem Regenguß aus der Kloake emporsteigt. Ich konnte etwas von ihr lernen. Rena Grushenka machte sich keine Sorgen um ihre Zähne, nahm kein Vitamin C ein. Sie salzte alles kräftig und war jeden Tag ab drei Uhr betrunken. Sie quälte sich bestimmt nicht, weil sie nicht zum College ging und nichts aus ihrem Leben machte. Sie lag in der Sonne und verschaffte den Handwerkern einen Ständer, solange sie noch konnte.

»Du besorgst dir Freund, du machst keine Sorgen mehr«, sagte sie.

Ich wollte ihr nicht sagen, daß ich mir schon einen Freund besorgt hatte. Ihren.

Sie drehte sich auf die Seite, und ihre Brust mit der großen Brustwarze rutschte aus dem Bikinioberteil, sehr zur Freude der Handwerker, die lautstark ihre Begeisterung kundtaten. Sie zog das Bikinitop hoch, was noch mehr Aufregung hervorrief. Sie ignorierte alle Rufe und stützte den Kopf in die Hand. »Ich habe nachgedacht. Alle haben Rahmen für Nummernschild von Händler. Van Nuys Toyota, wir sind Nummer eins. Ich denke, wir kaufen Rahmen für Nummernschild, du bemalst schön, und wir bekommen vielleicht zehn, fünfzehn Dollar. Kost uns Dollar.«

»Und was springt für mich dabei raus?« Ich zog eine perverse Befriedigung daraus, daß ich inzwischen genau den richtigen Moment kannte, diese Frage zu stellen. Ich war in der Ripple Street angekommen, dem Paradies meiner Verzweiflung.

Der dunkelgrüne Jaguar, der vor dem Installateurbetrieb parkte, hätte mich stutzig machen sollen, doch der Groschen fiel erst, als ich sie in unserem Wohnzimmer sah; die Explosion schwarzer Locken und der grellrote Lippenstift, die ich aus den Nachrichten wiedererkannte. Sie trug ein dunkelblaues, weiß abgesetztes Chanelkostüm, das wahrscheinlich sogar echt war. Sie saß auf der grünen Couch und stellte gerade einen Scheck aus. Rena redete auf sie ein, rauchte und lachte, wobei die Goldfüllungen in ihren Zähnen glitzerten. Ich wäre am liebsten gleich wieder zur Tür hinausgerannt. Nur ein morbides Interesse hielt mich im Zimmer. Was hatte sie mir bloß mitzuteilen?

»Sie mag Salatbesteck.« Rena sah mich an. »Kauft für Freundin, was sammelt alles Tiki.«

»Es ist der letzte Schrei«, sagte die Frau und reichte Rena den gelben Scheck. »Tiki Restaurants, Mai Thais, Trader Vic – alles wieder groß im Kommen.« Ihre Stimme war höher als erwartet, ziemlich mädchenhaft für eine Rechtsanwältin.

Sie stand auf und streckte mir die Hand entgegen, kurze rote Fingernägel, die vor ihrer weißen Haut grell wirkten. Sie war kleiner als ich. Sie trug ein gutes Parfum mit grünlicher Duftnote, ein Hauch Zitrus, beinahe wie das Aftershave eines Mannes. Um den Hals hatte sie ein Collier hängen, dick wie eine Fahrradkette, mit einem eingelassenen, viereckig geschliffenen Diamanten. Ihre Zähne sahen unnatürlich weiß aus. »Susan D. Valeris.«

Ich schüttelte ihr die Hand. Sie war sehr klein und trocken.

An ihrem Zeigefinger trug sie einen breiten Ehering und am kleinen Finger der anderen Hand einen Siegelring aus Onyx.

»Würde es Ihnen etwas ausmachen, wenn Astrid und ich …?« fragte sie Rena und wedelte mit dem ringgeschmückten Zeigefinger zwischen uns beiden hin und her. Ene, mene, muh.

»Ist kein Problem«, sagte Rena, betrachtete wieder ihren Scheck und steckte ihn dann in ihre Tasche. »Sie können bleiben, sehen, ob Sie noch finden anderes, was gefällt. Ist alles zu verkaufen.«

Als wir allein waren, wies Susan D. auf die grüne Couch; ich solle mich setzen. Ich setzte mich nicht. Es war mein Haus, ich brauchte hier keinen Anweisungen Folge zu leisten. »Wieviel haben Sie ihr gegeben?«

»Spielt keine Rolle«, sagte die Anwältin und setzte sich wieder. »Der Punkt ist, du bist meinen Anrufen aus dem Weg gegangen.« Zu meiner Überraschung zog sie ein Päckchen Zigaretten aus ihrer Kelly-Tasche von Hermès, die, wie ich seit meiner Zeit mit Olivia wußte, echt und äußerst edel war. »Stört es dich, wenn ich rauche?«

Ich schüttelte den Kopf. Sie zündete sich die Zigarette mit einem goldenen Feuerzeug an, Cartier – der goldene Riffelbeschlag. »Zigarette?« bot sie an. Ich schüttelte den Kopf. Sie legte das Päckchen und das Feuerzeug zwischen das Durcheinander auf dem Tisch und blies den Rauch in das Nachmittagslicht. »Ich weiß auch nicht, wieso ich mir das noch nicht abgewöhnt habe«, sagte sie.

»Die Häftlinge rauchen alle«, erwiderte ich. »Sie können ihnen immer eine Zigarette anbieten.«

Sie nickte. »Deine Mutter meinte, du seist intelligent. Ich glaube, sie hat dich noch unterschätzt.« Sie sah sich in dem vollgestopften Wohnzimmer um, musterte den Bugholz-Hutständer, die Stereo-Anlage und die Platten, die Glasperlenlampe, die Fransenlampe und die Pudellampe mit dem Milchglasschirm, die Bäuerin mit dem orangefarbenen Kopftuch und den Rest der Artefakte in Renas Trödelladen. Eine weiße Katze sprang ihr auf den Schoß, worauf sie schnell aufstand und sich das dunkelblaue Kostüm abklopfte. »Nett hast du es hier!« sagte sie und setzte sich wieder, während sie nach dem Aufenthaltsort des haarigen Eindringlings Ausschau hielt. »Freust du dich auf deinen Schulabschluß? Machst du Pläne für die Zukunft?«

Ich ließ meine Büchertasche auf den staubigen Polstersessel fallen, woraufhin eine Staubwolke in die muffige Luft aufstieg. »Ich hab' mir gedacht, ich könnte vielleicht Strafverteidigerin werden«, sagte ich. »Entweder das oder Nutte. Oder vielleicht auch Müllsammlerin.«

Sie parierte meine Bemerkung nicht, sondern blieb auf ihr Ziel konzentriert. »Darf ich fragen, warum du meine Anrufe nicht beantwortet hast?«

Ich lehnte mich an die Wand und beobachtete ihre schnellen, selbstbewußten Bewegungen. »Fragen Sie nur«, sagte ich.

Sie legte sich ihre schmale rote Lederaktenmappe auf den Schoß, öffnete sie und holte einen Hefter und einen gelben Schreibblock heraus. »Deine Mutter hat mir schon angekündigt, daß du schwierig sein könntest«, sagte sie, »daß du sie dafür verantwortlich machst, was passiert ist.« Susan blickte mir fest in die Augen, als bekäme sie einen Punkt für jede Sekunde, die sie Blickkontakt halten konnte. Ich konnte es richtig vor mir sehen, wie sie während der Juristenausbildung vor dem Spiegel geübt hatte.

Ich wartete darauf, den Rest der Geschichte zu hören, die sie zusammen ausgeheckt hatten.

»Ich weiß, daß du Schreckliches durchgemacht hast«, sagte sie. Sie blickte in ihre Akte. »Sechs Pflegefamilien, MacLaren Hall. Der Selbstmord deiner Pflegemutter, Claire Richards, hieß sie nicht so? Deine Mutter hat mir erzählt, daß du ihr sehr nahegestanden hast. Es muß entsetzlich gewesen sein.«

Ich fühlte eine Welle des Zornes in mir hochsteigen. Claires Tod gehörte mir. Sie hatte kein Recht, damit herumzuhantieren, ihn zur Sprache zu bringen und ihn irgendwie mit dem Fall meiner Mutter zu verbinden. Aber vielleicht war das auch nur eine

Taktik. Von Anfang an gleich Farbe bekennen, damit ich nicht schmollte und meine wahren Gefühle über Claire zurückhielt. Ein aggressives Eröffnungsspiel beim Schach, um mich aus der Reserve zu locken. Sie wußte genau, was sie tat. Attackierte sofort meine Schwachstelle. »Haben Sie Ihre Klientin mal zu ihrer Beteiligung daran befragt?«

»Du willst doch wohl nicht deine Mutter für den Tod einer Frau verantwortlich machen, die sie nur einmal getroffen hat«, sagte Susan, als gebe es gar keinen Zweifel an der Absurdität einer solchen Behauptung. »Sie ist doch keine Zauberin, oder?« Sie lehnte sich in die Couch zurück, zog an ihrer Zigarette und betrachtete mich durch den Rauch, schätzte meine Reaktion ab.

Allmählich bekam ich es mit der Angst zu tun. Die beiden konnten es tatsächlich schaffen. Ich sah plötzlich, wie leicht sich dieser Strauß aus Oleander und Nachtschattengewächsen zu einem Lorbeerkranz winden ließ. »Aber ich mache sie dafür verantwortlich, Susan.«

»Erzähl es mir«, sagte sie, während sie die Zigarette in der linken Hand hielt und sich mit der rechten ein paar Notizen auf dem gelben Schreibblock machte.

»Meine Mutter hat getan, was sie nur konnte, um Claire aus meinem Leben verschwinden zu lassen«, sagte ich. »Claire war zerbrechlich, und meine Mutter wußte genau, wo sie zustoßen mußte.«

Susan zog an ihrer Zigarette, blinzelte in den Rauch. »Und wieso sollte sie das tun?«

Ich drückte mich von der Wand ab und trat zum Hutständer hinüber. Ich wollte sie nicht länger ansehen oder besser gesagt, ich wollte nicht, daß sie mich noch länger ansah und mich taxierte. Ich setzte mir einen alten Hut auf und betrachtete sie im Spiegel. »Weil Claire mich geliebt hat.« Es war ein Strohhut mit einem Netzschleier; ich zog mir den Schleier über die Augen.

»Du hattest das Gefühl, sie wäre eifersüchtig«, sagte Susan in mütterlichem Tonfall und spie Rauch in die Luft wie ein Oktopus, der seine Tinte verspritzt.

Ich rückte den Schleier zurecht, dann klappte ich die Hutkrempe um. »Sie war extrem eifersüchtig. Claire war nett zu mir, und ich habe sie geliebt. Das konnte sie nicht ertragen. Nicht, daß sie mich je besonders beachtet hätte, als sie noch die Gelegenheit hatte, aber wenn jemand anderes das tat, konnte sie es auch nicht aushalten.«

Susan beugte sich vor, die Ellbogen auf die Knie gestützt, die Augen zur Rauhputzdecke erhoben, und ich konnte ihren Verstand klicken hören; ein mechanischer Prozeß, ein Abklopfen und Umdrehen dessen, was ich ihr gerade erzählt hatte, auf der Suche nach einem Vorteil für sich. »Aber welche Mutter wäre nicht eifersüchtig«, sagte sie. »Eifersüchtig, wenn die eigene Tochter ihre Pflegemutter gern hat. Offen gesagt.« Sie schnippte ihre Asche in den Aschenbecher und rührte mit der glühenden Zigarettenspitze auf dem Boden des Gefäßes herum.

Ich drehte mich zu ihr und schaute sie durch den Schleier an, froh, daß sie die Angst in meinen Augen nicht sehen konnte. »Offen gesagt, hat sie Claire umgebracht. Sie hat sie über die Klippe in den Abgrund gestoßen, okay? Vielleicht kann sie dafür nicht gerichtlich belangt werden, aber versuchen Sie nicht, mir diese neue, beschönigte Wendung zu verkaufen. Sie hat Claire umgebracht, und sie hat Barry umgebracht. Kommen Sie doch einfach zum Thema und sagen mir, was Sie von mir wollen.«

Susan seufzte und legte ihren Stift hin. Sie zog wieder an ihrer Zigarette und drückte sie dann im Aschenbecher aus. »Du bist eine ganz schön harte Nuß, was?«

»Sie sind diejenige, die eine Mörderin frei herumlaufen lassen will«, sagte ich. Ich nahm den Hut ab und warf ihn auf den Sessel, dabei schreckte ich die weiße Katze auf, die aus dem Zimmer lief.

»Man hat ihr einen ordnungsgemäßen Prozeß vorenthalten. Das kann man alles in den Gerichtsprotokollen nachlesen«, sagte Susan und schlug mit der Handkante in die Fläche der anderen Hand. Ich sah sie vor mir, wie sie im Gerichtssaal stand und mit ihren Gesten auch die Hörbehinderten an ihrem Plädoyer teilhaben ließ. »Der Pflichtverteidiger hat bei ihrer Verteidigung doch keinen Finger krumm gemacht.« Ein anklagender Zeigefinger mit rotlackiertem Nagel. »Man hat sie unter Drogen gesetzt, mein Gott, sie konnte kaum sprechen. Es steht alles in der Akte, die Dosis und so weiter. Und niemand hat etwas dagegen gesagt. Die Anklage hatte keinerlei handfeste Beweise.« Die Handflächen nach unten gerichtet, zog sie die gekreuzten Arme ruckartig auseinander wie ein Baseball-Schiedsrichter beim »Safe«. Sie kam jetzt richtig in Schwung, doch ich hatte genug gehört.

»Und was soll für Sie dabei rausspringen?« unterbrach ich sie, so trocken und unbeeindruckt, wie ich konnte.

»Der Gerechtigkeit ist nicht Genüge getan worden«, sagte sie mit fester Stimme. Ich konnte sie vor mir sehen, wie sie auf den Stufen des Gerichtsgebäudes ihre Vorstellung für die Fernsehteams gab.

»Aber ja doch«, sagte ich. »Blind und vielleicht sogar aus Versehen – aber der Gerechtigkeit *ist* Genüge getan worden. Selten genug, ich weiß. Ein modernes Wunder.«

Susan sank gegen die Sofalehne zurück, als habe meine Bemerkung ihr alle selbstgerechte Vitalität entzogen. Ein Auto mit laut aufgedrehtem Radio fuhr vorbei und spie dröhnende Ranchero-Musik aus, und Susan warf einen schnellen Blick aus dem Fenster, um nach dem grünen Jaguar zu sehen, der vor dem Haus parkte. Nachdem sie sich überzeugt hatte, daß er immer noch glänzend und unversehrt an der Bordsteinkante stand, drehte sie sich wieder zu mir zurück. Matt und erschöpft. »Astrid, wenn schon junge Menschen so zynisch sind, bekomme ich immer Angst um die Zukunft dieses Landes.«

Es war mit Abstand das Komischste, was ich den ganzen Tag gehört hatte. Ich mußte lachen. Ich fand in letzter Zeit nicht mehr allzuviel lustig, doch ihre Bemerkung hätte zweifellos jeder bizarr gefunden.

Plötzlich war die Erschöpfung genauso verschwunden wie zuvor das fanatische Rechtsempfinden. Jetzt hatte ich eine kühle, clevere Strategin vor mir, Ingrid Magnussen selbst gar nicht so unähnlich. »Barry Kolker hätte auch an Herzversagen sterben können«, sagte Susan ruhig. »Die Autopsie hat kein eindeutiges Ergebnis erbracht. Er war übergewichtig und hat Drogen genommen – oder etwa nicht?«

»Wie Sie meinen.« *Die Wahrheit ist, was immer ich als Wahrheit ausgebe.* »Sehen Sie mal, Sie wollen, daß ich für sie lüge. Lassen Sie uns doch an diesem Punkt weitermachen und schauen, ob es irgend etwas gibt, worüber wir reden können.«

Susan verzog den roten Lippenstiftmund zu einem langsamen Lächeln, strich sich mit einer Hand die schwarzen Locken aus dem Gesicht, die Wimpern wirkten sehr schwarz vor ihrem weißen Gesicht. Als ob sie sich ein bißchen schämte, aber auch irgendwie erleichtert war, weil sie mich nicht ganz so stark beschwindeln mußte, wie sie vielleicht befürchtet hatte.

»Laß uns eine kleine Autofahrt machen«, sagte sie.

Hinter den getönten Fensterscheiben ihres Jaguars kuschelte ich mich in den Geruch nach Leder und Geld. Er umhüllte mich wie ein Pelz. Sie hatte den Jazz-Sender aus Long Beach im Radio laufen, ein Free-Form-Stück von der Westküste mit Flöte und E-Gitarre. Wir fuhren schweigend die Ripple Street hoch, vorbei an der privaten Kinderkrippe, der Brotfabrik und der Trompe-l'œil-Fassade der Clearwater Street, bogen links auf den Fletcher Drive ab, wieder links auf den Glendale Boulevard und dann rechts auf den Silverlake Boulevard und fuhren eine Zeitlang um den See. Möwen wippten auf dem blaugrünen Wasser. Die Trockenheit hatte einen riesigen Betonkragen um den See entstehen lassen, doch in der abgeschlossenen Welt des Jaguars herrschten angenehme zwanzig Grad. Ein Erlebnis, mal wieder im Auto einer reichen Frau zu fahren. Jetzt erfüllte ein neues Musikstück die verfeinerte Atmosphäre, ich erkannte es sofort: Oliver Nelson, »Stolen Moments«.

Ich schloß die Augen und stellte mir vor, ich wäre mit Olivia zusammen und nicht mit der Rechtsanwältin meiner Mutter. Ihre nackten Arme, ihr Profil; das Tuch, das sie à la Grace Kelly um Kopf und Hals geschlungen hatte. Dieser kostbare Augenblick. Um so kostbarer, weil er unwirklich war, im nächsten Moment schon wieder vorbei; etwas, das man genießen mußte wie den vorüberziehenden Hauch eines Parfums oder nachmittägliches Klavierspiel in einem Haus, an dem man vorbeiging. Ich hielt mich an der Erinnerung fest, während Susan das Auto auf der anderen Seite des Sees parkte. Von dort konnten wir das blaugrüne, weißgepunktete Wasser und die malerische Hügelkette sehen. Sie drehte die Musik leiser, doch man konnte immer noch Nelsons Trompete hören.

»Ich möchte, daß du dich mal fragst, wessen sie sich eigentlich schuldig gemacht hat«, meinte Susan, während sie sich vom Fahrersitz zu mir drehte. »Ich meine, deiner Ansicht nach. Ganz ehrlich. Ist sie des Mordes schuldig? Oder einfach nur eine lausige Mutter, der du die Schuld dafür gibst, daß sie nicht da war, als du sie gebraucht hast?«

Ich blickte die zierliche Frau an, ihre schwarzen, vielleicht einen Ton zu dunklen Locken, die leicht mit Mascara verschmierten Augen. Ihre Müdigkeit war aufgesetzt, andererseits aber auch echt. Wie sooft waren die Worte hoffnungslos ungenau. Ich wünschte, ich hätte etwas bei mir, um sie zeichnen zu können. Sie war dabei, sich in eine Karikatur ihrer selbst zu verwandeln. Noch nicht ganz; im Augenblick hatte sie lediglich einen hohen Wiedererkennungswert. Doch in fünf bis zehn Jahren würde sie sich nur noch aus der Ferne ähnlich sehen. Von nahem betrachtet, wäre sie abgespannt und ängstlich. »Mal ehrlich, versuchst du nicht bloß, sie dafür zu bestrafen, daß sie eine schlechte Mutter war – und nicht für den angeblichen Mord?« Sie ließ die Scheibe mit dem elektrischen Fensterheber ein Stück herunter, drückte den Zigarettenanzünder an und griff in ihre Tasche nach den Zigaretten. »Was hat Barry Kolker dir denn überhaupt bedeutet? Er war irgendein Freund deiner Mutter. Sie hatte eine ganze Reihe Freunde. Du kannst dir doch gar nicht soviel aus ihm gemacht haben.«

»Er ist tot«, sagte ich. »Und Sie werfen mir vor, ich sei zynisch?«

Sie steckte sich eine Zigarette in den Mund, und der Anzünder sprang heraus. Sie zündete die Zigarette an und füllte das Auto mit Rauch. Sie atmete den Rauch in Richtung des geöffneten Fensterschlitzes aus. »Nein, es ist gar nicht Kolker. Du nimmst ihr übel, daß sie dich im Stich gelassen hat. Das ist nur natürlich. Du hast sechs schwierige Jahre durchgemacht, und wie Kinder nun mal sind, zeigst du jetzt auf die allmächtige Mutter. Alles ihre Schuld. Der Gedanke, daß auch sie ein Opfer ist, kommt dir gar nicht.«

Draußen vor dem Fenster, im nicht klimatisierten Teil der Wirklichkeit, trabte eine Joggerin mit sehr rotem Gesicht an uns vorbei und zog einen schlappen Setter an der Leine hinter sich her. »Werden Sie das auch sagen, wenn ich in ihrer Gerichtsverhandlung die Wahrheit sage?«

Wir beobachteten, wie die Joggerin sich den Bürgersteig entlangschleppte, während der Hund versuchte, im Vorbeigehen die Pflanzen zu beschnüffeln. »Etwas in der Art, ja«, erwiderte Susan. Die ersten ehrlichen Worte, seit ich ihre zierliche Hand geschüttelt hatte. Sie seufzte und schnippte die Asche aus dem Fenster. Ein paar Krümelchen kamen wieder zurückgeflogen. Sie strich sie von ihrem Kostüm ab. »Astrid, sie mag vielleicht keine Fernsehmami gewesen sein, keine Barbara Billingsley in Küchenschürze und Perlenkette, aber sie liebt dich. Mehr, als du dir vorstellen kannst. Gerade jetzt braucht sie dein Vertrauen. Du solltest mal hören, wie sie über dich spricht, wie sie sich Sorgen um dich macht; wie gern sie wieder mit dir zusammen wäre.«

Ich dachte wieder an meine imaginäre Reise mit ihr; daran, wie sie aussah; an die Magie ihrer Worte. Inzwischen war ich mir nicht mehr so sicher, vielleicht sagte Susan die Wahrheit. Ich hätte diese Frau gern gefragt, was meine Mutter über mich erzählte. Ich hätte gern von ihr gehört, was meine Mutter über mich dachte, doch ich wollte ihr diesen Eröffnungszug nicht überlassen. Schließlich hatte ich meine Taktik von Bobby Fischer gelernt. »Sie würde doch alles sagen, um freizukommen.«

»Rede mit ihr. Ich kann es organisieren. Hör dir nur einmal

an, was sie zu sagen hat, Astrid«, drängte Susan. »Sechs Jahre sind eine lange Zeit. Die Menschen ändern sich.«

Meine kurzzeitige Unsicherheit schwand dahin. Ich wußte nur zu gut, inwieweit Ingrid Magnussen sich verändert hatte. Ich hatte ihre Briefe. Ich hatte sie gelesen; Seite für Seite war ich durch die roten Fluten geschwommen. Ich wußte alles über ihre Zärtlichkeit und mütterliche Besorgnis. Ich und die weiße Katze. Doch etwas gab es, das sich verändert hatte. Zum ersten Mal in meinem Leben brauchte meine Mutter etwas von mir, zum ersten Mal hatte ich die Macht, es ihr zu geben oder zurückzuhalten – und nicht andersherum. Ich öffnete die Lüftungsklappe und ließ die kühle Luft aus der Klimaanlage mein Gesicht küssen.

Meine Mutter brauchte mich. Das schlug ein – was das bedeutete, wie unglaublich das war. Wenn ich in den Zeugenstand trat und aussagte, daß sie es getan hatte, wenn ich von unserer Fahrt nach Tijuana erzählte, von den Mengen an Oleander, Stechapfel und Belladonna, die sie in der Küche eingekocht hatte, dann würde sie nie herauskommen. Und wenn ich log, erzählte, daß Barry paranoid gewesen sei, eine fixe Idee entwickelt habe, daß er verrückt gewesen sei, daß meine Mutter so stark mit Drogen vollgestopft gewesen sei, als ich sie im Sybil-Brand-Gefängnis besuchte, daß sie mich noch nicht einmal erkannt hatte, dann würde sie vielleicht das Wiederaufnahmeverfahren gewinnen und könnte wieder auf der Straße herumlaufen, ehe ich einundzwanzig war.

Reverend Thomas hätte das Gefühl kaum gutgeheißen, das mich jetzt erfüllte, doch es war unwiderstehlich süß. Ich hielt ihr das eigene Messer an die Kehle. Ich konnte sie um etwas bitten, ich konnte Forderungen stellen. Was springt für mich dabei heraus, hatte ich in meiner Zeit bei Rena zu fragen gelernt, ohne Reue und falsche Bescheidenheit. Was ist mein Anteil? Ich konnte ein Preisschild auf meine Seele kleben. Jetzt mußte ich nur noch abschätzen, zu welchem Preis ich sie verkaufen konnte.

»Okay«, sagte ich. »Organisieren Sie das Treffen.«

Susan zog ein letztes Mal an ihrer Zigarette und warf sie aus dem Fenster, dann ließ sie die Scheibe wieder hochfahren. Jetzt war sie ganz Geschäftsfrau. »Irgend etwas, das du in der Zwischenzeit möchtest, etwas Taschengeld vielleicht?«

Ich haßte diese Frau. Was ich in den letzten sechs Jahren durchgemacht hatte, interessierte sie gar nicht. Ich war bloß ein weiterer Stein in dem Mauerwerk, das sie errichtete. Ich war gerade an die richtige Stelle gerutscht. Sie glaubte nicht an die Unschuld meiner Mutter. Ihr waren bloß die Kameras vor dem Eingang des Gerichtsgebäudes wichtig. Und ihr Name, Susan D. Valeris, unter ihren sich auf und ab bewegenden roten Lippen. Diese Publicity würde einiges wert sein.

»Ich nehme ein paar Hundert«, sagte ich.

Im letzten Licht des Nachmittags ging ich am Fluß entlang, die Hände in die Taschen gesteckt. Im Osten leuchtete der Mount Baldy rosa im reflektierenden Sonnenlicht. Susans Geld hielt ich zusammengeknüllt in der Faust. Ich schlenderte in Richtung Norden, vorbei an der Baufirma und den Laderampen der Brotfabrik, dem bemalten Zaun des Bildhauers am Ende der Clearwater Street, der ein kleines französisches Dorf als Trompe l'œil zeigte. Ein Hund sprang bellend und knurrend von innen dagegen, und die breiten Holzbretter wackelten. Auf der anderen Seite des Zauns, hinter dem Stacheldraht, wippten Bronzefiguren in großen Metallreifen wie Shiva und drehten sich langsam im Wind. Ich fand ein Stück losen Beton, der aus der Eindämmung gebrochen war, und warf es in den Fluß. Es fiel zwischen die Weiden, und ein Wirbel schwirrender Vögel erhob sich aus der Deckung, braune Watvögel. Wieder passierte es. Wieder wurde ich in ihre Welt zurückgezogen, in ihren Schatten, gerade als ich begonnen hatte, mich frei zu fühlen.

Ich hustete den trockenen, stoßweisen Husten, den ich schon das ganze Frühjahr lang hatte, vom Pot-Rauchen und dem ewigen Schimmel in Renas Haus. Ich lief die Böschung hinunter ans Wasser, hockte mich hin und berührte die Strömung mit den

Fingerspitzen. Kalt, wirklich. Wasser aus den Bergen. Ich tupfte es mir zwischen die Augen, an die Stelle des dritten Auges. Hilf mir, Fluß.

Und was wäre, wenn sie herauskäme? Wenn sie zum Haus in der Ripple Street gelaufen käme, wenn sie sagte: »Ich bin wieder da. Pack zusammen, Astrid, wir verschwinden.« Könnte ich ihr widerstehen? Ich stellte sie mir vor, in dem weißen T-Shirt und den Jeans, die sie sich anziehen durfte, als sie sie verhafteten. »Laß uns gehen«, sagte sie. Ich sah uns auf der Veranda vor Renas Tür stehen, einander anstarren – aber mehr nicht.

War sie immer noch in meinen Knochen, in jedem meiner Gedanken?

Ich hockte am Wasser, während es über das Felsgeröll floß, und dachte daran, welchen weiten Weg die Steine zurückgelegt haben mußten, ehe sie sich in diesem Betonkanal absetzten. Klarer, wohlklingender Strom, Geruch nach frischem Wasser. Ich wollte nicht länger an meine Mutter denken. Es machte mich müde. Ich wollte mir lieber vorstellen, wie die Weiden, die Pappeln und die Palmen sich ihren Weg durch den Beton brachen, direkt aus dem Entlastungskanal für Regenwasser wuchsen; wie der Fluß kämpfte, um sich wiederherzustellen. Ein bißchen Schlamm wurde die Strömung heruntergetragen, setzte sich am Grund ab. Ein Samenkorn fiel hinein und keimte. Kleine Wurzeln schossen nach unten. Und kurz darauf hatte man schon Bäume, Sträucher und Vögel.

Meine Mutter hatte mal ein Gedicht über Flüsse geschrieben. Sie sind Frauen, schrieb sie. Beginnen als kleine Mädchen, schmale Bäche, mit Wildblumen geschmückt. Dann sind sie reißende Ströme, die sich ihren Weg durch puren Granit meißeln, sich über Felsvorsprünge stürzen, furchtlos und unwiderstehlich. Später werden sie fett und dienstbar, breite, gemächliche Biegungen, die Handelsschiffe und Abwässer tragen, doch in den Tiefen ihres Unterbewußtseins gründelen gierige Welse, wachsen zur Größe von Schleppkähnen heran, und in den Jahrhundertstürmen erheben sie sich, vergessen all die Versprechungen, die sie gemacht haben, vergessen ihre Ehegelübde und ertränken alles weit und breit. Schließlich geben sie auf, gehen geburtenleer und malariaträchtig in ein sumpfiges Schwemmdelta über, das ins Meer führt.

Doch dieser Fluß war nichts davon. Er floß gelassen und unbeachtet vorbei an Zäunen, auf die jemand »18th Street«, »Roscos«, »Frogtown« gesprüht hatte, lebendig trotz allem und die Geheimnisse des Überlebens bewahrend. Dieser Fluß war ein Mädchen wie ich.

Ein provisorisches Zelt kauerte auf einer kleinen Insel inmitten des Miniaturwäldchens, seine blaue Plane hob sich alarmierend von den Grau- und Grüntönen ab. Die Hier-und-Jetzt-Hiltons hatte Barry sie immer genannt. Ich wußte, wem das Zelt gehörte. Einem großen, dünnen Vietnam-Veteranen in khakifarbenem Tarnanzug; ich hatte ihn früh morgens dort gesehen, den dünnen Rauchfaden, der von seinem kleinen, aus einer Kaffeedose gebastelten Kocher aufstieg. Ich hatte ihn vor dem spanischen Markt auf dem Glendale Boulevard gesehen, an der mit Brettern vernagelten Seite, wo er in den langen Nachmittagsschatten mit seinen Freunden Poker spielte.

Wilder Senf blühte auf dem rissigen Betonwall, und ich pflückte einen Strauß für Yvonne. Was war eigentlich Unkraut? Eine Pflanze, die niemand gepflanzt hatte? Ein Samen, der aus dem Mantel eines Reisenden entwischt war, ein Kraut, das nicht dazugehörte? War es nicht etwas, das besser wuchs als das, was eigentlich hätte da sein sollen? War es nicht nur ein Wort, Un-Kraut, das sein Urteil nach sich zog. *Unnütz. Wertlos. Ungewollt.*

Nun, jeder konnte einen grünen Jaguar kaufen oder Schönheit in einem zweitausend Jahre alten japanischen Wandschirm finden. Ich war lieber Kennerin vernachlässigter Flüsse und blühender Senfpflanzen oder betrachtete das schillernde Rosa auf dem holzkohlegrauen Nacken einer Straßentaube. Ich dachte an den Veteranen, der sich sein Abendessen über einer Blechbüchse erwärmte, und an die alte Frau, die ihre Tauben auf der Kreuzung hinter dem Kentucky Fried Chicken fütterte. Und was war mit dem Marienkäfer-Mann, dem Blau seiner Augen über graumeliertem Schwarz? Es gab mich und Yvonne, Niki und Paul Trout, vielleicht sogar Sergej oder Susan D. Valeris, warum nicht? Was waren wir alle schon anderes als eine Handvoll Unkraut? Wer wollte sich anmaßen zu sagen, worin unser Wert bestand? Worin bestand der Wert von vier Vietnam-Veteranen, die jeden Nachmittag vor dem spanischen Markt auf dem Glendale Boulevard mit einem fettigen Kartenspiel pokerten, in dem eine Königin und eine Fünf fehlten? Vielleicht hing die Welt von ihnen ab, vielleicht waren sie die Parzen oder die Grazien? Cézanne hätte sie in Kohle gezeichnet, van Gogh hätte sich selbst mitten unter ihnen gemalt.

Doch in dieser Nacht träumte ich wieder den alten Traum von grauen Pariser Straßen und dem Labyrinth aus Steinen, den zugemauerten blinden Fenstern. Diesmal waren dort Glastüren mit geschwungenen Jugendstil-Griffen, sie waren alle verschlossen. Ich wußte, daß ich meine Mutter finden mußte. Es wurde dunkel, finstere Gestalten lauerten in den Kellereingängen. Ich drückte auf alle Klingelknöpfe der Apartments. Frauen, die aussahen wie sie, kamen an die Tür und lächelten; manche riefen sogar meinen Namen. Aber keine von ihnen war sie.

Ich wußte, daß sie dort drinnen war. Ich hämmerte gegen die Tür, schrie, daß sie mich hereinlassen solle. Der Türöffner summte, um mich einzulassen, doch gerade als ich die Tür aufdrückte, sah ich sie das Haus durch die Hoftür verlassen und in ein kleines rotes Auto einsteigen. Sie trug ihre lockige Afghanenjacke und eine große Sonnenbrille vor ihren blinden Augen, sie lehnte sich in den Sitz zurück und lachte. Ich rannte hinter ihr her, weinend und flehend.

Yvonne rüttelte mich wach. Sie legte meinen Kopf in ihren Schoß, und ihr langes braunes Haar umgab uns wie ein Schal. Ihr Bauch war warm und fest wie ein Polster. Durch die Strähnen ihres Haares sah ich die farbigen, kreiselnden Lichtmuster der

Kindernachttischlampe, die ich im Sperrmüll ergattert hatte. »Wir kriegen alle schlechten Träume ab, *ese*«, sagte Yvonne, während sie mir mit der Handfläche über die nasse Wange strich. »Wir sollten noch ein paar für die anderen übriglassen.«

30

Die Geburtshilfestation des Waite Memorial Hospital erinnerte mich an all die Schulen, auf die ich je gegangen war. Rauhputzwände in der Farbe von alten Zähnen, Schließfächer auf dem Flur, dunkelbraune und hellbraune Linoleumböden, faserige Hartschaumdämmplatten an der Decke. Nur das Geschrei, das man auf den Fluren hörte, war anders. Es machte mir angst. Hier gehöre ich nicht hin, dachte ich, während ich Yvonne den Flur entlang folgte. Ich sollte jetzt eigentlich in die dritte Stunde gehen und, sicher hinter meinen Buchdeckeln verborgen, irgend etwas Abgehobenes, Theoretisches lernen. Im Leben dagegen konnte alles mögliche passieren.

Ich hatte all die Sachen mitgebracht, die wir im Geburtsvorbereitungskurs benutzt hatten, die Tennisbälle, die zusammengerollten Handtücher, die Armbanduhr, doch Yvonne wollte nicht richtig mitmachen, weder hecheln noch zählen, noch auf den Tennisbällen liegen. Sie wollte nur an dem weißen Frottiertuch lutschen, ich sollte ihr das Gesicht mit Eis abwischen und ihr etwas mit meiner unmelodischen Stimme vorsingen. Ich sang Lieder aus den Musicals, die ich mir immer mit Michael angesehen hatte – aus »Camelot« und »My Fair Lady«. Ich sang ihr »Oh Shenandoah, I long to hear you« vor, das Claire einmal am Ufer des McKenzie gesungen hatte. Während überall um uns herum hinter den Vorhängen Frauen in ihren schmalen Entbindungsbetten schrien, fluchten, stöhnten und in zehn verschiedenen Sprachen nach ihren Müttern riefen. Es hörte sich an wie in den Folterkammern der Inquisition.

Rena war nicht lange geblieben. Sie hatte uns hingefahren,

beim Krankenhaus abgesetzt und die Papiere unterschrieben. Immer, wenn ich gerade anfing, sie zu mögen, passierte so etwas.

»Mama«, wimmerte Yvonne, während ihr die Tränen über das Gesicht liefen. Sie drückte meinen Arm, als eine weitere Wehe kam. Wir waren seit neun Stunden da und hatten zwei Schichtwechsel der Krankenschwestern erlebt. Mein Arm war vom Handgelenk bis zur Schulter voller blauer Flecken. »Laß mich nicht allein«, sagte sie.

»Ich lass' dich nicht allein.« Ich fütterte sie mit ein paar Eisstückchen, die sie lutschen durfte. Sie ließen sie nichts trinken, falls sie doch eine Betäubung bekommen mußte. Sie wollten verhindern, daß sie dann in die Narkosemaske kotzte. Aber sie kotzte auch so. Ich hielt ihr die kleine, nierenförmige Plastikschale unter das Kinn. Das grelle Licht der Leuchtstofflampen schien anklagend auf uns herunter.

Die Krankenschwester schaute auf den Wehenschreiber und prüfte mit dem Finger, wie weit sich Yvonnes Muttermund geöffnet hatte. Es waren immer noch acht Zentimeter. Zehn war die volle Ausdehnung, und sie sagten uns wieder und wieder, daß sie bis dahin nicht viel tun konnten. Jetzt war die Übergangsphase, wie sie es nannten, die schlimmste Phase. Yvonne trug ein weißes T-Shirt und grüne Kniestrümpfe, ihr Gesicht war gelb und glitschig vor Schweiß, ihr Haar strähnig und zerzaust. Ich wischte ihr das zähflüssige Erbrochene von den Lippen ab.

»Sing mir was vor«, sagte Yvonne durch ihre aufgesprungenen Lippen.

»If ever I should leave you«, sang ich in ihre Ohrmuschel, die in voller Länge mit Ohrsteckern eingerahmt war. »It wouldn't be in summer …«

Yvonne sah in dem kleinen Bett riesig aus. Das CTG-Gerät mit dem Wehenschreiber war an ihrem Bauch festgeschnallt, doch ich wollte nicht auf den Monitor sehen. Ich sah ihr Gesicht an. Sie erinnerte mich an ein Gemälde von Francis Bacon; machmal verschwamm jegliche Ähnlichkeit mit irgend etwas Menschlichem, dann wieder kämpfte sie, um sich nicht völlig in der undifferenzierten Welt des Schmerzes aufzulösen. Ich strich ihr das Haar aus dem Gesicht und flocht es wieder zu Zöpfen.

Die Tapferkeit der Frauen, dachte ich, während ich mich von unten nach oben durch ihr Haar arbeitete und die schwarze Masse entwirrte. Ich könnte das nie durchstehen. Der Schmerz kam in Wellen, in Schichten, begann in ihrem Bauch und erstreckte sich dann in alle Richtungen, eine Blume des Schmerzes, die durch ihren ganzen Körper wuchs, eine gezackte Lotusblüte aus Stahl.

Ich mußte dauernd an den menschlichen Körper denken, daran, was für eine unleugbare Tatsache er doch war. Dieser Philosoph, der gesagt hatte: »Ich denke, also bin ich«, hätte mal eine Stunde auf der Entbindungsstation des Waite Memorial Hospital verbringen sollen. Er hätte seine ganze Philosophie neu schreiben müssen.

Der Geist war so fadenscheinig, kaum mehr als ein Spinnengewebe mit all seinen feinen Gedanken, Bestrebungen und dem Glauben an die eigene Wichtigkeit. Man brauchte sich bloß anzuschauen, wie leicht er sich auflöste, sich beim ersten bißchen Schmerz verflüchtigte. So wie Yvonne keuchend auf dem Bett lag, grenzte sie an das Unerkennbare, zerfiel in eine reife Ansammlung aus Nerven, Fasern, Beuteln, Sekreten und der alten inneren Uhr des Blutes. Verglichen mit diesem immerwährenden Körper war das Individuum nur Dunst, eine Wolke. Der Körper war die einzige Wirklichkeit. Ich habe Schmerzen, also bin ich.

Die Krankenschwester kam herein, sah auf das CTG und prüfte mit forschen, autoritären Bewegungen Yvonnes Wehen und ihren Blutdruck. In der letzten Schicht hatten wir Connie Hwang gehabt, wir hatten ihr vertraut, sie hatte gelächelt und Yvonne sanft mit ihren molligen Händen berührt. Doch diese hier, Melinda Meek, schnauzte Yvonne an, weil sie wimmerte. »Es wird schon wieder. Stellen Sie sich nicht so an«, sagte sie. »Sie haben das doch schon mal gemacht.« Sie erschreckte mich mit ihrer Effizienz, ihren knochigen Fingern. Vermutlich wußte sie bereits, daß wir Pflegekinder waren, daß Yvonne das Baby nicht behalten würde. Sie hatte schon für sich entschieden, daß wir verantwortungslos waren und jedes bißchen unseres Leidens verdient hatten. Sie hätte eine gute Aufseherin in einer Besserungsanstalt abgegeben. Nun wünschte ich, daß meine Mutter hier wäre. Sie hätte gewußt, wie man Melinda Meek wieder los wurde. Selbst in der Übergangsphase hätte sie Melinda noch in ihr verdrießliches Gesicht gespuckt und gedroht, sie mit dem Kabel des Wehenschreibers zu strangulieren.

»Es tut weh«, sagte Yvonnne.

»Sie sind ja auch nicht zum Vergnügen da«, sagte Melinda. »Sie müssen atmen.«

Yvonne versuchte es, schnappte nach Luft und pustete sie aus; sie wollte immer, daß alle Welt sie liebte, selbst diese sauertöpfische Krankenschwester.

»Können Sie ihr nicht einfach etwas geben?« fragte ich.

»Es geht ihr prima«, erwiderte Melinda schroff; in ihren dreieckigen Augen schimmerte eine verschleierte Drohung.

»Alles Arschlöcher hier«, sagte die Frau auf der anderen Seite des weißen Duschvorhangs. »Wollen den Armen nichts von ihren Scheißmedikamenten geben.«

»Bitte«, sagte Yvonne und klammerte sich an Melindas weißen Kittel. »Ich flehe Sie an.«

Die Schwester pflückte Yvonnes Hand rasch wieder ab und patschte sie fest auf ihren Bauch zurück. »Sie sind schon acht Zentimeter offen. Es ist fast vorbei.«

Yvonne schluchzte leise, rhythmisch, ohne Hoffnung, selbst zu erschöpft, um zu schreien. Ich massierte ihr den Bauch.

Niemand sprach je darüber, was für ein Kampf es war. Ich konnte mir vorstellen, warum die Frauen früher regelmäßig bei der Geburt gestorben waren. Sie hatten sich weder irgendwelche Bakterien eingefangen, noch waren sie verblutet. Sie hatten einfach aufgegeben. Es war ihnen irgendwann egal, ob das Baby kam oder nicht. Sie wußten genau, daß sie, wenn sie nicht starben, dieselbe Tortur im nächsten Jahr noch einmal durchmachen mußten und im Jahr darauf wieder. Ich konnte gut verstehen, weshalb eine Frau einfach aufgab, wie ein müder Schwimmer den Kopf untergehen ließ, bis sich die Lungen mit Wasser füllten. Langsam massierte ich Yvonnes Nacken und Schultern; ich würde sie nicht untergehen lassen. Sie lutschte Eiswürfel durch das fadenscheinige Frotteetuch. Wäre meine Mutter hier, hätte sie Melinda dazu gebracht, die Medikamente herauszurücken, soviel war sicher.

»*Mamacita, ay*«, heulte Yvonne.

Ich hatte keine Ahnung, weshalb sie ausgerechnet nach ihrer Mutter rief. Sie haßte ihre Mutter. Sie hatte sie seit sechs Jahren nicht mehr gesehen, seit dem Tag, an dem die Mutter Yvonne, ihren Bruder und ihre Schwestern in ihrer Wohnung in Burbank eingeschlossen hatte, um auf die Rolle zu gehen, und nicht mehr zurückgekehrt war. Yvonne hatte erzählt, daß die Mutter ihren Freunden erlaubt hatte, mit Yvonne Ringelpiez zu machen, als sie elf war. Ich wußte gar nicht, was das war. »Rudelbumsen. Der Reihe nach drüberlassen«, erzählte sie. Und trotzdem rief sie *Mama*.

Aber nicht nur Yvonne. Überall auf der Station riefen sie nach ihren Müttern. *Mami, Ma, Mom, Mama*. Selbst die, die von ihren Ehemännern begleitet wurden, riefen nach ihrer Mutter. Als wir vor neun Stunden hereingekommen waren, hatte eine Frau mit einer Stimme wie ätzende Lauge abwechselnd ihren Mann angeschrien und nach ihrer Mutter gerufen. Eine erwachsene Frau, die wie ein Kind schluchzte. *Mami* ... Ich hatte mich für sie geschämt. Inzwischen wußte ich es besser.

Ich hielt Yvonnes Hände fest und dachte daran, wie meine Mutter mich vor siebzehn Jahren zur Welt gebracht hatte. Hatte sie auch nach ihrer Mutter gerufen? Ich stellte mir vor, wie sie meinen Vater anschrie, ihn einen nichtswürdigen, nutzlosen Lügner schimpfte, bis er ein Bier trinken ging und sie an einem kalten Novembermorgen mit der Vermieterin allein ließ. Sie hatte eine Hausgeburt; Ärzte hatte sie noch nie gemocht. Ich konnte mir vorstellen, wie ihr Geschrei und ihre Verwünschungen die friedliche Stille der Seitenstraße in Venice Beach durchbrachen, ein Kind aufschreckten, das auf seinem Skateboard vorbeifuhr, während die Hauswirtin Haschisch rauchte und ihre Geldbörse plünderte. Aber hatte sie auch gerufen: *Mami, hilf mir*?

Ich dachte an ihre Mutter, an das einzige Bild, das ich von ihr hatte, das wenige, was ich von ihr wußte. Karin Thorvald, die vielleicht eine entfernte Verwandte König Olafs von Norwegen gewesen war, vielleicht aber auch nicht, eine Schauspielerin des klassischen Fachs und Säuferin, die Shakespeare rezitierte, während sie die Hühner fütterte, und in einem Viehteich ertrank, als meine Mutter dreizehn war. Ich konnte mir kaum vorstellen, daß sie nach irgend jemandem gerufen hatte.

Doch dann ging mir auf, daß sie gar nicht die eigenen Mütter meinten. Nicht diese schwachen Frauen, diese Opfer. Drogenabhängige, Kaufsüchtige, Plätzchenbäckerinnen. Sie meinten nicht die Frauen, die sie im Stich gelassen hatten, die versäumt hatten, ihnen beim Erwachsenwerden zu helfen, Frauen, die ihre Freunde der Reihe nach über sie drüber ließen. Frauen, die auf Sauftouren zogen, und reumütig Sühnende; Frauen, die in Spiegel lächelten, Frauen in Hüfthaltern, Frauen auf Barhockern. Nicht diese Frauen mit ihrem Gejammer und ihren Zeitschriften, herrschsüchtige Frauen; Frauen, die fragten: was springt dabei für mich raus? Nicht die Frauen, die fernsahen, während sie Essen kochten, die sich heimlich hinter verschlossenen Türen das Haar blond färbten und versuchten, wie dreiundzwanzig auszusehen. Sie meinten nicht die Mütter, die Geschirr spülten und sich dabei wünschten, sie hätten nie geheiratet; nicht die, die in der Notaufnahme erzählten, sie seien die Treppe hinuntergefallen, und auch die nicht, die aus dem Gefängnis verkündeten: *Einsamkeit ist das Los der Menschheit. Gewöhne dich daran*.

Sie sehnten sich nach der echten Mutter, der Blutsmutter, der großen Gebärmutter, der Übermutter, Mutter eines grimmigen Erbarmens; nach einer Frau, groß genug, allen Schmerz in sich aufzunehmen und fortzutragen. Was wir brauchten, war eine Frau, die ihr Blut vergoß, die so tief und reich war wie ein Feld; eine breithüftige Mutter, gewaltig und furchteinflößend, Frauen wie riesige weiche Sofas; Mütter, in denen kraftvoll das Blut pulsierte; Mütter, groß genug und weit genug, daß wir uns in ihnen verstecken konnten, auf ihren Grund sinken konnten; Mütter, die für uns atmeten, wenn wir nicht mehr atmen konnten, die für uns kämpften, für uns töteten, die für uns sterben würden.

Yvonne setzte sich auf und hielt die Luft an; ihre Augen quollen hervor. Genau das sollte sie nicht tun.

»Atme«, sagte ich ihr ins Ohr. »Bitte, Yvonne, versuch es.«

Sie versuchte zu atmen, holte ein paarmal flach Luft, doch dann tat es zu weh. Sie ließ sich auf das schmale Bett zurückfallen, zu erschöpft, um weiterzumachen. Sie konnte nur noch meine Hand festhalten und weinen. Und ich dachte daran, wie das Baby mit ihr verbunden war, so wie sie mit ihrer Mutter und ihre Mutter wieder mit der ihren und so weiter, bis in alle Ewigkeit, eine Masche verstrickt in die andere, eine unheilvolle Schnur, die sie an diesem Tag in dieses Bett gebracht hatte. Und nicht nur sie. Ich fragte mich, was mein eigenes Erbe sein würde.

»Ich wünschte, ich wäre tot«, sprach Yvonne in den Kissenbezug mit dem Blümchenmuster, den ich von zu Hause mitgebracht hatte.

Das Baby kam vier Stunden später. Ein Mädchen, geboren um 17.32 Uhr. Sternzeichen Zwilling. Wir fuhren am nächsten Tag nach Hause. Rena holte uns am Wendehammer vor dem Krankenhaus ab; sie weigerte sich hineinzugehen. Wir hielten vor der Glasscheibe des Neugeborenenzimmers, doch das Baby war schon weg. Rena wollte nicht, daß Yvonne es auch nur für eine Woche mit nach Hause nahm.

»Besser gleich weggehen«, hatte Rena gesagt. »Wenn du erst anfängst zu mögen, ist Spiel verloren.«

Sie hat recht, dachte ich, während ich Yvonnes Rollstuhl zum Ausgang schob, obwohl es ihr gar nicht darum ging, Yvonne zu schonen; sie hatte bloß keine Lust, Pflegeoma zu werden. Sie hatte nie Kinder gehabt, nie welche gewollt. *Was springt für mich dabei raus?* »Babys machen mich ganz krank«, hatte sie immer zu

Yvonne gesagt. »Essen, scheißen, heulen. Wenn du denkst, du behältst – dann denk lieber zweimal.«

In der Krankenhausauffahrt sprang Niki aus dem Van, drückte Yvonne ein Bündel Luftballons in die Hand und umarmte sie. Wir halfen ihr auf die Rückbank. Sie war immer noch erschöpft, sie konnte kaum laufen. Sie hatte sich einen Nerv im linken Bein eingeklemmt, und die Stelle, an der der Arzt einen Dammschnitt gemacht hatte, war genäht worden. Sie roch säuerlich, nach altem Blut. Sie sah aus, als sei sie gerade von einem Auto angefahren worden. Rena würdigte sie keines Blickes.

Ich setzte mich zu ihr auf den herausgerissenen Autositz im Laderaum. Yvonne lehnte sich an mich, den Kopf auf meine Schulter gelegt. »Sing ›Michelle‹«, flüsterte sie.

Ich hielt ihre Hand, drückte ihr die andere Hand gegen die Stirn, so wie sie es gern hatte, und sang mit meiner unmelodischen Stimme leise *»Michelle, ma belle«*, während wir nach Hause rumpelten. Das Lied schien sie zu trösten. Sie legte ihren Kopf auf meine Schulter und lutschte schweigend am Daumen.

Die Wochen zogen vorüber, aber es kam kein Anruf von Susan, um mir mitzuteilen, wann ich meine Mutter treffen sollte. Jetzt, wo sie meine Mittäterschaft gewonnen hatte, hörte ich nichts mehr von ihr. Weder im Mai noch im Juni. Ich saß am Flußufer und beobachtete die Silberreiher und braunen Watvögel, die in der Strömung fischten. Auf der Marshall High School fand heute unsere Abschlußfeier statt, doch ich sah keinen Grund hinzugehen. Selbst wenn sie nicht im Gefängnis säße, wäre meine Mutter nie dorthin gekommen. Zeremonien, die sie sich nicht selbst ausgedacht hatte, interessierten sie nicht. Ich wollte den Tag lieber ganz still vorbeiziehen lassen wie eine Frau in mittleren Jahren ihren Geburtstag.

Die Wahrheit war, ich hatte Angst; soviel Angst, daß ich mich nicht traute, es auch nur auszusprechen, so wie an dem Vormittag, als ich das Acid genommen hatte. Es war eine Angst, die ihr Maul öffnen und mich mit Haut und Haaren verschlingen konnte, wie ein Hammerhai in zwei Meter tiefem Wasser. Ich hatte keine Ahnung, was jetzt passieren würde. Auf mich warteten weder Yale noch die Kunstakademie, ich würde nirgendwo hingehen. Ich malte Rahmen für Nummernschilder an; ich schlief mit einem Dieb, er sagte mir, daß ich jederzeit zu ihm ziehen könnte. Vielleicht würde ich ja lernen, Schlösser zu knacken oder einen Truck zu stehlen. Wieso sollte meine Mutter ein Monopol auf Verbrechen haben?

Ich saß am Wasser, sah es dahinfließen und die Reiher ihr Gefieder putzen, sah ihre Knopfaugen und dachte daran, was Mr. Delgado uns in unserer letzten Stunde gesagt hatte. Er hatte gesagt, daß wir Geschichte studieren, um herauszufinden, warum die Dinge so sind, wie sie sind; um festzustellen, wie wir an diesen Punkt gekommen sind. Er hatte gesagt, daß man Leute, die ihre Geschichte nicht kennen, in jeder Hinsicht manipulieren könne. Auf diese Weise funktioniert auch ein totalitäres System.

Wer war ich wirklich? Ich war die einzige Bewohnerin des totalitären Staates meiner Mutter; die Geschichte meiner Person wurde ständig neu geschrieben, damit sie zu der jeweiligen Geschichte paßte, die sie gerade erzählte. Es gab so viele fehlende Stücke in diesem Puzzle. Einige von ihnen hatte ich bereits gefunden; ich arbeitete mich langsam flußaufwärts und legte eine geheime Sammlung zerbrochener Erinnerungen in einem Schuhkarton an. Ein Schwan war darunter, ein weißer Holzschwan mit langen schwarzen Nasenlöchern, wie der Schwan auf Claires Duschabtrennung. Ich saß auf dem Schwan und machte Pipi für Annie. Es gab weiße Fliesen auf dem Boden, aus denen ich in Gedanken Figuren bildete, während ich dort saß; Blumen und Häuser. Es waren vollkommene Sechsecke, und sie paßten alle aneinander. Dann war da noch ein gelber Küchen-Linoleumboden mit einem Muster aus roten und schwarzen Farbspritzern. Und Wäschekörbe. Das Wäsche-Gefühl, der Geruch nach Trockner. Gelbes Sonnenlicht hinter einem Schnapprollo. Meine Finger im runden Griff des Rollozugs.

Aber wer war Annie? Eine Freundin? Ein Babysitter? Und

warum hatte sie mir beigebracht, aufs Töpfchen zu gehen, und nicht meine Mutter? Ich hätte gern gewußt, was hinter dem Schwan und dem gelben Linoleum steckte. Es hatte dort auch andere Kinder gegeben, daran konnte ich mich erinnern; ich hatte sie zur Schule gehen sehen. Und eine Schachtel voller Buntstifte. Hatten wir bei ihr gewohnt, oder hatte sie mich dort zurückgelassen?

Und Klaus, der Umriß, der mein Vater war. *Wir sind größer als unsere Biographie.* Was half mir das? Ich wollte wissen, wie sie sich kennengelernt hatten, sich ineinander verliebt hatten, wieso sie sich getrennt hatten. Ihre gemeinsame Zeit war ein Schlachtfeld voller weißer Steine, über die Schützengräben war Gras gewachsen; ein Krieg, in dem ich alles verloren hatte und keine Möglichkeit hatte, herauszufinden, was passiert war. Ich wollte etwas über die Jahre erfahren, in denen wir herumgereist waren, wollte wissen, weshalb wir nie nach Hause zurückkehren konnten.

Ich legte mich auf die abschüssige Böschung und blickte in die Höhe. Es war die beste Stelle, um sich den Himmel anzuschauen. Die Betonwälle verdeckten seine stumpfen, verschwommenen Ränder, wo man sonst Smog und Dunst sah, und man sah nur den guten Teil, die Mitte, eine perfekte Schüssel unendlichen Blaus. Ich ließ mich hinauf in dieses Ultramarin fallen. Kein blasser, arktischer Morgen wie die Augen meiner Mutter. Dieses Blau war liebevoll, warm, gütig, ohne Weiß, reine, intensive Farbe, ein Raphael-Himmel. Wenn man den Horizont nicht sah, konnte man beinahe glauben, daß es eine Schüssel war. Ihre Rundung hypnotisierte mich.

Ich hörte Schritte auf mich zukommen. Es war Yvonne. Ihr schwerer Schritt, lange Haare wie eine weite Wasserfläche. Ich legte mich wieder auf den Rücken. Sie setzte sich neben mich.

»Leg dich hin, und schau dir diesen tollen Himmel an.«

Sie legte sich neben mich und faltete die Hände über dem Bauch, wie sie es immer getan hatte, als sie noch schwanger war, obwohl das Baby nicht mehr da war. Sie war still, kleiner als sonst, wie ein schrumpfendes Blatt. Eine Schar Tauben schoß über die satte, gekrümmte Himmelsfläche, ihre Flügel schlugen weiß und grau im Gleichklang wie ein Flaggengruß. Ich fragte mich, ob sie ihr Ziel kannten, wenn sie so flogen.

Ich drückte ihre Hand. Es war so, als ob ich meine eigene Hand hielt. Ihre aufgeworfenen Lippen waren rissig. Es kam mir vor, als schwebten wir im Himmel, abgeschnitten von Vergangenheit und Zukunft. Reichte das nicht? Ein Schwarm Tauben konnte doch genug sein. Etwas Geschichtsloses. Vielleicht sollte ich meine zerrissene Perlenkette, meine Schuhkartons voller Erinnerungen beiseite legen. Egal wie tief ich grub – ich fand nur eine Geschichte, und das genügte nicht. Warum konnte es nicht einfach ein Reiher sein? Keine Geschichte, nur ein Vogel mit langen dünnen Beinen.

Wenn ich nur die Zeit anhalten könnte. Den Fluß und den Himmel.

»Hast du schon mal daran gedacht, dich umzubringen?« fragte Yvonne.

»Manche Leute sagen, daß du genau da wieder anfangen mußt, wo du aufgehört hast, wenn du wiederkehrst.« Ich nahm Yvonnes Arm in meinen. Ihre Haut war so weich. Ihr T-Shirt roch nach Verzweiflung, wie Metall und Regen.

»Ich dachte, heute wäre deine Abschlußfeier, *ese*«, sagte sie.

»Was soll ich denn da?« erwiderte ich. »Über die Bühne laufen wie eine Herde Enten am Schießstand?«

Yvonne seufzte. »Wenn ich du wäre, wäre ich stolz.«

Ich lächelte. »Wenn du ich wärst, dann wärst du ich. Wer immer das sein mag.«

Mrs. Luanne Davis hatte mir vorgeschlagen, mich beim City College zu bewerben. Ich könne jederzeit dorthin wechseln, doch ich hatte bereits den Glauben an mich selbst verloren. Ich konnte mir nicht aus meinen gesammelten Bruchstücken allein eine Zukunft schmieden, so wie sich Siegfried in der alten Sage sein Schwert schmiedete. Die Zukunft war ein weißer Nebel, in dem ich unbemerkt verschwinden würde, ohne das Rascheln der blauen und goldenen Schulroben. Keine Mutter, die mir den Weg zeigte.

Ich stellte mir vor, welche Lügen die Schülerin, die die Abschlußrede hielt, den anderen wohl gerade auftischte. Über die *aufregende Zukunft, die noch vor einem liegt.* Ich wünschte, sie würde ihnen die Wahrheit sagen. *Die Hälfte von euch hat den Höhepunkt ihres Lebens bereits erreicht. Schaut euch um. Von nun an geht's nur noch bergab. Der Rest von uns wird ein bißchen weiter kommen; eine geregelte Arbeit, ein Urlaub auf Hawaii oder ein Umzug nach Phoenix, Arizona. Doch wie viele von uns tausendfünfhundert Absolventen werden etwas wirklich Wertvolles tun, ein Theaterstück schreiben, ein Bild malen, das eines Tages in einem Museum hängen wird, ein Mittel gegen Herpes finden? Zwei von uns, vielleicht drei? Und wie viele werden die wahre Liebe finden? Ungefähr genauso viele. Und Erleuchtung? Vielleicht einer. Der Rest von uns wird Kompromisse eingehen, Entschuldigungen finden, irgend jemandem oder irgend etwas die Schuld daran geben, und diese Ausreden werden wir vor uns hertragen wie Anhänger an einer Kette.*

Ich weinte. Ich wußte, ich hätte besser abschneiden können; ich hätte Vorbereitungen treffen können, ich hätte weiter Kurse belegen können; jemanden finden können, der mir geholfen hätte. In diesem Augenblick nahmen meine Klassenkameraden ihre Preise entgegen, gewannen National-Merit-Stipendien oder wurden als Abgeordnete für das Junior State Government nominiert. Wie hatte ich mich so verlieren können? Mutter, warum hast du im Bus meine Hand losgelassen, die Arme voller Päckchen? Es kam mir vor, als sei die Zeit ein großes Meer, über das ich auf dem Rücken einer Schildkröte dahintrieb – und am Horizont war weit und breit kein Segel zu sehen.

»Es ist irgendwie komisch, weißt du«, sagte Yvonne. »Ich war mir so sicher, daß ich dich nicht mögen würde. Als du ankamst, dachte ich: die Gringa hat uns grade noch gefehlt, hört sie euch bloß an, für wen hält sie sich eigentlich, Prinzessin Diana? Das hab' ich auch zu Niki gesagt. Die hat uns grade noch gefehlt, Mädchen. Doch es war tatsächlich so, weißt du: Du hast uns gefehlt, wir haben dich gebraucht.«

Ich drückte ihre Hand. Ich hatte Yvonne, ich hatte Niki. Ich hatte diesen Raphael-Himmel. Ich hatte fünfhundert Dollar und den Aquamarin einer toten Frau und eine Zukunft in der Müllverwertung. Was konnte sich ein Mädchen mehr wünschen?

In diesem Sommer verscheuerten wir unseren Trödel auf Flohmärkten von Ontario bis Santa Fe Springs. Rena hatte irgendwo preiswert Klebefolie mit Zebramuster ergattert, mit der ich Barhocker, Badezimmerwaagen und Schuhschränke beklebte. Für die flotten Senioren verzierte ich den Krankenhaus-Nachtstuhl und den Gehwagen mit Zebrastreifen. Die Katzen versteckten sich.

»Auslage«, das war Renas neuestes Schlagwort. »Wir müssen haben Auslage.«

Unsere Eßzimmergarnitur war schon weggegangen, gestreift und lackiert. Sie hatte vierhundert Dollar dafür bekommen und mir hundert gegeben. Sie sagte, ich könne so lange bei ihr wohnen, wie ich wolle; wie Niki könne ich Kost und Logis bezahlen. Sie meinte es als Kompliment, doch es jagte mir einen Todesschrecken ein.

Beim Trödelmarkt auf der Fairfax High School hatten wir eine blaue Plastikfolie über unseren Stand gespannt, so daß die Damen darunter treten und sich unsere Kleider anschauen konnten, ohne einen Sonnenstich zu bekommen. Sie kamen mir vor wie Fische, die ein Riff abknabberten, während wir, die Muränen, geduldig darauf warteten, daß sie sich näherten.

»Benito will, daß ich zu ihm ziehe«, sagte Yvonne, als Rena gerade mit einer Kundin beschäftigt war, einen Hut auf ihrem Kopf zurechtrückte und ihr erzählte, wie großartig sie darin aussah.

»Das wirst du doch wohl nicht«, sagte Niki.

Yvonne lächelte verträumt.

Sie war wieder einmal verliebt. Ich sah keinen Grund, ihr abzuraten. In letzter Zeit hatte ich es aufgegeben, verstehen zu wollen, was richtig oder falsch war, was von Bedeutung war und was nicht. »Er scheint doch ganz nett zu sein«, meinte ich.

»Wie viele Leute laden dich schon ein, ihr Leben mit ihnen zu teilen?« fragte Yvonne.

»Die Typen, die sich einen regelmäßigen Fick sichern wollen«, sagte Niki. »Frische Wäsche und sauberes Geschirr.«

Ich teilte mir einen Becher Russian Sports Mix mit Yvonne, ein schwaches Gebräu aus Wodka und Gatorade, das Rena den ganzen Tag über trank.

Rena schleppte eine sonnenverbrannte Frau an unseren Stand, um mich ihr vorzustellen, und schwang den gestreiften Hartschalenkoffer auf den Tapetentisch.

»Das ist unsere Künstlerin«, sagte Rena, während sie sich eine ihrer schwarzen Sobranies anzündete. »Astrid Magnussen. Sie müssen erinnern Namen. Eines Tages diese Koffer wird sein wert Millionen.«

Die Frau lächelte und schüttelte mir die Hand. Ich versuchte, ihr möglichst nicht das Sports Mix ins Gesicht zu atmen. Rena reichte mir mit schwungvoller Gebärde einen wasserfesten Filzschreiber, und ich setzte meine Unterschrift an die Unterkante des Koffers. Wenn man mit Rena zusammen war, war es manchmal, als ob man Acid nahm. Die Künstlerin. In dem Buch über Buddhismus, das ich im Sperrmüll gefunden hatte, stand, daß man einzig und allein dadurch einen gerechten Lebenswandel erreicht, indem man das, was man macht, gut macht, indem man seinen Sinn ganz auf eine naheliegende Aufgabe richtet. Ich betrachtete die Zebra-Bar und die Barhocker, den Koffer, der mit der sonnenverbrannten Frau verschwand. Die Sachen sahen gut aus. Es machte mir Spaß, sie anzufertigen. Vielleicht war es ja gut genug, wenn ich das mein ganzes Leben lang machte?

Die Buddhisten glauben, daß es keine Rolle spielt, ob es sich um Klebefolie oder Zen-Kalligraphie, Neurochirurgie oder Literatur handelt. Im Tao sind all diese Dinge von gleichem Wert, wenn sie im gleichen Geist getan werden.

»Faule Mädchen«, sagte Rena. »Ihr müßt sprechen mit Kunde. Verkauf machen.«

Sie erspähte einen jungen Mann in Shorts und Top-Sider-

Bootsschuhen, der sich die Barhocker anschaute, schaltete ihr Lächeln ein und zog los, um ihn zu ködern. Diese Typen mit den teuren Bootsschuhen konnte sie schon aus zwanzig Metern Entfernung ausmachen.

Niki trank ihren Becher mit dem Gatorade-Cocktail aus, schnitt eine Grimasse und schenkte sich etwas nach, solange Rena noch beschäftigt war. »Was wir nicht alles machen, um high zu werden.«

»Wann willst du denn ausziehen?« fragte ich Yvonne.

»Morgen«, flüsterte sie, halb hinter ihrem Vorhang aus weichem Haar versteckt.

Ich strich ihr das Haar aus dem Gesicht, schob es hinter ihr kleines, zigfach gepierctes Ohr. Sie blickte zu mir hoch und lächelte, und ich umarmte sie. Sie brach in Tränen aus. »Ich weiß nicht, Astrid. Meinst du, ich sollte? Du weißt doch immer, was zu tun ist.«

Ich lachte, völlig überrascht von dieser Bemerkung. Ich hockte mich neben den klapprigen Regiestuhl, auf dem sie saß. »Ich? Ich weiß weniger als nichts!«

»Ich dachte immer, du lügst nicht«, sagte sie lächelnd und hielt sich dabei die Hand vor den Mund, eine Angewohnheit, um ihre schlechten Zähne zu verstecken. Vielleicht würde Benito sie ja heiraten. Vielleicht würde er mit ihr zum Zahnarzt gehen. Vielleicht würde er sie nachts umarmen und sie lieben. Wer wollte schon sagen, ob er das tat oder nicht?

»Ich werde dich vermissen«, sagte ich.

Sie nickte, konnte aber erst nicht sprechen, weil sie gleichzeitig weinte und lächelte. »Gott, ich muß ja schrecklich aussehen.« Sie rieb sich das Mascara weg, das ihr über die Wangen lief.

»Du siehst aus wie Miss America«, sagte ich und umarmte sie. So etwas sagten Frauen nun mal. »Du weißt schon, wenn sie ihr die Krone aufsetzen und sie weint und lacht und über den Laufsteg schreitet.«

Darüber mußte sie lachen. Sie mochte die Miss-America-Wahl. Wir sahen uns die Übertragung im Fernsehen an, kifften, und sie nahm ein paar von Renas staubigen Seidenblumen, stolzierte im Wohnzimmer auf und ab und winkte das mechanische Winken der Schönheitskönigin.

»Wenn wir heiraten, mußt du Brautjungfer werden«, sagte sie.

Ich konnte die Hochzeitstorte in ihren Augen sehen, die kleine Braut und den Bräutigam darauf, ein Zuckerguß wie Spitze, etliche Schichten, und ein Kleid wie die Torte, ein Auto mit weißer Blumendekoration, und alle hupten, während sie davonfuhren.

»Ich werde kommen«, sagte ich. Und stellte mir die Hochzeitsfeier vor, keiner älter als achtzehn, und alle meinten, ihr Leben werde so verlaufen wie ein Schlagertext. Der Gedanke machte mich traurig.

»Du wirst schon wieder mit deinem Freund zusammenkommen«, sagte sie, als wolle sie den harten Schlag abmildern. »Mach dir keine Sorgen. Er wird auf dich warten.«

»Klar«, erwiderte ich. Doch ich wußte, daß niemand auf irgend jemanden wartete.

Am nächsten Abend packte Yvonne ein paar Kleider ein, ihr Papp-Pferd und ihr Radio, doch das Foto des Fernsehstars ließ sie in seinem Rahmen auf der Kommode stehen. Rena gab ihr etwas Geld, zusammengerollt in einem Gummiband. Wir warteten alle mit ihr auf der vorderen Veranda, bis Benito in seinem grau gespachtelten Cutlass vorfuhr. Dann war sie fort.

31

Anfang August lag die Stadt wie gelähmt da, stumpfsinnig betäubt von der Hitze. Die Bürgersteige schrumpften in der Sonne. Die Landschaft hatte sich völlig ergeben. Die Luft war chloriert, dick und feindselig wie die Atmosphäre auf einem toten Planeten. Doch im Vorgarten blühte der große Oleander wie ein Hochzeitsstrauß, und der Himmel war voller Feuerwerks-Sterne. Ich mußte an meine Mutter denken.

Von Susan war immer noch kein Anruf gekommen. Schon mehrmals hätte ich sie am liebsten angerufen und ein Treffen verlangt. Doch ich wußte es besser. Das hier war ein Schachspiel. Zuerst die Dringlichkeit, dann das Warten. Ich würde ihr nicht hinterherlaufen und betteln. Ich würde meine Züge planen und meine Verteidigung aufbauen.

Ich wachte jetzt sehr früh auf, um ein bißchen kühle Luft einzuatmen, ehe die Hitze kam. Ich stand auf der Veranda und betrachtete den riesigen Oleander. Er war alt, sein Stamm war so dick wie der eines Baumes. Man braucht bloß ein Marshmallow auf einem seiner Zweige zu grillen, und schon ist man tot. Sie hatte das Zeug pfundweise eingekocht, um Barrys Totentrank zu brauen. Ich fragte mich, warum dieser Busch so giftig ist. Oleander können alles überstehen; sie können Hitze aushalten, Trockenheit, Vernachlässigung und bringen trotzdem Tausende wächserner Blüten hervor. Wozu brauchen sie also noch das Gift? Können sie nicht einfach nur bitter schmecken? Oleander sind nicht wie Klapperschlangen: Sie fressen das, was sie töten, noch nicht einmal. Wie sie die Pflanze eingekocht hatte, sie destilliert hatte wie ihren Haß. Vielleicht konzentriert die Pflanze ja irgendein Gift aus dem Boden in ihren Fasern, irgend etwas, das typisch für L. A. ist, den Haß, die Abgestumpftheit; etwas, worüber wir lieber nicht nachdenken wollen. Vielleicht ist sie gar nicht die Quelle des Gifts, sondern bloß ein weiteres Opfer.

Gegen acht wurde es schon zu heiß, um sich draußen aufzuhalten. Ich ging wieder ins Haus, um Tashas Lunch vorzubereiten. Sie war die Neue, die in Yvonnes Bett schlief, dreizehn Jahre alt, und ging auf die King Junior High School. Sie war ernst und still, und auf ihrer Oberlippe verheilte gerade eine frische, senkrechte Narbe. Sie zuckte zusammen, wenn Leute sich ihr zu schnell näherten.

»Du wirst es schon gut machen«, sagte ich, während ich ihr Selleriestangen mit Erdnußbutter und einen Granny-Smith-Apfel einpackte. »Ich werde dir zusehen, wenn du reingehst.«

Ich fuhr sie in Nikis Pick-up und ließ sie vor der Thomas Starr King Junior High School raus, blickte ihr nach, wie sie in das Gebäude ging, klein und verängstigt, mit einem dicken Schlüsselbund an ihrem Rucksack. Ich fühlte mich hilflos, weil ich den Lauf, den ihr Leben wahrscheinlich nehmen würde, kaum beeinflussen konnte. Konnte ein Mensch einen anderen retten? Sie drehte sich um und winkte mir zu. Ich winkte zurück. Ich fuhr erst weg, als sie das Gebäude betreten hatte.

Liebe Astrid,
heute ist es sechs Jahre her. Sechs Jahre, seit ich durch die Tore dieser merkwürdigen Erziehungsanstalt geschritten bin. Wie bei Dante: Nel mezzo del cammin di nostra vita. / Mi ritrovai per una selva oscura. / Che la diritta via era smarrita. Der dritte Tag in Folge, an dem wir über 43 Grad haben. Gestern hat eine Insassin einer anderen Frau mit einer verbogenen Blechbüchse die Kehle durchgeschnitten. Lydia hat ein Gedicht zerrissen, das ich über einen Mann geschrieben habe, den ich einmal gesehen habe, über die tätowierte Schlange, die in seiner Jeans verschwand. Ich habe sie gezwungen, es wieder zusammenzukleben, doch Du kannst Dir nicht vorstellen, wie entnervend es war. Von Dir

abgesehen, ist sie, glaube ich, die längste Beziehung, die ich je gehabt habe. Sie ist fest davon überzeugt, daß ich sie liebe, obwohl davon nicht die Rede sein kann. Sie bewundert die Gedichte, in denen ich etwas über sie schreibe, und hält sie für öffentliche Liebesbezeugungen.
Liebe. Ich würde dieses Wort aus dem Wortschatz verbannen. Es ist viel zu ungenau. Liebe, welche Liebe, was für eine Art Liebe? Empfindung, Phantasie, Sehnsucht, Lust? Zwangsvorstellung, verzehrendes Verlangen? Die einzige Liebe ohne jede Einschränkung ist vielleicht die bedingungslose Liebe eines sehr kleinen Kindes. Später wird auch das kleine Mädchen ein Mensch und verliert damit die Kompromißlosigkeit. »Liebst du mich?« hast Du mich aus der Dunkelheit Deines schmalen Bettchens gefragt.
»Liebst du mich, Mami?«
»Aber natürlich«, habe ich Dir erwidert. »Jetzt schlaf aber ein.«
Liebe ist eine Gutenachtgeschichte, ein wohlvertrauter Teddybär, dem ein Auge fehlt. »Liebst du mich, carita?« sagt Lydia, während sie mir den Arm auf den Rücken dreht, mein Gesicht in die rauhe Roßhaardecke herunterzwingt und mir in den Nacken beißt.
»Sag, daß du mich liebst, du kleine Nutte.«
Liebe ist ein Spielzeug, ein Unterpfand, ein parfümiertes Taschentuch.
»Sag mir, daß du mich liebst«, hat Barry gesagt.
»Ich liebe dich«, sagte ich. »Ich liebe dich, ich liebe dich.«
Liebe ist ein Scheck, den man fälschen kann. Liebe ist eine fällige Zahlung.
Lydia liegt seitlich auf meiner Pritsche, die Wölbung ihrer Hüfte ein Wellenkamm in flachem Wasser, türkis, Playa del Carmen, Martinique. Sie blättert ein neues Celebridades-Magazin durch. Ich habe ihr ein Abonnement besorgt. Sie behauptet, sie habe dadurch das Gefühl, im Leben zu stehen. Ich kann mir nicht vorstellen, mich von Filmen begeistern zu lassen, die ich doch nicht sehen werde; politische Ereignisse bewegen mich nicht mehr, in der tiefen Gefängnisstille bedeuten sie nichts.
Die Zeit hat für mich eine vollkommen andere Bedeutung

gewonnen. Welchen Unterschied macht schon ein Jahr? Auf eine perverse Art und Weise bedaure ich die Frauen, die immer noch an der Zeit teilhaben, in ihr gefangen sind; wie viele Monate noch, wie viele Tage. Ich habe mich gelöst; ich bewege mich frei durch die Jahrhunderte. Schriftsteller schicken mir Bücher – Joseph Brodsky, Marianne Moore, Pound. Ich denke, ich werde vielleicht Chinesisch studieren.

»Bist du schon mal in Guanajuato gewesen?« fragt Lydia. »All die großen Stars fahren jetzt dahin.«

Guanajuato, Astrid. Erinnerst Du Dich noch? Ich weiß, daß Du Dich erinnern kannst. Wir sind mit Alejandro, dem Maler, dorthin gefahren, zu unterscheiden von Alejandro, dem Dichter. Aus San Miguel. Mein Spanisch reichte nicht aus, um die Qualität der Werke des Dichters zu beurteilen, doch Alejandro, der Maler, war in der Tat sehr schlecht. Er hätte überhaupt keine Kunst schaffen sollen. Er hätte sich besser einfach auf einen Hocker gesetzt und Geld für einen Blick auf sein gutes Aussehen verlangt. Und so schüchtern war er; er brachte es immer erst fertig, mir in die Augen zu schauen, wenn er zu Ende geredet hatte. Statt dessen sprach er zu meiner Hand, zum Spann meines Fußes, zur Krümmung meiner Wade. Erst wenn er aufgehört hatte, konnte er mir in die Augen sehen. Er zitterte, wenn er mich liebte, ein schwacher Duft nach Geranien. Doch wenn er mit Dir zusammen war, war er nie schüchtern, oder? Ihr hattet so lange Unterhaltungen, die Köpfe verschwörerisch zusammengesteckt. Ich fühlte mich ausgeschlossen. Er war es, der Dir das Zeichnen beigebracht hat. Er zeichnete etwas für Dich, und dann hast Du es nachgezeichnet. La Mesa, la botilla, las mujeres. Ich habe versucht, Dir Lyrik nahezubringen, aber Du warst immer so halsstarrig. Wieso wolltest Du bloß nie etwas von mir lernen?

Ich wünschte, wir hätten Guanajuato nie verlassen.

Mutter.

Alejandro, der Maler. Die Linie, die aus seinen Fingern floß, die Bewegungen seines Arms. War er ein schlechter Maler gewesen?

Der Gedanke war mir nie gekommen, genauso wenig wie der Gedanke, daß sie sich womöglich ausgeschlossen fühlte. In Guanajuato war sie sehr schön gewesen, sie hatte ein weißes Kleid getragen, und die Gebäude waren ocker und gelb, sie trug kreuzweise geschnürte Sandalen wie die Römer. Ich fuhr mit dem Finger an den weißen X entlang, wenn sie sie auszog.

Das Hotel mit den Fliegengittern und Holzschnitzereien an der Tür, die Zimmer offen zur gekachelten Galerie. Man konnte alles hören, was gesprochen wurde. Wenn sie einen Joint rauchte, mußte sie den Rauch durch die Balkontüren nach draußen pusten. Es war ein seltsames Zimmer, ockerfarben, höher als es breit war. Ihr gefiel es, sie sagte, es lasse ihr Raum zum Denken. Und in der Straße darunter spielten die Mariachi-Gruppen um die Wette; jede Nacht konnten wir aus unseren Betten unter den Moskitonetzen ihre Konzerte hören.

»Nun?« fragte Rena. »Kommt sie raus?«

»Nein«, sagte ich.

In seinem Citroën, der nur so groß war wie ein Spielzeugauto, fuhren wir nach San Miguel de Allende, sein Hemd sehr weiß vor seiner Kupferhaut. Gab sie etwa zu, daß sie einen Fehler gemacht hatte? Wenn sie es doch nur zugeben wollte. *Gestehe.* Dann würde ich vielleicht für sie lügen, mit ihrer Anwältin sprechen, in den Zeugenstand treten und ohne jeden Zweifel beschwören, daß sie nie … Vielleicht kam das einem Eingeständnis ihrer Fehler so nah, wie sie einer Einsicht nur kommen würde.

Ich wünschte auch, wir wären in Guanajuato geblieben.

Dann zog Niki aus. Sie schloß sich einer Band aus Toronto an, einer der Bands, die Werner promotete. »Komm doch mit«, sagte sie, während sie ihren Pick-up belud. Ich schenkte ihr einen Koffer mit Zebramuster. Wir lächelten beide, musterten einander, auf der Suche nach Tränen. Sie ließ mir ein paar Adressen und Telefonnummern da, doch ich wußte, daß ich keinen Gebrauch davon machen würde. Ich mußte mich damit abfinden, daß Menschen weggingen und man sie nicht wiedersah.

Binnen einer Woche hatte Rena zwei neue Mädchen in Nikis Zimmer untergebracht, Shana und Raquel, zwölf und vierzehn Jahre alt. Shana war Epileptikerin, und Raquel konnte nicht lesen; sie wiederholte gerade die siebte Klasse. Nachwuchs – noch mehr gebrochene Kinder für Rena Grushenkas Müllverwertung.

Der September kam mit seinem Feuersaum. Feuer auf dem Angeles Crest. Feuer in Malibu, in Altadena. Feuer überall auf den San Gabriel Mountains, in der San Gorgonio Wilderness; das Feuer war ein flammender Reifen, durch den die Stadt springen mußte, ehe sie das Blau des Oktobers erreichte. In Frogtown hatten wir drei Schießereien innerhalb einer Woche: einen Raubüberfall an der ARCO-Tankstelle, einen einsamen Motorradfahrer erwischte es in einer Van-Gogh-Mitternacht in einer Sackgasse, und eine Frau wurde von ihrem Ehemann, einem arbeitslosen Elektriker, während eines Familienstreites erschossen.

In der glühenden Schmelze der Oleanderzeit rief Susan schließlich an. »Ich hatte eine Verhandlung laufen«, erklärte sie. »Doch jetzt sind wir wieder auf Kurs. Ich habe ein Treffen für dich arrangiert, für übermorgen.«

Ich war versucht, zu mauern und ihr zu sagen, daß ich keine Zeit hätte, doch schließlich erklärte ich mich einverstanden. Es war mir so recht wie zu jedem anderen Zeitpunkt.

An einem Morgen, der sich bereits dem peitschenden Wind und der strafenden Hitze ergeben hatte, kam daher Camille Barron, Susans Assistentin, um mich abzuholen, und wir fuhren den langen Weg nach Corona. Im Besucherhof setzten wir uns an einen orangefarbenen Picknicktisch unter dem Sonnenschutzdach, tranken kaltes Sodawasser aus dem Automaten und drückten die kühlen Blechdosen an Stirn und Wangen. Warteten auf meine Mutter. Schweiß perlte mir zwischen den Brüsten herab, den Rücken hinunter. Camille sah in ihrem beigen Etuikleid welk, aber stoisch aus, ihr modischer Kurzhaarschnitt war an den Rändern feucht und verschwitzt. Sie machte sich nicht die Mühe, sich mit mir zu unterhalten; sie war nur das Laufmädchen. »Da kommt sie«, sagte Camille.

Meine Mutter wartete darauf, daß der Wärter das Tor zum Hof aufschloß. Sie sah immer noch wunderbar aus, dünn und drahtig, das helle Haar hatte sie im Nacken mit einem Bleistift hochgesteckt. Eineinhalb Jahre. Ich stand auf. Sie kam auf uns zu, argwöhnisch, blinzelte in die Sonne; ihre Haarsträhnen wehten im Wind wie Rauch. Ihre gebräunte Haut war faltiger geworden, seit ich sie das letzte Mal gesehen hatte. Sie bekam dieses ledrige Aussehen, wie eine weiße Siedlerin in Kenia. Doch sie hatte sich nicht so stark verändert wie ich.

Sie hielt inne, als sie unter das Vordach trat, und ich bewegte mich nicht. Sie sollte ruhig sehen, wer ich jetzt war. Mein giftgrünes Polyester-Shirt mit dem Reißverschluß, die Augen dick umrandet mit schwarzem Lidschatten und Eyeliner, die Ohren mit der Oktave aus Ohrringen. Meine fraulichen Beine in einem Rock vom Flohmarkt, den sich Sergej so gern über die Schultern legte, meine Hüften, meine vollen Brüste. Hohe Wedgie-Schuhe mit Plateausohlen aus Kork, die ich mir zur Feier des Tages von Rena geliehen hatte. Nicht das rosa Mädchen in den Abschlußball-Schuhen, nicht das reiche Waisenkind. Ich war jetzt Renas Mädchen. Ich konnte jederzeit als Mädchen durchgehen, das auf dem kürzesten Weg dorthin war, wo meine Mutter sich schon befand. Aber nicht das weiche Mädchen, die Scheckbetrügerin. Sie würde mir nichts abnehmen, nicht mehr.

Zum ersten Mal lächelte sie bei meinem Besuch nicht. Ich konnte den Schrecken in ihrem Gesicht sehen und freute mich darüber. Die Assistentin ihrer Anwältin blickte uninteressiert zwischen uns hin und her, dann stand sie auf, trat unter den kühleren Betonunterstand des Besucherhofs und ließ uns allein.

Meine Mutter streckte den Arm aus und nahm meine Hand. Ich ließ sie. »Wenn ich hier herauskomme, werde ich es wiedergutmachen«, sagte sie. »Selbst in zwei oder drei Jahren wirst du noch eine Mutter brauchen, oder?«

Sie hielt meine Hand, sie stand einen halben Meter von mir entfernt. Ich starrte sie an. Es kam mir vor, als ob irgendein Außerirdischer durch sie spräche. Was für eine Masche war das jetzt schon wieder?

»Wer hat denn gesagt, daß du hier herauskommst?« sagte ich.

Meine Mutter ließ meine Hand los und trat einen Schritt zurück. Das Aquamarin ihrer Augen verblaßte zu einem hellen grünlichen Blau.

»Ich habe nur gesagt, daß ich mit dir sprechen werde. Es war nicht die Rede davon, daß ich auch aussage. Ich will ein Abkommen mit dir schließen.«

Nun wurde das grünliche Blau zu Asche.

»Was für ein Abkommen?« fragte sie, lehnte sich an eine Säule, die Arme vor ihrem Jeanskleid verschränkt, genau dasselbe Kleid, das sie getragen hatte, als ich sie das letzte Mal gesehen hatte, nur zwei Töne heller.

»Ein Geschäft«, sagte ich. »Willst du dich hierhin setzen oder unter die Bäume?«

Sie drehte sich um und führte mich zu ihrem Lieblingsplatz im Besucherhof, unter die Ficusbäume mit den weißen Stämmen, von wo aus man auf die Straße blicken konnte und der Zugangsstation den Rücken zuwandte, dem Platz, der am weitesten vom Wachturm Eins entfernt war. Wir setzten uns auf das trockene, vom Sommer stark lädierte Gras; es schnitt mir in die nackten Beine.

Sie saß graziös da, die Beine zu einer Seite abgewinkelt, wie ein Mädchen auf einer Wiese. Ich war inzwischen größer als sie, aber nicht so graziös; nicht schön, aber präsent; stabil wie ein Marmorblock, bevor er gemeißelt wird. Ich wandte ihr mein Profil zu. Ich konnte sie nicht ansehen, während ich sprach. Ich war nicht hart genug; ich wußte, daß mich ihre schmerzliche Überraschung aus der Fassung bringen würde.

»Folgendes Geschäft«, sagte ich. »Es gibt ein paar Dinge, die ich wissen möchte. Du erzählst sie mir, und ich tue, was du von mir willst.«

Meine Mutter pflückte einen Löwenzahn aus dem Gras und blies die fedrigen Büschel von der Blüte ab. »Oder was?«

»Oder ich sage die Wahrheit, und du kannst hier drin bleiben, bis du schwarz wirst«, sagte ich.

Ich hörte das Gras rascheln, während sie ihre Stellung veränderte. Als ich wieder hinsah, lag sie auf dem Rücken und untersuchte den kahlen Löwenzahnstiel. »Susan kann deine Aussage in jeder Hinsicht unglaubwürdig erscheinen lassen.«

»Du brauchst mich«, erwiderte ich. »Und das weißt du auch. Was immer sie sagen mag.«

»Übrigens, dein Aussehen gefällt mir ganz und gar nicht«, meinte sie. »Du siehst aus, als kämst du direkt aus einem Sunset Boulevard Motel oder von einer Fünfzehn-Dollar-Nummer aus irgendeinem Auto.«

»Ich kann so aussehen, wie du es gern hättest«, sagte ich. »Ich kann sogar Kniestrümpfe anziehen, wenn du das willst.« Sie drehte den Löwenzahnstiel zwischen ihren Handflächen hin und her. »Ich bin diejenige, die ihnen erzählen kann, daß Barry paranoid war. Daß er dich verfolgt hat. Ich kann aussagen, daß er damit gedroht hat, sich umzubringen, und es dann so aussehen lassen wollte, als ob du es getan hättest, um dich dafür zu bestrafen, daß du ihn verlassen hast.« Ihre verschwommenen Gesichtszüge hinter dem Drahtglas. »Ich bin diejenige, die weiß, wie fertig du im Sybil-Brand-Gefängnis warst. Als ich dich damals besuchen kam, hast du mich noch nicht mal erkannt.« Es machte mich immer noch ganz krank, daran zu denken.

»Wenn ich mich dieser Befragung unterziehe.« Sie schnippte den Löwenzahnstiel weg.

»Ja.«

Sie streifte ihre Tennisschuhe ab und fuhr mit den Füßen durch das Gras. Dann streckte sie die Beine lang aus und stützte sich auf die Ellbogen, so als ob sie am Strand läge. Sie starrte auf ihre Füße und klopfte mit den Ballen gegeneinander.

»Du hattest früher immer eine gewisse Zartheit an dir. Eine Transparenz. Du bist schwer geworden, undurchsichtig.«

»Wer war mein Vater?« fragte ich.

»Ein Mann.« Sie betrachtete ihre nackten Zehen und tippte sie aneinander.

»Klaus Anders, kein Zweitname«, sagte ich, während ich ein Stück Schorf zwischen meinen Fingern abknibbelte. »Maler. Alter: vierzig. Geboren in Kopenhagen, Dänemark. Wie habt ihr euch kennengelernt?«

»In Venice Beach.« Sie betrachtete immer noch ihre Füße. »Auf einer dieser Partys, die den ganzen Sommer lang dauern. Er hatte die Drogen dabei.«

»Ihr habt ausgesehen wie Bruder und Schwester«, sagte ich.

»Er war viel älter als ich«, sagte sie. Sie rollte sich auf den Bauch. »Er war vierzig, malte biomorphe Abstraktionen. Das war um die Zeit eigentlich längst passé.« Sie teilte das Gras wie kurzes Haar. »Er war in allem passé. Seine Ideen, seine Schwärmereien. Pures Mittelmaß. Ich weiß nicht, was ich damals in ihm gesehen habe.«

»Erzähl mir nicht, daß du es nicht weißt, das ist Quatsch«, sagte ich.

Sie seufzte. Ich machte sie müde. Und wenn schon? »Es ist ewig her, Astrid. Mindestens ein paar Lebensalter. Ich bin nicht mehr derselbe Mensch.«

»Lügnerin«, sagte ich. »Du bist noch genau derselbe Mensch.«

Sie schwieg. Ich hatte sie noch nie beschimpft.

»Du bist immer noch ein richtiges Kind, nicht wahr«, sagte sie. Ich merkte, daß sie um Haltung rang. Ein Fremder hätte es nicht sehen können, doch ich erkannte es an der Art und Weise, wie die Haut um ihre Augen dünner zu werden schien, ihre Nase einen Millimeter schärfer. »Du hast meine Propaganda für die Wahrheit gehalten.«

»Dann klär mich auf«, sagte ich. »Was hast du in ihm gesehen?«

»Trost wahrscheinlich. Er war unkompliziert. Sehr sinnlich. Er schloß leicht Freundschaften. Er nannte alle Leute ›Kumpel‹.« Sie lächelte leicht, während sie immer noch ins Gras starrte und es zerteilte, als ob sie einen Aktenordner durchging. »Groß und unkompliziert. Er hat keine Forderungen gestellt.«

Ja, das glaubte ich gern. Ein Mann, der etwas von ihr wollte, wäre nie reizvoll für sie gewesen. Es mußte ihr Verlangen sein, ihr Feuer. »Und dann?«

Sie rupfte eine Handvoll Gras aus, warf es weg. »Müssen wir die ganze Geschichte durchkauen? Das ist ja wie eine uralte Wochenschau!«

»Ich möchte es aber gern vor mir sehen«, sagte ich.

»Er malte, kiffte allerdings mehr, als er malte. Er ging an den Strand. Er war zweitklassig. Es gibt einfach nicht viel zu sagen. Es war gar nicht mal so, daß er nirgendwo hinging; er war vielmehr schon angekommen.«

»Und dann bist du schwanger geworden.«

Sie warf mir einen wütenden Blick zu. »Ich bin nicht *schwanger geworden*, das überlasse ich deinen ungebildeten Freundinnen. Ich habe *beschlossen*, dich zu bekommen. Die Betonung liegt auf *beschlossen.*« Sie löste ihr Haar und schüttelte das Gras heraus. Es glänzte im gebrochenen Licht wie Wildseide. »Welche Vorstellung du dir auch immer ersponnen hast – ein Unfall bist du nicht gewesen. Ein Fehler vielleicht, aber kein Unfall.«

Die Fehler einer Frau… »Warum er? Warum zu diesem Zeitpunkt?«

»Irgend jemanden brauchte ich doch, oder? Er sah gut aus, war gutmütig. Er war der Idee nicht abgeneigt. Voilà.«

»Hast du ihn geliebt?«

»Über Liebe will ich gar nicht sprechen, dieses semantische Rattennest.« Sie löste die übereinandergeschlagenen Beine wieder, stand auf und bürstete sich den Rock ab. Sie lehnte sich an den Baumstamm, einen Fuß gegen das weiße Fleisch gestützt, und kreuzte die Arme, um stabil zu stehen. »Wir hatten eine recht hitzige sexuelle Beziehung. Da übersieht man manches.« Über ihrem Kopf hatte eine Frau »Mona '76« in das weiße Holz geritzt.

Ich sah sie an, meine Mutter; diese Frau, die ich kannte, aber nie wirklich gekannt hatte; diese Frau, die immer kurz davor gewesen war zu verschwinden. Diesmal würde ich sie nicht davonkommen lassen. »Du hast ihn angebetet. Ich habe es in deinem Tagebuch gelesen.«

»*Anbetung* ist nicht ganz das Wort, das wir hier suchen«, sagte sie, während sie die Straße hinunterblickte. »Anbetung setzt eine spirituelle Dimension voraus. Ich suche eher nach einem Ausdruck, der etwas mehr Erdverbundenheit enthält.«

»Dann wurde ich geboren.«

»Dann wurdest du geboren.«

Ich stellte sie mir vor, die beiden Blonden; er mit diesem breiten, lachenden Mund, wahrscheinlich vollkommen zugekifft; sie, behaglich in seine Armbeuge gelehnt. »Hat er mich liebgehabt?«

Sie lachte, die ironischen Kommas umrahmten ihren Mund. »Er war selbst kaum mehr als ein großes Kind, fürchte ich. Er hat dich so geliebt, wie ein kleiner Junge seine Schildkröte oder eine Autorennbahn liebt. Er konnte dich mit zum Strand nehmen und stundenlang mit dir spielen, hob dich in den Wellen am Ufer hoch und runter. Oder er steckte dich in den Laufstall und ging mit seinen Freunden saufen, wenn er eigentlich babysitten sollte. Eines Tages kam ich nach Hause, und es hatte gebrannt. Seine terpentingetränkten Lappen und Pinsel hatten Feuer gefangen, das Haus stand innerhalb von fünf Minuten in Flammen. Er war nirgendwo in Sicht. Das Laken in deinem Kinderbettchen war offensichtlich bereits versengt. Ein Wunder, daß du nicht bei lebendigem Leibe verbrannt bist. Eine Nachbarin hat dich schreien hören.«

Ich versuchte mich an den Laufstall zu erinnern, an das Feuer. Ich konnte mich vage an den Geruch von Terpentin erinnern, einen Geruch, den ich immer geliebt hatte. Doch den Geruch des Feuers, diesen durchdringenden Geruch nach Gefahr, hatte ich immer mit meiner Mutter in Verbindung gebracht.

»Das war das Ende unseres Idylls in Venice Beach. Ich hatte genug von seiner Mittelmäßigkeit, seinen Entschuldigungen. Ich verdiente das bißchen Geld, was wir hatten; er lebte auf meine

Kosten, wir hatten kein Zuhause mehr. Ich sagte ihm, daß es vorbei sei. Er war einverstanden, glaub mir, in dieser Hinsicht gab es keine Tränen. Und so endet die Saga von Ingrid und Klaus.«

Doch ich konnte nur an den großen Mann denken, der mich über die Wellen hob und meine Füße in die Brandung tauchte. Beinahe konnte ich mich daran erinnern. Das Gefühl, wenn die Wellen meine Füße berührten, wie Gelächter sprudelten. Der Geruch des Meeres und das Tosen der Brandung. »Hat er je versucht, mich wiederzusehen, als ich älter wurde?«

»Wieso willst du diese ganze nutzlose Geschichte wissen?« fuhr sie mich an und stieß sich von dem Baumstamm ab. Sie hockte sich hin, so daß sie mir in die Augen sehen konnte. Schweißperlen standen ihr auf der Stirn. »Es wird dir nur weh tun, Astrid. Ich wollte dich vor all dem schützen. Zwölf Jahre lang habe ich mich zwischen dich und diese bedeutungslosen Einzelheiten einer fremden Vergangenheit gestellt.«

»Meiner Vergangenheit«, sagte ich.

»Meine Güte, du warst ein Baby«, sagte sie, stand wieder auf und strich die Falten aus ihrem Jeanskleid. »Projiziere doch nichts da hinein.«

»Hat er es versucht?«

»Nein. Fühlst du dich jetzt besser?« Sie trat an den Zaun, um nach draußen auf die Straße zu blicken; Staub und Abfall flogen im Wind, Müll hing im Unkraut auf der anderen Straßenseite. »Ein- oder zweimal ist er vielleicht vorbeigekommen, um zu sehen, ob es dir gutging. Aber ich habe ihm ziemlich unverblümt mitgeteilt, daß seine Anwesenheit nicht länger erwünscht sei. Und das war es dann.«

Ich dachte an ihn, sein Schafsgesicht, die langen blonden Haare. Er hatte mir nicht weh tun wollen. Sie hätte ihm noch eine Chance geben können. »Dir ist nie der Gedanke gekommen, daß ich vielleicht gern einen Vater gehabt hätte.«

»In grauer Vorzeit hat es auch keine Väter gegeben. Die Frauen kopulierten mit den Männern auf den Feldern, und neun Monate später kamen ihre Kinder. Vaterschaft ist ein sentimentaler Mythos, so wie der Valentinstag.« Sie drehte sich wieder zu mir, ihre aquamarinblauen Augen leuchteten blaß in ihrem gebräunten Gesicht wie ein Verbrechen, das hinter einem Vorhang in einem hellerleuchteten Zimmer geschieht. »Habe ich jetzt genug Fragen beantwortet, oder gibt es noch mehr?«

»Er ist nie wiedergekommen?« fragte ich leise und betete, daß es nicht wahr sei, daß da mehr sein möge, nur ein Fitzelchen mehr. »Hat dich später nie mehr angerufen und mich sehen wollen?«

Sie hockte sich wieder hin, legte den Arm um mich und lehnte ihren Kopf an meinen. So saßen wir eine Zeitlang da.

»Einmal hat er angerufen, als du – ich weiß nicht mehr – sieben oder acht warst.« Sie strich mir mit den Fingern durchs Haar. »Er war aus Dänemark gekommen, mit seiner Frau und seinen zwei kleinen Kindern. Er wollte, daß wir uns in einem Park treffen. Ich sollte auf der Parkbank sitzen und mit dir spielen, damit er dich von weitem sehen konnte.«

»Sind wir hingegangen?« Ich wünschte mir einfach, daß sie mich weiter festhielt.

»Es klang für mich wie die Handlung eines schlechten Films«, sagte sie. »Ich habe ihm erwidert, er solle sich zum Teufel scheren.«

Er hatte angerufen, er hatte mich sehen wollen, und sie hatte nein gesagt. Ohne mich zu fragen, ohne es überhaupt zu erwähnen. Es traf meine Kehle wie ein Schlag mit einem Rohr.

Ich stand auf und lehnte mich an den Baum, auf die andere Seite des Stammes. Dort konnte sie mich von ihrem Platz aus kaum sehen, aber ich konnte sie hören. »Du wolltest es doch wissen. Dreh keine Steine um, wenn du die blassen Kreaturen nicht sehen willst, die darunter leben.«

»Weißt du, wo er jetzt ist?«

»Das letzte, was ich gehört habe, war, daß er sich einen Bauernhof auf irgendeiner dänischen Insel gekauft hat, Æerø, glaube ich.« Als ich um den Baumstamm herum blickte, spielte sie mit ihren Schuhen, hatte die Hände hineingesteckt und lief damit auf und ab. »Sehr malerisch, doch falls seine Frau nichts von Landwirtschaft versteht, bin ich mir sicher, daß sie ihn inzwischen wieder verloren haben.« Sie sah gerade noch rechtzeitig auf, um meinen Blick zu treffen, und lächelte ihr wissendes halbes Lächeln. Nicht das breite, offene Lächeln meines Vaters, sondern das Lächeln, mit dem sie einem zeigte, daß sie Gedanken lesen konnte, wußte, was man dachte. »Wieso? Hast du vor, deinen lange verlorenen Vater und seine Familie heimzusuchen? Wundere dich nicht, wenn sie kein gemästetes Kalb für dich schlachten.«

»Besser als du mit deinen neuen Kindern«, sagte ich. Die Hitze wellte den Straßenbelag; ich konnte riechen, wie sich der Teer vom Boden löste.

»Ah«, sagte sie und legte sich wieder auf den Rücken ins Gras, die Hände unter dem Kopf verschränkt, die Beine an den Knöcheln gekreuzt. »Ich hatte ihnen schon gesagt, daß du sie nicht unbedingt mit offenen Armen empfangen würdest. Doch sie sind so rührend besorgt. Idealistisch. Sie wollten es einfach mal bei dir versuchen. Sie waren so stolz auf den Artikel. Hat er dir übrigens gefallen?«

»Hab' ihn weggeschmissen.«

»Schade.«

Plötzlich flogen die Krähen in einer Salve aus dem Baum auf, wir hörten ihr rauhes Gekrächze wie in einem Dopplereffekt davonhallen. Ein Pick-up fuhr auf der Landstraße vorbei, ein Club Cab mit doppelten Hinterrädern, aus dem Ranchero-Musik schallte, absurd in ihrer schmissigen Fröhlichkeit. Wie in Guanajuato, dachte ich und wußte, daß meine Mutter gerade dasselbe dachte.

Mein T-Shirt saugte keinen Schweiß auf; er floß mir am Bauch herunter und wurde von meinem Rockbündchen aufgesogen. Ich fühlte mich, als wäre ich durchs Wasser gewatet. »Erzähl mir von Annie.«

»Wieso klammerst du dich so an die Vergangenheit?« Sie setzte sich auf, wand ihr Haar zurück und spießte es mit dem

Bleistift fest. Ihre Stimme klang scharf, verärgert. »Was ist die Vergangenheit? Bloß ein Stapel vergammelter Zeitungen in der Garage eines alten Mannes.«

»Die Vergangenheit dauert immer noch an. Sie hat nie aufgehört. Wer war Annie?«

Der Wind schüttelte das dichte, glänzende Laubwerk des Ficusbaumes, sonst war es still. Sie fuhr sich mit den Fingern über die Haare, strich sie straff zurück, so als ob sie aus einem Schwimmbecken stieg. »Sie war eine Nachbarin. Sie hat Kinder gehütet, die Wäsche von anderen Leuten gewaschen.«

Der Geruch nach Wäsche. Der Wäschekorb; ich saß mit anderen Kindern im Wäschekorb, wir spielten Bootfahren. Die kleinen Quadrate. Er war gelb gewesen. Wir flitzten darin über den Küchenboden. »Wie hat sie ausgesehen?«

»Klein. Geschwätzig.« Sie schirmte die Augen mit einer Hand ab. »Sie hat diese Dr. Scholl-Sandalen getragen.«

Holzgetrappel auf dem Linoleum. Gelbes Linoleum mit einem bunten Farbklecksmuster. Der Boden war kühl, wenn man seine Wange dagegen legte. Und ihre Beine. Braungebrannt. Nackte Beine in abgeschnittenen Jeans. Doch ihr Gesicht konnte ich nicht sehen. »Dunkel oder blond?«

»Dunkel. Glatte Haare mit einem kurzen Pony.«

Das Haar bekam ich nicht mehr zusammen. Nur die Beine. Und wie sie den ganzen Tag lang die Lieder aus dem Radio mitsang.

»Und wo warst du?«

Meine Mutter schwieg. Sie preßte die Hand vor die Augen. »Daran kannst du dich doch unmöglich erinnern?«

Alles, was sie über mich wußte; alles, was sie in diesem dünnen Schädelkasten herumtrug wie in einer Gruft. Ich hätte am liebsten ihre Schädeldecke aufgebrochen und ihr Gehirn ausgelöffelt wie ein weichgekochtes Ei.

»Stell dir doch nur mal einen Augenblick lang mein Leben vor«, sagte sie leise und wölbte die Finger wie ein Boot, so als halte sie ihr Leben in einer Muschelschale. »Stell dir vor, wie wenig ich darauf vorbereitet war, die Mutter eines Kleinkindes zu sein. Plötzlich sollte ich den Archetyp der ewig selbstlosen Frau verkörpern. Fremder hätte es kaum sein können. Ich war eine Frau, die daran gewöhnt war, einer Frage oder einer Neigung bis zu ihrem logischen Schluß nachzugehen. Ich war daran gewöhnt, Zeit zum Nachdenken zu haben, war an Freiheit gewöhnt. Ich habe mich gefühlt wie eine Geisel. Kannst du nicht verstehen, wie verzweifelt ich war?«

Ich hätte sie am liebsten nicht verstanden, doch ich konnte mich noch lebhaft an Caitlin erinnern, wie sie immer an mir herumgezerrt hatte. *Assi, Saft! Saft!* Ihre Dringlichkeit. Hinter dem Kopf meiner Mutter, auf der anderen Seite des Zauns, beobachteten die jungen Frauen aus der Zugangsabteilung eine von ihnen dabei, wie sie den asphaltierten Hof fegte; fegte und fegte, als sei es eine Buße. »So sind kleine Kinder nun mal. Was hast du denn gedacht? Daß ich dich unterhalten würde? Daß du und ich uns über Joseph Brodsky austauschen könnten?«

Sie setzte sich auf, schlug die Beine übereinander und legte die Hände auf die Knie. »Ich hatte gedacht, daß Klaus und ich bis ans Ende aller Tage glücklich zusammenleben würden. Adam und Eva in einer weinüberwucherten Hütte. Ich habe die Archetypen spazierengeführt. Ich war nicht ganz bei Sinnen.«

»Du warst in ihn verliebt.«

»Ja, ich war in ihn verliebt, schon gut!« schrie sie mich an. »Ich war in ihn verliebt, und zu unserem Glück fehlt uns nur noch ein Baby und all der ganze Kram, und dann bekamen wir dich, und ich wachte eines Morgens auf und war mit einem schwachen, selbstsüchtigen Mann verheiratet und konnte ihn nicht mehr ausstehen. Und du, du wolltest immer nur, wolltest, wolltest. Mami, Mami, Mami, bis ich dachte, ich würde dich noch an die Wand schleudern.«

Mir war schlecht. Ich hatte keine Schwierigkeiten, ihr zu glauben, mir die Situation vorzustellen. Ich sah alles viel zu deutlich. Und ich konnte verstehen, wieso sie mir nie davon erzählt hatte, es freundlicherweise einfach unterlassen hatte.

»Also hast du mich da zurückgelassen.«

»Ich hatte es nicht wirklich geplant. Ich habe dich nur für den Nachmittag bei ihr abgegeben, um mit ein paar Freunden an den Strand zu gehen. Dann ergab eins das andere; sie hatten ein paar Freunde unten in Ensenada, und ich fuhr mit – und es war ein wundervolles Gefühl, Astrid. Endlich frei zu sein. Du kannst es dir gar nicht vorstellen. Allein ins Badezimmer zu gehen. Ein Nickerchen am Nachmittag zu halten. Den ganzen Tag lang mit einem Mann zu schlafen, wenn ich wollte; am Strand spazierenzugehen und nicht die ganze Zeit denken zu müssen: Wo ist Astrid? Was macht Astrid? Was wird sie als nächstes wieder anstellen? Und dich nicht die ganze Zeit an mir kleben zu haben, Mami, Mami, Mami, dich nicht wie eine Spinne an mir hängen zu haben …«

Sie schauderte. Sie erinnerte sich immer noch voller Widerwillen an meine Berührung. Mir wurde ganz schwindlig vor Haß. Das war meine Mutter. Die Frau, die mich großgezogen hatte. Wie hätte ich je eine Chance haben sollen?

»Wie lange warst du weg?« Meine Stimme klang mir schal und tot in den Ohren.

»Ein Jahr«, sagte sie ruhig. »Ein paar Monate mehr oder weniger.«

Und ich glaubte ihr. Alles in meinem Körper sagte mir, daß es stimmte. All diese Nächte, in denen ich darauf gewartet hatte, daß sie nach Hause kam, auf den Schlüssel in der Tür gelauscht hatte. Kein Wunder. Kein Wunder, daß sie mich von ihr wegzerren mußten, als ich in die Schule kam. Kein Wunder, daß ich immer Angst hatte, daß sie mich eines Nachts verlassen würde. Sie hatte es schon einmal getan.

»Aber du fragst das Falsche«, sagte sie. »Frag mich nicht, warum ich weggegangen bin. Frag mich lieber, warum ich zurückgekommen bin.«

Ein Pick-up mit einem großen Pferdeanhänger rumpelte über die Straße in Richtung Highway. Wir konnten die Pferde riechen, ihre glänzenden Hinterteile über der Ladeklappe sehen, und ich dachte an jenen Tag beim Pferderennen, Medeas Stolz.

»Du hättest dich sterilisieren lassen sollen.«

Plötzlich war sie auf den Beinen und preßte mich an den Schultern gegen den Baumstamm. Ihre Augen waren eine vernebelte See. »Ich hätte dich da lassen können, aber das habe ich nicht. Verstehst du denn nicht? Ein einziges Mal habe ich das Richtige getan. Für dich.«

Ich sollte ihr jetzt verzeihen, aber es war zu spät. Ich würde meinen Spruch nicht aufsagen. »Schön für dich«, erwiderte ich trocken.

Sie hätte mir am liebsten eine Ohrfeige gegeben, doch das konnte sie nicht. Sie würden den Besuch sofort für beendet erklären. Ich hob den Kopf; ich wußte, daß die weißen Narben leuchteten.

Sie ließ meine Arme los. »Früher bist du nie so gewesen«, sagte sie. »Du bist so hart geworden. Susan hat es mir schon erzählt, aber ich dachte, es wäre bloß eine neue Masche. Du hast dich selbst verloren, deine Verträumtheit, deine zarte Art.«

Ich starrte sie an, ließ es nicht zu, daß sie meinem Blick auswich. Wir waren gleich groß, auf gleicher Augenhöhe, doch ich war breiter gebaut. In einem fairen Kampf hätte ich sie wahrscheinlich schlagen können. »Ich hätte erwartet, daß dir das gefällt. War es nicht das, was du an Claire gehaßt hast, ihre Zartheit? Sei stark, hast du immer gesagt. Ich verachte Schwäche.«

»Ich wollte dich stark, aber unversehrt«, sagte sie. »Nicht diese Verwüstung. Du bist wie ein Minenfeld. Du machst mir angst.«

Ich lächelte. Der Gedanke, daß ich ihr angst machte, gefiel mir. Das Blatt hatte sich wirklich gewendet. »Du, die große Ingrid Magnussen, Göttin der Septemberfeuer, heilige Santa Ana, Gebieterin über Leben und Tod?«

Sie streckte die Hand aus, als wolle sie mein Gesicht berühren, wie eine Blinde, doch sie konnte mich nicht anfassen. Ich würde sie verbrennen, falls sie mich berührte. Die Hand blieb in der Luft hängen, schwebte vor meinem Gesicht. Ich sah, daß sie Angst hatte. »Du warst das einzige in meinem Leben, das rundherum gut war, Astrid. Seit ich zu dir zurückgekommen bin, waren wir nie mehr getrennt, bis jetzt.«

»Bis zum Mord meinst du?«

»Nein, das hier. Du, jetzt.« Die Handbewegung, der Versuch, mich zu berühren, verblaßte wie die untergehende Sonne. »Weißt du, als ich zurückkam, hast du mich erkannt. Du hast da an der Tür gesessen, als ich reinkam. Du hast aufgeblickt und gelächelt und die Arme nach mir ausgestreckt, daß ich dich hochheben sollte. Als hättest du auf mich gewartet.«

Am liebsten hätte ich diesen Augenblick mit der blauen Flamme eines Schneidbrenners durchtrennt. Ich wollte ihn zu Asche verbrennen und sie in den Wind streuen, auf daß die Stücke nie wieder zusammenfanden. »Ich habe immer auf dich gewartet, Mutter. Das ist die Konstante meines Lebens. Auf dich zu warten. Wirst du wiederkommen, oder wirst du vergessen, daß du mich vor einem Geschäft angebunden hast, mich im Bus sitzengelassen hast?«

Die Hand kam wieder hervor. Zaghaft, aber diesmal berührte sie leicht mein Haar. »Wartest du immer noch?«

»Nein«, erwiderte ich und schob ihre Hand weg. »Ich habe damit aufgehört, als Claire mir gezeigt hat, wie es ist, wenn man geliebt wird.«

Jetzt sah sie müde aus, man sah ihr jeden Tag ihrer neunundvierzig Jahre an. Sie hob ihre Schuhe auf. »Willst du sonst noch irgend etwas? Habe ich meinen Teil der Abmachung erfüllt?«

»Bereust du je, was du getan hast?«

Der Ausdruck in ihren Augen war so bitter wie ein Nachtschattengewächs.

»Du willst von mir etwas über Reue erfahren? Laß mich dir ein paar Dinge über die Reue erzählen, mein Schätzchen. Es gibt kein Ende der Reue. Du kannst den Anfang der Kette nicht finden, die uns hierhin gebracht hat. Sollst du die gesamte Kette bereuen – und die Luft zwischen den Gliedern? Oder jedes der Glieder einzeln, als ließe sie sich auseinandernehmen? Bereust du den Anfang, der zu einem so schlechten Ende geführt hat, oder nur das Ende selbst? Ich habe über diese Frage mehr nachgedacht, als du dir auch nur im entferntesten vorstellen kannst.«

Ich hätte nie gedacht, daß ich den Tag erleben würde, an dem meine Mutter, Ingrid Magnussen, mir eingestehen würde, daß sie etwas bereute. Jetzt, wo sie vor mir stand, vor Reue zitternd, fiel mir nichts ein, was ich sagen konnte. Es war, als ob man plötzlich einen Fluß rückwärts fließen sah.

Wir standen da und starrten auf die leere Straße jenseits des Zauns.

»Was wirst du tun, wenn du hier rauskommst?« fragte ich sie. »Wo wirst du hingehen?«

Sie wischte sich mit dem Kragen ihres Kleides den Schweiß von der Stirn. Sekretärinnen, Büroangestellte und Gefängnisaufseher kamen aus dem Verwaltungsgebäude. Sie lehnten sich gegen den heißen Wind, hielten ihre Röcke fest, auf dem Weg in die Mittagspause, in irgendein nettes klimatisiertes Coco's oder Denny's. Als sie meine Mutter sahen, beugten sie sich dichter zusammen und tuschelten miteinander. Sie war bereits eine Berühmtheit, das konnte ich unschwer erkennen. Wir beobachteten, wie sie ihre Autos starteten. Ich wußte, daß sie sich jetzt vorstellte, selbst die Zündschlüssel in der Hand zu halten und Gas zu geben, die Tankanzeige auf Voll.

Sie seufzte. »Wenn Susan endlich mit ihrem Verteidigungszug fertig ist, bin ich wahrscheinlich eine Werbe-Ikone wie Aunt Jemina oder das Pillsbury-Männchen. Man wird mir eine ganze Reihe von Dozentenstellen anbieten. Wo würdest du denn gerne hingehen, Astrid?« Sie schaute mich an, lächelte, hielt mir meine Mohrrübe hin. Erinnerte mich daran, auf welchem Ende der Planke ich stand und so weiter.

»Das ist doch noch Jahre hin«, sagte ich.

»Du kannst es nicht allein schaffen«, sagte sie. »Du brauchst eine Umgebung, einen Kontext. Leute haben in deinen Erfolg investiert. Schau mich bloß an, in Gottes Namen. Ich mußte erst ins Gefängnis kommen, ehe man auf mich aufmerksam wurde.«

Die Autos fuhren los, knirschten über den Kies. Camille kam aus dem Unterstand hervor und deutete auf ihre Armbanduhr. Die Zeit war um. Ich fühlte mich leer und ausgenutzt. Was immer ich mir davon versprochen hatte, die Wahrheit zu erfahren – es war nicht eingetreten. Es war meine letzte Hoffnung gewesen. Ich wollte, daß sie genauso litt wie ich. Ich wünschte es mir sehr.

»Und was ist das für ein Gefühl zu wissen, daß mir inzwischen alles scheißegal ist?« fragte ich. »Daß ich alles tun würde, um zu bekommen, was ich will? Daß ich sogar für dich lügen würde, ohne mit der Wimper zu zucken? Ich bin jetzt wie du, nicht wahr? Ich betrachte die Welt und frage mich: Was kann ich da für mich rausholen?«

Sie schüttelte den Kopf, blickte auf ihre gebräunten bloßen Füße hinunter. »Wenn ich alles zurücknehmen könnte, würde ich es tun, Astrid.« Sie hob die Augen zu mir empor. »Das mußt du mir glauben.« Ihre Augen glitzerten in der Sonne und hatten genau die Farbe des Pools, in dem wir in jenem Sommer geschwommen waren, als sie verhaftet wurde. Ich wollte wieder dort schwimmen, in ihnen untertauchen.

»Dann sag mir, daß du nicht willst, daß ich aussage«, meinte ich. »Sag mir, daß du mich nicht so willst. Sag mir, daß du den Rest deines Lebens opfern würdest, um mich wieder so zu haben, wie ich einmal war.«

Sie wandte ihren blauen Blick der Straße zu, jener Straße, der wunderschönen Straße, von der die Frauen im Gefängnis träumten. Die Straße, für die sie mich schon einmal verlassen hatte. Ihr Haar wie Rauch im Wind. Über uns bewegte sich das Laubwerk hin und her wie ein Kämpfer, der auf einen kleinen Sandsack eindrischt, in einer Luft, die nach brennendem Buschwerk und Milchvieh roch. Sie preßte die Hände auf die Augen, ließ sie dann über das Gesicht zu ihrem Mund hinabrutschen. Ich beobachtete sie, während sie auf die Straße starrte. Sie wirkte verloren, verirrt, eingeschlossen in ihrer Sehnsucht, auf der Suche nach einem Ausgang, einer versteckten Tür.

Und plötzlich fühlte ich Panik in mir aufsteigen. Ich hatte einen Fehler gemacht, so wie damals, wenn ich mit Ray Schach gespielt hatte und mir eine Sekunde zu spät aufgegangen war, daß ich den falschen Zug gemacht hatte. Ich hatte eine Frage gestellt, konnte jedoch nicht riskieren, die Antwort darauf zu erfahren. Es war genau die Sache, die ich gar nicht wissen wollte. Der Stein, der nie umgedreht werden durfte. Ich wußte, was darunter lag. Ich brauchte es nicht zu sehen, das häßliche, augenlose Albinowesen, das sich darunter verbarg.

»Hör mal, vergiß es! Abmachung ist Abmachung. Lassen wir es dabei bewenden.«

Der Wind ließ seine gefährliche Peitsche durch die Luft knallen; ich stellte mir vor, ich könne den Funkenregen sehen, die Asche riechen. Ich befürchtete schon, daß sie mich nicht gehört hatte. Sie verharrte so bewegungslos wie eine Daguerreotypie, die Arme vor ihrem Jeanskleid verschränkt. »Ich werde Susan sagen, daß sie dich in Ruhe lassen soll«, sagte sie leise.

Ich wußte genau, daß ich sie gehört hatte, doch ich konnte es nicht glauben. Ich wartete auf ein Zeichen, daß ich mich nicht verhört hatte.

Dann kam meine Mutter zu mir zurück, nahm mich in die Arme, legte ihre Wange an mein Haar. Obwohl ich wußte, daß es unmöglich war, konnte ich ihre Veilchen riechen. »Ich würde alles geben, wenn du wieder zurückgehen könntest, und sei es auch nur ein kleines Stück«, sagte sie mir ins Ohr.

Ihre großen Hände streichelten sanft über mein Haar. Diese Offenbarung war alles, was ich je wirklich gewollt hatte. Die Möglichkeit von Fixsternen.

32

In dem Jahr, als der Wiederaufnahmeprozeß meiner Mutter stattfand, im Februar, war es bitterkalt. Ich lebte mit Paul Trout in Berlin, im Ostteil der Stadt, in einer Wohnung im vierten Stock, die wir von jemandem gemietet hatten, der dort selbst schon Untermieter war. Der Putz bröckelte von den Wänden, und die Wohnung hatte Kohleheizung, doch wir konnten sie uns die meiste Zeit über leisten. Seit Pauls gezeichnete Romane zu einer Art Kult-Comic unter den europäischen Kunststudenten geworden waren, hatten wir in jeder Stadt schnell Freunde gefunden. Sie reichten uns von WG zu WG, von einem besetzten Haus zum nächsten wie Fackeln in einem Staffellauf.

Berlin gefiel mir. Die Stadt und ich verstanden einander. Es gefiel mir, daß man den zerbombten Koloß der Kaiser-Wilhelm-Gedächtniskirche als Mahnmal des Krieges stehenlassen hatte. Hier hatte niemand etwas vergessen. In Berlin mußte man sich mit der Vergangenheit auseinandersetzen, man mußte auf und in den Ruinen bauen. Es war nicht wie in Amerika, wo wir die Erde sauberkratzten und dachten, wir könnten immer wieder ganz von vorn anfangen. Wir hatten noch nicht gelernt, daß es so etwas wie eine leere Leinwand nicht gab.

Ich hatte mich der Plastik zugewandt, eine Folge meiner Zeit bei Rena Grushenka. Ich hatte eine zwanghafte Vorliebe für Abfälle entwickelt, für Flohmärkte, für Schätze an der Bordsteinkante und für das Feilschen in sechs verschiedenen Sprachen. Im Laufe der Zeit fand dieser Trödel Eingang in meine Kunst, zusammen mit Bruchstücken der deutschen Sprache, der Huldigung des Echten und vierundzwanzig verschiedenen Arten von

Tierkot. Unsere Freunde, die Kunststudenten, hatten an der Hochschule der Künste einen Professor, Oskar Schein, dem meine Arbeit gefiel. Er schmuggelte mich als eine Art Gasthörerin in die Kurse und machte sich für meine Aufnahme als reguläre Studentin stark, damit ich auf einen Studienabschluß hinarbeiten konnte, doch auf eine perverse Art und Weise sagte mir mein augenblicklicher Status zu. Ich war immer noch ein Pflegekind. Die Hochschule der Künste war das deutsche Pendant zu Cal Arts; Studenten mit ausgefallenen Haarschnitten, die häßliche Kunst fabrizierten, doch ich fand einen Kontext, wie meine Mutter sich ausgedrückt hätte. Meine Mitstudenten wußten über Paul und mich Bescheid; wir waren die talentierten jungen Wilden, die von meinem Trinkgeld als Kellnerin und dem Straßenverkauf unserer selbstgebastelten Anhänger für Rückspiegel lebten. Sie wären gern an unserer Stelle gewesen. *Wir sind die freien Vögel*, konnte ich Rena immer noch sagen hören.

In diesem Jahr hatte ich es auf Koffer abgesehen. Ich suchte den Flohmarkt in der Nähe des Tiergartens ab und feilschte um altmodische Koffer – nach der Wiedervereinigung wurden Tausende zum Verkauf angeboten. Lederkoffer mit gelben Zelluloidgriffen. Handliche Reisekoffer und Hutschachteln. In der ehemaligen DDR hatte niemand sie weggeworfen, da es nichts gegeben hatte, um sie zu ersetzen. Jetzt wurden sie billig verkauft, weil die Ostdeutschen die neuesten Bordcases erstanden, aufrechte Hartschalenkoffer mit Rädern. Auf dem Flohmarkt an der Straße des 17. Juni kannten mich die Händler alle. »Das Mädchen mit den Handkoffern«, nannten sie mich.

In den Koffern errichtete ich Altäre. Verborgene, tragbare Museen. Entwurzelung ist der Zustand der Moderne, wie Oskar Schein zu sagen pflegte. Er wollte mir unbedingt einen Koffer abkaufen, doch ich konnte mich nicht von ihnen trennen, obwohl Paul und ich ziemlich offenkundig blank waren. Ich brauchte sie. Statt dessen fertigte ich Oskar zu seinem Geburtstag einen eigenen an, mit Louise Brooks als Lulu und Reichsmarknoten aus der Inflationszeit. Modelleisenbahnschienen durchzogen ihn wie

Adern, und auf dem Boden hatte ich in einen Sumpf aus schwarzer Kunststoffgießmasse einen riesigen Stiefel gepreßt und den Abdruck mit durchsichtigem grüngefärbtem Acrylharz gefüllt. Durch das Acryl konnte man die untergegangenen Porträts von Goethe, Schiller und Rilke sehen.

Den ganzen Winter über saß ich auf dem Boden in einer Ecke der Wohnung mit meinem Klebstoff und Fimo, mit den Gießharzen und Lösungsmitteln, Farben und Garnen und Tüten voll zusammengetragener Materialien vom Flohmarkt; dabei trug ich meinen Mantel und an den Händen wollene Fingerlinge. Ich konnte mich nie entscheiden, ob ich bei geöffnetem Fenster arbeiten sollte, um die Dämpfe besser abziehen zu lassen, oder es lieber schließen sollte, um warm zu bleiben. Es kam ganz darauf an. Manchmal war mein Sinn für die Zukunft stärker, manchmal überwog die Einstellung, daß nur die Vergangenheit existierte.

Ich schaffte mir mein ganz persönliches Museum. Alle waren sie da: Claire und Olivia, meine Mutter und Starr, Yvonne und Niki und Rena, Amelia Ramos, Marvel. Das Musée de Astrid Magnussen. Ich hatte alle meine Sachen bei Rena zurücklassen müssen, als ich nach New York ging, um Paul zu finden; alle meine Kartons und Erinnerungsstücke, alles, bis auf die vier Bücher meiner Mutter und den Schmuck, den ich bekommen hatte, den Aquamarinring, den Amethystanhänger und die gestohlene Halskette, sowie achthundert Dollar Bargeld. Bevor ich wegging, steckte mir Sergej den Namen eines russischen Hehlers in Brighton Beach zu, Iwan Iwanov, der mir helfen würde, meinen Schmuck in Bares umzuwandeln. »Er nicht spricht viel Englisch, aber gibt dir gute Preis.« *Der Phönix muß verbrennen, um aufzusteigen*, dachte ich, während ich mit einem Bus quer über den Kontinent fuhr, als einzigen Anhaltspunkt die Adresse eines Comic-Buchladens auf dem St. Marks Place.

Doch jetzt hatte ich es wieder um mich versammelt, mein Museum. Dort, an der Wand in dieser kalten nördlichen Stadt, hatte ich mein Leben wiedererschaffen.

Hier war Rena, ein brauner Lederkoffer, mit grün geripptem Samt ausgekleidet. Er enthielt eine nackte Wachsfigur mit ausgebreiteten Armen, die einen weißen Katzenkopf aus Kaninchenfell hatte. Der Deckel des Koffers war mit Puppenmöbeln und aufgefächerten falschen Dollarnoten ausstaffiert. Niki war ein amerikanischer Hartschalenkoffer, magentarot lackiert, mit Metallic-Effekten wie ein Schlagzeug. Innen baumelten Knackwürste aus Kondomen, die ich mit Schaumgummi ausgestopft hatte. Für Yvonne hatte ich einen Kinderkoffer gefunden und ihn mit pastellfarbenem Frotteestoff überzogen. Quer durch den Koffer war Gitarrendraht gespannt, und dazwischen hingen kleine Babypuppen. Ich suchte noch nach einer passenden Spieluhr, die »Michelle« spielte, wenn man den Deckel öffnete.

Marvels Koffer war türkis; wenn man ihn öffnete, sah man den weißen Kies, den ich auf den Boden geklebt hatte, und eine batteriebetriebene Taschenlampe blinkte SOS im Morsecode. Einer unserer Freunde von der Kunsthochschule hatte mir geholfen, den Koffer zu verkabeln. Weibliche Spielzeugsoldaten – Gratisgeschenke, die bei der Premiere eines amerikanischen Films verteilt worden waren – krochen mit ihren AK-47-Gewehren in der Mondlandschaft herum. Ich hatte kleine Hakenkreuze auf ihre Arme gemalt. Im Deckel des Koffers befand sich ein kleiner Fernsehschirm, aus dem eine Miss America strahlte. Ich hatte ihr Gesicht aus einer Zeitschrift ausgeschnitten, aufgeklebt und überlackiert und ihr Tränen aus durchsichtigem Nagellack aufgetüpfelt.

Starr und Ray teilten sich einen Kunststoffkoffer mit rissigen Lederschnallen, hellbraun mit einem verblichenen Karomuster. Wenn man ihn aufspringen ließ, setzte er einen berauschenden Duft nach frischem Holz und Obsession frei. Vor grellen Op-Art-Jerseystoff hatte ich kreuzweise Streifen eines Holzfällerhemds geklebt. Im Deckel entfaltete sich eine ziemlich vaginal anmutende Satinrose in Abschlußballrosa unter einer beleuchteten Jesusfigur. Die Ecken waren mit pudelgelockten Hobelspänen eines hiesigen Schreiners beklebt. An der Rückwand hing ein kleiner Reliquienschrein, gefüllt mit Bleisplittern. Man konnte in Europa keine Kugeln bekommen, ich hatte mich anders behelfen müssen. In einem Glasterrarium im Unterteil des Koffers kroch eine Schlange über gelben Sand, Glasscherben und eine halb vergrabene Nickelbrille.

Wie Berlin war auch ich von Schuld und Zerstörung durchsetzt. Ich hatte Leid verursacht, ebenso wie ich gelitten hatte. Ich konnte nie aufrichtig mit einem anklagenden Finger auf jemanden zeigen, ohne daß er auf halbem Wege zu mir zurück wies.

Olivia Johnstone war eine Hutschachtel, bezogen mit grünem Kroko-Kunststoff, die den Duft von Ma Griffe verströmte, wenn man sie öffnete. Dagmar, die Parfumverkäuferin bei Wertheim, hatte mir erlaubt, Wattebäusche mit Duftproben zu tränken, die ich dann in leeren Filmdosen nach Hause transportierte. Im Koffer hatte ich ein Nest aus rauchgrauen und schwarzen Seidenstrümpfen gebastelt; es umgab eine Karnevalsmaske aus schwarzen Federn und einen Plastikbecher, der den weißen Ozean enthielt. Auf seiner Oberfläche trieb ein Ring aus dem Kaugummiautomaten.

Alle waren sie da. Amelia Ramos war eine Lunchbox, die ich mit Postkarten vom Trödelmarkt – alte Aufnahmen von Aristokraten des Fin de siècle – überzogen hatte. In der Box bohrten sich antike Gabeln durch ein Gewirr aus schwarzem Perückenhaar mit weißen Strähnen. Die nach oben ragenden Gabeln sahen aus wie emporgestreckte, bettelnde Hände.

Und Claire. Ich hatte ihr Denkmal in einem Reisekoffer aus den Dreißigern errichtet, weißes Leder mit Zierkanten aus rotem Lackleder. Er hatte mich fünfzig DM gekostet, doch er war mit changierender, wie Holz gemaserte Moiréseide gefüttert, ausgekleidet wie ein Sarg. In den Deckel hatte ich Stücke aus weißlackiertem Schallplattenvinyl geklebt, die den Flügeln von Schmetterlingen ähneln sollten. Jedes der winzigen Schubfächer im Innern des Koffers barg ein Geheimnis. Einen vielgliedrigen Miniaturfisch aus Metall, eine Schublade voller Tabletten. Eine Perlenkette. Einen Farnwedel. Ein Rosmarinzweiglein. Ein Foto von Audrey Hepburn in »Zwei auf gleichem Weg«. Und in einem Schubfach siebenundzwanzig Namen für Tränen. *Herzenstau. Honig des Leidens. Trauriges Wasser. Tears. Eau de douleur. Los rios del corazón.* Diesen Koffer wollte Oscar Schein unbedingt kaufen.

Alle meine Mütter. Wie die weisen Frauen bei einer Märchentaufe hatten sie mir ihre Gaben überreicht. Sie waren jetzt mein. Olivias Großzügigkeit, ihr Wissen über Männer. Claires Zärtlichkeit und Treue. Ohne Marvel hätte ich wohl nie die Geheimnisse der amerikanischen Familie ergründen können. Wann hätte ich je gelernt zu lachen, wenn Niki nicht gewesen wäre? Und Yvonne, *mi hermosa*, du hast mir die wahre Mutter gegeben, die Blutsmutter, die nicht hinter Gittern ist, sondern irgendwo in einem selbst. Rena hatte mir meinen Stolz genommen, mir aber auch etwas Wichtiges zurückgegeben: Sie hatte mir beigebracht, zu retten, was zu retten ist, und aus dem Wrack zu bergen, was man wiederverwerten und verkaufen kann.

Ich trug sie alle in mir, geformt von jeder Hand, durch die ich einmal gegangen war, nachlässig oder liebevoll, es spielte keine Rolle. Amelia Ramos, diese Streifenstinktierhexe, hatte mir beigebracht, für mich selbst einzustehen, auf den Busch zu klopfen, bis ich bekam, was ich brauchte. Starr hatte versucht mich umzubringen, aber mir auch die ersten Schuhe mit hohen Absätzen gekauft und mir die Möglichkeit Gottes nahegebracht. Wollte ich eine von ihnen missen?

Und in einem blauen Koffer mit weißem Griff der erste und letzte Saal der Astrid-Kunsthalle. Gefüttert mit weißer Wildseide, die Ecken rot gefärbt, parfümiert mit Veilchenduft.

In der Dämmerung eines grauen Nachmittags saß ich auf dem Boden, auf dem abgetretenen Teppich, den Generationen von Kunststudenten mit Farbe bekleckst hatten. Abenddämmerung, das war die Zeit meiner Mutter, obwohl es im Berliner Winter schon gegen vier dunkel wird, kein immerwährendes westliches Zwielicht, keine Brandung auf gelbem Sand. Ich öffnete den Deckel.

Ihr Veilchenduft machte mich immer traurig. Die Phiole mit dem gefärbten Wasser hatte genau die Farbe des Pools am Hollywood Boulevard. Ich saß vor dem Altar meiner Mutter und setzte eine Reihe Zeichnungen auf durchsichtigen Plastikfolien hintereinander, sah zu, wie die zerstückelten Linien sich zusammenfanden, bis sie ihr Bild im Profil formten. Briefe, mit Stacheldraht zusammengebunden, nisteten auf dem Boden des Koffers, zusammen mit einem aufgefächerten Tarotblatt, zuoberst die Königin der Stäbe. Eine Reihe einzelner Glasscherben hing vom Deckel herunter. Ich strich mit den Fingern darüber, brachte sie zum Klingen und stellte mir den Wind im Eukalyptusbaum in einer heißen Sommernacht vor.

Wir schrieben uns ein paarmal im Monat und nutzten den Comic-Buchladen in der Nähe der Universität als Postfach. Manchmal ließ sie mir durch ihre Anwältin etwas Geld zukommen, sie schickte es über Hanna Grün in Köln; Geld, das sie für ihre Gedichte bekommen oder – wahrscheinlicher – einem Bewunderer abgeschwatzt hatte.

Ich schrieb ihr, daß ich von ihren Vorbereitungen auf den Prozeß nichts hören wolle, doch sie prahlte in ihren Briefen mit Angeboten, die auf sie warteten – Amherst, Stanford, Smith. Ließ die Mohrrübe eines grünen College-Campus vor mir hin- und herbaumeln. Ich stellte mir vor, wie ich als Professorentochter mit dem Fahrrad zu meinen Seminaren fuhr. Zu guter Letzt könnte ich doch noch meinen Kamelhaarmantel tragen, mir mit einer anderen Studentin ein Zimmer im Wohnheim teilen, an der Uni Volleyball spielen – alles im voraus bezahlt. Wie sicher es sein würde, geborgen, alles für mich entschieden. Ich könnte wieder Kind sein, ich könnte noch mal von vorne anfangen. Wollte ich bestimmt nicht nach Hause zurückkehren?

Ich streckte die Hand aus und berührte einen Dorn des Stacheldrahts, ließ das Windspiel aus Glasplättchen erklingen. Die Schönheit und der Wahnsinn. Das war es doch, was auf den Waagschalen der Nacht gewogen wurde.

Später lag ich vollständig angezogen unter dem Federbett, nicht, um zu schlafen, sondern nur, um warm zu bleiben. Der Radiator summte und schickte den üblichen Geruch nach verbranntem Haar durchs Zimmer. Die Fensterscheiben waren von außen vereist, und im Zimmer konnte ich meinen Atem sehen. Ich hörte mir eine Kassette an, eine Band namens Magenta; unsere Freunde fanden es stark, daß wir die Sängerin persönlich kannten: Niki Colette. Sie spielten im nächsten Monat in Frankfurt, wir hatten uns schon Karten und einen Schlafplatz organisiert. Um die Weihnachtszeit hörte ich immer noch von Yvonne; sie lebte jetzt in Huntington Beach mit einem Ex-Marine namens Herbert, von dem sie einen Sohn hatte, Herbert junior.

Ich wartete darauf, daß Paul nach Hause kam, ich hatte Hunger. Er sollte etwas zu essen mitbringen, wenn er von seinem Termin bei einem Drucker zurückkam. Er versuchte jemanden zu finden, der seinen neuen Comic billig druckte und dafür an den verkauften Exemplaren beteiligt wurde. Sein letzter deutscher Verleger war im Herbst an einer Überdosis gestorben, und wir mußten wieder von vorn anfangen. Doch immerhin hatte er bereits Vorbestellungen für zweihundert Exemplare, gar nicht schlecht.

Paul kam gegen neun, zog die Stiefel aus und schlüpfte zu mir unter die Bettdecke. Er hatte eine fettige Papiertüte mit Döner Kebab vom Türken mitgebracht. Mir knurrte der Magen. Paul ließ eine Zeitung auf mich herabfallen. »Rate mal, wer drin steht!« sagte er.

Es war die International Herald Tribune vom nächsten Tag, die noch nach frischer Druckerschwärze roch. Ich sah das Titelblatt an. Kroatien, OPEC, eine Bombendrohung in der Scala. Ich faltete die Zeitung auseinander, und da war sie, auf Seite drei: INHAFTIERTE DICHTERIN NACH NEUN JAHREN FREIGESPROCHEN. Sie lächelte ihr halbes Lächeln und winkte wie eine Königin, die aus dem Exil heimkehrte, glücklich, aber immer noch mißtrauisch gegenüber dem Volk. Sie hatte den Prozeß ohne meine Hilfe hinter sich gebracht. Sie war frei.

Paul aß seinen Döner und ließ Salatstückchen auf die Tüte fallen, während ich schnell den Artikel las, stärker erschüttert, als ich gedacht hatte. Die Strategie der Verteidigung hatte darauf abgestellt, daß Barry Selbstmord begangen und es wie Mord hatte aussehen lassen. Ich war entsetzt, daß es funktioniert hatte. Meine Mutter wurde zitiert, wie dankbar sie sei, daß der Gerechtigkeit Genüge getan worden sei; sie freue sich darauf, endlich ein Bad zu nehmen, sie danke den Geschworenen aus tiefstem Herzen. Sie sagte, sie habe schon Angebote erhalten, an der Universität zu lehren, ihre Autobiographie zu veröffentlichen, einen Eiscreme-Millionär zu heiraten und für den Playboy zu posieren, und sie werde sie alle annehmen.

Paul bot mir einen Falafel an, doch ich schüttelte den Kopf. Plötzlich hatte ich keinen Hunger mehr. »Heb's für später auf«, sagte er und ließ die Papiertüte neben das Bett fallen. Seine lebhaften braunen Augen stellten alle notwendigen Fragen. Er brauchte gar nichts zu sagen.

Ich legte den Kopf an seine Schulter und starrte auf die Quadrate aus bläulichem Fernsehlicht, die sich zwischen den Eisblumen auf unserem Fenster von den Fenstern auf der anderen Hofseite spiegelten. Ich versuchte mir vorzustellen, wie sie sich jetzt fühlte. In Los Angeles war Mittagszeit. Ein heller, sonniger Februartag, wie es auf dem Foto aussah. Ich stellte sie mir in einem Hotelzimmer vor, eine kleine Gefälligkeit von Susan D. Valeris, irgendeine Luxussuite voller Blumen von wohlmeinenden Gratulanten, wo sie in frischen Laken aufwachte. Sie würde ihr Bad in einer extrabreiten Wanne einnehmen und mit Blick auf die Winterrosen ein Gedicht schreiben.

Dann würde sie vielleicht ein paar Interviews geben oder sich ein weißes Cabrio für eine Spritztour an den Strand mieten, wo sie einen jungen Mann mit klaren Augen und Sand in den Haaren aufgabelte und mit ihm schlief, bis er, benommen von soviel Schönheit, weinte. Was würde man sonst tun, wenn man von einem Mord freigesprochen wurde?

Es wäre wahrscheinlich zuviel des Guten, wenn ich mir vorstellte, daß sie ihre Freude mit einem Moment des Schmerzes abschwächte, einem Moment der Einsicht darüber, was ihr Triumph gekostet hatte. Das konnte ich wohl nicht von ihr erwarten. Doch ich hatte ihre Reue gesehen, und die hatte gar nichts mit Barry oder irgend jemandem sonst zu tun gehabt; sie war ein Geschenk gewesen, das sie mir angeboten hatte, obwohl sie seinen Preis noch gar nicht einschätzen konnte. Er hätte so schwerwiegend wie Trauer sein können, endgültig wie eine Gruft. Egal wie sehr sie mir geschadet hatte oder wie fehlerhaft sie war, wie schrecklich sie geirrt hatte, meine Mutter liebte mich fraglos.

Ich stellte mir vor, wie sie dem Gericht ohne die Bauernformation meiner Lügen gegenübergestanden hatte. Nackt und ungeschützt hatte die Dame das Endspiel ganz allein gemeistert.

Paul rollte sich eine Drum; die Tabakfäden sahen aus wie Haare, als er sie aus der Packung nahm. Er streifte die Tabakkrümel an den Enden ab, strich ein Streichholz an der Kiste an, die uns als Beistelltisch diente, und zündete die Zigarette an. »Willst du sie anrufen gehen?« Wir konnten uns kein Telefon leisten, Oskar Schein ließ uns seines benutzen.

»Zu kalt.«

Er rauchte, der Aschenbecher ruhte auf seiner Brust. Ich griff nach der Zigarette und zog daran, gab sie ihm wieder zurück. Wir waren gemeinsam einen so langen Weg gekommen, Paul und ich. Von dem Apartment am St. Marks Place über das besetzte Haus in Südlondon zu einem schlecht isolierten Hausboot in Amsterdam – und jetzt in die Senefelderstraße. Ich wünschte, wir würden jemanden in Italien oder Griechenland kennen. Seit ich Los Angeles verlassen hatte, war mir nicht mehr richtig warm gewesen.

»Möchtest du je wieder nach Hause zurückkehren?« fragte ich Paul.

Er strich mir einen Aschekrümel aus dem Gesicht. »Wir haben das Jahrhundert des entwurzelten Menschen«, sagte er. »Du kannst nie nach Hause zurückkehren.«

Er brauchte mir nicht zu sagen, daß er Angst davor hatte, daß ich zurückgehen würde. Mich in eine amerikanische College-Studentin mit regelmäßigen Mensamahlzeiten, Feldhockey und Kursen in englischer Textkomposition verwandeln würde und ihn mit dem Los des Pflegekindes allein ließ. So lagen die Dinge. Auf der einen Seite waren Frau Acker und die Miete, mein Husten, Pauls Druckauflage. Auf der anderen ein warmer, sonniger Ort, ein College-Abschluß, vernünftiges Essen und jemand, der sich um mich kümmern würde.

Ich hatte ihm nie erzählt, daß ich mich manchmal alt fühlte. Unsere Unterkunft war deprimierend. Vorher hätte ich mir gar nicht erlauben können, darüber nachzudenken, doch jetzt, wo meine Mutter frei war, mußte ich es wohl. Und zu allem Überfluß hatte Oskar Schein mich auch noch gefragt, ob er mich allein treffen, mich zum Essen einladen könne; er wolle mit mir über eine Ausstellung in einer Galerie reden. Ich hatte ihn hingehalten, doch ich wußte nicht, wie lange ich ihm widerstehen konnte. Ich fand ihn attraktiv, ein bäriger Mann mit kurzgestutztem Silberbart. Wieder wollte ich mich für den Vater hinlegen. Wenn Paul nicht gewesen wäre, hätte ich es schon vor Monaten getan. Doch Paul war mehr als nur mein Freund. Er war ich.

Und nun rief meine Mutter mich. Ich mußte nicht telefonieren, ich konnte sie auch so hören. Mein Blut flüsterte ihren Namen.

Ich starrte ihr Foto an, auf dem sie in der kalifornischen Sonne winkte. In diesem Augenblick war sie frei. Sie fuhr durch die Gegend, bereit, wieder ganz neu anzufangen, darin im Grunde ganz Amerikanerin. Ich dachte an mein Leben, das, in Koffer verfrachtet, an der Wand lehnte, an die verschiedenen Formen, die ich angenommen hatte, die Ichs, die ich gewesen war. Als nächstes könnte ich Ingrid Magnussens Tochter in Stanford oder Smith sein und die gedämpften, atemlosen Fragen ihrer neuen Kinder beantworten. Sie ist deine Mutter? Wie ist sie wirklich? Ich könnte es. Ich wußte, wie ich meine tragische Vergangenheit gut verkaufen konnte, meine Narben geschickt enthüllen konnte, meinen Pflegekindstatus; diese Fertigkeit hatte ich bei Joan Peeler perfektioniert. Die Leute nahmen sich meiner an, machten mich zu ihrem Projekt, zu ihrem Hätschelkind. Sie setzten sich als meine Fürsprecher ein, und ich ließ sie. Schließlich war ich nicht einen so weiten Weg gegangen, damit man mich wieder auf dem Grund irgendeines Flusses bei den Autowracks vergaß.

Wieder die Tochter meiner Mutter zu sein. Ich spielte mit der Vorstellung wie ein Kind mit einer Decke, ließ sie zwischen meinen Fingern hin und her gleiten. Mich wieder im Wellengang ihrer Musik zu verlieren. Der Gedanke war verführerischer als jeder Mann. War es wirklich zu spät für eine Kindheit, zu spät, in den Herd zurückzukriechen, mich im Feuer aufzulösen, ohne Erinnerungsvermögen aufzusteigen? *Der Phönix muß verbrennen …* Wie konnte ich es wagen? Ich hatte so lange gebraucht, um mich endlich aus ihrem Schatten zu lösen, allein zu atmen. Eher würde ich in Europa mit seinem Heizstrahlergeruch nach versengtem Haar bleiben.

Ich lag in Pauls Armen und dachte daran, wie wir letzten Sommer nach Dänemark gefahren waren, um Klaus Anders zu suchen. Wir hatten ihn in Kopenhagen gefunden. Er hauste mit seinen Kindern in einer schäbigen Wohnung, es roch nach Terpentin und saurer Milch. Seine Frau war bei der Arbeit. Als wir um drei Uhr nachmittags bei ihm vorbeikamen, trug er einen blauen, mit Farbe bekleckten Seersucker-Bademantel. Zwei Kleinkinder, meine Halbschwester und mein Halbbruder aus seiner dritten oder vierten Ehe, saßen auf der Couch und sahen fern. Das Mädchen hatte Erdbeermarmelade im Haar, das jüngere Kind brauchte dringend frische Windeln, und ich erkannte, daß die Kette des Unheils sich ebenso horizontal wie hinauf oder hinunter fortsetzen konnte.

Er hatte gemalt, ein biomorph abstraktes Bild, das aussah wie ein alter Schuh mit Haaren. Er bot uns Carlsberg an und erkundigte sich nach meiner Mutter. Ich trank und überließ es Paul, den Großteil der Unterhaltung zu bestreiten. Mein Vater. Seine stattliche Stirn, die dänische Nase, genau wie meine. Seine Stimme mit dem singenden Akzent, humorvoll, selbst wenn sie Bedauern äußerte. Ein Mann, der nie etwas ernst nahm, am wenigsten sich selbst. Er war erfreut darüber, daß ich Künstlerin war, nicht überrascht, daß meine Mutter im Gefängnis saß, und es tat ihm leid, daß wir uns nie getroffen hatten. Er wollte die verlorene Zeit wiedergutmachen, bot uns an, bei ihm zu bleiben; wir könnten auf dem Sofa schlafen, ich könnte mit den Kindern aushelfen. Er war einundsechzig Jahre alt und so gewöhnlich.

Ich war mir vorgekommen wie meine Mutter, als ich im Wohnzimmer saß und ihn, seine klebrigen Kinder und den ständig laufenden Fernseher musterte. Das alte Futonsofa, den zerkratzten Sofatisch aus Teakholz mit Wasserrändern. Die Bilder an den Wänden: Farbkrusten wie Gehirnwindungen und Darmkrebs. Wir aßen Käse und Brot, das große Glas Erdbeermarmelade. Ich gab ihm die Adresse des Comic-Buchladens und sagte, daß wir in Verbindung bleiben würden. Es war das erste Mal, daß ich schnell weitergehen, als erste das Zimmer verlassen wollte.

Hinterher gingen wir in eine Studentenkneipe in der Nähe der Universität, und ich betrank mich gründlich, wurde rührselig und übergab mich auf einem Parkweg. Paul bugsierte mich in den letzten Zug zurück nach Berlin.

Jetzt nahm ich im Bett Pauls Hand, seine rechte in meine linke, verschränkte meine Finger mit seinen. Meine Hände, lang und kalt wie der Winter, meine Identität in die Windungen der Fingerkuppen eingraviert; Pauls Hände waren dunkel vom Graphitstaub und rochen nach Drum und Kebab. Unsere Handflächen waren gleich groß, aber seine Finger waren ein paar Zentimeter länger. Seine schönen Hände. Falls wir je Kinder bekommen, werden sie hoffentlich seine Hände haben, dachte ich immer.

»Also, was war beim Drucker los?« fragte ich.

»Er will Geld«, sagte Paul. »Stell dir vor.«

Ich drehte unsere Hände, so daß wir sie von beiden Seiten betrachten konnten. Seine Finger berührten fast meine Handgelenke. Ich strich über die Sehnen seiner Hand und dachte daran, daß ich in weniger als einem Tag wieder in den Staaten sein könnte. Ich könnte wie meine Mutter sein, wie Klaus. Es war doch mein Erbe, die Leben wie Schlangenhaut abzustreifen, auf jeder neuen Seite eine neue Wahrheit, ein Leben in moralischer Amnesie – oder etwa nicht?

Aber eine Schande. Lieber würde ich verhungern. Ich wußte, wie das ging, es war gar nicht so schwer.

Ich schaute mich in unserer Wohnung um: Die Wände, die vom Regen einen Wasserschaden hatten, unsere wenigen Möbel, eine lädierte Preßspankommode, die wir am Straßenrand gefunden hatten, den staubigen Samtvorhang, hinter dem sich unsere winzige Küche verbarg. Pauls Zeichentisch, seine Papiere und Stifte. Und die Koffer, die an der Wand aufgereiht waren und den Rest des Bodens bedeckten. Unser Leben. *Der Phönix muß verbrennen*, hatte meine Mutter gesagt. Ich versuchte mir die Flammen vorzustellen, aber es war zu kalt.

»Vielleicht verkaufe ich das Museum«, sagte ich.

Paul ließ seine Finger über die hellen Bißnarben auf meiner Hand gleiten. »Ich dachte, du hättest Oskar gesagt, daß du das nicht willst.«

Ich zuckte mit den Schultern. Ich würde nie an das Ende dessen gelangen, was in diesen Koffern war, diese Frauen, diese Männer, was sie mir bedeuteten. Diese Räume waren nur der Anfang. Es gab Koffer innerhalb der Koffer, die ich noch gar nicht auszupacken begonnen hatte. *Du willst erinnern, also erinnere einfach.*

Ich schob meine Hände unter das Wollhemd, das ich ihm auf dem Flohmarkt gekauft hatte. Er zuckte von der Kälte zusammen, ließ sie mich dann aber an seinen dünnen Rippen wärmen. Während wir näher aneinander rückten und uns leise etwas in den Nacken murmelten, rutschte die Herald Tribune vom Federbett herunter, fiel in einer weichen Kaskade auf den Boden und begrub meine Mutter unter ihren Schlagzeilen, den Nachrichten über andere Krisen und Persönlichkeiten. Wir streiften unsere Jacken und Hosen ab, um miteinander zu schlafen, behielten aber Hemden und Socken an. Ich wußte, ich traf eine Wahl. Das hier, jetzt, Koffer, Paul. Es war mein Leben, *Teil des Charakters, nicht Versehen, in Stein gebrannt.*

Hinterher lag ich da und starrte auf die Muster an den fleckigen Wänden, die Wirkung der Straßenbeleuchtung, die in unsere Fenster schien und Formen wie Vogelfüße entstehen ließ. Neben mir schlief Paul, ein Kissen fest über das Gesicht gestopft, Ergebnis seiner vielen Jahre in Pflegeheimen, um nicht mehr zu hören, als er unbedingt mußte. Ich schlüpfte unter der Bettdecke hervor, zog meine eiskalten, klammen Jeans und einen Pullover über und zündete die Gasflamme unter dem Kessel an, um mir einen Nescafé zu machen. Was würde ich für eine Tasse von Olivias dickem schwarzem Kaffee geben, so dunkel, daß er noch nicht mal hell wurde, wenn man Milch hineingoß. Ich rollte mir eine Zigarette aus Pauls Tabak und wartete darauf, daß das Wasser kochte.

In Kalifornien war es jetzt drei Uhr. Ich würde Paul nie erzählen, wie gern ich dort wäre; wie gern ich an einem sonnengewärmten, nach Salbei duftenden Februartag mit meiner Mutter in einem offenen Mustang an der Küste entlangfahren und einen vom Meer angetriebenen Fremden auflesen würde, mit einer Muschelkette um seinen schönen Hals. Wenn ich Paul erzählte, wie sehr mir L. A. fehlte, würde er mich für verrückt halten. Doch sie fehlte mir, diese vergiftete Stadt, Gulag verlassener Kinder, Archipel der Reue. Ich sehnte mich sogar jetzt danach; nach dem heißen Wind, der nach Sumach und Kreosotbusch roch, dem Rascheln des Eukalyptusbaumes, den Nächten mit den Sternen, die am falschen Platz waren. Ich mußte an den verfallenen Taubenschlag hinter dem Haus am St. Andrew's Place denken, über den meine Mutter mal ein Gedicht geschrieben hatte. Wie es sie gestört hatte, daß die Tauben nicht verschwinden wollten, obwohl der Kaninchendraht längst zusammengebrochen war, die Holzleisten eingestürzt. Doch ich konnte sie verstehen. Sie gehörten dorthin, Schatten im Sommer, ihre traurigen Holzflötenrufe. Wo auch immer sie waren, sie würden versuchen, dorthin zurückzukehren; es war wie das letzte Stück eines Puzzles, das verlorengegangen war.

Der Kessel pfiff, und ich machte meinen Nescafé, rührte etwas Kondensmilch aus der Büchse ein und blickte zu den Wohnungen auf der anderen Seite des Hofes hinüber – der alte Mann, der fernsah und Pfefferminzschnaps trank, ein Mann beim Geschirrspülen, eine Frau, die malte – während auf der anderen Seite der Erdkugel Kalifornien am ausgefransten Abgrund des Jahrhunderts schimmerte, an einem leuchtenden Nachmittag, der nach Liebe und Mord duftete. In der Wohnung unter uns schrie das Neugeborene der Nachbarn, rhythmisch, eine hohe, dünne Tonfolge.

Ich drückte die Handfläche gegen die zugefrorene Scheibe, ließ die Wärme meines Körpers das Eis schmelzen und hinterließ einen perfekten Umriß auf dem dunklen Glas. Doch ich dachte an Licht, das durch weiße Vorhänge hereinfiel, an den Duft nach Ozean und Salbei und frischer Wäsche. Aus dem Schallbecken des Innenhofes klangen Stimmen und Musik, eine kratzige Aufnahme der Dietrich, die »Ich bin von Kopf bis Fuß« sang, doch in meinem Kopf hörte ich die sich wiederholenden Schreie des Rotschulterbussards, das schwache Rascheln der Eidechsen im ausgetrockneten Wash, das Schaben der Palmen und das kaum wahrnehmbare Seufzen fallender Rosenblätter. Im dunklen Abdruck der Hand konnte ich mein verschwommenes Spiegelbild sehen, aber auch das Gesicht meiner Mutter. Es schimmerte auf einem Dach über einer unerkennbaren Stadt und sprach zum Dreiviertelmond. Ich wollte hören, was sie sagte. Ich wollte diese verbrannte Mitternacht wieder riechen, ich wollte den Wind spüren. Es war ein geheimes Wünschen, so wie ein Lied, das ich nicht aufhören konnte zu summen, oder wie jemanden zu lieben, den ich nie haben konnte. Egal, wo ich auch hinging, mein Kompaß zeigte nach Westen. Ich würde immer wissen, wie spät es in Kalifornien ist.

Danksagung

Ich möchte ganz herzlich folgenden Leuten danken, die dieses Buch möglich gemacht haben:

Meinem großzügigen Freund und Kollegen, Jeffrey Merrick, der den umfangreichen Entwurf von »White Oleander« gelesen und mir durch das Labyrinth geholfen hat. Meiner Mentorin, Kate Braverman, die mich die Kunst des Schreibens gelehrt hat, und meiner literarischen Familie, vor allem Les Plesko, dem Hard Words Writing Collective und Donald Rawley, einem Freund, den ich schmerzlich vermisse. Meinem Agenten, Bill Reiss, der all die Jahre an mich geglaubt hat. Meinem Freund Warwick Downing, der es so meisterhaft versteht, gestrandete Dichter zu retten. Meinem scharfsinnigen Lektor, Michael Pietsch, und allen Mitarbeitern bei Little, Brown. Für die Unterstützung bei meiner Recherche möchte ich mich bedanken bei Ruby Owens, M.S.W. Department of Children and Family Services, Mac Larens's Children's Center; bei Dr. John Berecochea, dem Direktor der Forschungsabteilung beim State of California Department of Corrections; bei der California Institution for Women in Corona-Frontera; bei Dr. Elizabeth Leonard; bei Dr. Denise Johnston, der Direktorin des Center for Children of Incarcerated Parents; und besonders bei den zahlreichen Teilnehmern des Pflegetöchter-Projekts, die ihre vielfältigen Erlebnisse mit mir geteilt haben.

Meinen wunderbaren und verständnisvollen Freunden und meiner Familie; meiner Mutter und meinem Vater, Alma und Vernon Fitch; und vor allem meinem Mann und meiner Tochter, Steve und Allison Strauss, die mich lieben, egal ob ein Kapitel gut wird oder nicht.

Der Gustav Lübbe Verlag ist ein
Imprint der Verlagsgruppe Lübbe

Übersetzung aus dem amerikanischen
Englisch von Ute Leibmann
Titel der amerikanischen Originalausgabe:
White Oleander

Textredaktion: Regina Maria Hartig
und Cornelie Kister
Umschlag- und Einbandgestaltung:
Guido Klütsch, Köln, unter Verwendung
eines Fotos von Paul Harris,
© Tony Stone Images
Satz: Druck & Grafik Siebel, Lindlar
Gesetzt aus der Adobe Caslon von Linotype
Druck und Einband:
Friedrich Pustet, Regensburg

Printed in Germany
ISBN 3-7857-2016-5

1 3 5 4 2

Sie finden uns im Internet unter:
http://www.luebbe.de